Le Petit Nicolas

Le Petit Nicolas
Première édition en France : 1960

Les récrés du Petit Nicolas
Première édition en France : 1961

Les vacances du Petit Nicolas
Première édition en France : 1962

Le Petit Nicolas et les copains
Première édition en France : 1963

Le Petit Nicolas a des ennuis
Première édition en France : 1964

© 2012 IMAV éditions / Goscinny - Sempé
www.petitnicolas.com

René Goscinny & Jean-Jacques Sempé

Le Petit Nicolas

꼬마 니콜라

르네 고시니 글
장 자크 상페 그림
유경 외 옮김

문학동네

OI 꼬마 니콜라   Le Petit Nicolas

니콜라
사랑스러운 악동. 친구들과 신나게 노는 것을 좋아한다.

알세스트
니콜라의 뚱보 짝꿍. 먹을 것 앞에서는 이성을 잃는다.

아냥
언제나 일등만 하는 모범생.
안경을 방패 삼아 뭐든지 아는 척하며 나선다.

마리 에드비주
니콜라 옆집에 사는 소녀. 니콜라가 좋아하는 여자아이다.

외드
친구들 코피 터뜨리기를 좋아하는 주먹대장.

조프루아
부자 아빠를 둔 친구. 신기한 옷을 입고 학교에 오는 걸
좋아한다.

클로테르
꼴찌를 도맡아 하는 친구.
벌을 서느라 쉬는 시간에 나가 놀지도 못한다.

꼬마 니콜라

소중히 간직할 추억

오늘 아침, 우리는 모두 생글거리는 얼굴로 학교에 갔다. 선생님 말씀처럼, 우리가 평생 소중히 간직할 추억으로 남을 학급사진을 찍기로 한 날이기 때문이다. 선생님은 우리에게 옷을 단정하게 입고 머리도 잘 빗고 오라고 했다.

나는 머리에 포마드 기름을 반짝반짝 윤이 나도록 바르고 운동장으로 들어섰다. 반 친구들은 벌써 와 있었고, 선생님은 엉뚱하게 화성인 복장을 하고 온 조프루아를 꾸짖고 있었다. 조프루아의 아빠는 굉장한 부자라서 그 애가 갖고 싶어하면 무슨 장난감이든 다 사준다. 조프루아는 꼭 화성인 옷을 입고 사진을 찍어야겠다고, 그럴 수 없다면 집으로 가버리겠다고 떼를 쓰고 있었다.

사진사 아저씨도 사진기를 가지고 와 있었다. 선생님은 어서 찍

어야지, 안 그러면 수학 수업을 못 하게 된다고 아저씨를 재촉했
다. 우리 반 일등, 선생님의 귀염둥이 아냥은 자기는 수학를 좋아
하고 무슨 문제든 못 푸는 문제가 없기 때문에 수학 수업을 못 하
게 되는 건 정말 억울하다고 투덜거렸다. 제일 힘센 친구 외드가
아냥의 코에 한 방 먹이려고 했다. 하지만 아냥은 안경을 껴서 때
리고 싶어도 때릴 수가 없다. 선생님은 우리가 지긋지긋하다면서,
계속 떠들면 사진이고 뭐고 다 그만두고 교실로 들어가겠다고 소
리지르기 시작했다. 사진사 아저씨가 입을 열었다.

"자, 자, 진정하세요. 마음을 좀 가라앉히자구요. 어떻게 얘기해
야 아이들한테 통하는지는 제가 알고 있어요. 다 잘될 겁니다."

사진사 아저씨는 우리를 세 줄로 세우기로 마음을 정한 것 같았
다. 첫째 줄은 땅바닥에 앉고, 둘째 줄은 의자에 앉은 선생님 양편
으로 서고, 셋째 줄은 상자를 놓고 그 위에 올라서고. 사진사 아저
씨 생각은 그런대로 괜찮은 것 같았다.

　우리는 상자를 가져오려고 학교 지하창고로 갔다. 빛도 제대로 들지 않는 곳이었다. 하지만 어두컴컴한 창고 안은 정말 재미있었다. 뤼퓌스가 낡은 포대자루를 뒤집어쓰고 소리쳤다.

　"우! 나는 유령이다."

　그런데 선생님도 창고 안에 와 있었다. 우리는 선생님 기분이 별로 좋은 상태가 아니란 걸 눈치채고, 재빨리 상자를 들고 창고에서 나왔다. 눈치없는 한 명만 계속 남아 있었다. 뤼퓌스 말이다. 뤼퓌스는 자루를 뒤집어쓴 채, 무슨 일이 벌어졌는지도 모르고 계속 이상한 소리를 질러댔다.

　"우! 나는 유령이다."

　선생님이 뤼퓌스의 포대자루를 확 벗겨버렸다. 뤼퓌스는 너무 놀라 넋 나간 유령 얼굴이 되어버렸다.

　선생님은 운동장으로 돌아와서야 잡고 있던 뤼퓌스의 귀를 놓아주었다. 선생님은 이마를 치면서 말했다.

"뭐니, 너희들 완전히 새까매졌잖아!"

정말 그랬다. 지하창고에서 장난치다가 검댕이 조금 묻었던 모양이다. 기분이 안 좋은 얼굴을 하고 있는 선생님한테 사진사 아저씨는 괜찮다고, 촬영을 위해 의자와 상자 들을 배열하는 동안 시간이 있으니까 그때 씻으면 된다고 말했다. 아냥 말고 얼굴이 깨끗한 친구가 또 하나 있었다. 바로 조프루아였다. 어항같이 생긴 화성인 헬멧을 쓴 덕분이었다.

"그것 봐요, 선생님. 모두 저처럼 입고 왔으면 이런 일은 없었을 거라구요."

조프루아가 우쭐거리며 말했다.

선생님은 얼마나 조프루아의 귀를 잡아당기고 싶었을까. 난 그 마음 충분히 이해한다. 하지만 불행하게도 잡을 데가 없었다. 화성인 옷, 그건 위아래가 꽉꽉 막힌 기막힌 우주복이니까!

우리는 세수하고 머리를 빗고 제자리로 돌아왔다. 우리 얼굴이 살짝 젖어 있긴 했지만, 사진사 아저씨는 사진에는 안 나오니까 상관없다고 했다.

"애들아, 너희들 선생님을 즐겁게 해드리고 싶지 않니?"

사진사 아저씨가 말했다. 우리는 그렇다고 대답했다. 우리는 선생님을 아주 좋아하고, 또 우리가 화나게만 하지 않으면 굉장히 상냥한 분이니까 말이다.

"이제 사진 찍게 어서 너희들 자리로 가서 얌전히 서봐라. 제일 큰 녀석들은 뒤에 놓인 상자에 올라서고, 중간 녀석들은 그냥 서고, 작은 녀석들은 바닥에 앉아."

사진사 아저씨가 말했다.

우리는 아저씨가 시키는 대로 했다. 아저씨는 선생님한테 우리들이 고분고분 말만 잘 들어주면 제대로 된 사진을 찍을 수 있다고 설명하고 있었다. 하지만 선생님은 아저씨 말을 끝까지 듣고 있을 수 없었다. 서로 상자 위에 올라가겠다고 투닥거리는 우리를 떼어놓아야 했기 때문이다.

"우리 반에서 내가 제일 크단 말이야!"

외드가 상자 위로 올라오려는 애들을 밀어내고 있었다.

외드는 고집통이 조프루아에게 질세라, 그 애의 어항 같은 헬멧에 대고 주먹을 한 방 날렸다. 하지만 외드 손만 얼얼했을 뿐이다. 몇 차례 주먹이 오간 후에야 조프루아의 헬멧을 벗겨낼 수 있었다.

이렇게 계속 말썽을 피우면 당장 수학 수업을 하겠다는 선생님의 마지막 경고에, 우리는 조용히 하자고 쉬쉬거리며 제자리를 찾아가기 시작했다.

그사이, 사진사 아저씨 곁을 노리고 있던 조프루아가 아저씨에게 가까이 가서 물었다.

"이거 아저씨 거예요?"

아저씨가 웃으며 대답했다.

"귀여운 녀석, 이건 작은 새가 나오는 상자란다."

"아저씨 건 고물이에요. 우리 아빠가 저한테 사준 건요, 렌즈 후드에다 단초점렌즈랑 망원렌즈도 있어요. 아주 안정감 있고, 게다가 필터는……."

흠칫 놀란 아저씨의 얼굴에서 미소가 싹 걷혔다. 아저씨는 조프루아에게 제자리로 돌아가라고 했다.

"아저씨 카메라 말예요, 그래도 광전관 정도는 달려 있겠죠?"

조프루아는 끝까지 물고 늘어졌다.

"마지막으로 말하는 거야, 네 자리로 돌아가!"

아저씨는 목청껏 소리를 질렀다. 머리끝까지 화가 난 것 같았다.

다들 제자리를 찾아갔다. 내 자리는 맨 앞줄, 알세스트 옆이었다. 알세스트는 먹을 것을 입에 달고 사는 뚱뚱한 친구다. 잼 바른 빵을 우물거리고 있는 알세스트한테 아저씨가 이제 그만 먹으라고 말했지만, 알세스트는 자기는 잘 먹어둬야 한다고 했다.

"어서 빵 치워!"

알세스트 바로 뒤에 앉아 있던 선생님이 보다 못해 소리쳤다. 그 소리에 깜짝 놀란 알세스트는 들고 있던 빵을 떨어뜨리고 말았다.

"어떡해, 옷에 다 묻어버렸어."

알세스트는 옷에 묻은 잼을 닦아내려고 낑낑거렸다.

선생님은 이제 딱 한 가지만 하면 된다고 했다. 그건 바로 알세스트의 셔츠에 묻은 잼 자국이 보이지 않도록 그 애를 맨 뒷줄에 세우는 것이었다.

"외드, 친구랑 자리 좀 바꿔주렴."

선생님이 말했다.

"쟤는 내 친구 아니에요. 못 바꿔줘요. 그냥 등 돌리고 서 있으면 되잖아요. 그러면 잼 얼룩도 안 보이고, 뚱뚱한 몸집도 안 보이고 좋잖아요."

외드가 대답했다. 엄청 화가 난 선생님은, '나는 옷에 잼을 묻힌 친구를 위해 자리를 양보하겠습니다'라는 문장을 동사변화 해오리는 숙제를 내주었다. 외드는 아무 말도 하지 않고 상자에서 내려와 맨 앞줄로 왔고, 대신 알세스트가 맨 뒷줄로 갔다. 그러느라고 줄이 조금 흐트러졌다. 자리를 바꾸면서 알세스트와 마주친 외드가 그 애 코에 한방 먹이면서 잠깐 소동이 있었던 거다. 알세스트는 외드에게 이단 옆차기를 날리려고 했지만, 날쌘 외드는 용케 피했고, 대신 아냥이 얻어맞았다. 다행히도 아냥은 안경을 벗고 있었다. 그런데도 아냥은 맞아서 눈이 안 보인다고 울부짖었다. 아무도 자기를 좋아하지 않으니 콱 죽어버리고 싶다고도 했다. 선생님은 아냥을 살살 달래가며, 코도 풀어주고 머리도 다시 빗겨주었다. 대신 알세스트에게는 벌을 내렸다. '나는 나에게 싸움을 걸지 않는 안경 긴 친구를 절대로 때리지 않겠습니다'를 백 번 써오는 것이었다.

"쌤통!"

17

아냥이 혀를 낼름거리며 말했다. 그러자 선생님은 아냥에게도 비슷한 숙제를 내주었다. 아냥은 많이 놀랐는지, 아까처럼 울지도 못하고 가만히 있었다. 이상하게도 선생님은 우리 모두에게도 같은 숙제를 내주었다. 그리고 마지막으로 우리에게 말했다.

"이 정도면 얌전히 굴어야겠다는 생각이 들겠지. 말 잘 듣고 착하게 굴면, 숙제는 모두 없었던 걸로 해줄게. 자, 멋지게 포즈를 잡고 예쁘게 웃고 있으면, 아저씨가 우리에게 멋진 사진을 찍어주실 거야!"

우리는 선생님을 힘들게 하고 싶지 않았기 때문에, 선생님 말씀대로 했다. 모두 함박웃음을 지으며 멋지게 포즈를 잡았다.

하지만 우리가 평생 소중히 간직하게 될 추억은 만들 수 없었다. 사진사 아저씨의 모습이 보이지 않았다. 아저씨가 아무 말도 없이 가버렸던 거다.

맨 윗줄: 마르탱(움직였음), 풀로, 뒤베다, 쿠시뇽,

뤼퓌스, 알드베르, 외드, 샹피냐, 르페브르, 투생, 샤를리에, 사리고.

가운데 줄: 폴 보조조프, 자크 보조조프, 마르쿠, 라퐁탕, 르브룅, 뒤보,

델몽, 드 퐁타녜스, 마르티노, 조프루아, 메퓰레, 팔로, 라파종.

맨 아랫줄: 리뇽, 기요, 한니발, 크루체프, 베르제스, 선생님, 아냥,

니콜라, 파리볼, 그로시니, 곤잘레스, 피슈네, 알세스트,

무슈뱅(얼마 전에 퇴학당했음).

카우보이놀이

오늘 오후에 카우보이놀이를 하자고 친구들을 우리 집으로 불렀다. 친구들은 각자 자기 장난감을 가지고 왔다. 뤼퓌스는 아빠가 사준 경찰관놀이세트를 통째로 가져왔다. 경찰 모자에 수갑, 권총, 하얀 지휘봉과 호루라기까지 달고 말이다. 외드는 큰형이 쓰던 낡은 보이스카우트 모자에, 나무로 된 탄약통을 들고, 권총집 두 개가 달린 허리띠를 매고 왔다. 두 권총집 속에는 끝내주는 권총들이 들어 있었는데, 거기엔 상아로 만든 손잡이가 달려 있었다. 고기가 너무 탔다고 티격태격 다툰 후, 아빠가 엄마한테 사다 준 분갑과 똑같은 종류의 상아였다. 하지만 엄마는 그때 아빠랑 싸운건, 아빠가 집에 늦게 왔기 때문이었다고 우긴다. 알세스트는 인디언 옷을 입고 왔다. 손에는 나무 도끼를 들고 머리에는 깃털을 듬

성듬성 단 채로 말이다. 꼭 덩치 큰 암탉 같았다. 부자라서 아들이 원하는 거라면 뭐든지 사주는 아빠를 둔, 변장꾼 조프루아는 진짜 카우보이처럼 차려입고 나타났다. 양모 바지와 가죽 조끼, 체크 무늬 셔츠, 커다란 모자에 쇠마개가 달린 권총과 기막히게 뾰족한 박차까지 차고 있었다. 난 사순절에 선물받은 검정색 마스크를 썼다. 엄마가 오랫동안 목에 두르고 다니던 빨간 스카프와 화살총도, 아주 멋졌다!

우리는 정원에 있었고, 엄마는 간식이 준비되는 대로 우리를 부르겠다고 했다.

"좋아, 이제부터 나는 백마 탄 정의의 기사야. 그리고 너희들, 그래 너희들은 악당 해라. 하지만 마지막에는 내가 이기는 거야."

내가 말했다. 하지만 애들은 싫다고 했다.

늘 이게 문제다. 혼자 놀면 재미가 없고, 여럿이서 놀면 말이 많다는 거.

"왜 나는 정의의 기사 하면 안 돼? 왜 나는 백마 타면 안 되는 거냐구?"

외드가 물었다. 그러자 알세스트가 말했다.

"너 같은 얼굴로는 정의의 기사 못 하지."

"야, 인디언, 넌 입 다물고 있어. 안 그러면 엉덩이를 차버릴 테니까!"

가진 거라곤 힘밖에 없고 친구들 코피 터뜨리기를 좋아하는 외드가 말했다. 코가 아니라 엉덩이를 차주겠다는 말에 난 흠칫 놀랐다. 아무튼 알세스트가 덩치 큰 암탉과 닮은 건 사실이었다.

"어쨌든 보안관은 나야."

뤼퓌스가 나섰다.

"보안관? 경찰 모자 쓴 보안관 본 적 있냐? 너, 지금 나 웃기려고 그러는 거지?"

조프루아가 말했다. 경찰관 아빠를 둔 뤼퓌스는 이 말에 기분이 상한 것 같았다.

"우리 아빠가 경찰 모자를 쓰긴 했지만 그걸 보고 웃는 사람은 아무도 없어!"

뤼퓌스는 조프루아에게 덤벼들었다.

조프루아가 "텍사스에서 그렇게 입으면 다들 웃을걸" 하고 놀리자, 뤼퓌스가 조프루아 따귀를 때렸다. 그러자 조프루아가 권총집에서 권총을 꺼내들고 말했다.

"후회하게 될 거다, 조!"

뤼퓌스가 또다시 조프루아의 뺨을 찰싹 때리자 조프루아는 권총으로 빵! 소리를 내더니 쓰러지듯 땅바닥에 주저앉았다. 뤼퓌스는 배에 손을 얹고 얼굴을 있는 대로 찡그리며, "네가 이겼다, 코요테. 하지만 반드시 복수하고 말 거다!"라고 말하며 땅바닥에 쓰러졌다.

나는 좀 더 빨리 달리기 위해 내 엉덩이를 찰싹찰싹 치며 정원을 휘젓고 다녔다.

"말에서 내려. 백마는 내 거야!"

외드가 다가와 말했다.

나도 지지 않고 말했다.

"아냐, 임마. 여기는 우리 집이니까 백마는 내 거야."

그러자 외드가 내 코에 주먹을 날렸다. 뤼퓌스가 삐이익, 하고 힘껏 호루라기를 불더니 외드에게 말했다.

"넌 말 도둑이야. 캔자스 주에서는 말 도둑들은 목을 매달게 되어 있대!"

바로 그때, 알세스트가 막 뛰어와서 말했다.

"잠깐! 넌 외드를 매달 자격이 없어. 보안관은 나란 말야!"

"계집애 같은 자식, 네가 언제부터 보안관이었어?"

뤼퓌스가 말했다. 알세스트는 싸우기를 싫어한다. 하지만 알세스트도 이번만은 참을 수 없었는지 나무 도끼를 불쑥 집어들었다. 그러고는 뤼퓌스의 머리통을 도끼 손잡이로 툭! 하고 내리쳤다. 알세스트가 반격을 가하리라고는 상상도 못 하고 있던 뤼퓌스는 그대로 얻어맞을 수밖에 없었다. 다행히도 뤼퓌스는 경찰 모자를 쓰고 있었다.

"내 모자! 네가 내 모자 망가뜨렸어!"

뤼퓌스는 소리를 지르며 알세스트를 쫓아다니기 시작했다. 그 애들이 그러고 있는 동안, 나는 다시 정원을 신나게 내달렸다.

"애들아, 잠깐만! 나한테 좋은 생각이 있어."

외드가 우리 모두를 불러세웠다.

"우리는 착한 사람을 하고, 알세스트가 인디언을 하는 거야. 알세스트가 우리를 잡으려고 하다가 포로를 하나 생포하면, 그때 우리가 짠! 하고 나타나서 포로를 풀어주고 알세스트를 쳐부수는 거야! 어때?"

우리는 너무 멋진 외드의 제안에 모두 찬성했다. 하지만 알세스트는 아니었다.

"왜 내가 인디언을 해?"

알세스트가 뚱한 목소리로 물었다. 그러자 조프루아가 대답했다.

"바보야, 네 머리에 깃털이 달려 있으니까 그렇지! 아, 싫으면 관둬. 그만 놀면 되니까. 그래, 그러면 되겠네. 너 때문에 우리만 귀찮아지니까!"

"그래? 그렇다면 좋아. 나도 안 놀 거야."

알세스트는 이렇게 말하고 정원 한구석으로 가더니 토라진 얼굴로 주머니에서 초콜릿빵을 꺼내 우물우물 씹었다.

"알세스트가 있어야 돼. 인디언 할 사람은 쟤밖에 없는데, 쟤가 안 하면 내가 해야 되잖아!"

외드가 투덜거렸다.

결국 알세스트는 인디언을 하겠다고 했다. 자기도 잘해보고 싶다는 거였다. 하지만 조건이 있었다. 착한 인디언이어야 한다는 것이었다.

"알았어, 알았다구. 어쨌든 너 지금 하는 거하고 반대로만 하면 되겠네!"

조프루아가 대꾸했다.

"그런데 포로는 누가 해?"

내가 묻자 외드가 말했다.

"ㄱ건 조프루아가 한 거야. 우리, 조프루아를 빨랫줄로 나무에 묶어놓자."

조프루아가 발끈하며 나섰다.

"안 돼, 싫어. 왜 난데? 난 포로 안 해. 내가 너희들 중에서 옷도

제일 잘 입었잖아!"

"뭐라고? 그럼 나는? 나는 백마를 탔는데도 가만히 있잖아!"

외드가 대답했다.

이 말을 놓칠 내가 아니었다.

"백마는 내 거라니까!"

하지만 외드는 화를 내면서 백마는 자기 거라고 끝까지 우겼고, 계속 이렇게 나오면 내 코에 다시 한 방 먹이겠다고 으르렁거렸다.

"어디 한번 해보시지!"

외드는 기어이 나한테 주먹을 휘둘렀다.

"꼼짝 마라, 오클라호마 키드!"

조프루아가 이렇게 말하며 사방에다 투투투투, 권총을 쏘아댔다. 그러자 뤼퓌스가 호루라기를 불며 소리쳤다.

"야아, 보안관은 나야, 이런 게 어딨어! 모두 멈춰!"

알세스트는 나무 도끼로 뤼퓌스의 모자를 툭, 치고는 뤼퓌스를 포로로 생포했다고 떠들었다. 뤼퓌스는 알세스트 때문에 호루라기를 잔디 위에 떨어뜨렸다며 화를 냈고, 나는 울면서 외드에게 소리쳤다. 여기는 내 집이고, 난 더 이상 외드가 보기 싫다고 말이다. 모두가 악을 써대고 있었다. 정말 멋진 광경이었다. 모두들 너무나 재미있어했다.

조금 있으려니까 아빠가 집에서 나왔다. 심상치 않은 분위기였다.

"야, 이 녀석들아! 이게 무슨 난리냐. 너희들은 얌전하게 놀 줄은 모르니?"

"조프루아 때문이에요. 얘가 포로를 안 하겠다잖아요!"

외드가 이렇게 말하자, 조프루아가 덤벼들었다.

"너 나한테 한 대 맞고 싶어?"

둘은 다시 치고받으며 싸우기 시작했다. 아빠가 그 애들을 떼어 놓으며 말했다.

"자, 얘들아, 어떻게 노는 건지 내가 보여주마. 내가 포로를 하지!"

우리는 신이 났다. 우리 아빠 정말 멋쟁이다! 우리는 아빠를 나무에 꽁꽁 묶었다. 간신히 묶어두고 돌아서는데, 블레뒤르 아저씨가 정원 울타리를 훌쩍 넘어오는 게 보였다. 옆집에 사는 블레뒤르 아저씨는 우리 아빠 괴롭히는 걸 좋아한다.

"나도 같이 놀고 싶은데? 나는 아메리카 인디언을 하지! 나를 '뒷발로 선 황소'라고 부르게."

"여기서 나가게, 블레뒤르. 우린 자네 안 불렀네!"

아빠가 말했다.

몸집이 엄청나게 큰 블레뒤르 아저씨는 팔짱을 낀 채 아빠 앞에 우뚝 서서 말했다.

"자네, 얼굴이 희멀게져서 아무 말도 못 하고 있군그래!"

아빠는 나무에 묶인 끈을 풀려고 안간힘을 쓰고 있었고, 블레뒤르 아저씨는 나무 주위를 돌며 소리를 지르고 덩실덩실 춤까지 추었다. 아빠와 블레뒤르 아저씨가 재미있게 놀며 장난치는 모습을 계속 보면 좋았을 테지만, 바로 그때 엄마가 간식을 먹으라고 우리를 불렀기 때문에 그럴 수가 없었다. 간식을 먹고 나서 우리는 전기 기차를 가지고 놀기 위해 내 방으로 몰려갔다. 난 아빠가 카우보이놀이를 그렇게 좋아하는 줄 정말 몰랐다. 밤이 되어 정원에 나가보니 블레뒤르 아저씨는 벌써 가버렸고, 아빠만 나무에 꽁꽁 묶인 채 소리를 지르며 얼굴을 찡그리고 있었다.

혼자서도 그렇게 재미있게 놀다니, 우리 아빠 정말 멋진 사람이다!

부이옹 선생님

오늘, 우리 담임 선생님이 학교에 오지 않았다. 교실로 들어가기 위해 운동장에 줄을 맞춰 서 있는데, 학생주임 선생님이 와서 우리에게 말했다.

"너희 선생님이 오늘 편찮으시단다."

뒤봉 씨, 아니 학생주임 선생님이 대신 우리를 교실로 데리고 들어갔다. 우리는 학생주임 선생님을 부이옹이라고 부른다. 물론 선생님이 없을 때만 말이다. 선생님은 항상 "내 눈을 봐" 하고 말하는데, 그럴 때 선생님 눈을 들여다보면 부이옹 수프(고기, 야채 등을 삶아서 만드는 수프―옮긴이)에 떠 있는 뿌연 기름 덩어리처럼 눈동자만 동동 떠 있기 때문이다. 왜 '부이옹'이라고 부르는지 나도 처음부터 알았던 건 아니다. 선배 형들이 말해줘서 알았다. 뻣뻣

한 콧수염이 달린 부이옹 선생님은 걸핏하면 벌을 주기 때문에, 선생님이 있을 때 장난치는 건 금물이다. 그렇기 때문에 부이옹 선생님이 우리를 감독하러 오는 날은 아주 골치 아파진다.

다행히도, 교실로 들어온 뒤 선생님은 이렇게 말했다.

"난 교장 선생님과 할 일이 있어서 너희들과 함께 있을 수가 없다. 내 눈을 보고 약속해. 얌전히들 있겠다고."

우리들의 눈동자가 일제히 선생님의 두 눈을 향해 쏠렸고 우리는 눈으로 약속했다. 어떻게 보면 우리는 너무 얌전해서 탈이다. 그런데도 부이옹 선생님은 우리가 영 못 미더운가 보았다. 선생님은 우리 반 모범생이 누구냐고 물었다.

"저예요, 선생님!"

아냥이 우쭐대며 말했다.

그렇기는 하다. 아냥은 우리 반 일등이고 담임 선생님의 귀염둥이니까. 아냥이 미워도 우리는 그 애를 마음놓고 때릴 수도 없다. 안경을 꼈기 때문이다.

"좋아, 네가 담임 선생님 자리에 앉아서 친구들을 감독해라. 어떻게들 하고 있나 가끔씩 들여다볼 거야. 수업 시간에 배운 거 복습들 하고 있어."

아냥은 싱글벙글하며 담임 선생님 자리에 가서 앉았고, 부이옹 선생님은 교실을 나갔다.

"자, 지금은 수학 시간이니까, 수학 공부를 해야 해. 공책 펴. 문제를 풀 테니까."

아냥의 뜬금없는 말에 클로테르가 물었다.

"야, 너 머리가 어떻게 된 거 아냐?"

"클로테르, 조용히 해!"

아낭이 소리쳤다. 정말 자기가 선생님이라도 된 줄 아는 모양이다.

"네가 사내자식이라면, 어디 내 앞에 와서 더 떠들어봐!"

클로테르도 지지 않고 맞섰다. 그때 교실 문이 드르륵 열리더니, 부이옹 선생님이 미소를 머금고 들어왔다.

"오호! 내가 문 뒤에서 다 들었다. 거기 너, 내 눈을 봐!"

선생님이 클로테르에게 말했다. 클로테르는 선생님의 눈을 들여다보았다. 선생님의 눈 속에서 심상치 않은 분위기를 읽은 것 같았다.

"내가 말하는 문장의 동사들을 변화시켜봐. '나는 나를 감독하며 수학 공부를 시키려는 친구에게 못되게 굴지 않겠습니다.'"

그러고 나서 선생님은 교실에서 나갔다. 다시 오겠다는 말도 빼놓지 않았다.

조아생이 선생님이 오는지 안 오는지 망을 보겠다고 했다. 우리는 모두 찬성했다. 물론 아냥만 빼고.

"조아생, 네 자리로 가!"

아냥이 소리를 질렀다. 하지만 조아생은 혀를 낼름거리며 교실문 쪽으로 갔다. 그러고는 열쇠구멍을 빠끔히 들여다보며 망을 보기 시작했다.

"조아생, 뭐가 보여?"

클로테르가 물었다.

"아니, 아무것도 안 보여."

조아생이 대답했다. 갑자기 클로테르가 벌떡 일어나더니, "아냥

에게 수학책을 먹이겠어" 하고 말했다. 정말 끝내주는 생각이었다.

"안 돼! 난 안경 꼈잖아!"

아냥이 기겁을 하며 소리쳤다.

"그래도 먹일 테야!"

클로테르가 으르렁거렸다. 아냥에게 뭐라도 꼭 먹이고 말겠다는 기세였다.

"그런 바보 같은 짓 하면서 시간 버리는 것보다 공 가지고 노는 게 어때?"

조프루아가 말했다.

"그럼 수학 문제 푸는 건 어떡하고?"

아직도 분위기 파악이 안 되는지, 아냥이 불만스런 얼굴로 물었다.

우리는 아냥 말 같은 건 무시해버리고 공을 이리저리로 패스하기 시작했다. 의자들을 헤집고 다니며 노는 건 정말 재미있었다. 난 이다음에 어른이 되면, 꼭 교실을 하나 사서 놀이터로 쓸 거다.

"으아악!"

갑자기 비명 소리가 들리더니, 조아생이 두 손으로 코를 싸쥐고 땅바닥에 주저앉았다. 부이옹 선생님이 문을 열고 들어오는 걸 미처 못 본 모양이었다.

"너 여기서 뭐 하는 거냐?"

부이옹 선생님이 깜짝 놀라 물었다. 하지만 조아생은 아무 대답도 못 하고 "아야, 아야" 소리만 내고 있었다. 부이옹 선생님이 조아생의 팔을 잡고 데리고 나갔다. 그러는 동안 우리는 공을 들고 제자리로 가서 앉았다.

조금 있으니까 부이옹 선생님이 코가 대문짝만 하게 부어오른 조아생을 데리고 다시 왔다. 선생님은 이제 우리가 지긋지긋해지기 시작했다며, 계속 이러면 어떻게 되나 두고 보자고 협박했다.

"너희들은 왜 너희 친구 아냥을 본받지 못하는 거냐? 쟤는 저렇게 얌전한데."

선생님은 이 말만 남기고 나가버렸다. 조아생에게 어찌 된 일이냐고 묻자, 열쇠구멍으로 망을 보다가 깜빡 잠이 들었다고 했다.

앞에서 아냥 목소리가 들려왔다.

"농부가 시장엘 갔어. 장바구니에다가 열두 개에 오백 프랑 하는 달걀 스물여덟 개를 가지고 갔거든……"

아냥은 정말 끈질겼다.

"다 너 때문이야. 코피를 터뜨려놓겠어!"

조아생이 아냥에게 씨근덕거렸다.

"맞아! 쟤한테는 수학책을 먹여줘야 돼. 농부고 달걀이고 안경이고 모조리 먹이는 거야!"

클로테르가 맞장구치며 나섰다.

그러자 겁쟁이 아냥은 울음을 터뜨리며 말했다.

"너희들은 너무 못됐어. 우리 엄마 아빠한테 일러서 너희들 모두 전학 가게 만들 거야."

그때 또다시 교실 문이 드르륵 열렸다. 부이옹 선생님이었다. 우리는 모두 제자리에 앉아 입도 뻥긋하지 않았다. 아냥만 담임 선생님 자리에 앉아 혼자 훌쩍거리고 있있다. 부이옹 선생님이 아냥에게 말했다.

"뭐야, 이제는 네가 떠드는 거냐? 너희들 나를 미치게 만들려고 작정을 했구나! 내가 교실에 올 때마다 꼭 한 놈씩 말썽이니! 이 녀석들! 모두 내 눈을 잘 봐! 내가 다시 왔을 때 또 무슨 일이 있으면 그땐 정말 각오들 해!"

마지막 경고를 남기고 선생님은 나갔다. 우리는 이제는 정말 말썽을 부리면 안 되겠다고 생각했다. 학생주임 선생님을 화나게 해서 얻는 거라곤 벌밖에 없으니 말이다.

우리는 꼼짝 않고 앉아 있었다. 아냥이 훌쩍거리는 소리와, 쉬지 않고 먹어대는 먹보 알세스트가 뭔가를 씹는 소리 말고는 아주 조용했다.

그런데 문에서 아주 조그맣게 무슨 소리가 들리면서 문손잡이가 돌아가는 게 보였다. 삐그덕 소리를 내며 문이 조금씩 열리기 시작했다. 우리는 숨도 제대로 못 쉬고 뚫어져라 문만 쳐다봤다. 알세스트까지도 입을 헤벌린 채 먹는 것을 잊고 있었다.

"부이옹이다!"

누군가가 소리쳤다.

교실 문이 쾅, 하고 열렸다. 정말 부이옹 선생님이었다. 얼굴이 시뻘겋게 달아올라 있었다.

"지금 부이옹이라고 말한 녀석 누구야?"

"니콜라예요!"

아냥이 대답했다.

"아니야, 이 더러운 거짓말쟁이!"

아냥 말은 정말 사실이 아니었다. 범인은 뤼퓌스였다.

"너잖아! 네가 그랬잖아!"

아냥이 소리를 지르면서 또 울음을 터뜨렸다.

"너 이따가 수업 끝나고 남아!"

부이옹 선생님이 나에게 말했다. 그래서 나도 그만 울음을 터뜨리고 말았다. 난 정말 억울하다고 말했다. 내가 학교를 떠나면 모두들 나를 그리워하게 될 거라는 말도 덧붙였다.

"쟤가 그런 거 아니에요, 선생님. 아냥이 그랬어요!"

뤼퓌스가 큰 소리로 말했다.

"제가 안 그랬어요!"

아냥 목소리도 만만찮게 컸다.

"네가 그랬잖아. 네가 부이옹이라고 하는 거, 아주 정확하게 부,

이, 옹, 이라고 하는 거 내가 똑똑히 들었단 말이야!"

뤼퓌스가 말했다.

"잘들 한다, 이따가 수업 끝나고 한 녀석도 빠짐없이 모두 남
아!"

부이옹 선생님이 말했다.

"전 왜 남아요? 저는 부이옹이라고 안 했는데요!"

알세스트가 말했다.

"그 우스꽝스런 별명 그만 부르란 말이다, 알겠냐?"

부이옹 선생님이 소리쳤다. 정말 머리끝까지 화가 난 것 같았다.

"난 수업 끝나고 안 남을 거야!"

아냥이 울부짖으며 데굴데굴 뒹굴었다. 땅바닥에 누워 떼를 쓰
다 못해 딸꾹질까지 하더니 얼굴이 붉으락푸르락해졌다. 반 아이

들 거의 모두가 소리를 지르거나 울고 있었다.

교장 선생님이 왔다. 난 부이옹 선생님도 우리처럼 울음을 터뜨릴 거라고 생각했다.

"무슨 일이요, 부이오…… 아니 뒤봉 선생?"

교장 선생님이 물었다.

"모르겠습니다, 교장 선생님. 한 녀석은 땅바닥을 뒹굴고, 또 한 녀석은 내가 연 문에 부딪혀 코피를 흘리고, 나머지 녀석들은 고래고래 소리를 지르고. 정말 이런 녀석들은 처음입니다! 이런 녀석들은 한 번도 본 적이 없어요!"

부이옹 선생님이 머리를 긁적거렸다. 콧수염이 사방팔방으로 뻗쳐 있었다.

다음 날, 우리 담임 선생님은 돌아왔지만 부이옹 선생님은 결근을 했다.

축구 시합

알세스트는 오늘 오후에 집 근처에 있는 공터에서 만나기로 친구들과 약속을 했다. 내 친구 뚱보 알세스트는 먹는 걸 굉장히 좋아한다. 알세스트하고 약속을 한 건 그 애가 아빠한테서 새 축구공을 선물받았기 때문이다. 우리는 아주 폼나는 시합을 벌일 작정이었다. 알세스트는 정말 멋진 친구다.

우리는 오후 세 시에 공터에서 만났다. 모두 열여덟 명이었다. 양편을 똑같은 수로 나누려면 편을 어떻게 먹어야 할지 결정해야 했다.

심판을 고르는 건 쉬웠다. 당연히 아냥이었다. 아냥은 우리 반 일등이고 다들 그 애를 별로 안 좋아하기는 하지만, 안경을 껴서 아무도 건드릴 수 없기 때문이다. 그러니 심판으로는 제격이었다.

어느 팀에서도 아냥을 안 끼워주려고 하는 탓도 있었다. 축구를 하기에는 너무 힘이 약하고, 걸핏하면 울음을 터뜨리기 때문이다.

우리가 한참 의논을 하고 있는데, 아냥이 호루라기를 달라고 했다. 우리 중에 호루라기를 갖고 있는 사람은 딱 한 사람, 아빠가 경찰관인 뤼퓌스뿐이었다.

"내 호루라기 빌려주기 싫어. 우리 가족 기념품이란 말야."

뤼퓌스는 거절했다. 하는 수 없었다. 결국 아냥이 뤼퓌스에게 신호를 보내면 뤼퓌스가 대신 호루라기를 불어주기로 했다.

"도대체 축구 할 거야, 말 거야? 난 벌써 배고프단 말야!"

알세스트가 외쳤다.

하지만 복잡한 문제가 있었다. 아냥이 심판을 하면, 열일곱 명이 남기 때문에 두 편으로 나누면 한 명이 남았다. 우리는 한 가지 해결책을 생각해냈다. 한 명을 부심으로 뽑아서, 공이 경기장 바깥으로 나갈 때마다 작은 깃발을 흔들게 하자는 거였다. 부심으로는 맥상이 뽑혔다. 혼자서 경기장 전체를 감독하기는 힘들겠지만, 대신 맥상은 달리기를 아주 잘한다. 때가 꼬질꼬질하게 긴 커다란 무릎에, 길쭉한 두 다리는 바짝 말랐다. 그런데 맥상은 뭘 알고 하려고 하지 않고 무턱대고 공만 차려고 했다. 그러다가 뜬금없이 "난 깃발 없는데?" 하고 말했다. 맥상은 전반전 동안만 부심을 하겠다고 했고, 깃발 대신 자기의 더러운 손수건을 흔들겠다고 했다. 집에서 나올 때 자기 손수건이 깃발로 쓰일 거라고는 생각도 못 했을 거다.

"자, 준비됐지?"

알세스트가 소리쳤다.

그다음부터는 쉬웠다. 선수도 열여섯 명, 딱 맞았다.

각 팀에 주장이 한 사람씩 필요했다. 그런데 너도나도 주장을 하겠다고 우겼다. 뛰는 게 싫어서 골키퍼를 하고 싶어하는 알세스트만 빼고 말이다. 우리는 알세스트한테 골키퍼를 시켜주었다. 알세스트라면 골키퍼로는 제격이다. 옆으로 푹 퍼진 살 때문에 그냥 서 있기만 해도 공을 막을 수 있을 테니까 말이다.

그렇다고 해도 주장이 열다섯이나 되었다. 너무 많았다.

"내가 제일 힘이 세니까 주장은 내가 해야 해. 불만 있는 놈 있으면 나와! 코에다 한 방 먹여줄 테니까!"

외드가 큰 소리로 으름장을 놓았다.

"주장은 나야, 내가 옷을 제일 잘 입었잖아!"

조프루아가 겁없이 앞으로 나서자, 외드가 조프루아의 코에 주먹을 날렸다.

조프루아가 우리 중에 옷을 제일 잘 입은 건 사실이다. 엄청 부자인 그 애 아빠가 그 애한테 빨간색 하얀색 파란색으로 된 셔츠와 축구용품을 통째로 사준 덕분에 말이다.

"나 주장 안 시켜주면, 우리 아빠 불러서 너희들 모두 감옥에 집어넣으라고 할 거야!"

뤼퓌스도 끼어들었다.

그러면 동전을 던져서 정하자고 내가 말했다. 동전 두 개가 필요했지만, 하나는 잔디밭에서 잃어버려 찾을 수가 없었다. 조아생이 빌려준 동전이었다. 조프루아가 자기 아빠한테 말해서 수표로 갚

아주겠다고 하는데도, 조아생은 속이 상했는지 잔디밭을 여기저기 뒤지고 다니기 시작했다. 드디어 주장 두 명이 뽑혔다. 조프루아, 그리고 바로 나였다.

"야아, 난 간식 시간에 늦고 싶지 않단 말야. 축구를 하긴 할 거야?"

알세스트가 소리쳤다.

이젠 어떻게 편을 먹을 건지 정할 차례였다. 팀원을 고르는 건 아주 쉬웠다. 하지만 외드 때문에 문제가 생겼다. 양팀 주장인 조프루아와 나, 둘 다 외드를 자기 팀으로 데려가려 한 거다. 녀석이

공을 갖고 뛰면 아무도 당할 자가 없기 때문이다. 축구를 썩 잘하지는 않아도, 외드는 공포의 대상이다.

기어이 동전을 찾아낸 조아생의 얼굴이 밝아졌다. 우리는 외드를 놓고 동전 던지기를 하게 다시 동전을 빌려달라고 했는데, 또 잃어버리고 말았다. 조아생은 엄청 화난 얼굴로 다시 동전을 찾으러 이리저리 헤매다니기 시작했다.

조프루아가 외드를 차지했다. 조프루아는 외드에게 골키퍼를 하라고 했다. 조프루아 녀석이 머리를 쓴 거다. 걸핏하면 화를 내고 주먹을 날리는 외드가 골문을 지키고 있으면 골문 근처엔 아무도 얼씬거리지 못할 테니 말이다.

"그래, 거기 잘 돼가냐?"

알세스트가 자기가 먹은 골 수를 표시하는 돌들 사이에 앉아 우적우적 과자를 씹어대며 일그러진 얼굴로 소리쳤다.

다들 자기 자리를 잡으려고 난리였다. 골키퍼를 빼고 나니 각 팀이 일곱 명뿐이라서 위치를 잡는 게 쉽지 않았다. 각 팀에서 자리싸움이 시작되었다. 너도나도 센터포워드를 하겠다고 했다. 조아생만은 라이트윙을 맡겠다고 했다. 축구를 하면서라도 그쪽 구석 어디쯤엔가 떨어진 동전을 기어이 되찾고야 말겠다는 속셈이 깔려 있었던 거다.

조프루아네 팀에서는 위치 선정이 아주 빨리 끝났다. 외드가 또 주먹을 휘두른 거다. 그쪽 애들은 끽소리도 못하고 코를 문지르며 알아서 제자리를 찾아갔다. 외드의 주먹은 정말 세다!

하지만 우리 팀은 그때까지도 자리를 놓고 다투고 있었다.

"빨리 안 하면 너희들한테도 한 방씩 날려줄 거야!"

외드의 협박에 우리는 잽싸게 가서 자리를 잡고 섰다.

아냥이 뤼퓌스에게 "호루라기!" 하고 소리치자, 우리 팀인 뤼퓌스가 호루라기로 경기 시작 신호를 했다.

조프루아가 뿌루퉁한 얼굴로 말했다.

"이건 불공평해! 이쪽은 햇빛이 너무 많이 들어서 눈이 부시단 말야! 우리 팀만 나쁜 쪽 진영 쓰란 법 있어?"

"햇빛이 싫으면 눈 감고 하면 되잖아. 혹시 알아, 게임이 더 잘 풀릴지?"

내가 대답했다.

우리는 치고받으며 싸우기 시작했다. 뤼퓌스가 힘껏 호루라기를 불었다.

"너한테 호루라기 불라고 안 했잖아, 심판은 나란 말야!"

아냥이 소리쳤다.

아냥의 말에 기분이 나빠진 뤼퓌스가 말했다.

"호루라기 부는 데 네 허락 같은 거 필요없어. 내가 불고 싶으면, 아무 때나 불 거라구!"

그러더니 뤼퓌스는 미친 듯이 호루라기를 불어대기 시작했다.

"넌 정말 못됐어. 그러니까 만날 그 모양이지!"

울분을 참지 못한 아냥은 이렇게 말하고는 엉엉 울기 시작했다.

"야아, 얘들아!"

저쪽 골문에서 알세스트가 불렀다. 하지만 아무도 그 소리를 못 들었다. 나는 그때 조프루아와 격투를 벌이고 있었다. 나는 녀석의 빨강 하양 파랑이 들어간 멋진 셔츠를 갈기갈기 찢어놓았다. 그런데도 조프루아는 나를 살살 약올렸다.

"흥, 흥! 이쯤은 아무것도 아냐! 우리 아빠가 더 좋은 걸로 또 왕창 사줄 거니까!"

분을 참지 못한 나는 조프루아의 발목을 연거푸 걷어찼다. 뤼퓌스는 "난 안경 꼈어! 안경 꼈다구!" 하며 떠드는 아냥을 쫓아다녔고, 조아생은 남이야 뭘 하든 상관 않고 동전을 찾아 헤맸다. 하지만 동전은 끝끝내 보이지 않았다. 골문 앞에 우두커니 서 있던 외드는, 지겨워졌는지 자기 주위에 가까이 있는 애들(그러니까 그 애네 팀 애들 말이다.) 코에 주먹을 먹이기 시작했다. 모두들 소리를 지르며 뛰어다니고 있었다. 너무 재미있었다. 정말 멋졌다!

"얘들아, 그만해!"

알세스트가 또 한번 소리쳤다. 이 소리에 화가 난 외드가 알세스트에게 말했다.

"뭐가 그렇게 급해? 우린 지금 경기를 하고 있는 거야. 할말 있으면 하프타임까지 기다리라구!"

"무슨 하프타임? 지금 생각난 건데, 공이 없어. 내가 집에 두고 왔다구!"

알세스트가 말했다.

장학사 선생님

담임 선생님이 무척 상기된 얼굴로 교실에 들어왔다.

"우리 학교에 장학사 선생님이 오실 거야. 너희들이 착하고 얌전하게 굴어서 그분한테 좋은 인상을 심어줄 거라고 기대해도 되겠지?"

우리는 그러겠다고 약속했다. 그런데도 선생님은 괜히 불안해했다. 항상, 아니 거의 얌전한 우리를 두고 말이다.

"미리 말해두는데, 이번에 오시는 장학사 선생님은 너희 같은 애들을 다루는 데는 도통하신 분이야. 지금은 은퇴하셨지만……."

선생님은 우리에게 잔소리를 줄줄이 늘어놓았다. 장학사 선생님의 질문에 대답할 때 빼놓고는 입도 뻥끗하지 말고, 선생님 허락 없이는 웃지도 말라고 했다. 지난번처럼 교실 바닥에 구슬을 굴려서 장학사 선생님을 넘어지게 해서는 안 된다는 당부도 했다. 또 알세스트한테는 장학사 선생님이 있을 때에는 먹지 좀 말라고 했고, 우리 반 꼴찌 클로테르한테는 장학사 선생님 눈에 띄지 않게 조심하라고 했다. 나는 가끔 선생님이 우리를 꼭두각시 인형으로 생각하는 게 아닐까 하는 생각이 든다. 하지만 우리는 선생님을 아주 좋아하기 때문에, 선생님이 원하는 것이라면 뭐든지 하겠다고 약속했다.

선생님은 교실을 쭉 둘러보고 우리도 주욱 훑어보더니, 우리 중 몇 사람보다는 차라리 교실이 더 깨끗하다고 말했다. 그러고는 우리 반 일등이자 선생님의 귀염둥이인 아냥에게, 장학사 선생님이 받아쓰기 시험을 볼 경우에 대비해서 잉크병에 잉크를 채워두라고 말했다.

아냥은 큼직한 잉크병을 들고서, 시릴과 조아생이 앉은 맨 첫 줄부터 채우기 시작했다.

그때 "장학사다!" 하는 소리가 들렸다. 그 소리에 놀란 아냥이 그만 책상에다 잉크를 엎지르고 말았다. 누군가가 장난을 친 거였다. 장학사 선생님은커녕 그 그림자도 보이지 않았다. 화가 난 선생님이 소리쳤다.

"클로테르, 선생님이 다 봤어. 네가 이런 말도 안 되는 장난치는 거 다 봤다구. 뒤에 가서 서 있어!"

"제가 뒤에 서 있으면 장학사 선생님 눈에 금방 띌 거예요. 그러면 장학사 선생님이 저한테 질문을 하실 텐데, 전 아무것도 아는 게 없잖아요. 그럼 전 어떡해요. 그냥 울어버리고 말 거라구요."

클로테르가 훌쩍거리며 말했다. 그러고는 다시 덧붙였다.

"장난친 게 아니에요. 장학사 선생님이 교장 선생님하고 같이 복도로 지나가는 걸 정말 봤단 말예요."

선생님은 클로테르의 말을 믿기로 한 것 같았다.

"좋아, 이번만 봐주는 거야."

잉크투성이가 된 첫 번째 줄 책상 때문에 일이 귀찮아졌다. 선생님은 눈에 띄지 않게 맨 뒷줄 책상과 바꿔놓자고 했다. 우리는 자리에서 일어나 복작거리며 책상을 움직이기 시작했다. 교실에 있는 책상을 모조리 옮겨야 하는 엄청난 일이었지만, 우리는 정말 신이 났다.

바로 그때, 장학사 선생님이 교장 선생님과 함께 들어왔다.

모두 서 있던 참이라, 일부러 일어설 필요도 없었다. 선생님들이나 우리들 모두 하나같이 놀란 토끼 눈을 하고 있었다.

"학생들이…… 좀 산만하군요."

놀란 교장 선생님이 더듬거리며 말했다.

"자아, 여러분. 어서들 자리에 앉아요."

장학사 선생님 말에 우리는 일제히 자리에 앉았다. 맨 뒤로 옮기려고 첫 번째 책상을 뒤로 돌려놓은 바람에 시릴과 조아생은 칠판을 등지고 앉았다.

"이 두 학생은 항상 이렇게 앉나요?"

그 둘을 물끄러미 쳐다보던 장학사 선생님이 우리 선생님한테 물었다.

그러자 선생님은, 클로테르가 질문받았을 때 짓는 멍한 표정을 지어 보였다. 하지만 클로테르처럼 울지는 않았다.

"사소한 말썽이 좀······."

선생님이 얼버무렸다. 장학사 선생님은 기분이 안 좋아 보였다. 자세히 보니, 장학사 선생님의 눈이 숯검정 같은 눈썹과 거의 붙어 있었다.

"교사로서 권위를 지켜야지, 이게 뭡니까? 자 여러분, 이 책상을 제자리에 옮겨놓으세요."

우리가 모두 일어나자, 장학사 선생님이 큰 소리로 외쳤다.

"아니, 다 일어설 필요는 없어요. 거기, 너희 둘만 일어서!"

시릴과 조아생은 책상을 제자리로 돌려놓고 다시 앉았다. 장학사 선생님은 그제야 미소를 짓고는 두 손으로 앞에 있는 책상을 짚고 말했다.

"좋아요, 내가 오기 전에 뭘 하고 있었죠?"

"책상을 옮기고 있었습니다."

시릴이 대뜸 대답했다.

"이제 책상 얘기는 그만!"

장학사 선생님은 짜증이 난 듯한 얼굴로 목소리를 높이더니 다시 물었다.

"그래요, 그럼 어디 한번 물어봅시다. 왜 책상을 옮기고 있었죠?"

"잉크 때문이에요."

이번에는 조아생이 대답했다.

장학사 선생님은 "잉크?" 하고는 자기 두 손을 내려다보았다. 온통 파랗게 잉크 물이 들어 있었다. 선생님은 한숨을 푹 내쉬고는 손수건을 꺼내 잉크를 닦아냈다.

장학사 선생님, 우리 선생님, 교장 선생님 모두 장난할 기분이
아닌 것 같아서 우리는 아주 얌전하게 굴기로 했다.

"제가 보기에, 선생님은 학생들을 통제하는 요령이 좀 부족한
것 같군요. 학생들의 기본적인 심리를 이용할 줄 알아야 합니다."

장학사 선생님은 이렇게 말하고 나서, 함박웃음을 지으며 우리
를 쳐다보았다. 그렇게 웃으니까 눈썹이 눈에서 좀 떨어져 보였다.

"여러분, 난 여러분들과 친구가 되고 싶어요. 조금도 무서워할
것 없어요. 여러분이 재미있는 이야기를 좋아한다는 건 나도 알아
요. 나도 웃는 걸 좋아하니까. 여러분, 두 명의 귀머거리 얘기 알고
있나요? 한번 들어보세요. 한 귀머거리가 다른 귀머거리에게 물었
어요. 너 낚시하러 가니? 그러자 다른 귀머거리가 말했어요. 아니,
난 낚시하러 가. 이 말을 듣고 첫 번째 귀머거리가 뭐라고 했는 줄
알아요? 난 또 네가 낚시하러 가는 줄 알았지."

선생님 허락 없이는 웃을 수 없다는 게 무척 유감이었다. 웃음
을 참느라 진땀을 빼야 했으니까 말이다. 오늘 저녁때 아빠한테 이
얘기를 해드려야지. 무척 재미있어하실 거다. 아빠는 이 얘기는 분
명히 모를 테니까. 누구의 허락도 받을 필요가 없는 장학사 선생
님은 목젖이 보이도록 크게 웃었다. 하지만 우리가 아무런 반응도
보이지 않자, 장학사 선생님은 그나마 조금 퍼져 있던 눈썹을 도
로 제자리에 갖다놓았다. 선생님은 흠흠, 헛기침을 하고 나서 다시
말을 이었다.

"좋아요. 이만하면 실컷 웃었으니 이제 수업을 합시다."

"우화를 공부하고 있던 참이었습니다. 「까마귀와 여우」 이야기입니다."

담임 선생님 말에 장학사 선생님은 고개를 끄덕이며 말했다.

"좋아요, 아주 좋아요. 그럼 계속해보세요."

담임 선생님은 두리번거리더니 아냥을 지적했다.

"아냥, 네가 한번 암송해봐라."

그때 갑자기 장학사 선생님이 손을 들었다.

"제가 한번 지적해보면 어떨까요?"

장학사 선생님의 날카로운 눈초리가 클로테르에게 내리꽂혔다. 꼴찌는 누구한테나 눈에 띄는가 보다.

"거기, 니, 이디 힌빈 암송해봐라."

클로테르는 입을 떼려다 말고 울음을 터뜨렸다.

"이 학생 왜 이러나요?"

장학사 선생님이 묻자, 담임 선생님은 수줍음을 많이 타서 그러니 용서해달라고 했다. 대신 뤼퓌스가 대답을 해야 했다. 아빠가 경찰관인 뤼퓌스 말이다. 뤼퓌스는, 자기는 그 우화를 잘 외우지는 못하지만 대충 무슨 얘기인지는 안다고 대답했다. 양젖 치즈를 물고 있는 까마귀 얘기 아니냐고 했다.

"양젖 치즈라고?"

장학사 선생님이 조금 어리둥절한 표정으로 되물었다.

"아니지, 노르망디 치즈였잖아."

알세스트가 끼어들었다.

"말도 안 돼. 어떻게 까마귀가 노르망디 치즈를 물고 있냐. 질질

녹아내리고 냄새도 고약한데!"

뤼퓌스가 대꾸했다.

"냄새가 좀 나기는 하지만 얼마나 맛있는데. 냄새 같은 건 중요한 게 아냐. 비누를 봐. 냄새가 좋으면 뭐 해, 먹지도 못하잖아. 그런데 있잖아, 나 사실은 비누 먹어봤다."

"설마! 너 바보 아냐? 우리 아빠한테 일러서 너희 아빠 딱지 왕창 떼라고 할 거야!"

알세스트와 뤼퓌스는 치고받으며 싸우기 시작했다.

모두들 자리에서 일어나 소리를 질렀다. 클로테르와 아냥만 빼고 말이다. 클로테르는 구석 자리에서 계속 훌쩍이고 있었고, 아

냥은 칠판 앞에서 고개를 빳빳이 들고 「까마귀와 여우」를 암송하고 있었다. 모두 뒤죽박죽 엉겨붙어 정신없이 놀고 있는데 견디다 못한 담임 선생님과 장학사 선생님, 교장 선생님이 동시에 버럭 소리를 질렀다.

"그만!"

교실은 순식간에 잠잠해졌고, 우리는 모두 제자리에 앉았다. 장학사 선생님이 손수건을 꺼내 얼굴을 닦았다. 손에 묻은 잉크를 닦았던 그 손수건 말이다. 선생님 얼굴 여기저기에 푸릇푸릇한 얼룩이 생겼다. 마음대로 웃을 수 없다는 게 정말 유감이었다. 쉬는 시간까지는 무슨 수를 써서라도 참아야 하는데, 쉽지 않을 것 같았다.

장학사 선생님이 우리 담임 선생님 곁으로 갔다. 그러고는 우리 선생님의 손을 꼭 잡았다.

"선생님, 선생님이 무척 존경스럽습니다. 선생이란 직업이 이렇게 성스러운 것인지 정말 몰랐어요. 오늘에야 그걸 알았습니다. 용기를 갖고 계속 열심히 가르쳐보세요! 힘내세요!"

장학사 선생님은 이렇게 말하고는 교장 선생님과 함께 종종걸음으로 교실을 나갔다.

우리는 담임 선생님을 참 좋아하지만, 선생님은 가끔 옳지 못한 판단을 내릴 때가 있다. 장학사 선생님한테 칭찬을 받은 게 다 우리 덕분이었는데도, 우리보고 수업 끝나고 남으라고 했으니까 말이다. 정말 말도 안 된다!

강아지 렉스

　학교 끝나고 집으로 돌아오는데, 강아지 한 마리가 내 뒤를 쫄래쫄래 따라왔다. 쪼끄만 놈이 길을 잃은 것 같았다. 떠돌이 외톨이인 것 같아 마음이 찡했다. 친구를 찾아주면 좋아할 것 같아서 붙잡아 안으려는데, 요리조리 쏙쏙 피하기만 해서 쉽게 잡히지 않았다. 나랑 함께 가는 게 내키지 않았는지, 슬슬 내 눈치를 살폈다. 초콜릿빵 반쪽을 뚝 잘라 던져줬더니 덥석 물고는 지조도 없이 꼬리를 살랑살랑 흔들어대기 시작했다. 나는 그 강아지를 렉스라고 부르기로 했다. 지난주에 본 첩보영화에 나왔던 주인공 이름이다.

　렉스는 항상 먹어대는 내 친구 알세스트만큼이나 빨리 빵조각을 먹어치웠다. 그제서야 기분이 좋아졌는지, 렉스는 순순히 나를 따라오기 시작했다. 렉스를 집에 데리고 가면 엄마 아빠가 좋아할 것 같았다. 재주부리는 방법도 가르치고, 집도 보게 하고, 내가 강도들을 잡을 때 도와주는 멋진 개로 만들 생각이었다. 지난주 목요일 날 봤던 영화에서처럼 말이다.

하지만 내가 렉스를 데리고 집 안으로 들어서자, 엄마는 좋아하지 않았다. 엄만 내가 하는 일은 항상 맘에 안 들어한다. 사실 렉스에게도 조금은 잘못이 있다. 렉스와 내가 거실에 들어섰을 때, 엄마가 와서 나를 안아주며 학교에서 아무 일 없었냐고, 또 무슨 엉뚱한 일 저지른 것 아니냐고 물었다. 그러고 나서야 렉스가 눈에 보였는지, 엄마는 그때부터 잔소리를 늘어놓기 시작했다.

"웬 강아지니?"

나는 열심히 대답했다. 길 잃은 불쌍한 강아지인데, 내가 강도놈들을 잡는 걸 도와줄 거라고 생각해서 데려왔다고 말이다. 그러는 동안 렉스는 안락의자 위에서 방방 뛰어대더니, 쿠션을 물어뜯기 시작했다. 손님 왔을 때만 빼고는 아빠도 마음대로 앉지 않는 바로 그 의자 위에서 말이다!

엄마는 계속해서 잔소리를 늘어놓으며 동물들을 집으로 데려오지 말라고 입이 닳도록 얘기하지 않았냐고 했다.(그건 그랬다. 언젠가 내가 쥐를 데려왔을 때 말이다.) 개는 위험한 동물이고, 혹시 이 개가 광견병에 걸렸다면 우리 모두를 물어뜯어 병을 옮길 수도 있다고 했다. 엄마는 빗자루로 쫓아내기 전에 일 분간 시간을 줄 테니, 어서 개를 집 밖으로 내보내라고 했다.

렉스한테서 의자 쿠션을 떼어내려고 했는데, 쉽지가 않았다. 게다가 렉스는 이미 쿠션 끄트머리를 입에 넣고 우물거리고 있었다.

하필이면 왜 쿠션을 좋아하는지 도무지 이해가 안 됐다. 렉스를 품에 안고 정원으로 나오는데, 눈물이 왈칵 쏟아질 것만 같았다. 나는 결국 울음을 터뜨렸다. 렉스도 슬펐는지 어땠는지는 모르겠지만, 어쨌든 녀석은 양털 쿠션 조각을 토해내느라 정신이 없었다.

퇴근해서 돌아온 아빠가 현관문 앞에 앉아 울고 있는 나와, 캑캑거리고 있는 렉스를 발견했다.

"아니, 무슨 일이냐?"

난 그동안 있었던 일을 아빠한테 전부 얘기했다. 엄마는 렉스를 싫어하지만 렉스는 내 친구이고 나도 렉스에겐 하나밖에 없는 친구이며, 렉스는 내가 강도 잡는 걸 도와줄 거고, 나는 렉스에게 재주넘는 방법을 가르쳐줄 거라고 말했다. 난 너무 불행하다는 말도 덧붙였다. 그러고 나서 다시 울음을 터뜨렸다. 렉스는 뒷발로 한쪽 귀를 긁적이고 있었다. 그런 동작은 아무나 할 수 있는 게 아니다. 전에 학교에서 애들이 렉스처럼 해보려고 한 적이 있었지만, 롱다리 맥상 말고는 아무도 성공하지 못했었다.

아빠는 내 얼굴을 어루만져주며 말했다.

"엄마 말씀이 옳아. 떠돌이 개를 집에 데려오는 건 위험한 일이야. 병에 걸렸을지도 모르잖니. 병에 걸린 개한테 물리면 그걸로 끝이야! 입에 거품을 물고 미친 듯이 날뛰게 된다구. 너도 나중에 배우겠지만, 다행히도 파스퇴르가 약을 개발했지. 그분이야말로 인류의 은인이야. 덕분에 광견병을 치료할 수 있게 되었으니까. 하지만 일단 그 병에 걸리면 죽도록 아프다지, 아마?"

"렉스는 병에 안 걸렸어요. 먹을 것도 얼마나 잘 먹는다구요. 또 얼마나 똑똑한데요."

아빠는 뚫어져라 렉스를 쳐다보더니 렉스의 머리를 손가락으로 쓱쓱 쓰다듬어주었다. 가끔 내게 하는 것처럼 말이다.

"그래, 이 꼬마 녀석은 튼튼해 보이는구나."

렉스는 아빠 말을 알아들었는지 아빠의 손을 핥기 시작했다. 아빠도 렉스의 재롱에 기분이 좋아진 것 같았다.

"이 녀석 참 귀엽구나."

아빠는 다른 쪽 손을 내밀며 말했다.

"자, 손 이리 다오. 옳지, 손, 그렇지!"

렉스는 한쪽 발은 아빠에게 내밀고, 입으로는 아빠 손을 핥고, 또 다른 발로는 귀를 긁적이느라 정신없이 바빴다. 아빠는 렉스가

하는 짓이 재미있었는지 허허 웃었다.

"좋아, 여기서 기다려. 아빠가 엄마랑 얘기를 해볼 테니까."

아빠는 집 안으로 들어갔다. 우리 아빠 최고! 아빠가 엄마와 렉스 문제를 결정하는 동안, 나는 렉스랑 장난치며 재미있게 놀았다. 갑자기 렉스가 뒷발로 벌떡 일어섰다. 하지만 내가 먹을 걸 주지 않자, 다시 귀를 긁적이기 시작했다. 아주 귀찮은 녀석이다!

아빠가 집에서 나왔다. 기분이 안 좋아 보였다. 아빠는 내 옆에 와서 앉더니, 손가락으로 내 머리를 쓱쓱 쓰다듬어주었다. 그리고는 엄마가 집에서 개 기르는 걸 원치 않는다고 말했다. 안락의자 사건이 결정적이었다는 말도 했다. 나는 울까 말까 망설이다가 한

가지 생각을 떠올렸다.

"집 안에서 못 기르면, 정원에서 기르면 되잖아요."

아빠는 잠깐 동안 골똘히 생각하더니 좋은 생각이라고 말했다. 밖에서 기르면 렉스가 물건을 망가뜨리는 일도 없을 거라면서 말이다. 아빠는 당장 렉스에게 집을 지어주겠다고 했다. 나는 아빠를 꼭 끌어안았다. 우리는 널빤지를 가지러 창고로 갔다. 아빠가 연장을 가져왔다. 그러는 동안 렉스는 베고니아꽃을 아작아작 씹어대기 시작했다. 거실에 있는 안락의자를 씹어놓았던 것에 비하면 문젯거리도 아니었다. 우리 집에는 안락의자보다는 베고니아꽃이 더 많기 때문이다.

아빠는 창고에 쌓인 널빤지 더미를 뒤적거리며 쓸 만한 것을 골라내기 시작했다.

"잘 봐라. 내가 렉스한테 기막힌 집을 지어줄 테니까. 진짜 궁전 말야."

"저는 렉스한테 재주넘기랑 집 지키는 법을 가르쳐줄 거예요!"

"그래, 렉스를 잘 훈련시켜서 반갑지 않은 손님을 쫓아내버리자꾸나. 블레뒤르 씨 같은 사람 말야."

블레뒤르 씨는 우리 옆집 아저씨이다. 아빠랑 아저씨로 말할 것 같으면, 서로를 괴롭히는 재미로 사는 앙숙이다. 렉스랑 아빠랑 나는 정말 신이 났다!

하지만 아빠의 날카로운 비명 때문에 즐거운 분위기는 곧 깨지고 말았다. 망치질을 하다가 그만 손가락을 찧었던 것이다. 아빠의 비명을 듣고 엄마가 정원으로 뛰어나왔다.

"두 사람 지금 뭐 하는 거예요?"

나는 또랑또랑한 목소리로 대답했다. 아빠와 나는 안락의자가 없는 정원에서 렉스를 기르기로 결정했다고 말이다. 아빠는 렉스에게 집을 지어주고, 나는 렉스에게 블레뒤르 아저씨를 물어 병을 옮기는 법을 가르쳐줄 거라고 했다. 아빠는 별말 하지 않고 다친 손가락만 쭉쭉 빨며 엄마를 멀뚱멀뚱 바라보았다. 엄마는 모두 다 못마땅해했다.

"우리 집 울타리 안에 이 짐승은 절대 못 들여. 이 녀석이 내 베고니아꽃에다 무슨 짓을 하고 있는지 좀 보라구!"

엄마의 카랑카랑한 목소리를 알아들었는지, 렉스는 반짝 고개를 들고는 꼬리를 실룩거리며 엄마한테 다가갔다. 그러고는 뒷발로 벌떡 일어섰다. 엄마는 렉스를 바라보다가 가만히 쭈그리고 앉아 머리를 쓰다듬어주었다. 렉스는 엄마 손을 열심히 핥았다.

바로 그때 쾅쾅, 대문 두드리는 소리가 났다.

아빠가 가서 문을 열자 어떤 아저씨가 성큼성큼 들어왔다. 그 아저씨는 렉스를 보고는 이상한 이름을 불렀다.

"키키! 여기 있었구나! 얼마나 찾아다녔는지 아냐!"

"어이, 이봐요, 뭘 찾고 있습니까?"

아빠가 물었다.

"뭘 찾느냐구요? 내 개를 찾고 있었소! 함께 산책 나온 사이에 이 녀석이 어디론가 슬며시 사라져버렸지 뭐요. 어느 꼬마가 이리로 키키를 데려가더라고 누가 말해주더군요."

"이 개는 키키가 아니라 렉스예요. 지난주 목요일 날 본 영화에서처럼 우리도 강도들을 잡을 거라구요. 우린 렉스를 잘 훈련시켜서 블레뒤르 아저씨도 곯려줄 거란 말이에요!"

그런데 렉스는 기분이 무척 좋아 보였다. 의리 없이 헤헤거리더니 풀쩍 뛰어올라 아저씨의 품에 냉큼 안겼다.

"이 개가 당신 거라는 증거라도 있어요? 이 개는 길 잃은 개란 말이오!"

아빠가 말했다.

"이 목걸이가 증거요. 키키 목에 걸린 이 목걸이에 뭐라고 쓰여 있는지 봤소? 바로 내 이름이오, 내 이름! 쥘 조제프 트랑페. 봐요, 내 주소도 함께 쓰여 있잖소. 당신, 나한테 고소당하고 싶어? 아

이구, 우리 불쌍한 키키!"

아저씨는 말할 틈도 안 주고 혼자서 떠들더니, 렉스를 안고 훌쩍 가버렸다.

우리는 너무 놀라, 한동안 멍청하게 그냥 서 있었다.

잠시 후 엄마가 훌쩍거리기 시작했다. 아빠는 엄마를 달래며, 다음에 다른 개를 꼭 데려오겠다고 굳게 약속했다.

드조드조

우리 반에 어떤 애가 전학을 왔다. 오후에 선생님이 그 애를 교실로 데리고 왔는데, 빨간 머리에 주근깨 범벅에다가 눈은 새파랬다. 어제 쉬는 시간에 내가 구슬치기하다가 잃은 구슬처럼 말이다. 그건 맥상이 속임수를 써서 나한테서 빼앗아간 거였다.

"얘들아, 너희들에게 새 친구를 소개할게. 다른 나라에서 온 친구란다. 우리말을 배우게 하려고 이 친구 부모님이 우리 학교에 보내신 거야. 너희들이 선생님을 도와서, 새 친구가 잘 적응할 수 있도록 친절하게 대해줄 거라 믿는다."

선생님이 새로 온 애를 돌아보며 말했다.

"친구들에게 네 이름을 말해주려무나."

하지만 그 애는 선생님 말을 못 알아들었는지 씩 웃기만 했다.

녀석의 입술 사이로 괴물 같은 이빨들이 슬쩍 보였다.

"행운아야, 저런 이빨만 있으면 뭐든지 씹어먹을 수 있을 거라구!"

항상 먹어대는 뚱보 알세스트가 말했다.

새로 온 아이가 아무 말도 않고 있자, 선생님이 직접 그 애 이름을 알려주었다. 조지 맥킨토시라고 했다.

"예스, 드조지."

그 애가 말했다.

"선생님, 쟤가 뭐라고 하는지 못 알아듣겠어요. 조르주라는 거예요, 드조지라는 거예요?

맥상이 물었다.

선생님은, 우리나라 말로는 조르주이지만 걔네 나라 말로는 드조지라고 발음한다고 설명해주었다.

"그럼, 우리는 조조(미국 만화의 주인공 이름으로, '망나니 아이'를 지칭하는 별명으로 쓰인다─옮긴이)라고 부르자."

맥상이 말하자, 조아생이 끼어들었다.

"아냐, 드조드조라고 불러야 해."

"드조아생, 넌 가만 있어."

맥상이 반박했다. 선생님이 티격태격하는 조아생과 맥상을 벌세웠다.

선생님은 드조드조를 아냥 옆에 앉게 했다. 아냥은 드조드조를 경계하는 눈치였다. 아냥은 누가 새로 전학 오는 걸 싫어한다. 왜냐하면, 아냥은 우리 반 일등이고 선생님의 귀염둥이인데 새로 오

76

는 애한테 그 자리를 빼앗길지도 모르기 때문이다. 하지만 우리한테는 마음이 푹 놓이는 모양이다.

드조드조는 괴물 같은 이빨이 다 보이도록 입을 헤벌리고 웃으며 자리에 가 앉았다.

"조르주가 쓰는 말을 아무도 할 줄 몰라 유감이구나."

선생님이 말했다.

"제가 영어의 기초를 잘 다져두었어요."

아냥이 잘난 척을 하고 나섰다. 아무렴, 아냥은 자기가 영어를 잘한다고 말해야 직성이 풀릴 녀석이니까. 아냥은 드조드조에게 자기 영어 실력을 맘껏 펼쳐 보였다. 하지만 드조드조는 멀뚱멀뚱 쳐다보고민 있었다. 그리디니 갑자기 웃음을 디뜨리며 손가락으로 자기 이마를 두드렸다. 아냥은 잔뜩 화를 냈다. 드조드조가 그럴 만도 했다. 나중에 알았는데, 아냥은 자기네 재단사 아저씨는 부자라는 말과, 자기 삼촌네 집 정원은 숙모 모자보다 훨씬 크다는 말을 영어로 줄줄이 늘어놓았던 거다. 아냥은 정말 바보다!

쉬는 시간 종소리가 울리자마자 우리는 모두 밖으로 몰려나갔다. 벌을 받고 있던 조아생과 맥상, 클로테르만 빼고. 우리 반 꼴찌인 클로테르는 수업 시간에 뭘 배웠는지 하나도 모른다. 그러니 일단 질문을 받았다 하면, 쉬는 시간은 없는 거다. 벌을 서야 하니까 말이다.

운동장으로 우르르 몰려나간 우리는 드조드조를 빙 둘러쌌다. 너나할것없이 드조드조에게 질문을 퍼부어댔지만, 드조드조는 괴물 같은 누런 이빨만 드러내 보일 뿐이었다. 뭐라고 말을 하는 것 같았지만, 한마디도 알아들을 수 없었다.

"우앵슈앵슈앵."

그 애가 한 말은 이게 다였다.

"왜, 그 방법이 있잖아, 자기네 나라 말로 말하게 하고, 대신 자막 넣는 거 말야."

영화관에 자주 가는 조프루아가 말했다.

"내가 통역해줄 수 있는데."

또 한 번 영어 실력 발휘의 기회를 노리던 아냥이 말했다.

"말도 안 돼. 이 바보야!"

뤼퓌스가 말했다.

드조드조는 그 말이 마음에 쏙 들었는지, 손가락으로 아냥을 가리키며 연거푸 외쳐댔다.

"오! 바보바보바보!"

드조드조는 무척 신이 나는 모양이었다. 아냥은 울면서 뛰어가 버렸다. 아냥은 툭하면 운다.

우리는 차츰 드조드조가 꽤 멋진 녀석이라는 생각이 들기 시작했다. 나는 쉬는 시간에 먹으려고 아껴둔 초콜릿 한 조각을 드조드조에게 주었다.

"너희 나라에서는 주로 어떤 운동경기를 하니?"

외드가 물었다. 아무것도 못 알아들은 드조드조는 "바보바보바보" 소리만 되풀이했다. 조프루아가 아는 척하며 나섰다.

"그것도 질문이라고 하냐? 쟤네 나라에서는 테니스를 친다구!"

"야, 어릿광대, 너한테 물은 거 아니야!"

외드가 발끈해서 소리치자, 드조드조도 덩달아 "어릿광대! 바보바보!" 하고 소리쳤다. 드조드조는 우리랑 함께 노는 게 무척 신나는 모양이었다.

하지만 조프루아는 외드의 말에 기분이 상한 것 같았다.

"누가 어릿광대야?"

조프루아가 외드에게 물었다. 하지만 그건 조프루아의 실수였다. 외드는 힘만 센 게 아니라 아예 코피 터뜨리는 걸 즐기는 녀석이기 때문이다. 외드의 주먹이 조프루아에게 날아갔다.

그걸 본 드조드조는 "바보바보" "어릿광대" 하던 소리를 뚝 멈추었다. 그러고는 외드를 쳐다보더니, "권투? 좋지!" 하고 말했다.

드조드조는 두 주먹으로 얼굴을 가리고 춤추듯 외드 주변을 빙빙 돌기 시작했다. 텔레비전에서 보았던 권투 선수하고 똑같았다.

"쟤, 왜 저래?"

외드가 물었다.

옆에서 코를 비비고 있던 조프루아가 대답했다.

"너랑 권투하고 싶은가 봐, 이 못된 덩치야!"

"좋아!"

외드는 갖은 폼을 다 잡으며 드조드조와 권투를 하기 시작했다. 하지만 드조드조의 권투 실력이 훨씬 좋았다. 요리조리 잘도 피했다. 드조드조에게 몇 차례 일방적으로 얻어맞은 외드는 슬슬 화를 내기 시작했다.

"저렇게 코를 가리고 있는데, 어떻게 때리냐?"

외드가 이렇게 외치는데, 갑자기 픽, 하는 소리가 들렸다. 드조드조가 날린 마지막 일격이었다. 외드는 땅바닥에 주저앉았다. 하지만 외드는 화내지 않고 툭툭 털고 일어서면서 "짜식, 센데!" 하고 말했다.

"센데, 바보, 어릿광대!"

드조드조의 대답이었다. 엄청 빨리 배우는 애였다.

쉬는 시간이 끝났다. 늘 그렇듯이 알세스트는 투덜거렸다. 집에서 가져온, 버터를 듬뿍 바른 빵 네 조각 먹을 시간도 안 준다고 말이다.

우리가 교실로 들어가자, 선생님은 드조드조에게 쉬는 시간 동안 재미있었냐고 물었다.

"선생님, 쟤네들이 드조드조한테 순 욕만 가르쳐줬대요!"

아냥이 일어나서 말했다.

"아냐, 치사한 거짓말쟁이!"

　쉬는 시간에 교실 밖으로 나가지도 않았던 클로테르가 소리쳤다. 그러자 드조드조가 아주 자랑스럽다는 듯이 "바보, 어릿광대, 치사한 거짓말쟁이"라고 말했다.

　우리는 아무 말도 하지 않았다. 선생님 얼굴이 일그러졌기 때문이다.

　"창피한 줄 알아라. 우리말 할 줄 모르는 친구를 놀리기나 하고 말야! 잘 대해주라고 선생님이 말했잖니. 도대체가 너희들은 믿을 수가 없구나! 못되게 자란 야만인들처럼 그게 뭐니!"

　"바보, 어릿광대, 치사한 거짓말쟁이, 야만인, 못됐어."

드즈드조는 부지런히 따라했다. 하나하나 아는 게 늘어날수록 점점 더 신이 나는 모양이었다.

선생님은 눈을 동그랗게 뜨고 드즈드조를 쳐다보았다.

"조지, 그런 말 하면 못써!"

"그것 보세요, 선생님. 제 말이 맞죠?"

아냥이 또 끼어들었다.

"아냥, 수업 끝나고 남기 싫으면 너부터 반성해!"

선생님의 무서운 목소리에 아냥이 울음을 터뜨렸다.

"치사한 고자질쟁이!"

누군가가 소리쳤다. 하지만 선생님은 누구 목소리인지 눈치채지 못했다. 안 그랬으면 내가 벌을 받았을지도 모른다. 아냥은 교실 바닥을 데굴데굴 구르면서, 아무에게도 인기가 없는 건 정말 끔찍한 일이라며 죽어버리겠다고 소리쳤다. 선생님이 아냥을 데리고 나가 얼굴을 씻기고 달래주어야 했다.

아냥과 함께 교실로 돌아온 선생님 얼굴이 지쳐 보였다. 하지만 다행히도 그때 수업이 끝나는 종이 울렸다. 교실을 나가기 전에 선생님은 드즈드조를 보며 "오늘 있었던 일을 네 부모님이 들으시면 뭐라고 하실지 궁금하구나"라고 말했다.

그러자 드즈드조는 한쪽 손을 내밀며 이렇게 대답했다.

"치사한 고자질쟁이."

선생님은 걱정을 했지만, 그건 쓸데없는 걱정이다. 드즈드조네 엄마 아빠는 녀석이 꼭 필요한 우리말은 다 배웠다고 생각할 게 틀림없기 때문이다.

증거도 있다. 그날 이후 드조드조가 두 번 다시 학교에 나오지 않은 것 말이다.

멋진 꽃다발

엄마의 생일이다. 난 매년 그랬던 것처럼 엄마한테 선물을 하기로 마음먹었다. 매년이라고 했지만 사실은 작년부터를 말하는 거다. 그전엔 내가 너무 어렸으니까. 저금통에 들어 있는 동전들을 털어내보니 꽤 많았다. 우연히도 바로 어제 엄마가 돈을 주었기 때문이다. 참 다행이다. 엄마한테 뭘 선물해야 할지는 알고 있었다. 거실에 있는 커다란 파란색 꽃병에 꽂을 엄청나게 큰 꽃다발을 사면 된다.

학교 끝나고 선물 사러 갈 생각에 오전 내내 엉덩이가 들썩거렸다. 돈을 잃어버리지 않으려고 손에 꼭 쥔 채 바지 주머니에 넣었다. 내내 그러고 있었다. 쉬는 시간에 축구할 때도 말이다. 난 골키퍼가 아니기 때문에 주머니에 손을 넣고 있어도 별 문제가 되지 않았다. 골키퍼는 먹보에다 뚱보인 알세스트였다.

"왜 주머니에 손을 넣고 뛰어?"

알세스트가 묻길래, 엄마한테 줄 꽃을 사야 하기 때문이라고 설명해줬다. 그랬더니 알세스트는, 자기 같으면 과자나 사탕, 순대 같은 걸 받고 싶을 거라고 했다. 하지만 알세스트한테 줄 선물이 아니기 때문에 나는 신경쓰지 않았다. 대신 내가 녀석한테 한 골 먹여서, 우리 팀이 4 대 3으로 이겼다.

학교를 마치고 알세스트와 같이 꽃 가게에 갔다. 알세스트는 문법 시간에 먹다가 반쯤 남겨둔 초콜릿빵을 마저 먹으면서 따라왔다. 꽃 가게에 들어간 나는 돈을 전부 계산대 위에 쏟아놓은 후, 가게 아줌마에게 엄마한테 선물할 거니까 엄청나게 큰 꽃다발을 만들어달라고 말했다. 베고니아꽃은 빼달라는 말도 잊지 않았다. 베고니아꽃은 우리 정원에도 넘쳐나기 때문에 굳이 살 필요가 없다.

"제일 예쁜 꽃으로 주세요."

알세스트가 말했다. 그러고는 향기가 좋은지 맡아보려고 진열대에 놓인 꽃들에 코를 갖다댔다. 아줌마는 내가 쏟아놓은 동전들을 세어보더니 꽃을 많이, 아주아주 많이 사기에는 좀 부족하다고 말했다. 어쩔 줄 몰라하는 나를 물끄러미 바라보던 아줌마는 잠깐 생각하더니, 너무 귀엽다며 내 머리를 톡톡 쳤다. 아줌마는 자기가 이 문제를 해결해주겠다며, 이쪽저쪽에서 꽃들을 골라내고, 초록색 잎사귀들도 한 무더기 집어들었다. 알세스트는 그 초록색 잎사귀들을 마음에 들어했다. 고기야채스튜에 넣는 야채랑 똑같이 생겼다면서 말이다. 꽃다발은 굉장히 근사했고, 또 엄청 컸다. 아

줌마는 빠딱빠딱 소리가 나는 투명 종이로 멋지게 포장을 해주며, 조심해서 들고 가라고 했다. 꽃다발도 다 되고, 여기저기 킁킁거리며 꽃향기를 맡던 알세스트도 볼일을 끝내자, 나는 아줌마에게 고맙다고 말하고 알세스트와 함께 가게에서 나왔다.

　멋진 꽃다발을 들고 알세스트와 함께 싱글벙글거리며 걸어가다가 학교 친구들 셋, 그러니까 조프루아, 클로테르, 뤼퓌스를 만났다.

　"니콜라 좀 봐, 저렇게 꽃을 들고 있으니까 꼭 바보 같다!"

　조프루아가 말했다.

　나는 "내가 지금 꽃을 들고 있는 게 다행인 줄 알아. 이 꽃만 아니었으면, 넌 따귀감이라구!"라고 해주었다.

　"꽃 이리 줘. 네가 조프루아 따귀 때릴 동안 내가 들어줄게."

　알세스트가 말했다.

알세스트의 말을 듣고 내가 꽃다발을 맡기려고 하는데, 조프루아가 내 뺨을 때렸다. 우리는 엉겨붙어 싸웠다. 얼마간 치고받다가, 내가 "늦었어. 집에 가자" 하고 말했고, 우리의 싸움도 끝났다. 하지만 그 자리에 좀 더 남아 있어야 했다. 클로테르가 "알세스트 좀 봐, 쟤도 똑같아. 꽃 들고 있으니까 얼간이 바보 같잖아!" 하고 말했기 때문이었다. 화가 난 알세스트는 손에 들고 있던 꽃다발로 클로테르의 머리통을 힘껏 후려쳤다.

"내 꽃! 내 꽃다발 다 망가지잖아!"

아무리 소리쳐도 소용없었다. 정말이었다. 알세스트는 내 꽃다발을 정신없이 휘둘러댔고, 포장이 찢겨나간 꽃들은 사방팔방으로 흩어져 날렸다. 그리고 클로테르는 "하나도 안 아파. 하나도 안 아프다구!"라고 말하며 알세스트를 약올리고 있었다.

알세스트가 꽃다발 휘두르던 걸 멈춘 후 클로테르의 머리를 보니, 꽃다발에서 빠져나온 초록색 잎사귀들이 수북이 쌓여 있었다. 그러고 보니 정말 고기야채스튜랑 똑같았다.

"너희들 정말 못됐어."

나는 땅에 떨어진 꽃들을 주우면서 친구들에게 말했다.

"맞아, 너희들이 니콜라 꽃다발을 망가뜨린 건 정말 잘못한 거야!"

뤼퓌스가 말했다.

"넌 빠져!"

조프루아가 나섰다. 이번엔 뤼퓌스와 조프루아의 따귀 싸움이 벌어졌다.

그러는 동안 알세스트는 고기야채스튜처럼 되어버린 클로테르 머리 때문에 배가 고파졌는지, 저녁을 먹는다고 슬그머니 집으로 가버렸다.

나도 꽃다발을 들고 집으로 향했다. 야채도 없고 빤딱거리는 종이도 없었지만, 그래도 그런 대로 멋졌다. 한참 길을 걷다가 외드와 마주쳤다.

"나랑 구슬치기 할래?"

외드가 말했다. 하지만 나는 고개를 저었다.

"안 돼, 집에 가서 엄마한테 이 꽃다발 드려야 돼."

외드는 아직 시간이 이르지 않냐며 계속 졸랐다. 사실 난 구슬치기를 무척 좋아한다. 아니, 좋아하는 정도가 아니라 구슬치기 왕이다. 겨누기만 하면 다 맞춘다! 거의 매일 이긴다.

난 꽃다발을 길 위에 살짝 내려놓고 외드와 구슬치기 시합을 시작했다. 외드랑 같이 구슬치기를 하면 정말 재미있다. 항상 내가 이기니까 말이다. 하지만 골치 아픈 문제가 없는 건 아니다. 외드는 자기가 지면 심통을 부리니까.

외드가 내가 속임수를 쓴 거라고 말도 안 되는 소리를 해서 "이 거짓말쟁이!" 하고 톡 쏘아주었다. 그러자 외드가 나를 툭 밀었고, 그 바람에 나는 그만 꽃다발 위에 주저앉고 말았다. 꽃들에겐 정말 안된 일이었다.

"네가 이 꽃 망가뜨렸다고 우리 엄마한테 이를 거야."

내 말에 겁을 먹은 외드는 어쩔 줄 몰라하며 떨어진 꽃들 중에서 덜 망가진 것들을 골라내는 걸 도와주었다. 난 외드가 참 좋다.

외드는 정말 좋은 친구다.

나는 다시 걷기 시작했다. 꽃다발은 이제 그렇게 크지는 않았지만 그래도 꽃들이 몇 송이 남아 있었다. 괜찮았다. 한 송이는 좀 찌그러져 있었지만, 다른 두 송이는 멀쩡했으니까. 그때 우리 반 친구 조아생이 자전거를 타고 오는 게 보였다.

조아생이 다가오는 걸 보면서 난 이제 더 이상 안 싸우겠다고 마음먹었다. 길에서 친구들을 만날 때마다 계속 싸우다간 엄마한테 줄 꽃이 한 송이도 안 남아날 테니 말이다. 어쨌든 내가 엄마한테 꽃을 선물하는 건 친구들하고는 아무 상관없는 일이다. 그건 내 권리이다. 그리고 내가 보기엔 아무래도 녀석들이 질투를 하고 있는 것 같다. 내가 꽃을 갖다주면 우리 엄마가 매우 기뻐하며 나에게 맛있는 후식도 주고 착하다고 칭찬도 해줄 테니 말이다.

"안녕, 니콜라!"

조아생이 이렇게 말했지만, 나는 왠지 화가 나서 다짜고짜 소리쳤다.

"내 꽃다발이 왜 이러냐구? 이 얼간아!"

조아생이 자전거를 세우더니, 동그래진 눈으로 나를 쳐다보며 물었다.

"무슨 꽃다발?"

"이거 말야, 이거!"

나는 조아생의 얼굴에 꽃다발을 집어던졌다. 조아생은 꽃다발이 자기 얼굴로 날아들 거라고는 전혀 생각하지 못한 것 같았다. 그렇게 날아든 꽃다발이 조아생 마음에 들 리가 없었다. 조아생도

꽃다발을 주워들고는 힘껏 내던졌다. 그런데 하필이면 그게 마침 우리 곁을 지나가던 자동차 지붕 위에 떨어졌다. 자동차는 꽃다발을 지붕에 얹은 채 멀리 달려갔다.

"내 꽃! 엄마한테 줄 꽃인데!"

내가 울부짖자 조아생이 말했다.

"걱정 마, 내가 자전거로 따라가볼게!"

조아생은 참 착한 친구다. 조아생은 이다음에 크면 전국 자전거 달리기 대회에 나가려고 벌써부터 준비를 하고 있다. 하지만 오르막길에서는 빨리 달릴 수가 없었다. 조아생이 다시 돌아와서는 고갯마루에서 자동차를 놓쳐버렸다고 했다. 대신 자동차 지붕에서 미끄러져 떨어진 꽃 한 송이를 주워다 주었다. 하필이면 찌그러진 꽃이었다.

조아생은 내리막길을 달려서 횡하니 자기네 집으로 가버렸고, 나는 걸레 조각이 돼버린 꽃을 들고 터덜터덜 집으로 돌아왔다. 목이 콱 메었다. 빵점짜리 성적표를 가지고 집에 왔을 때처럼 말이다.

"생일 축하해요, 엄마."

문을 열고 들어가면서 이렇게 말하다가 나는 그만 울음을 터뜨리고 말았다. 엄마는 꽃을 보고 좀 놀란 표정이었다. 하지만 엄마는 나를 꼬옥 안아주며 내 볼이 마르고 닳도록 뽀뽀를 해주었다. 엄마는 이렇게 멋진 꽃다발은 처음 받아본다며 거실에 있는 커다란 파란색 꽃병에 꽂았다.

누가 뭐라든 우리 엄마는 정말 최고다!

성적표

오늘은 학교에서 하나도 즐겁지 않았다. 오후에 교장 선생님이 우리 반에 와서 한 사람 한 사람 성적표를 나누어주었기 때문이다. 우리들 성적표를 팔에 안고 들어온 교장 선생님은 기분이 안 좋아 보였다.

"내가 오랫동안 교직에 몸담아왔지만, 이렇게 주의가 산만한 반은 처음 봐요. 담임 선생님이 여러분 성적표에 적어주신 의견이 그걸 증명해주고 있지요. 자, 이제 성적표를 나눠주겠어요."

클로테르가 훌쩍거리며 울기 시작했다. 우리 반 꼴찌인 클로테르의 성적표에는 매달 선생님이 뭐라고뭐라고 써준 글씨가 빼곡하게 적혀 있다. 클로테르네 엄마 아빠는 그걸 읽고 나면 얼굴이 험악해져서 맛있는 후식을 못 먹게 하는 건 물론이고 텔레비전도 못 보게 한다고 한다. 이제 자기네 엄마 아빠는 이런 일에 너무나 익숙해져서 성적표 나눠주는 날이 되면 엄마는 아예 후식을 안 만들고 아빠는 옆집으로 텔레비전을 보러 간다는 거였다.

내 성적표에는 이렇게 쓰여 있었다.

'부산스럽고 종종 주의가 산만해지는 학생. 점차 나아질 것임.'

외드의 성적표엔 '산만한 학생. 친구들과 자주 다툼. 차츰 나아질 것임'이라고 쓰여 있었고, 뤼퓌스의 성적표엔 '수업 시간에 호루라기를 불다가 수없이 압수당하고도 끈질기게 불어댐. 조금씩 나아질 것임', 이렇게 쓰여 있었다.

나아질 게 아무것도 없는 건 아냥뿐이었다. 우리 반 일등에다 선생님의 귀염둥이인 아냥 말이다. 교장 선생님은 우리에게 아냥의 성적표를 읽어주었다.

'열심히 공부하는 똑똑한 학생.'

교장 선생님은 우리에게 아냥을 본받으라고 말했다. 우리 같은 악동들은 감옥에나 가게 될 텐데, 그건 우리에게 많은 기대를 갖고 있는 엄마 아빠 들한테는 큰 고통이 될 것이라는 말도 했다. 이 말을 남기고 교장 선생님은 교실을 나갔다.

우리는 무척 난감했다. 성적표에 엄마나 아빠 사인을 받아와야 하는데, 언제나 그렇듯이 그건 즐거운 일이 아니기 때문이다. 그때 수업 끝나는 종이 울렸다. 우리는 늘 하던 대로 모두 문 쪽으로 몰려가 이리 밀치고 저리 밀치면서 책가방을 집어던지지 않고, 조용히 입을 다문 채 교실을 나갔다.

담임 선생님도 우울한 얼굴이었다. 하지만 우린 선생님을 원망

하지 않는다. 솔직히 이번 달엔 우리 장난이 좀 지나쳤다. 조프루아는, 외드한테 코를 얻어맞고 얼굴을 찡그리며 넘어지던 조아생의 얼굴에 잉크를 엎지르지 말았어야 했다. 그리고 외드의 머리카락을 잡아당긴 건 조아생이 아니라 뤼퓌스였다.

우리는 다리를 질질 끌며 천천히 걸어갔다. 그리고 빵집 앞에 서서 알세스트를 기다렸다. 초콜릿빵 여섯 개를 사러 들어간 알세스트는 빵을 입안에 욱여넣고 우물거리면서 밖으로 나왔다. 알세스트가 우울한 목소리로 말했다.

"몇 개는 남겨둬야 돼. 오늘 밤 후식 대신 먹게……."

알세스트는 빵을 씹으면서 푸우, 하고 크게 한숨을 내쉬었다. 알세스트의 성적표엔 이렇게 쓰여 있었다는 걸 말해둬야겠다.

'이 학생이 먹는 데 쏟는 열정을 학업에 쏟는다면 반에서 일등을 할 것임. 점차 향상될 가망이 있음.'

그나마 가장 괜찮은 얼굴을 하고 있는 건 외드였다.

"난 하나도 겁 안 나. 우리 아빠는 나한테 아무 말도 안 하거든. 내가 아빠 눈을 똑바로 쳐다보기만 하면 아빠는 성적표에 사인을 해줘. 그걸로 땡이야!"

외드는 정말 운 좋은 녀석이다.

우리는 골목 앞까지 와서 각자 제 갈 길로 헤어졌다. 클로테르는 울면서, 알세스트는 우물우물 먹어대면서, 뤼퓌스는 아주 작은 소리로 호루라기를 불면서 갔다.

나는 외드와 함께 그 자리에 남았다.

외드가 말했다.

"너, 집에 가기 무서우면, 해결은 간단해. 우리 집에 가서 자는
거야."

외드는 진짜 친구다. 함께 집까지 걸어가면서 외드는 아빠의 눈
을 똑바로 쳐다보는 방법을 가르쳐주었다. 하지만 집이 가까워질
수록 외드의 말수도 점점 줄어들었다. 드디어 집 현관문 앞에 도
착하자, 외드는 입을 꾹 다물었다. 우리는 한동안 그렇게 가만히
서 있었다.

"들어갈까?"

내가 먼저 입을 열었다.

"잠깐만 기다리고 있어. 금방 데리러 나올게."

외드는 이렇게 말하고는 머리를 긁적이며 집 안으로 들어갔다.
반쯤 열린 문틈으로 쾅, 하는 소리가 들리더니 거친 목소리가 튀
어나왔다.

"후식이고 뭐고 없으니, 어서 가서 엎어져 자! 이 아무짝에도 쓸모없는 놈 같으니!"

그다음엔 외드의 울음소리가 들려왔다. 아마도 자기 아빠 눈을 제대로 쳐다보지 못했던 모양이다.

제일 골치 아픈 일이 하나 남아 있었다. 이젠 내가 집으로 가야 할 차례라는 것이다. 나는 보도블록이 깔린 길 위에 난 금들을 밟지 않으려고 요리조리 피하면서 걷기 시작했다. 아주 천천히 걷고 있었기 때문에 금을 피해 걷는 건 식은 죽 먹기였다.

아빠가 뭐라고 할지는 뻔했다. 아빤 항상 일등이었다, 할아버지는 아빠를 너무나 자랑스러워하셨다, 학교에서 주는 상장과 메달은 모조리 휩쓸이었다, 니한테 보여주고 싶지만 결혼해서 이사하다가 몽땅 다 잃어버렸다 등등. 너무 뻔했다.

또 아빠는 네가 아무것도 못 되고 가난한 사람이 되어버리면, 사람들이 "쟤가 바로 공부를 지지리도 못하던 그 니콜라야"하며 손가락질하고 자기들끼리 키득거릴 거라고 말할 거다. 그러고 나서는 너를 잘 교육시키고 평생 탄탄하게 보장해주기 위해 피나는 노력을 했는데, 너는 그런 은혜도 모르며, 엄마 아빠한테 걱정을 끼치고도 전혀 괴로워하지 않는 배은망덕한 놈이라는 얘기도 할 거다.

그다음에 내게 남는 건, 후식은 없다는 것과 다음 성적표를 받을 때까지 영화 보는 것도 금지라는 엄명일 것이다.

이게 바로 우리 아빠가 지난달에도 했고 앞으로도 늘어놓을 잔소리의 전부다. 하지만 난 정말 지긋지긋하다. 너무나 불행하니 집을 나가 아주 먼 곳으로 떠나겠다고 아빠한테 말할 거다. 그러면

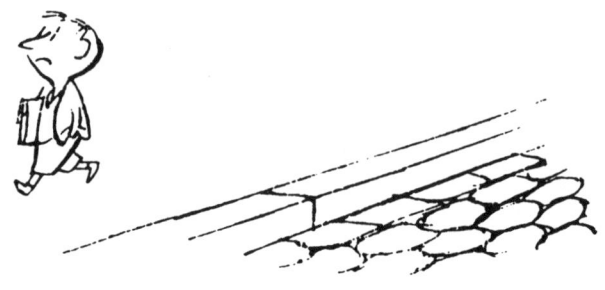

나를 몹시 그리워하게 되겠지. 그리고 몇 년이 지난 후에 집으로 돌아오는 거다. 아주 부자가 되어서 말이다. 그러면 아빠는 내가 아무것도 되지 못할 거라고 말했던 걸 부끄럽게 생각하겠지. 사람들은 감히 내게 손가락질하며 놀리지 못할 테고, 나는 내 돈으로 엄마 아빠를 극장에 데려갈 거다. 그러면 사람들은 나를 보고 이렇게 말하겠지.

"저기 좀 봐. 니콜라가 아주 부자가 돼서 오더니 영화관을 통째로 세내서 엄마 아빠한테 영화 구경을 시켜주는구나. 만날 구박만 하던 부모였는데도 말야."

그땐 담임 선생님과 교장 선생님도 극장에 데려가야지.

이런 생각을 하다 보니, 어느새 우리 집 문 앞이었다.

이런 멋진 생각을 하느라 성적표는 까맣게 잊어버리고 나도 모르게 성큼성큼 걸었던 거다. 목이 메어왔다. 이 길로 곧장 집을 나가 몇 년 있다가 돌아오는 게 낫지 않을까 하는 생각이 들었지만 금세 눈앞이 캄캄해지기 시작했다. 엄마는 내가 어두워지도록 밖에 있는 걸 좋아하지 않는다. 나는 집 안으로 들어갔다.

거실에서는 엄마와 아빠가 얘기 중이었다. 아빠 앞에 있는 책상 위에 종이 조각들이 산더미처럼 쌓여 있었고, 아빠는 기분이 별로 안 좋아 보였다.

"세상에 말도 안 돼. 이 집 하나 꾸리는 데 이렇게 돈이 많이 들 다니. 당신은 내가 백만장자인 줄 알아? 이 영수증들 좀 보라구! 정육점 영수증! 식료품 영수증! 돈은 내가 버는데 말야!"

얼굴이 붉으락푸르락해진 엄마는 요즘 물가가 어떤지 아빠가 전혀 모른다며, 언제 한번 같이 시장에 가봐야 알 거라고 했다. 그러다가 엄마는 나를 흘끗 쳐다보더니 아빠에게 계속 그러면 외할머니 집으로 가버릴 거라며, 아이 앞이니까 더 이상 싸우지 말자고 했다.

나는 아빠 앞으로 성적표를 들이밀었다. 아빠는 성적표를 펴서 쓱싹 사인을 하고는 나한테 다시 돌려주며 말했다.

"애가 배울 게 하나도 없어. 어디 한번 물어보자구. 양고기가 뭐 그렇게 비싼 거야? 어디 설명을 좀 해봐!"

"니콜라, 넌 네 방 가서 놀아라."

엄마가 말했다.

"그래, 어서 가."

아빠가 말했다.

난 방으로 올라가 침대에 누웠다. 갑자기 눈물이 쏟아졌다.

엄마 아빠가 정말로 날 사랑한다면, 나에게 눈곱만큼이라도 관심을 가질 텐데!

루이제트

엄마 친구가 딸을 데리고 우리 집에 차 마시러 올 거라는 엄마 말에 난 기분이 안 좋았다. 난 여자애들이 싫다. 여자애들은 정말 바보 같다. 인형이나 소꿉장난 말고는 놀 줄 아는 것도 없고 만날 울기만 한다. 물론 나도 가끔 울기는 한다. 하지만 그건 그럴 만한 일이 있기 때문에 우는 거다. 지난번 거실에 있던 꽃병을 깼을 때가 그랬다. 아빠는 나를 야단쳤지만 난 정말 억울했다. 일부러 깨려고 한 게 아니었으니까 말이다. 게다가 깨진 꽃병은 별로 예쁜 것도 아니었다. 내가 집 안에서 공놀이 하는 걸 아빠가 싫어한다는 건 잘 알지만, 그날은 밖에 비가 내리고 있어서 나가서 놀 수도 없었다.

"루이제트한테 잘해줘라. 아주 예쁜 애란다. 네가 예의 바른 아이라는 걸 그 애한테 보여줬으면 좋겠구나."

남들한테 나를 잘 보이고 싶을 때면 엄마는 나한테 파란 양복과 하얀 셔츠를 입힌다. 하지만 난 그걸 입으면 우스꽝스런 인형처럼 보이는 것 같아 싫다. 친구들하고 극장에 가서 카우보이 영화를 보고 싶다고 말했더니, 엄마는 눈을 찡긋하며 무서운 얼굴을 했다.

"그리고 제발 부탁인데, 그 애 때리면 안 돼. 그러면 엄마가 혼내 줄 거야. 알았니?"

오후 네 시에 엄마 친구가 딸을 데리고 우리 집에 왔다. 엄마 친구는 나를 꼭 끌어안고는 "많이 컸네" 했다. 엄마 친구들이 하는 말은 다 똑같다.

"얘는 루이제트란다."

아줌마가 나한테 딸을 소개했다.

루이제트와 나는 서로 멀뚱멀뚱 쳐다보기만 했다. 두 갈래로 땋은 금발 머리에, 눈동자가 파랗고 코가 오똑한 루이제트는 빨간색 원피스를 입고 있었다. 우리는 손가락 끝으로만 재빨리 악수를 했다.

엄마가 차를 내왔다. 차 마시는 시간은 참 좋았다. 손님이 차를 마시러 오면 초콜릿과자도 함께 딸려 나오는데, 그럴 땐 두 개를 먹어도 엄마가 아무 말도 하지 않기 때문이다. 과자를 먹는 동안 루이제트와 나는 한마디도 하지 않았다. 줄기차게 먹기만 하고 서로 쳐다보지도 않았다. 우리가 과자를 다 먹고 나자 엄마가 말했다.

"자, 애들아, 이제 너희들은 가서 놀아라. 니콜라, 루이제트에게 네 방을 구경시켜주렴. 장난감들도 보여주고."

엄마가 함박웃음을 지은 뒤에, 찡긋 눈짓을 해보였는데 '말썽 피우면 알아서 해' 하고 말하는 듯한 험악한 눈빛이었다. 나는 루이제트를 데리고 내 방으로 갔다. 하지만 그 애한테 무슨 얘기를 해야 할지 몰라 가만히 서 있었다. 루이제트가 입을 열었다.

"너, 꼭 원숭이 같애."

그 말에 기분이 나빠 나도 한마디 해주었다.

"그러는 넌 계집애인 주제에!"

그러자 루이제트가 내 따귀를 때렸다. 목구멍까지 울음이 차올랐지만 꾹 참았다. 내가 잘 자란 아이처럼 보이는 게 엄마의 소원이기 때문이다. 대신 루이제트의 머리를 쭉 잡아당겼다. 그러자 그 애가 내 발목을 힘껏 걷어찼다. 너무 아파서 "아야, 아야!" 하는 소리가 저절로 나왔다. 이번엔 내 차례다 싶어 뺨을 때리려는데, 루이제트가 갑자기 "참, 네 장난감 보여줄래?"라고 말하는 바람에 나는 들고 있던 손을 내려야 했다.

내 건 남자애들이 갖고 노는 장난감이라고 말하려는데, 루이제트가 내 곰인형을 쳐다보고 있었다. 언젠가 내가 아빠 면도기로 털을 밀다가 면도기가 잘 안 들어서 반만 밀고 내버려둔 곰인형이었다.

"너 인형도 갖고 노니?"

루이제트가 깔깔대며 웃기 시작했다. 내가 화가 나서 다시 그 애 머리를 잡아당기려고 하자, 루이제트가 손을 들어 내 얼굴에

갖다댔다. 그때 문이 열리고 엄마들이 들어 왔다.

"얘들아, 재미있게 놀고 있었니?"

우리 엄마가 묻자, 루이제트는 눈을 크게 뜨고 "네, 아줌마!"라고 대답하며 눈을 깜박거렸다.

"어쩜 애가 이렇게 깜찍할까! 정말 예쁜 아이야!"

엄마가 그 애를 안아주며 말했다.

루이제트는 계속 눈꺼풀을 들었다 났다 하느라 무진 애를 쓰고 있었다.

"루이제트한테 네 멋진 그림책들도 좀 보여주렴."

엄마가 말했다.

엄마 친구는 우리 둘 다 정말 예쁜 아이들이라고 칭찬을 했다. 엄마들은 우리만 남겨놓고 다시 방을 나갔다.

나는 벽장에서 내 책들을 꺼내서 루이제트한테 줬다. 하지만 루

이제드는 쳐다보지도 않고 방바닥에 던져버렸다. 인디언들이 무너기로 나오는 아주 재미있는 책까지도 말이다.

"하나도 재미없어. 더 재미있는 거 없니?"

루이제트는 벽장 속에 들어 있는 내 멋진 비행기, 고무줄이 달린 빨간색 비행기를 빠끔히 쳐다보았다.

"만지지 마, 저건 여자애들이 가지고 노는 게 아냐. 내 거란 말야!"

내가 비행기를 빼앗으려고 하자, 루이제트가 말했다.

"난 손님이니까 네 장난감은 뭐든지 갖고 놀아도 돼. 내 말이 이해가 안 되면 우리 엄마 불러서 한번 물어보자, 누구 말이 맞나!"

난 어떻게 해야 좋을지 몰랐다. 루이제트가 내 비행기를 망가뜨리는 건 정말 싫었지만, 그 애 엄마를 불러오는 건 더 싫었다. 말썽이 생길 게 뻔하기 때문이다. 어떻게 할까 잠깐 생각하고 있는데,

루이제트가 비행기 프로펠러를 빙빙 돌려 고무줄을 감더니, 창문
밖으로 휘잉 날려버렸다.

"뭐 하는 거야? 너 때문에 내 비행기 잃어버렸잖아!"

나는 울음을 터뜨렸다.

"이 바보야, 잃어버린 거 아냐. 저기 봐. 정원에 떨어졌잖아. 가서
줍기만 하면 돼."

우리는 거실로 내려갔다. 엄마한테 정원에 나가서 놀아도 되냐
고 묻자, 엄마는 밖이 너무 추워서 안 된다고 했다. 루이제트가 눈
을 깜박거리며 우리 엄마한테 예쁜 꽃들을 보고 싶다고 말했다.
엄마는 루이제트가 정말 깜찍한 아이라고 칭찬하면서 옷을 따뜻
하게 입고 나가라고 했다. 나도 눈 깜박거리는 법을 배워야겠다.
아무래도 그게 비결인 것 같다!

정원에서 주운 내 비행기에는 다행히도 아무 이상이 없었다. 루이제트가 나한테 물었다.

"우리 뭐 하고 놀까?"

"몰라. 너 꽃 보고 싶댔잖아. 실컷 봐. 저기 무더기로 있으니까."

난 시큰둥하게 대답했다.

하지만 루이제트는 꽃들이 별로 안 예쁘다며 우리 꽃들을 무시했다. 루이제트의 코를 한 방 때려주고 싶었지만 그럴 수가 없었다. 거실 창문에서는 정원이 훤히 내다보이고, 그 안에는 우리 엄마와 루이제트의 엄마가 있기 때문이었다.

"여긴 장난감 없어. 차고에 있는 축구공 말고는."

내 말에 루이제트는 눈을 반짝이며 좋은 생각이라고 말했다. 루이제트와 함께 공을 찾으러 가는 동안 난 무척 난처했다. 내가 여자애랑 노는 걸 친구들이 볼까 봐 걱정이 되었기 때문이다.

"넌 저기 나무들 사이에 서 있어."

루이제트는 이렇게 말하고 나서 저쪽 먼 곳으로 뛰어가더니 힘

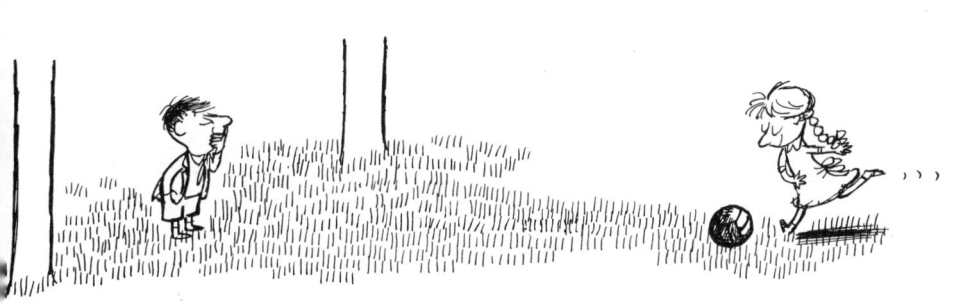

차게 달려오면서 팡! 하고 있는 힘껏 공을 찼다.

멋진 슈팅이었다!

그런데 공이 그만 차고 쪽으로 날아가, 차고 창문을 산산조각내
버리고 말았다. 너무 세서 내가 공을 잡지 못했던 거다.

엄마들이 정원으로 달려나왔다. 차고 창문을 본 우리 엄마는
무슨 일이 일어난 건지 금세 알아차렸다.

"니콜라! 짓궂은 장난 좀 그만할 수 없니? 손님한테 좀 잘하렴.
루이제트처럼 얌전한 손님이 왔을 때는 더 잘해야지."

나는 루이제트를 쳐다보았다. 루이제트는 정원 저쪽에 멀찌감치
서서 베고니아꽃의 향기를 맡고 있었다.

그날 저녁, 난 별로 후식을 먹지 못했다. 하지만 상관없었다. 난 이다음에 크면 루이제트와 결혼할 거다.

루이제트의 슛은 정말 멋있었다!

장관님 환영 연습

조회가 있었다. 모두 운동장으로 나가 줄을 맞춰 서 있는데, 교장 선생님이 나왔다.

"학생 여러분, 여러분에게 한 가지 멋진 소식을 전하게 되어 무척 기쁩니다. 장관님께서 우리 도시를 방문하시는 길에, 우리 학교도 방문하기로 하셨습니다. 우리에겐 영광스러운 일이죠. 장관님이 우리 학교 졸업생이라는 건 여러분도 아마 알고 있을 겁니다. 열심히 공부하면 훌륭한 사람이 될 수 있다는 본보기가 되는 분이지요. 나는 장관님이 우리 학교에서 영원히 잊지 못할 멋진 환영 인사를 받을 수 있을 것이라고 기대하고 있습니다. 여러분도 선생님의 뜻을 새겨듣고 열심히 도와주리라 믿습니다."

교장 선생님은 말이 끝나기가 무섭게 클로테르와 조아생을 맨 뒷줄에 벌세웠다. 투덜거리며 싸웠기 때문이다.

교장 선생님은 선생님들을 모두 자기 주위로 불러모았다. 장관님 환영 행사를 어떻게 할지 기막히게 좋은 생각이 떠올랐다고 했다. 먼저 모두 함께 애국가를 부르고, 그다음에는 학생 세 명이 꽃다발을 들고 앞으로 나가 장관님한테 드리자는 것이었다.

교장 선생님의 생각은 정말 멋졌다. 장관님도 꽃을 받으면 깜짝 놀라며 좋아할 거다. 꽃을 받으리라곤 상상도 못 했을 테니 말이다. 하지만 우리 담임 선생님은 걱정스런 얼굴을 하고 있었다. 왜일까 생각해봤다. 그러고 보니 요즘 선생님이 좀 예민해져 있었던 것 같다.

교장 선생님은 지금 당장 연습을 시작하자고 했다. 정말 신났다. 수업을 안 하게 되었기 때문이다. 애국가 연습 지도는 방데르블레르그 음악 선생님이 했다. 노래 실력이 엉망이긴 했지만, 그래도 우리는 목청을 높여 열심히 노래했다. 사실 우리가 선배 형들보다 좀 빠르긴 했다. 형들이 "영광의 날은 왔나니"를 부를 때, 우린 벌써 후렴인 "피로 물든 깃발은 올려졌나니"를 부르고 있었다. 뤼퓌스와 알세스트만 빼고 말이다. 가사를 모르는 뤼퓌스는 "랄랄라"만 계속하고 있었고, 알세스트는 입속에 든 빵을 우물거리느라 노래 부를 겨를이 없었다.

방데르블레르그 선생님이 손을 휘저어 그만하라는 신호를 했다. 선생님은 우리보다 늦게 부른 선배 형들은 내버려두고, 한 박자 앞질러간 우리만 야단쳤다. 억울했다. 어쩌면 선생님이 화를 낸 건, 눈을 꼭 감고 노래 부르느라 그만 멈추라는 선생님 신호를 보지 못하고 계속 "랄랄라" 소리만 내지르고 있던 뤼퓌스 때문이었는지도 모른다.

우리 담임 선생님이 교장 선생님과 음악 선생님한테 가서 뭐라고 얘기했다. 그러자 교장 선생님이 우리를 보며, 노래는 선배 형들만 부르고 우리는 소리는 내지 말고 노래하는 시늉만 하라고 했다. 시키는 대로 했더니 소리는 좀 작았지만 꽤 근사한 합창곡이 되었다.

"알세스트, 노래 부르는 척하면서 그렇게 얼굴까지 찡그릴 필요는 없다."

교장 선생님이 말했다.

"노래 부르는 척하느라 찡그린 게 아니에요. 빵 먹느라고 그런 거지."

알세스트의 대답에, 교장 선생님은 한숨을 내쉬었다.

"좋아요. 애국가 연습은 했으니, 이젠 세 학생이 꽃다발을 전달하는 장면을 연습해 봅시다."

선생님은 우리를 빙 둘러보더니 외드, 우리 반 일등이자 선생님의 귀염둥이인 아냥, 그리고 나를 불러냈다.

"여학생들이 아니라서 좀 아쉽긴 하지만, 파란색 빨간색 하얀색 옷을 입히면 훨씬 훌륭해 보일 거예요. 아니면 머리에 리본을 달아주거나. 가끔 있는 일이지요."

"내 머리에 리본을 달면, 가만 안 있을 거야."

외드가 씩씩거렸다. 그러자 교장 선생님이 휙 돌아서서 외드를 쳐다보았다. 한쪽 눈은 동그랗고 다른 한쪽 눈은 게슴츠레했다.

한쪽 눈이 유난히 게슴츠레한 건 그 위에 달린 눈썹 때문이다.

"뭐라고 했지?"

교장 선생님이 묻자, 담임 선생님이 재빨리 대답했다.

"아무것도 아닙니다, 교장 선생님. 기침한 거예요."

"아니에요, 선생님. 저도 들었어요. 쟤가 뭐라고 했냐면요……."

고자질쟁이 아냥이었다.

"너한테 물으신 거 아냐."

담임 선생님이 재빨리 아냥의 입을 틀어막으며 말했다.

"맞아. 이 치사한 고자질쟁이. 너한테 묻지 않았어."

외드가 말했다.

"아무도 날 안 좋아해. 그래서 난 너무 슬퍼. 너희들 어디 두고 봐. 우리 아빠한테 모두 일러버릴 거야."

아냥이 엉엉 울면서 말했다.

"외드, 너 내 허락 없이는 함부로 말하지 마라."

담임 선생님이 말했다.

"얘기 다 끝나셨소? 이제 제가 하던 얘기 계속해도 될까요?"

교장 선생님이 이마의 땀을 쓰윽 닦으며 말했다.

담임 선생님 얼굴이 빨개졌다. 빨개진 선생님 얼굴은 정말 예뻤다. 거의 우리 엄마만큼이나 예뻤다. 우리 집에서 얼굴이 자주 빨개지는 사람은 엄마가 아니라 오히려 아빠지만.

"좋아요. 그럼 이 세 학생이 장관님 앞으로 나가서 꽃을 드리는 걸로 하지요. 연습을 해야 되니, 꽃다발처럼 생긴 뭐가 있었으면 좋겠는데."

교장 선생님 말에, 학생주임 부이옹 선생님이 나섰다.

"좋은 생각이 있습니다, 교장 선생님. 잠깐만 기다리십시오."

부이옹 선생님은 곧장 뛰어가더니 깃털 세 개를 가지고 돌아왔다. 교장 선생님이 좀 놀란 표정으로 말했다.

"좋아요. 어쨌든 연습이니까 이 정도면 괜찮을 겁니다."

부이옹 선생님은 외드와 아냥과 나에게 깃털을 하나씩 나누어 주었다.

교장 선생님이 말했다.

"좋아요, 학생들. 자, 내가 장관님이라고 생각하고 앞으로 나와서 나에게 깃털을 건네주는 겁니다."

우리는 교장 선생님이 시기는 대로 앞으로 나가 신생님한테 깃털을 주었고, 교장 선생님은 깃털을 받아 품에 꼬옥 안았다.

우리는 제자리로 돌아와 서 있는데, 갑자기 교장 선생님이 벌컥 화를 내며 조프루아에게 말했다.

"거기, 너! 왜 웃는 거냐? 뭐가 그렇게 재미있지? 얘기해봐. 우리 모두 같이 웃자."

"선생님이 그러셨잖아요. 니콜라랑 외드랑 치사한 귀염둥이 아냥의 머리에 리본을 달아주자고요. 그 생각을 하니까 너무 웃겨서요!"

조프루아가 키득거리며 대답했다.

"너 코피 터지고 싶어?"

외드가 으르렁거렸다.

"그래, 한 대 때려줘."

내가 말했다. 그러자 조프루아가 갑자기 내 뺨을 찰싹 때렸다. 우리는 엉겨붙어 싸우기 시작했고 다른 친구들도 달려들었다. 아 냥만 혼자서 데굴데굴 구르면서, 자기는 치사한 귀염둥이가 아니 라고 울부짖고 있었다. 아무도 자기를 좋아하지 않는다면서, 아빠 한테 일러서 장관님한테 다 말하게 할 거라고 했다. 참다 못한 교 장 선생님이 깃털을 휘두르며 소리쳤다.

"그만해요! 그만!"

모두들 사방팔방으로 뛰어다니고 있었고, 방데르블레르그 선생 님은 일그러진 얼굴을 하고 있었다. 정말 난장판이었다.

다음 날, 장관님이 우리 학교를 방문했다. 그날은 아무 문제 없 이 잘 지나갔다.

하지만 우리는 장관님 얼굴을 볼 수가 없었다. 교장 선생님이 우리를 세탁장 안에 가둬놓았기 때문이다.

교장 선생님의 생각은 정말 아무도 못 따라간다!

담배

정원에서 빈둥거리고 있는데 알세스트가 왔다.

"뭐 해?"

"아무것도 안 해."

"나하고 같이 가자. 보여줄 게 있어. 아주 재미있는 거야."

난 알세스트의 뒤를 따라갔다. 알세스트랑 같이 놀면 참 재미있
다. 내가 벌써 얘기했는지 모르겠지만, 알세스트는 만날 먹기만 하
는 뚱뚱한 친구다. 하지만 오늘은 아무것도 먹고 있지 않았다. 알
세스트는 손을 주머니에 넣고 걷고 있었는데, 걸어가는 동안 내내
누가 우리를 따라오지 않나 보려고 뒤를 힐끔거렸다.

"알세스트, 뭔데 그래?"

"가만있어봐. 아직 안 돼."

길모퉁이를 돌아서자, 알세스트는 그제서야 주머니에서 큼직한 담배 한 개를 꺼냈다.

"봐라. 이거 진짜 담배야. 초콜릿이 아니라구!"

정말 초콜릿이 아니었다. 두말할 필요 없는 진짜 담배였다. 초콜릿으로 만든 담배였다면, 알세스트가 나한테 보여줬을 리가 없다. 재미있을 거라는 알세스트 말에 잔뜩 기대하고 있던 참이었는데, 시시했다.

"담배 가지고 뭐 할 건데?"

"뭐 하긴! 피워야지!"

담배 피우는 게 좋은 생각 같아 보이지는 않았다. 엄마 아빠가 좋아하지 않을 거란 생각도 들었다.

"너희 엄마 아빠가 너보고 담배 피우지 말라고 하신 적 있어?"

알세스트가 물었다. 곰곰이 생각해보니 그런 적은 없었다. 방 벽에 낙서하지 마라, 손님과 함께 식사할 때는 손님이 묻기 전에는 말하지 마라, 장난감 배 가지고 놀 때 욕조에 물을 한가득 받지 마라, 저녁 먹기 전에 과자 먹지 마라, 문 쾅 닫지 마라, 코 후비지 마라, 욕하지 마라, 라고는 했어도 담배 피우지 말라고 한 적은 없었다. 정말 그랬다. 엄마 아빠가 나한테 담배 피우지 말라고 한 적은 단 한 번도 없었다.

"거봐, 그래도 혹시 말썽 나면 안 되니까, 조용한 데로 가자."

알세스트가 말했다.

"그래. 그럼, 저기 공터로 가서 피우자."

내가 말했다. 알세스트도 좋은 생각이라고 맞장구쳤다. 우리는

울타리를 지나 공터로 들어갔다.

"참, 너 불 있어?"

알세스트가 이마를 치며 말했다.

"아니."

"그러면 어떻게 불을 붙이지?"

"길 가는 아저씨한테 달라고 하면 되잖아."

길에서 어떤 아저씨가 우리 아빠한테 그렇게 하는 걸 본 적이 있는데, 아주 재미있었다. 라이터를 켜려고 하는데 바람 때문에 잘 켜지지 않자, 아저씨가 아빠한테 담뱃불 좀 붙이자고 했고, 아빠는 피우고 있던 담배를 아저씨에게 건네주었다. 하지만 아저씨가 아빠 담배에 너무 힘을 주며 불을 붙이는 바람에 아빠와 아저씨 담배가 모두 우그러지고 말았다. 아저씨 얼굴도 일그러졌다.

"너 돌았어? 우리같이 어린애들한테 담뱃불 붙여줄 아저씨가 세상에 어디 있냐?"

알세스트가 말했다.

아깝다. 우리가 커다란 담배로 어떤 아저씨의 담배를 구겨버리면 참 재미있을 텐데.

"그럼 우리 담배 가게에 가서 성냥을 사자."

내가 말했다.

"돈 있어?"

"연말에 선생님 선물 살 때 돈 걷는 것처럼, 우리도 둘이 모아서 사면 되잖아."

내 말에 알세스트가 화를 내며 말했다.

"아니야. 내가 집에서 담배를 가져왔잖아. 그러니까 성냥은 네가 사야지."

"너도 그 담배 돈 주고 산 거 아니잖아. 내가 성냥을 사야 한다는 건 말이 안 돼."

내가 대꾸했다. 하지만 결국 내가 사기로 했다. 알세스트가 담배 가게에 따라 들어가준다는 조건이었다. 혼자 들어가기는 무서웠다. 우리가 담배 가게 안으로 들어가자, 주인 아줌마가 물었다.

"귀여운 토끼들아, 뭘 찾니?"

"성냥이요."

내가 말했다.

"우리 아빠 드리려구요."

알세스트가 거들었다. 하지만 별로 도움이 안 되는 말이었다. 오히려 그 말 때문에 아줌마가 우리를 의심하는 것 같았다.

"성냥 가지고 놀면 못써요. 너희들한테는 성냥 팔고 싶지 않은데, 이 말썽꾸러기 녀석들아."

난 '말썽꾸러기'보다 '귀여운 토끼'가 더 좋았다.

우리는 난처한 얼굴로 담배 가게에서 나왔다. 어리면 담배 피우기도 힘든가 보다!

"나한테 보이스카우트 하는 사촌형이 있거든. 보이스카우트에서 나뭇가지 끝을 마주 비벼서 불 피우는 방법을 가르쳐주는 것 같았어. 우리도 보이스카우트라면 그렇게 해서 담뱃불을 붙일 수 있을 텐데."

보이스카우트에서 정말 그런 걸 가르쳐주는지는 모르겠지만, 알세스트가 하는 말은 믿을 수가 없었다. 난 보이스카우트가 담배 피우는 걸 본 적이 없다.

"이제 담배는 지겨워졌어. 나 집에 갈래."

내가 말했다.

"그래. 나도 배고파. 밥 먹을 시간에 늦으면 안 되니까. 오늘 메뉴는 건포도카스테라거든."

알세스트도 집에 가겠다고 했다.

바로 그때 길바닥에 성냥갑 하나가 굴러다니는 게 보였다! 우리는 재빨리 성냥갑을 집어들었다. 성냥이 딱 한 개 남아 있었다. 알세스트는 어쩔 줄을 몰랐다. 건포도카스테라도 잊은 모양이었다.

알세스트가 건포도카스테라를 잊었다는 건 엄청 흥분했다는 증
거다! 알세스트가 소리쳤다.

"우리 빨리 공터로 가자!"

우리는 막 달렸다. 울타리 판자가 하나 빠진 틈으로 해서 공터
로 들어갔다. 공터는 정말 멋진 곳이다. 우리는 이곳에 자주 놀러
온다. 여긴 뭐든지 다 있다. 풀도 있고, 진흙 구덩이도 있고, 콘크
리트 덩어리, 낡은 나무 상자, 통조림 깡통, 고양이도 있다. 특히
중요한 건, 자동차가 있다는 거다! 물론 고물 자동차라서 바퀴도
없고 엔진도 없고 문짝도 떨어져나갔지만, 그 안에서 부릉부릉 소
리를 내며 놀면 정말 신난다.

"우리 차 안에 들어가서 피우자."

알세스트가 말했다.

우리는 차 안으로 들어갔다. 자리에 앉는데 의자에서 이상한 소리가 났다. 할머니 집에 있는 할아버지의 낡은 의자처럼 말이다. 할머니는 그 의자를 보면 할아버지가 생각난다며 의자를 치우지 못하게 한다.

알세스트는 담배 끝을 살짝 물어뜯었다가 다시 뱉어냈다. 갱 영화에서 그렇게 하는 걸 봤다고 했다. 성냥이 딱 하나뿐이어서, 망치지 않으려고 아주 조심했다. 다행히도 무사히 불이 켜졌다. 담배 주인인 알세스트가 먼저 피우기 시작했다. 시끄럽게 뻑뻑 소리를 내며 피웠다. 연기가 많이 났다. 연기를 훅, 하고 들이마신 알세스트는 잠깐 멈칫하더니 갑자기 기침을 해댔다. 알세스트는 피우던 담배를 나한테 건네줬다. 나는 담배를 입에 물고 한껏 들이마셨다. 맛은 정말 없었다. 나도 기침이 나왔다.

"이것 봐! 코로 연기가 나와! 몰랐지?"

알세스트가 이렇게 말하고는 담배를 빼앗아 물더니 다시 코로 연기를 뿜어보려고 했다. 하지만 또 정신없이 기침을 해댔다. 내가 했을 땐 그런대로 성공이었다. 연기 때문에 눈이 따가웠지만 정말 재미있었다. 우리는 교대로 담배를 피우면서 공터에서 놀았다.

"이상해. 배가 하나도 안 고파."

알세스트가 얼굴이 파래져서 말했다. 그러고는 갑자기 "나 아파" 하면서 담배를 집어던졌다. 그러고 보니 나도 머리가 빙빙 도는 것 같았다. 울고 싶어졌다.

"나 엄마한테 갈래."

알세스트는 배를 움켜쥐고 집으로 갔다. 알세스트가 오늘 저녁에 건포도카스테라를 먹기는 다 틀린 것 같다.

나도 집으로 돌아왔다. 하지만 어질어질한 건 마찬가지였다. 아빠는 거실에서 파이프 담배를 피우고 있었고, 엄마는 뜨개질을 하고 있었다. 엄마가 뭘 먹었냐고 걱정스럽게 물었다. 나는 연기를 먹었다고 대답했다. 하지만 담배 사건에 대해서 전부 다 설명하지는 못했다. 머리가 계속 아팠기 때문이다.

"그것 봐요, 담배는 몸에 해롭다고 내가 몇 번이나 말했어요!"

엄마는 죄 없는 아빠를 야단치고 있었다. 나의 담배 사건 이후로, 아빠는 다시는 집에서 담배를 피울 수 없게 되었다.

엄지동자와 장화 신은 고양이

"교장 선생님이 학교를 떠나시게 되었단다. 정년퇴직을 하시는 거야."

담임 선생님이 말했다.

교장 선생님의 정년퇴직을 축하하기 위해 우리는 멋진 계획을 세웠다. 상장 수여식 같은 것도 하고 엄마 아빠들도 초대할 예정이었다. 넓은 교실에 손님들이 앉을 의자도 갖다놓고, 교장 선생님과 다른 선생님들이 앉을 소파도 가져다 놓을 생각이었다. 화환도 준비하고, 공연을 위해 단상도 꾸며놓을 계획이었다. 연극은 늘 그랬듯이 우리 학생들 몫이었다.

각 반에서 한 가지씩 준비하기로 했다. 선배 형들은 매스게임을 하기로 했다. 인간 탑을 쌓은 후 맨 꼭대기에 있는 사람이 작은 깃발을 흔들면 모두 다 같이 손뼉을 치는 것 말이다. 작년 상장 수여식 때 했는데, 굉장히 멋있었다. 깃발을 흔들기도 전에 탑이 무너지는 바람에, 공연을 좀 망치긴 했지만 말이다.

우리 바로 윗학년은 춤을 추기로 했다. 모두들 농부 옷에 나막신을 신고, 무대 위에서 똑딱똑딱 신발 소리를 내며, 둥그렇게 둘러서서 춤을 추는 거였다. 깃발을 흔드는 대신, "욥라!" 하고 외치며 손수건을 흔들기로 했다. 작년에도 했었는데, 매스게임보다는 덜 재미있었다. 하지만 무너져내리지는 않았다.

〈프레르 자크〉 노래를 부르기로 한 반도 있었다.

축사는 오래 전에 우리 학교를 졸업한 아저씨가 나와서 낭독하기로 했다. '저는 교장 선생님 덕분에 시장 비서관이 되었습니다.' 대충 그런 내용이었다.

선생님이 우리 반은 연극을 하기로 했다고 말했다. 극장이나 텔레비전에서 하는 것 같은 연극 말이다. 우리 반이 제일 멋진 걸 하게 됐다!

연극 제목은 〈엄지동자와 장화 신은 고양이〉였다. 오늘 첫 연습을 했다.

담임 선생님이 우리가 각자 맡은 역할을 말해주었다. 조프루아는 혹시나 하는 마음으로 카우보이 옷을 입고 왔다. 걔네 아빠는 엄청 부자라서 뭐든지 다 사준다. 하지만 선생님은 조프루아의 카우보이 옷을 싫어했다.

"내가 벌써 얘기했을 텐데. 네가 그렇게 변장하고 학교 오는 거 선생님은 싫다구. 그리고 우리가 할 연극에 카우보이는 안 나와."

선생님이 조프루아에게 말했다.

"카우보이가 안 나온다구요? 카우보이가 안 나오면 그게 무슨
연극이에요? 에이, 완전히 꽝이잖아요!"

결국 조프루아는 벌을 섰다.

연극 줄거리는 굉장히 복잡했다. 선생님이 차근차근 얘기해주었
지만 난 잘 이해가 되지 않았다. 엄지동자가 자기 형제들을 찾다가
우연히 장화 신은 고양이를 만나는데, 카라바스 후작이 나오고 식
인귀도 나온다. 식인귀는 엄지동자의 형제들을 잡아먹고 싶어 안
달이 나지만, 엄지동자가 장화 신은 고양이의 도움을 받아 식인귀
를 혼쭐내준다. 결국 식인귀는 착해져서 엄지동자의 형제들을 잡
아먹지 않고, 모두들 행복하게 다른 걸 잡아먹는다는 얘기인 것
같았다.

"자, 엄지동자 역은 누가 하면 좋을까?"

"저요, 선생님. 제가 우리 반 일등이니까 주인공도 당연히 제가 해야죠!"

아냥이 우리 반 일등이고 선생님의 귀염둥이인 건 사실이다. 하지만 안경을 꼈기 때문에 맘 놓고 때릴 수도 없는 얄미운 울보다.

"하긴 너같이 못생긴 얼굴로 엄지동자 하면 인기 폭발일 거야!"

외드가 이렇게 말하자, 아냥이 울음을 터뜨렸다. 선생님은 외드를 조프루아 옆에 나란히 벌세웠다.

"이제 식인귀를 정해야지. 누가 할까? 엄지동자를 잡아먹고 싶어하는 괴물."

선생님이 물었다.

내가 식인귀를 알세스트가 하면 좋겠다고 말했다. 만날 먹기만 하는 뚱보 알세스트가 제격일 것 같았다. 하지만 알세스트는 아냥을 쳐다보며 고개를 저었다.

"저런 건 나도 안 먹어요!"

알세스트가 그렇게 입맛 떨어진 표정을 짓는 건 처음 봤다. 사실 아냥을 먹는다는 건, 별로 군침 도는 일이 아닐 거다. 아냥은 아무도 자기를 안 먹겠다고 하자 화를 내며 소리쳤다.

"너, 그 말 취소 안 하면 우리 엄마 아빠한테 일러서 널 학교에서 쫓아내게 할 거야!"

"조용히 해!"

선생님이 소리쳤다.

"알세스트, 넌 마을 사람들 역을 해라. 다른 친구들한테 틈틈이 대사도 일러주고."

수업 시간에 칠판 앞에 쭈뼛거리며 서 있는 친구들에게 하던 것처럼 친구들에게 살짝 답을 알려주는 역할. 알세스트도 그건 재미있게 여겨진 모양이었다. 알세스트는 부스럭거리며 주머니에서 과자 하나를 꺼내 입속에 넣으며 대답했다.

"알았음!"

"선생님한테 말버릇이 그게 뭐니, 똑바로 대답해봐!"

선생님이 소리쳤다.

"알았음, 선생님!"

알세스트가 대답했다.

선생님은 한숨을 푹 내쉬었다. 선생님은 요즘 부쩍 피곤해 보인다.

선생님은 장화 신은 고양이로 맥상을 뽑았다. 선생님은 맥상이 멋진 옷을 입고, 칼을 차고, 수염도 달고, 엉덩이에는 꼬리를 붙이게 될 거라고 말했다.

맥상은 멋진 옷과 콧수염, 특히 칼 얘기에는 엉덩이를 들썩이며 좋아했지만 꼬리는 싫다고 고개를 저었다.

"원숭이처럼 보일 거야."

맥상이 투덜거렸다.

"그래, 바로 그거야. 아주 잘 어울릴 거라구!"

조아생의 말에 약이 오른 맥상이 조아생을 걷어차자, 조아생은 맥상의 뺨을 때렸다. 선생님은 둘 다 벌을 세웠다. 선생님이 그다음으로 선택한 사람은 바로 나였다. 싫으면 뒤에 가서 똑같이 벌을 서야 한다는 조건이 붙어 있었다. 선생님은 우리 말썽꾸러기들이

지긋지긋하다고 했다. 우리를 길러야 하는 엄마 아빠 들이 가엾다고 했고, 이렇게 계속 말썽 부리면 결국 모두 감옥에 가게 될 거라고 했다. 선생님은 나중에 감옥에서 우리를 지키게 될 간수들도 불쌍하다고 했다.

식인귀는 뤼퓌스, 카라바스 후작은 클로테르로 정해졌다. 선생님은 우리에게 종이를 나누어주었다. 연극 대사가 적힌 종이들이었다. 갑자기 선생님이 한 무더기의 배우들이 뒤에서 벌을 서고 있다는 것을 깨달은 것 같았다.

"거기, 너희들은 제자리로 돌아가서 알세스트를 도와줘라. 혼자서 마을 사람들 역을 하느라 힘들 거야."

혼자서 마을 사람들 역할을 하고 싶었던 알세스트는 뿌루퉁한 얼굴로 투덜거렸다.

"알세스트, 조용히 해."

선생님이 말했다.

"자, 얘들아. 이제 시작해보자. 각자 자기 대사를 잘 읽어봐. 아냥, 너부터. 이리로 와. 넌 지금 낙담해 있는 거야. 여긴 숲 속이고 넌 지금 네 형제들을 찾고 있어. 그러다가 장화 신은 고양이 니콜라를 만나는 거야. 그리고 나머지 사람들, 너희들은 다 같이 이렇게 말하는 거야. '엄지동자와 장화 신은 고양이입니다!' 자, 이제 시작하는 거야, 시작!"

우리는 칠판 앞에 가서 섰다. 난 칼처럼 보이게 하려고 허리띠에 자를 꽂았다.

"나의 형들, 불쌍한 나의 형들은 어디 있는 거지?"

아낭이 대사를 읽었다.

"나의 형들, 불쌍한 나의 형들은 어디 있는 거지?"

알세스트 목소리였다.

"알세스트, 너 지금 뭐 하니?"

선생님이 물었다.

"뭐긴요. 제가 대사를 읽어주기로 했잖아요. 그래서 읽어주는 거예요!"

"선생님, 알세스트가 대사 읽어주는데 입안에 든 과자 부스러기가 제 안경으로 자꾸 튀어서 하나도 안 보여요. 너, 우리 아빠한테 일러줄 거야!"

아냥이 이렇게 말하더니 안경을 벗어들고 안경알을 닦았다. 알세스트가 그 틈을 이용해 아냥의 뺨을 찰싹 때렸다. 그러자 외드가 소리쳤다.

"코피를 터뜨려! 코에 한 방 먹이라구!"

얼떨결에 얻어맞은 아냥이 자기는 너무 불행하다고 울부짖었다. 다들 자기를 죽이려고 한다면서 교실 바닥을 데굴데굴 굴렀다. 아냥이야 구르든 말든 맥상과 조아생, 조프루아는 우렁찬 목소리로 마을 사람들 대사를 읽기 시작했다.

"엄지동자와 장화 신은 고양이입니다!"

난 자를 들고, 뤼퓌스는 필통을 들고 칼싸움을 했다. 연습이 착착 진행되고 있는데 갑자기 선생님이 소리쳤다.

"그만! 다들 제자리로 돌아가! 우리 축하 연극 같은 건 그만두자. 이런 연극은 절대로 교장 선생님께 보여드릴 수 없어!"

우린 모두 입을 헤벌린 채 가만히 있었다.

이렇게 멋진 연극을 교장 선생님한테 보여주지 않겠다니, 담임 선생님이 교장 선생님한테 벌을 줄 수 있다는 말은 정말 처음 듣는 얘기다.

자전거

우리 아빠 자전거 사줄 생각을 전혀 안 한다. 천방지축으로 장난치며 자전거 묘기를 부리려다, 자전거나 망가뜨리고 다치기 일쑤라는 거다. "조심해서 탈 테니 사주세요" 하며 떼도 써보고, 엉엉 울기도 하고, 토라지기도 해봤다. 마지막으로 집을 나가버리겠다고 아빠를 협박해서 마침내 아빠한테서 항복을 얻어냈다. 수학시험에서 10등 안에 들면 자전거를 사주기로 한 거다. 그리고 바로 어제 나는 싱글벙글하며 집에 돌아왔다. 드디어 수학 시험에서 10등을 했기 때문이다. 아빠가 눈을 휘둥그렇게 뜨며 외쳤다.

"바로 이거야. 그래, 바로 이거라구."

엄마는 나를 꼬옥 안아주며 아빠가 당장 자전거를 사줄 거라고 말했다. 그러면서 정말 잘했다고 칭찬해주었다. 사실은 운이 좋아서 10등을 한 거다. 다른 친구들이 감기에 걸리는 바람에, 감기에 안 걸린 열한 명만 수학 시험을 봤으니 말이다. 11등은 꼴찌대장 클로테르였다. 하지만 클로테르는 자전거가 있으니까 꼴등을 해도 아무 문제 없다.

오늘 집에 돌아와보니, 엄마 아빠가 함박웃음을 머금은 채 정원에서 나를 기다리고 있었다.

"우리 훌륭한 아들을 위해 깜짝 선물을 준비했단다!"

엄마의 두 눈에 웃음이 가득했다. 아빠가 차고에서 가지고 나온 건, 상상도 못 했던 것, 바로 자전거였다! 빨간색과 은색으로 칠해진 반짝반짝 빛나는 자전거였다. 전조등도 있고 벨도 달려 있었다. 정말 멋졌다! 난 마구 뛰어가 엄마 아빠를 끌어안고 자전거도 끌어안았다.

"조심해서 타겠다고 약속해. 묘기 부릴 생각일랑 아예 말고!"

아빠가 말했다. 난 그러겠다고 약속했다. 엄마는 나를 꼭 끌어안고 다 컸구나, 하며 등을 토닥여주었다. 그러고는 후식으로 초콜릿크림을 만들어주겠다며 집 안으로 들어갔다. 우리 엄마 아빠는 세상에서 가장 멋진 분들이다! 아빠는 나와 함께 정원에 남았다.

"내가 사이클 선수였다는 건 너도 알겠지? 네 엄마만 안 만났어도 프로 선수가 되었을 텐데."

그건 몰랐다. 아빠가 뛰어난 축구 선수, 럭비 선수, 수영 선수, 권투 선수였다는 건 알고 있었지만, 사이클 선수까지 했다는 건 처음 듣는 소리였다.

"내가 시범을 보여주지."

아빠는 내 자전거에 올라타고 정원을 빙빙 돌기 시작했다. 물론 자전거는 아빠한텐 너무 작았다. 아빠는 무릎을 어디다 둬야 할지 몰라 낑낑거렸다. 그래도 아빠는 무릎이 얼굴까지 올라간 엉거주춤한 자세로 그럭저럭 잘 탔다.

"이거야말로 내가 본 자네 모습 중에 가장 우스꽝스런 꼴이로군!"

담장 너머로 우리 집 정원을 엿보고 있던 블레뒤르 아저씨가 말했다. 우리 옆집에 사는 블레뒤르 아저씨는 우리 아빠 약올리는 게 취미다.

"입 다물어, 자전거의 '자' 자도 모르는 주제에!"

"뭐라구? 내가 아마추어 지역 챔피언이었다는 걸 모르는 모양이군. 이 불쌍한 양반아, 내 마누라만 안 만났으면, 난 프로 선수가 됐을 거라구!"

블레뒤르 아저씨 말에 아빠가 웃음을 터뜨렸다.

"자네가 프로 선수를 했을 거라구? 웃기지 마. 세발자전거도 못타면서!"

"그럼 어디 한번 잘 보라구."

블레뒤르 아저씨가 소리쳤다. 아저씨는 담장을 훌쩍 뛰어넘더니 우리 정원 안으로 성큼성큼 들어왔다.

"자전거 이리 줘봐."

블레뒤르 아저씨가 내 자전거 손잡이를 잡고 말했지만, 아빠는 순순히 넘겨주려 하지 않았다.

"누가 자네더러 우리 집에 오라고 했나? 어서 자네 집으로 돌아가!"

"아들 앞에서 망신당할까 봐 두려운 모양이지?"

"입 다물어. 자네가 그렇게 자전거를 꼭 붙들고 있으니까 팔이 아파서 그러는 거 아닌가!"

아빠는 아저씨 손에서 자전거 손잡이를 휙 잡아빼고는 다시 정원 안을 돌기 시작했다.

"정말 꼴사납군!"

블레뒤르 아저씨가 말했다.

"자네가 아무리 그래도 나한텐 자전거 타고 싶다는 소리로밖에 안 들려."

아빠가 말했다. 난 내 자전거 뒤를 졸졸 쫓아다니며 "나 자전거 타도 돼요?" 하고 물었다. 하지만 아빠는 내 말은 듣지도 못했다. 깔깔거리는 블레뒤르 아저씨를 쳐다보다가 그만 베고니아꽃밭을 뭉개버렸던 것이다.

"왜 그렇게 바보처럼 웃나?"

아빠가 기분 나쁜 얼굴로 아저씨에게 말했다.

"아빠, 이젠 내 차례예요. 나도 타고 싶다구요."

"웃기니까 웃지!"

아저씨가 대답했다.

"그 자전거는 내 거란 말예요."

"자네 바보 천치 아냐?"

아빠가 말했다.

"글쎄, 그럴까?"

"물론이지!"

아저씨는 아빠 곁으로 오더니 아빠를 확 밀어버렸다. 아빠는 자전거와 함께 베고니아꽃밭에 나둥그러졌다.

"내 자전거!"

내가 소리쳤다.

아빠는 벌떡 일어나 블레뒤르 아저씨를 밀어 넘어뜨렸다.

"우리 이러지 말고 한번 시합을 벌여보자구!"

아저씨가 넘어지면서 말했다. 아빠와 아저씨는 싸움을 뚝 그쳤다.

"나한테 좋은 생각이 있어. 동네 한 바퀴 도는 데 누가 더 빠른지 겨뤄보는 거야. 우리 둘 중에서 누가 더 센지 보잔 말야!"

아저씨가 소리쳤다.

"문제없지, 대신 자넨 니콜라 자전거 타면 안 돼! 자네 같은 뚱보가 타면 다 망가져 버린단 말야."

아빠가 대답했다.

"겁쟁이로구먼!"

블레뒤르 아저씨가 말했다.

"겁쟁이라고? 내가? 그거야 두고 보면 알게 되겠지!"

아빠가 큰소리쳤다. 아빠는 자전거를 타고 길가로 나갔다. 블레뒤르 아저씨와 나는 아빠를 쫓아갔다. 난 지겨워지기 시작했다. 난 내 자전거에 앉아보지도 못했는데 말이다!

"자, 동네 한 바퀴 도는 데 걸린 시간을 재서 빠른 사람이 챔피언인 거야. 아니지, 그거야 그냥 형식일 뿐이고, 아무튼 빨리 온 사람이 이기는 거야!"

아빠가 말했다.

"자네가 지는 꼴을 보게 되어 아주 기쁘군그래!"

블레뒤르 아저씨가 아빠를 약올렸다.

"그럼 난 뭐 해요?"

내가 물었다. 아빠가 깜짝 놀라며 내 쪽을 쳐다봤다. 내가 있다는 걸 까맣게 잊고 있었다는 듯이 말이다.

"너? 그래, 넌 시간을 재면 되겠구나. 블레뒤르 아저씨가 시계를 줄 거다."

하지만 아저씨는 애들은 뭐든지 다 망가뜨린다면서 시계를 주려고 하지 않았다. 아빠는 아저씨를 구두쇠라고 놀리며 아빠 시계를 풀어서 나한테 주었다. 큰 바늘이 똑딱똑딱 돌아가는 멋진 시계였다. 하지만 난 시계보다 내 자전거가 훨씬 더 좋았다.

아빠와 블레뒤르 아저씨는 제비뽑기를 했다. 첫 주자는 블레뒤르 아저씨였다. 아저씨의 뚱뚱한 몸집에 파묻혀 자전거는 거의 보이지도 않았다. 길 가던 사람들이 아저씨가 자전거 타는 모습을 보며 웃었다. 낑낑거리며 달리던 아저씨는 한쪽 길모퉁이로 사라져버렸다. 조금 후 다른 쪽 모퉁이에서 모습을 나타낸 아저씨는 시뻘게진 얼굴로 혀를 길게 빼물고 지그재그로 비틀거리며 우리 쪽으로 달려왔다. 아저씨가 우리 앞에 와서 멈추자 아빠가 나한테 물었다.

"몇 분이니, 니콜라?"

"9분하고, 음…… 초침이 5하고 6 사이에 있어요."

내가 대답했다. 아빠는 웃음을 터뜨렸다.

"이 늙다리 친구야, 그 실력으론 안 되지. 전국 자전거 달리기 대회에 나가면 완주하는 데 여섯 달은 걸리겠는걸!"

"그런 유치한 농담 그만두고 자네나 한번 잘해보시지!"

블레뒤르 아저씨는 헐떡거리며 겨우 대꾸했다.

이번에는 아빠가 내 자전거를 타고 출발했다. 아저씨는 계속 헐떡거리고 있었고, 난 시계를 보며 아빠가 어서 나타나기를 기다렸다. 나야 물론 아빠가 이기기를 원했지만, 시계는 째깍째깍 정신없이 돌아갔다. 9분이 지나고 10분이 되었는데도 아빠는 나타나지 않았다.

"내가 이겼어! 내가 챔피언이라구!"

블레뒤르 아저씨가 소리쳤다.

15분이 지났는데도 아빠는 깜깜무소식이었다.

"이상하네. 무슨 일이 일어난 거 아닌지 가봐야겠는걸."

아저씨가 말했다. 그때, 저쪽에서 아빠가 터덜터덜 걸어오는 게 보였다. 바지는 찢어져 있었고, 한 손으로는 손수건으로 콧구멍을 틀어막고, 다른 한 손으로는 자전거를 들고 있었다. 자전거는 손잡이가 옆으로 비틀리고, 바퀴는 완전히 찌그러지고, 전조등도 깨져 있었다.

"쓰레기통에 엎어졌어."

아빠가 말했다.

다음 날, 쉬는 시간에 나는 클로테르에게 전날 있었던 일들을 빠짐없이 이야기해주었다. 클로테르는 자기가 처음 자전거 샀을 때도 똑같은 일이 있었다고 했다. 클로테르가 나한테 살짝 귀띔해주었다.

"어쩌겠어, 아빠들이란 다 그런걸. 매일 말썽만 피운다니까. 우리가 조심하지 않으면, 자전거나 망가뜨려놓고 다치기 일쑤라구."

배탈

어제는 내가 기분이 무척 좋았던 모양이다. 캐러멜, 사탕, 과자, 감자튀김, 아이스크림을 왕창 먹어댄 걸 보면 말이다. 덕분에 밤새 도록 끙끙 앓아야 했다. 왜 그랬는지는 잘 모르겠다.

아침에 의사 선생님이 왔다. 의사 선생님이 내 방에 들어오는 걸 보고 난 울음을 터뜨렸다. 의사 선생님이 친절한 분이라는 걸 알기 때문에 보통 때보다 더 크게 울었다. 의사 선생님이 내 가슴에 머리를 가져다 대면 기분이 참 좋다. 선생님의 대머리가 내 코밑에 서 반짝거리는 게 재미있기 때문이다. 하지만 의사 선생님은 오랫동안 그러고 있지는 않았다. 선생님이 내 뺨을 한 대 톡 치고는 엄마한테 말했다.

"당분간 아무것도 먹이지 마시고 푹 쉬게 해주세요."

의사 선생님은 이 말 한마디만 남기고 내 방을 나갔다.

"의사 선생님이 하시는 말씀 너도 잘 들었지? 말 잘 듣고 얌전히 있어야 돼."

엄마가 말했다.

"걱정 마세요."

사실, 난 엄마를 아주 사랑하고 엄마 말도 항상 잘 듣는다. 엄마 말은 잘 듣는 게 좋다. 그러지 않으면 반드시 말썽이 생기기 때문이다.

난 책을 펴들고 중얼중얼 읽기 시작했다. 여기저기 그림이 들어 있는 멋진 책이었다. 사냥꾼들이 우글우글한 숲 속에서 길을 잃고 헤매는 꼬마 곰 이야기였다. 난 카우보이 이야기가 더 좋다. 하지만 필셰리 고모는 내 생일 때마다 꼬마 곰, 꼬마 토끼, 꼬마 고양이 등 온갖 종류의 꼬마 동물들이 나오는 책을 사다준다. 필셰리 고모는 꼬마 동물들만 좋아하는 게 틀림없다.

못된 늑대가 꼬마 곰을 잡아먹으려는 대목을 막 읽으려고 하는데, 엄마가 알세스트를 데리고 방으로 들어왔다. 내 친구 알세스트는 항상 뭘 먹고 다니는 뚱보다.

"누가 왔나 보렴. 네 친구 알세스트야. 병문안을 왔다는구나. 참 착하지?"

엄마가 말했다.

"안녕, 알세스트. 날 보러 오다니, 끝내주는데."

내가 말했다.

엄마가 '끝내준다' 같은 말은 쓰면 안 된다고 했다. 그러다가 알세스트가 옆구리에 끼고 온 상자를 보고 엄마가 물었다.

　"뭘 가져온 거니?"

　"초콜릿이요."

　"고맙구나. 하지만 우리 니콜라한텐 주지 말아라. 아무것도 먹
으면 안 되니까."

　"니콜라한테 주려고 가져온 거 아니에요. 제가 먹을 거예요. 니
콜라는 먹고 싶으면 사다 먹으라고 하세요. 정말이에요."

　알세스트가 대답했다.

엄마는 좀 황당한 얼굴로 알세스트를 물끄러미 쳐다보더니 한숨을 푹 내쉬었다. 싸우지 말고 얌전히 놀라고 말하고 엄마는 밖으로 나갔다.

알세스트는 내 침대 옆에 앉았다. 그러고는 한마디도 하지 않고 나를 뚫어지게 쳐다보면서 초콜릿을 먹기 시작했다. 나도 너무 먹고 싶었다.

"알세스트, 나도 좀 줄래?"

"넌 아프다며?"

"아까 너한테 끝내준다고 한 말 취소야, 알세스트."

"너네 엄마가 끝내준다는 말 하지 말랬잖아."

알세스트는 이렇게 말하고는 자기 입에다 초콜릿 두 개를 한꺼번에 욱여넣었다. 우리는 엉겨붙어 싸웠다.

우리가 싸우는 소리를 듣고 엄마가 달려왔다. 기분이 안 좋은 것 같았다. 엄마는 우리를 떼어놓으며 야단을 쳤다. 알세스트에게는 어서 집으로 돌아가라고 했다. 알세스트가 가는 걸 보니 미안했다. 알세스트랑 둘이 놀면 참 재미있는데 말이다. 알세스트가 계속 함께 있었으면 했지만, 엄마를 화나게 하지 않는 게 좋을 것 같았다. 엄마가 나랑 장난칠 기분이 전혀 아닌 것 같았기 때문이다. 알세스트는 내 손을 잡고 "또 보자" 하고는 가버렸다. 난 알세스트가 참 좋다.

갑자기 엄마가 내 침대를 보고 소리를 질렀다. 알세스트랑 싸우다가 초콜릿 몇 개가 시트에 묻은 모양이었다. 내 잠옷과 머리카락에도 묻어 있었다.

엄마는 "내가 못 살아!" 하고 소리치면서 시트를 갈았다. 그리고 나를 욕실로 데려가 물비누로 거품을 퐁퐁 내서 스펀지로 박박 문지른 다음, 파란색 줄무늬가 있는 깨끗한 잠옷으로 갈아입혀주었다.

"엄마 또 귀찮게 하면 안 돼."

나를 침대에 눕히며 엄마가 말했다.

또 나 혼자였다. 다시 책을 펼쳐들었다. 꼬마 곰이 나오는 그 책이었다. 못된 늑대는 꼬마 곰을 잡아먹지 못했다. 사냥꾼한테 잡혀갔기 때문이다. 이번에는 사자가 꼬마 곰을 노리고 있었다. 하지만 꼬마 곰은 꿀을 먹느라 바빠서 사자를 보지 못했다. 꿀을 먹는 꼬마 곰을 보니 나도 배가 고팠다. 엄마를 부를까 생각했지만, 아단맞을 것 같았다. 엄마가 귀찮게 하지 말라고 했던 말이 생각났다.

나는 벌떡 일어나 부엌으로 갔다. 뭐 먹을 게 없나 하고 냉장고 안을 살펴보았다.

냉장고 안에는 먹을 게 잔뜩 들어 있었다. 우리 집은 정말 잘 먹고사는 집인가 보다. 닭다리가 들어 있는 상자를 두 팔로 안았다. 시원했다. 크림과자와 우유도 꺼냈다.

"니콜라!"

나는 깜짝 놀라 들고 있던 걸 그만 모두 놓쳐버리고 말았다. 엄마였다. 엄마가 부엌에 들어와 있었다. 내가 부엌에 있을 거라곤 전혀 생각지 못했나 보다. 난 무작정 울어 버렸다. 그렇게 화난 엄마 얼굴은 처음 봤다.

엄마는 아무 말도 하지 않고 나를 욕실로 데려가 물비누로 거품을 내서 스펀지로 깨끗하게 씻긴 후, 체크 무늬가 있는 빨간색 잠옷으로 갈아입혀주었다. 입고 있던 옷에 우유와 과자가루와 크림이 튀었기 때문이다. 엄마는 "어서 가서 자" 하며 나를 내 방으로 들여보냈다. 엄마는 부엌을 치워야 했기 때문이다.

또 침대에 누워야 했다.

하지만 책은 더 이상 보고 싶지 않았다. 다들 꼬마 곰을 잡아먹지 못해 안달하는 게 보기 싫었다. 꼬마 곰 때문에 내가 자꾸 말썽을 일으키게 되는 것 같아 꼬마 곰이 지겨워졌다. 하지만 아무것도 하지 않고 멀뚱멀뚱 있으려니 심심했다.

그림을 그리기로 했다. 그림 그리는 데 필요한 것들을 찾으러 아빠 서재로 갔다. 한쪽 구석에 놓여 있는, 반짝거리는 글씨로 아빠 이름이 새겨진 멋진 흰 종이는 별로 갖고 싶지 않았다. 야단맞을 게 뻔하기 때문이다. 그것보다는 다른 쪽 구석에 이미 뭐라고뭐라고 낙서가 되어 있는 종이가 더 마음에 들었다. 내다 버릴 휴지인 게 분명했다. 아빠의 낡은 만년필도 집어들었다. 이렇게 하면 엄마한테 야단맞을 염려가 전혀 없다.

빨리 빨리 빨리. 나는 서둘러 내 방 침대 안으로 기어들어갔다. 그리고 멋진 그림을 그리기 시작했다. 대포를 빵빵 쏴서 하늘에 날고 있는 비행기를 폭파하는 전함들을 그렸고, 온갖 무기들을 다 갖추고 적들에게 포를 쏘아대는 튼튼한 성들도 그렸다.

내가 너무 조용한 게 이상했는지 엄마가 불쑥 방문을 열었다. 그러고는 또다시 소리를 질렀다.

그 만년필은 잉크가 새서 아빠가 더 이상 쓰지 않는 것이었다.

비행기 폭파 장면을 그리는 데는 그만이었지만, 정신없이 그리다 보니 시트와 이불 여기저기에 잉크가 묻었던 모양이었다. 엄마는 잔뜩 화가 난 얼굴이었다. 내가 그림을 그린 종이도 문제인 것 같았다. 한쪽 구석에 쓰여 있던 글씨가 아빠한테 굉장히 중요한 것이었나 보다.

엄마는 나를 일으켜세운 다음, 또다시 나를 욕실로 데려갔다. 발꿈치 미는 돌로 빡빡 씻기고는 물비누로 거품을 내서 스펀지로

다시 씻겨주었다. 그리고 아빠의 낡은 셔츠를 입혀주었다. 깨끗한 잠옷이 더 이상 없었기 때문이다.

밤에 의사 선생님이 왔다. 선생님은 내 가슴에 대머리를 갖다댔다. 그러고는 혀를 내밀어보라고 했다.

"다 나았으니 이젠 일어나도 좋다."

의사 선생님이 내 뺨을 톡톡 두드리며 말했다.

하지만 우리 집에 환자가 많은 걸 보니 오늘은 정말 운이 나쁜 날인가 보다.

"어머니 안색이 더 안 좋은데요. 침대에 누워 푹 쉬고 당분간 음식은 드시지 않는 게 좋겠습니다."

학교 빼먹은 날

오늘은 오후반이었다. 학교 가는 길에 알세스트를 만났다.

"우리 학교 가지 말자."

알세스트가 난데없이 말했다.

"안 돼. 학교 빠지는 건 정말 나쁜 짓이야. 선생님도 화내실 거야."

내가 말했다.

우리 아빠는 인생에서 성공하고, 또 내가 비행사가 되려면(엄마한텐 걱정스러운 일이겠지만) 열심히 공부해야 한다고 말했다. 거짓말하는 건 옳지 못한 일이라고 했다.

"오늘 수학 시간이 있는데도?"

알세스트가 다시 물었다.

"그래, 그럼 가지 말자."

나는 곧장 대답했다.

우리는 학교에 가지 않고 학교 반대 방향으로 정신없이 달렸다. 알세스트는 금세 숨이 차서 나를 따라오지 못했다. 알세스트는 만날 먹어대는 뚱보다. 그러니 달리기를 잘할 리가 없다. 하지만 난 사십 미터 달리기 도사다. 사십 미터는 우리 학교 운동장 길이 이다.

"빨리 와, 알세스트."

"더는 못 뛰겠어."

알세스트는 푸후푸후 연거푸 숨을 내쉬더니 이내 멈춰섰다. 난 알세스트에게 거기에 그러고 있으면 위험하다고 말했다. 엄마 아빠한테 들키면 후식을 못 먹게 되고, 학생주임 선생님한테 걸리면 감옥에 가게 될 거라고 말했다. 감옥에 가면 빵과 물만 먹어야 된다는 얘기도 해주었다.

알세스트는 내 말을 듣고 힘이 생겼는지 쏜살같이 달리기 시작했다. 그래도 나를 따라잡는 건 무리였다.

학교에서 아주 멀리 떨어진 콩파니 아저씨네 식료품점 바로 다음에서 우리는 멈춰섰다. 콩파니 아저씨는 정말 친절한 분이다. 엄마는 콩파니 아저씨네 가게에서 딸기잼을 사곤 한다. 끝내주게 맛있는 잼이다.

"이젠 안진힐 거야."

알세스트는 이렇게 말하고는 주머니에서 과자를 꺼내더니 우물거리며 먹기 시작했다. 점심을 먹자마자 줄기차게 달리기만 해서 배가 쑥 꺼졌다고 했다.

"알세스트, 너 정말 생각 잘했다. 학교에서 수학 공부 하고 있을 애들을 생각하니까, 고소해 죽겠어!"

내가 키득거리며 말했다.

"나도 그래."

우리는 서로 마주 보며 깔깔거리고 웃었다. 한참 웃고 나서 내가 말했다.

"이제 뭐 하지?"

"글쎄, 극장에 갈까?"

정말 좋은 생각이었다. 하지만 우린 돈이 없었다. 주머니를 뒤져 봤지만 가느다란 끈과 구슬, 고무줄 두 개, 그리고 알세스트 주머니에서 나온 과자 부스러기가 전부였다. 그나마 있던 과자 부스러기도 없어져버렸다. 알세스트가 다 먹어버렸기 때문이다.

"흥, 상관없어. 극장 안 가면 어때. 어쨌든 다른 애들은 우리가 엄청 부러울 거야!"

내가 말했다.

"맞아. 나도 〈보안관의 복수〉, 그 영화 별로 보고 싶지도 않았어."

알세스트가 맞장구쳤다.

"맞아. 그까짓 카우보이 영화쯤이야."

그래도 우리는 간판 그림이라도 보려고 극장 앞으로 갔다. 만화 영화도 하고 있었다.

"우리 광장에 가자. 종이공 가지고 놀 수도 있고 축구 연습도 할 수 있잖아."

내가 말했다.

"좋은 생각이야. 하지만 광장엔 언제나 경찰 아저씨가 있잖아. 경찰 아저씨가 우리보고 왜 학교 안 갔냐고 물으면 어떻게 해? 우릴 감옥에 끌고 갈지도 몰라. 감옥에서는 빵하고 물밖에 안 준다면서."

알세스트가 대답했다. 그러고는 먹는 얘기에 배가 고파졌는지 책가방에서 치즈샌드위치를 꺼내 입에 물었다. 우리는 계속 길을 걸었다. 알세스트는 허겁지겁 샌드위치를 다 먹고 나서 입을 열었다.

"지금쯤 다른 애들은 학교에서 엄청 지겨워하고 있을 거야!"

"그럴 거야. 어쨌든 이제 학교 가기엔 너무 늦었어. 지금 갔다간 선생님한테 벌받는다구."

내가 말했다.

우리는 가게 진열장을 기웃거리며 다녔다. 정육점 진열장 앞에서 알세스트가 고깃덩어리들을 가리키며 무슨 고기인지 설명해주었다. 향수 가게 진열장 앞에서는 나란히 서서 얼굴을 찡그리며 장난을 치다가 얼른 다른 곳으로 달아났다. 가게 안에 있던 사람들이 우리를 보고 놀란 표정을 지었기 때문이다. 시계 가게 진열장 너머로 시계를 봤는데, 아직 너무 이른 시간이었다.

"끝내주는데! 집에 돌아갈 시간 되려면 아직도 멀었어. 실컷 놀아도 돼."

내가 말했다.

우리는 계속 걸었다. 다리가 아프고 힘이 들었다. 알세스트가 아무도 없는 공터로 가자고 했다. 공터에 가면 땅바닥에 주저앉아 있어도 어른들한테 걸릴 염려가 없다. 공터는 정말 끝내주는 곳이다. 우린 통조림 깡통에다가 돌멩이들을 던지며 신나게 놀기 시작했다. 돌멩이 던지는 것에 싫증이 나자, 다시 땅바닥에 주저앉았다. 알세스트는 가방 안에 딱 하나 남아 있던 햄샌드위치를 혼자서 우적우적 먹기 시작했다.

"다른 애들은 지금쯤 문제 풀고 있겠다."

알세스트가 말했다.

"아냐, 쉬는 시간일 거야."

내가 말했다.

"쳇, 넌 쉬는 시간이 재미있냐?"

알세스트가 물었다.

"칫!"

난 그만 울음을 터뜨리고 말았다. 기분이 이상했다. 단둘이 공터에서 아무것도 하지 않고 숨어 있기만 하는 건 하나도 신나지 않았다. 수학 문제 푸는 건 싫었지만, 학교에 가야 한다고 했던 내가 옳았다. 알세스트만 만나지 않았어도 지금쯤 학교에서 쉬는 시간을 보내고 있을 텐데. 구슬치기도 하고 있을 텐데. 난 구슬치기 도사인데. 헌병놀이도 하고 도둑잡기도 할 텐데.

"너 왜 울어?"

알세스트가 물었다.

"헌병놀이도 못 하고 도둑잡기도 못 하고, 다 너 때문이야."

내 말에 알세스트도 화가 난 것 같았다.

"내가 언제 너보고 나 따라오랬냐? 네가 같이 간다고만 안 했으

면 나도 학교로 갔을 거란 말야. 나 때문이 아니라 바로 너 때문
이야!"

"아, 그러셔?"

내가 말했다. 이건 우리 아빠가 옆집 사는 블레뒤르 아저씨한테
쓰는 말투다. 블레뒤르 아저씨는 우리 아빠를 괴롭히는 낙으로 사
는 아저씨다.

"아무렴, 그렇고말고."

알세스트가 대답했다. 이건 블레뒤르 아저씨가 우리 아빠한테
대답할 때 하는 말투다. 우리 아빠와 블레뒤르 아저씨처럼 우리도
싸우기 시작했다.

씨울 만큼 다 싸우고 나자, 후두둑 비가 쏟아지기 시작했다. 공
터엔 비를 피할 데가 없었다. 우리는 얼른 공터에서 뛰어나왔다.
엄마는 비 맞고 다니면 안 된다고 했었고, 난 엄마의 명령을 어긴
적이 없었다. 거의.

알세스트와 나는 달려가서 시계 가게 처마 밑에서 비를 피했다. 비가 무섭게 쏟아지고 있었고, 거리엔 우리 둘뿐이었다. 정말 하나도 재미없었다. 우리는 그렇게 서서 집에 갈 시간만 하염없이 기다렸다.

"왜 이렇게 얼굴이 창백하니? 몹시 지쳐 보이는데? 아프면 내일 학교 가지 마라."

집에 들어서는 나를 보고 엄마가 말했다.

"아니에요. 학교 갈 거예요."

내 대답에 엄마는 깜짝 놀란 표정을 지었다.

내일 학교에 가면 알세스트랑 둘이서 얼마나 재미있었는지 친구들한테 얘기해줘야겠다. 모두 우리를 엄청 부러워하겠지!

과학 실험

밖에 나가서 친구들하고 놀고 싶었지만 엄마가 안 된다고 했다. 엄마는 나가서 노는 게 문제가 아니라, 나랑 같이 노는 친구들이 마음에 안 든다고 했다. 매일같이 몰려다니면서 문제만 일으키는 말썽쟁이들이라는 거다. 엄마는 내가 아냥의 집에 초대를 받았으니, 가서 착하고 예의 바른 아냥을 본받으라고 했다.

난 정말 아냥네 집에 가서 간식 먹고 싶은 마음은 눈곱만큼도 없었다. 아냥을 본받고 싶은 마음은 더더욱 없고 말이다. 우리 반 일등, 선생님의 귀염둥이인 아냥은 별로 좋은 친구가 아니다. 안경을 껴서 마음대로 때릴 수도 없다. 난 알세스트, 조프루아, 외드, 그리고 다른 친구들하고 수영장에 가고 싶었다. 하지만 엄마가 장난칠 기분이 아닌 것 같아 말도 못 꺼냈다. 난 정말 엄마 말을 잘 듣는 착한 아들이다. 특히 엄마 기분이 안 좋아 보일 때는 더 그렇다.

엄마는 나를 깨끗이 씻기고, 머리도 단정하게 빗겨준 다음, 파란색 옷을 입으라고 했다. 주름 잡힌 바지에 하얀색 실크 셔츠를 입고 물방울무늬 넥타이까지 맸다. 사촌누나 엘비르의 결혼식 때도 이렇게 입었었다. 그때 난 점심을 잘못 먹어 배탈이 났었다.

"그렇게 뚱한 얼굴 하지 말고 재미있게 놀아야 돼!"

엄마와 함께 집을 나섰다. 친구들을 만날까 봐 겁이 났다. 내가 이렇게 입은 걸 보면 친구들이 놀릴 게 뻔했다!

문을 열어준 건 아냥의 엄마였다.

"아이구, 귀엽기도 하지!"

아냥 엄마가 말했다.

아줌마는 나를 안아주고 나서 아냥을 불렀다.

"아냥! 어서 나와봐라! 네 친구 니콜라가 왔다!"

아냥도 우스꽝스런 차림으로 나타났다. 벨벳 반바지에, 흰 양말과 번쩍거리는 검은색 샌들을 신고 있었다. 아냥하고 나 둘 다 꼭 어릿광대 같았다.

아냥은 나를 만난 게 싫은 얼굴이었다. 악수를 하면서도 시큰둥했다.

"그럼 전 이만 가볼게요. 니콜라, 말썽 부리지 말고 얌전히 놀아야 한다. 여섯 시에 데리러 올게."

엄마가 말했다.

"애들 잘 놀 테니 걱정 마세요. 니콜라는 아주 얌전하잖아요."

아냥 엄마가 말했다. 우리 엄마는 불안한 얼굴로 나를 쳐다보다가 갔다.

우리는 과자를 먹었다. 초콜릿, 잼, 그리고 손가락 모양의 비스킷도 있었다. 맛있었다. 식탁 위에 팔꿈치를 댈 틈도 없이 맛있게 먹었다. 다 먹고 나자, 아냥 엄마가 아냥 방에 가서 사이좋게 놀라고 말했다.

아냥은 자기 방에 들어가기가 무섭게 나한테 경고를 했다.

"난 안경 꼈으니까, 때릴 생각은 아예 하지도 마. 그러기만 했다간 소리질러서 우리 엄마를 부를 거야. 그래서 너를 감옥에 보내버리게 할 거라구."

"너무너무 때려주고 싶긴 하지만, 안 그럴 거야. 얌전히 있겠다고 우리 엄마랑 약속했거든."

아냥은 내 말이 마음에 든 모양이었다. 씨익 미소를 짓더니 같이 놀자고 했다. 지리책이며 과학책, 수학책 들을 무더기로 꺼내와서 같이 읽자고 했다. 수학 문제를 풀면서 시간을 보내는 건 어떻겠냐고 했다. 수도꼭지에서 욕조로 물이 콸콸 흘러들어가는 한편, 욕조 밑에서 물이 조금씩 새어나가는 경우, 흘러간 물의 양을 계산하는 끝내주는 문제들이 있다고 했다.

좋은 생각이었다. 하지만 난 진짜 욕조가 있으면 더 재미있게 놀 수 있을 것 같다고 말했다. 아냥은 안경알 너머로 나를 빠끔히 쳐다보다가 안경을 벗어들고 닦으며 곰곰이 생각하더니 자기를 따라오라고 했다.

욕실에는 정말 커다란 욕조가 있었다.

"저기다가 물을 가득 받아서 장난감 배를 띄우며 놀까?"

내가 물었다.

"그런 생각은 한 번도 해본 적 없었는데. 그거 재밌겠다."

아냥이 대답했다.

욕조는 금세 찰랑찰랑 넘칠 정도로 가득 찼다. 물론 구멍을 잘 막아두는 것도 잊지 않았다. 하지만 아냥은 샐쭉한 얼굴을 하고 있었다. 가지고 놀 장난감 배가 없었던 거다.

"난 책은 많은데 장난감은 거의 없어."

아냥이 말했다.

내가 종이배 접는 법을 알고 있어서 참 다행이었다. 우리는 아냥의 수학책을 북북 뜯었다. 물론, 나중에 아냥이 다시 모아서 붙일 수 있게 아주 조심해서 뜯었다. 책, 나무, 동물을 아프게 하는 건 아주 나쁜 짓이기 때문이다.

우리는 신나게 놀았다. 아냥은 물속에다 두 손을 푹 담그고 첨벙첨벙 파도를 만들었다. 재미있었다. 하지만 아냥이 소매도 안 걷고, 손목시계도 안 풀어놓은 건 참 유감스러운 일이었다. 지난번 역사 시험에서 일등을 하고 상으로 받은 선물이라고 했다. 시계는 4시 20분에서 뚝 멈춰버렸다. 시간이 꽤 많이 흐른 것 같았지만 시계가 고장나서 몇 시인지 알 수가 없었다. 종이배를 가지고 노는 것도 싫증이 났다. 사방이 물바다였다. 욕실을 엉망으로 만들 생각은 전혀 없었는데 말이다. 욕실 바닥도 온통 진흙투성이였고, 아냥 샌들도 전보다 덜 반짝거렸다.

우리는 다시 아냥 방으로 돌아왔다. 아냥이 지구본을 보여주었다. 금속으로 된 커다란 지구본이었다. 바다와 육지가 여러 가지 색깔로 알록달록하게 그려져 있었다.

"이건 세계 지리를 배우고, 또 각 나라들이 어디 있나 알아보는 데 쓰는 거야."

아냥이 잘난 척을 해가며 설명했다. 그건 나도 아는데 말이다. 지구본은 학교에도 있고, 선생님한테 설명을 들은 적도 있었다.

"여기 박힌 나사만 빼면 커다란 공이랑 똑같아."

아냥이 말했다. 지구본 가지고 놀겠다는 생각은 나만 하는 줄 알았는데 말이다. 하지만 그건 올바른 생각은 아니었다.

우리는 지구본을 던졌다 받았다 하면서 신나게 놀았다. 갑자기 아냥이 깨질지 모른다며 인경을 벗었다. 인경을 빗으면 징님이면서

말이다. 아냥은 안경을 벗은 채로 지구본을 던졌다. 자꾸 엉뚱한 곳으로 던지더니, 기어이 쨍그랑! 소리가 났다. 오스트레일리아 땅덩어리 쪽으로 거울을 깨부순 거다. 다시 안경을 끼고 무슨 일이 벌어졌는지 확인한 아냥은 울상이 되었다. 우리는 지구본을 제자리에 갖다놓고, 쉬쉬하며 이제부터는 조심하자고 했다. 그러지 않으면 엄마들이 난리가 날지 모르기 때문이다.

뭘 하고 놀까 두리번거리는데 아냥이 입을 열었다.

"과학 공부 하라고 우리 아빠가 실험기구세트 사주셨어."

아냥은 한껏 자랑을 늘어놓으며 실험기구들을 보여주었다. 정말

끝내주는 것들이었다. 시험관, 웃기게 생긴 둥그런 병, 갖가지 색깔의 물건들로 가득 찬 작은 플라스크들이 하나 가득 들어 있는 커다란 상자였다. 알코올 램프도 있었다.

"이것만 있으면 무슨 실험이든 할 수 있어. 공부에 도움이 되는 아주 유익한 실험 말야."

아낭이 말했다.

아낭이 시험관 속에 가루를 조금 넣고 이상한 액체를 붓기 시작했다. 그러자 액체의 색깔이 변하기 시작했다. 빨개졌다가 파래지고 다시 빨개졌다가 파래졌다. 하얀 연기도 조금 났다. 정말 끝내주게 유익한 실험이었다!

"아낭, 우리 이것보다 훨씬 더 유익한 실험을 해보자."

"그래, 좋았어!"

우리는 가장 커다란 병을 골라서, 그 안에 갖가지 가루와 가지각색의 액체들을 한데 넣고 뒤섞었다. 그런 다음, 알코올 램프에 불을 붙여 병을 가열하기 시작했다. 처음에는 그럭저럭 괜찮았다. 그런데 서서히 거품이 일기 시작하더니 시커먼 연기가 뭉게뭉게 피어올랐다. 연기는 고약한 냄새를 풍기면서 온 방 안을 시커멓게 만들어버렸다. 골치 아픈 일이었다. 거기서 실험을 멈췄어야 하는 건데, 너무 늦었다. 부글부글 끓던 병이 펑! 소리를 내며 터져버렸다.

아낭은 앞이 안 보인다며 울음을 터뜨렸다. 하지만 다행히도 큰일은 아니었다. 안경알이 새까매지는 바람에 앞이 안 보인 것뿐이었다. 아낭이 안경알을 닦는 동안, 나는 창문을 열어놓았다. 연기 때문에 콜록콜록 기침이 났다. 바닥에 깔린 양탄자에서는 물이 끓는 것 같은 이상한 소리가 났고, 부글부글 거품도 피어오르고 있었다. 벽은 온통 검댕투성이고 우리도 엉망이 되어 있었다.

아냥 엄마가 벌컥 방문을 열고 들어왔다. 잠깐 동안 아냥 엄마는 아무 말도 하지 못했다. 눈이 휘둥그레지고 입은 헤벌린 채 말이다. 하지만 아냥 엄마는 곧 비명을 지르고는, 아냥의 안경을 벗기고 철썩 뺨을 때렸다. 그리고 우리를 씻기기 위해 나와 아냥 손을 한 쪽씩 잡고 욕실로 끌고 갔다. 하지만 아냥 엄마는 엉망진창이 되어 있는 욕실을 보고 다시 울상이 되었다. 아냥은 또 한 대 맞을까 봐 잔뜩 겁먹은 얼굴이었다. 안경을 다시 끼고는 손으로 꼭 붙잡고 있었다.

"네 엄마한테 전화해서 빨리 너를 데려가라고 해야겠다. 세상에, 이런 난리가 또 있을까. 정말 말도 안 돼!"

아냥 엄마는 목청껏 소리를 지르며 거실로 달려나갔다.

엄마가 금방 나를 데리러 왔다. 엄마를 보니 좋았다. 더 이상 아냥네 집에서 놀지 않아도 되고, 특히 폭발 일보 직전인 아냥 엄마와 함께 있지 않아도 되기 때문이었다. 엄마는 집으로 돌아오는 동안 내내 입이 닳도록 잔소리를 했다.

"실험하다 그랬다니까 어쩔 수 없구나. 하지만 오늘 저녁 후식은 꿈도 꾸지 마."

사실 나쁜 짓 하려고 그랬던 건 아니니까, 꼭 우리가 잘못한 거라고 할 수는 없다. 엄마 말은 항상 옳다.

아냥하고 노는 건 정말 재미있었다. 또 놀러 가고 싶지만, 이제는 아냥 엄마가 내가 아냥하고 노는 걸 싫어할 거다.

　엄마들은 도대체 뭘 원하는 걸까, 우리가 누구랑 친하게 지내야 하는지도 모르면서!

보르드나브 선생님은 해를 싫어해

보르드나브 선생님은 맑은 날씨를 싫어한다. 난 도무지 이해가 안 된다. 사실 비 오는 날이 좋을 건 없다. 물론, 비 올 때도 나가 놀 수는 있다. 물웅덩이를 첨벙거리며 다닐 수도 있고, 고개를 들고 입을 벌리고 서서 뚝뚝 떨어지는 빗방울을 받아먹을 수도 있다. 또 비 오는 날 집에 있으면 따뜻하다. 엄마가 만들어준 초콜릿 과자를 먹으면서 장난감 전기 기차를 가지고 놀 수도 있다. 하지만 학교에 있을 때 비가 오면 쉬는 시간에 재미가 없다. 선생님들이 운동장에 못 나가게 하기 때문이다. 그렇기 때문에 난 보르드나브 선생님이 이해가 안 된다. 날씨가 맑아야, 쉬는 시간에 운동장으로 우르르 몰려나가는 우리를 감시도 하고 좋을 텐데 말이다.

오늘 같은 날이 바로 그렇다. 햇빛이 쨍쨍한 맑은 날씨였다. 삼일 내내 비가 오는 바람에 교실 안에 꼼짝 않고 있느라 온몸이 근질근질했었는데, 드디어 해가 난 거다. 그래서 오늘 쉬는 시간은 정말 신났다.

쉬는 시간이면 늘 그랬던 것처럼 우리는 줄을 서서 운동장으로 나갔다. 보르드나브 선생님이 "해산!" 하고 외치는 소리와 함께 우리는 신나게 놀기 시작했다.

"우리 경찰과 도둑놀이 하자!"

아빠가 경찰관인 뤼퓌스가 소리쳤다.

"넌 빠져, 우린 축구 할 거야."

외드가 말했다. 뤼퓌스와 외드는 투닥거리며 싸우기 시작했다. 외드는 친구들 코피 터뜨리기를 좋아하는 엄청 힘이 센 친구다. 외드가 뤼퓌스에게 한 방 날린 것도 뤼퓌스가 친구라서 그런 거다.

뤼퓌스는 갑자기 날아온 주먹 한 방을 얻어맞고 뒤로 물러서다가, 잼 바른 샌드위치를 열심히 먹고 있던 알세스트와 부딪치고 말았다. 그 바람에 알세스트는 샌드위치를 땅바닥에 떨어뜨렸다. 알세스트는 큰 소리로 울음을 터뜨렸다. 보르드나브 선생님이 그 소리를 듣고 달려왔다. 선생님은 한창 싸우고 있던 외드와 뤼퓌스를 떼어놓고 벌을 세웠다.

"내 샌드위치는 누가 물어낼 거야?"

알세스트가 울음 섞인 목소리로 물었다.

"너도 같이 벌서고 싶어?"

보르드나브 선생님이 무서운 목소리로 말했다.

"아뇨. 전 그냥 잼샌드위치만 있으면 돼요."

보르드나브 선생님의 얼굴이 시뻘게졌다. 화가 났을 때 항상 그
렇듯이 선생님은 코로 숨을 푹푹 내쉬었다. 하지만 선생님과 알세
스트의 대화는 그리 오래 가지 못했다. 맥상과 조아생이 싸움이
붙었기 때문이다.

"내 구슬 내놔, 속임수 쓴 거 다 알아!"

조아생이 소리치며 맥상의 넥타이를 잡아당겼다. 맥상도 지지
않고 조아생의 뺨을 찰싹찰싹 연거푸 때렸다.

"도대체 무슨 일이냐?"

보르드나브 선생님이 물었다.

"조아생이 자기 구슬 잃은 게 아까워서 저렇게 소리지르는 거예
요. 선생님만 원하시면 제가 선생님 대신 저 녀석 코에 한 방 먹여
줄 수도 있어요."

무슨 일인가 궁금해서 슬쩍 다가와 있던 외드가 말했다. 보르드
나브 선생님은 깜짝 놀란 얼굴로 외드를 쳐다보았다.

"넌 저기서 벌서고 있던 녀석 아니냐?"

"아, 네, 맞아요."

외드는 움찔하며 다시 벌서던 자리로 되돌아갔다.

맥상은 얼굴이 새빨개져 있었다. 조아생이 그때까지도 맥상의
넥타이를 꽉 쥐고 있었던 거다. 보르드나브 선생님은 조아생과 맥
상도 함께 벌을 세웠다.

"제 잼샌드위치는요?"

알세스트가 물었다. 알세스트는 또 다른 잼샌드위치 하나를 입
에 물고 있었다.

"지금 먹고 있잖아!"

보르드나브 선생님이 어이없다는 듯이 물었다.

"말도 안 돼요. 쉬는 시간마다 먹으려고 네 개를 가져온 거란 말예요. 저는 꼭 네 개를 먹고 싶다구요!"

하지만 선생님은 이런 억지 소리를 듣고도 화를 낼 수가 없었다. 축구공이 날아와 선생님 머리를 쿵! 하고 강타했기 때문이다.

"어느 놈이야?"

보르드나브 선생님이 손으로 이마를 짚으며 소리쳤다.

"니콜라예요, 선생님. 제가 봤어요!"

아냥이 말했다. 우리 반 일등, 선생님의 귀염둥이, 아무도 안 좋아하는 치사한 고자질쟁이 아냥 말이다. 하지만 아냥은 안경을 껴서 때려주고 싶다고 때릴 수도 없다.

"치사한 고자질쟁이, 안경만 아니면 한 방 먹이는 건데!"

내가 소리쳤다.

그러자 아냥은 자기가 세상에서 가장 불행하다고 울음을 터뜨리며 땅바닥을 떼굴떼굴 굴렀다. 보르드나브 선생님이 정말 내가 공을 던졌냐고 물었다. 난 그렇다고 대답했다. 피구를 하고 있었는데, 클로테르를 맞춘다는 게 잘못 날아간 거라고 말했다. 선생님을 맞추려고 한 게 아니니까 내 잘못이 아니라고 대답했다.

"그런 야만인 같은 놀이를 했다고? 공은 내가 압수한다! 저기 가서 두 손 들고 서 있어!"

보르드나브 선생님이 나에게 말했다.

난 너무 억울하다고 말했다. 아냥이 옆에서 "용용 죽겠지, 쌤통이다 쌤통" 해가며 나를 약올렸다. 고소해 죽겠다는 얼굴이었다. 그러더니 아냥은 책을 집어들고 도망갔다. 아냥은 쉬는 시간에도 놀지 않는다. 만날 책을 들고 나와서 배운 것들을 보고 또 본다. 아냥은 정말 바보다!

"제 잼샌드위치 어떻게 할 거예요? 이건 세 개째고 이제 조금 있으면 쉬는 시간도 끝난단 말예요. 한 개 모자란다구요. 아까 다 얘기했잖아요!"

알세스트는 계속 씩씩거리고 있었다. 보르드나브 선생님이 뭐라고 대답하려고 했다. 하지만 유감스럽게도 우리는 선생님 목소리를 들을 수가 없었다. 선생님한테서 재미있는 대답을 들을 수 있을 것 같았는데 말이다. 선생님 목소리 대신 들려온 건 이냥의 끔찍한 비명 소리였다. 아냥은 땅바닥에 엎어져서 고래고래 소리를 지르고 있었다.

"또 뭐냐?"

보르드나브 선생님이 푹, 한숨을 쉬며 물었다.

"조프루아예요! 나를 밀었어요! 내 안경! 난 이제 죽을 거야!"

아냥이 말했다. 얼마 전에 본 영화 속 대사 같았다. 바닷속에 잠겨 떠오르지 못하는 잠수함에서 사람들만 구출되고 잠수함은 끝장나버린 영화였다.

"아니에요, 선생님. 조프루아가 그런 거 아니에요. 아냥이 그냥 저 혼자 넘어진 거예요. 쟤는 걸음마도 잘 못 한대요."

외드가 말했다.

"네가 뭔데 참견이야? 누가 너보고 끼어들래? 내가 민 거 맞아,

어쩔래?"

조프루아가 말했다.

참다 못한 보르드나브 선생님이 소리쳤다.

"외드, 넌 벌서던 자리로 가. 조프루아, 너도 마찬가지야."

선생님은 코피를 흘리며 울고 있는 아냥을 일으켜 세워 양호실로 데려갔다. 알세스트는 샌드위치를 물어내라며 끈질기게 선생님을 쫓아갔다.

우리는 축구를 하기로 했다. 하지만 곤란한 문제가 있었다. 선배형들이 이미 운동장을 차지하고 축구를 하고 있었던 거다. 우리는 걸핏하면 형들과 싸운다. 운동장에서 두 개의 축구공과 네 개의 축구팀이 뒤죽박죽되기 때문이다. 하지만 어쩔 수 없는 일이다.

"그 공 그대로 놔둬, 이 더러운 꼬맹아. 우리 거란 말야!"

어떤 형이 뤼퓌스에게 소리쳤다.

"아냐!"

뤼퓌스도 지지 않고 대들었다.

정말 아니었다. 그쪽 형 중 하나가 우리 공으로 골을 넣었던 거다. 형이 뤼퓌스의 뺨을 때리자, 뤼퓌스는 형의 다리를 냅다 걸어 찼다. 결국 선배 형들과 패싸움이 벌어졌다. 선배 형들이 우리 뺨을 때리면 우리는 형들 다리를 걸어찼다. 싸움은 늘 이런 식이다. 이번 싸움에는 한 사람도 빠짐없이 모두 달려들었다. 시끌벅적하게 싸움판이 한창 달아오르고 있는데, 보르드나브 선생님의 목소리가 들렸다. 선생님은 아냥, 알세스트와 함께 양호실에 다녀오던 참이었다.

192

"선생님, 쟤네들 좀 보세요. 벌 안 서고 있어요!"

아냥이 말했다. 보르드나브 선생님은 정말로 화가 난 것 같았다. 선생님은 정신없이 우리 쪽으로 달려왔다. 그러다가 그만 알세스트의 잼샌드위치를 밟고 미끄러지고 말았다.

"야호, 내가 이겼어요. 선생님이 내 샌드위치를 밟았으니까 선생님이 물어내요!"

알세스트는 끝까지 샌드위치 타령이었다.

보르드나브 선생님이 바지를 툭툭 털며 일어섰다. 손이 온통 잼투성이였다. 우리의 싸움은 계속되었다. 정말 끝내주게 멋진 쉬는 시간이었다. 보르드나브 선생님은 시계를 들여다보고는 절뚝거리며 종을 치러 갔다. 쉬는 시간이 끝난 거다.

보르드나브 선생님이 우리들을 줄 세우고 있는데 부이옹 선생님이 왔다. 부이옹 선생님도 보르드나브 선생님처럼 학생주임 선생님이다. 항상 "내 눈을 봐" 하고 말하는데, 그럴 때 선생님 눈을 들여다보면 부이옹 수프에 떠 있는 뿌연 기름 덩어리처럼 눈동자만 동동 떠 있다. 그래서 부이옹 선생님이라고 부르는 거다. 그 별명은 선배 형들이 지어낸 거다.

"보르드나브 선생님, 쉬는 시간에 무슨 문제라도 있었습니까?"

"늘 그렇죠. 어쩌겠습니까. 비라도 왔으면 좋겠는데. 아침에 일어나 날이 맑은 걸 보면, 아주 끔찍합니다!"

보르드나브 선생님이 대답했다.

정말 모르겠다. 보르드나브 선생님이 해가 싫다고 하는 이유 말이다. 도무지 이해가 안 된다!

가출

집을 나왔다! 거실에서 얌전하게 놀고 있는데, 엄마가 새 양탄
자에다 잉크를 쏟았다며 나를 야단쳤다. 그게 다였다. 나는 울면
서 "집을 나가버릴 거야. 그러면 다들 나를 보고 싶어하겠지"라고
말했다. 하지만 엄마는 눈 하나 깜짝하지 않았다. "너 때문에 늦
었잖니. 엄마 장 보러 가야 한단 말야" 하고 말하고는 나가버렸다.

나는 내 방으로 올라가 짐을 꾸렸다. 집을 나갈 때 필요할 거라
생각되는 것들을 챙겼다. 책가방을 열어놓고, 윌로지 이모가 사준
빨간색 미니 자동차와 태엽이 달린 조그만 기관차, 화물차를 넣었
다. 다른 화물차는 다 망가지고 딱 하나 남은 것이었다. 나중에 먹
으려고 아껴둔 초콜릿 한 조각도 같이 넣었다. 저금통도 챙겼다.
돈이 필요할지도 모르기 때문이다. 그리고 집을 나왔다.

집에 엄마가 없는 게 다행이었다. 집에 있었다면 분명히 말렸을 테니까. 밖으로 나오자마자 나는 막 뛰기 시작했다. 엄마 아빠가 많이 괴로워할 테지. 이다음에 엄마 아빠가 할머니처럼 늙었을 때 돌아오는 거야. 부자가 되어서, 커다란 비행기도 사고 자동차도 사고 마음대로 잉크를 엎질러도 되는 양탄자도 살 거야. 다시 나를 보게 되면 엄마 아빠가 얼마나 기뻐할까.

이런 생각을 하며 뛰다보니 어느새 알세스트 집 앞이었다. 뚱보 알세스트는 만날 먹어대기만 하는 내 친구다. 이 얘기는 벌써 여러 번 했던 것 같다. 알세스트는 현관문 앞에 앉아 향료가 든 빵을 먹고 있었다.

"어디 가?"

알세스트가 빵을 한 입 크게 베어물면서 나한테 물었다.

"나 집 나왔어. 같이 갈래? 아주 오래오래 있다가 엄청난 부자가 되어 돌아올 거야. 비행기도 있고 자동차도 있는 부자 말야. 우리가 다시 돌아오면 우리 엄마 아빠 들이 무척 기뻐할 거야. 다시는 야단도 안 칠 거구."

하지만 알세스트는 같이 가고 싶지 않은 것 같았다.

"너 머리가 어떻게 된 거 아냐? 오늘 저녁에 우리 엄마가 소시지와 베이컨을 넣은 양배추절임을 만들어준댔어. 난 안 가."

"그래, 그럼 잘 있어."

알세스트는 아무것도 들지 않은 손으로 잘 가라는 손짓을 하면서, 다른 한 손으로는 입안으로 빵을 밀어넣느라 정신이 없었다.

나는 골목길 모퉁이를 돌아서서 잠시 멈춰섰다. 알세스트를 보

니 배가 고파졌다. 그래서 초콜릿 한 조각을 꺼내 먹었다. 이걸 먹
으면 힘이 날 거야. 멀리, 아주 멀리, 엄마 아빠가 나를 찾지 못할
곳으로 갈 거야. 중국, 아니면 작년에 우리 가족이 휴가를 갔던 아
르카숑같이 먼 곳 말야. 우리 집에서 엄청나게 멀고, 바다도 있고
싱싱한 굴도 많은 곳이지.

　하지만 멀리 떠나려면 자동차나 비행기를 사야 했다. 보도블록
위에 앉았다. 그리고 저금통을 깨서 동전이 얼마나 들어 있는지
세어보았다. 솔직히 자동차나 비행기를 사기엔 좀 많이 부족했다.

빵집으로 들어가 초콜릿이 든 에클레르 과자를 하나 샀다. 순식간에 먹어치웠다. 정말 끝내주게 맛있는 과자였다.

난 걸어서 가기로 결심했다. 걸어서 가면 시간이 더 많이 걸리기는 하겠지만, 집에 가야 하는 것도 아니고, 학교에 가야 하는 것도 아니니까 시간은 많았다. 학교 생각은 아직 안 해봤지만, 내일 담임 선생님이 반 애들한테 어떤 말을 할지 상상이 갔다.

"불쌍한 니콜라가 혼자서 집을 나갔단다. 아무도 없이 달랑 혼자서 말야. 그것도 아주 멀리 갔단다. 니콜라는 부자가 돼서 돌아올 거야. 자동차도 사고 비행기도 사서 말이야."

모든 사람들이 나에 대해 말하며 걱정하겠지. 알세스트는 나를 따라오지 않은 걸 후회할 거야. 생각만 해도 가슴이 설렜다.

난 계속 걸었다. 그런데 점점 피곤해지기 시작했다. 걸음도 느려졌다. 솔직히 얘기하면 난 다리가 짧다. 내 친구 맥상하고는 다르다. 하지만 그렇다고 맥상한테 "네 다리 빌려줘"라고 말할 수는 없다. 그때 갑자기 좋은 생각이 떠올랐다. 친구한테 자전거를 빌려달라고 하는 거다. 나는 즉시 클로테르네 집 앞으로 갔다. 클로테르한테는 반짝반짝 빛나는 멋진 노란 자전거가 있다. 하지만 한 가지 문제가 있었다. 그건 바로 클로테르가 남한테 자기 물건 빌려주는 걸 싫어한다는 거다. 나는 클로테르네 대문 초인종을 딩동, 하고 눌렀다. 문을 열러 나온 건 클로테르였다.

"아니, 니콜라! 네가 웬일이야?"

"네 자전거 좀 빌려줘."

클로테르는 내 말이 끝나기도 전에 문을 쾅 닫아버렸다. 나는

다시 초인종을 눌렀다. 클로테르가 문을 열어주지 않아서, 딩동딩
동 초인종을 계속 눌러댔다. 집 안에서 클로테르 엄마가 소리치는
게 들렸다.

"클로테르, 뭐 하니! 어서 가서 문 열어라!"

클로테르가 문을 열었다. 하지만 꼼짝도 않고 서 있는 나를 다
시 보는 게 싫은 표정이었다.

"클로테르, 네 자전거가 필요해. 나 집 나왔어. 우리 엄마 아빠
가 괴로워하겠지만, 난 이다음에 돌아올 거야, 아주 오래 있다가.
자동차도 있고 비행기도 있는 엄청난 부자가 돼서 말야."

클로테르는 내가 부자가 돼서 돌아와 자기를 찾으면, 그때 자기

자전거를 팔겠다고 했다. 클로테르가 무슨 말을 하는 건지 알아들을 수가 없었다. 하지만 결국 그건 나한테 돈이 있어야 한다는 얘기라는 걸 깨달았다. 돈이 있어야 클로테르의 자전거도 살 수 있는 거다. 클로테르는 돈 얘기만 나오면 눈이 반짝반짝 빛나는 애니까.

돈을 벌려면 어떻게 해야 할까 곰곰이 생각했다. 일을 해야겠지만 오늘은 안 된다. 목요일이기 때문이다.(프랑스의 초등학교에서 목요일은 수업이 없는 자유학습일이다—옮긴이) 그다음에 생각해낸 게, 내 가방 속에 들어 있는 장난감들을 파는 거였다. 윌로지 이모가 사준 미니 자동차랑, 물건을 싣는 화물차. 이 화물차는 다 망가지고 딱 하나 남은 거다. 길 건너편에 장난감 가게가 보였다. 저기 가면 내 자동차와 화물차가 관심을 끌 수 있을지도 모르겠다는 생각이 들었다. 나는 가게 안으로 들어갔다.

"꼬마야, 뭘 찾니? 구슬? 아니면 공?"

친절해 보이는 아저씨가 나에게 활짝 미소를 지으며 말했다.

난 아저씨한테 뭘 사려고 온 게 아니라, 내 장난감들을 팔러 온 거라고 말했다. 책가방을 열고 자동차와 화물차를 계산대 앞에 꺼내놓았다. 친절한 아저씨는 몸을 숙이고 내 장난감들을 내려다보았다. 아저씨는 놀란 것 같았다.

"얘, 꼬마야. 난 장난감을 사는 사람이 아니라 파는 사람이야."

"그럼 아저씨가 파는 장난감들은 어디서 가져오는 건데요?"

난 바로 그게 궁금했다.

"서기, 서기, 난 말이지, 상난감을 어디서 가져오는 게 아니라 사오는 거야."

아저씨가 더듬거리며 대답했다.

"그럼 내 장난감을 사세요."

"저기, 저기, 네가 내 말을 못 알아들은 것 같은데, 난 장난감을 사긴 하지만, 너한테는 사는 게 아니라 팔아야 하는 거야. 난 장난감 공장에서 사온단다. 그런데 너는…… 그러니까……."

아저씨는 또 더듬거리다가 뚝 멈춰버렸다. 그러고는 다시 말했다.

"이다음에 크면 너도 알아들을 거다."

하지만 아저씨가 한 가지 모르는 게 있었다. 이다음에 크면 나한텐 돈이 필요없을 거라는 사실 말이다. 자동차도 있고 비행기도 있는 엄청난 부자가 되어 있을 테니까. 난 어떻게 해야 할지 몰라 울음을 터뜨렸다. 아저씨도 어쩔 줄 몰라했다. 아저씨는 계산대 뒤에서 뭔가를 뒤적뒤적 찾더니 내 손에 미니 자동차를 한 대를 쥐어주었다. 그러고는 너무 늦었으니 빨리 집에 가라고 했다. 가게 문도 닫아야 하고, 나 같은 손님은 너무 피곤하다고 하면서 말이다. 난 내가 꺼내놓은 화물차와 미니 자동차 그리고 아저씨가 준 새 미니 자동차까지 집어들고 가게를 나왔다. 정말 신났다. 시간이 너무 늦었다는 아저씨의 말은 맞는 말이었다. 밖은 벌써 어두워지기 시작했고 거리에는 아무도 없었다. 나는 막 달렸다.

집에 왔더니 엄마가 왜 이제 오느냐며 야단을 쳤다.

야단맞을 줄은 알고 있었다. 내일은 꼭 집을 나가야지. 엄마랑 아빠가 많이 괴로워하겠지. 그래도 나는 오래, 아주 오래 있다가 돌아올 거다. 부자가 돼서 자동차도 사고 비행기도 사서 말이다!

Le récrés du Petit Nicolas

꼬마 니콜라의 쉬는 시간

퇴학당한 알세스트

학교에서 엄청난 일이 일어났다. 알세스트가 퇴학당한 거다!

두 번째 시간이 끝나고 쉬는 시간. 우리는 여럿이서 사냥꾼 놀이를 하고 있었다. 어떻게 하는 건지는 여러분도 잘 알 거다. 공을 가진 아이가 바로 사냥꾼이다. 사냥꾼이 공으로 다른 애들을 맞히고, 그러면 공을 맞은 애는 울고 나서 사냥꾼이 되는 거다. 아주 재미있다. 하지만 같이 안 논 애들도 몇 명 있었다. 조프루아, 아낭, 알세스트였다. 조프루아는 결석을 해서 같이 놀 수 없었고, 아낭은 쉬는 시간엔 항상 복습을 하기 때문에 놀 수 없었고, 알세스트는 잼 바른 빵을 먹느라 놀 수 없었다. 알세스트는 두 번째 쉬는 시간엔 항상 큰 빵을 먹는다. 두 번째 쉬는 시간이 다른 쉬는 시간보다 좀 더 길기 때문이다.

사냥꾼은 외드였다. 자주 있는 일은 아니었다. 외드는 힘이 아주 세기 때문에 애들은 그 애를 맞추지 않으려고 한다. 힘센 외드가 사냥꾼이 되면 정말 골치 아프게 되니까 말이다. 어쨌든 외드는 클로테르를 겨냥했고, 클로테르는 머리를 감싸쥐고 땅바닥에 엎드렸다. 공이 클로테르 머리 위를 지나서 슝! 날아가 알세스트의 등에 맞았다. 그 바람에 알세스트는 들고 있던 빵을 놓쳐버렸다. 알세스트는 화가 나서 소리를 지르기 시작했다. 학생주임인 부이옹 선생님이 무슨 일이 일어났나 보러 왔다. 선생님은 빵은 보지 못했다. 바로 선생님이 밟았으니까 말이다. 선생님은 빵 때문에 미끄러질 뻔했고, 구두에 잼이 잔뜩 묻어 있는 걸 보고는 깜짝 놀랐다. 알세스트는 팔을 휘두르며 울어댔다.

"이 나쁜 놈아! 발 밑에 뭐가 있는지도 안 보여?"

알세스트는 정말 엄청 화가 났다. 알세스트의 먹을 걸 가지고는 절대 장난치면 안 된다. 특히 두 번째 쉬는 시간에 먹는 잼 바른 빵은 말이다. 부이옹 선생님은 기분이 좋지 않은 것 같았다.

"내 눈을 똑바로 봐. 너 지금 나한테 뭐라고 했어?"

선생님이 알세스트에게 물었다.

"나쁜 놈이라고 했어요, 젠장! 선생님은 내 빵을 밟을 권리가 없단 말이에요."

알세스트가 소리쳤다.

부이옹 선생님이 알세스트의 팔을 잡고 끌고 갔다. 선생님 구두에 묻은 잼 때문에 걸을 때마다 찍찍 소리가 났다.

그때 무샤비에르 선생님이 수업 시작 종을 쳤다. 무샤비에르 선생님은 새 학생주임인데, 이 선생님한테 어울리는 우스운 별명은 아직 붙이지 못했다. 우리는 교실로 들어갔지만, 알세스트는 돌아오지 않았다. 담임 선생님은 깜짝 놀랐다.

"알세스트는 어디 갔니?"

선생님이 우리에게 물었다.

우리가 동시에 대답을 하려고 하는데, 교실 문이 열리더니 교장 선생님이 부이옹 선생님과 알세스트를 데리고 들어왔다.

"일어서!"

담임 선생님이 구령을 붙였다.

"앉아!"

교장 선생님이 말했다.

교장 선생님은 안색이 좋지 않았다. 부이옹 선생님도, 알세스트도 마찬가지였다. 알세스트는 눈에 눈물이 가득 찬 채 퉁퉁 부은 얼굴로 코를 훌쩍거렸다.

"여러분, 여러분의 친구가 부이…… 아니 뒤봉 선생님에게 있을 수 없는 무례한 행동을 했어요. 나는 윗사람에 대한 존경심의 결여에 대해서는 변명의 여지가 없다고 생각해요. 따라서 여러분의 친구는 퇴학을 당할 거예요. 알세스트는 자기가 한 일이 부모님께 얼마나 큰 걱정을 끼쳐드릴지를 전혀 생각하지 못했어요. 알세스트가 잘못을 뉘우치고 태도를 고치지 않는다면, 아마 감옥에 가게 될 거예요. 그것이 모든 불한당들의 피할 수 없는 운명이에요. 이 일이 여러분들에게도 교훈이 되었으면 좋겠어요!"

교장 선생님이 말했다. 그러고 나서 교장 선생님은 알세스트에게 소지품을 챙기라고 했다. 알세스트는 울면서 소지품을 챙긴 다음 교장 선생님, 부이옹 선생님과 함께 나갔다.

우리는 무척 슬펐다. 담임 선생님도 마찬가지였다.

담임 선생님이 어떻게 해보겠다고 우리에게 약속했다. 우리 선생님은 그래도 멋진 선생님인 것 같다. 수업을 마치고 밖으로 나와보니, 알세스트가 길모퉁이에 서서 작은 초콜릿빵을 먹으며 우리를 기다리고 있었다. 가까이 다가가보니, 굉장히 슬퍼 보였다.

"너 아직 집에 안 갔어?"

내가 물었다.

"그럼, 당연하지. 하지만 이젠 갈 거야. 점심 먹을 시간이니까. 내가 장담하는데, 우리 엄마 아빠한테 이 일을 말하면 분명히 후식을 못 먹게 할 거야. 아! 어떡하지, 정말."

알세스트는 이렇게 말하고 나서 뭐라고 좀 더 중얼대더니 다리를 질질 끌며 집으로 갔다. 우리가 볼 때 알세스트는 먹어야 하기 때문에 할 수 없이 집으로 가는 것 같았다. 불쌍한 알세스트, 우리는 알세스트가 참 안됐다고 생각했다.

오후에 알세스트네 엄마가 학교로 왔다. 기분이 아주 안 좋아 보였고, 한쪽 팔로는 알세스트를 꽉 붙잡고 있었다. 알세스트는 엄마와 함께 교장실로 들어갔고, 조금 있다가 부이옹 선생님도 따라 들어갔다.

쉬는 시간만큼 시간이 흘렀을까, 교장 선생님이 활짝 웃는 표정으로 알세스트를 데리고 교실로 들어왔다.

"일어서!"

담임 선생님이 구령을 붙였다.

"앉아!"

교장 선생님이 말했다.

교장 선생님은 알세스트에게 기회를 주기로 했다고 설명했다. 아들이 불한당이 되고, 결국 감옥에 가게 될 거라는 생각에 너무도 상심해하는 알세스트의 부모님을 고려해 그렇게 결정했다고 했다.

"여러분의 친구는 뒤봉 선생님에게 사과를 했고, 뒤봉 선생님은 고맙게도 그 사과를 받아들였어요. 나는 여러분의 친구가 이 관대한 조치에 대해 감사하기를 바라고, 또한 이번 경고를 통해 큰 교훈을 얻었으리라고 생각해요. 알세스트는 오늘 저지른 행동, 오늘 저지른 큰 잘못에 대해 사죄해야 할 거예요, 그렇지?"

교장 선생님이 말했다.

"아…… 예."

알세스트가 대답했다.

교장 선생님은 알세스트를 바라보더니, 입을 벌리고 한숨을 내쉰 후 교실 밖으로 나갔다.

우리는 기분이 좋아져서 다 같이 한꺼번에 말을 하기 시작했다. 담임 선생님이 자로 교탁을 여러 차례 두드리고 나서 말했다.

"모두 앉아요. 알세스트도 네 자리로 가서 얌전히 앉아라. 클로테르는 칠판 앞으로 나오고."

잠시 후에 쉬는 시간을 알리는 종이 울렸다. 우리는 다 같이 운동장으로 내려갔다. 질문을 받을 때마다 벌을 서는 클로테르만 빼고 말이다. 우리는 운동장에서 치즈샌드위치를 먹고 있는 알세스트에게 교장실에서 무슨 일이 있었냐고 물었다. 그때 부이옹 선생님이 왔다.

"자, 자, 알세스트 좀 가만히 놔둬. 오늘 아침 일은 다 끝난 일이야. 그만하고 놀아, 어서."

부이옹 선생님이 말했다. 그러면서 부이옹 선생님은 맥상의 팔을 붙들었다. 그러는 바람에 맥상이 알세스트의 몸을 밀게 되었고, 알세스트의 치즈샌드위치가 땅에 떨어졌다.

알세스트는 부이옹 선생님을 노려보더니 얼굴이 시뻘게져서 팔을 휘두르며 소리를 질렀다.

"빌어먹을, 이 나쁜 놈! 믿을 수가 없어. 또 그랬잖아! 정말 구제 불능이야."

으젠 삼촌의 코

오늘 아빠가 학교에 데려다주었다. 나는 아빠랑 같이 다니는 게 정말 좋다. 사고 싶은 걸 사라고 돈을 주기 때문이다. 이번에도 역시 예상대로였다. 장난감 가게 앞을 지나고 있는데, 유리창 안으로 친구들과 갖고 놀면 아주 재미있을 것 같은, 마분지로 만든 빨간 장난감 코가 보였다.

"아빠, 나 저 코 사줘요."

내가 말했다. 하지만 아빠는 안 된다고 했다. 장난감 코 같은 건 필요없다는 거였다. 그래서 나는 커다란 장난감 코를 가리키며 계속 졸랐다.

"아이, 아빠, 나 저거 사줘요. 저걸 쓰면 사람들이 으젠 삼촌 코 같다고 할 거예요."

으젠 삼촌은 아빠의 동생이다. 으젠 삼촌은 몸집이 아주 크고, 허풍을 잘 떨고, 항상 웃는 얼굴을 하고 있다. 하지만 으젠 삼촌을 자주 볼 수는 없다. 삼촌은 리옹, 클레르몽페랑, 생테티엔 같은 아주 먼 곳으로 여행을 다니며 물건을 팔기 때문이다. 내 말을 들은 아빠는 웃기 시작했다.

"맞다. 네가 저걸 쓴 걸 사람들이 보면 작은 으젠이라고 할 거야. 다음번에 으젠이 오면 으젠한테도 한번 씌워봐야겠다."

아빠가 말했다. 우리는 가게 안으로 들어가서 장난감 코를 샀다. 실제로 보니 플라스틱으로 만들어져 있었다. 나는 장난감 코를 써봤다. 아빠도, 가게 아줌마도 써봤다. 그러고 나서 모두 함께 거울을 보았다. 정말 웃겼다. 여러분도 봤다면 분명히 그렇게 생각했을 거다. 아빠가 특히 더 웃겼다.

나를 교문 앞에 데려다주면서 아빠가 말했다.

"오늘은 특별히 더 얌전하게 지내야 돼. 으젠 삼촌 코 갖고 장난치면 안 된다."

나는 그러겠다고 약속하고 학교 안으로 들어갔다. 운동장에 친구들이 보였다. 친구들에게 보여주려고 장난감 코를 썼더니, 모두 웃어대며 좋아했다.

"우리 클레르 고모 코 같애."

맥상이 말했다.

"아니야. 이건 우리 으젠 삼촌 코야. 으젠 삼촌은 탐험가라구."

내가 말했다.

"그 코 나 빌려줄래?"

외ㄷ가 내게 물었다.

"싫어. 장난감 코가 갖고 싶으면 너도 네 아빠한테 하나 사달라고 하면 되잖아!"

내가 대답했다.

"안 빌려주면 코에다 한 방 날려줄 거야!"

외드가 으르렁댔다. 외드는 힘이 아주 세다. 퍽! 외드가 주먹으로 으젠 삼촌 코를 쳤다. 아프진 않았지만, 으젠 삼촌 코가 망가질까 봐 겁이 났다. 나는 장난감 코를 벗어 주머니에 넣고 나서 외드를 발로 차주었다. 우리는 치고받으며 싸우기 시작했고, 다른 애들은 우리가 싸우는 걸 구경하고 있었다. 부이옹 선생님이 왔다. 부이옹 선생님은 우리 학생주임이다. 학생주임 선생님을 왜 부이옹이라고 부르는지는 나중에 이야기하겠다.

"무슨 일이지?"

부이옹 선생님이 물었다.

"외드가 그랬어요. 외드가 제 코를 때렸다구요."

부이옹 선생님은 눈을 크게 뜨더니 고개를 숙여 내 얼굴에 가까이 대고 들여다보았다. 그러더니 이렇게 말했다.

"어디 말이니? 좀 보자."

나는 주머니에서 으젠 삼촌 코를 꺼내 보여주었다. 부이옹 선생님은 으젠 삼촌 코를 보고 화가 난 것 같았다. 이유는 잘 모르겠다.

"내 눈을 잘 봐."

부이옹 선생님이 고개를 들면서 말했다.

"나는 누가 날 놀리는 걸 좋아하지 않는단다. 너, 벌로 목요일날 학교에 나와야겠다. 알았니?"

나는 울기 시작했다. 그러자 옆에 있던 조프루아가 말했다.

"아니에요, 선생님. 걔가 잘못한 게 아니에요!"

부이옹 선생님은 미소를 지으며 조프루아의 어깨에 손을 올려 놓았다.

"그래, 친구를 도와주려고 변호하는 건 착한 일이다."

"예? 그게 아니라요, 걔 잘못이 아니라구요. 외드 잘못이에요."

부이옹 선생님은 얼굴이 뻘게져서 몇 번 입을 열었다 닫았다 하더니 외드, 조프루아, 그리고 옆에서 키득거리고 있던 클로테르한 테까지 벌을 주었다. 그러고 나서 종을 치러 가버렸다.

수업 시간에 담임 선생님은 우리에게 프랑스가 골 족들로 꽉 차 있던 때 이야기를 해주었다. 옆에 앉아 있던 알세스트가 으젠 삼촌 쿠가 정말로 망가졌냐고 물었다. 나는 아니라고, 끝부분이 약간 납작해진 것뿐이라고 대답했다. 고칠 수 있을지 보려고 주머니에서 으젠 삼촌 코를 꺼냈다. 안에 손가락을 넣어 밀어냈더니 다시 멋지게 되었다. 내가 원래 모습대로 고친 거다. 기분이 아주 좋았다.

"이리 줘봐, 좀 보게."

알세스트가 말했다.

나는 책상 밑으로 고개를 숙이고 장난감 코를 썼다. 알세스트가 보더니 "와아, 좋은데!" 하고 말했다.

"니콜라! 내가 지금 한 말 그대로 해봐요!"

갑자기 선생님의 커다란 목소리가 들렸다. 무서웠다.

나는 자리에서 일어났다. 정말 울고 싶었다. 선생님이 방금 뭐라고 했는지 몰랐으니 말이다. 선생님은 학생들이 잘 듣지 않는 걸 굉장히 싫어한다. 선생님이 부이옹 선생님처럼 눈을 동그랗게 뜨

고 나를 쳐다보았다.

"그런데······ 너 코에 뭘 쓴 거니?"

선생님이 내게 물었다.

"우리 아빠가 사준 거예요."

나는 울면서 설명했다.

선생님은 화가 났다. 자기는 어릿광대 같은 짓은 좋아하지 않으며, 내가 계속 그런 식으로 행동한다면 학교에서 퇴학을 당할 거고, 나중에는 불한당이 되어 부모님을 부끄럽게 할 거라고 야단을 쳤다. 말을 다 하고 나서 선생님은 장난감 코를 가지고 앞으로 나오라고 했다.

나는 울면서 앞으로 나가 선생님 책상 위에 장난감 코를 올려놓았다. 선생님은 장난감 코를 압수하겠다며, '역사 시간에 어릿광대 짓을 해서 친구들을 성가시게 할 목적으로, 마분지로 만든 코를 학교에 갖고 오면 안 된다'라는 문장을 동사변화 해오라고 했다.

학교가 끝나고 집으로 갔더니 엄마가 나를 보며 "무슨 일이니, 니콜라? 안색이 안 좋구나" 하고 말했다.

나는, 내가 주머니에서 으젠 삼촌 코를 꺼내자 부이옹 선생님이 내게 벌을 준 것과, 으젠 삼촌 코를 납작하게 만든 건 외드라는 것과, 교실에서 담임 선생님이 으젠 삼촌 코 때문에 동사변화 숙제를 내준 것과, 으젠 삼촌 코를 압수해버린 것을 울면서 이야기했다. 엄마는 놀란 표정으로 나를 바라보더니 내 이마에 손을 얹어보고는 누워서 좀 쉬라고 했다.

아빠가 회사에서 돌아오자, 엄마가 아빠에게 말했다.

"얼마나 기다렸는지 알아요? 정말 걱정이에요. 니콜라가 학교에서 굉장히 신경이 날카로워져서 돌아왔다구요. 의사를 불러야 되는 거 아닌지 모르겠어요."

"그래? 내 그럴 줄 알았어. 니콜라 이 녀석, 내가 그렇게 경고했는데! 으젠의 코를 갖고 장난을 친 게 틀림없다구!"

아빠가 말했다. 하지만 이번엔 아빠와 내가 걱정을 하게 되었다. 엄마가 아프기 시작해서 의사를 불러야 했기 때문이다.

시계

어제 오후 학교에서 돌아왔을 때, 집배원 아저씨가 소포 꾸러미를 하나 갖고 왔다. 메메(할머니를 일컫는 유아어-옮긴이)의 선물이었다. 정말 굉장한 선물이었다. 그게 무엇이었는지 여러분은 상상도 못할 거다. 바로 손목시계다!

메메도 시계도 정말 멋졌다. 학교 친구들이 이걸 보면 난리가 날 거다. 아빠는 집에 없었다. 회사 일 때문에 저녁 약속이 있었기 때문이다. 엄마가 시계태엽을 어떻게 감는 건지 가르쳐준 다음, 내 손목에 채워주었다. 다행히 나는 시계를 볼 줄 안다. 작년엔 너무 어려서 시계를 볼 줄 몰랐다. 만약 작년이었다면 사람들에게 시계를 보여주며 몇 시냐고 물어봐야 했을 거다. 시계에는 바늘이 세 개 있었는데, 가장 긴 바늘이 제일 빨리 돌아갔다. 두 개의 짧은 바늘들은 오랫동안 들여다보지 않으면 움직이는 것이 잘 보이지 않았다. 엄마에게 긴 바늘은 뭐 하는 데 쓰는 거냐고 물었더니, 달걀 반숙 만들 때 쓰면 아주 편리하다고 했다.

이런, 7시 32분이다. 엄마와 나 둘이서 저녁 먹을 시간이다. 달걀 반숙은 없었다. 내가 손목에 찬 시계를 들여다보며 밥을 먹었더니, 엄마가 포타주가 식으니 좀 서둘러 먹으라고 했다. 숟가락질 두 번으로 수프를 해치운 후 바늘을 보니 아까보다 조금 더 움직여 있었다. 7시 51분에 엄마가 점심때 남겨둔 맛있는 케이크 한 조각을 갖다주었다. 7시 58분에 식탁에서 일어났다. 엄마가 자기 전에 좀 놀아도 좋다고 했다. 나는 시계에서 나는 똑딱똑딱 하는 소리를 들어보려고 시계에 귀를 바싹 갖다 붙여보았다. 8시 15분에 엄마가 그만 방으로 가서 자라고 했다. 지난번에 여기저기 얼룩을 뿌려댈 수 있는 만년필을 선물받았을 때처럼 기분이 좋았다. 나는 시계를 찬 채로 자고 싶었다. 하지만 엄마가 그렇게 하면 시계에 좋지 않다고 해서 벗어서 침대 옆 탁자 위에 놓아두었다. 탁자 위에 놓아둔 뒤, 그쪽을 보고 누우니 시계가 잘 보였다. 8시 38분에 엄마가 불을 껐다.

그런데 더욱더 멋진 일이 일어났다. 시계 숫자판과 바늘이 어둠 속에서 빛을 낸 거다! 그렇다면 불을 끈 채로 달걀 반숙을 만들 수도 있다는 얘기다. 나는 자고 싶지가 않아서 계속 시계를 쳐다보고 있었다. 그때 현관문 열리는 소리가 났다. 아빠가 온 거다. 기분이 좋았다. 아빠에게 메메의 선물을 보여줄 수 있게 됐으니까 말이다. 나는 일어나서 손목에 시계를 차고 방 밖으로 나갔다.

아빠가 발끝으로 살금살금 계단을 걸어올라오는 것이 보였다.

"아빠!"

나는 소리쳤다.

"이 시계 봐요. 메메가 준 거예요."

아빠는 무척 놀랐다. 너무 놀라서 계단에서 굴러떨어질 뻔했다.

"쉿, 니콜라, 엄마 깨시겠다."

아빠가 말했다. 그때, 엄마 아빠 방 불이 켜지더니 엄마가 나왔다.

"엄마 벌써 깼어요."

엄마가 아빠에게 말했다. 하지만 엄마는 기분이 나빠 보이지는
않았다. 그냥 아빠한테 저녁 식사 자리에서 돌아오는 데 한 시간
이나 걸리느냐고 물었을 뿐이다.

"물론이지. 그래도 많이 늦진 않았잖아."

아빠가 대답했다.

"11시 58분이에요."

나는 자랑스럽게 말했다. 나는 엄마 아빠 도와주는 걸 참 좋아한다.

"당신 엄마는 애 선물 사주는 데는 언제나 굉장한 아이디어를 발휘하는군."

아빠가 말했다.

"또 우리 엄마 얘기예요? 옆에 애도 있는데 말이에요."

엄마가 대답했다. 농담이 아닌 것 같았다. 좀 있다가 엄마가 내게 "애야, 이제 그만 가서 침대에 누워 코 자거라" 하고 말했다.

나는 내 방으로 돌아와 밖에서 엄마 아빠가 이야기하는 걸 조금 듣다가 12시 14분에 잠이 들었다.

그리고 5시 7분에 일어났다. 날이 밝아오고 있었다. 하지만 유감이었다. 내 시곗바늘이 더 이상 빛을 내지 않았기 때문이다. 서둘러 일어날 필요는 없었다. 오늘은 수업이 없는 날이니까. 하지만 나는 아빠를 도와주고 싶었다. 아빠는 사무실에 지각을 자주 해서 사장님한테 잔소리를 듣는다고 항상 투덜대니까 말이다. 나는 잠깐 기다리다가 5시 12분에 엄마 아빠 방으로 갔다.

"아빠! 아침이에요! 사무실에 늦겠어요!"

아빠는 굉장히 놀란 것 같았다. 그래도 어젯밤 층계에서보다는 나았다. 침대에서는 굴러떨어져도 별로 위험하지 않으니까. 그런데도 아빠는 침대에서 굴러떨어지기라도 할 것처럼 놀랐다. 제정신이 아닌 것 같았다. 엄마도 눈을 번쩍 떴다.

"무슨 일이야? 무슨 일 생겼니, 니콜라?"

엄마가 물었다.

"뭐긴 뭐야, 그놈의 시계 때문이지. 그런데 벌써 날이 밝았나 보군."

아빠가 말했다.

"맞아요. 5시 15분이에요. 좀 있으면 16분이 돼요."

내가 말했다.

"그래, 알았다, 니콜라. 가서 좀 더 자거라. 우린 이제 일어났으니까."

나는 엄마 말대로 자러 갔다. 하지만 5시 47분, 6시 18분, 7시 2분, 세 번이나 엄마 아빠를 다시 깨우러 가야 했다.

아침을 먹으려고 식탁에 앉았다. 아빠가 엄마에게 소리질렀다.

"여보, 커피 좀 빨리 줘. 늦겠어. 벌써 5분 동안이나 기다리고 있잖아."

"8분이에요."

내가 말했다. 엄마가 오더니 나를 이상한 눈으로 쳐다보았다. 엄마가 아빠 커피잔에 커피를 따르다가 식탁보에 커피를 흘렸다. 손이 떨리고 있었기 때문이다. 나는 엄마가 아픈 게 아니었으면 좋겠다고 생각했다.

"점심 먹으러 일찍 올 거야. 현관에서부터 꼿꼿하게 하고 있을게."

출근하면서 아빠가 말했다.

나는 꼿꼿하게 하는 게 뭐냐고 엄마한테 물어보았다. 하지만 엄마는 신경쓰지 말고 나가서 놀라고 했다. 수업이 없다는 게 안타깝게 느껴진 건 처음이었다. 학교 친구들에게 내 시계를 보여주고 싶었기 때문이다. 지금까지 학교에 시계를 차고 온 애는 한 명밖에 없었다. 조프루아가 자기 아빠 시계를 차고 왔었다. 덮개와 줄이 달린 커다란 시계였다. 그 시계도 굉장히 멋졌다. 하지만 조프루아는 가져가도 좋다는 허락도 받지 않고 가져온 거여서 말썽이 생기고 말았다. 조프루아는 볼기짝을 엄청 맞았고, 우리에게 다시는 그 시계를 볼 수 없을 거라고, 그건 자기도 역시 마찬가지라고 말했었다.

나는 우리 집에서 가까운 데 사는, 엄청 먹어대는 뚱보 알세스트네 집으로 갔다. 알세스트는 아침 일찍 일어난다. 아침 먹는 데 시간이 많이 걸리기 때문이다.

"알세스트!"

나는 알세스트네 집 문 앞에 서서 고함을 질렀다.

"알세스트! 이리 나와서 내가 뭘 갖고 있나 좀 봐!"

알세스트는 크루아상 한 개를 입에 물고, 또 한 개는 한쪽 손에 들고 밖으로 나왔다.

"내 시계야."

나는 시계 찬 팔을 알세스트가 물고 있는 크루아상 높이만큼 들어올리며 말했다. 알세스트는 곁눈질로 시계를 바라보더니, 씹고 있던 크루아상을 꿀꺽 삼켜버리고 "야, 무지 멋진데!" 하고 말했다.

"시간도 잘 맞고, 달걀 반숙 만드는 데 쓰는 긴 바늘도 있어. 그리고 밤에는 빛도 난다."

나는 신이 나서 설명했다.

"그럼 안에는 뭐가 들어 있어?"

알세스트가 물었다.

시계 안을 들여다보는 건 생각해보지 않았다. 알세스트가 잠깐 기다려보라고 말하더니, 자기 집 안으로 달려들어갔다. 조금 후에 알세스트는 또 다른 크루아상 한 개와 작은 칼 하나를 들고 밖으로 나왔다.

"네 시계 이리 줘봐. 내 칼로 열어볼게. 어떻게 하는 건지는 잘 알아. 우리 아빠 것도 열어봤거든."

알세스트가 말했다. 나는 알세스트에게 내 시계를 건네줬다. 알

세스트는 칼로 시계를 분해하기 시작했다. 알세스트가 내 시계를 부숴버릴까 봐 겁이 났다.

"내 시계 돌려줘."

내가 말했다. 하지만 알세스트는 그럴 생각이 전혀 없는 것 같았다. 혀를 쑥 내밀고는 시계를 열려고 안간힘을 썼다. 할 수 없이 강제로 시계를 빼앗았다. 알세스트의 손에서 칼이 미끄러져 떨어졌고, 알세스트는 울음을 터뜨렸다. 시계는 뚜껑이 열린 채로 땅바닥에 떨어졌다. 바늘이 9시 10분을 가리키고 있었다. 내가 울면서 집으로 돌아왔을 때도 여전히 9시 10분이었다. 시계가 더 이상 가지 않았다. 고장이 난 거다. 엄마가 나를 안아주면서 아빠가 다 고쳐주실 테니, 걱정할 것 없다고 말했다.

아빠가 점심 먹으러 집으로 왔을 때, 엄마는 아빠에게 시계를 보여주었다. 아빠는 작은 태엽을 돌려보더니 엄마를 보고, 다시

시계를 보았다. 그리고 다시 나를 보더니 이렇게 말했다.

"잘 들어라, 니콜라. 이 시계는 이젠 고칠 수가 없어. 하지만 갖고 노는 데는 전혀 문제가 없단다. 오히려 더 이상 망가질 위험이 없으니 더 잘됐지. 그리고 손목에 차면 멋진 건 여전하잖아?"

아빠는 기분 좋은 표정이었다. 엄마도 그랬다. 나도 덩달아 기분이 좋아졌다.

내 시계는 이제 항상 4시를 가리키고 있다. 4시는 기분 좋은 시간이다. 작은 초콜릿빵을 먹는 시간이기 때문이다. 그리고 밤에는 여전히 빛도 난다.

정말 멋진 선물이다. 메메의 선물!

신문 만들기

쉬는 시간에 맥상이 자기 대모님한테 받은 선물을 보여주었다. 고무로 만든 글자들이 한 무더기 들어 있는 상자였다. 핀셋으로 글자를 집어내, 원하는 단어를 뭐든 만들 수 있었다. 우체국에서 하는 것처럼 잉크가 잔뜩 묻은 스펀지에 꾹 누른 뒤, 종이 위에 찍으니까 아빠가 읽는 신문처럼 글자가 인쇄되어 나왔다. 아빠는 엄마가 항상 신문에서 의상란과 광고란 그리고 요리란을 잘라낸다고 자주 화를 낸다. 어쨌든 정말 멋졌다. 맥상의 인쇄기 말이다!

맥상은 자기가 인쇄기로 만든 것들을 우리에게 보여주겠다며, 주머니에서 종이 세 장을 꺼냈다. 종이 위엔 '맥상'이라는 글자가 각기 다른 방향으로 수없이 많이 찍혀 있었다.

"펜으로 쓴 것보다 훨씬 멋있지?"

맥상이 물었다. 정말 그랬다.

"애들아, 우리 이걸로 신문을 만들면 어떨까?"

뤼퓌스가 말했다.

정말 좋은 아이디어였다. 모두들 대찬성이었다. 아냥까지도 말이다. 담임 선생님의 귀염둥이 아냥은 쉬는 시간에 우리와 함께 놀지 않는다. 공부한 것을 복습해야 하기 때문이다. 아냥은 정말 바보다.

"신문 이름은 뭐라고 할 건데?"

내가 물었다.

이 문제에 관해서는 의견 일치를 볼 수가 없었다. '르 테리블(무시무시한 사람)'이라고 하자는 애도 있었고, '르 트리옹팡(승리자)'

'르 마니피크(호쾌한 사람)' 또는 '르 상 쾨르(두려움을 모르는 사람)'
로 하자는 의견도 있었다. 맥상은 '르 맥상'으로 하기를 바랐다. 하
지만 알세스트가, 그건 바보 같은 이름이라고, 자기 생각에는 차
라리 '라 델리시외즈(맛있는 집)'라고 부르는 게 더 좋을 것 같다고
하자 마구 화를 냈다. '라 델리시외즈'는 알세스트네 집 옆에 있는
소시지 가게 이름이다. 결국 신문 이름은 나중에 정하기로 했다.

"그런데 신문에 뭘 쓸 건데?"

클로테르가 물었다.

"당연히 진짜 신문에 나오는 것과 똑같은 걸 써야지. 뉴스들을
가득 싣고, 사진, 그림, 도둑과 살인 사건 이야기, 그리고 주식 시
세도 싣고 말야."

조프루아가 말했다. 주식 시세가 무엇인지 아는 사람은 우리 중
에 하나도 없었다. 그래서 조프루아가 설명을 해주었다. 주식 시세
란 작은 숫자들이 가득 나오는 것이며, 자기 아빠가 세상에서 가
장 좋아하는 거라고 말이다. 하지만 조프루아가 하는 말을 전부
믿으면 안 된다. 조프루아는 거짓말쟁이이기 때문이다. 뭐든지 거
짓말로 때운다.

"그런데 사진은 인쇄할 수가 없어. 내 인쇄기엔 글자밖에 없거든."

맥상이 말했다.

"하지만 그림은 그릴 수 있잖아."

내가 말했다. 나는 군대의 공격을 받고 있는 성, 비행선, 그리고
폭격을 하는 비행기도 그릴 수 있다.

"나는 프랑스의 정부 조직표를 그릴 수 있어."

귀염둥이 아냥이 말했다.

"나는 머리에 클립을 말고 있는 우리 엄마를 그린 적이 있어. 하지만 엄마가 찢어버렸어. 아빠는 그걸 보고 엄청 웃으며 좋아했는데."

클로테르가 말했다.

"그래, 모두 좋아. 하지만 신문에 너희들이 엉터리 그림들을 넣으면 재미있는 것들을 인쇄할 공간이 없어진다구."

맥상이 말했다. 나는 맥상에게 한 대 맞고 싶냐고 했다. 하지만 조아생이 맥상 말이 맞다고 하면서 자기가 봄에 대해 쓴 글짓기가 한 편 있다고 했다. 그걸로 80점이나 맞았는데, 그걸 신문에 인쇄해넣으면 아주 멋질 거라고 했다. 그 글짓기에는 꽃과 구구거리며 우는 새 이야기가 나온다고 했다.

"네 구구새 이야기나 인쇄하는 데 글자들을 다 써버리자고?"

뤼퓌스가 말했다. 뤼퓌스와 조아생은 엉겨붙어 싸우기 시작했다.

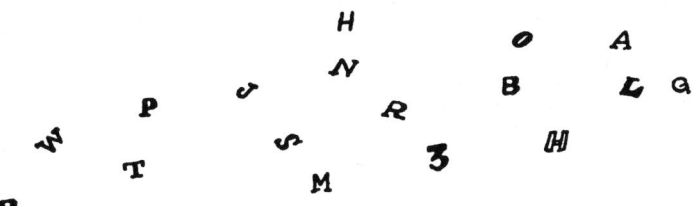

아냥이 끼어들었다.

"그러년 내가 퀴스를 낼게. 납을 석어서 우리한테 보내라고 하는 거야. 그러면 우리가 점수를 매기는 거지."

그 말을 듣고 우리가 모두 비웃자, 아냥은 울기 시작했다. 아냥은 우리가 전부 심술쟁이들이고, 항상 자기를 놀린다고 했다. 자기가 선생님한테 가서 일러바치면 모두 벌을 받게 될 거라고, 하지만, 우리를 위해서 아무 말도 안 할 거라고 했다.

싸우고 있던 조아생, 뤼퓌스에 아냥까지 가세해서 함께 울었다. 너무 시끄러워서 무슨 말들을 하는지 알아들을 수가 없었다. 친구들과 신문을 만든다는 건 정말 쉽지 않은 일이다!

"그런데 신문이 인쇄되면 그걸로 뭘 하지?"

외드가 물었다.

"그런 건 문제도 아냐. 사람들한테 파는 거지! 신문은 그러려고 만드는 거야. 우린 엄청난 부자가 될 거야. 그러면 사고 싶은 걸 잔뜩 살 수가 있다구."

맥상이 대답했다.

"그런데 누구한테 팔아?"

내가 물었다.

"길거리를 지나다니는 사람들에게 파는 거지. 거리를 뛰어다니면서 '호외요!' 하고 소리를 치는 거야. 그러면 사람들이 몰려와서 돈을 내고 신문을 사갈걸?"

알세스트가 대답했다.

"신문을 한 장밖에 못 만들 텐데, 그러면 돈을 많이 벌 수가 없잖아."

클로테르가 말했다.

"그럼 아주 비싸게 팔면 되지."

알세스트가 대답했다.

"그런데 왜 하필이면 너야? 신문은 내가 팔 거야. 네 손가락엔 항상 기름이 묻어 있잖아. 네 손가락으로 신문을 만지면 신문에 얼룩이 생길 거라구. 그러면 아무도 안 사려고 할걸."

클로테르가 알세스트에게 으르렁댔다.

"내 손가락에 정말 기름이 묻어 있는지 한번 볼래?"

알세스트는 이렇게 말하고는 클로테르 얼굴에 손을 갖다댔다. 나는 깜짝 놀랐다. 알세스트는 먹는 데 방해가 된다는 이유로 쉬는 시간에 싸우는 걸 좋아하지 않기 때문이다. 알세스트는 진짜로 기분이 나쁜 것 같았다. 뤼퓌스, 조아생, 알세스트, 클로테르 모두들 몸을 밀쳐대며 싸웠다. 알세스트 손에 기름이 묻어 있다는 말

은 사실이다. 그래서 알세스트히고 손을 잡고 악수를 하면 손이
미끄러진다.

"자, 이제 됐어. 신문 편집장은 내가 할 거야."

맥상이 말했다.

"그래야 되는 이유가 뭔데?"

외드가 물었다.

"인쇄기가 내 거니까."

맥상이 대답했다.

"잠깐만."

뤼퓌스가 와서 소리쳤다.

"신문을 만들자는 아이디어를 낸 건 나야. 그러니까 내가 편집
장을 해야 한다구."

"잘한다! 너, 나하고 싸우다 말고 치사하게 그럴 수 있어? 너는

친구도 아니야!"

조아생이 말했다.

"네 일이나 신경써."

뤼퓌스가 소리를 질렀다. 뤼퓌스는 코에서 피가 나고 있었다.

"너, 나 열받게 하지 마."

조아생이 말했다. 조아생은 화가 나서 펄쩍펄쩍 뛰었다. 뤼퓌스와 조아생은 싸우고 있는 알세스트와 클로테르 옆에서 다시 치고받기 시작했다.

"내가 기름 덩어리라고? 다시 한번 말해봐."

알세스트가 소리질렀다.

"너는 기름 덩어리야! 기름 덩어리! 기름 덩어리!"

클로테르도 지지 않고 소리를 질렀다.

"나한테 코를 얻어맞기 싫으면, 편집장은 나라고 인정해야 될 걸?"

외드가 맥상에게 말했다. 그러자 맥상은 "내가 널 무서워할 것 같냐?"라고 맞받아쳤다. 내 생각에는 무서워하는 것 같았다. 왜냐하면 맥상이 그 말을 하면서 조금씩 뒤로 물러섰기 때문이다. 마침내 외드가 맥상을 밀쳤고, 인쇄기 상자 안에 들어 있던 글자들이 전부 땅으로 쏟아져버렸다. 맥상은 얼굴이 시뻘게져서 외드에게 덤벼들었다. 나는 땅에 떨어진 글자들을 주워담으려고 했다. 하지만 맥상이 내 손을 밟아서 그럴 수가 없었다. 외드가 나를 밀쳐냈다. 나는 내 손을 밟은 맥상의 따귀를 때렸다. 그러자 부이옹 선생님(우리 학생주임 선생님인데, 부이옹이 진짜 이름은 아니다)이 와서 우리를 떼어놓았다. 우리는 더 이상 놀 수가 없었다. 부이옹 선생님이 인쇄기를 압수해갔기 때문이다. 선생님은 우리가 모두 말썽쟁이들이라고 했다. 선생님은 벌로 방과 후에 남아 있으라고 하고는 아냥을 양호실에 데려다주러 갔다. 아냥이 아팠기 때문이다. 그리고 나서 또 종도 쳐야 했다. 부이옹 선생님은 진짜 바빴다!

신문은 만들지 못할 것이다. 부이옹 선생님이 여름방학 전에는 인쇄기를 돌려주지 않을 테니까 말이다. 아! 어쨌든 신문에다 쓸 건 아무것도 없을 것 같다.

우리한테는 아무 일도 안 일어나니까.

거실의 장미 꽃병

집에서 공놀이를 하고 있는데, 갑자기 쨍그랑! 하는 소리가 났다. 거실에 있던 장미 꽃병이 깨진 거다. 엄마가 그 소리를 듣고 뛰어왔다. 나는 울기 시작했다.

"니콜라! 너 집에서는 공놀이 하면 안 된다는 거 모르니? 좀 봐라. 너 때문에 장미 꽃병이 깨졌잖아. 아빠가 이 꽃병을 얼마나 비싸게 사셨는데. 아빠 오시면 네가 그랬다고 다 말씀드려라. 아빠가 널 혼내주실 테니까. 너한텐 좋은 교훈이 될 거야!"

엄마가 말했다. 엄마는 카펫 위에 흩어져 있던 깨진 병조각들을 치우고는 부엌으로 가버렸다. 나는 계속 울었다. 내 말을 듣고 화를 낼 아빠를 생각하니 겁이 났기 때문이다.

아빠가 회사에서 돌아왔다. 아빠는 소파에 앉아 신문을 펼쳐

들고 읽기 시작했다. 엄마가 부엌에서 나를 부르더니 말했다.

"그래, 아빠한테 네가 한 짓 다 말씀드렸니?"

"난 말하기 싫단 말예요!"

엄마 말에 나는 또 울음을 터뜨렸다.

"아! 니콜라, 엄마는 네가 우는 건 정말 싫다. 용기를 갖고 살아야지. 넌 이제 다 컸잖아. 자, 어서 거실로 가서 아빠에게 다 말씀드려."

엄마가 말했다.

난 사람들이 나한테 이제 다 컸다고 말할 땐 정말 우울하다. 하지만 엄마 표정이 장난이 아니어서 할 수 없이 거실로 갔다.

"아빠……."

"응?"

아빠가 대답했다. 하지만 아빠는 줄곧 신문만 보고 있었다.

"내가 거실에 있던 장미 꽃병 깼어요."

나는 재빠르게 말했다. 목에 큰 덩어리가 걸려 있는 것 같았다.

"응? 그래, 좋다. 애야. 가서 놀아라."

아빠가 말했다.

나는 기분이 좋아져서 부엌으로 갔다. 엄마가 또 물었다.

"그래, 아빠한테 말씀드렸니?"

"네, 엄마."

"뭐라고 그러시던?"

"'그래, 좋다. 애야' 그러구요, 가서 놀라고 하셨어요."

엄만 그 말이 마음에 들지 않았나 보다. "뭐라구? 세상에!" 라고 하면서 거실로 달려갔다.

"여보, 애 교육을 이렇게 해도 되는 거예요?"

엄마 말에 아빠는 깜짝 놀란 표정으로 신문을 내려놓았다.

"그게 무슨 소리야?"

"아! 제발 그렇게 시치미 좀 떼지 말아요. 내가 애 교육 때문에 이렇게 골머리를 앓고 있는데, 당신은 속 편하게 신문이나 읽고 있는 거예요?"

"조용히 신문 읽는 건 물론 좋아하지. 하지만 지금 이런 일은 점잖은 집안에서 일어날 일이 아닌 것 같은데!"

"흥! 남자들이란 그저 자기만 편하면 오케이군요! 슬리퍼 신고 앉아 신문이나 보면서 말예요. 온갖 지저분하고 자질구레한 일은 내가 다 도맡아하고요!"

엄마가 소리를 질렀다. 그러고 나서, "당신은 아들이 비행소년이 되면 그때 가서야 놀랄 사람이라구요!"라고 말했다.

"도대체 내가 어떻게 했으면 좋겠어? 집에 돌아오자마자 애를 회초리로 팼으면 좋겠어?"

아빠도 소리를 질렀다.

"당신은 지금 책임을 회피하고 있어요. 가족의 일은 안중에도 없다구요!"

"뭐라구? 나 원, 세상에! 난 당신하고 니콜라를 먹여 살리기 위해 내 모든 즐거움을 희생해가며 소같이 일해. 사장의 온갖 짜증을 참아가면서 말야!"

"애 앞에선 돈 얘기 하지 말라고 했죠!"

엄마가 말했다.

"집안에서 날 아주 바보로 만드는군! 하지만 두고 봐. 앞으론 달라질 거야. 달라질 거라구. 젠장!"

아빠가 소리질렀다.

"우리 엄마가 일찍이 이럴 거라고 예언을 했어요. 엄마 말을 들었어야 했는데!"

"아! 당신 엄마! 아, 그래, 당신 엄마 얘기가 왜 안 나오나 했지. 당신 엄마 말이지!"

아빠도 소리쳤다.

"우리 엄마에 대해서 어쩌고저쩌고 하지 말아요! 우리 엄마 얘기는 하지 않기로 했잖아요!"

엄마가 고함을 질렀다.

"당신 엄마 얘길 꺼낸 건 내가 아니라구!"

아빠도 화를 냈다. 그때 초인종이 울렸다. 이웃에 사는 블레뒤르 아저씨였다.

"지역 여성 모임에 참가할 건지 물으러 왔네."

블레뒤르 아저씨가 아빠에게 말했다.

"잘 오셨어요, 블레뒤르 씨. 상황 판단 좀 해주세요. 아이 교육 문제만큼은 아버지가 주도적인 역할을 담당해야 한다고 생각하지 않으세요?"

엄마가 아저씨에게 물었다.

"이 친구가 그걸 어떻게 알아? 이 친구는 아이가 없잖아!"

아빠가 말했다.

"그건 이유가 되지 않아요. 이가 아파본 적이 없다고 치과의사를 못 하나요?"

엄마가 대꾸했다.

"이 아파본 적 없는 치과의사 얘기가 지금 일과 무슨 상관이 있어? 당신 정말 웃기는군!"

아빠는 정말로 웃기 시작했다.

"보세요, 보세요, 블레뒤르 씨. 이이는 나를 무시하고 있다구요. 아이 교육 문제에 관심은 안 갖고 장난이나 치고 있다니까요! 어떻게 생각하세요, 블레뒤르 씨?"

엄마가 또 아저씨에게 물었다. 블레뒤르 아저씨가 대답했다.

"여성에게는 기분 나쁜 일이겠죠. 그럼 전 이만 가보겠습니다."

"아, 안 돼요. 블레뒤르 씨. 제 몫은 하고 가셔야죠. 조금만 더 계시다 가세요!"

엄마가 말했다.

"말도 안 돼. 바보 같은 소리 좀 하지 마. 이건 남이 왈가왈부할 문제가 아니라구. 돌아가라고 해!"

아빠가 소리쳤다.

"그러니까 제 말씀은 말입니다······."

블레뒤르 아저씨가 기어들어가는 목소리로 말했다.

"아! 당신네 남자들은 똑같군요. 남자들끼리 똘똘 뭉쳐가지고 말예요. 그래요, 블레뒤르 씨는 댁으로 돌아가시는 게 낫겠어요. 남의 집 얘기에 끼어들어 이러쿵저러쿵 하는 것보다는 말예요!"

엄마가 말했다.

"알겠습니다. 그럼 여성 모임 때 뵙도록 하죠. 안녕히 계십시오. 니콜라, 또 보자."

블레뒤르 아저씨는 가버렸다.

나는 엄마 아빠가 싸우는 게 참 싫다. 하지만 화해를 할 땐 정말 좋다. 언제나 똑같다. 엄마는 울기 시작했고, 아빠는 골치가 아프다는 표정을 지었다. 조금 후 아빠가 말했다.

"그래, 그래, 알았어."

그리고 아빠는 엄마를 껴안았다. 아빠는 자기가 정말 짐승 같은 놈이라고 했고, 엄마는 자기 잘못이라고 했다. 그러자 아빠는 아니라고, 잘못은 자기에게 있다고 했다. 엄마 아빠는 서로 마주 보고 웃고는 다시 한 번 껴안았다. 그리고 나도 껴안아주었다. 엄마 아빠는 나한테 다 웃고 잊어버리자고 했다. 엄마는 감자튀김을 만들겠다며 부엌으로 돌아갔다.

저녁 식사는 정말 멋졌다. 모두들 신나게 웃었다. 한참 웃다가 아빠가 "그런데 여보, 우리가 죄도 없는 블레뒤르한테 너무 심하게 한 것 같아. 전화 걸어서 커피라도 한잔 하러 오라고 해야겠어. 여성 모임에도 참가한다고 하고"라고 말했다.

우리 집에 왔을 때 블레뒤르 아저씨는 의심스러워하는 눈치였다.

"정말 논쟁이 끝난 건가?"

블레뒤르 아저씨가 물었다. 엄마 아빠는 잠자코 미소를 짓고는 팔짱을 끼고 거실로 갔다. 아빠가 거실 탁자 위에 체스판을 갖다 놓았다. 엄마는 커피를 가지러 갔고, 나도 각설탕을 가지러 갔다.

조금 후에 아빠가 고개를 들더니 굉장히 놀란 표정으로 말했다.

"아니, 그런데 그거 어디 갔지? 여기 있던 장미 꽃병 말이야!"

쉬는 시간에 일어난 싸움

"넌 거짓말쟁이야."

내가 조프루아에게 말했다.

"너, 그 말 다시 한 번 해봐."

조프루아가 소리쳤다.

"너는 거짓말쟁이라구!"

나는 조프루아 말대로 다시 한 번 말했다.

"아, 그래?"

조프루아가 물었다.

"그래."

나는 기꺼이 대답해줬다.

그때 쉬는 시간이 끝나는 종이 울렸다. 교실로 들어가려고 하는

데 조프루아가 다가와 한판 붙어보자고 했다.

"그래, 덤벼봐."

내가 대답했다. 나는 이런 일은 말이 필요없는 거라고 생각한다. 정말이다. 우리는 엉겨붙어 싸웠다. 그런데 부이옹 선생님이 우리를 보고 "줄 설 땐 조용히 해라" 하고 말했다. 부이옹 선생님은 우리 학생주임 선생님이다. 부이옹 선생님이 있을 땐 장난치면 안 된다.

교실로 들어갔다. 지리 시간이었다. 내 짝꿍 알세스트가 나한테 쉬는 시간에 왜 싸우다 말았냐면서, 조프루아와 다시 싸우게 되면 텔레비전에서 권투 선수들이 하는 것처럼 턱에 어퍼컷을 날려 주라고 했다.

"아니야. 먼저 코를 때려야 돼. 그다음에 퍽, 하고 그 아래쪽을 갈기면 이기는 거야."

뒤에 앉은 외드가 말했다.

"말도 안 돼. 조프루아하고 싸웠다 하면 그걸로 끝장이야."

외드 옆에 앉은 뤼퓌스가 말했다.

"넌 권투 선수들이 껴안고 등을 툭툭 치는 것도 못 봤냐, 이 바보야?"

맥상이 말했다. 맥상은 무슨 일인지 궁금해하는 조아생에게 쪽지를 써서 전달했다. 조아생에게는 우리 얘기가 잘 안 들렸기 때문이다.

바로 그게 문제였다. 그 쪽지가 선생님의 귀염둥이인 아냥힌데 가게 된 거다. 아냥이 번쩍 손을 들더니 "선생님, 제가 쪽지를 하나 받았는데요!" 하고 말했다. 선생님은 눈을 동그랗게 뜨더니 아냥에게 쪽지를 갖고 앞으로 나오라고 했다. 아냥은 엄청 뻐기며 앞으로 나갔다. 선생님이 쪽지를 읽어보더니 말했다.

"이걸 읽어보니까 우리 반 학생 중 두 명이 쉬는 시간에 싸움을 하려고 하고 있네요. 그 둘이 누군지는 모르겠어요. 알고 싶지도 않아요. 하지만 미리 경고하겠는데, 쉬는 시간이 끝나면 나는 여러분의 학생주임인 뒤봉 선생님한테 그 둘이 누구였는지 물어볼 거예요. 그렇게 되면 그 사람들은 호된 벌을 받게 될 거구요. 자, 알세스트, 앞으로 나와봐."

앞으로 나간 알세스트는 선생님한테 강에 대한 질문을 받았다. 하지만 대답을 잘하지 못했다. 알세스트가 알고 있는 강이라고는 구불구불 흐르는 센 강과 지난 여름 바캉스를 갔던 니브 강뿐이었기 때문이다. 반 애들은 어서 쉬는 시간이 되어 싸움이 벌어지기를 바라면서 떠들어대기 시작했다. 선생님이 자로 교탁을 탁탁 쳤다. 그러자 졸고 있던 클로테르가 자기 때문에 그러는 줄 알고 벌떡 일어나 벌을 서러 나갔다. 나는 골치가 아파왔다. 만약 선생님이 나한테 방과 후 남으라는 벌을 주면, 집에서는 어쩌고저쩌고 말이 많을 거고, 오늘 저녁때 먹기로 했던 초콜릿크림은 꽝이 될 테니 말이다. 그리고 혹시라도 선생님이 나를 퇴학시키면, 정말 골치 아프게 될 거다. 엄마는 엄청 걱정을 할 거니까 말이다. 그리고 아빠는 아빠가 내 나이였을 때는 모범 학생이었다고 하면서, 나를

제대로 교육시키기 위해 있는 돈을 다 바쳤는데, 내가 나쁜 애가 되게 생겼다고 할 거고, 극장에도 가지 말라고 할 거다. 이런 생각을 하고 있으니 목구멍에 큰 덩어리가 걸려 있는 것만 같았다. 바로 그때 쉬는 시간 종이 울렸다. 나는 조프루아를 바라보았다. 조프루아는 서둘러 운동장으로 내려갈 생각은 없는 것 같았다.

운동장에 내려가자 반 아이들이 모두 모여 우리를 기다리고 있었다.

"자, 이쪽으로 와봐. 우린 모두 조용히 보고만 있을 테니까."

맥상이 말했다. 조프루아와 나는 애들이 시키는 대로 했다.

그때 클로테르가 아냥에게 "야! 넌 빠져. 넌 고자질쟁이잖아"라고 말했디.

"나도 보고 싶어."

아냥이 말했다. 자기만 싸우는 걸 못 보게 하면 곧바로 부이옹 선생님한테 가서 일러바칠 거라고 했다. 그러면 싸움은 더 이상 못하게 될 거고, 모두 쌤통일 거라고 했다.

"에잇, 그럼 보라고 해. 어쨌건 조프루아하고 니콜라는 벌을 받을 거라구. 아냥이 아까 선생님한테 다 고해바쳤으니까 말야. 그러니까 아무 상관없잖아."

뤼퓌스가 말했다.

"벌을 받는다구? 그래, 맞아. 싸우면 벌을 받는 거지. 그럼 니콜라, 네가 아까 한 말 마지막으로 한 번만 더 해볼래?"

조프루아가 말했다.

"농담 마! 니콜라도 안 물러설걸?"

알세스트가 말했다.

"그러셔?"

맥상이 말했다.

"자, 그럼 시작해. 내가 심판을 볼 테니까."

외드가 말했다.

"심판이라고? 너 진짜 웃긴다. 왜 네가 심판이야?"

뤼퓌스가 나섰다.

"빨리 시작해. 그러고 있을 시간 없어. 쉬는 시간이 다 끝나버리잖아."

조아생이 말했다.

"잠깐만. 심판은 아주 중요한 거야. 심판을 제대로 안 정하면 난 안 싸울 거라구."

조프루아가 말했다.

"그래. 조프루아 말이 맞아."

내가 맞장구쳤다.

"알았어, 알았어. 그러니까 내가 심판을 본다구."

뤼퓌스가 말했다.

하지만 외드는 못마땅해했다. 외드 말이 뤼퓌스는 권투에 대해 아무것도 모르고, 권투 선수들이 아무 때나 껴안고 등을 툭툭 치는 줄 안다는 것이었다.

"껴안고 등을 치는 건 말야, 코에 주먹을 날리는 것보다야 훨씬 더 중요하지."

뤼퓌스가 이렇게 말하더니, 외드의 얼굴을 철썩 때렸다. 외드는

엄청 화가 났다. 외드가 그렇게 화를 내는 건 처음 봤다. 외드와 뤼
퓌스는 투닥거리며 싸우기 시작했다. 외드가 뤼퓌스의 코에 주먹
을 날리려고 했지만 뤼퓌스는 가만히 있지 않고 요리조리 피했다.
머리끝까지 화가 난 외드는 뤼퓌스가 정말로 나쁜 놈이라고 했다.

"그만, 그만해! 쉬는 시간이 끝나려고 해."

알세스트가 소리를 질렀다.

"야, 이 뚱보야, 조용히 좀 해. 다 알고 있으니까!"

맥상이 고함을 쳤다. 그러자 알세스트는 나한테 자기 크루아상
좀 갖고 있으라고 하더니, 맥상이랑 엉겨붙어 싸우기 시작했다. 나
는 정말 놀랐다. 알세스트는 쉬는 시간에 싸우는 걸 좋아하지 않
기 때문이다. 특히 크루아상을 먹고 있을 때는 말이다. 살을 빼기
위해서 엄마랑 같이 의사한테 갔다온 후로 알세스트는 사람들이

자기를 뚱보라고 부르는 걸 싫어했다. 나는 알세스트와 맥상이 싸우는 걸 한참 동안 구경했다. 그러느라고 조아생이 클로테르를 발로 걷어찬 것도 몰랐다. 내 생각엔 아마 클로테르가 어제 구슬치기에서 조아생의 구슬을 땄기 때문에 그런 것 같았다.

어쨌든 애들은 진짜 재미있게 싸웠다. 정말 멋졌다. 나는 아이들이 싸우는 걸 구경하면서 알세스트가 맡겨놓은 크루아상을 먹기 시작했다. 조프루아한테도 한 조각 떼어줬다. 조금 있으니까 부이옹 선생님이 달려왔다. 부이옹 선생님은 지금 무슨 짓을 하고 있는지 좀 보라고, 부끄러운 줄 알라고 하면서 애들을 떼어놓고는 종을 치러 갔다.

"자, 봐. 내가 뭐랬어? 바보짓을 하느라고 조프루아와 니콜라는 싸우지도 못했잖아."

알세스트가 말했다.

부이옹 선생님한테서 우리가 한 일을 다 들은 담임 선생님은 화가 나서 우리 모두에게 벌을 주었다. 아냥, 조프루아, 그리고 나만 빼고 말이다. 선생님은 우리가 야만인같이 행동한 다른 애들한테 모범이 되었다고 했다.

"종이 치는 바람에 운이 좋았는 줄 알아. 난 진짜 너랑 싸우려고 했다구."

조프루아가 나한테 말했다.

"웃기지 마, 이 거짓말쟁이."

내가 말했다.

"그 말 다시 해봐!"

조프루아가 소리쳤다.

"이 거짓말쟁이!"

나는 한 번 더 말해줬다.

"좋아. 다음 쉬는 시간에 보자구."

조프루아가 말했다.

"좋지."

나도 대답했다.

여러분도 잘 알겠지만, 이런 일은 말이 필요없다. 정말이다. 싸움은 해봐야 아는 거니까.

킹

알세스트, 외드, 뤼퓌스, 클로테르, 그리고 다른 애들 모두 함께 모여 낚시를 가기로 했다.

우리가 자주 가서 노는 작은 공원이 하나 있는데, 그 공원 안에 멋진 연못이 있다. 그리고 그 연못에는 올챙이가 있다. 올챙이는 굉장히 작은 동물인데, 자라면 나중에 개구리가 된다. 학교에서 배웠다. 하지만 클로테르는 무슨 말인지 모르겠다고 했다. 그 애는 수업을 잘 안 들을 때가 많기 때문이다. 그래서 우리가 클로테르한 테 설명을 해줘야 했다.

나는 집에서 빈 잼병을 가지고 나와 공원으로 향했다. 그리고 공원에 도착한 후엔 관리인 아저씨가 보고 있지 않은지 주위를 잘 살펴보았다. 턱수염을 기른 공원 관리인 아저씨는 손에 막대기를 들고 호루라기를 분다. 경찰인 뤼퓌스 아빠처럼 말이다. 그리고 우리를 자주 혼낸다. 공원 안에서는 금지된 일이 너무 많기 때문이다. 잔디밭에 들어가도 안 되고, 나무 위에 올라가도 안 되고, 꽃을 꺾어도 안 되고, 자전거를 타고 돌아다녀도 안 되고, 축구를 해도 안 되고, 땅에 휴지를 버리는 것도, 싸워서도 안 된다. 하지만 그래도 우리는 재미있게 논다.

외드, 뤼퓌스, 그리고 클로테르는 벌써 유리병을 하나씩 들고 연못가에 와 있었다. 알세스트가 제일 늦게 왔다. 빈 병이 없어 잼이 들어 있는 병을 비워내느라고 시간이 걸렸다고 했다. 알세스트의 얼굴에 잼이 묻어 있었다. 그래도 알세스트는 기분이 아주 좋은 것 같았다. 우리는 관리인 아저씨가 없는 틈을 타서 재빨리 올챙이를 잡기 시작했다.

올챙이를 잡는 건 만만치 않았다! 연못가에 배를 깔고 납작하게 엎드린 채 올챙이를 얼른 병 속에 떠넣어야 했다. 그러나 올챙이는 병 주둥이를 이리저리 피해 다녔다. 맨 처음으로 올챙이를 잡은 클로테르는 굉장히 뻐겼다. 무슨 일에서건 일등을 해본 적이 한 번도 없었기 때문이다. 시간이 좀 지나자 나머지 애들도 모두 올챙이를 잡았다. 알세스트만 빼고 말이다. 병 두 개에 가득 올챙이를 잡은 뤼퓌스가 알세스트에게 조금 나누어주었다.

"그런데 이 올챙이로 뭘 하지?"

클로테르가 물었다.

"집으로 갖고 가서 개구리가 될 때까지 기다리자. 개구리가 되고 나면 경주를 시키는 거야. 아주 재미있을 거야!"

뤼퓌스가 대답했다.

"그러려면 훈련을 시켜야 돼. 작은 사다리를 타고 올라갈 정도가 돼야 경주도 할 수 있는 거라구."

외드가 말했다.

"그런 다음엔 개구리 다리 요리를 해먹자. 마늘을 곁들여서 말야. 아주 맛있을 거야."

알세스트가 말했다. 그러고는 혀로 입술을 핥으며 자기 병 속에 든 올챙이를 바라보았다.

하지만 우린 곧 도망가야 했다. 공원 관리인 아저씨가 나타났기 때문이다. 공원에서 나와 길을 걸어가면서 나는 병 속에 든 올챙이를 바라보았다. 정말 끝내줬다. 올챙이는 병 속에서 아주 빠르게 헤엄치고 있었다. 틀림없이 훌륭한 개구리가 되어, 경주를 할 때마다 이길 것 같았다. 나는 내 올챙이를 '킹'이라고 부르기로 했다. 킹은 지난 목요일 날 본 카우보이 영화에 나온 하얀 말 이름이다. 아주 빨랐고, 주인이 휘파람을 불면 날쌔게 달려왔다. 나는 킹한테 회전하는 법을 가르쳐줄 거다. 그리고 킹이 개구리가 됐을 때는 휘파람만 불면 재깍 나한테 오게 만들 거다.

집에 왔더니 엄마가 비명을 질렀다.

"좀 보자, 세상에, 네 꼴이 그게 뭐니? 온통 진흙투성이야. 꼭 수프 속에 빠졌다 나온 것 같구나! 도대체 뭘 하다 온 거니?"

깨끗하지 않은 건 사실이었다. 연못 속에 손을 담그기 전에 옷소매를 걷어올리는 걸 깜빡 잊어버려서 말이다.

"그런데 그 병 속에 들어 있는 게 뭐니?"

엄마가 물었다.

"킹이에요. 곧 개구리가 될 거구요, 내가 휘파람을 불면 나한테 달려올 거예요. 시간은 좀 걸리겠지만 경주를 하게 되면 매번 이길 거라구요!"

나는 엄마한테 올챙이를 보여주며 말했다. 엄마는 얼굴을 찌푸리며 소리쳤다.

"못 말려! 집에 더러운 걸 갖고 들어오지 말라고 몇 번이나 말했니?"

"더러운 거 아니에요. 깨끗해요. 항상 물속에 있는데요. 애한테 회전하는 것도 가르칠 건데."

"알았다. 아빠한테 갖고 가서 뭐라고 하시나 보자!"

"야! 올챙이잖아."

아빠가 유리병을 보더니 말했다. 그러고는 소파에 앉아 다시 신문을 읽기 시작했다. 아빠 말을 듣고 엄마는 엄청 화가 났다.

"말할 게 그것밖에 없어요? 나는 니콜라가 온갖 더러운 것들을 집 안으로 갖고 들어오는 게 싫다구요!"

엄마가 말했다.

"나 참, 올챙이가 뭐 크게 골치를 썩이는 것도 아니잖아……."

"물론 그렇겠죠. 나도 신경 안 써요. 더 이상 말하기도 싫어요.

하지만 마지막으로 경고하겠는데요, 하나만 선택해요. 나예요, 올챙이예요?"

엄마는 이렇게 말하고 나서 부엌으로 가버렸다.

아빠는 크게 한숨을 내쉬더니 들고 있던 신문을 접어 탁자 위에 내려놓았다.

"니콜라, 아무래도 선택의 여지가 없는 것 같구나. 그 작은 짐승을 치워야겠다."

아빠 말에 나는 울기 시작했다. 우리 둘은 벌써 굉장히 친한 친구가 됐다고, 그래서 킹에게 해를 입히는 건 싫다고 말했다. 아빠가 내 팔을 잡더니 말했다.

"잘 들어라, 얘야. 이 작은 올챙이에게도 엄마 개구리가 있다는 건 알고 있겠지? 엄마 개구리는 지금 아이를 잃고 굉장히 걱정하고 있을 거야. 만약 누가 너를 병에 담아서 갖고 가버리면 네 엄마도 분명히 기분이 안 좋을걸? 개구리도 마찬가지야. 자, 이제 어떻게 해야 하는지 알겠지? 우리 둘이 가서 이 올챙이를 원래 있던 곳에다 놓아주자. 대신 일요일마다 우리가 보러 가면 되잖아. 돌아오는 길에 아빠가 초콜릿 사줄게."

나는 잠깐 생각해보고 나서, 그렇게 하겠다고 대답했다.

아빠는 부엌으로 가서, 엄마를 선택하고 올챙이는 치우기로 결정했다고 웃으면서 이야기했다.

엄마도 웃으면서 나를 안아주더니 오늘 저녁엔 케이크를 만들겠다고 했다. 그 말을 들으니 기분이 조금 좋아졌다.

아빠와 나는 공원으로 갔다.

"저기예요."

나는 유리병을 들고 있는 아빠를 연못가로 데리고 갔다. 마지막으로 킹을 한 번 더 바라보았다. 아빠는 유리병 속에 있는 걸 전부 연못 속에 쏟아부었다. 그런 다음 우리는 연못을 떠났다. 그때 공원 관리인 아저씨가 나무 뒤에서 나와 눈을 동그랗게 뜨고 우리를 쳐다보며 말했다.

"당신들 전부 머리가 좀 이상하게 된 것 아니오? 아니면 내가 이상한 건가? 오늘 여기 와서 유리병에 담긴 것을 연못 속에 쏟아부은 사람이 당신까지 모두 일곱 명이오. 경찰관까지 포함해서 말이오."

카메라

학교로 막 가려고 하는데, 집배원 아저씨가 내 앞으로 온 소포 꾸러미를 갖고 왔다. 메메한테서 온 선물이었다. 카메라였다. 메메 는 세상에서 제일 멋진 사람이다!

"당신 엄마는 정말 발상이 독특하군. 이건 애한테 줄 선물이 아 니라구."

카메라를 본 아빠가 엄마에게 말했다. 엄마는 화가 나서 아빠한 테, 당신은 우리 엄마(내 메메)가 하는 일은 뭐든지 못마땅해하는 데, 애 앞에서 그런 식으로 말하는 건 아주 교활한 짓이라고 했다. 그리고 이건 아주 좋은 선물이라고 했다. 나는 카메라를 학교에 가져가도 되냐고 물었다. 엄마는, 가져가도 좋긴 하지만 압수당하 지 않게 조심하라고 했다. 아빠는 어깨를 으쓱하더니 나와 함께

269

사용 설명서를 들여다본 후, 어떻게 사진을 찍는 건지 알려주었다.
아주 쉬웠다.

학교에서 나는 옆에 앉은 알세스트에게 카메라를 보여주고, 쉬
는 시간에 같이 사진을 찍자고 했다. 그러자 알세스트가 우리 뒤
에 앉아 있는 외드와 뤼퓌스에게 내 카메라 이야기를 했다. 걔네
들은 그걸 조프루아에게 말했고, 조프루아는 쪽지에 적어 맥상에
게 주었고, 맥상은 그걸 조아생에게 전달했다. 조아생은 자고 있
던 클로테르를 깨웠다.

그때 선생님이 "니콜라, 지금 내가 한 말 다시 해봐!"라고 말했
다. 나는 일어나서 울음을 터뜨렸다. 선생님이 말하고 있을 때, 카

메라로 알세스트를 바라보느라 하나도 못 들었기 때문이다.

"책상 밑에 숨기고 있는 게 뭐지요?"

선생님이 물었다. 선생님이 '-요'라는 말을 쓰면 기분이 좋지 않다는 뜻이다. 나는 계속 울었다. 선생님이 다가와서 내 카메라를 보고는 가져가버렸다. 그러고는 나한테 0점을 줄 거라고 했다.

"성공했군."

알세스트가 말했다. 그러자 선생님은 알세스트에게도 0점을 주었다. 교실 안에서 음식 좀 그만 먹으라는 말도 했다. 선생님이 그런 말을 하니까 참 웃겼다. 알세스트는 정말 항상 먹기만 하니까 말이다.

"선생님, 저는 선생님이 하신 말씀 그대로 다시 말할 수 있는데요."

아냥이었다. 반에서 일등이고 선생님의 귀염둥이인 아냥 말이다. 수업은 계속되었다.

수업 끝나는 종이 울리자, 선생님이 나한테 애들이 모두 운동장으로 나갈 때까지 자리에서 기다리고 있으라고 했다. 아이들이 다 나가자 선생님은 이렇게 말했다.

"니콜라, 나는 너한테 벌을 주고 싶지 않아. 이건 네가 받은 좋은 선물이니까. 얌전하게 굴고, 교실 안에서는 갖고 놀지 않겠다고, 열심히 공부만 하겠다고 약속하면 0점 준 것 취소하고 카메라도 돌려줄게."

물론 나는 그러겠다고 약속했다. 선생님은 카메라를 돌려주면서 운동장에 나가서 아이들이랑 같이 놀라고 했다. 선생님은 정말 솔직했다. 그리고 멋졌다. 너무 멋졌다.

운동장으로 내려갔더니 아이들이 모두 나한테 몰려왔다.

"너 기다리느라고 죽는 줄 알았어."

알세스트가 버터빵을 먹으며 말했다.

"어? 선생님이 카메라 다시 줬네?"

조아생이 말했다.

"응, 우리 이걸로 사진 찍자. 다 모여봐!"

나는 아이들을 불러모았다. 아이들은 모두 내 앞으로 가까이 다가와 섰다. 아냥까지 말이다.

하지만 문제가 하나 있었다. 설명서에는 네 걸음 물러서서 찍으라고 되어 있는데, 나는 아직 어려서 다리가 짧으니까 말이다. 맥상이 대신 네 걸음을 세어주었다. 맥상은 다리가 아주 길고, 무릎도 커다랗고 지저분하다. 걸음을 다 세어주고 나서 맥상은 애들이 서 있는 데로 가서 섰다. 나는 카메라 안에 애들이 다 들어오는지 살펴보았다. 키가 큰 외드는 머리가 보이지 않았고, 맨 오른쪽에 서 있는 아냥은 얼굴이 반만 보였다. 알세스트도 샌드위치를 먹고 있어서 얼굴이 잘 안 보였다. 하지만 알세스트는 계속 먹고 싶다고 했다. 모두들 활짝 웃었다. 나는 찰칵! 사진을 찍었다. 아주 잘 나올 거다!

"네 카메라 멋지다."

외드가 말했다.

"우리 집에 가면 우리 아빠가 나한테 사준 카메라가 있어. 그게 훨씬 더 더 좋아. 플래시도 달려 있다."

조프루아가 말했다. 그러자 아이들은 마구 떠들어대기 시작했다.

"플래시가 뭔데?"

내가 물었다.

"그건 번쩍! 하는 불빛이야. 불꽃놀이 할 때 쓰는 불꽃처럼 말이야. 그게 있으면 밤에도 사진을 찍을 수 있다구."

조프루아가 말했다.

"거짓말이지? 너는 거짓말쟁이잖아."

내가 말했다.

"따귀를 때려줄 거야."

조프루아가 말했다.

"니콜라, 네 카메라 내가 들고 있을까?"

알세스트가 말했다. 알세스트 손에 버터가 잔뜩 묻어 있어서 카메라를 떨어뜨리지 않을까 걱정이 되었다. 나는 조심하라고 말하고, 알세스트한테 카메라를 넘겨줬다. 조프루아와 나는 싸우기 시작했다. 그때 부이옹 선생님이 달려와서 우리를 떼어놓았다.

"또 무슨 일이야?"

선생님이 물었다.

"니콜라가 조프루아하고 싸우는 거예요. 니콜라 카메라에는 밤에 사진 찍을 수 있는 가짜 불꽃이 안 달려 있어서요."

알세스트가 대답했다.

"입에 음식을 넣은 채 말하지 말아라. 그런데 카메라라니, 무슨 얘기냐?"

알세스트가 선생님한테 카메라를 주었다. 부이옹 선생님은 그걸 압수해야겠다고 했다.

"아! 선생님 안 돼요. 안 돼요."

내가 소리쳤다.

"그래, 좋다. 하지만 내 눈을 잘 봐. 얌전히 굴고 싸움 같은 건 하지 마. 알았니?"

부이옹 선생님이 말했다. 나는 알았다고 대답했다. 그리고 선생님 사진을 찍어도 되냐고 물어보았다.

부이옹 선생님은 굉장히 놀란 표정으로 "내 사진을 찍겠다고?" 하고 물었다.

"네, 선생님."

나는 대답했다. 부이옹 선생님은 미소를 지었다. 미소를 지으니까 아주 멋져 보였다.

"흠, 흠, 좋아. 하지만 빨리 찍어야 된다. 쉬는 시간 끝나는 종을 치러 가야 되거든."

부이옹 선생님이 말했다. 선생님은 한 손은 주머니에 넣고, 다른 한 손은 배 위에 올려놓은 채 한쪽 다리를 앞으로 내밀고 멀리 앞쪽을 바라보면서 운동장 한가운데 꼼짝 않고 서 있었다. 맥상이

네 걸음을 세어주었다. 나는 카메라로 부이옹 선생님을 바라보았다. 선생님 모습이 웃겼다. 찰칵, 나는 사진을 찍었다. 사진을 찍고 난 후, 부이옹 선생님은 종을 치러 갔다.

저녁에 아빠가 회사에서 돌아왔을 때, 나는 아빠 엄마 사진을 찍고 싶다고 말했다.

"잘 들어, 니콜라. 아빠는 지금 피곤해. 카메라 치우고 신문 좀 보게 해줘."

아빠가 말했다.

"당신 참 매정하네요. 애 하고 싶은 대로 좀 해주면 안 돼요? 사진을 찍으면 애한테 얼마나 큰 추억이 되겠어요."

엄마가 말했다. 아빠는 한숨을 크게 내쉬고는 엄마 옆으로 가서 섰다. 나는 사진을 찍었다. 엄마가 나를 안아주면서 나보고 엄마의 어린 사진가라고 말했다.

다음 날 아빠가 필름을 빼서 현상을 하러 갔다. 아빠는 사진을 보려면 며칠 기다려야 할 거라고 했다. 흥분이 되어 기다리기가 힘들었다. 그리고 바로 어제저녁에 아빠가 사진을 갖고 왔다.

"나쁘진 않군. 이건 학교 친구들이고, 이건 콧수염을 기른 남자, 그리고 이건…… 이건 집에서 찍은 건데, 너무 어둡게 나왔군. 꼭 바보같이 보이는데?"

아빠가 말했다. 엄마가 사진을 보려고 아빠 옆으로 갔다. 아빠가 엄마에게 사진을 보여주며 말했다.

"이것 좀 봐. 그래도 당신 아들이 아주 못 찍진 않았는데?"

아빠가 막 웃었다. 엄마는 아빠한테서 사진을 빼앗더니, 저녁이

나 먹자고 했다.

내가 이해할 수 없는 건 엄마가 왜 의견을 바꾸었나 하는 거다. 엄마가 아빠 말이 맞았다고, 카메라는 역시 어린애를 위한 선물이 아니라고 말했으니 말이다.

저녁을 먹고 나서 엄마는 카메라를 옷장 높은 곳에 치워버렸다.

축구

　나는 외드, 조프루아, 알세스트, 아냥, 뤼퓌스, 클로테르, 맥상, 그리고 조아생과 함께 공터에 있었다. 이 공터는 정말 멋지다. 빈 통조림 깡통, 돌멩이, 고양이, 나뭇가지, 그리고 자동차도 있다. 바퀴는 없지만 우리는 이 자동차 안에서 재미있게 논다. 부릉부릉 소리를 내며 버스 놀이도 하고 비행기 놀이도 한다. 정말 재미있다!

　하지만 그날은 자동차 놀이를 하러 간 게 아니었다. 축구를 하러 갔다. 공을 갖고 있는 알세스트가 골키퍼를 한다는 조건으로 빌려주기로 했던 거다. 알세스트는 뛰는 걸 싫어해서 항상 골키퍼를 하고 싶어한다. 아빠가 부자인 조프루아는 축구 선수 유니폼을 입고 나타났다. 빨간색 흰색 파란색으로 된 셔츠에 하얀 반바지를 입었고, 빨간색 무릎 보호대, 긴 양말, 그리고 밑창에 스파이크가 달린 신발까지 신었다. 하지만 정작 무릎 보호대가 필요한 건 다른 애들이었다. 조프루아는, 축구 중계방송에서 말하는 것처럼, 거친 선수니까 말이다. 스파이크 달린 신발 때문에 더 그랬다.

우선 포지션을 정해야 했다. 알세스트가 골키퍼고, 수비는 외드와 아냥이 맡기로 했다. 외드와 같은 편을 먹으면 참 좋다. 힘이 워낙 좋아서 모두들 무서워하기 때문이다. 하지만 힘만 센 게 아니다. 정말 거칠다! 아냥은 방해나 되지 말라고 외드랑 같은 포지션으로 끼워주었다. 아무도 걔를 밀치거나 찍어누르지 못하게 말이다. 아냥은 안경을 낀 데다가, 툭하면 울기 때문에 골치가 아프다. 하프백은 뤼퓌스, 클로테르, 그리고 조아생이 하기로 했다. 애네들이 공격수인 우리에게 공을 넘겨주는 거다. 공격수는 세 명이었다. 사람 수가 모자라서 그렇게 됐다. 하지만 우리는 엄청 세니까 괜찮다. 맥상은 큼직하고 지저분한 무릎에 다리가 엄청 길고, 굉장히 빨리 뛴다. 나는 빵! 하고 멋진 슛을 날릴 수 있고, 조프루아는 스파이크 달린 신발이 있다. 포지션을 잘 정한 것 같아 기분이 좋았다.

"시작해? 시작할까?"

맥상이 물었다.

"패스! 패스!"

조아생이 소리쳤다.

엄청 흥분이 됐다. 그런데 갑자기 조프루아가 "누구랑 대항해서 싸워? 상대편이 있어야지"라고 말했다.

조프루아 말이 맞았다. 상대편이 없으면 패스를 해봤자 아무 소용없고, 재미도 없다. 나는 편을 두 개로 가르는 게 어떻겠냐고 했다. 하지만 클로테르는 "편을 가른다고? 절대 안 돼!"라고 말했다. 그건 카우보이놀이 할 때 편을 가르고 싶어하는 사람이 하나도 없는 것과 마찬가지라고 했다.

그때 다른 학교 애들이 왔다. 우리는 그 애들을 좋아하지 않는다. 그 녀석들은 모두 바보다. 그 애들이 공터에 왔다 하면 언제나 우리랑 싸움이 난다. 우리는 공터가 우리 거라고 하고, 걔네들은 자기네 거라고 하기 때문이다. 하지만 축구를 하고 싶었기 때문에 그날은 그 애들이 온 게 반가웠다.

"야! 우리랑 축구 할래? 우리한테 공이 있거든."

내가 그 애들에게 물었다.

"너희들이랑 축구를 하자고? 야, 우린 장난은 안 해!"

지난달에 염색을 해서 머리카락이 빨갛게 된 클라리스 이모처럼 빨간 머리를 한 비쩍 마른 애가 대답했다.

"이게 왜 장난이야, 이 바보야!"

뤼퓌스가 말했다.

"너, 지금 나한테 시비 거는 거면 한 방 먹여줄 거야."

빨간 머리 애가 말했다.

"여기서 나가. 이 공터는 우리 거니까."

치아 교정기를 낀 키 큰 애가 말했다.

아냥은 어서 나가자고 했다. 하지만 우린 그럴 수가 없었다.

"천만에. 공터는 우리 거야. 너희들 우리랑 축구 하는 게 겁나서 괜히 그러는 거지? 우리가 너무 막강해서 말야!"

클로테르가 말했다.

"막강한 게 아니라 막가는 거겠지."

치아 교정기를 낀 키 큰 애가 받아쳤다. 같이 온 애들이 낄낄거리며 웃었다. 나도 속으로는 우스웠지만 꾹 참았다. 그때 외드가 아무 말도 안 하고 옆에 서 있던 조그만 애한테 주먹을 날렸다. 그런데 하필이면 치아 교정기를 낀 애의 동생이었다. 일은 그렇게 된 거다.

"이봐, 한 번 더 덤벼봐."

치아 교정기 낀 키 큰 애가 외드에게 으르렁거렸다.

"형, 지금 열받았지? 그치?"

외드한테 얻어맞은 애가 자기 형 옆에 꼭 붙어서 코를 감싸쥔 채 말했다. 그러고 있는데, 조프루아가 클라리스 이모처럼 빨간 머리를 한 비쩍 마른 애의 다리를 걸어찼다. 아냥만 빼고 전부 엉겨붙어 싸우기 시작했다. 아냥은 울면서 "안경, 나는 안경을 꼈단 말야" 하고 소리치고 있었다. 멋진 광경이었다. 그런데 갑자기 아빠가 나타났다.

"너희들 고함치는 소리가 집까지 들린다. 이 깡패 녀석들아!"

아빠가 소리를 질렀다.

"그리고 너, 니콜라, 지금 몇 신 줄이나 알아?"

아빠는 말을 다 하고 나서, 나랑 싸우고 있던 덩치 큰 바보의 멱살을 잡아 나한테서 떼어놓았다.

"이거 놔요! 안 그러면 우리 아빠를 부를 거예요. 우리 아빠는 세무관이에요. 우리 아빠한테 말해서 세금을 왕창 매기라고 해버릴 거라구요!"

덩치 큰 바보가 몸을 비틀어대며 외쳤다. 그러자 아빠는 그 덩치 큰 바보를 놓아주었다. 그러고는 "좋아, 좋아, 됐어. 시간이 너무 늦었다. 부모님이 걱정하실 거야. 그런데 너희들 왜 싸웠니? 좀 얌전히 놀 수는 없었니?" 하고 물었다.

"얘네들이 우리랑 축구 시합 하는 걸 무서워해서 싸웠어요!"

내가 얼른 대답했다.

"우리가 무서워한다구? 우리가 무서워해? 무서워한다구?"

치아 교정기를 낀 키 큰 애가 소리질렀다.

"됐어! 그만! 무서워하지 않는다면 왜 시합을 안 한 거냐?"

아빠가 물었다.

"쟤네들은 막가는 애들이니까요. 그게 이유예요."

덩치 큰 바보가 대답했다.

"막간다구? 우리 팀 공격수들이? 맥상하고 나하고 조프루아가? 너네 지금 농담하냐?"

나는 덩치 큰 바보에게 소리를 질렀다.

"조프루아? 어디 보자, 조프루아는 백을 맡아야 하는데. 조프루아는 별로 발이 빠르지 않잖아."

아빠가 말했다.

"아니에요. 저는 축구화도 신었어요. 유니폼도 입었구요. 그리고……."

조프루아는 그래도 공격수를 하고 싶었는지 변명을 늘어놓았다.

"그럼 골키퍼는 누구냐?"

아빠가 물었다.

우리는 포지션을 어떻게 짰는지 아빠한테 설명해줬다. 아빠는 포지션 구성이 나쁘지는 않지만 훈련이 좀 필요할 것 같으니, 아빠가 직접 가르쳐주겠다고 했다. 젊었을 때 아빠는 국가대표가 될 뻔했다.(아빠는 샹트클레라는 팀에서 라이트윙으로 뛰었었다.) 만약 결혼을 안 했다면 정말 국가대표가 되었을 거다. 내가 보지 못해서 잘은 모르지만 우리 아빠는 정말 대단한 것 같다.

"자, 다음주 일요일 날 학교 대항으로 여기서 시합을 하는 거야. 내가 심판을 볼 테니까. 어때?"

"쟤네들이 싫다고 할걸요. 겁쟁이들이거든요."

맥상이 큰 소리로 외쳤다.

"아니에요, 아저씨. 우린 겁쟁이 아니에요. 좋아요. 다음 일요일 세 시에 시합해요. 너희들 그때 보자구!"

빨간 머리 애가 나서서 말했다. 그러고 나서 다른 학교 애들은 모두 집으로 돌아갔다.

아빠는 우리와 함께 남았다. 아빠가 훈련을 시작했다. 아빠는 알세스트한테 공을 찼다. 공은 알세스트가 서 있는 골대 안으로 들어갔고, 알세스트는 다시 아빠한테 공을 찼다. 아빠는 어떻게 패스를 하는 건지 보여주었다. 아빠가 공을 보내면서 말했다.

"자, 클로테르. 이리 패스해봐!"

그런데 그 공이 아냥한테 가서 맞았다. 안경이 날아갔고, 아냥은 울기 시작했다. 그러고 있는데, 엄마가 왔다.

"세상에! 지금 여기서 뭐 하는 거예요? 애 찾아오라고 했더니 찾으러 간 사람까지 깜깜무소식이니. 저녁이 다 식잖아요!"

엄마가 아빠한테 핀잔을 주었다.

아빠는 얼굴이 빨개져서, 내 팔을 잡고 말했다.

"자, 니콜라, 그만 돌아가자!"

엄마는 저녁 먹으면서 식탁에서 계속 웃었다. 그리고 아빠한테 소금 좀 집어딜라고 하면서 이렇게 말했다.

"나한테 패스해요, 코파!"

엄마들은 스포츠를 잘 이해하지 못한다. 하지만 상관없다. 다음 일요일 날은 정말 멋진 날이 될 거다.

전반전

1. 어제 오후, 공터 축구장에서 니콜라 아빠가 감독을 맡은 니콜라 친구들 팀과 다른 학교 아이들 사이에 축구 시합이 있었습니다. 니콜라 팀의 포지션은 아래와 같았습니다.

　골키퍼:알세스트, 백:외드와 클로테르, 하프백:조아생, 뤼퓌스, 아냥, 라이트윙:니콜라, 중앙 공격수:조프루아, 레프트윙:맥상, 심판은 니콜라 아빠였습니다.

2. 보시는 바와 같이 중앙 공격수가 하나밖에 없습니다. 인원이 두 사람 부족하기 때문에 니콜라 아빠는 작전을 잘 짜야 했습니다.(훈련의 결정적인 요점이 바로 이것이었습니다.) 작전은 반격을 잘하는 것입니다. 공격적인 성격의 니콜라는 퐁텐에 비할 만하고, 순발력 있고 임기응변에 뛰어난 맥상은 피안토니에 비할 만합니다. 소프루아는 딱히 누구랑 닮은 것은 아니지만 팀을 완벽하게 받쳐주고 있어, 중앙 공격수로는 안성맞춤입니다.

3. 경기는 오후 3시 40분경에 시작되었습니다. 초반 골대 앞 실책에 이어, 레프트윙이 강력하게 집중 공격을 가하자 알세스트는 골대를 향해 똑바로 날아오는 볼을 피하기 위해 다이빙하듯 몸을 날려야 했습니다. 다행히 골은 들어가지 않았지만, 심판은 손을 사용하면 안 된다는 것을 양팀 주장들에게 상기시켰습니다.

4. 5분 경과했습니다. 경기는 계속 경기장 중앙에서 펼쳐졌습니다. 개 한 마리가 와서 알세스트의 도시락을 먹어버렸습니다. 종이와 끈으로 세 겹이나 싸놓았는데도 말입니다.(결국 알세스트는 도시락을 못 먹었지요.) 이 사건은 골키퍼를 몹시 교란했고,(골대를 지키는 일이 얼마나 중요한지는 모두들 아시겠죠.) 7분이 경과했을 때 알세스트는 결국 첫 번째 골을 먹고 말았습니다……

5. 그리고 8분이 경과했을 때 또다시 두 번째 골을 먹었습니다……. 9분이 경과했을 때 주장인 외드는 알세스트에게 레프트 윙으로 포지션을 교체할 것을 권했습니다. 대신 맥상이 골키퍼를 맡았습니다.(이건 우리가 보기에는 실수인 것 같은데요. 알세스트는 공격수보다는 수비수 기질이 아닌가요.)

6. 14분이 경과했을 때, 소나기가 심하게 쏟아지기 시작했습니다. 대부분의 선수들이 비를 피하려고 이리저리 뛰었습니다. 니콜라는 상대팀 선수와 대치하며 그라운드에 남아 있었지요. 하지만 득점은 없었습니다.

7. 20분이 경과했을 때, 라이트하프인지 레프트윙인지인(별로 상관없는 얘기지만요.) 조프루아가 멋진 슛을 날렸습니다.

8. 나이 든 어머니를 방문하러 가던 샤포 씨가 날아온 공에 맞았습니다.

9. 샤포 씨는 충격 때문에 균형을 잃었고, 그러는 바람에 20년째 원수 사이로 지내던 샤드포 씨 집 안으로 들어가게 되었습니다.

10. 드로잉을 하려고 하는 순간 샤포 씨가(아마도 자기만 아는 길을 통해) 다시 공터에 나타나, 공을 낚아채버렸습니다.

11. 혼란스러운 5분이 지난 후에(그러니까 이때는 경기 시작 후 25분이 경과되었을 때지요.) 경기가 재개되었습니다. 빈 통조림 깡통이 볼을 대신했죠. 27분, 막 28분째 경과하고 있을 때, 알세스트가 드리블을 해서 골을 넣었습니다.(가볍고 속이 빈 얇은 통조림 깡통이 아

니었다면 불가능한 일이었죠.) 니콜라네 팀은 3대 2까지 스코어를 이 끌어냈습니다.

12. 30분 경과했을 때, 샤포 씨가 다시 공을 가져왔습니다.(나이 드신 샤포 씨의 어머니가 그렇게 하라고 했고, 또 샤포 씨의 기분이 좋아졌기 때문이지요.) 통조림 깡통은 이제 필요없어서 멀리 던져버렸습니다.

13. 31분 경과했을 때, 니콜라가 상대편 방어를 뚫고 레프트윙인 (이니, 중앙 공격수라고 하는 게 맞겠고요.) 뤼퓌스 앞으로 똑바로 볼을 보냈습니다. 뤼퓌스는 클로테르에게 패스했고, 클로테르는 왼발로 힘껏 볼을 찼습니다. 그러나 볼은 아무도 예상치 못한 곳으로 날아갔습니다. 심판의 배에 맞은 것입니다. 심판은 희미한 목소리로 양팀 주장에게 말했습니다. "전반전이 다 끝났다. 소나기 때문에 좀 힘들긴 했지만 오히려 그 때문에 공기가 선선해져서 괜찮았어. 후반전은 다음주에 여는 게 좋겠다!"

후반전

1. 팀을 보다 더 효율적으로 구성하는 문제 때문에, 니콜라 아빠와 다른 아빠들 사이에 일주일 내내 전화가 오갔습니다. 외드가 레프트윙을 맡고 조프루아가 백을 맡기로 했습니다. 아빠들이 모이자 작전에 대한 여러 가지 의견이 나왔습니다. 경기 초반에 득점을 하고 그다음엔 수비 위주로 경기를 하다가 마지막에 밀어붙여 점수를 더 얻어야 한다는 거였습니다. 이 지시만 잘 따라준다면 이미 3 대 2니까 5 대 2정도의 승산은 있다는거죠. 오후 4시 3분, 경기가 시작되었을 때, 아빠들(니콜라 아빠, 니콜라 친구들 아빠, 그

리고 다른 학교 아빠들)이 모두들 경기장에 모여 있었습니다. 정말 열광적인 분위기였습니다.

2. 아빠들 함성이 가득했습니다. 덕분에 선수들은 사기가 충천했지요. 초반 몇 분 동안은 별다른 일이 일어나지 않았습니다. 뤼퓌스가 맥상 아빠의 등을 향해 슛을 날리고, 클로테르가 패스를 잘

못했다고 자기 아빠한테 따귀를 맞은 것만 빼면요. 이번엔 조아생이 주장이었습니다.(5분마다 주장을 바꿔서 모든 선수들이 한 번씩 주장을 할 수 있게 했거든요.) 조아생이 소변을 보러 가기 위해 잠시 휴식을 요청했습니다. 클로테르는 아빠한테 따귀를 맞은 것 때문에 충격을 받아서 자기 포지션을 제대로 지킬 수가 없었습니다. 클로테르 아빠가 대신 뛰겠다고 나섰습니다. 다른 학교 애들이 항의를 했습니다. 그렇다면 아빠들끼리 경기를 하는 것이 공평하다는 거였습니다.

3. 아빠들 사이에서는 기대와 흥분의 분위기가 고조되었습니다. 아빠들은 코트, 양복 윗도리, 목도리를 벗었습니다. 그리고 아이들에게 조심하라고, 너무 가까이 오지 말라고 하면서 공터 한가운데로 뛰어나왔습니다. 볼을 어떻게 다루는 건지 제대로 보여주겠다고 했습니다.

4. 니콜라 팀 아빠들, 그리고 다른 학교 아빠들은 경기 초반부터 격돌했고, 아이들은 아빠들이 축구하는 모습을 지켜보았습니다.

5. 그러다가 아이들은 텔레비전에서 하는 〈일요 스포츠〉를 보러 클로테르네 집에 가기로 결정했습니다. 만장일치였죠.

6. 쌍방이 모두 결정적 슛을 날리려고 애쓰는 가운데 시간은 흘러갔습니다. 반대 방향에서 바람이 불어오는 것도 상관없을 정도였습니다. 16분이 경과했을 때, 다른 학교 아빠 한 명이 역시 다른 학교 아빠인 듯한 사람 쪽으로 멋지게 패스를 했습니다. 하지만 그 사람은 다른 학교 아빠가 아니라 소프투아 아빠였습니다. 조프루아 아빠는 패스된 볼을 받아 찼습니다. 볼은 상자들과 통조림 깡통, 그리고 고철 더미들이 있는 곳 한가운데로 날아갔습니다. 바람 빠지는 소리가 나더니 공 안에서 용수철이 이리저리 튀어나왔습니다. 몇 분간의 토론 끝에 경기를 계속하기로 했습니다. 공 대신 통조림 깡통으로요. 안 될 게 뭐 있겠어요?

7. 36분 경과했을 때, 백을 맡고 있던 뤼퓌스 아빠가 주둥이를 벌린 채 제자리에서 빙빙 돌고 있던 통조림 깡통을 막아 세우고는 손으로 집어들었습니다. 심판(다른 학교 아빠 한 명의 동생. 니콜라 아빠는 윙을 맡았습니다.)은 호각을 불어 반칙을 선언했습니다. 몇몇 선수들(니콜라 아빠와 니콜라 친구들의 아빠들 전부)의 항의에도 불구하고, 결국 페널티킥이 선언되었습니다. 클로테르 아빠가 골문을 지켰는데, 분하게도 통조림 깡통을 막아내지 못했습니다. 동점골이었습니다. 스코어는 3 대 3이 되었습니다.

8. 경기는 몇 분밖에 남지 않았습니다. 아빠들은 경기에 지게 되면 아이들이 실망할까 봐 걱정이 되었고, 경기에 임하는 태도도 최악으로 치달았습니다. 다른 학교 아빠들이 수비를 하기 시작했는데, 통조림 깡통에 두 발을 갖다대기도 하고, 다른 사람이 통조림 깡

통을 채가지 못하게 방해하기도 했습니다. 경찰인 뤼퓌스 아빠가 갑자기 앞으로 나왔습니다. 드리블을 하면서 상대팀 아빠 두 사람을 제치더니, 골대 앞으로 전속력으로 달려갔습니다. 깨끗한 슛이었습니다. 멋진 골이었습니다. 니콜라와 친구들의 아빠들 팀이 4대 3으로 승리했습니다.

9. 경기 후, 승리한 팀이 모여 찍은 기념 사진입니다. 서 있는 사람들은 왼쪽부터 오른쪽으로, 맥상 아빠와 뤼퓌스 아빠(이번 경기의 영웅), 외드 아빠(왼쪽 눈을 다친 사람), 조프루아 아빠, 알세스트 아빠, 앉아 있는 사람들은 조아생 아빠, 클로테르 아빠, 니콜라 아빠(외드 아빠와 부딪쳐서 왼쪽 눈을 다쳤습니다.) 그리고 아냥의 아빠입니다.

미술관 견학

오늘 나는 아주 기분이 좋다. 담임 선생님이 미술관에 데려가서 그림을 보여줬기 때문이다. 다 같이 밖에 나오니까 정말 재미있었다. 하지만 선생님이 너무 점잖게만 있어서 좀 그랬다. 선생님은 밖에 나오는 게 별로 좋지 않은가 보다.

차가 와서 우리를 미술관에 데려다주기로 되어 있었는데, 학교 바로 앞에는 차를 세울 수가 없어서 우리가 찻길을 건너가야 했다.

"두 사람씩 손을 잡고 줄을 서요. 그리고 조심해요!"

선생님이 말했다. 하지만 나는 별로 그러고 싶지 않았다. 내 짝은 알세스트이기 때문이다. 알세스트는 굉장히 뚱뚱하고 항상 뭔가 먹고 있는 친구다. 나는 알세스트를 굉장히 좋아하긴 하지만, 그 애하고 손잡는 건 기분이 좋지 않다. 손에 항상 기름이 묻어 있어서 끈적거리니까. 그 애가 뭘 먹었느냐에 따라 조금 달라지긴 하지만 말이다. 오늘은 운이 좋았다. 알세스트 손이 끈적거리지 않았던 거다.

"알세스트, 너 오늘 뭐 먹었어?"

나는 알세스트에게 물어보았다.

"비스킷."

알세스트가 대답했다. 그 애 얼굴을 보니, 비스킷 조각이 잔뜩 묻어 있었다.

맨 앞줄 선생님 옆에는 아냥이 있었다. 아냥은 반에서 일등이고 선생님의 귀염둥이다. 우리는 그 애를 별로 안 좋아하지만 때리지는 않는다. 안경을 끼고 있기 때문이다.

"앞으로 가!"

아냥이 소리쳤고, 우리는 길을 건너기 시작했다. 경찰 아저씨가 우리가 지나갈 수 있도록 차들을 세워주었다.

그런데 갑자기 알세스트가 내 손을 놓더니, 되돌아가야 한다고 말했다. 교실에다 캐러멜을 두고 왔다는 거다. 말을 마친 알세스트는 반대쪽으로 길을 건너기 시작했다. 작은 소동이 일어났다.

"알세스트는 어딜 가는 거지? 어서 이리 돌아와!"

선생님이 소리질렀다.

"알세스트는 어딜 가는 거지? 어서 이리 돌아와!"

아냥이 선생님을 따라 말했다.

외드는 아냥이 이렇게 말한 게 기분 나쁜 것 같았다. 힘이 아주 센 외드는 아이들 코에 주먹을 날리는 걸 좋아한다.

"이 샌님아, 네가 왜 끼어드는 거야? 코에다 한 방 날려줄까?"

외드가 아냥에게 말했다. 아냥은 선생님 뒤로 가 숨더니, 안경을 낀 사람을 때리면 큰일난다고 말했다. 키가 커서 줄 뒤쪽에 서 있던 외드는 애들을 이리저리 떠밀면서 앞으로 나와 아냥 있는 데로 가더니, 아냥 안경을 벗겼다. 그리고 아냥 코에 주먹을 날리려고 했다.

"외드, 네 자리로 돌아가!"

선생님이 소리쳤다.

"그래, 외드. 네 자리로 돌아가!"

아냥이 또 선생님을 따라 말했다. 그때 경찰 아저씨가 와서, "여러분을 방해하고 싶지는 않습니다만, 차들을 세워둔 뒤 시간이 꽤 지났습니다. 횡단보도 위에서 수업을 할 생각이었다면 제게 말씀을 하셨어야죠. 그러면 차들은 학교 안으로 지나가게 하면 될 테니까요!" 하고 말했다. 와! 우리는 그 광경이 정말 보고 싶었다. 하지만 선생님은 얼굴이 빨개지더니 우리보고 어서 차에 올라타라고 했다. 장난칠 상황이 아니었다. 모두들 선생님 말대로 했다.

우리 차가 시동을 걸고 출발하자, 경찰 아저씨는 다른 차들이 지나갈 수 있게 손으로 신호를 보냈다. 그런데 갑자기 끼익, 하는 브레이크 소리와 함께 비명 소리가 들렸다. 한손에 캐러멜 통을 든 알세스트가 뛰어서 길을 건너오고 있었던 거다.

마침내 알세스트가 차에 올라탔고, 우리는 무사히 출발할 수 있었다. 차가 막 길모퉁이를 지나려 할 때 뒤를 돌아보니, 경찰 아저씨가 손에 하얀 지시봉을 든 채 뒤엉킨 차들 사이에 털썩 주저앉아 있었다.

우리는 미술관 안으로 들어갈 때 아주 얌전하게 줄을 섰다. 왜냐하면 우리는 선생님을 굉장히 좋아하기 때문이다. 그리고 선생님이 아빠가 카펫 위에 담뱃재를 흘렸을 때 엄마가 짓는 것과 비슷한 신경질적인 표정을 하고 있었기 때문이다. 우리는 그림들이 엄청 많이 걸려 있는 큰 전시실 안으로 들어갔다.

"여러분은 여기서 플랑드르 파의 거장들이 그린 그림들을 보게될 거예요."

선생님이 설명을 시작했다. 하지만 선생님은 설명을 계속할 수가 없었다. 알세스트가 그림물감이 말랐나 안 말랐나 보려고 그림에 손가락을 대서, 관리인 아저씨가 소리를 지르며 달려왔기 때문이다. 관리인 아저씨는 그림에 손을 대면 안 된다고 말했고, 알세스트는 물감이 다 말라 있으니까 만져도 그림이 더러워질 염려가 없다고 말했다. 알세스트와 관리인 아저씨는 그 자리에서 토론을 벌이기 시작했다. 선생님은 알세스트한테 가만히 있으라고 한 다음, 관리인 아저씨에게 학생들을 잘 감시하겠다고 약속했다. 관리인 아저씨는 머리를 흔들면서 가버렸다.

선생님이 다시 설명을 시작했을 때, 우리는 미끄럼 타기 놀이를 했다. 아주 재미있었다. 바닥이 타일로 되어 있어서 잘 미끄러졌다. 우리는 다 같이 미끄럼을 타면서 놀았다. 그림을 보면서 설명하느라고 등을 돌리고 서 있던 선생님, 그리고 선생님 옆에 서서 필기를 하고 있던 아냥만 빼고 말이다. 알세스트는 놀다 말고 생선과 비프스테이크와 과일을 그려놓은 그림 앞으로 갔다. 그러고는

침을 흘리며 그 그림을 쳐다보았다.

정말 재미있었다. 특히 외드는 미끄럼을 참 멋지게 탔다. 전시실 끝에서 끝까지 미끄럼 한 번으로 왔다갔다했다. 우리는 실컷 미끄럼 타기를 한 다음, 등 짚고 뛰어넘기 놀이를 시작했다. 하지만 곧 멈춰야 했다. 아냥이 뒤를 돌아보고는 "선생님, 재네들 보세요. 장

난치고 있어요"라고 말했기 때문이다. 화가 난 외드가 아냥에게 다
가갔다. 마침 닦으려고 안경을 벗어 들고 있던 아냥은 외드가 오는
걸 보지 못했다. 아냥은 운이 없었다. 안경만 벗고 있지 않았다면
코를 얻어맞지 않았을 텐데 말이다.

관리인 아저씨가 와서 선생님한테 우리를 데리고 나가는 게 낫
지 않겠냐고 말했다. 선생님은 잘 알겠다고 대답했다.

미술관 밖으로 나오면서 보니, 알세스트가 관리인 아저씨한테
다가가고 있었다. 알세스트는 자기가 보고 있던, 생선과 비프스테
이크와 과일이 그려진 그림을 팔에 끼고 관리인 아저씨에게 가서,
그 그림을 사고 싶다고 했다. 알세스트는 관리인 아저씨가 값을 얼
마나 부를지 궁금해했다.

모두 미술관 밖으로 나왔을 때, 조프루아가 선생님한테 그림을
좋아한다면 자기네 집에 오시라고 했다. 자기네 엄마 아빠가 그림

을 수집하는데, 본 사람들이 모두들 멋지다고 말한다는 거였다. 선생님은 손으로 얼굴을 감싸더니, 앞으로 평생 동안 그림은 절대 보고 싶지 않고, 그림에 대해 말하는 것도 듣고 싶지 않다고 했다.

선생님이 왜 그렇게 하루 종일 기분이 안 좋아 보였는지 드디어 이해가 됐다. 사실 선생님은 그림 같은 것은 안 좋아했던 거다.

행진

동상 제막식 때 행진을 하게 되었다. 오늘 아침 조회 시간에 교장 선생님이 말해준 거다. 클로테르는 꾸벅꾸벅 졸다가 벌을 받았다. 벌로 목요일 날 학교에 나와야 한다고 말해주려고 깨우니까, 클로테르는 깜짝 놀라 울기 시작했다. 굉장히 시끄러웠다. 나는 차라리 클로테르를 깨우지 말고 자도록 내버려두는 게 나았을 뻔했다고 생각했다.

"여러분, 제막식에는 정부 대표들과 보병대가 와서 자리를 빛내줄 거예요. 그리고 우리 학교 학생들은 그 동상 앞을 행진하고 헌화도 하는 특권을 갖게 될 겁니다. 나는 여러분들을 믿어요. 여러분들은 믿음직스러운 어린이들이니까 잘 해낼 수 있을 거예요."

교장 선생님이 말했다. 교장 선생님은 오전 시간이 끝날 때쯤 해서 바로 연습을 시작하자고 했다. 오전 끝 무렵은 문법 시간이었다. 교장 선생님이 교실을 나가자, 우리는 한꺼번에 떠들기 시작했다. 우리는 행진하는 게 아주 멋질 거라고 생각했고, 그래서 다들 기분이 좋았던 거다. 그때 담임 선생님이 자로 교탁을 두드렸다. 우리는 조용히 하고 수학 문제를 풀었다.

문법 시간이 되자 선생님이 운동장으로 나가라고 했다. 우리는 운동장에서 교장 선생님과 부이옹 선생님을 기다렸다. 부이옹 선생님은 우리 학생주임 선생님인데, 우리는 선생님을 부이옹이라고 부른다. 왜냐하면 선생님은 항상 "내 눈을 봐" 하고 말하는데, 그럴 때 선생님 눈을 들여다보면 부이옹 수프에 떠 있는 뿌연 기름 덩어리처럼 눈동자만 동동 떠 있기 때문이다. 하지만 이 이야기는 언젠가 한 번 한 것 같다.

"아! 모두들 모였군. 뒤봉 선생님, 이 학생들이랑 어른들 못지않게 잘 하리라고 기대합니다."

교장 선생님이 말했다. 교장 선생님은 부이옹 선생님을 뒤봉 선생님이라고 부른다. 부이옹 선생님이 웃으면서 자기는 하사관이었으니까, 학생들을 잘 훈련시켜 멋진 행진이 되도록 하겠다고 말했다.

"나중에 이 학생들이 행진하는 걸 보면 학생들이 해낸 거라고 믿지 못하실 겁니다, 교장 선생님."

부이옹 선생님이 말했다.

"정말 선생님 말대로 되었으면 좋겠군요."

교장 선생님이 말했다. 그리고 크게 한숨을 쉬고 나가버렸다.

"좋아, 행진을 하려면 기준이 되는 사람이 필요하다. 기준은 나머지 사람들을 감독하고, 나머지 사람들은 기준한테 보조를 맞추는 거야. 보통은 가장 큰 사람이 기준을 한다. 알겠나?"

부이옹 선생님이 말했다. 그러고 나서 부이옹 선생님은 우리들을 둘러보더니, 맥상을 가리키며 말했다.

"너, 네가 기준을 한다."

그러자 외드가 말했다.

"아니에요. 맥상이 가장 크지 않아요. 다리가 길어서 그렇게 보이는 것뿐이에요. 내가 쟤보다 더 커요."

"너 농담하냐? 내가 더 커. 알베르트 고모가 어제 우리 집에 왔었는데, 내 키가 계속 크고 있다고 말했단 말야. 나는 매일매일 자라고 있다구."

맥상이 말했다.

"한번 재볼래?"

외드가 제안했다. 맥상은 그러자고 했다. 둘은 등을 맞대고 섰다. 하지만 누가 더 큰지 잘 알 수가 없었다. 부이옹 선생님이 소리를 지르더니 우리보고 삼열 종대로 서라고 했다. 어떻게 하는 건지 잘 몰랐지만 어쩌다 보니까 줄을 서게 되었다. 줄을 다 서고 나자 부이옹 선생님도 우리 앞에 섰다. 선생님은 잠깐 눈을 감았다가, 손짓을 해가면서 말했다.

"자, 왼쪽으로 조금 이동! 니콜라, 오른쪽으로! 왼쪽으로 튀어나와 있잖아. 옳지. 그리고 너! 너는 오른쪽으로 튀어나와 있어!"

알세스트는 너무 뚱뚱해서 몸이 양쪽으로 다 튀어나왔다. 정말 우스웠다. 줄을 다 정돈하고 나자, 부이옹 선생님은 아주 기분 좋

은 표정이 되었다. 양손을 마주 비비고 나서 선생님은 우리한테
등을 돌리고 서서 외쳤다.

"제군들, 내 명령을 따르라……."

"헌화가 뭐예요, 선생님?"

갑자기 뤼퓌스가 물었다.

"교장 선생님이 동상 앞에서 헌화를 할 거라고 했잖아요."

"그건 꽃다발을 바치는 거야."

아냥이 끼어들었다. 아냥은 정말 바보다. 자기가 반에서 일등이
고 선생님의 귀염둥이라고 뭐든지 다 안다고 생각한다.

"대열 속에서는 조용히 해! 제군들, 내 명령을 따르라. 자, 전
진……."

부이옹 선생님이 말했다.

"선생님! 외드가 저보다 더 커 보이려고 발끝으로 서 있어요. 속
임수를 쓰고 있다구요!"

맥상이 소리쳤다.

"이 더러운 고자질쟁이!"

외드도 큰 소리로 고함을 쳤다. 그러고는 맥상의 얼굴에다 주먹을 날렸다. 그러자 맥상은 외드를 발로 걷어찼고, 다른 애들은 싸우는 걸 구경하려고 맥상과 외드를 빙 둘러쌌다. 정말 굉장했다. ㄱ 애들 둘은 우리 반에서 제일 힘센 애들이니까 말이다.

부이옹 선생님이 소리를 지르며 달려왔다. 선생님은 맥상과 외드를 떼어놓고 둘 다 목요일에 학교에 나오라고 벌을 주었다.

"에잇! 지겨워."

맥상이 얼굴을 찡그리며 말했다. 클로테르가 그런 맥상을 보더니 웃어대기 시작했다. 부이옹 선생님은 클로테르에게도 목요일에 학교에 나오라고 벌을 주었다. 클로테르가 이미 목요일에 학교 나오는 벌을 받았다는 걸 부이옹 선생님은 몰랐나 보다.

부이옹 선생님은 손으로 얼굴을 감싸고 잠시 있더니, 우리한테 다시 줄을 서라고 했다. 하지만 쉽지가 않았다. 우리가 너무 많이 움직여, 줄이 다 흐트러졌기 때문이다. 부이옹 선생님은 가만히 서서 아주 오랫동안 우리들을 바라보았다. 우리도 선생님을 쳐다보았다. 장난을 할 때가 아닌 것 같았다. 조금 있다가 부이옹 선생님이 뒤로 돌더니 선생님 바로 뒤에 서 있던 조아생에게로 다가갔다. 부이옹 선생님은 시뻘게진 얼굴로 소리쳤다.

"넌 어디 갔다 온 거야?"

"물 마시러 갔다 왔어요. 맥상하고 외드가 오랫동안 싸울 것 같아서요."

조아생이 대답했다. 부이옹 선생님은 조아생한테도 벌을 주고는 다시 제자리로 돌아가라고 했다.

"내 눈을 잘 봐. 이제 손으로만 명령을 할 거다. 그러면 그대로 따라해야 하는 거야. 이번에도 또 움직이는 사람은 퇴학을 시켜버리겠다. 알겠나?"

부이옹 선생님은 다시 뒤로 돌더니 팔을 들고 소리쳤다.

"제군들, 내 명령을 따르라! 전진…… 앞으로 갓!"

선생님은 앞장서서 뻣뻣한 자세로 몇 발자국 걸어갔다. 그러고는 뒤를 돌아보았다. 하지만 우리는 제자리에 그대로 서 있었다. 저번 일요일에 아빠가 호스로 물을 뿌려 이웃에 사는 블레뒤르 아저씨를 온통 젖게 했을 때처럼 부이옹 선생님도 엄청 열받은 것 같았다.

"왜 하라는 대로 안 하는 거지?"

부이옹 선생님이 물었다.

"피, 선생님이 움직이지 말라고 하셨잖아요."

조프루아가 말했다.

부이옹 선생님의 얼굴이 일그러졌다.

"너희들 때문에 정말 못 살겠다. 이 감옥에 갈 놈들! 야만인들!"

선생님이 큰 소리로 고함을 지르자, 아이들 가운데 몇몇은 무서워서 울기 시작했다. 교장 선생님이 달려왔다.

"뒤봉 선생님. 내 방에서 다 들었습니다. 이건 어린 학생들한테 쓸 방식이 아닌 것 같군요. 선생님은 지금 군대를 훈련시키고 있는 게 아니란 말입니다."

교장 선생님이 말했다.

"군대라구요? 그래요. 저는 완벽한 저격병 상사였습니다. 그리고 이 아이들은 한낱 조무래기들일 뿐이구요. 지금 이 떨거지 조무래기들하고 저격병을 비교하시는 겁니까!"

부이옹 선생님이 소리쳤다.

그러고는 손을 휘휘 내저으면서 가버렸다. 교장 선생님은 부이옹 선생님 뒤를 따라가면서 "자, 자, 뒤봉 선생님, 진정하세요, 진정해요"라고 말했다.

동상 제막식은 아주 멋졌다. 교장 선생님이 생각을 바꿔, 우리는 행진은 안 하고 그냥 군인들 뒤에 있는 계단식 좌석에 앉아 있었다. 유감이었던 것은 그날 부이옹 선생님이 그 자리에 오지 않았다는 거다. 부이옹 선생님은 가족과 함께 좀 쉬려고 이 주일 일정으로 아르데슈에 갔다고 했다.

선물

담임 선생님한테 줄 선물을 사려고 친구들이랑 돈을 모았다. 내일이 선생님의 세례명 축일이기 때문이다. 우선 잔돈부터 셌다. 수학을 제일 잘하는 아냥이 계산을 했다. 조프루아가 5천 프랑짜리 지폐를 가져와서 우리는 기분이 좋았다. 자기 아빠가 준 거라고 했다. 그 애 아빠는 아주 부자고, 걔가 원하는 건 뭐든지 다 준다.

"전부 5천2백7프랑이야. 이 돈이면 좋은 선물을 살 수 있을 거야."

아냥이 말했다.

문제는 뭘 사야 좋을지 모른다는 거였다.

"사탕이 든 상자나 초콜릿빵을 사자."

언제나 먹을 것 생각만 하는 뚱보 알세스트가 말했다. 하지만 우린 반대였다. 먹을 것을 사면 모두 한 입씩 먹어보려고 할 거고, 그러면 선생님 몫은 하나도 안 남을 테니까 말이다.

"아빠가 모피 코트를 사줬을 때 우리 엄마가 엄청 좋아하던데."

조프루아가 말했다. 모피 코트가 딱 좋을 것 같았다. 하지만 조프루아가 모피 코트는 분명히 5천2백7프랑보다는 비쌀 거라고 했다. 자기 엄마가 너무너무 좋아했으니까 틀림없을 거라고 했다.

"책을 사면 어떨까?"

아냥이 말했다. 정말 웃기는 생각이었다. 아냥은 정말 바보다!

"만년필은?"

외드가 말했다. 이번엔 클로테르가 화를 냈다. 항상 꼴찌만 하는 클로테르 말이다. 클로테르는, 자기가 돈을 내서 산 만년필로 선생님이 자기에게 나쁜 점수를 매기게 될 텐데, 그건 너무 심한 일이라고 했다.

"우리 집 근처에 선물 가게가 하나 있는데, 정말 멋진 물건들이 많아. 거기 가면 틀림없이 멋진 선물이 있을 거야."

뤼퓌스가 말했다. 좋은 생각이었다. 학교가 파한 뒤 다 같이 그 가게에 가보기로 했다.

가게 앞에 도착해서 유리창 안을 들여다보았다. 아주 멋졌다. 굉장한 선물들이 참 많았다. 작은 조각상들, 가장자리가 구불구불하게 생긴, 유리로 된 샐러드 접시, 집에서는 잘 쓰지 않는 희한한 모양의 물병, 포크 나이프 세트, 그리고 추시계도 있었다. 가장 멋진 건 조각상이었다. 기분이 안 좋아 보이는 말 두 마리를 멈추려고 하는 팬티만 입은 남자 조각상도 있었고, 활을 쏘려고 하는 여자 조각상도 있었다. 활에 줄은 안 달려 있었다. 하지만 굉장히 잘 만들어서 꼭 줄이 달려 있는 것만 같았다. 그 조각상은 등에 화살을 맞아 다리를 질질 끌고 있는 사자 조각상하고 잘 어울렸다. 성큼성큼 걸어가는 검정색 호랑이 조각상도 두 개 있었고 보이 스카우트 조각상, 작은 개, 그리고 코끼리 조각상도 있었다. 가게 주인 아저씨가 의심스러운 표정으로 계속 우리를 지켜보았다.

우리가 가게 안으로 들어가니까 주인 아저씨가 손을 휘휘 내저으며 다가왔다.

"자, 자, 여기는 노는 데가 아니야!"

아저씨가 말했다.

"우린 놀려고 온 거 아니에요. 선물 사려고 왔단 말이에요."

알세스트가 말했다.

"우리 담임 선생님 선물요."

내가 덧붙였다.

"돈도 있어요."

조프루아도 한마디 했다.

아냥이 주머니에서 5천2백7프랑을 꺼내 아저씨 코앞에 들이밀었다.

"좋아. 하지만 아무것도 만지면 안 된다."

아저씨가 말했다.

"이거 얼마예요?"

클로테르가 선반 위에 놓여 있던 말 두 마리를 집으면서 말했다.

"조심해! 내려놔. 그건 깨지기 쉬운 거야!"

아저씨가 소리쳤다.

걱정을 할 만도 했다. 클로테르는 조심성이 없어서 물건을 잘 망가뜨리니까 말이다. 기분이 상한 클로테르는 조각상을 제자리에 내려놓다가 팔꿈치로 코끼리 조각상을 밀치고 말았다. 다행히 바닥에 떨어지기 전에 아저씨가 붙잡았다. 우리는 여기저기 둘러보았고 아저씨는 "안 돼, 안 돼! 만지지 마! 깨지겠다!" 하고 소리를 지르며 가게 안을 뛰어다녔다. 나는 아저씨 때문에 걱정이 되었다. 깨지는 것만 놓여 있는 가게 안에서 일하는 건 굉장히 신경질 나는 일일 것 같았다. 도저히 안 되겠는지 아저씨는 우리보고 모두 열중쉬어 자세를 하고 서 있으라고 했다. 그리고 사고 싶은 걸 자기한테 말하라고 했다.

"5천2백7프랑으로 살 수 있는 멋진 게 뭐가 있어요?"

조아생이 물었다. 아저씨는 주변을 둘러보더니, 진열장에서 색깔이 칠해진 보이스카우트 조각상 두 개를 꺼냈다. 꼭 진짜 같았다. 시장에서도, 사격장에서도 그렇게 멋진 건 본 적이 없었다.

"5천 프랑이면 이걸 살 수 있다."

아저씨가 말했다.

"우리가 생각했던 값보다 싼데."

아냥이 말했다.

"나는 저 말이 더 좋아."

클로테르가 말하더니 선반 위에 있던 말 조각상을 다시 집으러 갔다. 하지만 아저씨가 먼저 집어서 팔 안에 감춰버렸다.

"자, 얘들아, 이 보이스카우트 상이 좋겠다. 살래, 말래?"

아저씨가 말했다. 아저씨가 장난이 아닌 것 같아서 우리는 사겠다고 했다. 아냥이 아저씨한테 5천 프랑을 냈고, 우리는 보이스카우트 조각상을 들고 밖으로 나왔다.

밖으로 나오자마자 우리는 선물을 갖고 있다가 내일 선생님한테 전해줄 사람을 정하기 위해 토론을 벌였다.

"내가 갖고 있어야지. 내가 돈을 제일 많이 냈잖아."

조프루아가 말했다.

"나는 일등이야. 그러니까 내가 선생님한테 선물을 드려야 돼."

아냥이 말했다.

"그래, 이 귀염둥이 바보야."

뤼퓌스가 말했다.

아냥은 울면서 자기는 정말 불행하다고 했다. 하지만 보통 때처럼 땅바닥을 구르면서 울지는 않았다. 손에 보이스카우트 조각상을 들고 있어서, 그걸 깨뜨리면 큰일나기 때문이다. 뤼퓌스, 외드, 조프루아, 조아생이 서로 싸우고 있는 동안 나한테 좋은 생각이 떠올랐다. 동전을 던져서 누가 선생님한테 선물을 줄지 결정하는 거다. 시간이 많이 걸리지는 않았지만 동전 두 개를 하수구에 빠뜨리고 말았다. 뽑힌 사람은 클로테르였다. 좀 황당했다. 클로테르는 뭐든지 잘 망가뜨리는데, 과연 선생님한테 선물을 줄 때까지 아무 일도 없을지 걱정이 되었기 때문이다. 그래도 우리는 클로테르한테 보이스카우트 조각상을 주었다. 외드가, 깨뜨리기만 하는 날엔 코에 주먹을 날려주겠다고 경고했다. 클로테르는 조심하겠다고 말하고는, 혀를 내민 채 선물을 들고 조심조심 걸어서 집으로 갔다. 2백5프랑이 남아 있었다. 우리는 그걸로 초콜릿빵을 사먹었다. 그래서 저녁 먹을 때도 별로 배가 고프지 않았다. 엄마 아빠들은 우리가 어디 아픈 게 아닌가 생각했다.

다음 날 모두 걱정을 하면서 학교에 왔다. 하지만 클로테르가 보이스카우트 조각상을 무사히 들고 오는 것이 보이자 마음이 놓였다.

"어젯밤에 한잠도 못 잤어. 조각상이 탁자 위에서 떨어질까 봐 말이야."

클로테르가 말했다. 교실에서 클로테르는 책상 밑에 놓아둔 선물이 그대로 있나 자꾸 고개를 숙여 쳐다보았다. 나는 정말 질투가 났다. 클로테르가 선생님한테 선물을 주면 선생님은 기분이 좋아서 클로테르를 안아줄 거고, 그러면 클로테르는 좋아서 얼굴이 빨개질 거니까 말이다. 선생님은 기분이 좋을 땐 정말 예쁘다. 거의 우리 엄마만큼이나 예쁘다.

"클로테르, 책상 밑에 감춰둔 게 뭐지요?"

선생님이 물었다. 그러고 나서 선생님은 화난 얼굴로 클로테르 쪽으로 다가왔다.

"자, 이리 내봐!"

선생님이 말했다. 클로테르는 선생님한테 선물을 주었다. 하지만 선생님은 그걸 보더니 "선생님이 학교에 이런 쓸데없는 물건은 가져오지 말라고 말했지? 수업 끝날 때까지 압수하겠어. 그리고 클로테르는 벌을 받아야겠다" 하고 말했다.

우리는 나중에 가게에 가서 보이스카우트 조각상을 돈으로 돌려받으려고 했지만 그럴 수가 없었다. 클로테르가 가게 바로 앞에서 손에 들고 있던 보이스카우트 조각상을 놓쳐서 그만 깨져버렸기 때문이다.

팔을 다친 클로테르

클로테르가 집에서 빨간 장난감 트럭을 밟고 넘어지는 바람에 팔이 부러졌다. 우리들은 모두 많이 걱정했다. 클로테르는 우리의 친구고, 또 그 빨간 트럭은, 나도 본 적이 있는데, 정말 멋지기 때문이다. 전조등에 진짜 불도 들어온다. 하지만 클로테르가 밟았다면 다시 고치기는 힘들 거다.

우리는 모두 함께 클로테르네 집에 가보았다. 그런데 클로테르 엄마는 우리를 못 들어가게 했다. 우리는 우리가 클로테르의 친구들이고, 모두 클로테르와 잘 안다고 말했다. 클로테르 엄마는 자기도 우리들을 잘 알지만, 클로테르에게는 휴식이 필요하다고 했다.

그런데 오늘 클로테르가 다시 학교에 나왔다. 우리는 정말 기분이 좋았다. 클로테르는 수건 비슷하게 생긴 걸로 팔을 싸서 목에다 걸고 있었다. 영화에서 남자 주인공이 팔을 다쳤을 때 하는 것처럼 말이다. 영화에서 남자 주인공은 항상 팔이나 어깨를 다친다. 수업이 시작되고 나서 30분쯤 지났을 때 클로테르가 들어와서, 지각해서 죄송하다고 말하려고 선생님 앞으로 나갔다. 하지만 선생님은 클로테르를 혼내지 않고 이렇게 말했다.

"다시 만나게 돼서 반갑다, 클로테르. 팔에 깁스를 하고도 학교에 나오다니 아주 용감하구나. 빨리 나았으면 좋겠다."

클로테르는 눈이 휘둥그레졌다. 반에서 꼴찌여서 선생님이 자기한테 그런 식으로 말하는 것에 익숙하지 않았기 때문이다. 더군다나 지각까지 했는데 말이다. 놀란 클로테르가 입을 벌린 채 가만히 서 있자, 선생님은 어서 자리로 가서 앉으라고 했다.

클로테르가 자기 자리에 앉자 우리들은 클로테르한테 많이 아팠냐고, 팔에 한 그 딱딱한 건 뭐냐고 한꺼번에 물어보기 시작했다. 물론 다시 보게 되어서 반갑다는 말도 했다. 하지만 선생님은 친구 좀 가만히 내버려두라고, 선생님은 이런 일 때문에 수업 분위기가 흐트러지는 걸 원치 않는다고 소리를 질렀다.

"히야, 이젠 쟤한테 말도 못 걸겠네……."

조프루아가 말했다. 그러자 선생님이 조프루아한테 일어서 있으라고 벌을 주었다. 클로테르는 혀를 낼름거리며 좋아했다.

"받아쓰기를 하겠어요."

선생님이 말했다.

우리는 공책을 꺼냈고, 클로테르도 한 손으로 자기 책가방에서 공책을 꺼내려고 했다.

"내가 도와줄까?"

클로테르 옆에 앉은 조아생이 물었다.

"너한테 해달라고 안 했어."

클로테르가 대답했다. 선생님이 클로테르를 보더니, "아니다, 클로테르. 너는 받아쓰기 하지 말고 쉬어라" 하고 말했다. 그 말을 들은 클로테르는 가방에서 공책을 꺼내려다 말고 슬픈 표정을 지었다. 받아쓰기를 안 하게 된 것이 굉장히 유감인 것처럼 말이다. 오늘따라 받아쓰기는 엄청 어려웠다. '미나리아재비' '쌍떡잎식물'처럼 어려운 말들이 무더기로 나와서 모두 틀렸다. 제대로 쓴 사람은 아냥밖에 없었다. 아냥은 반에서 일등이고 선생님의 귀염둥이다. 나는 어려운 단어가 나올 때마다 클로테르의 얼굴을 쳐다보았는데, 그때마다 클로테르는 희희낙락했다.

쉬는 시간을 알리는 종이 울렸다. 클로테르가 제일 먼저 일어났다.

"클로테르는 팔이 아프니까 운동장엔 안 나가는 게 좋겠다."

선생님이 말했다.

클로테르는 받아쓰기 안 해도 된다는 말을 들었을 때와 똑같은 표정을 지었다. 하지만 이번이 좀 더 황당한 표정이었다.

"의사 선생님이 바깥 공기를 쐬어야 한다고 그랬어요. 안 그러면 더 나빠질 거라고요."

클로테르가 말했다. 선생님은 그러면 조심해서 놀라고 했다. 선생님은 클로테르를 제일 먼저 나가게 했다. 누가 계단에서 클로테르를 밀치기라도 할까 봐 말이다. 우리를 운동장으로 내보내기 전에 선생님은 한참 동안 우리한테 충고를 했다. 조심해야 되고, 거친 놀이는 하지 말아야 하며, 클로테르가 아프지 않게 잘 보호해주어야 한다고 했다. 그러는 바람에 쉬는 시간이 많이 지나버렸다. 운동장으로 내려갔는데, 클로테르가 눈에 띄지 않았다. 여기저기 찾아보았더니 다른 반 애들하고 등 짚고 뛰어넘기 놀이를 하고 있었다. 전부 바보 같은 애들이어서 우리는 그 애들을 싫어한다.

우리는 다 함께 클로테르한테 가서 질문을 해댔다. 모두들 자기한테 관심을 가져주니까 클로테르는 아주 좋아했다. 클로테르한테 그 빨간 트럭이 완전히 망가져버렸냐고 물어보았다. 클로테르는 그렇다고 했다. 하지만 아파서 누워 있는 동안 사람들이 자기를 위로하려고 선물을 많이 갖다주었다고 했다. 장난감 요트, 카드 놀이 세트, 자동차, 기차를 받았고, 다른 장난감이랑 바꿀 생각이긴 하지만 책도 몇 권 받았다고 했다. 사람들이 다들 자기한테 너무 잘해준다고 했다. 의사 선생님은 항상 과자를 갖다주고, 엄마 아빠는 자기 방에 텔레비전을 갖다놓아주었으며, 그 밖에 맛있는 것들도 많이 준다고 했다. 먹을 것에 대해 이야기하자 알세스트는 배고

파했다. 먹는 걸 엄청 좋아하는 친구 말이다. 알세스트는 주머니에서 커다란 초콜릿 한 덩어리를 꺼내더니 깨물어 먹기 시작했다.

"그거 한 조각만 줄래?"

클로테르가 물었다.

"싫어."

알세스트가 대답했다.

"난 팔이 아픈데?"

클로테르가 말했다.

"난 눈이 아파."

알세스트가 응수했다. 클로테르는 기분이 상한 것 같았다. 팔이 아픈 자기를 우리가 이용하고 있으며, 만약 자기가 다른 애들처럼 팔이 성해서 주먹을 날릴 수 있다면 자기를 이런 식으로 대접하지는 못할 거라고 소리쳤다. 그때 학생주임 선생님이 달려왔다.

"무슨 일이냐?"

학생주임 선생님이 물었다.

"팔이 아프다고 얘가 나를 무시해요."

클로테르가 알세스트를 손가락으로 가리키며 말했다. 알세스트는 화가 나서 식식거렸다. 뭔가 말하려고 했지만, 입안이 초콜릿으로 가득 차 있어서 입을 열자 초콜릿이 사방으로 튀었다. 뭐라고 하는 건지 하나도 알아들을 수가 없었다.

"몸이 불편하다고 친구를 무시하다니, 넌 부끄럽지도 않니? 그 자리에 그대로 서 있어!"

학생주임 선생님이 알세스트에게 말했다.

"꼴 좋다!"

클로테르가 의기양양해서 말했다.

"야!"

그때서야 초콜릿을 다 삼킨 알세스트가 입을 열었다.

"장난치고 놀다가 팔이 부러졌다고 무조건 먹을 것을 줘야 하니?"

"맞아. 앞으로 우리는 쟤한테 말 붙일 때마다 벌을 받게 될 거라구. 정말 골칫거리야. 저 팔 말이야!"

조프루아가 맞장구를 쳤다.

아주 슬픈 눈으로 우리를 바라보던 학생주임 선생님이 아빠가 엄마에게 군대 시절 친구들 모임에 가야 한다고 말할 때 같은 아주 부드러운 목소리로 말했다.

"너희들은 참 동정심이 없구나. 나는 너희가 아직 어리고 순수하다고 생각했는데, 지금 너희들의 태도를 보니 정말 가슴이 아프다."

말을 마친 학생주임 선생님이 갑자기 큰 소리로 외쳤다.

"모두 그 자리에 서 있어!"

모두 다 서 있는 벌을 받아야 했다. 아냥까지 말이다. 아냥은 처음으로 벌을 받는 거여서 어떻게 하는 건지 몰랐다. 그래서 우리가 어떻게 하는 건지 알려주었다. 모두 다 서 있었다. 물론 클로테르는 빼고 말이다. 학생주임 선생님은 클로테르의 머리를 쓰다듬어주고, 팔이 많이 아픈지 물어보았다. 클로테르는 아직도 많이 아프다고 대답했다. 잠시 후 학생주임 선생님은 싸우고 있는 다른 애들한테로 가버렸다. 클로테르는 잠깐 동안 벌서고 있는 우리를 구경하며 놀려대다가 다시 등 짚고 뛰어넘기 놀이를 하러 갔다.

집에 돌아가서두 기분이 영 안 좋았다. 집에 있던 아빠가 무슨 일이냐고 물었다. 그래서 나는 소리쳤다.

"정말 불공평해요! 왜 나는 팔이 안 부러지는 거죠?"

아빠는 눈을 휘둥그레 뜨고 나를 바라보았고, 나는 뾰로통해져서 내 방으로 올라갔다.

건강 진단

오늘 아침엔 학교에 가지 않았다. 하지만 별로 신나지 않았다. 어디 아픈 데가 없는지 정신이 이상하지는 않은지 진단을 받기 위해 보건소에 가야 했기 때문이다.

학교에서 건강 진단에 대한 가정 통신문을 한 장씩 나눠주었다. 엄마 아빠한테 보여주라고 했다. 예방접종 증명서랑 성적표도 같이 나눠주었다. 선생님은 우리가 테스트를 받게 될 거라고 했다. 테스트란 정신이 이상하지 않은지 알아보기 위해 작은 그림을 그려보게 하는 거라고 했다.

엄마와 함께 보건소에 도착하니, 뤼퓌스, 조프루아, 외드, 알세스트가 벌써 와 있었다. 모두들 장난도 치지 않고 얌전히 앉아 있었다. 나는 의사 선생님이 있는 곳이 무섭다. 온통 하얗고 약냄새가 난다. 모두 엄마랑 함께 와 있었다. 조프루아만 빼고 말이다. 걔는 아빠의 운전기사인 알베르 아저씨랑 같이 왔다. 조금 있으니까 클로테르, 맥상, 조아생, 아냥이 엄마랑 함께 왔다. 아냥은 시끄럽게 울면서 들어왔다. 하얀 옷을 입은 아주 친절한 아줌마가 엄마를 부르더니, 예방접종 증명서를 걷어갔다. 그러고는 곧 의사 선생님이 오실 테니까 너무 초조해하지 말라고 했다. 엄마들이 이야기를 시작했다. 정말 귀엽다고 하면서 손으로 우리 머리를 쓰다듬기도 했다. 조프루아네 운전기사 아저씨는 커다란 검정색 차를 닦기 위해 다시 밖으로 나갔다.

"우리 애는 도무지 먹지를 않아요. 신경이 너무 예민해서요."

뤼퓌스 엄마가 말했다.

"우리 아이는 반대예요. 오히려 먹지 못했을 때 신경이 예민해지거든요."

알세스트 엄마가 말했다.

"제 생각엔 말이죠."

클로테르 엄마가 끼어들었다.

"학교에서 공부를 너무 많이 시키는 것 같아요. 참 터무니없는 일이죠. 우리 애가 따라가지를 못한다니까요. 우리가 어릴 때는……."

"오! 몰랐어요, 클로테르 어머니. 우리 아이는 쉽게 따라가거든요. 물론 아이에 따라 다르겠지만요…… 아냥, 그만 울음 그치지 않으면 모두들 보는 앞에서 볼기짝을 때려줄 거야!"

아냥 엄마가 말했다.

"물론 공부는 잘하겠지요, 부인."

클로테르 엄마가 응수했다.

"하지만 아냥은 너무 얌전하기만 한 것 같아요, 안 그런가요?"

아냥 엄마는 클로테르 엄마 말에 기분이 상한 것 같았다. 하지만 아냥 엄마가 뭐라고 대답을 하려고 할 때 하얀 옷을 입은 아줌마가 와서 이제 시작하겠으니 모두 옷을 벗으라고 했다. 아냥 엄마가 놀라서 소리를 지르는 걸 보니 아냥 몸이 많이 아픈 것 같았다. 그 모습을 보고 클로테르 엄마가 웃었다.

의사 선생님이 들어왔다.

"무슨 일인가요?"

의사 선생님이 물었다.

"학생들 건강 진단이 있는 날이군. 학생들이 오는 날은 언제나 끔찍해! 얘들아, 조용히 해라. 안 그러면 너희 선생님한테 벌을 주라고 할 테니까. 자, 빨리 옷 벗어라!"

우리는 옷을 벗었다. 사람들이 보는 앞에서 옷을 몽땅 벗으니까 정말 웃겼다. 엄마들은 우리를 유심히 쳐다보았다. 꼭 우리 엄마가 생선 가게 주인한테 생선이 싱싱하지 않다고 말할 때 짓는 것 같은 표정이었다.

"얘들아, 이제 저 옆방으로 가라. 의사 선생님이 검사를 할 거니까."

하얀 옷을 입은 아줌마가 말했다.

"난 엄마 옆에 있을 거예요."

아냥이 소리질렀다. 아냥은 옷은 다 벗고 안경만 그대로 끼고 있었다.

"좋아. 어머니, 같이 들어와서 아이 좀 진정시켜주세요."

하얀 옷을 입은 아줌마가 말했다.

"아! 잠깐만요. 저도 들어가면 안 되나요?"

클로테르 엄마가 물었다.

"나도요, 나도 알베르 아저씨랑 같이 들어갈래요."

조프루아가 소리쳤다.

"야, 너 미쳤냐?"

외드가 끼어들었다.

"너 그 말 다시 한번 해봐."

조프루아가 화가 나서 외쳤다. 그러자 외드가 조프루아 코에 주
먹을 날렸다.

"알베르 아저씨!"

외드에게 얻어맞은 조프루아가 다급하게 외쳤다. 알베르 아저씨
가 달려왔다. 의사 선생님도 달려왔다.

"믿을 수가 없어! 5분 전에는 아픈 애가 있더니, 이젠 코피 나는
애가 다 있고, 이건 보건소가 아니라 아예 전쟁터군."

의사 선생님이 말했다.

"의사 선생님, 저는 자동차에도 책임이 있지만, 이 아이한테도
책임이 있습니다. 이 아이를 상처 없이 저희 사장님한테 데려다줘
야 한다구요. 아시겠어요?"

알베르 아저씨가 의사 선생님에게 말했다.

의사 선생님은 알베르 아저씨를 쳐다보며 뭐라고 말을 하려다가
다시 입을 다물었다. 그리고 우리들과 아냥 엄마를 검사실로 들어

가게 했다.

몸무게부터 쟀다.

의사 선생님이 "자, 너부터 하자" 하면서 알세스트를 가리켰다. 알세스트는 의사 선생님한테 초콜릿빵을 다 먹고 나서 재도 되냐고 물었다. 빵을 넣을 주머니가 없었기 때문이다.

의사 선생님은 한숨을 쉬더니, 대신 나를 저울 위로 올라가게 했다. 조아생이 내 몸무게를 더 많이 나가게 하려고 저울에 자기 다리 한 쪽을 올려놓았다가 의사 선생님한테 혼이 났다. 아냥은 몸무게를 재지 않으려고 했지만, 엄마가 선물을 사주겠다고 하자 벌벌 떨면서 저울 위로 올라갔다. 몸무게 재는 게 끝나자마자 아냥은 울면서 엄마한테 달려갔다. 뤼퓌스와 클로테르는 장난을 치고 싶어서 저울 위에 같이 올라가려고 했다. 의사 선생님이 그 애들을 혼내고 있는데, 조프루아가 코를 얻어맞은 걸 복수하려고 외드를 발로 걸어찼다.

의사 선생님은 화가 났다. 제발 그만들 하라면서 계속 장난을

치면 모두 감옥에 보내겠다고 했다. 자기 아버지가 자기한테 충고한 것처럼 변호사가 되는 게 훨씬 나았을 뻔했다고도 했다.

그러고는 의사 선생님은 우리한테 혀를 내밀어보라고 했다. 기계로 가슴에서 나는 소리를 들어보기도 하고, 기침을 해보라고 하기도 했다. 알세스트는 기침할 때 빵조각이 튀어나와서 의사 선생님한테 야단을 맞았다.

우리 모두를 차례로 검사하고 나서 의사 선생님은 우리한테 탁자 위에 앉으라고 하더니, 종이와 연필을 주면서 말했다.

"얘들아, 여기에다 지금 머릿속에 생각나는 것을 그려라. 그리고 경고하겠는데, 지금부터 맨 처음으로 장난을 치는 녀석은 볼기짝을 때려줄 거다. 잘 기억해둬라!"

"저는 알베르 아저씨를 부르고 싶은데요."

조프루아가 소리쳤다.

"그림부터 그려!"

의사 선생님도 소리를 질렀다.

우리는 다 같이 그림을 그렸다. 나는 초콜릿케이크를 그렸고, 알세스트는 툴루즈 식카술레(프랑스 랑그도크 지방의 스튜-옮긴이)를 그렸다. 나한테 초콜릿케이크를 그리라고 말해준 건 알세스트였다. 내가 무얼 그려야 할지 잘 생각이 안 난다고 했기 때문이다. 아냥은 도와 도청 소재지가 표시된 프랑스 지도를 그렸다. 외드와 맥상은 말 탄 카우보이를 그렸다. 조프루아는 주변에 자동차가 잔뜩 세워져 있는 성을 그렸다. 그리고 '우리 집'이라고 썼다. 클로테르는 아무것도 그리지 않았다. 자기는 아무 말도 못 들었고 아무 준비도 못 했기 때문이라고 했다. 뤼퓌스는 옷을 홀딱 벗은 아냥을 그리고, 그 밑에 '아냥은 귀염둥이 바보다'라고 썼다. 그걸 본 아냥은 울기 시작했다. 외드가 "의사 선생님! 맥상이 내 그림을 베꼈어요!" 하고 소리를 질렀다. 정말 굉장했다.

우리는 모두 함께 떠들고 놀리고 했다. 아냥은 울었고, 외드와 맥상은 싸웠다. 엄마들과 알베르 아저씨가 달려왔다.

우리가 보건소에서 나가면서 보니, 의사 선생님은 탁자 끝에 앉아서 아무 말도 못 하고 크게 한숨을 내쉬고 있었다. 하얀 옷을 입은 아줌마가 물과 알약을 갖다주었다. 의사 선생님은 알약을 먹고 나서 종이 위에 권총을 그렸다.

의사 선생님은 참 바보다!

방학이 시작되는 날

교장 선생님이 흥분된 마음으로 우리가 떠나는 걸 지켜본다고 말했다. 그리고 우리도 자기와 함께 그 들뜬 마음을 함께 할 거라고 확신한다며, 우리가 정말로 멋진 여름방학을 보내기를 바란다고 말했다. 방학이 끝나고 다시 학교로 돌아오면 새로운 기분으로 열심히 공부해야 한다고도 말했다. 교장 선생님이 말을 마치자 종업식은 끝났다.

멋진 종업식이었다. 우리는 옷을 멋지게 차려입은 엄마 아빠와 함께 학교에 도착했다. 반짝반짝하는 천으로 된 셔츠와 파란 양복도 입었다. 나는 빨간색과 초록색으로 된 넥타이를 맸다. 그 넥타이는 엄마가 아빠한테 사준 것인데, 더럼이 탈까 봐 아빠가 잘 매지 않는 것이었다. 바보 아냥이 하얀 장갑을 끼고 왔길래 우리들이

343

다 같이 놀려주었다. 뤼퓌스만 빼고 말이다. 뤼퓌스는 경찰인 자기 아빠도 하얀 장갑을 자주 낀다며, 하얀 장갑을 끼는 건 전혀 우스운 일이 아니라고 했다. 또 우리는 모두 머리카락을 찰싹 달라붙게 빗었다. 그런데 내 머리는 자꾸 삐죽삐죽 섰다. 귀도 깨끗이 씻고 손톱도 깎았다. 정말 끔찍했다.

　나랑 친구들은 종업식을 정말 기다려왔다. 상 받는 것 때문에 그런 건 아니었다. 상 받는 것에 대해선 오히려 걱정이 되었다. 종업식이 끝나고 나면 방학이고, 그러면 학교에 안 가도 되기 때문에 그런 거였다. 나는 며칠 또 며칠 전부터 아빠한테, 곧 있으면 방학이라고, 우리는 어디로 놀러 갈 거냐고 물었다. 다른 친구들은 다 어디로 놀러 갈 건지 정해져서, 학교에 와서 자랑을 했기 때문이다. 아빠가 아무 말도 안 해서 내가 울었더니, 아빠는 조용히 하라며 내가 아빠를 미치게 한다고 그랬다.

상은 모두 다 탔다. 반에서 일등이고 선생님의 귀염둥이인 아냥은 산수상, 역사상, 지리상, 문법상, 받아쓰기상, 과학상, 그리고 품행상을 탔다. 아냥은 정말 바보다. 힘이 세고 주먹 날리는 걸 좋아하는 외드는 체육상을 탔다. 먹는 걸 좋아하는 뚱보 알세스트는 개근상을 탔다. 개근상은 하루도 안 빠지고 학교에 매일매일 나온 사람한테 주는 상이다. 알세스트는 그 상을 받을 만하다. 그 애 엄마가 그 애가 집에 있을 땐 부엌에만 있는다며 싫어해서 그 애는 차라리 학교에 오는 걸 더 좋아하니까 말이다. 아빠가 굉장히 부자여서 갖고 싶어하는 건 뭐든지 다 가질 수 있는 조프루아는 복장상을 받았다. 신기한 옷을 입고 학교에 온 적이 많아서 그렇다. 키우보이 옷을 입고 온 적도 있고, 화성인 옷을 입고 온 직도 있다. 삼총사들이 입는 옷을 입고 온 적도 있다. 그땐 정말 멋졌었다. 뤼퓌스는 미술상을 받았다. 생일 선물로 받은, 수십 가지 색깔이

들어 있는 색연필을 갖고 있기 때문이다. 반에서 꼴찌인 클로테르는 우정상을 받았다. 그리고 나는 표현력상을 받았다. 아빠는 아주 기분 좋아했다. 하지만 선생님이 그 상은 잘해서 주는 게 아니고 많이 해서 주는 상이니, 집에서 많이 지도해주라고 말했을 땐 좀 실망한 것 같았다. 나는 표현력상이 뭔지 나중에 아빠한테 제대로 설명해줘야겠다고 생각했다.

선생님도 상을 받았다. 아이들이 선생님 드리라고 아빠들이 사준 선물을 갖다주었던 거다. 만년필 열네 자루하고 콤팩트 여덟 개였다. 선생님 기분이 참 좋아 보였다. 선생님은 이런 좋은 선물은 한 번도 받아본 적이 없고 앞으로도 못 받아볼 거라고 말하고는 우리를 껴안아주었다. 그리고 방학 숙제 잘하고, 얌전하게 굴고, 엄마 아빠 말씀 잘 듣고, 잘 놀고, 선생님한테 엽서도 보내라고 말하고는 우리와 헤어졌다.

우리는 모두 학교 밖으로 나왔다. 엄마 아빠 들은 길에 서서 이야기를 하기 시작했다. 엄청 여러 가지 이야기를 했다. "그 집 아이는 공부를 참 잘했더군요." "우리 애는 많이 아팠어요." "우리 애는 게을러서 걱정이에요. 뭐든지 쉽게만 하려고 한다니까요." "제가 애네들 나이였을 땐 항상 일등만 했답니다. 하지만 요즘 애들은 텔레비전 때문에 공부엔 도통 관심이 없는 것 같아요." 엄마 아빠 들은 우리 머리를 쓰다듬거나 톡톡 쳐서 손에 머릿기름이 묻었다. 엄마 아빠 들은 손수건을 꺼내 손을 닦았다.

모두들 아냥을 쳐다보았다. 상으로 받은 책들을 손에 들고 머리에는 월계수 관을 쓰고 있었기 때문이다. 교장 선생님이 아냥한테 관을 쓴 채로 잠자리에 들지 말라고 했다. 내년에 다시 써야 하는데 구겨질까 봐 그러는 것 같았다. 그 말을 할 때 교장 선생님 표정이 꼭 우리 엄마가 나한테 베고니아를 밟지 말라고 할 때 짓는 것 같은 표정이었기 때문에 알 수 있었다. 조프루아 아빠가 다른 아빠들한테 커다란 담배를 나눠주었는데, 아빠들은 담배를 그냥 가지고만 있었다. 엄마들은 일 년 동안 우리가 했던 일들을 재미있게 웃으면서 이야기했다. 우리는 놀랐다. 왜냐하면 우리가 그 일들을 했을 때 엄마들은 전혀 웃지 않았고 오히려 화를 내며 따귀를 때렸기 때문이다.

친구들과 나는 방학 때 할 재미있는 일들을 이야기했다. 클로테르가 자기는 작년처럼 물에 빠진 사람을 구해줄 거라고 해서 기분을 잡쳤다. 나는 클로테르에게 너는 거짓말쟁이라고 말해주었다. 내가 수영장에서 클로테르를 본 적이 있는데 그 애는 수영을 할 줄 몰랐다. 그래가지고는 배영으로 헤엄치고 있는 사람도 못 구할 것 같았다. 클로테르가 우정상 상품으로 받은 책으로 내 머리를 때렸다. 그걸 보고 뤼퓌스가 웃길래 나는 뤼퓌스의 따귀를 때려주었다. 그러자 뤼퓌스는 울면서 발로 외드를 걸어찼다. 우리는 서로를 밀쳐대며 재미있게 놀았다. 엄마 아빠 들이 달려와서 우리 손을 붙잡고 끌어냈다. 너희들은 정말 구제불능이라고, 부끄러운 줄 좀 알라고 했다. 각자 자기 엄마 아빠 손을 잡고 집으로 돌아갔다.

나는 집으로 돌아오면서 속으로 학기가 끝나서 정말 신난다고 생각했다. 한 달 넘게 공부도 안 하고, 숙제도 안 하고, 벌도 안 받고, 쉬는 시간도 없고, 친구들도 못 보고, 다 같이 장난도 못 치

347

고…… 그러다 보니 이젠 혼자라는 생각이 들었다.

"니콜라, 왜 아무 말도 안 하니? 드디어 기다리던 방학이잖아!"

아빠가 말했다.

그 말을 듣자 갑자기 눈물이 나서 나는 엉엉 울었다. 아빠는 내가 또 아빠를 미치게 할 작정인가 보다고 말했다.

꼬마 니콜라의 여름방학

열심히 공부하다 보니 한 학기가 끝났다. 학기말 종업식에서 니콜라는 표현력상을 받았다. 니콜라는 보람을 느꼈다. 잘해서 주는 것이 아니라 많이 해서 주는 상이긴 했지만…… 종업식이 끝난 후, 니콜라는 학교 친구들과 헤어졌다. 학교 친구들은 알세스트, 뤼퓌스, 외드, 조프루아, 맥상, 조아생, 클로테르, 아냥이다. 묵은 교과서와 공책 정리를 끝내고 나자, 남은 건 딱 한 가지! 여름휴가 생각만 하면 되었다.

니콜라네 가족이 올 여름휴가를 어디서 보낼 것인가 결정하는 일은 문제가 아니었다. 왜냐하면……

결정권은 아빠에게

해마다 이맘때가 되면 엄마 아빠는 여름휴가를 어디로 갈 것인가 하는 문제로 옥신각신한다. 해마다라고 했지만 작년과 재작년을 말하는 거다. 그 이전은 너무 옛날이라 잘 기억이 안 난다. 엄마는 아빠와 말다툼을 하다가 울음을 터뜨리며, 차라리 외할머니 댁에나 가겠다고 한다. 그러면 나도 같이 운다. 외할머니는 참 좋지만, 외갓집 근처엔 바다가 없기 때문이다. 결국 엄마가 가자고 한 데로 가게 된다. 물론 외할머니 댁은 아니다.

어제, 저녁을 먹은 뒤에 아빠가 화가 난 듯한 얼굴로 엄마와 나를 뚫어지게 쳐다보며 말했다.

"다들 내 말 잘 들어. 올해엔 아웅다웅하고 싶지 않아. 그러니까 이번 휴가를 어디로 갈 건지는 내가 정하겠다는 말이야. 남부 지

방으로 가는 거야. 플라주 레 팽 해변에 임대 별장을 하나 알아봤
는데, 방 세 개에 수도도 있고 전기도 들어온대. 호텔에 묵으며 변
변찮은 음식이나 먹는 건 이제 진절머리가 난다구."

"그래요, 여보. 참 좋은 생각인 것 같네요."

엄마가 말했다.

"우아, 멋지다!"

나는 환호성을 지르며 식탁 주위를 뛰어다녔다. 기분이 좋을 땐
가만히 앉아 있기가 힘들다.

"그래, 그럼 됐어."

아빠는 깜짝 놀랐을 때처럼, 눈이 휘둥그레져서 말했다. 엄마가 식탁을 치우는 동안, 아빠는 벽장에서 물안경을 찾아왔다.

"자, 봐라, 니콜라. 이번 여름엔 우리 둘이 물속에 들어가서 고기를 많이 잡는 거야."

아빠 말을 듣자 약간 겁이 났다. 난 아직 수영을 잘 못하니까 말이다. 그냥 물 위에 간신히 뜨는 정도다. 아빠는 수영은 아빠가 가르쳐주면 되니까 하나도 걱정할 것 없다고 했다.

"이래 봬도 아빠가 젊었을 땐 자유형 지역 챔피언이었다구. 연습할 시간만 있다면, 지금이라도 당시 기록을 깨뜨릴 수 있을 텐데 말야."

"엄마, 아빠가 잠수낚시법을 가르쳐주신대요!"

엄마가 부엌에서 나오자 나는 엄마에게 말했다.

"참 잘됐구나, 니콜라. 그런데 지중해엔 물고기가 별로 없다는데 어쩌지? 낚시하는 사람들이 너무 많아서 그렇대."

엄마가 말했다.

"무슨 소리야! 그럴 리 없어."

아빠가 말했다.

그러자 엄마는 아빠한테 애 앞에선 엄마 말이 틀렸다고 하는 게 아니라면서 신문에서 본 대로 말했을 뿐이라고 했다. 그리고 나서는 뜨개질을 시작했다. 그 뜨개질감은 엄마가 꽤 오래 전에 시작한 거다.

"그런데 아빠, 정말 물고기가 없으면 어떻게 해요? 우스꽝스러운 꼴이 되잖아요!"

아빠는 아무 말도 하지 않고 물안경을 도로 벽장 안에 갖다놓
았다.

사실 아빠가 잠수낚시 얘기를 꺼냈을 때 난 별로 기쁘지 않았
다. 아빠랑 낚시하러 갈 때마다, 항상 빈손으로 돌아왔으니까 말
이다. 아빠는 다시 거실로 와서 신문을 펴들었다.

"그럼, 잠수낚시로 잡는 고기들은 어디 살아요?"

내가 물었다.

"네 엄마한테 여쭤봐라. 그 방면엔 전문가이신 것 같으니까 말
이다."

아빠가 대답했다.

"물고기들은 대서양에 많이 있어, 니콜라."

엄마가 말해주었다. 나는 대서양이 우리가 휴가 갈 곳에서 멀리
떨어져 있는지 물어보았다. 아빠는 내가 학교에서 좀 더 열심히 공
부했다면 그런 질문은 안 했을 거라고 했다. 하지만 아무리 생각
해도 그건 말이 안 된다. 내가 다니는 학교에선 잠수낚시 같은 과
목은 안 가르치니까 말이다. 하지만 난 아무 말도 하지 않았다. 아
빠가 별로 듣고 싶어하지 않는 눈치였기 때문이다.

"나는 가지고 갈 것들 목록이나 만들어봐야겠네요."

엄마가 말했다.

"아, 그건 안 돼!"

아빠가 급하게 외쳤다.

"올해는 절대 이삿짐 차처럼 해서 떠나지 않을 거야. 수영복하고

반바지, 가벼운 옷 몇 벌, 그리고 속옷 정도만……."

"그리고 냄비 몇 개하고, 커피포트, 그리고 빨간 담요랑 그릇도 좀 가져가야 될 거고……."

엄마가 덧붙였다.

아빠는 엄청 화가 난 것 같았다. 벌떡 일어나서 뭔가 큰 소리로 말하려는 듯이 입을 열었다. 하지만 아빠는 아무 말도 하지 못했다. 엄마가 먼저 말을 했기 때문이다.

"블레뒤르 씨 가족이 작년 휴가 때 별장을 세냈던 거 당신도 잘 알죠? 그 사람들이 우리한테 뭐라고 했어요. 가보니까 그릇이라고는 이 빠진 것 세 개밖에 없었고, 냄비도 작은 것 두 개뿐이었다 잖아요. 그나마 하나는 구멍이 나 있었고 말예요. 결국 비싼 값을 주고 다 사야 했대요."

"블레뒤르 씨네는 융통성이 없으니까 그렇지."

아빠는 이렇게 말하면서 다시 앉았다.

"그럴지도 모르죠. 하지만 말예요, 혹시 당신이 생선수프를 먹고 싶다고 해도 구멍 난 냄비로는 끓일 수가 없다구요. 당신이 요행히 물고기를 잡아온다고 해도 말이죠……."

엄마가 말했다.

엄마 말을 듣고 나는 울기 시작했다. 정말 그러니까 말이다. 물고기가 우글거리는 대서양이 가까이에 있는데, 물고기도 없는 바다에 가는 건 정말 끔찍할 거다. 내가 우니까 엄마가 뜨개질감을 내려놓고 나를 꼭 안아주면서 그까짓 물고기 때문에 속상해할 필요 없다고, 유서 깊은 멋진 별장에서 아침마다 창밖으로 바다를 바라보는 것도 멋지다고 말했다.

그러자 아빠가 설명하기 시작했다.

"실은 그게 말이야…… 별장에서 바로 바다가 보이는 건 아니래. 하지만 그렇게 멀리 떨어진 것도 아니야. 2킬로미터 정도만 가면 된다니까. 플라주 레 팽에 남은 임대 별장이라고는 그것뿐이어서……."

"아무렴, 그러시겠죠."

엄마가 말했다. 그러고 나서 엄마는 내게 뽀뽀를 해주었고, 나는 학교에서 외드에게 딴 구슬 두 개를 가지고 양탄자 위에서 놀기 시작했다.

"그런데 그 해변엔 조약돌이 깔려 있나요?"

엄마가 다시 아빠한테 물었다.

"아니오, 마님. 천만에요!"

아빠가 자랑스럽게 외쳤다.

"말 그대로 백사장이죠. 아주 고운 모래로 되어 있어요. 조약돌 같은 건 하나도 찾아볼 수 없답니다."

"잘됐네요. 그럼 니콜라가 물 위에 조약돌을 던지느라 시간 보낼 일도 없겠군요. 당신이 가르쳐준 후부터 그걸 얼마나 좋아하는데요."

엄마가 말했다.

나는 다시 울기 시작했다. 조약돌로 물수제비 뜨는 건 아주 재미있기 때문이다. 네 번까지 튀겨본 적도 있다. 하지만 이건 정말 말도 안 된다. 바다에서 멀리 떨어져 있고 조약돌도 물고기도 없으면서, 구멍 난 냄비들만 잔뜩 있는 낡은 별장으로 간다니 말이다.

"그럼 난 메메 집에 갈 거야!"

나는 소리를 지르며 구슬을 걷어찼다.

"뭐, 뭐라고?"

아빠가 말했다.

"난 물수제비 뜨기를 하고 싶단 말이에요!"

내가 외쳤다.

엄마가 다시 날 안아주며 울지 말라고 달래주었다. 우리 집에서

가장 휴가가 필요한 사람은 아빠니까, 아빠가 원하시는 곳이 아무리 시시해도 즐거운 얼굴로 따라가야 한다고 했다.

"내년엔 물수제비 뜨기를 할 수 있을 거야. 아빠가 우릴 뱅레메르로 데려다주신다면 말이야."

엄마가 말했다.

"어디라고?"

계속 입을 벌리고 있던 아빠가 물었다.

"뱅레메르요. 브르타뉴 지방이에요. 거기 가면 대서양도 있고, 물고기도 많고, 백사장과 조약돌 해변을 향해 지어진 예쁜 호텔도 있어요."

엄마가 말했다.

"난 뱅레메르로 가고 싶어요. 뱅레메르로 가고 싶다니까요."

내가 소리쳤다.

"니콜라, 착하게 굴어야지. 결정권은 아빠에게 있다니까."

엄마가 말했다.

아빠는 손으로 한 번 얼굴을 훔치더니, 길게 한숨을 쉬고 나서 말했다.

"그래, 좋아! 알아들었어. 그 호텔 이름이 뭐야?"

"보 리바주 호텔이에요."

엄마가 대답했다.

아빠가 좋다고, 그 호텔에 아직 방이 남았는지 편지해보겠다고 말했다.

"그럴 필요 없어요, 여보. 벌써 다 됐어요. 우리 방은 29호실이

에요. 바다가 바라다보이고, 욕실도 있대요."

엄마가 말했다. 그러고 나서 엄마는 아빠한테 지금 짜고 있는
스웨터 길이가 잘 맞는지 대보아야 하니까 움직이지 말라고 했다.
브르타뉴 지방은 밤에 날씨가 선선한가 보다.

　그렇게 결정을 내린 후 니콜라 아빠에게 남은 일이라고는 집 안을 정리하고, 가구에 커버를 씌우고, 양탄자를 걷어내고, 커튼을 떼내고, 짐을 싸는 것뿐이었다. 기차 안에서 먹을 삶은 달걀과 바나나도 잊지 말아야 했다.

　기차 여행은 아주 좋았다. 니콜라 엄마가, 삶은 달걀을 찍어 먹을 소금을 밤색 가방에 넣어둔 걸 깜빡 잊고 화물칸에 실어버려서 아빠한테 야단을 맞기는 했지만 말이다. 니콜라네 가족은 마침내 뱅레메르에 도착하며 보 리바주 호텔에 짐을 풀었다. 해변이 한눈에 들어왔다. 즐거운 여름휴가가 시작될 찰나였다……

신나는 바닷가

바닷가는 정말 재미있다. 친구도 많이 사귀었다. 블레즈, 프뢱튀에, 마메르다.(마메르는 참 바보 같은 녀석이다.) 이레네, 파브리스, 콤므, 그리고 이브도 있다. 이 애들은 이 지방 애들이니까 휴가를 보내러 왔다고 할 수는 없다. 그래도 함께 놀았다. 가끔은 싸우고 토라져서 아는 체를 안 할 때도 있었지만, 하여튼 우리는 엄청 재미있게 놀았다.

아침에 아빠가 이렇게 말했다.

"가서 친구들과 사이좋게 놀다 와라. 아빤 일광욕 좀 하면서 쉬어야겠으니까."

그러고 나서 아빠는 온몸에 오일을 흠뻑 바르고는 웃으면서 말했다.

"하하! 지금 회사에 남아서 일하고 있는 사람들을 생각하면, 참!"

우리는 이레네의 공을 갖고 놀기 시작했다.

"좀 멀리 가서 놀아."

오일을 다 바른 아빠가 말했다. 바로 그 순간, 공이 날아가 아빠 머리 위로 픽! 떨어졌다. 아빠는 이런 일은 절대 못 참는다. 엄청 화가 난 아빠는 공을 냅다 걷어찼고, 공은 저 멀리 바닷속으로 떨어졌다. 엄청난 슛이었다. "바로 이거야!" 아빠가 외쳤다. 이레네가 울면서 뛰어가, 자기 아빠를 데리고 왔다. 이레네 아빠는 굉장히 크고 뚱뚱했는데, 기분이 별로 좋지 않아 보였다.

"저 아저씨예요."

이레네가 우리 아빠를 가리키며 말했다.

"우리 아이 공을 바닷속에 처넣은 게 바로 당신이오?"

이레네 아빠가 우리 아빠에게 물었다.

"아, 그렇소. 공에 얼굴을 정통으로 얻어맞았거든."

아빠가 설명했다.

"이봐요. 애들을 바닷가에 데려온 건 마음껏 뛰놀게 하기 위해서잖소. 그게 맘에 안 들면 방구석에 가만히 있든지 해야지, 이게 뭐요? 어쨌든 저 공을 이리 건져다 줘야겠소."

이레네 아빠가 말했다.

"못 들은 척하고 대꾸하지 말아요."

엄마가 아빠 귀에 대고 살짝 말했다. 하지만 아빠는 대꾸하는 건 더 좋아했다.

"좋아요, 좋아. 그 잘난 공 당장 찾아오겠소."

아빠가 말했다.

"당연하지. 내가 당신 입장이라도 그러겠소."

이레네 아빠가 응수했다.

아빠가 공을 찾아온 건 한참이 지나서였다. 그사이에 공이 바람에 밀려 아주 멀리 떠내려갔기 때문이다. 아빠는 이레네에게 공을 돌려준 후, 굉장히 피곤한 얼굴로 우리에게 말했다.

"얘들아, 내 말 좀 들어봐. 아저씨는 조용히 쉬고 싶단다. 그러니까 공놀이 말고 뭔가 다른 걸 하면 어떻겠니?"

"어떤 놀이요, 아저씨? 예를 들면요?"

마메르가 물었다. 마메르는 정말 바보 같다!

"그걸 내가 어떻게 알겠니."

아빠가 대답했다.

"음, 그럼, 구멍 파기를 해라. 모래밭에 커다랗게 구멍을 파는 거야. 참 재미있단다."

우리 생각에도 멋진 것 같아서, 우리는 장난감 삽을 들고 모였다. 그러는 동안 아빠는 다시 오일을 바르려고 했지만, 그럴 수가 없었다. 병에 오일이 한 방울도 안 남아 있었기 때문이다. 아빠가 해변 끝에 있는 가게에 좀 갔다와야겠다고 말하자, 엄마는 왜 진득하게 앉아 있지 못하느냐며 핀잔을 주었다.

우리는 구멍을 파기 시작했다. 아주 깊고 멋진 구멍이었다. 아빠가 오일을 사가지고 돌아왔길래 나는 아빠에게 "아빠, 우리가 판 구멍 봤어요?" 하고 물었다.

아빠는 "응, 그래. 아주 훌륭하구나, 니콜라"라고 말하면서, 이빨로 오일병 마개를 따려고 했다. 그러고 있는데, 하얀 모자를 쓴 아저씨가 와서 누구 허락을 받고 모래사장에 이렇게 큰 구멍을 판 거냐고 물었다. 친구들이 일제히 우리 아빠를 가리키며 "저 아저씨요"라고 말했다. 난 아주 자랑스러웠다. 하얀 모자를 쓴 아저씨가 틀림없이 아빠를 칭찬할 거라고 생각했기 때문이다. 하지만 그 아저씨는 뭔가 불만이 있는 것 같았다.

"이거 봐요. 애들에게 이런 일을 시키다니, 머리가 어떻게 된 거 아니오?"

아저씨가 말했다. 아빠는 계속 오일병 마개를 따려고 애쓰면서 그 아저씨에게 "그게 어때서요?"라고 대꾸했다. 그랬더니 그 아저씨는, 어른이란 작자가 어떻게 그렇게 무분별할 수 있느냐면서, 이렇게 큰 구멍을 파놓으면 사람들이 걸려 넘어져서 다리를 다칠 수 있고, 물이 들어왔을 때 수영 못 하는 사람이 빠져서 익사할 수도 있다고 고래고래 소리를 질렀다. 그리고 만약 누군가 구멍 속에 있을 때 모래가 무너져내려 파묻혀버리기라도 하면 그땐 어떻게 할 거냐고도 했다. 아저씨 말은, 그런 끔찍한 일들이 일어날 수 있으

니까 빨리 구멍을 메워놓아야 한다는 것이었다.

아저씨 말을 듣고 아빠가 말했다.

"좋아요, 알았어요. 자, 얘들아, 너희도 들었지? 구멍을 다시 메 워야 한단다."

하지만 친구들은 구멍을 다시 메우려고 하지 않았다.

"구멍은 팔 때나 재미있지, 도로 메우는 건 따분해."

콤므가 말했다.

뒤이어 파브리스가 "야, 우리 수영이나 하러 가자!" 하고 외쳤 다. 그러자 아이들이 우르르 바다로 뛰어갔다. 나는 그냥 남아 있 었다. 아빠가 난처한 표정을 짓고 있었기 때문이다.

"얘들아! 이봐, 얘들아!"

아빠가 소리쳤다. 그러자 모자 쓴 아저씨가 말했다.

"여보시오. 애들은 그냥 놔두고 빨리 이 구멍이나 메우시오!"

그리고 그 아저씨는 가버렸다.

아빠는 크게 한숨을 내쉬었고, 나는 아빠와 함께 구멍을 메우기 시작했다. 장난감 삽이 워낙 작은데다 그나마 하나밖에 없어서 시간이 많이 걸렸다.

겨우겨우 다 끝냈을 때 엄마가 와서, 점심 먹으러 호텔로 돌아가야 할 시간이니까 빨리 준비하라고 했다. 호텔에서는 정해진 시간이 지나면 식사를 주지 않으니까 말이다.

"빨리 짐 챙겨. 모래삽하고 물통도 가져오고. 자, 가자."

엄마가 내게 말했다. 난 내 물건들을 찾기 시작했다. 그런데 물통이 보이지 않았다. 아빠가 괜찮다고 그냥 가자고 했지만, 나는 큰 소리로 울기 시작했다.

그건 노란색과 빨간색으로 된 멋진 물통이다. 그걸로 모래 파이도 만들 수 있다. 그런데 찾지 말고 그냥 두라니!

"정말 성가시게 구는구나. 도대체 물통을 어디다 뒀는데 그 야단이야?"

아빠가 물었다.

나는 방금 메워놓은 구멍 속에 있는 것 같다고 대답했다. 아빠는 내 엉덩이를 때려줄 때와 똑같은 표정으로 뚫어지게 나를 바라보았다. 나는 더 큰 소리로 울었다. 마침내 아빠가 말했다.

"좋아. 물통을 찾아올 테니, 더 이상 귀찮게 굴지 말아줬으면 좋겠다."

역시 우리 아빠는 세상에서 제일 멋진 아빠다! 모래삽이 조그만 것 하나뿐이어서, 나는 아빠를 도울 수 없었다. 그래서 그냥 아빠가 다시 구멍을 파는 것을 보고만 있었다. 그때, 뒤에서 갑자기 커다란 고함 소리가 들렸다.

"지금 누구 놀리는 거요?"

아빠와 난 깜짝 놀라 비명을 질렀다. 뒤를 돌아보니, 아까 그 하얀 모자 쓴 아저씨였다.

"구멍 파면 안 된다고 아까 분명히 말했을 텐데."

아저씨가 말했다. 아빠는 내 물통을 찾고 있는 거라고 설명했다. 아저씨는 물통을 찾은 다음 다시 구멍을 메워놓는다는 조건으로 구멍 파는 걸 허락해준 후, 옆에 지켜선 채 계속 아빠를 감시했다.

"그럼, 여보. 전 니콜라하고 같이 호텔로 돌아갈게요. 물통 찾으면 바로 오세요."

엄마가 말했다. 엄마와 나는 호텔로 돌아왔다.

아빠는 아주 늦게 돌아왔다. 너무 피곤해서 식욕도 없다며 곧바로 침대에 누우러 갔다. 물통도 찾지 못했다고 했다. 하지만 상관없었다. 내 방에 들어와보니 그 물통이 있었기 때문이다. 아침에 나갈 때 깜빡 빠뜨렸었나 보다. 오후에 엄마가 의사를 불렀다. 아빠가 햇볕에 화상을 입었기 때문이다. 의사 선생님은 아빠에게 이틀 동안 자리에 누워 있어야 한다고 했다.

"몸에 오일도 안 바르고 이 지경이 될 때까지 땡볕 아래 있었다니! 저로서는 상상도 못 할 일이군요."

의사 선생님이 말했다.

"아! 지금 사무실에 남아 있을 동료들을 생각하면, 참!"
침대에 누운 아빠가 힘없는 목소리로 말했다.
하지만 아빠는 하나도 기분 좋아 보이지 않았다.

불행히도, 북프랑스 브르타뉴 지방에서 빛나던 태양이 남프랑스 코트다쥐르 지방으로 산책 나가는 일이 종종 있다. 보 리바주 호텔 주인은 걱정스러운 눈으로 기압계를 살펴보았다. 기압계의 눈금이 바로 투숙객들의 기분을 나타내는 척도이기 때문이다.

즉석 놀이교사 랑테르노 아저씨

우리는 호텔에서 여름휴가를 보내고 있는 중이다. 모래사장도 있고 바다도 있어서 참 좋다. 오늘처럼 비 오는 날만 빼면 말이다. 비가 오는 건 재미없다. 정말 재미없다. 비가 오면 어른들은 우리한테 어떻게 해줘야 할지 몰라 귀찮아한다. 그러다 보면 결국 문제가 생기는 거다.

나는 호텔에서 친구들을 많이 사귀었다. 우리 호텔엔 블레즈, 프뤽튀에, 마메르(마메르는 정말 바보다!)가 있다. 또, 키 크고 힘센 아빠를 가진 이레네도 있고, 파브리스와 콤므도 있다. 내 친구들은 모두 좋은 애들이다. 물론 항상 착한 건 아니지만 말이다.

오늘은 수요일이기 때문에 점심으로 라비올리(이탈리아식 고기만두─옮긴이)와 에스칼로프(얇게 저민 고기로 만든 요리─옮긴이)가 나왔다. 하지만 콤므네는 바다새우 요리를 먹었다. 그 애 부모님은 언제나 따로 다른 요리를 주문한다. 점심 먹으면서 나는 엄마 아빠에게 바닷가로 나가서 놀고 싶다고 말했다. 그러자 아빠가 "밖에 비가 오는 거 너도 잘 알잖아. 제발 좀 귀찮게 하지 말아라. 호텔 안에서 친구들하고 놀면 되잖아" 하고 말했다. 그래서 나는 아빠에게, 친구들하고 노는 건 물론 좋지만 기왕이면 바닷가에서 놀고 싶다고 했다. 그러자 아빠는 사람들 보는 앞에서 볼기짝을 맞고 싶으냐고 물었다. 나는 그러기 싫었고, 그래서 울기 시작했다.

프뢱퇴에네 식탁에서도 요란한 울음소리가 들렸다. 그 옆 식탁에서는 블레즈 엄마가 짜증스러운 목소리로 블레즈 아빠에게, 밤낮 비나 오는 곳으로 휴가를 오다니 생각 한번 잘했다고 말했다. 그러자 블레즈 아저씨는 이곳으로 오자고 한 건 자기가 아니었다며, 자기 인생에서 생각이란 걸 해본 건 결혼하기로 마음먹었을 때 이후로 단 한 번도 없었다고 소리쳤다.

내가 울자 엄마가 아빠한테 왜 애를 울리냐고 핀잔을 주었고,

아빠는 바가지 좀 그만 긁으라고 소리를 질렀다. 한편, 이레네는 크림을 먹다가 바닥에 엎질러서 자기 아빠한테 따귀를 맞았다. 이렇게 해서 식당 안은 시끄러운 소리로 가득하게 되었다. 호텔 주인 아저씨가 들어왔다. 아저씨는 라운지에서 커피를 대접하고, 음악도 틀어주겠다고 했다. 라디오 일기 예보에서 내일 날씨는 아주 좋을 거라고 했다는 말도 전해주었다.

라운지에서 랑테르노 아저씨가 말했다.

"오늘 저녁엔 제가 아이들을 맡기로 하지요."

랑테르노 아저씨는 아주 친절하고 유쾌한 사람이다. 누구하고나 친하게 지낸다. 그리고 이야기하면서 사람들의 어깨를 툭툭 치는 습관이 있다. 하지만 우리 아빠는 그 습관을 별로 좋아하지 않았다. 아빠가 햇볕에 심하게 화상을 입었는데도 랑테르노 아저씨가 계속 아빠 어깨를 두드렸기 때문이다.

저녁이 되자 랑테르노 아저씨가 커튼과 전등갓으로 광대처럼 분장을 하고 나타났다. 그걸 보고 호텔 주인 아저씨가 아빠에게 랑테르노 아저씨는 정말 재미있는 사람이라고 말했다. 아빠는 "내가 보기엔 별로인 것 같소." 하고 대꾸하고는 일찌감치 방으로 올라갔다. 랑테르노 아저씨는 부인과 함께 휴가를 왔는데, 그 아줌마는 별로 말도 하지 않았고, 항상 피곤한 기색이었다.

랑테르노 아저씨가 똑바로 선 채, 한 팔을 들어올리며 외쳤다.

"얘들아! 이 아저씨가 시키는 대로 해봐! 모두 내 뒤로 와서 길게 줄을 만드는 거야. 준비됐지? 그럼 식당을 향해, 앞으로 갓! 하나 둘, 하나 둘, 하나 둘!"

랑테르노 아저씨는 식당 안으로 들어갔다. 하지만 곧 다시 나왔다. 기분이 안 좋아보였다. 아저씨가 물었다.

"왜 따라오지 않는 거지?"

"우린 바닷가에 가서 놀고 싶어요."

마메르가 대답했다.(마메르는 정말 바보다!)

"그건 안 된다니까! 이렇게 비가 오는데, 바닷가에 나가 흠뻑 젖을 일 있어? 그러지 말고, 날 따라와라. 바닷가에서 노는 것보다

374

더 재미있게 놀 수 있을 테니까. 나랑 같이 한번 놀아보면 계속 비가 오기를 바라게 될걸!"

아저씨는 이렇게 말하고는 큰 소리로 웃어댔다.

"한번 따라가볼까?"

내가 이레네에게 물었다.

"쳇, 할 수 없지."

이레네가 시큰둥하게 대답했다. 다른 애들이 아저씨를 따라가길래 우리도 같이 갔다.

식당에서 랑테르노 아저씨는 식탁과 의자 들을 한쪽 구석으로 치우더니, 술래잡기 놀이를 하자고 했다.

"누가 술래 할까?"

우리는 아저씨가 하라고 대답했다. 아저씨는 좋다며 손수건으로 자기 눈을 가려달라고 했다. 우리가 손수건을 꺼냈더니, 아저씨는 자기 손수건으로 하는 게 낫겠다고 했다. 눈을 가리고 난 뒤, 아저씨가 팔을 앞으로 쭉 뻗으며 "우우우, 난 귀신이다, 귀신!" 하고 말했다. 그러고는 또 큰 소리로 웃었다.

랑테르노 아저씨가 그러고 있는 동안 우리는 체스 이야기를 하기 시작했다. 나는 체스를 엄청 잘 둔다. 그래서 블레즈가 자기는 체스 챔피언이라고 했을 때 웃음이 나왔다. 내가 웃자 블레즈는 기분이 나빴는지, 그럼 한판 붙어보자고 했다. 우리는 호텔 주인 아저씨에게 체스판을 빌리려고 라운지로 나갔다. 식당에 있던 애들도 전부 누가 이길지 궁금해하며 따라왔다.

체스판을 빌려달라고 하자 호텔 주인 아저씨는 안 된다고 했다.

체스판은 어른들한테만 빌려준다고 했다. 애들한테 빌려주면 말을 잃어버린다는 거였다. 우리가 주인 아저씨와 옥신각신하고 있을 때, 뒤에서 커다란 목소리가 들렸다.

"그거 때문에 식당에서 나온 거야?"

랑테르노 아저씨였다. 눈가리개를 풀어버리고 우리를 찾으러 온 거였다. 아저씨는 얼굴이 시뻘겠고, 목소리도 약간 떨렸다. 내가 아빠의 새 담배 파이프로 비눗방울 놀이를 했을 때의 아빠 목소리하고 똑같았다.

"좋아, 너희 부모님들이 다 낮잠 자러 가서 라운지가 비어 있으니까, 라운지에서 얌전히 놀도록 하자. 내가 정말 재미있는 놀이를 가르쳐줄게. 모두 종이하고 연필을 준비해라. 아저씨가 알파벳 중에서 한 글자를 말하면 그 글자로 시작하는 나라 이름하고 동물

이름, 도시 이름을 다섯 개씩 쓰는 거야, 알았지? 지는 사람에겐 벌칙이 있다."

랑테르노 아저씨가 말했다.

랑테르노 아저씨가 종이와 연필을 찾으러 간 사이에 우리는 다시 식당으로 들어가 의자를 모아놓고 버스 놀이를 했다. 곧 랑테르노 아저씨가 돌아왔다. 하지만 우리가 식당에서 놀고 있는 걸 보고 또 화가 난 것 같았다.

"전부 다 라운지로 나오라니까!"

아저씨가 말했다.

"A부터 하자. 자, 시작!"

아저씨는 이렇게 말하고 나서 재빨리 무언가를 쓰기 시작했다.

"내 연필은 부러진 거예요. 이건 불공평해요!"

프뢱튀에가 소리쳤다. 조금 있다가 파브리스도 소리쳤다.

"아저씨! 콤므가 내 걸 베껴요!"

"아니야, 이 거짓말쟁이야!"

콤므가 말했다. 파브리스가 콤므의 따귀를 때렸다. 콤므는 한순간 놀란 얼굴로 가만히 있더니, 이내 발로 파브리스를 걷어차기 시작했다. 내가 막 '오스트리아Autriche'라고 쓰려고 하는데, 프뢱튀에가 내 연필을 뺏으려고 덤벼들었다. 나는 그 애 얼굴 한복판에 주먹을 날렸다. 그러자 프뢱튀에는 눈을 감은 채로 아무렇게나 손을 휘둘러댔다. 그 바람에 옆에 있던 이레네가 한 대 맞았다. 그때 마메르가 소리쳤다.

"애들아, 아니에르Asniéres도 나라 이름이야?"

이렇게 해서 엄청난 소란이 벌어졌다. 학교 쉬는 시간처럼 말이다. 아주 멋졌다.

그러고 있는데, 갑자기 퍽! 하는 소리가 났다. 재떨이가 바닥에 떨어져 깨진 거다. 호텔 주인 아저씨가 달려와 큰 소리로 우리를 야단쳤다. 그 소리를 듣고 엄마 아빠 들도 모두 라운지로 내려왔다. 엄마 아빠 들은 우리를 혼내고, 호텔 주인 아저씨하고도 싸웠다. 랑테르노 아저씨는 어딘가로 가버리고 없었다.

저녁에 랑테르노 아줌마가 아저씨를 찾아서 식당으로 데리고 왔다. 아저씨는 오후 내내 비를 맞으며 해변에 앉아 있었나 보다.

랑테르노 아저씨가 아주 재미있는 놀이 선생님이란 건 사실이다. 아저씨가 호텔로 돌아오는 모습을 본 이삐가 웃느라고 제대로 먹지를 못할 정도였으니까 말이다. 수요일 저녁이라 맛있는 생선수프가 나왔는데도!

보 리바주 호텔 목욕탕 욕조 위에 올라서면, 바다가 보인다.(하지만 미끄러지지 않도록 아주 조심해야 한다.) 날씨가 좋은 날이면(그리고 욕조에서 미끄러지지 않는다면), 신비로운 물보라섬까지 똑똑히 보인다. 관광협회에서 만든 안내 책자에 따르면 철가면이 그 섬에 유폐될 뻔했었다고 한다. 거기 가면 철가면이 갇혔던 지하감옥을 구경할 수 있고, 간이식당에서 기념품을 살 수도 있다.

물보라섬

신난다. 배를 타고 소풍을 가게 되었으니 말이다. 랑테르노 아저씨 부부도 같이 가기로 했다. 하지만 아빠는 별로 기분 좋아하지 않았다. 아무래도 아빠는 랑테르노 아저씨를 좋아하지 않는 것 같다. 왜 그런지는 잘 모르겠다. 랑테르노 아저씨는 우리랑 같은 호텔에 묵고 있는 아주 재미있는 아저씨다. 언제나 사람들을 웃기려고 애를 쓴다. 어제는 가짜 코와 커다란 콧수염을 달고 식당에 들어와서는 호텔 주인 아저씨에게 생선이 신선하지 않다고 점잖게 항의했다. 정말 우스웠다. 엄마가 랑테르노 아줌마에게 우리 가족이 물보라섬으로 소풍을 갈 거라고 이야기하자, 옆에서 듣고 있던 아저씨가 "그거 좋은 생각이네요! 저희랑 함께 가시죠. 제가 있으면 심심하진 않으실 겁니다"라고 말했다. 나중에 아빠는 엄마한테

참 잘도 했다고 말했다. 아빠 말로는 그 엉터리 놀이 교사가 우리 소풍을 망쳐놓을 게 틀림없다는 거였다.

우리는 아침 일찍 소풍 바구니를 들고 호텔을 나섰다. 바구니에는 햄, 샌드위치, 삶은 달걀, 바나나, 사과술이 가득했다. 정말 신났다. 얼마 안 있어 랑테르노 아저씨가 하얀 선원 모자를 쓰고 도착했다. 그걸 보니 나도 그런 모자가 쓰고 싶었다. 아저씨가 말했다.

"자, 승무원 여러분. 승선 준비 다 됐습니까? 그럼, 출발합니다! 하나 둘, 하나 둘, 하나 둘!"

그때 아빠가 귓속말로 엄마에게 뭐라고 속삭였고, 그 말을 들은 엄마는 눈을 크게 뜨고 아빠를 다시 한 번 쳐다보았다.

부둣가에 다다르자 배가 보였다. 나는 약간 실망했다. 배가 너무 작았기 때문이다. 배 이름은 '라 잔'이었다. 선장 아저씨는 베레모를 쓰고 있었는데, 얼굴이 커다랗고 빨갰다. 내 상상처럼 금술이 달린 제복은 입고 있지 않았다. 방학이 끝나고 학교에 가면 친

구들한테 자랑하려고 했는데…… 하지만 상관없다. 꾸며내서 이
야기하면 되니까 말이다. 뭐 어때?

"자, 선장님. 출항 준비는 다 됐나요?"

랑테르노 아저씨가 물었다.

"여러분이 물보라섬에 갈 관광객인가요?"

선장 아저씨가 되물었다. 우리는 그렇다고 대답하고 배에 올라
탔다. 랑테르노 아저씨가 벌떡 일어나더니 "닻을 풀고 돛을 올려
라! 출발!" 하고 외쳤다.

"그렇게 흔들지 좀 마시오. 우릴 모두 물에 빠뜨
릴 작정이오?"

아빠가 말했다.

"네, 그래요, 랑테르노 씨. 좀 조심해주세요."

엄마도 이렇게 말하며 살짝 웃었다. 그러고 나서
내 손을 꼭 쥐더니 무서워할 것 없다고 말했다. 하
지만 난 하나도 무섭지 않았다. 방학이 끝나면 학
교에 가서 친구들한테도 그렇게 이야기할 거다.

"조금도 걱정하실 것 없습니다, 부인. 이래 봬도
제가 배와 함께 한 지 꽤 오래되었거든요."

랑테르노 아저씨가 엄마에게 말했다.

"선원이었다구요? 당신이?"

아빠가 물었다.

"아뇨. 그런 건 아니지만, 우리 집 벽난로 위에
보면 병 속에 든 돛단배가 하나 있단 말이죠!"

랑테르노 아저씨는 너털웃음을 터뜨리며 아빠 등을 철썩철썩 쳤다.

하지만 선장 아저씨는 랑테르노 아저씨가 명령한 것처럼 돛을 올리지는 않았다. 배에 돛이 없었기 때문이다. 통통통 소리를 내는 엔진이 있을 뿐이었다. 엔진에서 우리 집 앞을 지나다니는 버스에서 나는 것과 비슷한 냄새가 풍겼다. 드디어 부두를 벗어났다.

잔물결이 일어 배가 가볍게 흔들렸다. 모든 것이 멋졌다.

"바다는 잔잔한가요? 설마 비가 오진 않겠죠?"

아빠가 선장 아저씨한테 물었다.

"당신 뱃멀미 할까 봐 겁나는 거요?"

랑테르노 아저씨가 아빠를 놀리듯이 물었다.

"뱃멀미라고요? 농담 마쇼. 나는 아무리 오랫동안 배를 타도 끄 떡없어요. 모르긴 해도 아마 당신이 나보다 먼저 뱃멀미를 할걸? 내기할까요?"

아빠가 대답했다.

"좋소, 합시다!"

랑테르노 아저씨는 이렇게 말하며 또다시 아빠 등을 철썩철썩 쳤다. 아빠 얼굴을 보니 랑테르노 아저씨 얼굴을 한 대 쳐주고 싶 은 듯한 표정이었다.

"뱃멀미가 뭐예요, 엄마?"

내가 물었다.

"그거 말고 다른 이야기나 하자, 니콜라. 응?"

엄마가 대답했다.

파도가 점점 더 높아지기 시작했고, 나도 점점 더 신이 났다. 우 리 호텔이 아주 조그맣게 보였다. 엄마가 목욕탕 창문에 빨간 수 영복을 널어놓았기 때문에 우리 방이 어디쯤인지 알아볼 수 있었 다. 물보라섬까지는 한 시간 정도 걸린다고 했다. 정말 굉장한 항 해가 될 것 같았다!

"이봐요. 내가 재미있는 이야기 하나 해줄 테니 들어봐요. 거지

두 명이 있었는데, 하루는 스파게티가 먹고 싶어서……."

랑테르노 아저씨가 아빠에게 말했다.

그러나 유감스럽게도 그다음 이야기는 들을 수가 없었다. 랑테르노 아저씨가 아빠 귀에다 입을 바짝 대고 이야기했기 때문이다.

"재미있군요. 그런데 소화불량 환자를 치료하는 의사 이야기도 알고 계시오?"

랑테르노 아저씨가 모른다고 하자, 아빠도 귀에 바짝 입을 대고 이야기했다. 아저씨도 아빠도 정말 심술궂다! 엄마는 남자들 얘기에는 별 관심 없이 호텔 쪽을 바라볼 뿐이었다. 랑테르노 아줌마는 평소처럼 아무 말도 하지 않았다. 아줌마는 언제나 좀 피곤해 보인다.

앞쪽에 물보라섬이 나타났다. 아직은 멀리 있었지만 하얀 파도 사이에 떠 있는 섬을 보니 참 근사했다. 하지만 랑테르노 아저씨는 섬은 보려고도 하지 않고 줄곧 아빠와 이야기만 했다. 아저씨는 무슨 생각인지 휴가 오기 전 식당에서 먹어본 음식들 이야기만 했다. 아빠도 마찬가지였다. 평소 아빠는 랑테르노 아저씨와 이야기하는 것을 별로 좋아하지 않았는데 말이다. 아빠는 아빠의 첫 영성체 기념 파티에서 무슨 요리들이 나왔었는지를 하나하나 다 이야기했다. 그 이야기를 듣고 있자니 배가 고파졌다. 그래서 엄마한테 삶은 달걀 하나만 달라고 했다. 하지만 엄마는 손으로 귀를 꼭 막고 있어서 내 말을 알아듣지 못했다. 바람이 세서 그렇게 하고 있는 것 같았다.

"얼굴이 좀 창백해진 것 같소. 미지근한 양고기 비계를 한 사발

쯤 드시면 좋을 텐데요."

랑테르노 아저씨가 아빠에게 말했다.

"그래요. 따뜻한 초콜릿을 곁들인 굴 요리를 같이 먹으면 금상
첨화겠죠."

아빠가 대답했다. 이제 물보라섬이 아주 가까워졌다.

"곧 상륙하겠군요. 내리기 전에 에스칼로프나 샌드위치 한 조각
먹는 건 어떻겠소?"

랑테르노 아저씨가 아빠에게 제안했다.

"아, 그거 좋죠. 바닷바람을 쐬니 식욕이 마구 당기는군요!"

아빠는 이렇게 말하고 나서 소풍 바구니를 집어들고는 선장 아
저씨를 향해 돌아섰다.

"선장님, 배 대기 전에 샌드위치 하나 드시겠소?"

아빠가 물었다.

하지만 우리는 물보라섬에 들어가보지도 못했다. 아빠가 꺼내든
샌드위치를 보자마자, 선장 아저씨가 심하게 구역질을 했기 때문
이다. 우리는 최대한 빨리 항구로 되돌아가야 했다.

새로 온 체조 선생님이 해변에 모습을 나타내자, 부모님들은 서둘러 그 선생님의 체조 수업에 아이들을 등록시켰다. 현명한 학부모답게, 아이들에게 매일 한 시간씩 할 일을 만들어주는 편이 모두에게 이로울 거라고 생각한 것이다.

체조 교습

어제 체조 선생님이 새로 오셨다.

"나는 엑토르 뒤발이라고 한다. 너희들은?"

선생님이 우리에게 물었다.

"우린 엑토르 뒤발이 아니지요."

파브리스가 대답했다. 그 말을 듣고 우리는 배꼽이 빠지도록 웃었다.

모래사장에는 호텔에서 사귄 친구들이 전부 모여 있었다. 블레즈, 프뢱튀에, 바보 마메르, 이레네, 파브리스, 콩므였다. 호텔 친구들 말고도 체조 수업에 참가하러 온 애들이 무척 많았다. 라 메르 호텔하고 라 플라주 호텔에서 온 애들이었다. 보 리바주 호텔에 묵고 있는 우리들은, 그 애들이 마음에 들지 않았다.

선생님은 우리가 웃음을 멈추기를 기다렸다가 두 팔을 들어올려 커다란 알통을 만들어 보여주었다.

"너희도 이런 이두박근을 갖고 싶을 거다. 그렇지?"

선생님이 물었다.

"피!"

이레네가 대꾸했다.

"내가 보기엔 하나도 멋지지 않은데."

프뢱튀에가 말했다. 하지만 콤므는 왜 멋지지 않느냐면서 자기도 저런 알통을 만들어서 학교 친구들을 깜짝 놀라게 해주고 싶다고 말했다. 콤므는 항상 나를 신경질나게 한다. 언제나 잘난 체를 하고 싶어 안달이니까 말이다.

선생님이 말했다.

"이번 체조 교습을 착실히 따라준다면, 개학할 때쯤이면 모두 이런 근육을 갖게 될 거야."

그러고 나서 선생님은 우리더러 줄을 맞춰 서라고 했다. 그때 콤므가 "너, 나처럼 재주넘을 수 없지? 한심하다"라고 말하고는 재주를 한 번 넘었다. 정말 웃겼다. 재주넘기라면 내가 선수인데 말이다. 그래서 나도 콤므한테 재주넘기를 보여줬다.

"나도 할 줄 알아! 할 줄 안다니까!"

옆에서 보고 있던 파브리스가 말했다. 하지만 파브리스는 잘하지 못했다. 제일 잘하는 애는 프뢱튀에였다. 블레즈보다도 훨씬 잘했다. 그렇게 해서 모두들 사방에서 재주넘기를 하고 있었다. 그때, 호루라기 소리가 크게 들렸다.

"그만 좀 할 수 없니? 줄 맞춰 서라고 분명히 말했지. 그런데도 온종일 장난만 치고 있을 거야?"

선생님이 외쳤다.

우린 말썽을 일으키고 싶지 않아서 선생님이 시키는 대로 줄을 섰다. 선생님은 지금부터 근육 단련을 하려면 어떻게 해야 하는지 가르쳐주겠다고 했다. 그러더니 팔을 들어올렸다가 내렸다. 그리고 다시 팔을 들어올렸다가 내리고, 또 들어올렸다가 내리고 또 들어올렸다. 그때 라 메르 호텔에서 온 애 하나가 우리 호텔이 시시하다고 흉을 봤다.

"그렇지 않아. 우리 호텔은 최고야. 너희 호텔이야말로 진짜 형편없어!"

이레네가 외쳤다.

"우리 호텔에서는 매일 저녁 초콜릿아이스크림을 준다!"

라 플라주 호텔에서 온 애가 말했다.

"흥! 우리는 점심때도 준다. 그리고 목요일엔 과일잼크레이프도 준다구!"

라 메르 호텔에서 온 애가 말했다.

그러자 콤므가 말했다.

"우리 아빠는 식사할 때 언제나 추가 주문을 하는데, 우리 호텔 주인 아저씨는 아빠가 달라고 하는 건 뭐든지 다 준다구!"

"거짓말하지 마. 말도 안 돼!"

라 플라주 호텔 애가 말했다.

"너희들, 계속 떠들 거냐?"

체조 선생님이 외쳤다. 선생님은 어느 틈에 운동을 멈추고 팔짱을 낀 채 우리를 가만히 바라보고 있었다. 움직이는 부분이라고는 콧구멍뿐이었다. 그렇게 해서 근육이 단련되지는 않을 것 같았다.

선생님은 한 손으로 얼굴을 쓸어내리더니, 팔운동은 나중에 하기로 하고, 오늘은 첫 시간이니까 놀이나 하자고 했다. 선생님은 정말 멋졌다!

"그럼 달리기를 하도록 하자. 거기 줄 맞춰서 서라. 내가 호루라기를 불면 출발하는 거야. 저기 보이는 파라솔까지 먼저 도착하는 사람이 우승하는 거다. 준비됐지?"

선생님이 호루라기를 불었다. 하지만 뛰어나간 애는 마메르뿐이었다. 모두들 파브리스가 모래밭에서 찾아낸 조개껍데기를 보고 있었기 때문이다. 콤므는 지난번에 자기가 발견한 조개껍데기가 훨씬 더 컸다며, 자기는 그걸 재떨이로 쓰라고 아빠한테 선물할 생각이라고 설명했다.

갑자기 선생님이 호루라기를 땅바닥에 내동댕이치더니, 발로 마구 밟았다. 나는 그렇게 화가 많이 난 사람은 본 적이 없었다. 얼마 전, 우리 반에서 일등이고 담임 선생님의 귀염둥이인 아냥이 학기 말 수학 시험에서 이등했을 때 그러는 걸 본 것 말고는 말이다.

"도대체 너희들 내 말 들을 거야, 안 들을 거야?"

선생님이 빽 소리를 질렀다.

"알았어요, 선생님. 지금 막 뛰려던 참이었어요."

파브리스가 대답했다.

396

선생님은 두 눈을 감으며 불끈 주먹을 쥐더니, 힘차게 요동치는 콧구멍을 하늘을 향해 치켜들었다. 그러고는 다시 고개를 바로하고, 천천히 그리고 아주 부드러운 어조로 입을 열었다.

"좋아. 다시 시작하겠다. 모두 출발 준비!"

"아, 안 돼요. 그럴 순 없어요. 내가 일등이에요! 내가 맨 먼저 파라솔에 도착했다구요! 이건 불공평해요. 우리 아빠한테 다 이를 거예요!"

마메르가 소리를 질렀다. 마메르는 마구 울면서 발을 동동 굴렀다. 이런 식으로 한다면 자기는 수업을 받지 않겠다고 말하더니, 울면서 진짜로 가버렸다. 나는 마메르가 가버린 건 아주 잘한 일이라고 생각했디. 선생님이 마메르를 쳐다보는 눈빛이 아빠가 어제 저녁에 나온 스튜를 쳐다보던 눈빛과 똑같았기 때문이다.

"얘들아, 우리 예쁜 꼬마 친구들아. 앞으로 내가 시키는 대로 하지 않는 사람은…… 나한테 볼기짝을 맞을 거다. 아주 오랫동안 기억에 남을 만큼!"

선생님이 말했다.

"선생님은 그럴 권리가 없어요. 내 볼기짝을 때릴 수 있는 사람은 우리 아빠하고 엄마하고 삼촌하고 할아버지뿐이라구요!"

누군가가 말했다.

"방금 말한 사람 누구지?"

선생님이 물었다.

"얘래요."

파브리스가 라 플라주 호텔에서 온 애 한 명을 가리키며 말했

다. 아주 작은 꼬마였다.

"아니야. 이 치사한 거짓말쟁이!"

꼬마가 말했다. 파브리스는 그 애 얼굴에 모래를 집어던지려고 했다. 하지만 꼬마가 먼저 파브리스의 뺨을 세게 때렸다. 운동을 많이 한 애 같았다. 파브리스는 너무 놀라서 우는 것도 잊어버렸다. 그 바람에 또 모두 치고받으며 싸우기 시작했다. 라 메르 호텔과 라 플라주 호텔에서 온 애들은 전부 더러운 배신자들이다.

싸움이 끝나고 보니 선생님은 두 팔을 들어올린 채 모래밭에 주저앉아 있었다. 선생님이 말했다.

"좋다. 다음 경기로 넘어가겠다. 다들 바다를 보고 서봐. 신호하면 모두 물속으로 뛰어드는 거야! 준비됐지? 출발!"

이 경기는 우리 마음에 쏙 들었다. 모래밭을 빼고 해변에서 가장 좋은 것이 있다면 역시 바다다. 우리는 바다에 뛰어들어 진흙탕 싸움도 하고, 파도도 타며 신나게 놀았다. 콤므는 또 잘난 체를 했다.

"나 좀 봐! 나 좀 봐! 나 지금 자유형 한다구!"

그 소리를 듣고 뒤를 돌아보았을 때, 우리는 선생님이 사라져버렸다는 걸 알았다.

그리고 오늘 새로운 체조 선생님이 오셨다. 선생님이 말했다.

"나는 쥘 마르탱이라고 한다. 너희들은?"

기분 좋은 휴가가 계속 되었다. 니콜라 아빠는 보 리바주 호텔에 아무런 불만이 없었다. 어느 날 저녁 식사 때 스튜 요리에서 콤지막한 조개껍데기가 나왔던 일만 빼면 말이다. 마땅한 선생님이 없어서 체조 교습을 받을 수 없게 된 아이들은 넘치는 에너지를 쏟아부을 만한 다른 활동을 찾아 나서야 했다.

미니 골프

오늘은 기념품 가게 옆에 있는 미니 골프장에 가기로 했다. 미니 골프는 무지무지 재미있다. 어떻게 하는 건지 여러분이 궁금해할 테니까 설명해주겠다. 골프장에 가면 구멍이 열여덟 개 있는 코스가 있다. 돈을 내면 공과 채를 빌려준다. 그 채로 공을 쳐서 구멍에 집어넣는 건데, 공을 친 횟수가 적은 사람이 이긴다. 하지만 구멍까지 가려면 작은 성, 강물, 꼬부랑길, 언덕, 계단 같은 여러 가지 장애물을 통과해야 하기 때문에 무척 어렵다. 쉬운 건 첫 번째 구멍밖에 없다.

그런데 문제가 있었다. 골프장 주인 아저씨가, 어른이랑 함께 오지 않으면 들여보내줄 수 없다고 한 거다. 그래서 나는 호텔 친구인 블레즈, 프뢱튀에, 마메르(바보 마메르!), 이레네, 파브리스, 콤므와 함께 아빠한테 가서 미니 골프장에 데려가달라고 부탁했다.

"싫다."

해변에서 신문을 읽고 있던 아빠는 딱 잘라 거절했다.

"아이, 아저씨. 딱 한 번만요!"

블레즈가 졸랐다.

"아저씨이! 아저씨이!"

다른 애들도 덩달아 소리쳤다. 나는 울면서, 미니 골프장에 못 가면 수상 자전거를 빌려 타고 아무도 못 찾는 곳으로 멀리, 아주 멀리 가버리겠다고 했다.

"그렇게는 안 될걸. 수상 자전거 빌리는 데도 어른이랑 같이 가야 하거든."

옆에 있던 마메르가 말했다. 마메르는 정말 바보다.

콤므가 끼어들었다.

"나라면 수상 자전거 같은 건 필요없을 텐데. 난 자유형으로 헤엄쳐서 아주 멀리까지 갈 수 있거든."

콤므는 정말 날 짜증나게 한다. 항상 잘난 체만 하니까 말이다.

우리는 아빠 주위에 빙 둘러서서 한참 동안 토론을 했다. 우리 말을 듣고 있던 아빠가 신문을 구겨 모래 위에 내던지며 말했다.

"좋아, 좋다구. 미니 골프장에 데려가주지."

역시 우리 아빠는 세상에서 제일 좋은 아빠다. 나는 그렇게 말하며 아빠에게 안겼다.

하지만 미니 골프장 주인 아저씨는 우리를 놀게 해줄 마음이 별로 없는 것 같았다.

"빨리요! 빨리요!"

우리는 소리치기 시작했다. 그러자 주인 아저씨는 할 수 없이 우리를 들여보내주었다. 아빠에게 애들을 잘 감독해야 한다고 신신당부하면서 말이다.

드디어 첫 번째 코스로 들어가 출발선에 섰다. 첫 코스는 굉장히 쉽다. 모르는 게 없는 우리 아빠가 골프채를 어떻게 잡는 건지 시범을 보여주겠다고 했다.

"전 벌써 알고 있어요."

콤므가 냉큼 말하더니 먼저 시작하려고 했다. 그러자 파브리스가 왜 콤므가 제일 먼저 해야 하느냐고 항의했다.

"그럼 학교에서 선생님이 질문할 때처럼 알파벳 순으로 하면 되겠다."

블레즈가 말했다. 하지만 난 그러고 싶지 않았다. 니콜라라는 이름은 알파벳에서 한참 뒤쪽에 있으니까 말이다. 학교에서야 알파벳 순서가 좋았지만, 미니 골프장에서까지 그런 건 아니다. 그때 주인 아저씨가 와서 빨리 시작하라고, 우리 뒤로 여러 사람이 기다리고 있다고 말했다.

"그럼 마메르가 먼저 쳐라. 제일 착하니까 말야."

아빠가 말했다.

그래서 마메르가 첫 번째로 쳤다. 그런데 너무 세게 쳐서, 공이 공중으로 붕 떠올라, 울타리를 넘어 길가에 서 있던 차에 가서 부딪혔다. 그걸 본 마메르는 울음을 터뜨렸고, 아빠는 공을 찾으러 뛰어갔다.

우리는 골프를 계속 하려고 했다. 하지만 마메르는 구멍 위에 주저앉아 울면서 공을 돌려주지 않으면 일어서지 않겠다고 했다. 우리들이 전부 못됐다면서 말이다.

아빠가 돌아온 건 한참 뒤였다. 그 차 안에 타고 있던 아저씨가 차에서 나와 손가락질을 해가며 아빠에게 뭐라고 했기 때문이다. 사람들이 몰려들어 재미있다는 듯 구경했다.

아빠는 기분이 별로 좋은 것 같지는 않았다.

"좀 조심해서 해라."

아빠가 말했다.

"알았으니까 공이나 주세요."

마메르가 대답했다. 하지만 아빠는 마메르에게 공을 돌려주지 않았고, 일이 이렇게 됐으니 다음 기회에나 해보라고 했다. 마메르는 아빠 말에 기분이 상했는지 쿵쿵 발을 구르며 이리저리 돌아다니더니, 모두들 자기를 이용하고 있다며 계속 이럴 거면 자기 아빠를 불러올 거라고 했다. 그러고는 가버렸다.

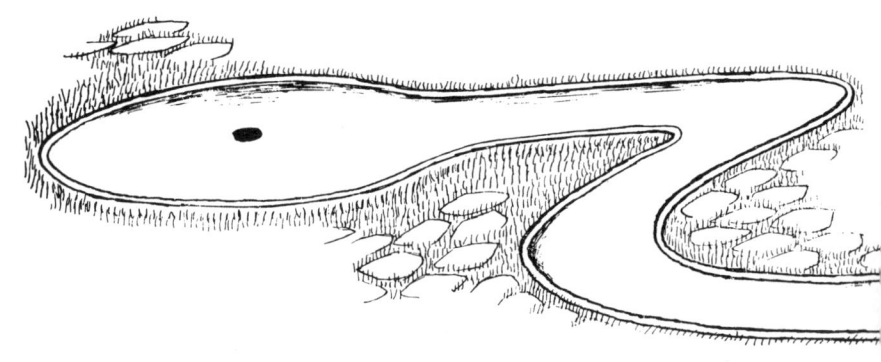

"그럼 다음은 내 차례야."

이레네가 말했다.

"아니야, 내가 먼저야."

프뤽튀에가 말했다.

그러자 이레네는 들고 있던 골프채로 프뤽튀에의 머리를 쳤고, 프뤽튀에도 이레네의 따귀를 때렸다. 골프장 주인 아저씨가 달려와, "이보쇼! 이 조무래기들 데리고 썩 나가쇼! 뒤에 기다리고 있는 사람들도 안 보이오?" 하고 소리쳤다.

"거, 말 좀 부드럽게 할 수 없소? 이 아이들도 돈 내고 치는 거요. 이제 곧 시작할 참이라고요!"

아빠가 말했다.

"아저씨, 잘한다! 계속해요!"

파브리스가 신이 나서 말했다. 다른 친구들도 일제히 아빠 편을 들고 나섰다. 골프채를 휘두르며 싸우고 있던 프뤽튀에와

이레네만 빼고 말이다.

"정 그렇다면 경찰을 부르겠소."

미니 골프장 주인 아저씨가 말했다.

"좋을 대로 하쇼. 누가 옳은지 한번 봅시다."

아빠가 말했다. 골프장 주인 아저씨는 길가에 서 있던 경찰 아저씨를 불렀다.

"뤼시앵!"

주인 아저씨가 부르자 경찰 아저씨가 왔다.

"무슨 일이오, 에르네스트?"

경찰 아저씨가 골프장 주인 아저씨한테 물었다.

"이 양반이 다른 사람들 경기하는 걸 방해하고 있다네."

주인 아저씨가 대답했다.

뒤에서 기다리고 있던 어떤 아저씨가 참견하고 나섰다.

"맞아요. 30분이나 기다렸는데, 아직 첫 코스에도 못 들어갔소."

"나 참, 당신 나이에 미니 골프보다 재미있는 일이 그렇게도 없소?"

아빠가 그 아저씨에게 말했다.

"뭐라구요?"

이번엔 미니 골프장 주인 아저씨였다.

"아니, 미니 골프가 당신 맘에 안 든다고 다른 사람들까지 미니 골프를 좋아하지 말라는 건 무슨 경우요?"

"잠깐만요."

경찰 아저씨가 끼어들었다.

406

"미안하지만 저는 지금 조사중입니다. 느닷없이 골프공이 날아와 차를 긁어놨다고 어떤 분이 신고를 했거든요."

"좌우지간 내가 코스에 들어갈 수 있는 거요, 없는 거요?"

뒤에 기다리던 다른 아저씨가 물었다.

그때 마메르가 자기 아빠와 함께 나타났다.

"저 아저씨요!"

마메르가 우리 아빠를 가리키며 말했다.

"우리 아들을 친구들하고 못 놀게 한 게 바로 당신이오?"

마메르 아빠가 큰 소리로 물었다.

아빠도 큰 소리로 고함을 쳤다. 그러자 미니 골프장 주인도 소리를 질렀고, 마침내 모든 사람들이 소리를 지르기 시작했다. 경찰관 아저씨가 호루라기를 불었다. 결국 아빠는 우리를 데리고 골프장을 나왔다. 콤므는 불만이었다. 자기가 단 한 번에 공을 구멍에 넣었는데 아무도 봐주지 않았다는 거였다. 하지만 그건 분명 허풍이었을 거다.

하여튼 미니 골프장에서 아주 재미있게 놀았기 때문에 내일 두 번째 코스를 하러 다시 가기로 했다.

아빠가 내일도 우리와 함께 골프장에 가줄지 모르겠다.

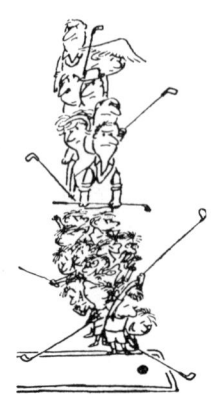

　니콜라 아빠는 다시는 미니 골프장에 가지 않겠다고 했다. 골프장은 생각하기도 싫다고 했다. 보 리바주 호텔의 스튜 요리만큼이나 미니 골프를 싫어하게 된 것이다. 니콜라 엄마는 스튜 같은 것 때문에 공연히 말썽 일으킬 필요는 없다며 니콜라 아빠를 달랬다. 그러나 니콜라 아빠는 말썽을 일으키는 건 자기가 아니라 비싼 숙박비를 받고 형편없는 음식을 내놓는 호텔이라고 했다. 설상가상으로 또다시 비가 오기 시작했다……

가게 놀이

여자애들은 놀 줄도 모르면서 걸핏하면 울고 문젯거리나 만들어낸다. 우리 호텔에는 여자애들이 세 명 있다. 이자벨, 미슐린, 그리고 지젤이다. 지젤은 내 친구 파브리스의 동생인데, 남매끼리 항상 티격태격한다. 파브리스는 지난번에 나에게 여자애를 동생으로 둔다는 건 정말 귀찮은 일이며, 앞으로도 계속 이런 식이라면 자기는 집을 나가버릴 거라고 했었다.

날씨가 좋아 해변에 나가 노는 날엔 여자아이들도 우리를 방해하지 않는다. 자기들끼리 한심한 놀이를 하며 논다. 모래로 음식을 만들기도 하고, 수다도 떨고, 색연필로 손톱을 빨갛게 칠하기도 한다. 하지만 우리 남자들은 굉장한 것들만 한다. 달리기, 재주넘기, 축구, 수영 같은 것들 말이다. 가끔은 싸우기도 하지만, 하여튼 우리가 하는 놀이는 전부 다 멋지다.

날씨가 좋지 않을 땐 사정이 달라진다. 남자애든 여자애든 호텔 안에만 있어야 하니까 말이다. 바로 어제가 그랬다. 날씨가 흐리더니 하루 종일 비가 왔다. 점심 식사 후, 아 참! 점심으로는 라비올리가 나왔는데, 스튜보다 백 배는 더 맛있었다. 점심 식사 후 부모님들이 모두 낮잠 자러 간 동안 나는 호텔 친구들인 블레즈, 프뤼튀에, 마메르, 이레네, 파브리스, 콤프와 함께 라운지에서 카드 놀이를 했다. 말썽도 안 피우고 얌전하게 말이다. 웃고 떠들지도 않았다. 비가 오면 엄마 아빠 들도 안 웃어주니까 말이다. 이번 휴가 동안에는 비가 자주 와서 엄마 아빠 들이 재미있게 웃어주는 일이 별로 없었다.

라운지에서 놀고 있는데, 여자애들 세 명이 들어왔다.

"오빠, 우리도 같이 놀아."

지젤이 말했다.

"귀찮게 굴지 말고 저리 가. 안 그러면 따귀를 때려줄 테야!"

파브리스가 대꾸했다. 그 말에 지젤은 기분이 상했다.

"같이 안 놀아주면 내가 어떻게 할 건지 알지, 오빠? 엄마 아빠 한테 가서 다 일러바칠 거야. 그러면 오빠도, 오빠 친구들도 모두 벌받게 될 거야. 후식을 못 먹게 될 거라구."

지젤이 말했다.

"아니야. 같이 놀 수 있게 해줄게."

마메르가 끼어들었다. 아, 바보 같은 마메르!

"야, 마메르. 네가 왜 참견이야?"

  파브리스가 화난 목소리로 말했다. 그러자 마메르는 울면서, 자기는 벌받고 싶지 않다고, 후식을 빼앗기느니 차라리 자살해버릴 거라고 소리쳤다. 우리는 난처해졌다. 마메르가 계속 시끄럽게 굴면 엄마 아빠 들이 모두 잠을 깰 테니 말이다.

  "어떻게 하지?"

  내가 이레네에게 물었다.

  "할 수 없지 뭐."

  이레네가 대답했다. 우리는 여자애들과 놀아주기로 결정했다.

  "그런데 뭐 하고 놀아?"

  뚱뚱한 미슐린이 물었다. 난 미슐린을 보면 알세스트 생각이 난다. 알세스트는 내 학교 친구인데, 먹는 걸 무지 좋아해서 항상 무언가를 먹고 있다.

  "가게 놀이 하자."

이자벨이 말했다.

"너 미쳤냐?"

파브리스가 짜증을 냈다.

"그래? 좋아. 그러면 난 가서 아빠를 깨울 거야. 아빠가 자고 있을 때 깨우면 어떻게 되는지 오빠도 알지?"

지젤이 말했다. 그러자 마메르가 자기는 가게 놀이 하고 싶다며 또다시 울기 시작했다. 블레즈는 유치하게 가게 놀이 같은 걸 하느니 차라리 자기가 가서 파브리스 아빠를 깨우겠다고 했다. 프뤽튀에 의견은 달랐다. 오늘 저녁 후식으로는 초콜릿아이스크림이 나온다는 거였다. 그러자 모두 가게 놀이를 하는 데 찬성했다.

지젤이 탁자 뒤편으로 가 서더니, 탁자 위에 카드와 재떨이들을 늘어놓고는 자기가 가게 주인이라고 했다. 탁자는 계산대고 탁자 위에 있는 것은 파는 물건들이며, 우리가 와서 그 물건들을 사야 한다는 거였다.

"그래, 좋아. 그럼 난, 아주 예쁘고 돈 많은 귀부인 할래. 자동차도 있고 밍크 코트도 여러 벌 있는 귀부인 말야."

미슐린이 말했다.

"나도 귀부인 할 거야. 더 부자고 더 예쁜 귀부인 말이야. 장 자크 삼촌처럼 빨간 시트가 깔린 자동차를 갖고 있고, 뾰족구두도 신은 귀부인."

이자벨이 말했다.

"그래, 그래. 그러면 콤므 오빠는 미슐린 남편 해."

지젤이 말했다. 하지만 콤므는 싫다고 했다.

"왜 싫어?"

미슐린이 물었다.

"네가 너무 뚱뚱하니까 그런 거지 뭐. 콤므 오빤 내 남편 하는 걸 더 좋아할걸?"

이자벨이 말했다.

"말도 안 돼!"

미슐린은 이렇게 말하고는, 콤므의 뺨을 때렸다. 그 모습을 보고 마메르가 울음을 터뜨렸다. 콤므는 마메르를 달래기 위해 자기는 누구 남편이어도 상관없다고 말했다.

"좋아. 그럼 시작해. 니콜라 오빠가 첫 손님으로 오는 거야. 그런데 오빤 아주 가난해서 먹을 것을 살 돈이 없어. 하지만 나는 너무너무 착해서 물건들을 그냥 주는 거야."

지젤이 말했다.

"난 같이 안 놀 거야. 이자벨이 내 흉을 봤으니까 말야. 아무하고도 말하고 싶지 않아."

미슐린이 뾰로통한 얼굴로 말했다.

"애걔걔, 괜히 삐친 척하네. 너도 나 없을 때 지젤한테 내 흉본 거 모를 줄 아니?"

이자벨이 말했다.

"뭐라구? 거짓말하지 마! 네가 나한테 지젤 흉봤잖아!"

미슐린이 소리쳤다.

그러자 옆에서 듣고 있던 지젤이 물었다.

"이자벨, 네가 미슐린한테 뭐라고 했는데?"

"아무 말도 안 했어. 난 미슐린한테 네 흉본 적 없단 말야."

이자벨이 흥분해서 대답했다.

"너 정말 뻔뻔하구나."

미슐린이 외쳤다.

"저번에 가게 진열대 앞에서 네가 나한테 지젤 흉봤잖아. 작은

장미꽃 무늬가 있는 검정색 수영복이 있던 가게 말야. 그 수영복 나한테 참 잘 어울릴 것 같았는데. 기억나지?"

"무슨 소리야! 그러는 너야말로 바닷가에서 지젤한테 내 흉봤 다면서? 지젤이 다 말해줬어."

이자벨이 소리질렀다.

"야, 너희들 가게 놀이 할 거야, 안 할 거야?"

파브리스가 소리쳤다.

그러자 미슐린이 무슨 상관이냐면서 파브리스를 손톱으로 할퀴 었다.

"우리 오빠한테 그러지 마!"

지젤이 소리치며 미슐린의 머리를 잡아당겼다. 미슐린은 울면서 지젤의 뺨을 때렸다. 파브리스는 그 광경을 보며 재미있어했다. 하 지만 마메르가 울기 시작했고, 여자애들도 엄청나게 소란을 피워댔 다. 엄마 아빠 들이 우르르 라운지로 내려와 무슨 일인지 물었다.

"우리가 조용히 가게 놀이 하고 있는데 남자애들이 와서 훼방놨 어요."

이자벨이 말했다. 우리는 벌로 후식을 몰수당했다.

프뢰튀에 말이 맞았다. 오늘 저녁 후식은 초콜릿아이스크림이었 다!

다시 해가 났다. 하지만 그날은 니콜라 가족의 휴가가 끝나는 날이었다. 친구들에게 작별 인사를 하고 짐을 꾸려 기차를 타야 했다. 보 리바주 호텔 주인이 기차 안에서 먹게 스튜 요리를 싸주겠다고 했지만 아빠는 거절했다. 하지만 거절한 건 잘못이었다. 왜냐하면 이번엔 소금이 아니라 삶은 달걀을 밤색 가방 안에 넣은 채 화물칸에 실어버렸기 때문이다.

집에 돌아왔더니

집에 오니까 참 좋다. 하지만 휴가 때 만난 친구들은 이제 없고, 동네 친구들은 아직 휴가 여행에서 돌아오지 않았다. 난 외톨이가 되었다. 이건 정말 불공평하다. 나는 속이 상해서 울어버렸다.

"아! 또 시작이군! 아빤 내일부터 다시 일하러 가야 해. 그러니까 오늘은 푹 쉬고 싶단 말이다. 제발 그만 좀 귀찮게 해라."

아빠가 말했다.

"아유, 여보. 좀 참으세요. 아이들이 휴가에서 돌아오면 어떤지 당신도 잘 아시잖아요."

엄마는 아빠에게 이렇게 말하고는 나를 꼭 안아주고, 눈물도 닦아주고 코도 풀어주었다. 그리고 나서 나한테 얌전히 놀고 있으라고 했다. 나는 나도 그러고 싶지만 뭘 하며 놀아야 할지 모르겠다

417

고 대답했다.

"강낭콩을 키워보면 어떨까?"

엄마가 말했다. 강낭콩 키우기는 아주 재미있다고 했다. 강낭콩
한 개를 물에 적신 솜 위에 놓으면 얼마 안 가서 싹이 나고 잎이
자라면서 예쁜 강낭콩 덩굴이 되어가는 재미있는 놀이라고 했다.
엄마는, 어떻게 하는 건지는 아빠가 가르쳐주실 거라고 하고는 내
방을 정리하러 이층으로 올라갔다.

거실 소파에 누워 있던 아빠는 한숨을 크게 내쉬더니 솜 좀 찾
아오라고 했다. 그래서 난 욕실로 갔다. 별로 많이 어지르지는 않
았다. 바닥에 세제 가루를 조금 엎질렀지만, 물만 약간 부으면 쉽
게 치울 수 있을 정도였다.

나는 거실로 돌아와서 아빠에게 말했다.

"솜좀 여기 있어요, 아빠."

"솜좀이 아니라 솜이야, 니콜라."

무엇이든지 다 알고 있는 아빠가 고쳐주었다. 아빠는 아빠가 내
나이였을 땐 언제나 반에서 일등만 하는 모범생이었다고 했다.

"그건 그렇고…… 부엌에 가서 강낭콩 한 개만 찾아와라."

아빠가 말했다.

하지만 나는 강낭콩을 찾을 수가 없었다. 과자도 있나 찾아보았
지만 없었다. 휴가를 떠나면서 엄마가 먹을 것을 다 치워버렸기 때
문이다. 있는 거라고는 찬장에 넣어두고 잊어버린 작은 치즈 조각
뿐이었다. 그 치즈가 고약한 냄새를 풍기는 바람에 휴가에서 돌아
오자마자 부엌 창문을 활짝 열어놓아야 했다.

　나는 거실로 와서 강낭콩이 없다고 이야기했다. 그러자 아빠는 다시 신문을 펴들며 말했다.

　"그래? 그럼 어쩔 수 없지."

　나는 울면서 소리쳤다.

　"난 강낭콩을 키우고 싶어요! 강낭콩을 키우고 싶다구요! 강낭콩을 키우고 싶다니까요!"

　"니콜라, 너 볼기 맞고 싶어?"

　정말 믿을 수가 없는 일이었다. 강낭콩을 키워보라고 할 땐 언제고, 이젠 집에 강낭콩이 없다고 날 야단치다니! 난 울기 시작했다. 이번엔 진짜였다.

　이층에서 내려온 엄마에게 이야기했더니 엄마가 말했다.

"요 앞 식료품 가게에 가서 강낭콩 하나만 달라고 해보려무나."

"그래, 그게 좋겠다. 서두르지 말고 천천히 갔다와라."

아빠도 그러라고 했다.

나는 콩파니 아저씨네 가게로 갔다. 콩파니 아저씨는 우리 동네 식료품 가게 주인 아저씨인데, 내가 가게에 가면 비스킷을 주곤 한다. 참 좋은 아저씨다. 하지만 이번에는 아무것도 받지 못했다. 가게가 닫혀 있었기 때문이다. 문에는 '휴가 중'이라는 쪽지가 붙어 있었다.

　나는 집으로 딜러왔다. 아빠는 계속 소파에 누워 있었시만, 신문을 읽는 것이 아니라 얼굴에 덮고 있었다.

　"콩파니 아저씨 가게는 문이 닫혔어요. 그래서 강낭콩도 없어요!"

　내가 소리쳤다. 아빠가 펄쩍 뛰어 일어나 앉았다.

　"엉? 뭐야? 무슨 일이야?"

　아빠가 물었다. 아빠에게 다시 설명을 해줘야 했다. 아빠는 한 손으로 얼굴을 훔치고는 푹푹 한숨만 내쉬었다. 자기도 어떻게 해줄 수가 없다고 했다.

　"그러면 물 묻힌 솜좀 조각 위에 무얼 기르죠?"

　"솜좀 조각이 아니야. 솜조각이라고 해야지."

　아빠가 대답했다.

　"아빠가 솜좀이라고 했잖아요."

"니콜라, 그만해! 이제 네 방에 가서 놀아!"

아빠가 소리쳤다.

나는 울면서 내 방으로 올라갔다. 내 방에서는 엄마가 청소를 하고 있었다.

"안 돼, 니콜라. 여기 들어오지 말고 거실에 내려가서 놀아. 강낭콩 기르기를 해보라고 얘기했잖아."

엄마가 말했다.

나는 다시 거실로 돌아왔다. 아빠가 소리를 지를까 봐 엄마가 내려가라고 했다고, 그 말을 안 들으면 엄마가 화낼 것 같아서 내려왔다고 재빨리 설명했다.

"좋아. 대신 얌전히 있어야 돼."

아빠가 말했다.

"그런데 강낭콩은 어디서 구하죠?"

내가 물었다.

"아, 강낭콩은 표준말이 아니고, 뭐라고 해야 하냐면……."

아빠는 말을 하다 멈추고 나를 힐끗 쳐다보더니 머리를 긁적였다.

"부엌에 가서 팥이 있나 찾아봐라. 강낭콩 대신 그걸로 해보자."

팥은 있었다. 난 아주 기뻤다. 아빠는 솜을 어떻게 적셔야 하는지, 그리고 그 위에 팥을 어떻게 놓아야 하는지 가르쳐주었다.

"이제 그걸 전부 접시 위에 올려놓고 창가에 둬라. 그러면 나중에 싹도 나고 잎도 날 거야."

아빠는 이렇게 말하고는 다시 소파에 누웠다.

난 아빠가 시키는 대로 하고 나서 기다렸다. 하지만 아무리 기다려도 싹이 나오지 않았다. 뭐가 잘못되었는지 생각해보았지만, 도저히 알 수가 없어서 다시 아빠한테 갔다.

"또 뭐야?"

아빠가 소리쳤다.

"팥에서 줄기가 안 나와요."

내가 말했다.

"너 진짜 볼기짝을 맞고 싶은 모양이구나?"

아빠가 소리쳤다.

나는 집을 나가버리겠다고 했다. 난 정말 불행하다고, 이제 다시는 아무도 나를 볼 수 없을 거라고, 그리고 그때 가서 후회해봐야 소용없을 거라고, 또 팥이 어쩌고저쩌고 한 얘기도 전부 나 거짓말이라고 소리쳤다. 엄마가 거실로 달려왔다.

"당신, 아들한테 좀 참을성 있게 대할 수 없어요? 난 집 안 청소를 해야 돼요. 니콜라를 돌봐줄 시간이 없다구요. 내 생각엔 말이죠……."

"내 생각에 남자는 자기 집에서 쉴 수 있어야 해!"

엄마 말이 채 끝나기도 전에 아빠가 끼어들어 말했다.

"역시 우리 엄마 말이 옳았어. 불쌍한 우리 엄마. 그때 엄마 말을 들었어야 했는데……."

엄마가 중얼거렸다.

"지금 당신 엄마가 무슨 상관이야! 그리고 당신 엄마가 뭐가 불쌍해!"

아빠가 소리쳤다.

"이젠 우리 엄마까지 모욕하는군요!"

엄마도 소리를 질렀다.

"내가 당신 엄마를 모욕했다고?"

아빠가 외쳤다. 그러자 엄마는 울기 시작했고, 아빠는 거실을 왔다갔다 하면서 소리를 질러댔다.

옆에 있던 나는 당장 내 팔에서 싹이 나오게 해주지 않으면 자살해버릴 거라고 했다. 그러자 엄마가 날 붙잡고 볼기짝을 때렸다.

휴가에서 돌아온 어른들이란 정말 참아주기 힘들다!

새 학기가 시작되었는가 했는데 어느새 일 년이 훌쩍 지나갔다. 다들 열심히 공부했다. 학기말 종업식이 끝나자, 니콜라, 알세스트, 뤼퓌스, 외드, 조프루아, 맥상, 조아생, 클로테르, 아냥은 약간 슬퍼하면서 헤어졌다. 그러나 저만치서 방학이 손짓하고 있었기 때문에 꼬마들의 어린 가슴은 곧 즐거움으로 가득 찼다.

하지만 니콜라는 불안했다. 니콜라 집에서는 아직까지 아무도 여름휴가 이야기를 꺼내지 않고 있었기 때문이다.

어른스러워야 해

우리 집에선 아직까지도 휴가 이야기가 나오지 않고 있다! 이상했다. 이맘때쯤이면 틀림없이 아빠가 어딘가로 가고 싶다고 말을 꺼냈을 거고, 엄마는 다른 데로 가고 싶다고 해서 말썽이 끊이질 않았을 텐데 말이다. 엄마 아빠는 어디로 가느냐로 한참 옥신각신 하다가, 정 그러면 아무 데도 가지 말고 집에 남아 있는 게 낫겠다고 할 거고, 그러면 나는 울어버릴 거고, 결국 엄마가 가고 싶어하는 데로 가게 되는 건데…… 그런데 올해는 아무 일도 일어나지 않고 있으니, 도대체 어떻게 된 걸까?

학교 친구들은 모두 휴가 떠날 준비를 하고 있다. 아빠가 아주 부자인 조프루아는 바닷가에 있는 커다란 별장으로 휴가를 갈 거라고 했다. 거기엔 자기만 들어갈 수 있는 모래사장이 있다고 자랑

도 했다. 자기 말고 다른 사람은 아무도 거기서 모래 장난을 할 권리가 없다는 거였다. 하지만 그 말은 아마 거짓말일 거다. 조프루아는 허풍쟁이니까.

아냥은 반에서 일등이고, 담임 선생님의 귀염둥이다. 그 애는 방학 동안 여름학교에 다니며 영어를 배울 거라고 했다. 아냥은 정말 바보다.

알세스트는 페리고르 지방에서 육류 가공업을 하고 있는 아빠 친구 집에 간다고 했다. 거기서 송로버섯 요리를 먹을 거라고 했다. 다른 친구들도 모두 비슷비슷했다. 바다나 산으로 떠나고, 아니면 시골 할머니 댁에라도 간다고 했다. 어디로 갈지 모르는 애는

나밖에 없었다. 정말 짜증나는 일이었다. 내가 방학을 좋아하는
이유 중 하나가 휴가 가기 전이나 갔다와서 휴가에 대해 친구들과
이야기꽃을 피우는 일인데 말이다.

집에 와서 엄마에게 이번 휴가는 어디로 갈 거냐고 물었다. 엄
마는 표정이 이상해지더니 내 머리를 껴안고는 아빠가 돌아오시면
이야기하자고, 지금은 정원에 나가 놀고 있으라고 했다.

나는 정원으로 나가서 아빠를 기다렸다. 아빠가 오길래 아빠한
테 뛰어갔다. 아빠는 날 안아올려 높이 던졌다가 다시 받았다. 나
는 아빠한테 올 여름휴가는 어디로 가냐고 물었다. 그러자 아빠는
나를 내려놓으며, 그건 집 안으로 들어가서 이야기하자고 했다. 안

으로 들어갔더니 엄마가 거실에 앉아 있었다.

"이제 때가 된 것 같아."

아빠가 말했다.

"그래요. 그렇지 않아도 아까 니콜라가 나에게 묻더라구요."

엄마가 대답했다.

"그럼 이야기를 해줬어야지."

"당신이 해요."

"왜 내가 해야 돼? 당신이 해도 되잖아."

아빠가 물었다.

"내가요? 아니에요. 당신이 해요. 당신이 생각해낸 일이잖아요."

엄마가 대답했다.

"잠깐, 당신도 내 생각에 찬성했잖소. 그렇게 하는 게 애한테도 좋을 거라고 말이오, 물론 우리한테도 좋지만…… 꼭 내가 아니더라도 당신이 대신 말해줄 수도 있잖아."

아빠가 말했다. 듣고 있던 내가 끼어들었다.

"어? 지금 휴가 이야기 하는 거 맞아요? 아니에요? 친구들은 다 떠난다구요. 우리가 어디로 갈 건지, 거기서 뭘 하게 될 건지, 빨리 친구들한테 얘기해줘야 돼요. 그렇지 않으면 나만 바보가 돼버린단 말이에요."

아빠는 소파에 앉더니, 내 손을 잡고 무릎 위로 끌어당겼다.

"어디 보자, 우리 니콜라 이제 다 컸네, 그렇지?"

아빠가 물었다.

"그럼요! 이젠 어른인걸요!"

엄마가 끼어들었다.

나는 누가 나보고 어른이 다 됐다고 말하는 걸 별로 좋아하지 않는다. 보통 그렇게 말한 뒤엔 내가 좋아하지 않는 일들을 시키기 때문이다.

"내 생각에 우리 니콜라는 분명히 바다에 가고 싶어할 텐데…… 그렇지?"

아빠가 물었다.

"네, 물론이죠!"

나는 힘차게 대답했다.

"바다에 가서 수영도 하고, 물고기도 잡고…… 또, 모래사장에서 놀기도 하고, 숲에서 산책도 하고 말야."

"숲도 있어요? 그러면, 작년에 갔던 데 말고 다른 데로 가는 거예요?"

내가 물었다. 그때 엄마가 나서서 말했다.

"여보, 아무래도 안 되겠어요. 그게 정말 좋은 생각인지 어떤지 판단이 안 서요. 그만두죠. 내년쯤에나……."

"안 돼! 한번 결정한 건 끝까지 밀고 나가야지. 마음 좀 굳게 먹으라구, 제발! 우리 니콜라는 이제 다 컸기 때문에 사리분별을 잘할 거야. 그렇지, 니콜라?"

아빠가 말했다.

나는 그렇다고, 사리분별을 엄청 잘할 거라고 대답했다. 내가 좋아하는 바다하고 숲 이야기가 나와서 나는 아주 들뜬 상태였다. 사실, 숲에서 산책하는 건 바다에서 노는 것보다는 덜 재미있다.

숨바꼭질할 때만 빼고 말이다. 그래도 숨바꼭질은 끝내주게 재미 있다.

"그럼, 호텔로 가는 거예요?"

내가 물었다.

"꼭 그런 건 아니고…… 내 생각엔 천막에서 잘 것 같구나. 너는 잘 모르겠지만, 천막 생활은 아주 멋지단다……"

나는 뛸 듯이 기뻤다.

"천막이요? 도로테 아줌마가 사준 책에 나오는 인디언들처럼?"

내가 물었다.

"그래. 바로 그거야."

아빠가 대답했다.

"우아!"

난 환호성을 질렀다.

"그럼 아빠가 천막 칠 때 나도 같이 해도 되죠? 음식 만들 때 불 지피는 것도요. 또…… 엄마한테 커다란 물고기를 잡아다 주게 잠수낚시 하는 법도 가르쳐줄 거죠? 우아, 신난다! 신난다!"

아빠가 몹시 더운 듯 손수건으로 얼굴을 닦더니 이렇게 말했다.

"니콜라, 우리 남자 대 남자로 이야기해야 할 것 같구나. 너도 이젠 사리분별을 잘해야 될 나이야."

엄마도 말했다.

"다 큰 어른처럼 착하게 행동하면, 오늘 저녁 후식으로 파이를 해줄게."

"그리고 아빠가 네 자전거를 고쳐줄게. 고쳐달라고 한 지 꽤 오

432

래되었지? 그리고 말인데…… 네게 설명할 게 좀 있단다……."

"난 부엌에 가 있을게요."

엄마가 말했다.

"아니! 같이 있어요! 같이 이야기하기로 했잖아……."

아빠는 헛기침을 몇 번 하고 나서 내 어깨에 양손을 얹으며 말했다.

"니콜라, 내 아들아. 우린 너와 함께 휴가 가지 않을 거야. 넌 다 큰 어른처럼 혼자서 갈 거라구."

"혼자 간다구요? 엄마 아빠는 안 가고요?"

내가 물었다.

"니콜라! 부탁이다, 내 얘기를 끝 듣고 나서 생각을 좀 해보렴. 엄마하고 나는 여행을 할 거야. 그런데 생각해보니까, 그 여행이 네겐 별로 재미가 없을 것 같거든? 그래서 너를 여름 캠프에 보내기로 결정했단다. 그게 너에게도 좋을 거야. 네 또래 친구들하고 함께 지내면 아주 재미있을 거라구……."

아빠가 말했다.

"물론 엄마 아빠하고 처음으로 떨어져 지내는 거지, 니콜라. 하지만 다 너를 위해서란다."

엄마도 말했다.

"어때, 니콜라…… 네 생각은 어떠니?"

아빠가 조심스럽게 물었다.

"멋져요!"

나는 환호성을 지르며 거실에서 춤을 추기 시작했다. 여름 캠프는 분명히 멋질 거다. 친구들도 엄청 많이 사귈 수 있을 거고, 소풍도 가고, 놀이도 하고, 모닥불을 피워놓고 둘러앉아 노래도 부르고…… 나는 너무 기뻐서 엄마 아빠에게 번갈아가며 뽀뽀를 했다.

후식으로 나온 파이는 아주 맛있었다. 나는 파이를 잔뜩 먹었다. 엄마 아빠는 파이에 손도 안 댔기 때문이다. 이상한 건 엄마 아빠가 줄곧 굉장히 놀란 눈으로 나를 바라보았다는 거다. 어떻게 보면 화가 난 것 같기도 했다.

엄마 아빠가 왜 그랬는지 잘 모르겠다. 난 아주 어른스럽게 행동했다고 생각하는데…… 그게 아니었나?

니콜라의 여름 캠프 준비는 순조롭게 진행되었다. 애 혼자만 보낸다고 걱정
이 태산 같은 메메가 열일곱 번이나 전화를 한 것만 빼면 말이다. 한 가지 이
상한 것은 니콜라 엄마의 눈에 계속 뭐가 들어가 눈물이 나온다는 것이었다.
손수건으로 아무리 닦아내도 소용이 없었다…….

출발

　오늘 나는 여름 캠프에 간다. 그래서 기분이 아주 좋다. 한 가지 찜찜한 일은 엄마 아빠가 좀 슬퍼 보인다는 거다. 엄마 아빠만 집에 남아 있게 되어서 그런 것 같았다.

　엄마가 가방 싸는 걸 도와주었다. 가방 안에 반팔 티셔츠, 반바지, 운동화, 장난감 자동차, 수영복, 수건, 장난감 기차, 삶은 달걀, 바나나, 햄치즈샌드위치, 새우잡이 그물, 긴팔 스웨터, 양말, 구슬을 넣었다. 가방이 별로 크지 않았기 때문에 짐을 몇 개 더 싸야 했다. 짐이 좀 많은 것 같긴 하지만, 괜찮겠지 뭐.

　기차를 놓칠까 봐 겁이 났다. 그래서 점심을 먹자마자 아빠에게 곧장 역으로 가야 되는 거 아니냐고 물었다. 하지만 아빠는 기차는 저녁 여섯 시에 출발하니 아직 여유가 있다면서 내가 엄마 아빠하고 빨리 헤어지고 싶어 안달이 난 것처럼 보인다고 했다. 엄마는 눈에 뭐가 들어간 것 같다며 손수건을 들고 부엌으로 갔다.

엄마 아빠가 왜 그러는지 난 정말 모르겠다. 엄마 아빠는 어쩔 줄 몰라했다. 그래서 나는 아무 말도 할 수가 없었다. 한 달 동안 이나 엄마 아빠를 못 본다는 생각을 하니 목에 커다란 덩어리가 걸려 있는 것만 같았다. 하지만 엄마 아빠에게 차마 그 말은 못했 다. 그런 말을 하면 엄마 아빠가 아직도 아기 같다며 날 놀려댈 게 뻔하니까 말이다.

출발 시간을 기다리며 뭘 해야 할지 몰라서 구슬을 꺼내려고 가 방 안에 있는 것들을 전부 들어냈다. 그러자 엄마가 기분 나빠했다.

"애가 도대체 가만있질 못하네요. 그냥 지금 출발하는 게 낫겠 어요."

엄마가 아빠에게 말했다.

"기차 시간까진 아직 한 시간 반이나 남았어."

아빠가 말했다.

"사람들이 많아지기 전에 미리 역에 도착하면 좋잖아요. 북새통 도 피할 수 있고……."

"그럼 그렇게 하지 뭐."

아빠가 대답했다.

우리는 차를 타고 역으로 향했다. 하지만 다시 집에 갔다와야 했다. 가방을 차에 싣는 걸 잊어버렸기 때문이다.

역에는 사람이 굉장히 많았다. 그리고 여기저기서 소리를 지르 며 다니는 사람들 때문에 엄청 시끄러웠다. 우리는 주차할 자리를 찾아 헤매다가 결국 역에서 아주 멀리 떨어진 곳에 차를 세웠다.

그런 다음엔 한참 동안 아빠를 기다려야 했다. 가방을 차에 두고 내려서 아빠가 다시 갔다와야 했기 때문이다. 아빠는 엄마가 가방을 들고 온 줄 알았다고 했다.

역 안으로 들어가면서 아빠는, 사람이 많아 서로 헤어지게 될지 모르니까 함께 다니자고 했다. 제복을 입은 어떤 아저씨를 보고 아빠는 그 아저씨한테 다가갔다. 얼굴이 빨갛고 모자를 삐딱하게 쓴, 좀 이상하게 생긴 사람이었다.

"실례합니다만, 11번 개찰구가 어딘지 좀 가르쳐주시겠소?"

아빠가 물었다.

"10번하고 12번 사이에 있겠죠. 내가 아까 그 근처를 지나갔을 떼끼진 기기 있었소만."

그 아저씨가 대답했다.

"이봐요, 당신……."

아빠가 어이없다는 표정을 지으며 말했다. 엄마는 아빠한테 공연히 흥분해서 싸울 필요 없다고, 그냥 우리끼리 찾아도 된다고 말했다.

우리는 사람들로 가득 찬 개찰구에 도착했다. 아빠가 입장권을 샀다. 전부 해서 세 장이나 사야 했다. 처음엔 엄마와 아빠 걸로 두 장만 샀지만, 아빠가 입장권 발매기 앞에 가방을 두고 와서 다시 갔다와야 했기 때문이다.

"자, 자, 침착해. Y번 객차를 찾으면 돼."

아빠가 말했다.

개찰구에서 가장 가까이 있는 객차는 A번이었기 때문에, 한참

을 걸어야 했다. 가방과 바구니가 잔뜩 쌓인 짐차와 사람들 때문
에 걷기가 쉽지 않았다. 걸어가다가 어떤 뚱뚱한 아저씨가 들고 있
던 우산이 내 새우잡이 그물에 걸렸다. 그 아저씨와 아빠가 옥신
각신하자 엄마가 아빠 팔을 잡아당겼다. 그 바람에 아저씨 우산이
바닥에 떨어졌다. 하지만 이번엔 싸우지 않고 잘 넘어갔다. 역 안
이 너무 시끄러워서 그 아저씨의 고함 소리가 잘 안 들렸기 때문
이다.

　Y번 객차 앞은 내 또래 아이들을 데리고 온 엄마 아빠 들로 가
득했다. 한 아저씨가 '푸른 캠프'라고 쓰인 푯말을 들고 서 있었다.
바로 내가 갈 캠프 이름이었다. 모인 사람들이 모두 고래고래 소리
를 지르고 있었다. 푯말을 든 아저씨는 다른 손에는 서류뭉치를
들고 있었다. 아빠가 가서 그 아저씨에게 내 이름을 말했다. 그러
자 아저씨는 서류를 뒤적이더니 누군가에게 소리쳤다.

　"레투프 씨! 당신 반 애가 여기 또 한 명 있소!"

　이름이 불린 아저씨가 다가왔다. 키가 아주 컸고, 나이는 열일

곱 살은 되어 보였다. 내 친구 외드네 형도 열일곱 살인데, 그 형은
외드에게 권투를 가르쳐준다.

"안녕, 니콜라. 난 제라르 레투프라고 한단다. 네가 속한 팀의 팀
장이지. 우리 팀 이름은 '살쾡이 팀'이라고 할 거야."

팀장 선생님이 악수하자고 나에게 손을 내밀었다. 나는 기분이
아주 좋았다.

"잘 부탁합니다. 선생님."

아빠가 웃으며 말했다.

"걱정 마세요. 돌아올 때쯤이면 알아보기 힘들 정도로 달라져 있을 겁니다."

팀장 선생님이 말했다.

엄마는 또 눈에 뭐가 들어가서 손수건을 꺼내야 했다. 그때 한 아줌마가 어떤 애 손을 잡고 우리 팀장 선생님한테로 왔다. 학교 친구 아냥과 비슷하게 생긴 애였다. 안경을 껴서 그런 것 같았다.

그 애 엄마가 선생님에게 말했다.

"애들을 감독하는 선생님치고는 너무 젊으신 거 아닌가요?"

"그렇지 않습니다, 어머니. 저는 정식 지도교사 자격증도 있어요. 조금도 걱정하실 것 없습니다."

우리 팀장 선생님이 대답했다.

"그렇다면야 괜찮겠지만…… 그런데 음식은 어떻게 조리하시나요?"

아줌마가 다시 물었다.

"예? 무슨 말씀이시죠?"

선생님이 되물었다.

"그러니까, 음식을 조리할 때 버터를 사용하는지 아니면 식물성 기름을 사용하는지 묻는 거예요. 아니면 동물성 기름을 쓰는지요. 왜 묻냐면 말이죠. 미리 알려드리겠는데, 우리 아이는 동물성 기름을 못 먹거든요. 아주 간단한 얘기죠. 만일 우리 애가 아프기를 바라신다면 동물성 기름을 먹이시라구요!"

"하지만 어머니……."

선생님이 말했다. 그러나 그 아줌마는 선생님이 대꾸할 틈도 안 주고 계속 말했다.

"그리고 말이죠, 식사 후에는 꼭 이 약을 먹이도록 하세요. 다시한 번 강조하지만 동물성 기름은 안 돼요. 약을 먹고도 아프면 큰일이니까요. 그리고 암벽등반 할 때는 추락하지 않게 조심해주세요."

"암벽등반이라구요? 무슨 암벽등반 말씀이시죠?"

443

선생님이 물었다.

"아, 있잖아요. 산에서 하는 거 말예요!"

아줌마가 대답했다.

"등산이요? 우리가 가는 곳엔 산이 없는데요. 우린 플라주 레 트루 해변으로 가거든요."

우리 팀장 선생님이 말했다.

"뭐라구요! 플라주 레 트루 해변이라구요?"

아줌마가 소리쳤다.

"아니, 사팽 레 소메로 간다고 하더니, 계획이 뭐 이래! 참 잘들 하는군요! 아까도 말했지만, 당신네들 아무래도 이런 일 하기엔 너무 어리다니까……."

그때 제복 입은 아저씨가 지나가며 말했다.

"부인, 사팽 레 소메로 가는 기차는 4번 개찰구입니다. 서두르셔야 할 겁니다. 3분 후에 출발이거든요."

"어머나! 이걸 어쩌지! 아이 참, 선생님들하고 이야기할 시간도 없겠네!"

아줌마는 놀라서 펄쩍 뛰더니, 아낭을 닮은 아이를 데리고 뛰어가버렸다.

호루라기 소리가 크게 들려왔다. 모두들 소리치며 앞을 다투어 기차 안으로 올라갔다. 제복 입은 아저씨가 푯말을 든 아저씨에게 다가가더니, 호루라기로 장난치는 꼬마 좀 말려달라고 했다. 그 애 때문에 모든 게 뒤죽박죽이 된다는 거였다. 그 말을 듣고 어떤 애들은 기차에서 내리려고 하고, 또 어떤 애들은 계속 올라타려고

해서 큰 소동이 벌어졌다. 기차 앞에 죽 늘어선 엄마 아빠 들은 자기 애를 향해 계속 뭐라고 소리를 질러댔다. 잊지 말고 편지 쓰라고도 했고, 이불 잘 덮고 자라고도 했고, 말썽 부리지 말라고도 했다. 우는 애들도 있었고, 플랫폼에서 축구를 하겠다고 소리를 지르고 다니는 애들도 있었다. 한마디로 엄청난 난장판이었다. 제복 입은 아저씨가 부는 호루라기 소리도 제대로 안 들릴 지경이었다. 그 아저씨는 호루라기를 힘껏 부느라 휴가에서 막 돌아온 사람처럼 얼굴이 벌겋게 달아올라 있었다. 모두들 작별의 포옹을 하고 난 후, 기차가 바다를 향해 출발했다.

창밖을 내다보니, 우리 아빠 엄마와 다른 엄마 아빠 들이 손수건을 흔들며 작별 인사 하는 게 보였다. 나는 마음이 아팠다. 이상한 일은, 떠나는 건 우리들인데 엄마 아빠 들이 우리보다 훨씬 더 피곤해 보였다는 거다. 나는 왠지 울고 싶어졌다. 하지만 울지 않았다. 어쨌든 방학은 재미있게 놀기 위해 있는 거니까. 그리고 모든 게 잘 되어나갈 거니까.

하지만 가방이 끝까지 문제였다. 엄마 아빠가 다른 기차 편으로 보내주겠지 뭐.

　　니콜라는 씩씩하게 혼자 캠프로 떠났다. 저 멀리 승강장 끝까지 와 있는 엄마 아빠 모습이 조그맣게 멀어져가자 한순간 마음이 약해졌지만, 팀별로 모두 모이라는 집합 구호가 들리자 니콜라답게 곧 기운을 차리게 되었다……

용기를 내!

기차 여행은 아주 좋았다. 목적지에 도착하려면 기차 안에서 꼬박 밤을 새워야 했다. 객차 안으로 들어가니, 선생님이 내일 아침 캠프에 도착해서도 쌩쌩하려면 지금 잠을 자두어야 한다고 말했다. 내가 생각해도 그럴 것 같았다. 우리 팀 팀장 선생님은 이름이 제라르 레투프라고 했다. 아주 멋진 선생님이었다. 팀장 선생님이라고 한 건, 선생님이 설명한 대로 앞으로 열두 명씩 한 팀이 될 거고, 각 팀마다 선생님이 한 명씩 있기 때문이다. 선생님이 우리 팀의 이름은 '살쾡이'이며, 집합 구호는 '용기!'라고 가르쳐주었다.

물론 우리는 잠을 푹 잘 수가 없었다. 거기엔 몇 가지 이유가 있었다. 집으로 돌아가고 싶다고 징징거리는 애가 한 명 있었는데, 다른 애가 그 애보고 계집애 같다며 놀렸다. 그러자 울던 애가 놀리는 애의 따귀를 한 대 때렸고, 결국 둘이서 같이 울게 되었다. 팀장 선생님이 그 애들한테, 그렇게 계속 울면 밤새도록 복도에 세워 놓을 거라고 했다. 그러고 있는데 어떤 애가 가방에서 과자를 꺼내 먹었다. 그걸 보고 다른 애들도 모두 배가 고파져서 각자 가방에서 간식거리를 꺼내서 먹었다. 먹느라고 입을 움직이고 있으면 잠이 잘 안 온다. 특히 비스킷을 먹을 땐 소리도 시끄럽고 부스러기도 많이 생겨서 더욱 그렇다.

잠을 제대로 못 잔 이유 중엔 애들이 자리에서 일어나 객차 끝에서 끝까지 왔다갔다 한 것도 있다. 그중에 돌아오지 않은 애가 하나 있었다. 그래서 팀장 선생님이 그 애를 찾으러 갔다. 나중에 알고 보니 객차와 객차를 연결하는 통로의 문이 잠겨서 그랬다고 했다. 문을 열려면 검표원 아저씨를 불러야 했다. 그 애가 무섭다고 소리를 질러대서 모두 신경이 날카로워졌다. 조금 후에 그 애가 구출되었다. 왜 무서웠냐고 물어보니까 그 애는, 기차가 역에 정지했을 때 그 안에 있으면 안 된다고 벽에 씌어 있었는데, 자기가 그 안에 갇힌 채로 역에 정지할까 봐 그랬다는 거였다.

하지만 밖으로 나온 후에 그 애는, 사실은 아주 재미있었다고 자랑했다. 팀장 선생님이 모두 자기 칸으로 돌아가라고 했다. 그런데 자기 칸으로 돌아가는 것도 정말 문제였다. 우린 전부 자리를 떠나 있었고, 자기가 어느 칸에 타고 있었는지 제대로 아는 애가 하나도 없었기 때문이다. 아이들은 이 칸 저 칸 뛰어다니며 문을 열어보았다. 어떤 칸에선가 어른 한 명이 성이 나서 시뻘겋게 된 얼굴을 밖으로 내밀었다. 그 아저씨는 우리가 계속 소란을 피운다면 철도 회사에 고발하겠다고 소리쳤다. 자기 친구가 철도 회사에서 아주 높은 자리에 있다고 했다.

우리는 교대로 잠을 잤다. 아침이 되어 플라주 레 트루에 도착했다. 역 앞에는 우리를 캠프로 데려갈 버스들이 기다리고 있었다. 우리 팀장 선생님은 정말 굉장했다. 별로 피곤해 보이지 않았으니 말이다. 밤새도록 기차 복도를 뛰어다니고, 잠긴 연결 통로 문을 세 번이나 열어야 했는데도 말이다. 두 번은 거기 갇힌 아이들을 꺼내주기 위해서였고, 한 번은 자기 친구가 철도 회사 직원이라고 한 아저씨를 꺼내주기 위해서였다. 그 아저씨는 고맙다고 팀장 선생님에게 자기 명함을 주었다.

버스에 탄 우리는 일제히 소리를 지르기 시작했다. 그러자 팀장 선생님이 우리에게, 소리지르는 대신 노래를 부르면 어떻겠냐고 했다. 선생님은 우리에게 멋진 노래들을 가르쳐주었다. 하나는 숲속의 오두막집에 대한 거였고, 다른 하나는 세상의 모든 길에는 조약돌이 있다는 노래였다. 하지만 조금 있다가 팀장 선생님은 차라리 소리지르는 게 더 낫겠다고 했다. 잠시 후, 드디어 캠프에 도착했다.

난 조금 실망했다. 물론 캠프는 좋았다. 나무도 있고 꽃도 있었다. 하지만 천막은 없었다. 나무로 만든 집에서 자야 했다. 난 인디언처럼 천막에서 지내게 될 거라고 생각했는데 말이다. 그게 훨씬 재미있을 텐데. 우리는 캠프 한가운데로 모였다. 아저씨 두 명이 우리를 기다리고 있었다. 한 아저씨는 대머리였고 다른 아저씨는 안경을 끼고 있었다. 그리고 둘 다 반바지를 입고 있었다. 대머리 아저씨가 우리에게 말했다.

"어린이 여러분, 푸른 캠프에 온 것을 기쁜 마음으로 환영합니다. 여러분은 우리 캠프의 건전하고 순수하고 가족적인 분위기 속에서, 그야말로 멋진 휴가를 보내게 될 것입니다. 우리는 계획된 훈련 과정을 통해 여러분이 어엿한 사내대장부로서 자신의 미래를 준비할 수 있도록 성심성의껏 도와드리겠습니다. 제 이름은 라토이며 이 캠프의 책임자입니다. 그리고 여기 소개할 이분은 우리 캠프의 총무인 즈누 선생님입니다. 앞으로 즈누 총무 선생님이 맡은 일을 수행할 때 여러분은 적극 협조해주시기 바랍니다. 또한 여러분들의 큰형뻘인 팀장 선생님들의 말씀도 잘 따라주시기 바랍니다. 이제 팀장 선생님들이 팀별로 배정된 막사로 여러분을 데려갈 겁니다. 바닷가에 갈 준비를 하고 10분 후에 다시 이곳으로 모이기 바랍니다. 첫 번째 해수욕이 있을 겁니다."

"푸른 캠프, 만세!" 하고 누군가가 외쳤다. 그러자 아이들도 "만세!" 하고 따라했다. 세 번을 그렇게 반복하니 아주 재미있었다.

팀장 선생님이 우리 살쾡이 팀 열두 명을 배정된 막사로 데리고 갔다. 선생님은 우리에게 각자 쓸 침대를 고른 후에 짐을 풀라고 했다. 그리고 8분 후에 다시 올 테니 그때까지 수영복으로 갈아입으라고 말하고는 밖으로 나갔다.

"저 문 옆에 있는 침대는 내 거야."

키가 큰 어떤 애가 말했다.

"왜 네 거야?"

다른 애가 물었다.

"내가 저 침대를 제일 먼저 봤고, 또 제일 힘이 세니까, 그게 바

452

로 이유야."

키 큰 애가 대답했다.

"안 돼, 안 돼!"

왜 네 거냐고 물은 애가 노래하듯 말했다.

"문에서 가까운 침대는 내 거야! 내가 벌써 올라와 있잖아? 보라구!"

"우리도 올라와 있어."

옆에 있던 다른 애들 두 명도 덩달아 소리쳤다.

"당장 내려와. 안 그러면 선생님한테 이를 거야."

키 큰 애가 소리쳤다.

침대 위에는 나까지 모두 여덟 명이 올라와 있었다. 우리는 서로 치고받으며 싸우기 시작했다. 그때 팀장 선생님이 수영복 차림으로 들어왔다. 팀장 선생님 팔에 울룩불룩 알통이 나와 있었다.

"어라? 이게 뭐야? 너희들 아직도 수영복으로 안 갈아입었단 말야? 시끄럽기는 다른 막사들 다 합친 것보다도 더 시끄럽고 말야. 빨리 못 하겠어!"

선생님이 소리쳤다.

"내 침대 때문에 그러는데요……."

키 큰 애가 설명하기 시작했다.

"침대 문제는 나중에 이야기하기로 하고, 빨리 수영복이나 갈아입어, 다들 모였는데 우리만 늦었잖아!"

팀장 선생님이 말했다.

"난 다른 사람들이 쳐다보는 데서 옷 못 갈아입어요! 엄마 아빠한테 기고 싶어요!"

어떤 애가 이렇게 말하더니 울기 시작했다.

"자, 자, 폴랭. 우리 팀 집합 구호가 뭐지? '용기!'잖아. 넌 이제 어른이야. 더 이상 꼬마가 아니라구."

팀장 선생님이 그 애를 달랬다.

"아니에요! 난 꼬마예요! 꼬마예요! 꼬마라구요!"

폴랭은 이렇게 말하고는 땅바닥에 드러누워 발버둥을 쳤다.

그때 내가 말했다.

"선생님, 전 수영복이 없어요. 우리 엄마 아빠가 기차역에서 내게 가방을 안 줬거든요."

내 말을 들은 팀장 선생님은 두 손으로 얼굴을 감싸쥐더니, 내게 수영복을 빌려줄 친구가 누군가 있을 거라고 말했다.

그러자 누군가가 소리쳤다.

"안 돼요, 선생님. 우리 엄마가, 내 물건을 아무한테나 빌려주면 안 된다고 그랬단 말이에요."

"쩨쩨한 녀석. 네 건 빌려줘도 안 입어!"

나는 이렇게 말하며, 그 애 뺨을 철썩! 하고 한 대 후려쳤다.

한쪽에선 어떤 녀석이 "내 양말은 누가 벗겨주지?" 하고 물으며 다녔다.

"선생님! 선생님!"

다른 애가 소리쳤다.

"내 가방 속에 잼이 쏟아졌어요. 어떻게 하죠?"

정신을 차리고 보니, 팀장 선생님은 이미 막사 안에 없었다.

잠시 후 우리는 모두 수영복으로 갈아입고 밖으로 나갔다. 베르탱이라고 하는 멋진 애가 나한테 수영복을 빌려주었다. 집합 장소에 가보니 우리 팀이 꼴찌였다. 모두 수영복을 입고 있어서 구경만 해도 재미있었다.

딱 한 사람만 수영복을 안 입고 있었다. 바로 우리 팀장 선생님

이었다. 선생님은 양복에 넥타이까지 맸고, 손에는 짐가방을 들고
있었다. 라토 원장님이 우리 선생님에게 가더니 이렇게 말했다.

"이봐, 다시 한 번만 생각해보게. 내 말이 틀림없을 거야. 머지
않아 애들을 휘어잡을 수 있을 거라구. 용기를 내!"

　　캠프에서의 생활이 점차 짜임새를 갖추어 갔다. 캠프 생활은 니콜라와 그 친구들을 어엿한 사내대장부로 만들어줄 것이었다. 팀장 선생님인 제라르 레투프씨도 캠프에 도착한 이후 많은 변화를 겪게 되었다. 피로 때문에 투명한 눈동자가 가끔씩 흐려지긴 하겠지만, 그때그때 조금씩 화를 내면서 마음을 푸는 법을 배우게 되리라. 아이들에게 완전히 질리지 않기 위해서 말이다.

해수욕

내가 휴가를 보내고 있는 캠프에서는 낮 동안 여러 가지 활동을 한다.

아침에는 여덟 시에 기상해서 재빨리 옷을 입어야 한다. 그러고는 집합해서 하나 둘! 하나 둘! 체조를 하고, 세면장으로 뛰어간다. 세면장에서는 서로 얼굴에 물을 끼얹으며 재미있게 논다. 그후엔 당번을 맡은 애들이 아침 식사를 가지러 간다. 아침 식사로는 버터를 듬뿍 바른 빵을 주는데 엄청 맛있다! 서둘러 아침을 먹고 나면 침대를 정리하러 막사로 달려가야 한다. 하지만 우리가 하는 침대 정리는 집에서 엄마가 하는 것과는 다르다. 시트와 이불을 들고 두 번 접어서 매트 위에 올려놓기만 하면 된다. 그런 다음에는 각자 맡은 일을 한다. 주변을 청소하거나 즈누 총무 선생님에게 가

서 필요한 물품들을 받아오는 것 말이다. 그러고 나면 집합 시간이 된다. 그때는 서둘러 뛰어가야 한다. 집합을 한 후엔 해수욕하러 해변으로 간다. 그다음에 또 한 번 집합을 해서 점심을 먹으러 캠프로 돌아온다.

우린 항상 배가 고프기 때문에 점심 식사 때만 되면 신이 난다. 식사 후에는 노래를 배운다. 우리가 부르는 노래는 〈나막신 신고 로렌 지방을 지날 때〉나 〈우리는 바다의 사나이〉 같은 것들이다. 그다음엔 낮잠 자는 시간이다. 낮잠 자는 건 별로 재미있진 않지만 그래도 의무적으로 자야 한다. 아무리 핑곗거리를 찾아내도 소용없다. 자리에 누워서도 낮잠을 자지 않는 아이들 때문에 팀장 선생님이 옛날이야기를 해주며 우리를 감독한다. 낮잠을 다 잔 후엔 다시 모여 해변에 가서 수영을 한다. 그리고 저녁 식사 시간에 집합해서 캠프로 돌아온다. 저녁을 먹고 나면 또 노래를 부른다. 가끔씩 모닥불을 커다랗게 피워놓기도 한다. 노래 부르는 시간이

끝나면, 심야 놀이활동이 있는 날을 빼고는 막사로 돌아가 서둘러 불을 끄고 자야 한다. 그 밖에 나머지 시간은 자유시간이나.

내가 가장 좋아하는 건 해수욕 시간이다. 팀장 선생님들과 함께 바다로 가면 해변은 우리 차지가 된다. 다른 사람들을 못 들어오게 하는 건 아니지만, 와서 우리를 보고는 그냥 가버린다. 우리가 모래사장에서 갖가지 놀이를 하며 시끄럽게 놀기 때문인 것 같다.

우리는 팀별로 행동하는데, 내가 속한 팀 이름은 '살쾡이'이다. 우리 팀은 모두 열두 명이고 아주 멋진 팀장 선생님이 있다. 팀 집합 구호는 '용기!'이다. 팀장 선생님이 우리를 불러모으더니 말했다.

"나는 조심성 없는 것을 제일 싫어한다. 그러니까 물속에 들어가서도 언제나 함께 있도록 해라. 해변에서 너무 멀리까지 헤엄쳐 가는 것은 금지하겠다. 그리고 내가 호루라기를 불면 언제라도 당장 물에서 나오도록 해. 내 시야에서 벗어나면 안 돼! 그리고 잠수도 금지야! 이상이다. 내 말대로 하지 않는 사람은 앞으로 해수욕

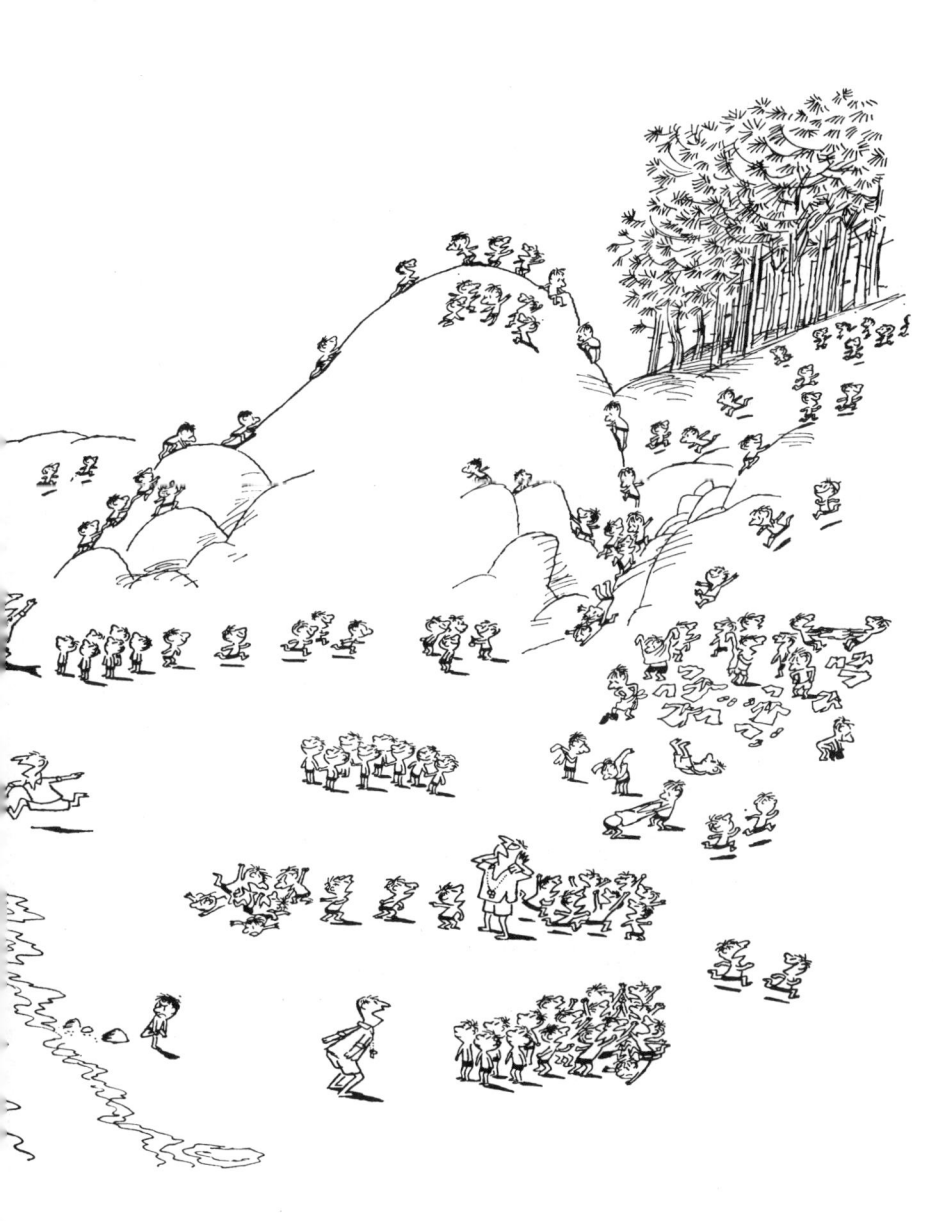

을 할 수 없을 거다. 알아들었지? 자, 그럼 가서 수영해. 준비운동은 없다. 모두 물속으로!"

그러고 나서 팀장 선생님은 호루라기를 크게 한 번 불더니 바다를 향해 달려갔다. 우리도 선생님을 따라 물속으로 뛰어들었다. 바닷물은 차가웠고 파도가 조금씩 일고 있었다. 아주 재미있을 것 같았다.

그런데 물속에 들어가서 보니까 우리 팀 애들 전부가 바닷속에 들어온 게 아니었다. 한 아이가 해변에 남아 울고 있었다. 폴랭이었다. 폴랭은 집에 보내달라며 밤낮 울고불고 떼쓰는 아이다.

"폴랭, 이리 들어와!"

팀장 선생님이 소리쳤다.

"싫어요! 무섭단 말예요! 엄마 아빠한테 가고 싶어요!"

폴랭은 모래 위에 나뒹굴며 자기는 너무너무 불행하다고 울부짖었다.

"좋아. 너희들은 꼼짝 말고 여기 모여 있어. 난 폴랭을 데리러 갔다올 테니."

팀장 선생님이 폴랭을 달래러 물 밖으로 나갔다.

"야, 이 녀석아. 뭐가 무섭다고 그러는 거야."

선생님이 말했다.

"무섭단 말예요. 정말이에요."

폴랭이 외쳤다.

"하나도 안 위험해. 손 이리 줘봐. 내가 붙잡아줄 테니까 같이 물에 들어가보자. 절대 손 놓지 않겠다고 약속하마."

폴랭은 선생님 손을 잡고는 울면서 물 있는 데까지 따라왔다. 하지만 파도가 발을 적시자 또다시 소리쳤다.

"앗 차가! 차가워요! 무섭단 말예요! 아무래도 죽을 것 같아요!"

"얘기했잖아. 그럴 거 하나도 없다구…… 앗! 저건 누구지? 저기 부표 있는 데로 헤엄쳐 가는 사람?"

팀장 선생님이 말을 하다 말고 갑자기 두 눈을 부릅뜨고 소리쳤다.

"크레팽이에요. 쟨 수영을 진짜 잘한대요. 그래서 부표까지 헤엄쳐 갈 수 있나 없나 내기한 거예요."

흰 아이가 말했다.

팀장 선생님이 폴랭의 손을 놓고 물속에 뛰어들었다.

"크레팽! 이리 와! 빨리!"

선생님은 호루라기를 불었지만 물이 들어가서 그런지 호루라기에서는 거품 빠지는 소리만 날 뿐이었다.

"난 어떡해요! 물에 빠질 것 같다구요! 으아! 엄마! 아빠! 으아!"

뒤에 남은 폴랭이 소리쳤다. 물이 발목까지밖에 안 오는데도 생난리를 쳐댔다. 정말 우스운 녀석이다.

드디어 팀장 선생님이 크레팽을 데리고 돌아왔다. 선생님은 크레팽에게 혼자 모래사장에 있으라는 벌을 주었다. 크레팽은 분해서 씩씩거리며 물 밖으로 나갔다. 팀장 선생님은 우리 숫자를 세어보았다. 하지만 숫자는 맞지 않았다. 선생님이 없는 동안 이리저리 흩어져버렸기 때문이다. 크레팽을 데리러 갔다가 호루라기를 잃어버린 선생님은 우리를 불러모으기 위해 고함을 지르기 시작했다.

"살쾡이 팀 집합! 살쾡이 팀! 용기! 용기!"

다른 팀 선생님이 다가왔다.

"이봐, 제라르. 그렇게 악을 쓰면 어떻게 해? 우리 애들이 내 호루라기 소리를 들을 수가 없잖나."

그러고 보니 이것도 말해두어야겠다. 소란을 피운 건 오히려 팀장 선생님들이었다는 것 말이다. 호루라기를 불고, 고함을 지르고, 이름을 부르고 하느라 난리법석이었다. 어쨌든 우리 팀장 선생님은 인원을 다시 점검했다. 이번에는 모두 있었다. 그런데 갑자기 갈베르가 물 밖으로 턱만 내놓고 아우성을 쳤다.

"구멍에 빠졌어요! 살려줘요! 구멍에 빠졌다구요!"

알고 보니 물속에 웅크리고 앉아 장난을 친 거였다. 팀장 선생님은 갈베르한테 벌을 주었다. 물 밖으로 나가 크레팽하고 같이 있으라고 했다. 갈베르도 참 웃기는 애다!

조금 후 팀장 선생님들이 호루라기를 불더니, 오늘 아침 수영은 이걸로 충분하다고 소리쳤다.

"해변에 팀별로 집합!"

우리는 줄을 맞춰 섰고, 선생님이 숫자를 세었다.

"열하나! 한 명이 모자라는데!"

선생님이 말했다. 없는 애는 폴랭이었다. 폴랭은 아직도 물속에 있었다.

"난 물속에 있을래요! 나가면 춥잖아요! 여기 있을래요!"

폴랭이 외쳤다.

화가 난 팀장 선생님이 폴랭의 팔을 잡아끌어 데려왔다. 그러자 폴랭은 엄마 아빠한테 가고 싶다고 소리를 지르는가 하면, 물속으로 도로 들어가겠다고 소리를 질러대며 난리를 쳤다. 팀장 선생님이 다시 인원수를 세었다. 그래도 역시 한 명이 모자랐다.

"크레팽이 없어요……."

우리가 말해주었다.

"설마 다시 물속에 들어간 건 아니겠지?"

팀장 선생님 얼굴이 하얗게 되었다.

그때 옆팀 선생님이 우리 선생님에게 말했디.

"여기 한 명이 더 있는데, 혹시 자네 팀 아이 아냐?"

크레팽이었다. 초콜릿을 먹고 있는 아이를 보고, 한 입 얻어먹을까 해서 갔던 거였다.

팀장 선생님이 크레팽을 데리고 온 후, 다시 숫자를 세었다. 이번엔 열세 명이었다.

"이중에서 살쾡이 팀 아닌 사람 누구야?"

팀장 선생님이 물었다.

"나예요, 아저씨."

어떤 꼬마가 대답했다.

"넌 어느 팀에서 왔지? 새끼 독수리 팀? 아니면 재규어 팀?"

선생님이 물었다.

"아뇨. 난 벨뷔 호텔에서 왔어요. 저기 방파제 위에서 자고 있는 사람이 우리 아빠예요."

그 꼬마는 이렇게 대답하고 나서 자기 아빠를 불렀다.

"아빠! 아빠!"

자고 있던 아저씨가 고개를 들더니 천천히 일어나 우리에게 다가왔다.

"보보, 또 무슨 일이야?"

아저씨가 물었다.

"아저씨 아들이 우리 애들하고 놀고 싶어서 왔나 봐요. 여름 캠프에 온 애들이 부러웠던 게죠."

그러자 그 아저씨가 말했다.

"그럴지도 모르죠. 하지만 난 우리 아들을 캠프 같은 데엔 안 보낼 거요. 당신을 화나게 할 마음은 없소만, 아까부터 지켜본 바로는 부모만큼 애들을 잘 감독할 사람은 없다는 인상을 받아서 말이오."

　　캠프 책임자인 라토 원장님이 아이들 말고 좋아하는 것이 하나 더 있는데 바로 숲길 산책이다. 라토 원장님은 이 멋진 아이디어를 제안하기 위해 저녁 식사가 끝나기만을 초조하게 기다렸다.

돌풍의 숲

　어제 저녁 식사가 끝나자 우리 캠프(아무리 생각해도 엄마 아빠가 날 여기 보낸 건 참 잘한 일이다.)의 책임자인 라토 원장님이 우리를 모아놓고 이렇게 말했다.

　"내일은 다 함께 돌풍의 숲으로 소풍을 갈 거예요. 배낭을 메고 걸어서 숲을 통과하는 겁니다. 어른들처럼 말이죠. 정말 신나는 경험이 될 것입니다."

　라토 원장님은 내일 새벽 일찍 출발할 거고, 떠나기 전에 즈누 총무 선생님이 간식거리를 나눠줄 거라고 덧붙였다. 우리는 세 번이나 만세를 불렀다. 잠자리에 들기 위해 막사로 갔지만 흥분이 되어 잠이 잘 오지 않았다.

　아침 여섯 시가 되자 팀장 선생님이 막사로 왔다. 선생님은 우리를 깨우느라 무척 애를 먹었다.

"장화를 신고 스웨터를 입도록 해라. 간식 넣어갈 배낭 잊지 말고…… 참, 배구공도 가지고 가자."

선생님이 말했다.

"선생님, 선생님, 카메라 가져가도 돼요?"

베르탱이 물었다.

"물론이지, 베르탱. 숲 속에서 다 같이 사진을 찍도록 하자. 아주 멋진 추억거리가 될 거야."

팀장 선생님이 대답했다.

"봐! 봐! 너희들 들었지? 내가 사진을 찍을 거라구!"

베르탱이 우쭐해서 외쳤다.

"그깟 카메라 하나 갖고 잘난 체하지 마. 네 카메라 따윈 필요없어. 난 너한테 사진 안 찍힐 거야. 움직여버릴 거라구."

크레팽이 말했다.

"너, 내 카메라 때문에 샘나서 괜히 그러는 거지? 다 알아. 넌 카메라가 없으니까."

베르탱이 응수했다.

"카메라가 없다구? 내가? 웃기고 있네! 우리 집에 가면 훨씬 더 좋은 게 있어, 알아?"

크레팽도 지지 않고 맞섰다.

"거짓말하지 마, 이 바보야!"

베르탱이 소리쳤다. 베르탱과 크레팽은 엉겨붙어 싸우기 시작했다. 팀장 선생님이 그 애들을 말리면서 계속 못된 짓을 하면 돌풍의 숲에 데려가지 않겠다고 했다. 그리고 우리 모두에겐 집합에 늦을지 모르니까 서두르라고 했다.

아침을 든든하게 먹고 난 우리는 주방 앞에 한 줄로 서서 즈누 총무 선생님이 나눠주는 빵과 오렌지를 받았다. 그러느라 시간이 많이 지체되었다. 총무 선생님은 짜증이 나기 시작한 것 같았다. 폴랭이 샌드위치를 보며 투덜거릴 때 특히 그랬다.

"선생님, 여기 비계가 있어요."

폴랭이 말했다.

"그냥 먹어라."

즈누 총무 선생님이 대답했다.

"엄마가 나보고 비계는 먹지 말라고 그랬는데도요? 그리고 나도 비계는 안 좋아한다구요."

"그럼 비계만 빼면 되잖니."

총무 선생님이 말했다.

"아까는 먹으라고 했잖아요. 나빠요! 난 집에 갈래요!"

폴랭은 울기 시작했다.

하지만 일은 곧 해결되었다. 갈베르가 얼른 자기 샌드위치에 들어 있는 비계를 먹고는, 폴랭 것과 바꿔줬기 때문이다.

우리는 캠프 밖으로 나왔다. 라토 원장님이 맨 앞에 섰고, 우리는 팀별로 줄을 서서 원장님을 따라갔다. 꼭 군대가 행진하는 것 같았다. 선생님이 노래를 부르라고 해서 우리는 아주아주 큰 소리로 노래를 불렀다. 아쉽게도 너무 이른 아침이어서 우리를 봐주는 사람들이 없었다. 사람들이 휴가 와 있는 호텔 앞을 지나갈 때도 아무도 내다보지 않아 섭섭했다. 그때, 갑자기 창문 하나가 벌컥 열리더니 어떤 아저씨가 머리를 내밀고 소리쳤다.

"이 시간에 고래고래 소리를 지르고 다니다니, 너희들 머리가 어떻게 된 거 아냐?"

다른 창문이 열리더니 또 한 아저씨가 나타나 소리쳤다.

"파탱 씨, 또 당신이오? 당신 자식들이 온종일 떠들어대는 걸로도 모자란단 말이오?"

"그렇게 요란 떨 것 없네, 랑슈아! 식사 때마다 추가 요리를 시켜먹는 주제에!"

다시 첫 번째 아저씨가 외쳤다. 또 다른 창문이 열리더니, 다른

아저씨가 나타나 소리를 지르기 시작했다. 하지만 그 아저씨가 뭐라고 했는지는 알아들을 수가 없었다. 이미 호텔에서 멀리 지나온데다가 소리 높이 노래를 부르고 있었기 때문이다.

이윽고 우리는 길을 벗어나 풀밭을 가로지르게 되었다. 하지만 아이들은 풀밭 안으로 들어가려고 하지 않았다. 풀밭에 소 세 마리가 있었기 때문이다. 선생님은 사내대장부가 그런 걸 겁내면 안 된다며 어서 들어가라고 했다. 그곳을 지날 때 노래를 부른 사람은 라토 원장님과 팀장 선생님들뿐이었다. 우리는 풀밭을 빠져나와 숲길로 들어선 뒤에야 노래를 부를 수 있었다.

숲은 아주 근사했다. 나무들이 굉장히 많았다. 하늘이 안 보일

정도로 숲이 우거져 있어, 사방이 어두웠다. 길도 없었다. 갑자기 폴랭이 길바닥에 뒹굴며 우는 바람에 행진을 멈추어야 했다. 폴랭은 길을 잃어버리면 어떡하냐고, 숲 속에 사는 짐승들한테 잡아먹히면 어떡하냐고 소리를 질렀다.

"야, 이 녀석아. 너 정말 구제불능이구나! 친구들 좀 봐라. 쟤네들도 무섭다고 그러니?"

팀장 선생님이 폴랭에게 말했다.

선생님의 말이 끝나기도 전에 한 아이가 자기도 무섭다며 따라 울기 시작했다. 다른 애들 서너 명도 울음을 터뜨렸다. 그중엔 장난으로 우는 척하는 아이도 있는 것 같았다.

라토 원장님이 와서 우리를 불러모았다. 나무들 때문에 한곳에 모이는 것도 쉽지 않았다. 원장님은 우리에게 어른스럽게 행동해야 한다고 말했고, 숲 속에서 길을 잃어버렸을 때 길을 찾는 방법은 굉장히 많다고 설명했다. 나침반을 사용하는 방법이 있고, 태양을 이용하는 방법도 있고, 또 별을 이용하는 방법, 이끼를 보고

아는 방법도 있다고 했다. 자기가 작년에도 여기 와본 적이 있어서 길을 잘 알고 있으니 걱정할 것 하나도 없다고 했다. 그러고 나서, 이만큼 놀았으면 됐으니 다시 출발하자고 했다.

그러나 우리는 출발할 수 없었다. 아이들 몇 명이 숲 속으로 들어가버렸기 때문이다. 그 애들을 다시 불러모아야 했다. 숲으로 들어간 아이들 중 두 명은 숨바꼭질을 하고 있었다. 한 명은 금방 찾았지만 다른 한 명은 찾을 수가 없어서 "못 찾겠다, 꾀꼬리" 하고 외쳐야 했다. 그 애는 나무 뒤에 숨어 있다가 나왔다. 또 다른 애 한 명은 버섯을 찾으러 갔고, 세 명은 배구공을 갖고 놀러 갔다. 갈베르는 버찌가 열렸는지 보러 나무 위에 올라갔다가 못 내려오고 있었다 이럭저럭 모두 모이게 되어 다시 출발하려고 하는데, 베르탱이 외쳤다.

"선생님! 캠프로 돌아가야겠어요! 카메라를 두고 왔어요!"

그러자 크레팽이 베르탱을 놀려댔고, 둘은 싸우기 시작했다. 하지만 싸움은 곧 끝났다. 팀장 선생님이 버럭 소리를 질렀던 것이다.

"당장 그만둬! 안 그러면 엉덩이를 때려줄 거야!"

우리는 깜짝 놀랐다. 팀장 선생님이 그렇게 크게 소리를 지른 건 처음이었기 때문이다!

우리는 아주아주 오랫동안 숲 속을 걸었기 때문에 무척 피곤했다. 갑자기 모두 정지하라는 소리가 들렸다. 라토 원장님이 머리를 긁적이더니 팀장 선생님들을 불러모았다. 선생님들은 제각기 다른 방향을 가리켰다. 원장 선생님 목소리가 들려왔다.

"참 이상도 하지. 지난해 이후로 벌목을 했나? 도대체 지형을 알아볼 수가 없어."

원장 선생님은 손가락 하나를 입속에 넣었다 뺀 후, 머리 위로 들어올렸다. 그러고 나서 원장님은 다시 걷기 시작했고, 우리는 그 뒤를 쫓아갔다. 참 신기했다. 그것도 길 찾는 방법 중 하나인 것 같았다. 하지만 그 방법은 아까 원장님이 가르쳐주지 않았다.

한참을 걸어서 마침내 숲을 빠져나왔다. 아까 지나왔던 풀밭을 다시 가로질렀다. 소들은 없었다. 비가 와서 다른 데로 간 것 같았다. 비가 내리기 시작하자, 우리는 뛰어서 찻길을 건너 어느 주차장 안으로 들어갔다. 거기서 간식도 먹고 노래도 부르며 즐겁게 놀았다. 잠시 후 비가 멈추었지만, 시간이 너무 늦어서 캠프로 돌아와야 했다. 하지만 라토 원장님은 이대로 물러설 수 없다며, 내일이나 모레 다시 돌풍의 숲에 가자고 했다.

이번엔 차를 타고 말이다.

사랑하는 엄마 아빠께,

저는 아주 착하게 지내고 있어요. 뭐든지 잘 먹고, 친구들과도 재미있게 놀아요. 그런데 엄마 아빠가 나는 낮잠 안 자도 된다고 라토 원장님에게 편지를 써줬으면 좋겠어요. 아빠와 내가 수학 문제를 못 푼 다음 날, 담임 선생님께 갖다드리는 편지처럼 말이에요.

—니콜라가

낮잠

여름 캠프에서 마음에 들지 않는 게 있다면, 매일 점심 먹고 나서 반드시 낮잠을 자야 한다는 거다. 낮잠 자는 건 꼭 지켜야 하는 규칙이다. 아무리 핑계를 대도 소용이 없다. 이렇게 부당한 일은 세상에 또 없을 거다. 우리가 아침에 일어나서 하는 일이라고는, 기껏해야 체조하고, 세수하고, 침대 정리하고, 아침 먹고, 바다에 나가서 수영하고, 모래사장에서 노는 것뿐이다. 피곤해서 쉬어야 할 이유라고는 하나도 없는데…….

그래도 한 가지 좋은 건, 낮잠 시간 동안 팀장 선생님이 우리를 조용히 잡아두기 위해 옛날이야기를 해준다는 거다. 그건 참 좋다.

"자, 이제 모두 침대로 올라가, 아무 소리도 내지 말고."

팀장 선생님이 말했다.

우리는 모두 선생님 말대로 했다. 베르탱만 빼고, 베르탱은 침대 밑에 들어가 있었다.

"베르탱! 넌 항상 청개구리짓만 하는구나! 하긴 그렇게 놀랄 일도 아니지. 넌 우리 팀에서 제일 말썽꾸러기니까!"

선생님이 소리쳤다.

"왜 그러세요, 선생님. 운동화 찾으려고 그런 거란 말예요."

베르탱이 말했다. 베르탱은 우리의 친구지만, 정말 못 말리는 말썽꾸러기다. 그래도 그 애랑 놀면 참 재미있다.

베르탱이 다른 애들처럼 자리에 눕자 선생님은 다른 막사 아이들을 방해하면 안 되니까, 조용히 있다가 자라고 했다.

"선생님, 옛날이야기 해주세요! 옛날이야기요!"

우리는 한꺼번에 소리쳤다. 팀장 선생님이 크게 심호흡을 한 번 하고는 좋다고, 하지만 조용히 해야 된다고 말했다.

"옛날옛날 아주 먼 나라에 아주 착한 왕이 살고 있었어요. 하지만 왕 밑에는 마음씨가 아주 나쁜 재상이 있었는데……."

선생님은 거기서 이야기를 멈추고 우리에게 물었다.

"재상이 뭔지 아는 사람 있니?"

베르탱이 손을 들었다.

"응, 그래! 베르탱이 말해볼래?"

선생님이 물었다.

"화장실 갔다와도 돼요?"

베르탱이 대답했다.

팀장 선생님은 눈살을 찌푸리더니 심호흡을 한 번 하고 말했다.

"좋아, 갔다와라. 하지만 빨리 돌아와야 해."

베르탱이 밖으로 나가자 선생님은 침대 사이를 걸어다니며 옛날이야기를 계속 했다. 내가 좋아하는 건 카우보이하고 인디언이 나오는 이야기나 비행사들 이야기이다. 아무튼 팀장 선생님의 옛날이야기는 계속되었고 아무도 소리를 내지 않았다. 나는 카우보이 옷을 입고 은으로 된 멋진 권총을 허리에 찬 채 말을 타고 있었다.

난 보안관이었고, 수많은 카우보이들을 지휘했다. 인디언이 곧 우리를 습격할 참이었다. 그때 누군가가 소리쳤다.

"얘들아, 이것 좀 봐! 새알을 발견했어!"

나는 단숨에 자리에서 일어나 앉았다. 소리친 애는 베르탱이었다. 베르탱이 새알을 들고 막사로 들어온 거다.

아이들이 새알을 보려고 모두 일어났다.

"누워 있어! 모두 누워 있으라구!"

팀장 선생님이 외쳤다. 선생님은 기분이 굉장히 안 좋아 보였다.

"선생님, 이게 무슨 알 같아요?"

베르탱이 물었다.

하지만 선생님은 그런 건 알아서 뭐 하냐면서, 빨리 제자리에 갖다두고 와서 자라고 했다. 베르탱은 새알을 들고 나갔다.

자는 사람이 아무도 없자, 선생님은 옛날이야기를 계속 했다. 선생님의 이야기는 그런 대로 재미있었다. 특히, 마음씨 착한 왕이 백성들이 자기에 대해 어떻게 생각하는지 알아보기 위해 변장을 하고 나간 사이에, 못된 재상이 왕위를 빼앗는 부분이 그랬다. 갑자기 선생님은 이야기를 멈추고 이렇게 말했다.

"이 말썽꾸러기 베르탱 녀석, 어디서 뭘 하느라 아직도 안 돌아오는 거지?"

"제가 가서 찾아올까요?"

크레팽이 물었다.

"그래라. 하지만 빨리 와야 한다."

선생님이 대답했다.

484

크레팽이 밖으로 나가는가 했더니, 곧바로 다시 뛰어들어왔다.

"선생님, 선생님! 베르탱이 나무 꼭대기에 매달려서 못 내려오고 있어요."

크레팽이 소리쳤다.

그 말을 듣고 팀장 선생님이 달려나갔다. 우리도 선생님을 뒤쫓아나갔다. 자느라고 아무 소리도 듣지 못한 갈베르도 깨워서 함께 데려갔다.

베르탱은 아주 높은 나무 위에 대롱대롱 매달려 있었다. 기분이 별로 안 좋아 보였다.

"저기 있어요! 저기요!"

우리는 베르탱을 가리키며 일제히 소리쳤다.

"모두 조용히!"

팀장 선생님이 외쳤다.

"베르탱, 너 거기서 도대체 뭐 하는 거야?"

"뭐 하냐구요? 선생님이 시킨 대로 새알을 제자리에 갖다두러 왔죠! 이 둥지에서 찾아낸 거니까요. 그런데 올라오다가 가지를 부러뜨려서 내려갈 수가 없어요."

베르탱은 이렇게 말하고는 울음을 터뜨렸다. 울음소리가 엄청나게 커서, 저 멀리까지 울려퍼졌다. 베르탱이 울자 나무 바로 옆에 있는 막사에서 다른 팀 팀장 선생님이 나왔다. 기분이 엄청 나빠 보였다.

"소란을 피우는 게 바로 자네 팀 아이들이었군!"

그 선생님이 우리 팀장 선생님에게 소리쳤다.

"우리 애들을 겨우 재워놨는데 도로 다 깨버렸잖아."

"속 편한 소리 하고 있네. 지금 우리 애 하나가 나무 위에 있다구. 저기 좀 봐."

우리 선생님도 소리쳤다.

다른 팀 선생님은 나무 위를 올려다보더니 낄낄거리며 웃기 시작했다. 그러나 그것도 잠시였다. 무슨 일이 났는지 보려고 그 선생님 팀 애들이 모두 막사 밖으로 나와서 나무 주위가 아이들로 빽빽해졌으니 말이다.

"이 녀석들, 빨리 들어가서 자란 말이야!"

다른 팀 선생님이 외쳤다. 그리고 우리 팀장 선생님에게 말했다.

"이봐, 도대체 이게 뭐야? 애들 좀 꽉 잡으라구. 그러지 못할 바엔 캠프 팀장을 그만두든가!"

"남 말 하고 있네. 자네 애들이나 신경쓰시지. 저놈들도 우리 애들만큼이나 시끄럽구먼!"

우리 팀장 선생님도 지지 않고 응수했다.

"물론 그렇지. 하지만 그건 자네 팀 애들이 우리 애들을 다 깨워놔서 그런 거라구!"

다른 팀 선생님이 대꾸했다.

그때 베르탱이 외쳤다.

"선생님, 저 좀 내려주세요!"

선생님들은 말싸움을 그치고 사다리를 구하러 갔다.

"저렇게 나무 위에서 꼼짝 못 하다니, 저 녀석 바보 아냐?"

다른 팀 아이가 말했다.

"네가 무슨 상관이야?"

내가 그 녀석에게 한마디 쏘아주었다.

"상관있지! 너희 팀은 몽땅 바보들뿐이잖아. 소문이 자자하다구!"

그 애가 말했다.

"너, 다시 한번 말해봐!"

갈베르가 말했다.

그러자 그 애는 똑같은 말을 되풀이했고, 우린 싸우기 시작했다.

싸움이 나자 베르탱이 나무 위에서 소리쳤다.

"이봐, 애들아! 애들아! 내가 내려갈 때까지 기다려! 나도 끼워달라구."

이윽고 선생님들이 사다리를 들고 뛰어왔다. 라토 원장님도 무슨 일이 난 건지 알아보러 달려왔다. 모두들 소리를 지르니까 아주 신이 났다. 베르탱이 자기도 같이 놀게 빨리 내려달라고 조바심을

488

처서 선생님들은 더 화가 났다.

"각자 막사로 돌아가, 빨리!"

라토 원장님이 버럭 고함을 질렀다. 꼭 우리 학교 학생주임 부이옹 선생님 목소리 같았다.

우리는 낮잠을 자러 돌아갔다.

하지만 낮잠 시간은 그리 오래 가지 못했다. 곧 집합 시간이 되었기 때문이다. 팀장 선생님이 우리한테 전부 밖으로 나가라고 했다. 그리고 나서야 선생님은 기분 좋은 표정을 지었다. 선생님도 우리처럼 낮잠 시간을 별로 좋아하지 않는 것 같다.

한 가지 빼먹은 이야기가 있다. 베르탱이 아주 깊이 잠이 들어서 아무리 깨워도 일어나지 않았다는 것 말이다.

사랑하는 니콜라,

엄마 아빠는 네가 캠프에서 재미있게 생활하기를 바라고 있단다. 무엇이든 잘 먹고, 친구들과도 사이좋게 지내도록 하렴. 낮잠 문제에 대해서는 라토 원장님 의견이 옳다고 생각되는구나. 저녁 식사 후에 쉬고 잠도 자야 하는 것처럼, 점심 식사 후에도 그래야 하는 거란다. 널 잘 알고 있으니까 하는 말인데, 그냥 내버려두면 아마 밤에도 놀고 싶다고 하겠지. 감독 선생님들이 계시는 게 얼마나 다행스러운지 모르겠다. 항상 선생님 말씀을 잘 들어야 해, 알았지? 그리고 수학 문제 말인데, 사실 아빠는 어떻게 풀어야 하는지 알고 있었지만 네가 혼자 힘으로 풀게 하려고 그런 거란다……

                                         ─엄마 아빠가

야간 놀이

어제 저녁 식사 시간에 라토 원장님이 팀장 선생님들과 한참 동안 수군거렸다. 선생님들은 그러면서 우리를 힐끔힐끔 쳐다보았다. 후식을 먹고 나자,(후식은 구즈베리잼이었는데 아주 맛있었다.) 선생님들이 우리에게 빨리 가서 자라고 했다.

우리가 막사로 가자, 곧 팀장 선생님이 감독을 하러 왔다. 선생님은 아픈 사람이 없는지 살핀 후, 조금 있으면 기운이 필요하게 될 테니까 어서 자두라고 했다.

"뭘 할 건데요?"

칼릭스트가 물었다.

"기다려보면 알게 될 거야."

선생님이 대답했다. 그리고 우리에게 잘 자라고 말하며 불을 껐다. 보통 때와는 뭔가 달랐다. 쉽게 잠이 오지 않을 것 같았다. 잠들기 전에 조금이라도 흥분해 있으면 항상 그러니까 말이다.

한밤중에 갑자기 호루라기 소리와 고함 소리가 요란해서 자리에서 벌떡 일어났다.

"야간 놀이 준비! 야간 놀이 준비! 모두 집합!"

누군가가 밖에서 이렇게 외치고 다녔다.

갈베르만 빼고 모두 자리에서 일어나 앉았다. 갈베르는 아무것도 안 들리는지, 그 소란 속에서도 계속 잠을 자고 있었다. 폴랭은 무섭다며 이불 속으로 들어가 울었다. 모습은 보이지 않고, "으으으" 하는 소리만 들렸다. 하지만 우린 그 애가 뭐라고 하는지 알고 있었다. 늘 그러는 것처럼 집에 보내달라며 울고 있을 게 틀림없었다.

조금 있으니 막사 문이 활짝 열리고 팀장 선생님이 들어와 불을 켰다. 야간 놀이가 있으니까 두꺼운 스웨터를 꺼내 입고 빨리 집합하라고 했다. 폴랭이 이불 밖으로 고개를 내밀고는 자기는 밤에 밖에 나가는 게 무섭다고 외쳤다. 엄마 아빠도 밤엔 자기를 내보내지 않는다며 억지를 부렸다.

"그럼, 넌 여기 남아 있어라."

팀장 선생님이 말했다.

그러자 폴랭은 막사 안에 혼자 남아 있는 게 더 무섭다면서, 벌떡 일어나 제일 먼저 나갈 준비를 했다. 밖으로 나가면서 폴랭은 엄마 아빠한테 일러바칠 거라고 투덜거렸다.

우리는 캠프 한가운데에 집합했다. 밤이 깊어 칠흑 같이 어두웠기 때문에, 불을 켰는데도 앞이 잘 보이지 않았다.

라토 원장님이 우리를 기다리고 있었다.

"어린이 여러분, 이제 야간 놀이를 시작하려고 합니다. 우리 모두가 사랑하는 즈누 총무 선생님이 캠프 깃발을 갖고 사라졌습니다. 여러분은 즈누 총무 선생님을 찾아내서, 깃발을 다시 캠프로 가져오면 됩니다. 팀별로 행동하세요. 깃발을 가져오는 팀은 상으로 초콜릿을 받을 겁니다. 다행스럽게도 즈누 총무 선생님이 몇 가지 힌트를 남겨놓았으니, 그 힌트를 잘 이용하면 총무 선생님을 쉽게 찾아낼 수 있을 겁니다. 지금부터 그 힌트를 말해줄 테니 잘 들어보세요. '나는 중국을 향해 떠났다. 그런데 커다랗고 흰 조약돌 세 개가 쌓인 무더기 앞에서⋯⋯' 떠들지 말고 조용히! 내가 말할 때 딴소리 하면 어떻게 되지?"

베르탱이 움찔하며 호루라기를 주머니 속에 집어넣었다. 라토

493

원장님이 계속 말했다.

"'커다랗고 흰 조약돌 세 개가 쌓인 무더기 앞에서, 나는 생각을 바꾸어 숲으로 갔다. 나는 길을 잃지 않기 위해 엄지공주가 한 것처럼 했다. 그리고……' 자, 자, 마지막으로 경고합니다. 저기 뒤에, 호루라기 갖고 장난치는 사람 그만두지 못하겠어요?"

"아! 죄송합니다, 원장님. 전 말씀이 다 끝나신 줄 알았어요."

팀장 선생님 중 한 명이 말했다.

그 말을 듣고 라토 원장님이 한숨을 내쉬며 말했다.

"좋습니다. 자, 다시 한 번 말합니다. 이 단서들이 즈누 총무 선생님과 캠프 깃발을 찾아내는 데 도움이 될 겁니다. 여러분은 팀별로 단체 행동을 하면서 재치와 통찰력과 진취성을 십분 발휘하도록 하십시오. 그럼, 시작!"

원장님이 개시 선언을 하자, 팀장 선생님들은 연달아 호루라기를 불어댔고, 모두들 사방으로 뛰기 시작했다. 하지만 어디로 가야 할지 아무도 몰랐기 때문에 캠프 밖으로 나가는 사람은 한 명도 없었다.

우린 무지무지 신이 났다. 밤에 놀이를 한다는 건 정말 대단한 모험이다.

"내가 손전등을 가져올게."

칼릭스트가 말했다.

하지만 팀장 선생님은 칼릭스트를 불러세웠다.

"흩어지지 말고, 우선 무엇부터 시작해야 할지 같이 상의해봐. 다른 팀보다 먼저 즈누 총무 선생님을 찾아내려면 빨리 해야 할

494

거야."

그 문제에 대해선 너무 걱정하지 않아도 될 것 같았다. 모두 소리치며 뛰어다니기만 할 뿐 캠프 바깥으로 나간 사람은 아직 아무도 없었기 때문이다.

"잘 생각해봐. 즈누 총무 선생님은 중국을 향해 간다고 했어. 중국은 동방에 있는 나라야. 그렇다면 동서남북 중 어느 쪽이지?"

팀장 선생님이 물었다.

"우리 집에 있는 지도책에 중국이 나와요. 로잘리 고모가 내 생일 선물로 사준 거예요. 하지만 사실 난 자전거를 받고 싶었거든요."

크레팽이 말했디.

"우리 집엔 멋진 자전거가 있어. 내 자전건데 말야."

베르탱이 끼어들었다.

"경주용이야?"

내가 물었다.

"저 애 말 믿지 마. 쟨 항상 뻥만 친다구!"

크레팽이 소리쳤다.

"너, 따귀를 갈겨줄 테야. 이 말도 뻥으로 들리냐?"

베르탱도 큰 소리로 외쳤다.

"중국은 동쪽에 있어!"

팀장 선생님이 참다 못해 소리쳤다.

"동쪽이 어딘데요?"

어떤 애가 물었다.

"어, 선생님! 얘는 우리 팀이 아니에요! 스파이인가 봐요!"

칼릭스트가 외쳤다.

"난 스파이가 아냐! 난 독수리 팀이야. 이 캠프에서 제일 훌륭한 팀이라구!"

그 애가 맞받아 소리쳤다.

"그래? 그럼 너희 팀으로 가야지."

우리 선생님이 말했다.

그러자 그 애는 "우리 팀이 어디 있는지 몰라서 그래요"라고 말하고는 울기 시작했다. 정말 바보 같은 애였다. 아직까지 캠프를 벗어난 사람은 아무도 없으니까, 그 애 팀도 분명히 이 근처 어딘가에 있을 텐데 말이다.

"해가 어느 쪽에서 뜨지?"

선생님이 다시 물었다.

"갈베르 자리 쪽이요. 그 애 침대가 창가에 있는데, 햇빛 때문에 잠이 일찍 깬다고 늘 불평하거든요."

조나스가 대답했다.

그때 주위를 둘러보던 크레팽이 갑자기 외쳤다.

"어! 선생님! 갈베르가 없는데요!"

"맞아요. 걘 아직도 자고 있을 거예요. 엄청난 잠꾸러기거든요. 제가 데리고 올게요."

베르탱이 말했다.

"빨리 갔다와!"

팀장 선생님이 소리쳤다.

잠시 후 베르탱이 돌아와서 도저히 갈베르를 못 깨우겠다고 했다.

"안됐지만 할 수 없지. 갈베르는 그냥 놔두자, 더 이상 시간 낭비하면 안 되니까."

선생님이 말했다.

하지만 캠프 바깥으로 나간 사람은 아직 하나도 없기 때문에, 시간 낭비한 게 그리 심각한 일은 아닌 것 같았다.

캠프 한가운데 서 있던 라토 원장님이 소리를 지르기 시작했다.

"조용히! 팀장 선생님들이 명령을 내리도록 하세요! 아이들을 모아서 놀이를 시작하라구요!"

하지만 그건 정말 우스꽝스러운 명령이었다. 모두들 깜깜한 어둠 속에 마구 뒤섞여 있었기 때문이다. 우리 팀에만 해도 독수리 팀 애 한 명, 용사 팀 애 두 명이 섞여 있었다. 폴랭은 인디언 팀에 가서 울고 있었다. 그 애 울음소리를 듣고 우리가 인디언 팀에 가서 그 애를 데리고 왔다. 칼릭스트는 자기네 팀장 선생님을 찾아다니는 사냥꾼 팀에 염탐을 하러 갔다. 진짜 재미있게 놀았다. 그런데 갑자기 비가 억수같이 퍼붓기 시작했다.

라토 원장님이 외쳤다.

"놀이 중지! 모두 자기 막사로 돌아가도록!"

명령은 금세 실행되었다. 캠프 밖으로 나간 사람이 아무도 없었으니까 말이다.

다음 날 아침, 즈누 총무 선생님이 깃발을 든 채 오렌지 농장 주인 차를 타고 돌아왔다. 즈누 총무 선생님은 소나무 숲에 숨어 있었다고 했다. 그러다가 비도 오고, 우리를 기다리는데 진력도 나서 캠프로 돌아오려고 했지만, 숲에서 길을 잃고 물구덩이에 빠졌다고 했다. 총무 선생님은 도와달라고 소리를 질렀고, 농장에서 기르는 개가 그 소리를 듣고 짖어댄 덕택에 농부 아저씨가 총무 선생님을 발견해서, 농장에 데려가 하룻밤 재워주었다는 것이다.

하지만 그 농부 아저씨가 초콜릿을 받았는지 안 받았는지는 잘 모르겠다. 아무튼 상은 농부 아저씨가 받아야 한다. 농부 아저씨가 총무 선생님을 찾아냈으니까.

498

　'낚시가 마음을 진정시키는 데 효과가 있다는 것은 부인할 수 없는 사실이다…….' 잡지에 실린 이 기사 한 토막이 살팽이 팀의 젊은 팀장 선생님인 제라르 레투프 씨에게 깊은 인상을 주었다. 기사를 다 읽고 난 선생님은 달콤한 밤을 보냈다. 열두 명의 꼬마들이 잔잔한 물 위에 떠 있는 열두 개의 찌를 주시하며 꼼짝 않고 조용히 앉아 있는 꿈을 꾸며…….

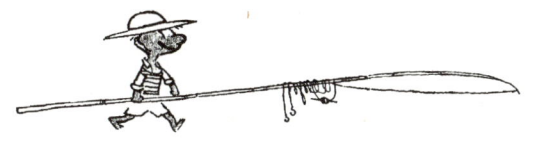

생선수프

오늘 아침, 팀장 선생님이 막사에 들어와 우리에게 말했다.

"얘들아! 해수욕은 매일 하니까, 오늘은 좀 색다르게 바다낚시를 하면 어떨까? 재미있을 것 같지 않니?"

우리는 모두 "네!" 하고 대답했다. '모두'라고 했지만 사실은 '거의 모두'라고 하는게 정확하다. 폴랭은 아무 말도 하지 않고 가만히 있었으니까. 그 앤 무슨 일이건 일단 의심부터 한다. 그리고 그럴 때마다 엄마 아빠에게 돌아가고 싶다고 떼를 쓴다. 폴랭 말고 대답하지 않은 애가 또 있다. 바로 갈베르다. 계속 자고 있었기 때문이다.

"그래, 그렇게 하기로 하자. 내가 벌써 주방장 아저씨에게 말했단다. 우리가 점심거리로 물고기를 잡아와서 캠프 전체에 생선수

501

프를 제공할 거라고 말이야. 그러면 다른 팀들도 우리 살쾡이 팀이 가장 훌륭하다는 걸 알게 되겠지. 자, 다 함께, 살쾡이 팀 만세!"

팀장 선생님이 말했다.

"만세!"

우리는 선생님을 따라 외쳤다. 갈베르만 빼고.

"우리 구호가 뭐지?"

팀장 선생님이 우리에게 물었다.

"용기!"

우리는 입을 모아 대답했다. 잠에서 깨어난 갈베르도 같이 외쳤다.

아침 점호 후, 다른 팀 애들은 해변으로 갔다. 라토 원장님이 우리에게 낚싯대와 벌레들이 가득 들어 있는 낡은 상자를 주었다.

"너무 늦으면 안 돼요. 내가 수프 끓일 시간은 있어야 하니까 말야."

주방장 아저씨가 웃으며 말했다. 주방장 아저씨는 언제나 웃는

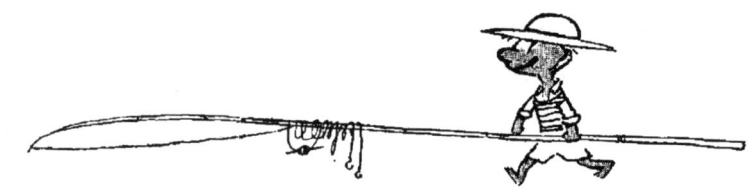

얼굴이다. 그래서 우리는 주빙징 아저씨를 참 좋아한다. 우리가 주방으로 아저씨를 보러 가면 아저씨는 "이런 꼬마 녀석들! 썩 나가지 못해! 안 나가면 이 커다란 국자로 때려줄 테다!"라고 소리친다. 그러면서도 아저씨는 우리에게 비스킷을 나누어준다.

우리는 낚싯대와 벌레 상자를 들고 방파제 맨 끝에 도착했다. 어떤 뚱뚱한 아저씨가 조그만 하얀 모자를 쓰고 낚시를 하고 있었는데, 우리를 보더니 기분 나쁜 표정을 지었다.

자리를 잡기 전에 팀장 선생님이 말했다.

"낚시를 하려면 무엇보다도 조용히 해야 해. 안 그러면 고기들이 도망치니까! 그리고 또 한 가지, 아주 조심해야 돼. 물에 빠지면 큰일이니까! 흩어지지 말고 한자리에 모여 있도록 하고, 바위로 내려가는 것은 금지한다! 특히 바늘에 찔리지 않도록 주의해라!"

그때, 뚱뚱한 아저씨가 소리쳤다.

"그만 좀 할 수 없소?"

"예?"

팀장 선생님이 깜짝 놀라 물었다.

"그 돼지 멱 따는 소리로 고래고래 고함치는 것 그만 좀 할 수 없난 말이오. 그렇게 소리지르면 고래도 놀라서 달아나겠소!"

뚱뚱한 아저씨가 다시 말했다.

"여기 고래도 있어요?"

베르탱이 물었다.

"고래가 있다면 난 돌아갈래!"

폴랭이 말했다. 그러고는 무섭다며 집에 보내달라고 울기 시작했다. 하지만 폴랭은 떠나지 않았다. 떠난 사람은 오히려 뚱뚱한 아저씨였다. 차라리 잘된 일이었다. 이제 우리끼리만 남았고, 방해할 사람도 하나도 없으니 말이다.

"너희 중에 누구 낚시해본 사람 있니?"

팀장 선생님이 물었다.

"저요! 작년 여름에 이만 한 고기를 잡았어요!"

아타나즈가 이렇게 말하며 있는 대로 팔을 벌렸다. 우리는 낄낄거릴 수밖에 없었다. 아타나즈는 우리 팀에서 제일 가는 허풍쟁이다.

"거짓말하고 있네."

베르탱이 아타나즈에게 말했다.

"너 샘나서 그러는 거지? 다 알아, 이 바보야. 내가 잡은 물고기는 정말로 이만 했다구!"

아타나즈가 다시 팔을 벌렸다. 그 틈을 타 베르탱이 아타나즈의 따귀를 때렸다.

"둘 다 그만해. 계속 그러면 낚시 못 하게 할 거야! 알아들었어?"

팀장 선생님이 외치자, 아타나즈와 베르탱은 잠잠해졌다. 하지만 아타나즈는 몹시 분한 듯 계속 씩씩거렸다.

"내가 곧 잡아올릴 물고기를 보면 다 알게 될 거야. 농담이 아니라구!"

그러자 베르탱은 그렇지 않다고, 자기가 잡을 물고기가 제일 클 거라고 대꾸했다.

팀장 선생님이 벌레를 낚싯바늘에 어떻게 꿰는지 보여주었다. 바늘에 찔리지 않도록 조심해야 된다고 했다. 우리는 모두 선생님처럼 해보려고 했지만 쉽지 않았다. 그래서 선생님이 우리를 도와

주었다. 벌레가 물까 봐 무서워서 꼼짝도 못 하고 있던 폴랭은 선생님이 바늘에 벌레를 꿰어주자 가능한 한 벌레와 멀리 떨어지기 위해 서둘러 낚싯대를 물에 넣었다. 우리도 모두 낚싯대를 바다 위에 드리웠다. 몇 명만 빼고 말이다. 아타나즈와 베르탱의 낚싯줄이 서로 엉켰고, 갈베르와 칼릭스트는 방파제 위에서 벌레들끼리 경주를 시키느라 정신이 없었다.

"찌를 잘 봐야 해!"

선생님이 말했다. 우리는 찌를 지켜보았다. 그러나 별다른 일은 생기지 않았다.

갑자기 폴랭이 비명을 지르며 낚싯대를 들어올렸다. 줄 끝에 물고기가 매달려 있었다.

"엄마야! 물고기다!"

폴랭은 소리를 지르며 낚싯대를 놓아버렸다. 놓친 낚싯대는 바위 위로 떨어졌다. 팀장 선생님은 손으로 얼굴을 한 번 쓸어내리고는 울고 있는 폴랭을 바라보았다.

"너희들 여기서 꼼짝 말고 기다려. 저, 저 맹…… 아니 꼬맹이가 떨어뜨린 낚싯대를 주워올 테니까."

팀장 선생님은 이렇게 말하고는 바위 위로 내려갔다. 바위가 미끄러워서 아주 위험했지만 다행히 모든 게 순조롭게 진행되었다. 크레팽이 말썽 피운 것만 빼면 말이다. 크레팽은 선생님을 돕는다고 따라 내려갔다가 바위에서 미끄러져서 물속에 빠졌다. 팀장 선생님이 간신히 크레팽을 건져올렸다. 하지만 그러면서 선생님이 너무나 크게 소리를 질러서, 저 멀리 해변에 있던 사람들까지 자리에서 일어나 우리 쪽을 쳐다보았다.

물 밖으로 나온 선생님이 폴랭에게 낚싯대를 돌려주었다. 하지만 낚싯대에는 이미 물고기가 없었다. 낚싯대를 돌려받은 폴랭은 물고기와 함께 벌레도 없어졌다는 것을 알고 굉장히 좋아했다. 폴랭은 자기 바늘에 벌레를 끼우지 않는다면 낚시를 계속 하겠다고 했다.

첫 번째로 물고기를 잡은 것은 갈베르였다. 완전히 갈베르의 날이었다. 벌레 경주에서 이긴 데다, 물고기까지 잡았으니 말이다. 모두들 갈베르의 물고기를 구경하러 몰려갔다. 가서 보니 그렇게 큰 놈은 아니었다. 그래도 선생님이 칭찬해주자 갈베르는 우쭐했다. 갈베르는 자기는 이미 고기를 잡았으니까 낚시는 이걸로 끝이라고 말하고는, 낮잠을 잔다고 방파제 위에 올라가 누웠다.

두 번째 물고기를 잡은 사람은…… 그게 누군지 여러분은 상상도 못할 것이다. 바로 나였다! 얼마나 굉장한 물고기였는지! 진짜로 엄청났다! 갈베르가 잡은 것보다는 조금 작은 것 같기도 했지만, 어쨌든 아주아주 훌륭했다.

한 가지 유감스러웠던 것은 팀장 선생님이 내 낚싯바늘에서 물고기를 떼어내다가 손가락을 찔렸다는 거다.(참 별난 일이다. 선생님한테 그런 일이 생기리라고는 생각도 못 했는데 말이다.) 아마도 그것때문에 선생님이 캠프로 돌아갈 시간이 됐다고 한 것 같다. 아타나즈와 베르탱이 투덜거렸다. 그 애들은 그때까지도 엉킨 낚싯줄을 못 풀고 있었다.

주방장 아저씨에게 물고기를 갖다줄 때 우리는 쑥스러웠다. 물고기 두 마리로 캠프 전체 아이들이 먹을 수프를 끓이려면 아무래도 모자랄 것 같다는 생각이 들었기 때문이다. 하지만 주방장 아저씨는 흥겹게 웃으면서 그거면 충분하다고 했다. 자기가 필요로 하는 양은 딱 그만큼이라는 거였다. 아저씨는 우리에게 상으로 비스킷을 주었다.

그런데…… 주방장 아저씨의 수프 솜씨는 정말 기가 막혔다! 엄청 맛있었다. 라토 원장님이 이렇게 외쳤다.

"살쾡이 팀 만세!"

"만세!"

모두들 따라했다. 우리도 자랑스러워서 같이 만세를 불렀다.

나중에 내가 주방장 아저씨한테 가서 물어봤다. 수프에 들어 있던 고기들을 보니까 우리가 잡은 것보다 크기도 크고 숫자도 많아

508

서, 어떻게 그럴 수 있는지 궁금했기 때문이다. 주방장 아저씨는 빙그레 웃으며 물고기를 물에 넣고 끓이면 그렇게 부풀어오르는 법이라고 설명해주었다. 그리고 나서 아저씨는 내게 선물로 잼 바른 빵을 주었다. 주방장 아저씨는 정말 좋은 분이다.

크레팽 부모님께,

키댁의 아이는 건강하게 잘 지내고 있습니다. 모두들 크레팽에게 만족하고 있다는 사실을 전해드리게 되어서 저도 무척 기쁩니다. 크레팽은 캠프 생활에 완벽하게 적응하고 있으며, 다른 아이들과도 매우 친하게 지낸답니다. 물론 가끔씩 '장난꾸러기 짓'(이렇게 표현하는 것을 양해해주시기 바랍니다.)을 하는 경향도 있습니다. 하지만 그것은 크레팽이 친구들로부터 사나이로, 대장으로 인정받기를 바라고 있어서 그런 듯합니다. 크레팽은 활발하고 성격도 매우 적극적이어서, 꼬마 친구들 사이에 상당한 영향력을 갖고 있습니다. 이렇듯 균형감각을 지닌 크레팽에게, 또래 친구들도 매우 감탄하고 있습니다. 바쁘시겠지만 지나는 길에 한번 들러주신다면 매우 고맙겠습니다……

— 푸른 캠프 원장 라토

크레팽 부모님의 방문

내가 지금 휴가를 보내고 있는 푸른 캠프는 아주 좋다. 친구들이 많아서 굉장히 재미있게 놀 수 있다. 한 가지 아쉬운 건 엄마 아빠가 없다는 거다. 아, 물론 우리는 엄마 아빠한테 편지를 아주 많이 쓰고 엄마 아빠 들도 우리에게 자주 편지를 한다. 편지에다 우리는, 먼저 우리가 여기서 무엇을 하는지 쓰고, 그다음에는 말썽 안 피우고 착하게 지내고 있으며, 먹을 것 잘 먹고, 재미있게 논다고 쓴다. 그리고 마지막에는 안녕히 계시라는 인사말을 쓴다. 엄마 아빠 들은 우리한테 보내는 답장에다 선생님 말씀 잘 듣고 뭐든지 잘 먹어야 하며 조심해야 한다고, 그리고 우리에게 뽀뽀를 보낸다고 쓴다. 하지만 엄마 아빠가 실제로 캠프에 와본다면 편지 쓸 때와는 사정이 좀 달라질 거다.

그러니까 크레팽은 정말 운이 좋았던 거다. 오늘 점심을 먹으려고 식탁에 앉았는데, 라토 원장님이 얼굴에 미소를 띠고 들어와서 이렇게 말했다.

"크레팽, 깜짝 놀랄 만한 선물이 있으니 밖에 나가보렴. 엄마 아빠가 널 보러 오셨단다."

우리는 다 같이 우르르 밖으로 몰려나갔다. 크레팽은 자기 엄마 아빠 목에 매달리며 뽀뽀를 했다. 크레팽의 엄마 아빠는 크레팽에게 그새 많이 자랐고 안색도 구릿빛으로 보기 좋게 탔다고 말했다. 크레팽은 부모님에게 장난감 전기 기차를 가져왔냐고 물어보았다. 크레팽 가족은 다시 만나게 되어 아주 기쁜 것 같았다. 크레팽은 자기 엄마 아빠에게 우리를 소개했다.

"얘네들이 내 친구들이에요. 얘는 베르탱이고, 쟤는 니콜라, 또 쟤는 갈베르, 그다음은 폴랭, 다음은 아타나즈, 기타 등등이죠.

그리고 이분은 우리 팀장 선생님이에요. 또 저기는 우리 막사구요. 어제는 낚시 가서 새우를 엄청 많이 잡았어요."

"저희와 같이 점심 식사 하실 수 있겠죠?"

라토 원장님이 크레팽 부모님에게 물었다.

"바쁘신데 괜히 폐 끼치고 싶지 않습니다. 저희는 그저 지나던 길이거든요."

크레팽 아빠가 대답했다. 그러자 옆에 있던 크레팽 엄마가 끼어들었다.

"저는 궁금한데요. 우리 꼬마들이 어떻게 식사하는지 말이에요."

"물론이죠, 부인. 하나도 문제될 것 없습니다. 주방장에게 식사를 이인분 더 준비하라고 말하죠."

라토 원장님이 말했다. 우리도 모두 식당으로 다시 들어갔다.

크레팽의 엄마와 아빠는 라토 원장님, 즈누 총무 선생님과 같은 식탁에 앉았다. 크레팽은 그냥 우리랑 같이 앉았다. 그 애는 굉장

히 자랑스러운 듯 어깨를 으쓱거렸다. 자기 아빠가 무슨 차를 타고 왔는지 봤냐고 우리한테 묻기도 했다. 라토 원장님은 크레팽 엄마 아빠에게 크레팽이 캠프 활동에 적극적이고 자발적으로 참여하며, 캠프에 있는 사람들이 모두 크레팽을 아주 좋아한다고 말했다. 곧이어 점심을 먹기 시작했다.

"음, 아주 맛있는데요?"

크레팽 아빠가 말했다.

"대단한 음식은 아니죠. 하지만 건강에 좋은 것을 골라 풍부하게 식단을 짰습니다."

라토 원장이 말했다.

"아가! 소시지는 껍질을 잘 벗겨서 먹어라. 여러 번 씹어 먹고!"

갑자기 크레팽 엄마가 큰 소리로 외쳤다.

크레팽은 엄마가 그렇게 말해서 기분이 상한 것 같았다. 아마 소시지를 이미 껍질째 먹어버렸기 때문이었을 거다. 말이 나왔으니 하는 말이지만, 원장님 말대로 크레팽은 먹는 데 엄청 적극적이다. 이어서 생선요리가 나왔다.

"아, 이건 코스타 브라바에서 먹은 호텔 요리보다 더 고급인데요."

크레팽 아빠가 말했다. 크레팽 아빠는 그게 어떤 요리였는지 설명하기 시작했다.

"물고기를 기름에 튀겨서 말이죠……."

"생선 가시! 가시 조심해야지, 아가! 너, 집에서 목에 생선 가시가 걸려서 울었던 거 기억나지?"

크레팽 엄마가 또 소리쳤다.

"울었던 적 없어요."

크레팽이 말했다. 얼굴이 새빨개져서 아까보다 훨씬 더 그을려 보였다.

후식으로는 크림이 나왔는데 정말 맛있었다. 후식을 먹고 난 뒤, 라토 원장님이 말했다.

"저희는 식사를 한 후엔 노래를 몇 곡 부른답니다."

그런 다음 원장님은 자리에서 일어나서 말했다.

"주목!"

곧이어 원장 선생님이 손을 들고 지휘를 하기 시작했고, 우리는 일제히 노래를 시작했다. '세상의 모든 길에는 조약돌이 있도

다……'라는 가사로 시작하는 노래였다. 이어 〈해적선〉도 불렀다.

"제비뽑기를 하자. 누가, 누가, 누가 먹힐지 알아보자. 에헤이! 에헤이!"

크레팽 아빠는 우리 노래가 재미있었는지 같이 따라 불렀다. 특히, 에헤이! 에헤이! 부분에서는 엄청 크게 소리를 질렀다. 노래가 다 끝나자 크레팽 엄마가 "아가, 〈작은 시소〉 노래도 불러보렴!" 하고 말했다.

크레팽 엄마는 라토 원장님에게 크레팽이 아주 어렸을 때, 그러니까 처음으로 머리를 깎기도 전에 그 노래를 불렀다고 설명했다. 그러면서 아줌마는, 처음 크레팽 머리를 깎아줄 때 애 아빠가 하도 우겨서 할 수 없이 깎아주긴 했지만, 곱슬곱슬한 머리털이 너무나 아까웠다는 말도 했다.

크레팽은 이젠 기억이 안 난다며 노래를 안 부르려고 했다. 그러자 그 애 엄마가 도와주겠다고 나섰다.

"영차, 영차! 작은 시소를 타면……"

아줌마가 먼저 시작했지만 크레팽은 여전히 입을 열지 않았다. 베르탱이 옆에서 낄낄거렸고, 그걸 본 크레팽은 기분이 나빠졌다. 조금 있다가 라토 원장님이 일어날 시간이라고 했다.

우리는 식당에서 나왔다. 크레팽 아빠가 원장님에게 이 시간엔 보통 무얼 하냐고 물었다.

"낮잠을 자지요. 그걸 원칙으로 삼고 있습니다. 아이들에게는 휴식이 필수적이거든요."

라토 원장님이 대답했다.

"옳은 말씀입니다."

크레팽 아빠가 말했다.

"난 낮잠 지기 싫어요. 엄마 아빠링 깉이 있을래요!"

갑자기 크레팽이 끼어들었다.

"그럼 그럼, 우리 귀염둥이. 라토 원장님이 오늘은 특별히 예외로 해주실 거야."

크레팽 엄마가 말했다.

"쟤가 낮잠을 안 잔다면 나도 안 잘 거야!"

베르탱이 외쳤다.

"네가 자건 안 자건 난 아무 상관없어. 어쨌거나 난 안 잘 거니까!"

크레팽이 대꾸했다.

"그런데 넌 왜 낮잠 안 자도 되는 건데?"

아타나즈가 물었다.

"그러게 말야. 크레팽이 안 잔다면 우리도 모두 안 잘 거라구."

칼릭스트가 말했다.

"뭐라구? 왜 내가 낮잠을 안 자? 난 졸리단 말야. 난 잘 권리가 있어. 저 바보 같은 녀석이 안 자도 말야!"

갈베르가 끼어들었다.

"너 한 대 맞고 싶어?"

칼릭스트가 으르렁댔다. 그러자 라토 원장님이 화난 목소리로 빽 소리를 질렀다.

"조용히 해! 낮잠은 모두 다 잘 거야! 그렇게 알아!"

그러자 크레팽은 울면서 발버둥을 치기 시작했다. 우리는 깜짝 놀랐다. 보통 그렇게 하는 건 폴랭인데 말이다. 폴랭은 밤낮 울면서 집에 가고 싶다고 떼를 쓰는 친구다. 이번엔 폴랭도 얌전히 있었다. 자기 말고 딴 애가 우는 걸 보고 깜짝 놀란 것 같았다.

"어쨌거나 예정대로 오늘밤에 도착하려면 우린 곧 출발해야 할 거야……"

크레팽 아빠가 매우 난처한 듯이 말했다.

크레팽 엄마도 그게 낫겠다고 했다. 아줌마는 크레팽을 꼭 껴안아주며 여러 가지를 당부했고, 장난감도 많이 사주겠다고 약속했다. 그러고는 원장님에게 작별 인사를 했다.

"캠프 생활이 아주 훌륭하군요. 다만 제 생각엔 아이들이 부모와 너무 오래 떨어져 있어서 신경이 좀 날카로워진 것 같아요. 부모들이 규칙적으로 애들을 만나러 오는 게 좋을 것 같네요. 그러면 가족적인 분위기를 다시 맛볼 수 있으니, 진정도 되고 균형도 잡히겠죠."

아줌마가 말했다.

그러고 나서 우리는 모두 낮잠을 자러 갔다. 크레팽도 울음을 그쳤다. 베르탱이 큰 소리로 이런 말을 해서 크레팽을 놀리지만 않았다면 단체 기합 받을 일도 없었을 거다.

"아가, 〈작은 시소〉 노래도 불러보렴!"

이제 여름방학이 끝나간다. 니콜라는 캠프를 떠나야 했다. 이별은 슬프지만, 부모님이 자기를 다시 만나면 아주 기뻐할 거라고 생각하며 모두들 마음을 달랬다. 집으로 출발하기 전, 푸른 캠프에서는 작별 파티가 있었다. 각 팀별로 장기자랑이 벌어졌다. 니콜라네 팀은 인간 피라미드를 만들어 축제의 마지막을 장식했다. 인간 피라미드 꼭대기에 선 아이가 살뱅이 팀의 깃발을 흔드는 것을 신호로 모든 팀원이 집합구호를 외쳤다. "용기!"

이별의 순간엔 모두 용기를 냈다. 폴랭만 빼고 말이다. 폴랭은 울면서 캠프에 남겠다고 했다.

여름방학의 추억

캠프에서 돌아왔다. 캠프 생활은 엄청 재미있었다.

역에 도착해서 보니, 엄마 아빠 들이 모두 마중 나와 있었다. 대단한 광경이었다. 모두가 한꺼번에 소리를 질렀다. 엄마 아빠를 찾은 애들은 활짝 웃었지만, 자기 엄마 아빠를 찾지 못해 우는 애들도 있었다. 우리를 데리고 온 팀장 선생님은 아이들이 줄에서 벗어나지 못하게 하려고 호루라기를 불어댔고, 역무원 아저씨들은 팀장 선생님들이 호루라기를 못 불게 하려고 호루라기를 불어댔다. 팀장 선생님들이 부는 호루라기 소리를 듣고 기차가 잘못 출발할까 봐 걱정을 했던 거다.

조금 있으니, 우리 엄마 아빠가 보였다. 말이 안 나올 정도로 기뻤다. 난 엄마 품에 뛰어들었고, 아빠한테도 안겼다. 엄마 아빠는 내가 그새 많이 컸고 얼굴도 많이 탔다고 했다. 엄마 눈엔 눈물이 글썽거렸고, 아빠는 허허 웃으며 내 머리를 쓰다듬어주었다. 난 엄마 아빠에게 그동안 캠프에서 어떻게 지냈는지 이야기하기 시작했다. 그리고 우리는 역을 떠나 집으로 향했다. 아빠는 내 가방을 가져오는 걸 또 잊어버렸다.

집에 오니 참 좋았다. 집에서 나는 냄새도 좋았고, 내 장난감들도 다 그대로 있어서 말이다. 엄마는 맛있는 점심을 해주겠다고 부엌으로 들어갔다. 정말 신났다. 캠프에서도 잘 먹었지만, 역시 우리 엄마 요리 솜씨가 최고니까 말이다. 엄마가 만들다 망친 과자도 다른 사람이 만든 과자보다 훨씬 맛있다.

아빠는 소파에 앉아 신문을 보고 있었다.

나는 아빠한테 가서 물었다.

"이제 난 뭘 하죠?"

"아빠가 그걸 어떻게 알겠니? 하여튼 기차 타고 오느라 피곤하겠다. 방에 올라가 쉬어라."

아빠가 말했다.

"피곤하지 않은데요?"

"그럼 가서 놀아라."

"누구하고요?"

내가 물었다.

"누구하고? 누구하고라니? 그게 무슨 소리야! 이젠 혼자 놀아야지!"

아빠가 소리쳤다.

"난 혼자 놀 줄 모른단 말예요! 어떻게 이럴 수가 있어요! 캠프에서는 친구들도 많았고 놀 거리도 항상 있었다구요."

그러자 아빠는 신문을 무릎 위에 내려놓고는 눈을 부릅뜨고 말했디.

"넌 지금 캠프에 있는 게 아니잖아. 귀찮게 하지 말고 혼자 놀아!"

난 울기 시작했다.

"또 시작이군."

엄마가 부엌에서 달려나와 말했다. 엄마는 나한테 점심 먹기 전까지 정원에 나가서 놀라고 했다. 옆집에 사는 마리 에드비주도 방금 휴가에서 돌아왔으니, 어쩌면 그 애하고 같이 놀 수 있을 거라고 했다. 나는 밖으로 뛰어나갔다. 나가면서 보니 엄마가 아빠에게 이야기 좀 하자고 말하고 있었다. 나에 대한 이야기인 것 같았다. 무슨 이야기인지는 잘 모르겠지만, 하여튼 엄마 아빠는 내가 집에 돌아온 게 무척 기쁜가 보았다.

마리 에드비주는 옆집 쿠르트플라크 아저씨네 딸이다. 쿠르트

플라크 아저씨는 프티테파르냥 백화점 3층에 있는 신발 코너 지배
인이다. 그 아저씨는 우리 아빠랑 자주 싸운다. 하지만 마리 에드
비주는 여자애치고는 괜찮은 애다. 정원에 나가보니 마리 에드비
주도 자기네 정원에서 놀고 있었다. 나는 참 운이 좋다.

"안녕, 마리 에드비주. 우리 집에 놀러 올래?"

내가 물었다.

"그래."

마리 에드비주는 이렇게 대답하고 나서 울타리에 나 있는 구멍
을 통해 건너왔다. 그 구멍은 우리 아빠하고 쿠르트플라크 아저씨
가 서로 상대방 정원에 나 있는 거라며 고치지 않고 놓아두었던
것이다. 마리 에드비주는 방학 전에 마지막으로 보았을 때보다 피

부색이 더 짙어져 있었다. 파란 눈에 금발인데, 까무잡잡해지니까 훨씬 더 예뻐 보였다. 마리 에드비주는 여자애지만 정말이지 참 근사하다.

"방학 잘 보냈니?"

마리 에드비주가 내게 물었다.

"엄청났지! 나는 여름 캠프에 갔다왔거든. 거기선 팀별로 단체 행동을 하는데, 우리 팀이 항상 일등이었어. '살쾡이 팀'이 우리 팀 이름인데, 내가 바로 팀장이었다구."

내가 대답했다.

"팀장은 어른이 하는 거 아냐?"

마리 에드비주가 물었다.

"맞아. 실은 나는 팀장 보조였어. 하지만 팀장 선생님도 나한테 물어보지 않고는 아무것도 못 했어. 그러니까 진짜 대장은 나였던 거지."

"캠프에 여자애들도 있었니?"

마리 에드비주가 다시 물었다.

"쳇! 있을 리가 없지. 여자애들한테는 너무 위험하거든. 거기서 하는 일들은 전부 엄청난 일들뿐이니까 말야. 그리고 있지, 나 말야, 물에 빠진 애를 두 명이나 구했다."

내가 말했다.

"너, 허풍치는구나."

가만히 내 이야기를 듣고 있던 마리 에드비주가 밀했다.

"허풍이라니? 사실은 세 명이야. 한 명을 깜빡했거든. 또, 낚시 대회에서도 우승했다. 이따만한 물고기를 잡았단 말야!"

나는 이렇게 말하면서 팔을 최대한 크게 벌렸다. 마리 에드비주는 내 말을 못 믿겠다는 듯이 빙그레 웃었다. 나는 기분이 나빠졌다. 여자애들하고는 정말 말이 안 통한다!

그래서 나는 캠프에 도둑이 들었을 때 내가 경찰을 도와 도둑을 잡은 이야기랑 등대까지 헤엄쳐서 갔다온 이야기도 해주었다. 모두들 걱정했지만 내가 다시 육지에 올라오자 모두들 날 축하하면서 굉장한 챔피언으로 인정해주었다고 말이다. 그리고 또 캠프 친구들이 사나운 동물이 우글대는 숲 속에서 길을 잃고 헤맬 때 내가 구해줬다는 이야기도 했다.

"난 엄마 아빠랑 바닷가에 갔었는데, 거기서 자노라는 남자친구를 사귀었어. 그 앤 재주넘기를 정말 잘해……."

마리 에드비주가 말했다.

그때 쿠르트플라크 아줌마가 나와서 마리 에드비주를 불렀다.

"마리 에드비주! 어서 들어오너라. 식사 준비 다 됐다!"

그러자 마리 에드비주는 "나중에 자세히 이야기해줄게"라고 말하고는 울타리에 난 구멍으로 다시 뛰어들어갔다.

집 안으로 들어가자 아빠가 나를 보며 물었다.

"어땠어, 니콜라? 여자친구를 다시 만나니 좋지? 이젠 기분이 좀 나아졌니?"

나는 아무 말 없이 내 방으로 뛰어올라가 옷장을 발로 걷어찼다.

이게 뭐야, 정말! 도대체 마리 에드비주는 내게 왜 그따위 말도 안 되는 휴가 얘기를 해준 거지? 흥! 그까짓 것, 난 하나도 관심없다구.

그리고 그 자노라는 녀석은 분명히 못생기고 바보 같은 녀석일 거야!

Le Petit Nicolas et les copains

꼬마 니콜라와 친구들

안경을 낀 클로테르

오늘 아침 클로테르가 학교에 왔을 때, 우리는 깜짝 놀랐다. 안경을 끼고 있어서 말이다. 클로테르는 좋은 친구이긴 하지만 반에서 꼴찌다. 그래서 안경을 끼게 된 것 같았다.

"엄마 아빠하고 병원에 갔더니 의사 선생님이 내게 안경을 사주라고 했어. 내가 꼴찌만 하는 게 칠판이 잘 안 보여서 그런 걸 수도 있다면서 말이야. 그래서 안경점에 갔더니, 안경점 아저씨가 기계로 내 눈을 들여다보더라. 아프진 않았어. 그러고 나서는 아무 뜻도 없는 글자들을 이것저것 읽어보라고 하더니 그런 다음에 안경을 씌워줬어. 그러니까 짠! 이제 난 꼴찌 안 할 거야."

클로테르가 설명했다.

그 이야기를 듣고 난 조금 놀랐다. 칠판이 잘 안 보이는 건 클로

테르가 수업 시간에 졸아서 그런 건데 말이다. 하긴 안경을 끼면 자는 데 좀 방해가 되긴 할 거다. 말이 나왔으니 말인데, 우리 반에서 안경을 낀 사람은 아냥 한 명뿐이다. 아냥은 우리 반 일등이다. 하지만 안경을 껴서 마음대로 때려줄 수도 없다.

아냥은 클로테르가 안경을 끼고 온 걸 보더니, 기분 나빠했다. 담임 선생님의 귀염둥이인 아냥은, 다른 애한테 일등 자리를 빼앗길까 봐 항상 겁을 낸다. 이젠 클로테르가 일등을 할 거라고 생각하니 기분이 좋았다. 클로테르는 멋진 친구니까.

"나 안경 낀 거 보이지? 이제부턴 내가 일등을 할 거야. 세계 지도를 가져오거나 칠판을 닦는 일도 내가 할 거라구! 용용 죽겠지!"

클로테르가 아냥을 놀려댔다.

"아냐! 아냐! 말도 안 돼! 일등은 나란 말이야! 넌 안경을 낄 자격이 없어!"

아냥이 말했다.

"웃기지 마! 나도 자격이 있다구! 너만 귀염둥이 하란 법 있어? 용용 죽겠지!"

클로테르가 말했다.

"나도 아빠한테 안경 사달라고 할 거야. 나도 일등 할 거라구!"

뤼퓌스가 끼어들었다.

"우리, 전부 다 아빠한테 안경 사달라고 하자. 그럼 모두들 일등 하고 귀염둥이도 될 테니까!"

조프루아가 소리쳤다.

그다음은 아주 끔찍했다. 아냥이 큰 소리로 울음을 터뜨리며 난리를 치기 시작한 거다. 아냥은 우리가 모두 사기꾼들이며, 일등을 할 자격이 없다고, 경찰에 고소해버릴 거라고 외쳤다. 그뿐이 아니었다. 아무도 자기를 좋아하지 않으며, 자기는 아주 불행하다고, 그러니 자살해버릴 기라고 소리를 질렀다.

소동이 일어난 걸 보고 부이옹 선생님이 달려왔다. 부이옹 선생님은 우리 학교 학생주임 선생님이다. 왜 그런 별명이 붙게 되었는가는 나중에 이야기하겠다.

"거기 무슨 일이야? 아냥! 왜 우는 거지? 자, 내 눈을 똑바로 보고 대답해봐!"

부이옹 선생님이 소리쳤다.

"얘네들이 전부 안경을 끼겠다잖아요!"

아냥이 훌쩍이며 말했다.

부이옹 선생님은 아냥을 가만히 쳐다보더니, 다시 우리를 보았다. 그러고 나서 입가를 문지르면서 말했다.

"모두들 내 눈을 잘 봐! 너희들이 하는 말이 무슨 소리인지는 알고 싶지도 않다. 한 가지 말해둘 건 또다시 싸우는 소리가 들려

오면 모두 엄벌에 처하겠다는 거야! 아냥은 가서 물 한잔 마시고
와라. 모두들 내 말 명심해!"

부이옹 선생님은 우는 아냥을 데리고 가버렸다.

"수업 시간에 선생님이 문제 풀라고 불러낼 때 네 안경 좀 빌려
줄 수 있니?"

내가 클로테르에게 물었다.

"그래, 시험볼 때도!"

맥상이 끼어들었다.

"시험볼 땐 내가 껴야지. 내가 일등을 못 하면 남에게 안경을 빌
려준 걸 아빠가 알게 될 거고, 그러면 문제가 생길 거라구. 우리 아
빠 남한테 물건을 빌려주는 걸 좋아하지 않거든. 하지만 선생님이
수업 시간에 질문할 땐 빌려줄 수 있을 거야."

클로테르가 말했다. 클로테르는 참 멋진 친구다. 나는 당장 한번 껴보자고 했다. 클로테르가 안경을 건네주었다. 그걸 끼고 어떻게 일등을 할 수 있다는 건지 이해할 수가 없었다. 안경을 끼자 세상이 온통 거꾸로 보였고, 아래를 내려다보니 발이 얼굴에 바싹 붙어 있는 듯한 느낌이 들었으니 말이다. 나는 안경을 벗어 조프루아에게 건네주었다. 조프루아는 뤼퓌스에게 넘겼고, 뤼퓌스는 조아셍에게, 조아셍은 다시 맥상에게 넘겼다. 그리고 맥상은 외드에게 던져주었다. 외드는 사팔눈을 해서 우리를 웃겼다. 알세스트도 안경을 껴보고 싶어했다. 하지만 문제가 있었다.

"넌 안 돼. 손에 버터가 잔뜩 묻었잖아. 네가 만지면 안경이 더러워져서 보이지도 않을 기야. 보이지도 않을 안경은 껴봐서 뭐해? 안경 닦는 게 얼마나 힘든 줄 알아? 바보 같은 녀석이 버터 묻은 손으로 안경을 더럽혀서 내가 또 꼴찌를 한다면, 그건 말도 안 된다구. 또 꼴찌 하면 아빠가 텔레비전도 못 보게 할 거란 말야!"

클로테르는 이렇게 말하고는 자기 안경을 챙겼다.

"그럼 버터 묻은 손으로 얼굴 한 대 맞아볼래?"

기분이 나빠진 알세스트가 말했다.

"날 때릴 순 없을걸. 난 안경을 꼈으니까 말야. 메롱!"

클로테르가 대답했다.

"그래? 그럼 안경 벗어봐!"

알세스트가 소리쳤다.

"그렇겐 안 되지."

클로테르가 혀를 낼름거리며 말했다.

"흥! 반에서 일등 한다는 녀석들은 다 똑같군! 순 겁쟁이야!"

알세스트가 소리쳤다.

"겁쟁이라고? 내가?"

클로테르도 맞받아 소리쳤다.

"그래! 안경 못 벗는다고 했으니까."

알세스트가 말했다.

"좋아. 누가 겁쟁이인지 한번 보자구!"

클로테르가 안경을 벗으며 말했다.

둘 다 머리끝까지 화가 난 것 같았다. 하지만 싸움은 일어나지 않았다. 부이옹 선생님이 달려왔기 때문이다.

"또 뭐야?"

선생님이 물었다.

"저 녀석이 저는 안경 끼면 안 된다잖아요!"

알세스트가 대답했다.

"알세스트가 먼저 제 안경에 버터를 묻히려고 했어요!"

클로테르가 소리쳤다.

부이옹 선생님은 두 손으로 얼굴을 감싸더니 아래로 쓸어내렸다. 선생님이 이런 동작을 할 때 까불면 큰일난다.

"둘 다 내 눈을 잘 봐! 또 무슨 수작인지는 모르겠지만 하여튼 지금부터는 안경의 '안' 소리도 듣고 싶지 않아! 그리고 너희들에게 내일까지 해올 숙제를 내주겠다. '쉬는 시간에 엉뚱한 소리를 지껄이거나 말썽을 일으켜서 학생주임 선생님을 귀찮게 하면 안 됩니다.' 이 문장에 사용된 모든 동사를 직설법의 모든 시제로 변화시켜와."

부이옹 선생님은 이렇게 말하고 나서 수업 시작 종을 치러 갔다.

줄을 서서 교실로 들어갈 때 클로테르는 알세스트에게 손만 깨끗하다면 안경은 언제든지 빌려주겠다고 했다. 클로테르는 역시 좋은 친구다.

다음은 지리 시간이었다. 수업 중에 클로테르는, 알세스트가 윗도리에 손을 쓱쓱 문질러 닦는 것을 보고 난 후 안경을 건네주었다. 알세스트도 드디어 안경을 껴볼 수 있게 된 거다. 하지만 알세스트는 정말 운이 없었다. 담임 선생님이 코앞까지 와 있는 걸 못 본 거다.

"얼빠진 짓 그만둬, 알세스트! 사팔뜨기 흉내 같은 것 내면 못 써! 도대체 언제나 철이 들까! 교실 밖에 나가 서 있어!"

담임 선생님이 큰 소리로 야단을 쳤다.

알세스트는 안경을 낀 채 복도로 쫓겨났다. 나가면서 하마터면 문에 부딪힐 뻔했다. 이어 선생님은 클로테르를 칠판 앞으로 불러내 질문을 했다.

물론, 안경이 없어서 제대로 대답을 하지 못했다. 클로테르는 또 빵점이었다.

시골 별장

지난 일요일, 우리 가족은 봉그랭 아저씨가 새로 마련한 시골 별장에 초대를 받았다. 봉그랭 아저씨는 아빠가 일하는 사무실에서 회계를 담당하는 사람이다. 아저씨에게는 내 또래의 아들이 있다. 이름이 코랑탱인데, 아주 착하다고 했다.

시골에 가는 걸 굉장히 좋아하는 나는 기분이 들떠 있었다. 아빠가 엄마와 나에게 아저씨의 별장에 대해 이야기해주었다. 봉그랭 아저씨는 최근에 그 별장을 샀으며, 아저씨 설명에 따르면 그 별장은 우리가 사는 도시에서 그다지 멀지 않다는 거였다. 봉그랭 아저씨가 전화로 아빠에게 별장 가는 길을 가르쳐주었다. 아빠는 열심히 종이에 받아적었다. 옆에서 들으니 별장에 가는 건 누워서 떡 먹기였다. 곧장 가다가 첫 번째 신호등에서 좌회전하면 철교 아래로 들어가게 되고, 계속 직진하다가 네거리가 나오면 왼쪽 길로 가서 다시 좌회전하고, 커다란 하얀색 농가가 나오면 우회전해서 비포장 도로로 접어든다. 거기서 쭉 직진하다가 주유소가 나온 후 왼쪽으로 돌면 되었다.

아빠, 엄마, 그리고 나는 아침 일찍 차를 타고 길을 나섰다. 아빠는 유쾌하게 노래를 흥얼거리다가, 길에 차들이 많아지자 노래 부르기를 그만두었다. 차가 좀처럼 앞으로 나가지 않았다. 그러다가 그만 좌회전해야 할 신호등을 지나치고 말았다. 아빠는 다음번 네거리에서 유턴해서 돌아오면 되니까 괜찮다고 했다.

하지만 다음번 네거리에는 아저씨들이 모여 공사를 하고 있었고, '공사중 우회'라는 푯말이 붙어 있었다. 그러는 바람에 우리는 길을 잃게 되었다. 엄마가 큰 소리로 아빠에게 따졌다. 아빠도 소리를 질렀다. 엄마가 종이에 적어놓은 길 이름을 잘못 불러주었다는 거였다. 아빠가 지나가는 사람들에게 길을 물었지만, 아는 사람이 아무도 없었다. 우리는 한참을 헤매다가 점심때가 다 되어 봉그랭 아저씨네 별장에 도착했다. 엄마 아빠의 말싸움도 그제서야 끝이 났다.

봉그랭 아저씨가 나와서 대문을 열어주었다.

"아이고, 누가 도시 사람 아니랄까 봐! 아침 일찍은 못 일어나시지?"

아저씨가 말했다.

아빠가 사실은 오면서 길을 잃었다고 말했다. 그러자 봉그랭 아저씨는 믿을 수 없다는 표정으로 말했다.

"어떻게 그렇게 된 거지? 그냥 똑바로만 오면 되는데."

이윽고 아저씨는 우리를 집 안으로 안내했다. 봉그랭 아저씨네 별장은 정말 멋있었다! 그렇게 크진 않았지만, 어쨌든 내 맘에 쏙 들었다.

"잠깐만 기다려요. 우리 마나님을 불러올 테니. 클레르! 클레르! 손님들이 도착했어요!"

아저씨가 말했다.

안에 있던 아줌마가 거실로 나왔다. 아줌마는 눈이 빨갛게 된 채 기침을 하고 있었고, 앞치마에는 검은 얼룩이 잔뜩 묻어 있었다. 아줌마가 말했다.

"죄송해요. 악수를 할 수가 없네요. 온통 숯투성이라서요. 아침 내내 아궁이에 불을 피우고 있는데, 좀처럼 안 되네요!"

"뭐, 부엌이 좀 시골식이긴 하지만, 그게 바로 전원생활이잖소! 아파트에서처럼 가스레인지를 쓸 수야 없지."

봉그랭 아저씨가 빙그레 미소를 지으며 말했다.

"왜요?"

봉그랭 아줌마가 물었다.

"20년만 기다려요. 이 별장 사느라 융자한 돈 다 갚고 나서 이야기합시다."

봉그랭 아저씨는 말을 마치고 나서 다시 한 번 씩 웃었다.

하지만 봉그랭 아줌마는 웃지 않았다. 다시 부엌으로 들어가며 이렇게 말했을 뿐이다.

"실례할게요, 점심 준비를 해야 해서요. 점심 식사도 굉장히 시골식이 될 것 같네요."

"그런데 코랑탱은 어디 나갔어?"

우리 아빠가 물었다.

"아니. 자기 방에 있어. 벌받는 중이야. 그 녀석이 오늘 아침에 일어나자마자 무슨 짓을 했는지 아나? 알 리가 없지. 나 원 세상에 나무에 올라가서 자두를 따는 거야! 말이 되나? 나무들도 다 돈 주고 산 건데 말야. 재미 삼아 가지나 부러뜨리려고 그 비싼 돈을 들인 건 아니란 말일세. 그렇지 않은가?"

하지만 봉그랭 아저씨는 나도 오고 했으니 한 번만 봐줘야겠다고 했다. 그러고는 나에게, 나는 착한 아이일 테니 재미 삼아 정원이랑 텃밭을 망쳐버리는 일은 없을 거라고 했다.

코랑탱이 와서 우리 엄마 아빠에게 인사를 했고, 나하고는 악수를 했다. 꽤 괜찮은 애 같았지만, 학교 친구들보단 못했다. 우리 학교 친구들은 세상에서 제일 멋진 친구들이니까 말이다.

"우리, 정원에 나가 놀까?"

내가 코랑탱에게 물었다. 코랑탱은 자기 아빠를 쳐다보았다.

아저씨가 말했다.

"나라면 그렇게 안 하겠다, 곧 식사 시간이니까 말야. 그리고 난 너희들이 진흙발로 집 안을 더럽히는 건 싫다. 청소하느라고 아침 내내 엄마가 얼마나 고생했는지 너도 잘 알지?"

고랑탱과 나는 힐 수 없이 자리에 앉았다. 어른들이 음료수를 마시는 동안 우리는 잡지를 읽었다. 잡지는 벌써 집에서 다 본 것이었다. 게다가 봉그랭 아저씨가 밖에 나가 있다가 늦게서야 들어와 음료수를 마셨기 때문에 여러 번 되풀이까지 하면서 읽어야 했다. 한참을 기다린 후에야 봉그랭 아줌마가 나타나 앞치마를 풀며 말했다.

"더 이상 어쩔 수 없군…… 자, 이제 식사하시죠!"

오르되브르로 토마토가 나오자 봉그랭 아저씨는 별장 텃밭에서 딴 거라고 자랑했다. 아빠가 웃으며, 토마토가 아직 파란 걸 보니 너무 일찍 딴 것 같다고 말했다. 봉그랭 아저씨는 그럴 수도 있다면서, 완전히 익지 않은 건 사실이지만 시장에서 파는 토마토와는 맛이 다를 거라고 했다. 나는 토마토와 같이 나온 정어리 통조림이 맛있었다.

이어 봉그랭 아줌마가 구운 고기를 내왔다. 아주 재미있는 요리였다. 겉은 완전히 까맸지만 속은 하나도 익지 않았던 거다.

"이건 못 먹겠어요. 난 날고기는 안 좋아한다구요!"

코랑탱이 외쳤다.

봉그랭 아저씨는 눈을 부릅뜨고 코랑탱을 쳐다보며, 벌받기 싫으면 다른 사람들처럼 토마토도 먹고 고기도 먹으라고 했다.

고기 요리에 곁들여 나온 감자는 별로 인기가 없었다. 너무 딱딱했기 때문이다.

점심을 먹고 난 후, 모두 거실로 나와 앉았다. 코랑탱은 다시 잡지를 집어들었고, 봉그랭 아줌마는 우리 엄마하고 이야기를 했다. 아줌마는 시내에 있는 집에 일봐주는 사람이 한 명 있긴 하지만 일요일마다 시골까지 따라 내려와 일하려고 하지는 않는다고 말했다. 봉그랭 아저씨는 아빠한테 별장 사는 데 든 돈 액수를 이야기하고, 얼마나 싸게 산 것인지도 설명했다. 나는 어른들 하는 말이 하나도 재미가 없어서, 코랑탱에게 날씨도 좋으니 나가서 놀자고 했다. 코랑탱이 쳐다보자, 봉그랭 아저씨가 말했다.

"물론 좋지, 얘들아. 하지만 한 가지만 조심해라. 잔디밭에는 들어가지 말고 바깥에서만 노는 거야. 그럼 재미있게 놀다 와라, 말썽 부리지 말고."

우리는 밖으로 나갔다. 코랑탱이 구슬치기를 하자고 했다. 구슬치기라면 나도 좋아한다. 내가 꽉 잡고 있는 놀이니까 말이다. 코랑탱과 나는 잔디밭 사이의 통로에서 구슬치기를 했다. 통로는 딱 하나뿐이었고, 별로 넓지도 않았다.

내가 구슬을 던지려고 하는데 코랑탱이 말했다.

"조심해! 하나라도 잔디밭에 들어가면 다시는 못 꺼낼 거라구!"

이런 말 하는 건 좀 그렇지만, 코랑탱은 엄청 몸을 사렸다. 이어서 코랑탱이 구슬을 던졌는데, 그만 내 구슬을 지나쳐 잔디밭에 가서 떨어졌다. 덜커덕, 하고 창문이 열리더니, 봉그랭 아저씨가 잔뜩 찌푸린 새빨간 얼굴을 내밀었다.

"코랑탱! 잔디밭 망치지 말라고 몇 번이나 말했어! 정원사가 그거 다듬는 데 몇 주일 걸렸는지 알아? 하여튼 넌 시골에만 오면 천방지축이 되는구나! 썩 들어오지 못해! 네 방에 가서 저녁 먹을 때까지 꼼짝 말고 있어!"

아저씨가 소리질렀다.

코랑탱은 울면서 자기 방으로 갔다. 나도 뒤따라 집 안으로 들어갔다.

우리는 봉그랭 아저씨 별장에 그렇게 오래 머물지는 않았다. 아빠가 차가 붐빌 때를 피해서 좀 일찍 떠나자고 말했기 때문이다. 봉그랭 아저씨는 자기네도 그래야겠다고, 아줌마가 집 청소를 끝내는 대로 돌아가야겠다고 했다.

봉그랭 아저씨와 아줌마는 자동차까지 우리를 배웅해주었다. 엄마 아빠는 봉그랭 아저씨 부부에게, 잊지 못할 멋진 하루를 보내게 해주어 고맙다고 인사했다. 아빠가 시동을 막 걸려는 순간, 봉그랭 아저씨가 차 문 옆에 바짝 다가서며 말했다.

"자네도 나처럼 전원별장을 마련하지 그러나? 물론 나 한 몸만 생각하면 별장 없이도 충분히 지낼 수 있지. 하지만 사람이 자기 생각만 하면 못쓰는 법이라네. 부인과 애들한테 전원별장이 얼마나 좋은지 아나? 일요일마다 맞이하는 휴식과 신선한 공기가 얼마나 좋은지 아냐구!"

색연필

오늘 아침 학교에 가기 전에 집배원 아저씨가 내 앞으로 온 소포를 하나 갖고 왔다. 메메의 선물이었다.

"아이구, 또 한바탕 말썽이 벌어지겠군!"

커피를 마시고 있던 아빠가 말했다. 엄마는 아빠 말에 기분이 상해서, 왜 엄마(내 메메)의 일이라면 항상 트집을 잡냐고 소리를 질렀다. 아빠는 한참 동안 할 말을 찾는 듯하더니, 커피 좀 조용히 마셨으면 좋겠다고 말했다. 그러자 엄마는 "하! 물론 그러시겠죠. 여자는 커피나 끓여주고 집안일이나 하면 된다는 거죠?" 하고 말했다. 아빠는 자기는 그렇게 말한 적 없다며, 집 안이 좀 조용했으면, 하고 바란 게 무슨 죄냐고 했다. 아빠가 힘겹게 일하니까 그 덕에 엄마가 커피도 끓일 수 있는 게 아니냐고도 했다. 엄마 아빠가 그렇게 옥신각신하는 동안 난 소포 꾸러미를 풀어보았다. 굉장했다. 색연필이 가득 들어 있는 상자였다! 난 너무나 기뻐서 색연필 상자를 들고 깡충깡충 뛰었다. 그 바람에 색연필이 부엌 바닥에 와르르 쏟아졌다.

"드디어 시작이군!"

아빠가 말했다.

"당신 태도는 정말 이해할 수가 없어요. 도대체 저 색연필들이 무슨 말썽거리가 된다는 거죠?"

엄마가 물었다.

"곧 알게 될 거요."

아빠가 대답했다.

아빠가 출근하자 엄마는 나에게 빨리 색연필을 주워담고 학교에 가라고 했다. 잘못하면 지각할 것 같았다. 나는 상자에 색연필을 담으면서 엄마에게 색연필을 학교에 가져가도 되냐고 물었다. 엄마는 말썽만 부리지 않는다면 괜찮다고 했다. 나는 조심하겠다고 약속한 후에 색연필 상자를 가방에 넣고 학교로 향했다. 엄마 아빠는 정말 이상하다. 내가 선물을 받기만 하면 꼭 말썽이 날 거라고 생각하니 말이다.

학교에 도착하니, 곧바로 수업 시작 종이 울렸다. 나는 내 색연필을 빨리 친구들에게 자랑하고 싶었다. 사실 학교에 새 물건들을 자주 가져오는 건 조프루아다. 그 애 아빠는 엄청 부자여서 항상 새 물건만 사준다. 그런데 이번엔 내가 조프루아에게 자랑을 할 수 있게 된 거다. 나는 엄청 신이 났다. 조프루아만 멋진 선물을 받으라는 법 있나 뭐?

수업 시간에 선생님이 클로테르를 앞으로 불러내 질문하는 동안 나는 옆에 앉은 알세스트에게 내 색연필 상자를 보여주었다.

"우아! 근사한데."

알세스트가 말했다.

"우리 메메가 보내준 거야."

내가 설명했다.

"뭔데?"

조아생이 돌아보며 물었다. 알세스트가 조아생에게 색연필 상자를 건네주었다. 조아생은 그걸 맥상에게 주었고, 맥상은 외드에게, 외드는 뤼퓌스에게, 뤼퓌스는 조프루아에게 주었다. 조프루아는 색연필 상자를 보더니 이상한 표정이 되었다.

그런데 애들이 모두 상자 속에서 색연필을 한 자루씩 꺼내 써보는 거였다. 선생님한테 들켜 압수당할까 봐 겁이 났다. 조프루아한테 상자를 돌려달라고 신호를 보냈다. 그때 선생님이 소리쳤다.

"니콜라! 지금 무슨 장난을 하고 있는 거지요?"

선생님 표정이 굉장히 무서웠다. 나는 메메가 선물로 보내준 색연필 상자를 다른 애들이 가져가서 안 돌려준다고 울면서 설명했다. 선생님은 눈이 동그래져서 날 보더니 한숨을 내쉬며 말했다.

"좋아. 니콜라의 색연필 상자를 갖고 있는 사람은 어서 돌려주도록 해요."

조프루아가 와서 색연필 상자를 돌려주었다. 그런데 상자를 열어보니까 색연필 수가 많이 모자랐다.

"또 무슨 일이야?"

선생님이 물었다.

"색연필이 모자라요."

내가 대답했다.

"니콜라 색연필을 갖고 있는 사람은 어서 돌려주세요."

선생님이 다시 말했다.

반 친구들이 모두 일어나 내게 색연필을 갖다주었다. 선생님은 자로 교탁을 탁탁 두드린 후, 모두에게 벌을 주었다. 벌은 '수업 중에 색연필을 핑계 삼아 떠들거나 공부를 방해하면 안 됩니다'라는 문장 속에 들어 있는 모든 동사를 변화시켜오는 것이었다. 벌을 안 받은 애는 볼거리에 걸려 결석한 선생님의 귀염둥이 아냥하고, 칠판 앞에서 선생님의 질문에 대답하고 있던 클로테르뿐이었다. 칠판 앞에 불려나가 질문을 받을 때면 언제나 그런 것처럼, 클로테르는 이번 쉬는 시간에도 나가 놀 수 없었다.

종이 울리자, 난 색연필 상자를 들고 운동장으로 나갔다. 쉬는

시간엔 친구들과 색연필 이야기를 해도 벌받을 염려가 없으니 말이다. 그런데 상자를 열어보니 노란 색연필이 없었다.

"노란색이 없어! 가져간 사람, 빨리 내놔!"

"그 잘난 색연필 갖고 정말 골치 아프게 하는군. 너 때문에 모두 다 벌받았잖아!"

조프루아가 말했다. 그 말을 들으니 엄청 화가 났다.

"너희들이 장난만 안 쳤으면 아무 일도 없었을 거야. 다 너희들이 질투해서 그렇게 된 거라구! 누가 가져갔는지 모르겠지만, 빨리 돌려주지 않으면 선생님한테 다 이를 거야!"

내가 소리쳤다.

"그 색연필, 아마 외드가 갖고 있을걸? 외드는 얼굴이 빨갛잖아! 무슨 말인지 알겠냐, 너희들? 농담한 거야. 외드는 얼굴이 빨가니까 노란 색연필을 훔쳐갔을 거라구!"

뤼퓌스가 말했다. 아이들이 깔깔대며 웃었다. 나도 웃음이 나왔다. 나중에 아빠한테도 말해줘야겠다고 생각했다. 하지만 웃지 않은 사람이 하나 있었다. 바로 외드였다. 외드는 뤼퓌스한테로 가서 그 애 코에 주먹을 한 방 날렸다. 그러고 나서는, "뭐? 내가 도둑이라구?"라고 소리를 쳤고, 갑자기 조프루아 쪽으로 돌아서더니, 조프루아한테도 주먹을 날렸다. 나는 조프루아가 느닷없이 얻어맞은 게 너무 우스워서 막 웃었다!

"난 아무 소리도 안 했어!"

조프루아가 소리를 질렀다. 조프루아는 얼굴을 얻어맞는 걸 아주 싫어한다. 외드가 덤빌 때는 더 그렇다. 조프루아가 비겁하게 내 따귀를 때렸다. 그 바람에 내 색연필 상자가 땅에 떨어졌고 우리는 엉겨붙어 싸우게 되었다. 학생주임 부이옹 선생님이 뛰어와서 우리를 떼어놓은 후 우리보고 작은 야만인들이라고 했다. 우리가 설명을 하려고 하자 선생님은 무슨 일인지 알고 싶지도 않다면서 각자 반성문을 백 줄씩 써오라고 했다.

"전 아무 잘못 없어요. 빵만 먹고 있었다구요."

알세스트가 말했다.

"저도 아니에요. 저는 알세스트한테 한 입만 달라고 하고 있었거든요."

조아생도 나서서 말했다.

"넌 왜 항상 따라하냐!"

알세스트가 소리를 질렀다. 그러자 조아생이 알세스트의 따귀를 때렸다. 부이옹 선생님은 그 애들에게 반성문을 이백 줄씩 써오라고 했다.

집으로 돌아와서도 정말 기분이 나빴다. 색연필 상자는 찌그러졌고, 색연필도 거의 다 부러져 있었기 때문이다. 노란 색연필은 결국 찾지 못했다. 나는 부엌에 들어가 울면서 엄마에게 벌받게 된 이야기를 했다. 그때 아빠가 회사에서 돌아왔다.

"거봐. 내 말대로지. 색연필 때문에 말썽이 생긴 거라구!"

"그렇게까지 말할 건 없잖아요."

엄마가 말했다.

바로 그때 꽈당! 하는 소리가 났다. 아빠가 넘어지는 소리였다. 부엌문 앞에 떨어져 있던 노란 색연필을 아빠가 밟은 거였다.

캠핑 놀이

"이봐, 얘들아. 내일 캠핑하러 가지 않을래?"

방과 후 학교에서 나오는데 조아생이 말했다.

"캠핑? 그게 뭔데?"

클로테르가 물었다. 클로테르는 무슨 얘기가 나올 때마다 항상
몰라서 물어본다. 그래서 만날 놀림을 받는다.

"캠핑 말야? 아주 멋진 거지. 지난 일요일 날 엄마 아빠, 그리고
엄마 아빠 친구들하고 같이 캠핑을 갔었거든. 캠핑은 차를 타고
아주 먼 시골에 있는 강가에 가서 좋은 장소에 자리를 잡은 후에
텐트를 치고, 불을 피워 음식을 만들고, 강에서 미역을 감거나 낚
시를 하고, 모기가 윙윙거리는 텐트 안에서 자는 거야. 하지만 비
가 오면 빨리 짐을 싸서 돌아와야 해."

조아생이 클로테르에게 설명해주었다.

"우리 집에선 나 혼자 시골에 가게 내버려두지 않을 텐데. 강가라면 더더욱 안 될 거야."

맥상이 말했다.

"그러니까 진짜로 가지는 않고 흉내만 내는 거야! 공터에서 말야!"

조아생이 말했다.

"그럼 텐트는? 너희 집에 텐트 있어?"

외드가 물었다.

"물론이지! 자, 그럼 모두 찬성이지?"

조아생이 말했다.

학교에 가지 않아도 되는 목요일 날, 우리는 모두 공터에 모였다. 내가 전에 이야기했는지 모르겠는데, 우리 집 가까이엔 아주 멋진 공터가 하나 있다. 거기 가면 나무 상자, 종이 조각, 돌멩이, 빈 깡통, 빈 병들이 있고 화난 고양이들도 있다. 그리고 자동차도 한 대 있다. 바퀴는 없지만 그래도 엄청 멋지다.

조아생이 제일 늦게 도착했다. 담요를 차곡차곡 접어 옆구리에 끼고 있었다.

"텐트는?"

외드가 물었다.

"여기 있잖아."

조아생이 담요를 펴 보이며 대답했다. 여기저기 얼룩이 있고 구멍이 여러 개 나 있는 낡은 담요였다.

"이건 진짜 텐트가 아니잖아!"

뤼퓌스가 말했다.

"우리 아빠가 너희한테 새 텐트를 빌려줄 것 같냐? 이 담요 갖고 흉내만 내면 되지 뭐."

조아생은 이렇게 말하고는 캠핑은 차를 타고 가는 거니까 다들 자동차 안으로 들어가라고 했다.

"아니야! 우리 사촌형이 보이스카우트인데, 항상 걸어서 가던데 뭐!"

조프루아가 말했다.

"좋아! 걸어가고 싶다면 너 혼자 걸어가, 우린 자동차로 갈 거니까. 우리가 너보다 훨씬 먼저 도착할 거라구."

조아생이 말했다.

"차는 누가 운전할 건데?"

조프루아가 물었다.

"그야 물론 나지."

조아생이 대답했다.

"왜 너야? 네가 뭔데?"

조프루아가 다시 물었다.

"캠핑 가자는 생각을 해낸 게 나니까 그렇지. 그리고 텐트도 내가 가져왔잖아!"

조아생의 말에 조프루아는 기분이 상한 것 같았다. 그렇지만 캠핑을 하려면 서둘러야 했기 때문에 우리는 조프루아에게 참으라고 했다. 모두 자동차에 올라탔고, 지붕 위엔 담요를 덮어씌웠다.

모두들 부릉부릉 소리를 냈다. 운전석에 앉은 조아생만 빼고. 운전석에 앉은 조아생은 "거기 할아버지, 비켜요! 어이, 얼간이 운전수, 빨리 가! 망할 녀석 같으니라구! 너희들 내가 저 스포츠카를 어떻게 추월했는지 봤지?" 하고 소리쳐댔다. 조아생은 나중에 크면 정말 난폭하게 운전을 할 것 같다.

"이 근처가 맘에 드는데? 우리 여기서 내리자."

갑자기 조아생이 말했다.

우리는 부릉부릉 소리를 멈추고 차에서 내렸다. 조아생은 주변을 둘러보더니, 굉장히 만족스러운 듯 말했다.

"아주 좋군! 자, 텐트를 가져와. 강변에 텐트를 치자."

"깅이 이디 있는데?"

뤼퓌스가 물었다.

"아, 흉내만 내자고 했잖아!"

조아생이 말했다.

우리는 텐트 칠 준비를 했다. 조아생은 조프루아와 클로테르에게, 강에 가서 물을 떠온 다음 불을 피워 점심 준비하는 흉내를 내라고 시켰다.

우리는 나무 상자를 차례로 쌓은 다음 그 위에 담요를 덮어씌웠다. 쉽지는 않았지만 해놓고 보니 아주 멋졌다.

"점심 준비 다 됐어!

조프루아가 외쳤다.

모두들 먹는 시늉을 했다. 집에서 빵을 가져온 알세스트만 진짜로 먹었다.

"이 닭고기 아주 맛있는데!"

조아생이 냠냠 소리를 내며 말했다.

"네 빵 나한테도 좀 나눠줄래?"

빵을 먹는 알세스트를 물끄러미 바라보던 맥상이 알세스트에게
물었다.

"너 머리가 어떻게 된 거 아냐? 나는 너한테 닭고기 나눠달라고
하지 않았잖아."

알세스트가 대답했다. 하지만 알세스트는 맥상에게 빵을 나눠
주는 시늉을 했다. 역시 알세스트는 좋은 친구다.

"자, 이제 모닥불을 끄자. 그다음엔 기름종이하고 통조림 깡통
을 모아서 땅속에 묻어야 해."

조아생이 말했다.

"너 제정신이 아니구나? 여기 널린 기름종이하고 깡통을 전부 땅에 묻으려면 일요일까지 해도 모자랄걸?"

뤼퓌스가 말했다.

"너야말로 바보야. 흉내만 내는 거라니까! 자, 이제 모두 텐트로 들어가서 자자."

조아생이 말했다.

텐트 안으로 들어가니 참 재미있었다. 다닥다닥 붙어앉아서 굉장히 덥긴 했지만 말이다. 물론 진짜로 잠을 잔 건 아니었다. 졸리지도 않았고, 누울 자리도 없었기 때문이다. 그렇게 얼마 동안 시간이 지나자 알세스트가 물었다.

"다음엔 뭘 하는 거지?"

"그거야 자기 맘이지. 자고 싶은 사람은 자고, 자기 싫은 사람은 강에 가서 수영을 해도 되고. 캠핑에선 각자 하고 싶은 대로 행동하는 거야. 그래서 캠핑이 좋은 거지."

조아생이 대답했다.

"그래도 이러고 있으니까 따분하다. 집에서 새 깃털을 가져왔으면 인디언 놀이를 할 수 있을 텐데."

외드가 말했다.

"인디언 놀이? 인디언이 캠핑하는 거 봤냐, 이 바보야?"

조아생이 말했다.

"내가 바보라고?"

외드가 물었다.

"외드 말이 맞아. 이렇게 텐트 안에만 있으니까 심심해!"

뤼퓌스가 끼어들었다.

"그래. 너는 바보라구."

조아생이 다시 말했다. 하지만 조아생이 그런 말을 한 건 실수였다. 외드는 힘이 아주 세기 때문에 외드한테는 시비 걸면 안 된다. 퍽! 외드가 조아생 코에 주먹을 날렸다. 조아생도 화가 나서 외드와 엉겨붙어 치고받으며 싸우기 시작했다. 좁은 텐트 안이었기 때문에 우리도 몇 대씩 얻어맞았다. 그러다가 상자 더미가 무너지는 바람에 겨우겨우 기어나왔다.

모두들 엄청 재미있어했다. 하지만 조아생은 기분이 좋지 않은 것 같았다. 땅바닥에 내려앉은 담요 위에서 발을 동동 구르며 "너

희들 이럴 거면 다 내 텐트에서 나와! 나 혼자 캠핑할 거야!" 하고
소리를 질렀다.

"너 진짜로 화난 거야, 아니면 화난 흉내만 내는 거야?"

뤼퓌스가 물었다.

그 말을 듣고 우리는 모두 웃음을 터뜨렸다.

"너희들 왜 웃는데? 응? 내가 뭐 웃긴 말 했어?"

뤼퓌스도 따라 웃으며 물었다.

알세스트가 저녁 식사 시간이 되었으니 집으로 돌아가야겠다고
말했다.

"그러자. 게다가 비도 오잖아! 서둘러! 어서 짐을 꾸려서 자동차
로 뛰어가야 해!"

조아생이 말했다.

캠핑은 아주 재미있는 놀이였다. 굉장히 피곤했지만 모두들 기
분 좋게 집으로 돌아갔다. 너무 늦게 왔다고 엄마 아빠한테 혼나
긴 했지만 말이다.

하지만 아무리 생각해도 늦게 돌아왔다고 혼난 건 좀 억울하다.
우리 잘못이 아니니까 말이다. 돌아올 때 길이 꽉 막혀서 그런 건
데!

라디오 인터뷰

　오늘 아침 수업 시간에 선생님이 말했다

　"여러분, 오늘은 아주 중요한 소식이 있어요. 초등학생들을 대상으로 하는 설문 조사 때문에 라디오 방송국에서 여러분을 인터뷰하러 올 거예요."

　우리는 아무 말도 하지 않았다. 선생님 말이 무슨 뜻인지 못 알아들었기 때문이다. 선생님의 귀염둥이이고 우리 반 일등인 아냥은 아마 알아들었을 거다. 선생님이 다시 설명을 해주었다. 라디오 방송국 아저씨들이 와서 우리한테 질문을 한다는 거였다. 우리 동네에 있는 학교들을 전부 돌면서 하는데 오늘이 바로 우리 학교 차례라고 했다.

　"얌전하게 굴고, 똑똑하게 잘 해낼 거라고 믿어요."

선생님이 당부했다.

우리는 라디오에 나간다는 걸 알고 굉장히 흥분했다. 선생님이 자로 책상을 몇 번이나 두드린 후에야 문법 수업을 다시 시작할 수 있었다.

갑자기 교실 문이 열리더니 교장 선생님이 아저씨 두 명을 데리고 들어왔다. 한 아저씨는 손에 커다란 가방을 들고 있었다.

"일어서!"

담임 선생님이 말했다.

"앉아! 여러분, 영광스럽게도 라디오 방송국에서 우리 학교를 방문해주셨습니다. 여기 오신 분들은 천재 마르코니가 발명한 전파의 마술을 이용하여 여러분의 목소리를 각 가정에 울려퍼지게 해줄 겁니다. 영광스러운 기회를 맞아 책임감 있게 행동해줄 거라 믿습니다. 그리고 미리 경고해두는데, 엉뚱한 짓을 하면 벌을 받게 될 거예요! 자, 그럼 이쪽으로 오셔서 어떻게 하는 건지 아이들에게 말씀해주시죠."

교장 선생님이 말했다.

두 아저씨 중 한 명이 이제부터 우리가 좋아하는 놀이, 즐겨 읽는 책, 학교에서 배우는 것들에 대해서 물어볼 거라고 설명했다.

"이게 바로 마이크예요. 여기다 입을 대고 한 마디 한 마디 똑똑하게 말해주세요. 겁낼 건 하나도 없어요. 알겠죠? 녹음을 하고 나면 오늘 저녁 여덟 시 정각에 라디오에서 여러분의 목소리를 들을 수 있을 거예요."

말을 다 하고 나서 아저씨는 다른 아저씨를 돌아보았다. 그러자 그 아저씨가 교탁 위에 가방을 펼쳤다. 가방 속에는 기계들이 가득 들어 있었다. 아저씨가 그 속에서 헤드폰을 꺼내 머리에 썼다. 예전에 본 영화에 나온 비행사 같았다. 안개가 잔뜩 낀 날, 무선 장치가 작동하지 않아 비행기가 바다에 떨어진다는 내용의 영화였다. 무지 멋진 영화였다.

마이크를 든 아저씨가 헤드폰을 쓴 아저씨에게 물었다.

"준비됐나, 피에로?"

"준비됐어. 시험 방송 한번 해보자구."

피에로 씨가 말했다.

"하나 둘 셋 넷 다섯, 괜찮아?"

마이크를 든 아저씨가 다시 물었다.

"자, 그럼 시작하지. 스탠바이!"

피에로 씨가 대답했다.

"좋아. 자, 제일 먼저 하고 싶은 사람!"

스탠바이 씨가 물었다.

"저요! 저요! 저요!"

모두가 소리쳤다.

"후보자가 너무 많군. 선생님께서 한 명 뽑아주시지요."

스탠바이 씨가 웃으며 말했다.

물론 선생님은 아냥을 지명했다. 아냥이 우리 반 일등이니까 아냥한테 질문을 해야 한다면서 말이다. 하여튼 만날 아냥이다!

아냥이 스탠바이 씨 앞으로 나갔다. 스탠바이 씨는 아냥의 입 바로 앞에 마이크를 갖다댔다. 아냥 얼굴이 하얗게 되었다.

"자, 먼저 이름을 말해주겠어요?"

스탠바이 씨가 물었다.

아냥이 입을 열었다. 하지만 아무 말도 못 하고 가만히 있었다. 스탠바이 씨가 다시 물었다.

"학생 이름이 아냥이지요?"

아냥은 고개만 끄덕였다.

"좋아요. 학생이 반에서 일등이라는 것 같던데, 우리는 학생이 자유시간을 어떻게 보내는지 알고 싶어요. 좋아하는 놀이라든지 그런 것 말이에요. 자, 말해보세요! 무서워할 것 없어요. 자, 어서!"

아냥이 갑자기 울음을 터뜨리더니 아프다고 했다. 선생님이 서둘러 아냥을 데리고 나갔다.

스탠바이 씨는 이마를 닦으며 피에로 씨를 돌아다본 후, 다시 우리에게 물었다.

"마이크 앞에서 떨지 않고 말할 수 있는 사람 있어요?"

"저요! 저요! 저요!"

다들 소리쳤다.

"좋아요. 그럼 거기 뚱뚱한 어린이, 이리 나와봐요. 응, 그래요."

알세스트가 일어나 앞으로 나갔다.

"자, 그럼 시작합시다. 학생은 이름이 뭐지요?"

스탠바이 씨가 알세스트에게 물었다.

"알세스트요."

"알쉐흐트?"

스탠바이 씨가 깜짝 놀라 되물었다.

"우물거리지 말고 분명하게 말해야지."

교장 선생님이 말했다.

"크루아상 먹고 있는데 물어보니까 그렇죠."

알세스트가 대답했다.

"크루아상? 아니 그럼, 수업 시간에 빵을 먹고 있었단 말이냐?
맙소사! 교실 밖에 나가 서 있어! 빵은 교탁 위에 올려놓고! 이 문
제는 나중에 다시 이야기하도록 하자."

교장 선생님이 소리쳤다.

알세스트는 한숨을 내쉬더니 크루아상을 교탁에 올려놓고 벌을

서러 갔다. 하지만 곧 바지 주머니에서 브리오슈를 꺼내더니 먹기 시작했다. 그러는 동안 스탠바이 씨는 마이크에 묻은 버터를 옷소매로 닦아냈다.

"애들이니까 용서하세요. 아직 철이 없는데다가 좀 주의가 산만해서요."

교장 선생님이 말했다.

"아! 그런 일엔 벌써 이력이 났습니다. 지난번엔 파업 중인 항구 노동자들도 인터뷰 했는데요 뭐. 그렇지, 피에로?"

스탠바이 씨가 웃으며 말했다.

"그래. 그래도 그때가 좋았지."

피에로 씨가 대답했다.

스탠바이 씨는 이번엔 외드를 불러냈다.

"학생은 이름이 뭐지요?'

아저씨가 물었다.

"외드요!"

외드가 큰 소리로 대답했다. 깜짝 놀란 피에로 씨가 헤드폰을 귀에서 떼어냈다.

"그렇게 큰 소리로 말하지 않아도 돼. 바로 그래서 라디오가 발명된 거야. 소리지르지 않고도 멀리까지 들리게 하거든. 어쨌든 다시 시작하자. 학생은 이름이 뭐지요?"

스탠바이 씨가 말했다.

"외드라니까요. 아까 말했잖아요."

외드가 대답했다.

"아까 말했다고 하면 안 돼. 그냥 이름만 말해, 이름만. 피에로, 준비됐나? 자, 다시 시작하자. 학생, 이름이 뭐지요?"

스탠바이 씨가 물었다.

"외드예요."

외드가 대답했다.

"이제야 알아들었군."

조프루아가 말했다.

"조프루아, 너 밖에 나가 서 있어!"

교장 선생님이 소리쳤다.

"조용히!"

스탠바이 씨도 소리를 질렀다.

그때 피에로 씨가 또다시 헤드폰을 벗으며 말했다.

"이봐! 큰 소리 낼 때는 미리 말 좀 해줘!"

스탠바이 씨는 손으로 눈을 가리고 가만히 있더니, 잠시 후 손을 떼고 나서 외드에게 무슨 놀이를 좋아하냐고 물었다.

"전 축구를 아주 잘해요. 아무도 저를 못 당한다구요."

외드가 말했다.

"거짓말하지 마. 어제 네가 골키퍼 했다가 박살났잖아!"

내가 말했다.

"그래, 맞아!"

클로테르가 맞장구를 쳤다.

"뤼퓌스가 오프사이드를 불었잖아!"

외드가 말했다

"걔는 너희 편 선수였으니까 그렇지. 내가 항상 말했잖아. 아무리 호루라기가 뤼퓌스 거라고 해도 선수가 심판까지 맡을 수는 없는 거라고."

맥상이 받아 말했다.

"너 한 대 맞고 싶냐?"

외드가 물었다. 그러자 교장 선생님이 외드에게 벌로 목요일 날 학교에 나오라고 했다.

옆에서 지켜보고 있던 스탠바이 씨가 볼장 다 봤다고 중얼거리더니, 피에로 씨와 함께 기계들을 가방에 도로 집어넣고 가버렸다.

그날 저녁 여덟 시, 우리 집에는 이웃에 사는 블레뒤르 아저씨 가족과 쿠르트플라크 아저씨 가족이 와 있었다. 아빠와 같은 사무실에서 일하는 바를리에 씨와 으젠 삼촌도 있었다. 모두 라디오 앞에 모여앉아 내 목소리가 나오기만을 기다렸다. 메메는 너무 늦게 연락을 받아 오지 못했다. 하지만 틀림없이 메메도 집에서 메메 친구들과 함께 라디오를 듣고 있을 거였다. 아빠는 내가 무척 자랑스러운가 보다. 계속 내 머리를 쓰다듬으며 훌륭하다고 밀했다. 모두들 들떠 있었다.

하지만 라디오 방송국에 무슨 일이 있었는지, 여덟 시가 되었는데도 그냥 음악만 흘러나왔다.

스탠바이 씨와 피에로 씨를 생각하니 무척 마음이 아팠다. 내가 이 정도인데 그 아저씨들은 얼마나 실망했을까!

마리 에드비주

엄마가 간식 시간에 학교 친구들을 초대해도 좋다고 허락해주었다. 마리 에드비주도 함께 초대했다. 마리 에드비주는 우리 옆집에 사는 쿠르트플라크 아저씨네 딸인데, 금발에 파란 눈을 한 여자아이다.

친구들이 도착했다. 알세스트는 집 안에 들어오자마자 간식으로 무엇이 나오는지 알아보러 부엌으로 달려갔다.

"우리 말고 올 사람이 또 있니? 케이크가 한 접시 더 있던데."

부엌에서 나온 알세스트가 물었다. 나는 마리 에드비주도 초대했다고, 그 애는 우리 옆집에 사는 쿠르트플라크 아저씨네 딸이라고 말해주었다.

"그럼, 여자애잖아!"

조프루아가 외쳤다.

"그래. 그게 어때서?"

내가 물었다.

"우린 여자애들하곤 안 놀아. 그 애가 와도 말도 안 하고, 같이 놀지도 않을 거라구."

클로테르가 말했다.

"우리 집이니까 누굴 초대하든 내 맘이야. 계속 그렇게 불평하면 한 대 먹여줄 수도 있어."

내가 말했다.

하지만 한 대 먹여줄 시간은 없었다. 초인종이 울리고 이어 마리 에드비주가 들어왔기 때문이다. 마리 에드비주는 우리 집 거실에 달린 커튼과 똑같은 천으로 만든 드레스를 입고 있었다. 진한 초록색이었는데 가장자리에 작은 구멍이 송송 뚫린 하얀 레이스가 달려 있었다. 아주 예뻐 보였다. 좀 곤란한 일은 인형을 갖고 왔다는 거다.

"자, 니콜라. 여자친구에게 다른 친구들을 소개해줘야지."

엄마가 말했다.

나는 반 친구들을 한 명씩 소개했다.

"얘는 외드야. 그리고 이쪽은 뤼퓌스, 클로테르, 조프루아고, 쟤는 알세스트야."

"얘는 내 인형인데, 이름이 샹탈이야. 얘가 입은 옷은 튀소르 실크로 만든 거다."

마리 에드비주가 말했다.

소개가 끝나자, 다들 입을 다물고 아무 말도 하지 않았다. 엄마가 간식이 준비되었으니 식탁에 가서 앉으라고 했다.

마리 에드비주는 나와 알세스트 사이에 앉았다. 엄마가 초콜릿과 케이크를 나누어주었다. 간식은 맛있었지만 시끄럽게 떠드는 아이는 하나도 없었다. 꼭 장학사 선생님이 온 날 같았다.

마리 에드비주가 알세스트를 보더니 입을 열었다.

"너 굉장히 빨리 먹는구나! 너처럼 빨리 먹는 사람은 처음 봤어. 굉장해!"

마리 에드비주는 이렇게 말하며 눈을 깜빡거렸다.

알세스트는 눈을 둥그렇게 뜨고 마리 에드비주를 물끄러미 바라보더니, 입안에 있는 커다란 케이크를 꿀꺽 삼키고는 새빨개진 얼굴로 바보같이 웃었다.

"흥! 나도 쟤만큼 빨리 먹을 수 있어. 맘만 먹으면 더 빨리 먹을 수도 있다구."

조프루아가 말했다.

"웃기지 마."

알세스트가 응수했다.

"알세스트보다 빨리 먹을 수 있다고? 믿을 수 없는데."

마리 에드비주가 말했다.

알세스트가 다시 바보처럼 웃었다.

"그럼 한번 보라구!"

조프루아가 이렇게 말하더니 케이크를 정신없이 먹어대기 시작했다. 알세스트는 자기 몫을 이미 다 먹어버렸기 때문에 시합을 할 수 없었다. 알세스트를 뺀 나머지 애들만 누가 빨리 먹나 시합을 했다.

"내가 이겼다!"

외드가 외쳤다. 입안에 남아 있던 케이크 찌꺼기가 사방으로 튀었다.

"이건 무효야. 네 접시에는 케이크가 조금밖에 없었잖아."

뤼퓌스가 말했다.

"농담 마. 많이 있었다구!"

외드가 소리쳤다.

"아니야. 내 접시에 있던 케이크가 제일 컸어. 그러니까 내가 일등이야!"

클로테르가 끼어들어 말했다. 나는 사기꾼 같은 클로테르 녀석을 때려주고 싶었다. 하지만 그때 엄마가 들어와서 놀란 눈으로 식탁을 쳐다보며 말했다.

"어머! 어떻게 된 거야? 너희들 벌써 케이크 다 먹었니?"

"전 아직 남았어요."

마리 에드비주가 대답했다. 마리 에드비주는 숟가락 끝으로 아주 조금씩 떼어먹는데다가, 자기 입에 넣기 전에 먼저 인형에게 주는 시늉을 하느라고 시간이 오래 걸렸던 거다.

"좋아. 다 먹고 나면 정원에 나가 놀도록 해라. 날씨가 좋구나."

엄마는 이렇게 말하고 나서 밖으로 나갔다.

"너 축구공 있니?"

클로테르가 내게 물었다.

"그거 좋은 생각이야. 케이크 빨리 먹기는 너희들이 잘할지 모르지만 축구는 달라. 내가 일단 공을 잡기만 하면 아무도 못 뺏으니끼!"

뤼퓌스가 말했다.

"웃기고 있군."

조프루아가 비웃었다.

그때 마리 에드비주가 말했다.

"니콜라는 재주넘기를 참 잘하는데."

"재주넘기? 재주넘기라면 내가 제일이지. 오래 전부터 해왔다구!"

외드가 말했다.

"너 정말 뻔뻔하구나. 재주넘기 챔피언은 나야!"

내가 소리쳤다.

"말도 안 돼!"

외드도 지지 않고 응수했다.

결국 다 같이 정원으로 나갔다. 드디어 자기 케이크를 다 먹은 마리 에드비주도 우리를 따라나왔다.

외드와 나는 곧바로 재주넘기를 시작했다. 옆에서 보고 있던 조프루아가 우리 둘 다 제대로 못한다면서 자기도 재주를 넘기 시작했다. 모두들 재주넘기를 했다. 뤼퓌스는 별로 잘하지 못했고, 클로테르는 재주를 넘다가 주머니에서 구슬이 쏟아지는 바람에 구슬을 주우려고 멈추었다. 마리 에드비주는 열심히 손뼉을 쳤다. 알세스트는 한 손으로는 자기 집에서 가져온 브리오슈를 먹고 있었고, 다른 손에는 마리 에드비주의 인형 상탈을 들고 있었다. 그런데 놀랍게도 인형에게 브리오슈 조각을 떼어주고 있었다. 평소 먹을 거라면 반 친구들한테도 안 나눠주는데 말이다.

"너희들 이런 것도 할 줄 알아?"

구슬을 다 주운 클로테르가 이렇게 말하더니 물구나무를 선 채 걷기 시작했다.

"야! 정말 굉장해!"

마리 에드비주가 감탄했다.

물구나무서서 걷는 건 재주넘기보다 훨씬 어려웠다. 나도 해봤지만 번번이 넘어져버렸다. 외드는 꽤 잘했다. 클로테르보다도 오랫동안 버텼다. 하지만 외드가 이긴 건 클로테르가 또 구슬을 흘렸기 때문이었을 거다.

"물구나무서서 걷는 건 아무짝에도 쓸모없어. 나무타기가 훨씬 더 유용한 재주라구."

뤼퓌스가 갑자기 이렇게 말하더니, 나무 위로 기어올라가기 시작했다. 사실 우리 집 정원에 있는 나무들은 잎이 무성한 위쪽에만 나뭇가지가 있을 뿐이어서 올라가기가 아주 힘들다. 우리는 모두 깔깔대며 웃었다. 뤼퓌스가 원숭이처럼 두 손과 두 다리를 나무에 찰싹 붙인 채 낑낑대고 있었기 때문이다.

"비켜봐. 내가 보여줄 테니까."

조프루아가 말했다.

하지만 뤼퓌스는 나무에서 내려오려고 하지 않았고, 조프루아와 클로테르는 둘이서 동시에 나무 위로 올라가려고 야단이었다. 그때 뤼퓌스가 소리쳤다.

"나 좀 봐! 나 좀 보라구! 올라가고 있잖아!"

아빠가 집에 없는 게 정말 다행이었다. 아빠는 정원의 나무를 갖고 장난치는 걸 좋아하지 않으니까 말이다. 외드와 나는 나무에 더 이상 올라갈 자리가 없어서 그냥 재주넘기를 계속했다. 마리 에드비주는 누가 더 많이 넘는지 세고 있었다.

그때, 옆집 정원에서 쿠르트플라크 아줌마가 소리쳤다.

"마리 에드비주! 어서 들어오너라! 피아노 칠 시간이다!"

마리 에드비주는 알세스트한테서 인형을 받아든 다음, 손을 흔들어 우리에게 인사하고 자기 집으로 돌아갔다.

마리 에드비주가 가고 나자 뤼퓌스, 클로테르, 조프루아는 나무에서 내려왔고, 외드도 재주넘기를 그만두었다.

"늦었다. 난 가야겠어."

알세스트가 말했다.

다른 친구들도 다들 집으로 돌아가겠다고 했다.

참 재미있는 하루였다. 모두들 아주 즐겁게 놀았다. 하지만 마리 에드비주도 재미있었는지는 잘 모르겠다. 사실, 우리는 마리 에드비주에게 잘 대해주지 않았다. 마치 그 애가 없는 것처럼 그 애와는 별로 말도 안 하고 우리끼리만 놀았으니 말이다.

우표 수집

뤼퓌스가 오늘 아침 아주 기분 좋은 얼굴로 학교에 왔다. 뤼퓌스는 우리를 보더니, 가방에서 새 공책을 하나 꺼내 보여주었다. 맨 처음 장 왼쪽 위에 우표가 한 장 붙어 있었고 다음 장들엔 아무것도 없었다.

"나 우표 모으기 시작했어."

뤼퓌스가 말했다.

자기 아빠가 우표를 한번 모아보라고 했다는 것이다. 우표 모으는 건 우표 수집이라고 부르며, 우표를 모으다 보면 역사나 지리도 배울 수 있기 때문에 아주 유익하다는 거였다. 또 뤼퓌스는, 자기 아빠가 그러는데 수집한 우표는 나중에 아주 비싸게 팔 수도 있다고, 영국의 어떤 왕이 수집한 우표는 값이 엄청나게 나갔다는 말도 했다.

"너희들도 우표 수집을 하면 좋겠다. 그러면 우표를 교환할 수도 있을 테니까. 우리 아빠가 그러는데, 우표 수집은 그런 식으로 하는 거래. 하지만 찢어진 우표는 절대 안 되고, 가장자리 톱니 모양도 제대로 붙어 있어야 한대."

나는 점심 먹으러 집에 와서 엄마에게 우표 좀 달라고 했다.

"또 무슨 짓을 벌이려고 그러는 거니? 가서 손이나 씻고 오렴. 엉뚱한 생각으로 골치 아프게 하지 말고."

엄마가 말했다.

"우표는 왜 달라고 하는 거냐? 편지 쓰려고 그러니?"

아빠가 물었다.

"아뇨. 우표 수집하려고 그래요. 뤼퓌스처럼."

내가 대답했다.

"야! 그것 참 좋은 생각이다! 우표 수집은 정말 좋은 취미지! 우표를 모으면 배우는 것도 많아. 특히 역사하고 지리에서 말야. 잘만 모으면 아주 비싸게 팔리기도 해. 영국의 어떤 왕은 우표 수집해서 한 재산 모았다지?"

아빠가 말했다.

"맞아요. 친구들하고 교환도 할 거예요. 그렇게 하면 엄청난 수집품이 될 거예요. 톱니도 다 달린 우표로 말이에요."

내가 말했다.

"그래. 호주머니와 집 안을 온갖 잡동사니로 더럽히는 것보다야 우표 모으는 게 훨씬 낫겠지. 일단 엄마 말씀대로 손 씻고 와서 식

탁에 앉거라. 점심 먹고 나서 아빠가 몇 장 줄 테니까."

아빠가 말했다.

점심을 먹은 후 아빠는 서재에 가서 우표가 붙은 편지봉투 세 장을 찾아온 다음 우표가 붙어 있는 부분을 찢어주었다.

"자, 이걸 시작으로 해서 멋진 수집품을 만들어보렴!"

아빠가 웃으며 말했다.

오후에 학교로 돌아가보니 다른 친구들도 나처럼 우표 수집을 시작했다. 클로테르, 조프루아, 알세스트가 우표 한 장씩을 가지고 온 거다. 알세스트 것은 너덜너덜 찢어진데다 버터가 잔뜩 묻어 있었다. 세 장이나 갖고 있는 사람은 나뿐이었다. 외드는 한 장도 없었다. 외드는 우리가 바보같이 쓸데없는 일을 하고 있다고 놀렸다. 우표 수집보다 축구가 훨씬 낫다는 거였다.

"바보는 너야. 그 영국 왕이 우표를 모으지 않고 축구를 했다면 부자가 되지 못했을걸? 어쩌면 왕도 되지 못했을 거야."

뤼퓌스가 말했다.

뤼퓌스 말이 옳았다. 그러나 수업 시작 종이 울려서 우표 수집 이야기를 계속 할 수 없었다.

쉬는 시간에 우리는 우표를 교환하기 시작했다.

"누구 내 우표 갖고 싶은 사람?"

알세스트가 물었다.

"네 건 나한테 없는 거네? 바꾸자."

뤼퓌스가 클로테르에게 말했다.

"좋아. 그 대신 네 것을 두 장 줘야 해."

클로테르가 대답했다.

"뭐? 네 건 한 장인데 왜 나는 두 장을 줘야 해? 한 장에 하나씩 해야지."

뤼퓌스가 말했다.

"내 건 하나에 한 장씩 바꿀 건데."

알세스트가 끼어들어 말했다.

그러고 있는데 학생주임 부이옹 신생님이 다가왔다. 부이옹 선생님은 항상 "내 눈을 봐" 하고 말한다. 그럴 때 선생님 눈을 보면 부이옹 수프에 떠 있는 뿌연 기름 덩어리처럼 눈동자만 동동 떠 있다. 그래서 '부이옹'이라고 부르는 거다. 하지만 선생님은 우리가 모여 있기만 하면 무슨 나쁜 일을 꾸미고 있다고 의심을 한다. 우리가 모여 있는 건 친한 친구 사이기 때문인데 말이다.

"내 눈을 똑바로 봐, 이 녀석들. 무슨 일을 꾸미고 있는 거지?"

선생님이 말했다.

"아무것도 아니에요, 선생님. 우린 우표 수집하고 있어요. 우표를 교환하는 거예요. 이런 우표는 하나에 두 장씩 바꿔요. 나중에 멋진 수집품을 만들 거예요."

클로테르가 말했다.

"우표 수집이라고? 흠, 그거 아주 좋은 생각이군. 아주 좋아! 아주 교육적이야! 특히 역사하고 지리에서 배우는 게 많지. 게다가 잘만 모으면 한 재산 될 수도 있어. 어느 나라인지는 잘 기억이 안 나지만 옛날에 어떤 왕은, 이름도 생각이 나지 않는군, 하여튼 그 왕이 모은 우표첩은 값이 굉장히 나갔다고 하지! 그래, 우표 교환을 계속 하려무나. 하지만 소란 피우면 안 돼."

부이옹 선생님이 가버리자, 클로테르는 손에 들고 있던 우표를 뤼퓌스에게 내밀었다.

"자, 바꿀 거지?"

클로테르가 물었다.

"아니."

뤼퓌스가 대답했다.

"난 좋아."

알세스트가 또다시 끼어들었다.

그때 외드가 클로테르에게 다가가 우표를 싹 빼앗았다.

"나도 우표 수집 시작할 거야!"

외드는 웃으며 도망갔다. 하지만 클로테르는 웃지 않았다. 외드를 쫓아가며 훔쳐간 우표를 내놓으라고 소리쳤다. 계속 달아나던 외드는 클로테르의 우표에 침을 발라 이마에 붙였다.

"얘들아, 이거 봐! 이것 좀 봐! 난 편지야! 항공우편이라구!"

외드는 이렇게 소리치며 두 팔을 벌린 채 이리저리 뛰어다니며 부릉부릉 소리를 냈다. 클로테르가 외드의 다리를 걸어 넘어뜨렸고, 급기야 둘은 싸우기 시작했다. 부이옹 선생님이 또 달려왔다.

"내 이럴 줄 알았어. 이 녀석들은 도무지 믿을 수가 없다니까.

지적인 놀이하고는 아예 담을 쌓은 녀석들이라구! 너희 두 녀석, 벌받는 장소로 가! 그리고 너, 외드, 이마에 붙인 그 우스꽝스런 우표 좀 떼지 못하겠니?"

부이옹 선생님이 말했다.

"떼어낼 때 톱니 떨어지지 않게 조심하라고 해주세요. 내가 아직 수집하지 못한 거니까요."

뤼퓌스가 말했다. 부이옹 선생님은 뤼퓌스도 벌받는 장소로 보냈다. 이렇게 해서 조프루아, 알세스트, 나, 세 사람만 남았다.

"이봐, 너희들! 내 우표는 갖기 싫어?"

알세스트가 소리쳤다.

조프루아는 알세스트의 말은 들은 척도 안 하고 내게 말했다.

"네 우표 세 장 다 주면 내 우표 한 장 줄게."

"너 제정신이 아니구나? 내 우표 세 장하고 바꿀 거면 너도 세 장을 줘야지! 네가 한 장 주면 나도 한 장만 줄 거라구."

내가 말했다.

"나는 내 우표 한 장에 너희들 것 한 장씩만 받을게."

알세스트가 다시 말했다.

"네 우표는 세 장 모두 똑같은 거잖아!"

조프루아는 알세스트 말은 무시하고 계속 나한테 말했다.

"좋아. 내 우표 세 장 다 줄 테니까, 너도 좋은 걸 줘야 해."

내가 조프루아에게 대답했다.

"알았어."

조프루아가 대답했다.

"내 우표는 아무한테도 필요없다, 이거지? 그럼 잘 봐!"

알세스트가 이렇게 외치더니, 자기 우표를 박박 찢어버렸다.

집에 돌아왔을 때, 나는 아주 기분이 좋았다.

나를 보더니 아빠가 물었다.

"그래, 젊은 우표 수집가 양반. 수집은 잘 되어가나?"

"엄청 잘 되죠."

나는 이렇게 대답한 후 조프루아가 준 구슬 두 개를 아빠에게 보여주었다.

마술사 맥상

맥상이 우리를 자기 집으로 초대했다. 우리는 깜짝 놀랐다. 맥상은 지금까지 한 번도 친구들을 자기 집에 오라고 한 적이 없었기 때문이다. 그 애 엄마가 친구들을 집으로 부르는 걸 좀처럼 허락해주지 않아서 말이다. 하지만 이번엔 선원인 그 애 삼촌이 마술상자를 선물해준 덕택에 우리를 초대할 수 있었다. 맥상은 자기 삼촌이 선원이라고 하지만, 내 생각엔 허풍인 것 같다. 그럴 리가 없다. 아무튼 그 애 삼촌이 마술상자를 선물했는데, 마술은 봐줄 사람이 없으면 하나도 재미가 없는 거고, 그래서 이번만큼은 맥상 엄마도 우리를 초대해도 좋다고 승낙해준 것 같았다.

맥상 집에 갔더니, 친구들이 벌써 다 와 있었다. 맥상 엄마가 간식을 가져다주었다. 버터빵과 우유를 넣은 차였다. 별로 굉장한 건 아니었다. 그래서 모두들 알세스트가 초콜릿빵 먹는 걸 쳐다보았다. 알세스트는 자기 집에서 초콜릿빵 두 개를 가져왔던 거다. 하지만 달라고 해봤자 소용없다. 알세스트는 굉장히 좋은 친구라 무엇이든 빌려달라는 대로 다 빌려주지만, 먹을 것인 경우에는 어림도 없으니 말이다.

간식을 먹고 나자 맥상이 우리를 거실로 데려갔다. 의자들이 나란히 놓여 있었다. 지난번에 클로테르 집에서 클로테르 아빠가 인형극 해줄 때하고 비슷했다. 맥상은 우리를 의자에 앉히고 자기는 탁자 뒤에 가서 섰다. 탁자 위에는 마술상자가 놓여 있었다. 맥상이 상자를 열자 그 안에 여러 가지 물건들이 가득 들어 있는 것이 보였다. 맥상은 상자에서 마술 지팡이와 커다란 주사위를 꺼내들었다.

"여기 주사위가 있습니다. 아주 커다랗다는 점만 빼면 보통 주사위와 다를 게 없지요."

맥상이 말했다.

"아니야. 속이 비어 있어! 그 속에 다른 주사위가 또 들어 있는 거라구."

조프루아가 말했다.

맥상은 입을 벌리고 조프루아를 물끄러미 바라보았다.

"네가 뭘 안다고 그래?"

맥상이 말했다.

"다 알아. 우리 집에도 똑같은 마술상자가 있거든. 내가 철자법 시험에서 12등 했을 때 우리 아빠가 사준 거야."

조프루아가 대답했다.

"그럼 무슨 속임수가 있는 거야?"

뤼퓌스가 조프루아에게 물었다.

"아니야. 속임수 같은 거 없어! 속임수는 조프루아 같은 치사한 거짓말쟁이나 쓰는 거라구."

맥상이 소리쳤다.

"분명히 말하는데, 지금 네가 들고 있는 주사위는 속이 빈 거야. 그리고 내가 거짓말쟁이라는 말 다시 한 번 해봐. 따귀를 때려줄 테니까!"

조프루아가 맥상한테 소리쳤다.

하지만 그 애들은 싸울 수가 없었다. 맥상 엄마가 거실로 들어왔기 때문이다. 아줌마는 우리를 보고는 잠깐 멈칫하다가, 한숨을 내쉬고는 벽난로 위에 있던 꽃병을 들고 밖으로 나갔다. 나는 속이 비어 있는 주사위라는 말에 궁금해져서 탁자 가까이 다가갔다.

"안 돼. 안 된다니까! 니콜라, 네 자리로 돌아가! 넌 가까이서 볼 권리가 없어!"

맥상이 소리쳤다.

"왜?"

내가 물었다.

"속임수가 있으니까 그렇지. 확실하다구."

뤼퓌스가 말했다.

"맞아. 그 주사위는 속이 비어 있는 거라서 탁자 위에 놓으면 안에 있던 다른 주사위가……."

조프루아가 말했다.

"너, 계속 떠들 거면 네 집으로 가버려!"

맥상이 소리쳤다.

맥상 엄마가 다시 들어와 피아노 위에 놓여 있던 작은 조각상을 들고 나갔다. 맥상은 주사위를 상자 안에 도로 집어넣고 대신 작은 냄비를 하나 꺼냈다.

"보시는 바와 같이 이 냄비는 비어 있습니다."

맥상은 우리에게 냄비를 보여주며 이렇게 말한 다음, 조프루아를 힐끔 쳐다보았다. 조프루아는 주사위 마술의 비밀을 이해하지 못한 클로테르에게 주사위 속이 비어 있다는 것을 열심히 설명해주고 있었다.

"알았다. 그건 냄비에서 하얀 비둘기가 나오게 하는 마술이지?"

조아생이 물었다.

"어떻게 그럴 수가 있지? 여기에도 속임수가 있는 거구나."

뤼퓌스가 말했다.

"비둘기라고? 천만의 말씀! 도대체 어디서 비둘기를 꺼낸다고 그러냐? 이 바보야."

맥상이 말했다.

"텔레비전에서 보니까 마술사가 여기저기서 비둘기를 꺼내던데? 너야말로 멍청이야!"

조아생이 대답했다.

"내가 냄비에서 비둘기를 꺼내고 싶어도 난 그럴 수가 없어. 우리 엄만 집에 동물을 못 들여놓게 한단 말이야. 내가 집으로 생쥐

바닥이 뚫려 있는 냄비라구.

를 가져올 때마다 문제가 생겼다구. 그리고 누가 멍청이라고?"

맥상이 큰 소리로 외쳤다.

"그럼 비둘기는 안 나오는 거야? 그거 안됐군. 난 비둘기가 참 좋은데! 별로 크진 않지만, 삶은 완두콩하고 같이 먹으면 되게 맛있다구! 꼭 닭고기 같아!"

알세스트가 끼어들었다.

"멍청이가 누구냐고? 바로 너야. 이제 똑똑히 알아들었냐?"

조아생이 맥상에게 말했다.

바로 그때 맥상 엄마가 들어왔다. 아줌마가 문 뒤에서 계속 엿듣고 있었던 게 아닌지 의심스러웠다. 맥상 엄마는 우리에게 얌전히 놀아야 한다고 말한 후, 구석에 놓여 있던 스탠드를 들고 다시 밖으로 나갔다. 뭔가 굉장히 걱정스러운 것 같았다.

"저 냄비도 주사위처럼 속이 빈 거야?"

클로테르가 궁금해했다.

"냄비 전체가 그런 게 아니라 바닥만 그래."

조프루아가 대답했다.

"그것도 속임수네 뭐."

뤼퓌스가 말했다.

맥상은 머리끝까지 화가 나서, 우리는 친구도 아니라고, 그러니까 마술도 보여주지 않겠다고 했다. 다들 아무 말도 하지 않고 가만히 있었다. 맥상 엄마가 달려왔다.

"무슨 일이야? 왜 이렇게 조용해?"

아줌마가 물었다.

"쟤들 때문이에요. 쟤들이 내가 마술 하는 걸 방해한다구요!"

맥상이 말했다.

"얘들아. 내 말 좀 들어봐. 난 너희들이 재미있게 놀기를 바란단다. 하지만 얌전히 놀아야 해. 그러지 않으면 다들 집으로 돌려보낼 거야. 아줌마는 지금 시장에 갔다와야 해. 너희들이 이젠 철이 다 들었다고 믿고 가겠다. 특히 서랍장 위에 있는 탁상시계를 조심해야 해. 알았지?"

맥상 엄마는 이렇게 말하고 나서 우리를 한 번 쳐다보고 천장을 한 번 쳐다보았다. 그러고는 머리를 내저으며 밖으로 나갔다.

"좋아. 다시 시작하자. 여기 흰 공이 있습니다. 이제 제가 이 공을 사라지게 하겠습니다."

맥상이 말했다.

"저것도 속임수지?"

뤼퓌스가 물었다.

"맞아. 공을 숨겨서 호주머니에 넣을 거라구."

조프루아가 대답했다.

"아냐! 아니라니까! 공을 사라지게 하는 거란 말야!"

맥상이 외쳤다.

"그게 아니지. 공을 사라지게 하는 게 아니라 호주머니에 감출 거잖아! 내 말이 맞을걸?"

조프루아가 외쳤다.

"그러니까 쟤가 흰 공을 사라지게 한다는 거야, 아니라는 거야?"

외드가 물었다.

"난 맘만 먹으면 공을 사라지게 할 수 있어. 하지만 안 할 거야.

이젠 너희들하고는 친구 안 할 거니까. 그뿐이야! 우리 엄마 말이 맞았어. 너희는 야만인들이라구!"

맥상이 소리쳤다.

"거봐! 내가 뭐랬어. 공을 사라지게 하는 건 진짜 마술사들만 할 수 있는 거야. 엉터리들은 절대 못 한다구!"

조프루아가 큰 소리로 말했다.

맥상이 달려들어 조프루아의 따귀를 때렸다. 기분이 상한 조프루아는 마술상자를 마룻바닥에 집어던졌다. 조프루아는 머리끝까지 화가 나서 맥상과 치고받으며 싸우기 시작했다. 우리는 그 애들이 싸우는 걸 구경했다. 아주 재미있었다. 맥상 엄마가 거실로 들어왔다. 아줌마도 기분이 나쁜 것 같았다.

"모두 돌아가! 당장!"

맥상 엄마가 우리에게 말했다.

우리들은 맥상네 집을 나왔다. 집으로 가며 생각해보니 그런 대로 재미있는 오후를 보낸 것 같긴 했지만 좀 실망스러웠다. 실은 맥상의 마술을 보고 싶었으니 말이다.

"쳇! 내 생각엔 뤼퓌스 말이 맞는 것 같아. 맥상은 텔레비전에 나오는 진짜 마술사가 아니잖아. 걘 속임수만 쓰는 것 같더라구."

클로테르가 말했다.

다음 날 아침 학교에 온 맥상은 그때까지도 계속 화가 나 있었다. 우리가 돌아간 후 마술상자를 정리하다가 흰 공이 감쪽같이 사라져버린 걸 알게 되었기 때문이다.

비 오는 날

나는 장대같이 힘차게 쏟아지는 비를 좋아한다. 그런 날엔 학교에 가지 않고 집에서 장난감 기차를 갖고 놀 수 있으니까 말이다. 하지만 오늘은 비가 별로 심하게 온 건 아니어서 학교에 가야 했다.

여러분도 알다시피 비가 오는 날도 재미있게 놀 수 있다. 하늘을 향해 고개를 들고 입을 벌려 빗물을 받아먹는 것도 재미있고 물웅덩이 속에서 철벅거리며 친구들한테 물을 튀기는 놀이도 재미있다. 또 빗물받이 홈통 밑을 지나가는 것도 재미있다. 물이 옷깃 속으로 들어오면 소름이 확 끼친다. 비옷 단추를 목까지 채우면 안

된다. 그러면 빗물받이 홈통 밑을 지나가봐야 하나도 재미가 없으니 말이다. 하지만 비가 와서 안 좋은 일이 딱 한 가지 있다. 바로 쉬는 시간에 운동장에 내려갈 수 없다는 거다.

오늘 학교에서는 낮인데도 교실에 전깃불을 켜놓았다. 불빛 아래에서 보니까 모든 게 색다르게 보였다. 나는 창문에 맺힌 빗방울이 아래로 흘러내리며 경주하는 모습을 보는 걸 좋아한다. 꼭 강물이 흐르는 것 같다.

쉬는 시간을 알리는 종이 울리자 선생님이 말했다.

"자, 이제 쉬는 시간이에요. 이야기하는 건 괜찮지만, 얌전히 앉아 있어야 해요."

그러자 아이들이 모두 한꺼번에 말을 하기 시작해서 굉장히 시끄러워졌다. 이야기를 주고받으려면 힘껏 소리를 질러야 했다. 선생님은 한숨을 쉬며 자리에서 일어나 교실 문을 열어놓은 채 복도로 나갔다. 복도에는 다른 반 선생님들이 서 있었다. 선생님은 그 선생님들과 이야기를 했다. 다른 반 선생님들은 우리 선생님만큼 멋지지 않다. 바로 그래서 우리가 우리 선생님을 너무 화나게 하지 않으려고 노력하는 거다.

"야, 우리 피구 안 할래?"

외드가 물었다.

"너 정신 나갔냐? 선생님이 가만히 있을 것 같아? 그리고 피구를 하다 보면 틀림없이 유리창을 깨게 될 거라구!"

뤼퓌스가 말했다.

"그럼 창문을 열어놓으면 되잖아."

조아생이 말했다.

정말 멋진 생각이었다. 우리는 모두 달려가 창문을 활짝 열었다. 아냥만 빼고 말이다. 아냥은 두 손으로 귀를 꼭 막고 큰 소리로 역사 공책을 읽으며 복습하고 있었다. 아냥은 정말이지 제정신이 아니다!

창문을 여니 굉장했다. 교실 안으로 바람이 들이닥쳤고, 얼굴에는 빗방울이 떨어졌다. 정말 재미있었다. 그러고 있는데 갑자기 커다란 비명 소리가 들렸다. 선생님이 들어온 거다.

"너희들, 이게 무슨 짓이야! 당장 창문 닫아!"

선생님이 외쳤다.

"피구하려고 그랬어요, 선생님."

조아생이 설명했다. 그러자 선생님은 교실에서 공놀이를 하다니 말도 안 된다며, 창문 닫고 빨리 제자리로 가서 앉으라고 했다. 문제는 창가에 있는 자리가 빗물에 젖어버렸다는 거였다. 빗물을 얼굴에 맞는 건 좋지만, 그 위에 앉는 건 난처한 일이다. 선생님은 두 손을 번쩍 들어올리며 정말 어쩔 수 없는 녀석들이라고 말하고는 젖지 않은 의자에 끼어 앉아보라고 했다. 각자 앉을 자리를 찾느라 시끄러워졌다. 다섯 명이 앉은 의자도 있었다. 우리 교실에 있는 의자는 세 명이 함께 앉아도 꼭 끼는데 말이다. 나는 뤼퓌스, 클로테르, 외드와 함께 앉았다. 선생님이 자로 교탁을 두드리며 조용히 하라고 소리쳤다. 그래서 모두 입을 다물었다. 귀를 막고 있던 아냥만 계속 큰 소리로 역사 공책을 읽고 있었다. 아냥은 자기 의자에 혼자 앉았다. 작문 시간을 빼고는 그 치사한 귀염둥이 녀석 옆에 앉고 싶어하는 애가 하나도 없기 때문이다. 아냥은 곧 고개를 들고 선생님을 보았고, 읽는 것을 멈추었다.

"좋아요. 선생님은 여러분이 떠드는 소리를 더 이상 듣고 싶지 않아요. 지금부터 조금이라도 엉뚱한 짓을 하는 사람이 있으면 가만두지 않을 거예요. 알았죠? 다시 의자에 잘 나누어 앉도록 해요, 조용히!"

그래서 모두 일어나 아무 소리도 안 내고 조용히 자리를 바꾸었다. 장난칠 분위기가 아니었다. 선생님이 엄청 화난 것 같았기 때문이다! 나는 조프루아, 맥상, 클로테르, 알세스트와 함께 앉았다. 알세스트가 자리를 너무 많이 차지해서 굉장히 불편했다. 게다가 알세스트는 샌드위치를 먹느라 여기저기 빵가루를 흩날리고 있었다. 선생님은 우리를 유심히 쳐다보더니 한숨을 내쉰 후 다시 밖으로 나가 다른 선생님들하고 이야기를 했다.

조프루아가 일어나더니 칠판 앞으로 가서 분필로 사람 얼굴을 그렸다. 코는 없었지만 아주 재미있게 생긴 얼굴이었다. 그림 밑에는 '맥상 바보'라고 썼다. 모두들 웃었다. 아냥하고 맥상만 빼고 말이다. 아냥은 다시 역사 수업 복습을 하고 있었고, 맥상은 벌떡 일어나 조프루아 따귀를 때리려고 했다. 물론, 조프루아는 재빨리 피했다. 우리가 응원을 하려고 자리에서 일어서는 순간, 선생님이 달려들어왔다. 얼굴이 새빨갰고, 두 눈은 부릅뜨고 있었다. 지난주 이후로 선생님이 그렇게 화가 난 건 본 적이 없었다. 마침내 선생님이 칠판에 그려진 그림을 보았다.

"누가 이런 짓을 했지?"

선생님이 물었다.

"조프루아래요."

아냥이 대답했다.

"더러운 고자질쟁이! 너 한 대 맞을 줄 알아!"

조프루아가 소리쳤다.

"어디 한 대 먹여봐! 어서, 조프루아!"

맥상이 소리쳤다.

상황은 더욱 나빠졌다. 선생님은 엄청 화가 나서 자로 교탁을
수없이 두드려댔다. 아냥은 소리치며 울기 시작했다. 아무도 자기
를 좋아하지 않는다고, 정말 불공평하다고, 모두가 자기를 이용하
려고 하니 자기는 죽어버릴 거라고, 엄마 아빠한테 전부 일러버릴

거라고 했다. 그러자 모두가 자리에서 일어나 소리를 질렀고, 한바탕 소란이 벌어졌다. 정말 재미있었다.

"앉아! 앉으라니까! 마지막 경고예요! 조용히 하고 어서 자리에 앉아요!"

우리는 선생님 말대로 자리에 앉았다. 앉고 보니 뤼퓌스, 맥상, 조아생이 같은 자리에 앉아 있었다. 그때 교장 선생님이 교실로 들어왔다.

"일어서!"

선생님이 말했다.

"앉아!"

교장 선생님이 말했다. 그러고는 우리와 담임 선생님을 번갈아 가며 쳐다보았다.

"도대체 무슨 일입니까? 선생님 반 아이들 고함 소리 때문에 학교 전체가 떠나갈 것 같습니다! 도저히 참을 수가 없어요! 그리고 저기 빈 의자들도 있는데 왜 아이들이 한 의자에 네다섯 명씩 앉아 있습니까? 너희들 모두 자기 자리로 돌아가!"

우리는 모두 자리에서 일어났다. 선생님이 교장 선생님에게 의자가 젖게 된 이유를 설명했다. 교장 선생님은 놀란 표정을 짓더니 다시 아까 앉았던 자리로 돌아가 앉으라고 했다. 나는 알세스트, 뤼퓌스, 클로테르, 조아생, 외드와 같이 앉게 되었다. 정말 꼭꼭 붙어 앉아야 했다. 이윽고 교장 선생님이 칠판에 그려진 그림을 보고 물었다.

"누가 이런 짓을 했지? 응? 어서 말해봐!"

아냥이 끼어들 틈도 없이 조프루아가 일어나 자기 잘못이 아니
라고 훌쩍거렸다.

"이 녀석, 울면서 후회하는 척하는구나. 하지만 너무 늦었어. 너
는 잘못된 길로 들어선 거야. 그 길로 계속 가면 결국 교도소로 가
게 된다구. 친구들한테 이렇게 못된 말이나 하고 말이야. 내가 네
나쁜 언어 습관을 고쳐주마! 네가 칠판에 쓴 말을 오백 번 써 오
도록 해. 알았지? 그리고 나머지 학생들은 비가 그치더라도 쉬는
시간에 운동장에 못 나간다. 그렇게 해야 규칙 준수에 대해 조금
이라도 배우게 될 테니 말이야. 담임 선생님 감독 아래 교실에 남
아 있어라!"

교장 선생님이 말했다.

교장 선생님이 나간 후 조프루아와 맥상도 우리 의자에 와서 앉
았다. 우리는 우리 선생님은 정말 근사하며, 우리가 가끔 화나게

하는데도 정말 우리를 사랑하신다는 말을 주고받았다. 하지만 선생님은, 오늘 우리가 하루 종일 운동장에 내려갈 수 없게 되었다는 걸 알고 우리들보다 더 난감해했다.

체스

일요일엔 날씨가 춥고 비가 왔다. 하지만 별로 상관은 없었다. 알세스트가 간식 먹으러 오라고 자기 집으로 나를 초대했기 때문이다. 알세스트는 나랑 친한 친구인데, 굉장히 뚱뚱하고 먹는 걸 엄청 좋아한다. 그래도 알세스트와 함께 있으면 언제나 재미있다. 싸울 때조차 말이다.

알세스트네 집에 도착하자 그 애 엄마가 문을 열어주었다. 알세스트와 알세스트 아빠는 벌써 식탁에 앉아 내가 도착하기만을 기다리고 있었다.

"왜 이렇게 늦게 왔니?"

알세스트가 물었다.

그러자 그 애 아빠가 말했다.

"입속에 음식 넣은 채 말하는 거 아니다. 그리고 거기 버터 좀 건네주렴."

코코아 두 잔과 크림케이크 한 조각, 버터를 바른 토스트와 잼, 소시지, 그리고 치즈가 돌아갔다. 벌써 자기 몫을 다 먹은 알세스트가 자기 엄마에게 점심때 먹은 스튜가 남아 있는지 물었다. 나한테 맛보여주려고 그런다고 덧붙였다. 하지만 아줌마는 그걸 먹으면 저녁을 안 먹을 테니 안 된다고, 그리고 스튜는 남아 있지도 않다고 했다. 어쨌든 난 별로 배가 고프지 않았으니 상관없었다.

간식을 다 먹고 나자 알세스트가 자기 방에 가서 놀자고 했다. 알세스트 엄마가 아침 내내 청소해놓았으니까 어지르지 말고 얌전히 놀아야 한다고 했다.

"우린 기차 놀이, 자동차 놀이, 구슬치기, 공놀이를 할 건데요."

알세스트가 말했다.

"안 돼, 절대 안 돼! 기껏 치워놓은 방을 다시 뒤죽박죽으로 만들면 어떡하니. 좀 조용한 놀이를 찾아보렴, 응?"

알세스트 엄마가 말했다.

"무슨 놀이 말이에요?"

알세스트가 물었다.

"내게 좋은 생각이 있어. 세상에서 가장 지적인 놀이를 가르쳐주마! 너희 방에 가 있거라. 아빠도 곧 갈 테니."

알세스트 아빠가 말했다. 우리는 알세스트 방으로 갔다. 정말 깨끗하게 치워져 있었다. 곧이어 아저씨가 체스판을 들고 들어왔다.

"체스요? 하지만 우린 둘 줄 모르는데요!"

알세스트가 말했다.

"그렇겠지. 그러니까 내가 가르쳐주려는 거 아니냐. 얼마나 굉장한 놀이인지 두고 보렴!"

알세스트 아빠가 말했다.

사실이었다. 체스는 아주 재미있었다! 알세스트 아빠는 먼저 체스판에 말 놓는 법을 가르쳐주었다. 그런 다음, 말들이 각각 무엇을 의미하는지 알려주고, 어떤 식으로 움직여야 하는지도 설명했다. 쉽지는 않았다. 적군의 말을 잡으려면 어떻게 해야 하는지도 가르쳐주었다.

"마치 두 군대가 싸우는 것과 같단다. 말하자면 너희들이 장군인 셈이지."

알세스트 아빠는 이렇게 말한 뒤 양손에 졸을 하나씩 들고 주먹을 쥐더니 나한테 하나를 고르라고 했다. 나는 하얀 말을, 알세스트는 검은 말을 갖게 되었다. 드디어 놀이를 시작했다. 알세스트 아빠는 함께 앉아서 훈수를 해주기도 하고, 틀릴 때마다 다시 가르쳐주기도 했다. 알세스트 엄마가 와서 우리가 체스 두고 있는 것을 보고는 만족스러운 표정을 지었다. 이윽고 알세스트 아빠가 말 하나를 움직이더니 웃으면서 내가 졌다고 했다.

"됐다. 이젠 다 이해한 것 같구나. 이번엔 말을 바꿔서 너희끼리 한번 해보거라."

알세스트 아빠가 말했다. 그러고 나서 아저씨는 아줌마와 함께 밖으로 나갔다. 방문을 나서며 아저씨는 아줌마에게 애들 다루는 것도 요령이 있어야 하는 법이라면서, 그런데 정말 스튜가 하나도

안 남았느냐고 물었다.

검은색 말들은 알세스트 손가락에 묻어 있던 잼 때문에 끈적거려서 좀 거추장스러웠다.

"전투 개시. 진격! 짜잔!"

알세스트가 병졸 하나를 전진시켰다. 나는 기마병을 앞세웠다. 기마병은 움직일 때 곧장 앞으로 나가다가 다시 옆으로 움직여야 한다. 다루기가 제일 어렵다. 하지만 다른 말들을 뛰어넘을 수 있기 때문에 제일 근사하기도 하다.

"용감무쌍한 랜슬롯 기사가 나가신다!"

내가 소리쳤다.

"진격! 둥둥! 둥둥!"

알세스트가 북소리를 냈다. 알세스트는 손등으로 병졸 여러 개를 한꺼번에 밀었다.

"어! 그렇게 하면 안 돼!"

내가 말했다.

"막을 수 있으면 막아봐라, 이 악당아!"

알세스트가 소리쳤다. 지난 목요일 날 클로테르네 집에서 텔레비전에서 말 탄 기사들이 요새에서 싸우는 영화를 본 적이 있는데, 알세스트는 그 생각이 난 것 같았다. 그래서 나도 두 손으로 말들을 밀면서 대포와 기관총 쏘는 흉내를 냈다. 타타타타타! 내 말과 알세스트의 말이 부딪치면서 무더기로 쓰러졌다.

"잠깐만. 어떻게 그럴 수가 있어! 그 시대에는 기관총이 없었단 말야. 쾅! 히는 대포 이니면 챙챙! 히는 칼만 있었디구. 그렇게 속임수나 쓸 거면 놀 필요가 없지."

알세스트가 말했다. 알세스트 말이 옳았기 때문에 나는 알았다고 했다. 우리는 체스를 계속 했다. 나는 장군 말을 전진시켰다. 하지만 병졸들이 모두 체스판 위에 쓰러져 있었기 때문에 말을 움직이기가 어려웠다. 알세스트는 구슬을 퉁기듯 손가락으로 내 장군을 퉁겨서 쓰러뜨렸다. 나도 내 전차를 퉁겨 알세스트의 여왕을 쓰러뜨렸다.

"그렇게 하면 안 돼. 전차는 곧장 앞으로만 갈 수 있어. 그런데 너는 옆으로 보냈잖아. 옆으로 가는 건 장군이야!"

알세스트가 말했다.

"승리는 우리 편이다! 완전 섬멸이다! 용감한 우리 기사들이여, 진격하라! 아더 왕 만세! 쾅! 쾅!"

나는 손가락으로 계속해서 말들을 통겨 보냈다. 너무너무 재미
있었다.

"잠깐만, 손가락으로는 너무 쉬워. 구슬로 하면 어떨까? 구슬을
총알이라고 하고 말야. 탕탕!"

알세스트가 말했다.

"좋아. 하지만 그러기엔 체스판이 너무 작은걸."

"그야 간단하지. 넌 방 저편 끝에 가 있고, 난 이편 끝에 가 있는
거야. 그리고 침대 다리나 의자, 책상 뒤에 말을 감추는 거지."

알세스트가 말했다.

알세스트는 장롱 문을 열고 구슬을 찾았다. 장롱은 방보다는
정리가 덜 되어 있었기 때문에 문을 열자 여러 가지 물건이 융단
위로 우르르 떨어졌다. 나는 한 손엔 검은 말, 다른 손엔 흰 말을
쥐고 알세스트한테 고르라고 했다. 알세스트는 흰 말을 뽑았다. 우
리는 탕탕! 소리를 내며 구슬을 던지기 시작했다. 하지만 말들을
워낙 잘 숨겨놓아서 맞히기가 어려웠다.

"저기 말야, 네 장난감 기차하고 자동차들을 탱크라고 하면 어
떨까?"

내가 말했다. 알세스트는 장롱에서 기차와 자동차들을 꺼내 그
안에 체스 말들을 넣고 탱크라며 전진시켰다. 부릉부릉!

그러다 알세스트가 말했다.

"말들이 탱크 안에 있으니까 구슬로 맞힐 수가 없는데?"

"폭격을 하면 되지."

내가 대답했다.

624

우리는 구슬을 잔뜩 쥔 손을 비행기라고 하고 부웅~ 소리를 내며 탱크 위로 날아가 쾅! 하고 구슬을 떨어뜨렸다. 하지만 구슬이 기차나 자동차에 부딪혀봤자 아무 효과가 없었다. 그러자 알세스트는 축구공을 가지고 왔고, 나에게는 해변에서 샀다는 빨간색과 파란색으로 된 공을 주었다. 우리는 탱크를 향해 공을 던지기 시작했다. 효과가 엄청났다! 그러다 알세스트가 너무 세게 던지는 바람에 공이 문에 부딪혀 큰 소리가 났고, 이어 공이 다시 책상 위로 날아가 잉크병을 쓰러뜨렸다. 알세스트 엄마가 달려왔다.

아줌마는 무척 화가 났다! 알세스트에게는 저녁 먹을 때 후식을 한 번밖에 안 주겠다고 했고, 내게는 너무 늦었으니까 불쌍한 우리 엄마가 기다리고 있는 집으로 빨리 돌아가라고 했다. 내가 알세스트네 집을 나서는 순간 다시 한 번 고함 소리가 들려왔다. 알세스트 아빠가 알세스트를 야단치는 소리였다.

아쉽게도 체스를 계속 둘 수는 없었지만 체스 놀이는 정말 재미있었다. 날씨가 좋아지면 공터에서 한번 해봐야지.

왜냐하면 체스는 절대 집 안에서 할 놀이가 아니기 때문이다. 부릉부릉! 쾅쾅!

SANITAIRE

엑스레이 촬영

아침에 학교 운동장으로 들어서는데 조프루아가 아주 난처한 표정으로 다가왔다. 어른들 말이, 오늘 학교에 의사 선생님들이 와서 엑스레이를 찍는다고 했다는 것이다. 그러고 있는 동안 친구들이 하나 둘 도착했다.

"다 허풍이야. 어른들은 항상 허풍만 친다구."

뤼퓌스가 말했다.

"뭐가 허풍인데?"

조아생이 물었다.

"오늘 의사 선생님들이 와서 예방주사 놓는다구."

뤼퓌스가 대답했다.

"설마 진짜는 아니겠지?"

조아생이 불안한 목소리로 물었다.

"뭐가 진짜가 아니라고? 무슨 일인데?"

맥상이 물었다.

"오늘 의사 선생님들이 우리 수술하러 온다구."

조아생이 대답했다.

"뭐라고? 난 안 할 거야!"

맥상이 소리쳤다.

"뭘 안 한다고?"

외드가 물었다.

"맹장수술은 하기 싫단 말이야."

맥상이 대답했다.

"맹장이 뭐야?"

클로테르가 물었다.

"내가 어렸을 때 수술해서 떼어낸 거야. 그러니까 난 안 해도 되고, 너희들만 수술받을 거야."

알세스트가 신이 나서 웃으며 대답했다.

그때, 우리 학교 학생주임인 부이옹 선생님이 수업 시작 종을 쳤다. 우리는 교실로 들어가기 위해 줄을 서야 했다. 계속 웃고 있는 알세스트하고 복습하느라 아무 말도 듣지 못한 아냥만 빼고는 모두 마음이 찜찜했다. 교실에 들어서자 선생님이 말했다.

"여러분, 오늘 오전에 의사 선생님들이 오실 거예요. 왜냐하면……."

갑자기 아냥이 벌떡 일어나더니 소리쳤다.

"의사 선생님요? 난 병원에 가기 싫어요! 병원에 안 갈 거야! 다 일러버릴 거라구! 병원에 못 가. 난 안 아프니까!"

선생님이 자로 책상을 두드렸다. 아냥은 계속 울었고 선생님은 계속 말을 했다.

"아기처럼 겁낼 것 없어요. 의사 선생님들은 엑스레이를 찍으러 오는 것뿐이에요. 엑스레이는 하나도 아프지 않아요. 그리고……."

"맹장수술 하러 오는 거라고 들었는데요! 맹장수술이라면 괜찮지만, 엑스레이라면 안 찍을 거예요."

알세스트가 말했다.

"맹장수술?"

알세스트의 말에 놀란 아냥이 펄쩍 뛰더니, 다시 바닥을 뒹굴며 울기 시작했다. 선생님은 화가 나서 또다시 자로 교탁을 탁탁 치며 아냥에게 조용히 하지 않으면 지리 점수를 빵점 줄 거라고 했다.(그 시간은 지리 시간이었다.) 그러고 나서 선생님은 지금부터 맨 처음으로 입을 여는 사람은 퇴학시켜버릴 거라고 했다. 그러자 아무도 말을 하지 않았다. 선생님만 빼고.

"잘 들어요. 엑스레이는 사진 찍는 것하고 똑같아요. 여러분 몸속에 있는 폐가 정상인지 아닌지를 보려고 하는 것뿐이에요. 여러분 중엔 엑스레이를 찍어본 사람도 있을 거예요. 그러니까 그게 무언지도 알 거고. 그러니까 더 이상 이러쿵저러쿵할 필요가 없어요. 그래 봐야 아무짝에도 쓸모가 없어요."

선생님이 말했다.

"하지만 선생님, 제 폐는……."

클로테르가 말했다.

선생님은 클로테르의 말을 가로막았다.

"폐 이야기는 그만하고, 이리 나와서 루아르 강의 지류들에 대해서나 말해봐요."

클로테르는 제대로 대답을 하지 못했고 교실 한쪽 구석으로 가서 있어야 했다. 그때 부이옹 선생님이 교실로 들어왔다.

"선생님 반 차렙니다."

부이옹 선생님이 말했다.

"알겠습니다. 여러분, 모두 조용히 일어나 줄을 서세요."

선생님이 말했다.

"벌받는 사람도요?"

클로테르가 물었다.

하지만 담임 선생님은 클로테르의 질문에 대답해줄 수가 없었다. 아낭이 또 울면서 가지 않겠다고 고함을 지르기 시작했기 때문이다. 아낭은 미리 알려주기만 했다면 엄마한테 말해서 어떤 변명거리든 가져왔을 거라고, 내일이라도 변명거리를 가져올 수 있다고 했다. 그러고는 두 손으로 의자를 붙들고 발로 사방을 걷어찼다. 선생님이 한숨을 푹 내쉬더니 아낭한테 다가가서 말했다.

"아낭, 잘 들어봐. 전혀 무서워할 필요가 없단다. 의사 선생님들은 네 몸엔 손도 안 댈 기야. 그리고 두고 보면 알겠지만, 참 재미있단다. 의사 선생님들이 커다란 버스를 타고 오는데, 너는 작은 계단을 통해서 그 안으로 들어가는 거야. 차 안은 지금까지 네가 본 것 중에서 가장 멋질 거야. 그리고 또 아 참, 선생님 말 잘 들으면, 수학 시간에 너한테 문제풀이를 시킬게."

"분수 문제요?"

아낭이 물었다.

선생님은 그렇다고 대답했다. 그러자 아낭은 의자를 놓고 우리와 함께 줄을 섰다. 하지만 엄청 떨면서 계속해서 으으으 소리를 냈다.

줄을 서서 운동장으로 내려오니, 선배 형들이 엑스레이를 다 찍고 교실로 돌아가고 있었다.

"형들! 어땠어요? 아파요?"

조프루아가 물었다.

"지독해! 불로 지지고, 주사로 찌르고 할퀴고 그래. 의사 선생님들이 커다란 칼을 들고 기다리고 있다구. 사방이 피로 흥건해!"

형들 중 한 명이 대답했다. 다른 형들이 낄낄거렸다. 아냥은 또다시 바닥에 뒹굴었다. 하지만 이번엔 정말 아픈 것 같아서 부이옹 선생님이 양호실로 데려가야 했다. 학교 정문 쪽으로 가니까 커다란 흰색 버스가 있었다. 뒤쪽에 작은 계단이 달린 입구가 있었고, 앞쪽에는 출구가 있었다. 아주 멋진 차였다.

교장 선생님이 하얀 가운을 입은 의사 선생님과 이야기하고 있었다.

"방금 말씀드린 녀석들이 바로 저 애들이오."

교장 선생님이 말했다.

"너무 걱정 마십시오, 교장 선생님. 저희는 그런 일에 아주 익숙하니까 꼼짝 못 하게 할 수 있을 겁니다. 모든 게 착착 진행될 거예요."

의사 선생님이 말했다.

갑자기 찢어지는 듯한 비명 소리가 들렸다. 부이옹 선생님이 아냥 팔을 잡고 끌고 왔다.

"이 녀석부터 시작해야겠습니다. 너무 흥분한 것 같아서요."

부이옹 선생님이 말했다.

의사 선생님 중 한 명이 아냥 팔을 잡았다. 그러자 아냥은 이것 놓으라고 소리를 쳤다. 담임 선생님이 의사 선생님들은 몸에 손도 안 댈 거라고 약속했는데 다 거짓말이었다며 경찰에 고소하겠다

고 발버둥을 쳤다. 의사 선생님은 이냥을 붙잡고 차 안으로 들어
갔다. 그러고 나서도 한동안 비명 소리가 계속 들렸다. 그러다 갑
자기 "가만히 있어! 그렇게 계속 버둥거리면 병원으로 데려갈 거
야!" 하는 커다란 목소리가 들리더니, 그다음에는 "으으으" 하는
소리만 들렸다. 이윽고 아냥이 앞문으로 내리는 게 보였다. 아냥은
얼굴 가득 미소를 짓고 있었다. 아냥은 차에서 내려 곧장 교실 안
으로 뛰어들어갔다.

　의사 선생님이 소매로 얼굴을 닦으며 나왔다.

　"이제야 됐군. 다음 다섯 명 앞으로 나와! 군인 아저씨처럼 씩씩
하게!"

　하지만 아무도 움직이지 않았다. 의사 선생님은 손가락으로 다
섯 명을 지명했다.

　"너, 너, 너, 그리고 너하고 너!"

"왜 우리만 하고 얘는 안 해요?"

조프루아가 알세스트를 가리키며 물었다.

"맞아요!"

뤼퓌스, 클로테르, 맥상과 나는 한꺼번에 말했다.

"의사 선생님이 너, 너, 너, 너하고 너라고 했잖아. 나라고는 안 했어. 그러니까 너하고, 너, 너, 너, 너, 이렇게 다섯이 가는 거야! 나는 아니라구."

알세스트가 말했다.

"그래? 하지만 네가 안 가면 얘, 얘, 얘, 얘하고 나도 안 갈 거야!"

조프루아가 대꾸했다.

"그만두지 못하겠니? 너희 다섯 명, 꾸물대지 말고 빨리 올라

가! 빨리!"

의사 선생님이 소리를 질렀다.

우리는 더 이상 버티지 못하고 차 안으로 들어갔다. 차 안은 아주 멋졌다. 의사 선생님 한 명이 우리 이름을 적어넣더니, 윗옷을 벗으라고 했다. 그런 다음, 차례로 유리판같이 생긴 것 앞에 서게 하더니 금세 다 끝났다며 다시 옷을 입으라고 했다.

"이 차 참 멋지다!"

뤼퓌스가 말했다.

"저 작은 탁자 보여?"

클로테르가 말했다.

"이 차 타고 여행하면 정말 근사하겠다!"

내가 말했다.

"그런데 이 차는 어떻게 운전하는 거지?"

맥상이 물었다.

"함부로 만지면 안 된다! 내려가! 우린 바쁘니까! 자, 어서. 아냐! 뒷문 말고 이쪽으로! 이쪽이라니까!"

의사 선생님이 소리쳤다.

하지만 조프루아, 클로테르, 맥상은 벌써 뒷문으로 내려가고 있었다. 그러는 바람에 차 안으로 올라오는 애들하고 뒤섞여 난장판이 되었다. 이미 차에서 내린 뤼퓌스가 다시 줄을 서서 차 안으로 들어가려고 하자 뒷문에 서 있던 의사 선생님이 뤼퓌스를 붙잡았다. 의사 선생님은 뤼퓌스에게 아까 엑스레이를 찍지 않았느냐고 물었다.

"걔가 아니에요. 아까 찍은 사람은 저예요."

알세스트가 말했다.

"네 이름이 뭔데?"

의사 선생님이 물었다.

"뤼퓌스요."

알세스트는 시치미를 떼고 대답했다.

"이거 놓으세요. 아파요!"

계속 붙들려 있던 뤼퓌스가 말했다.

"거기, 너희들! 앞문으로 들어가면 안 돼!"

다른 의사 선생님이 소리쳤다.

의사 선생님들은 수많은 아이들을 올라가게 하고 내려가게 하며 계속 일을 했다. 알세스트는 그중 한 의사 선생님을 붙잡고 자기는 이미 맹장을 떼어냈기 때문에 엑스레이를 찍을 필요가 없다고 한참 동안 설명을 늘어놓았다. 그러고 있는데, 차 운전기사 아저씨가 운전석 창으로 얼굴을 내밀며 너무 늦었다며 그만 가자고 했다.

"가지! 한 명만 빼고 전부 다 찍었어. 알세스트라는 녀석인데, 오늘 결석한 것 같아!"

차 안에 있던 의사 선생님이 말했다.

차가 출발했다. 보도 위에서 알세스트와 옥신각신하던 의사 선생님이 차가 떠나는 소리에 뒤를 돌아보고는 소리쳤다.

"어이! 기다려! 기다리라고!"

하지만 차에 타고 있는 사람들은 그 소리를 듣지 못했다. 모두가 소리를 치고 있어서 그랬을 거다. 남겨진 의사 선생님은 굉장히 화를 냈다.

그래도 의사 선생님들하고 우린 서로 손해본 게 없었다. 의사 선생님들이 동료 한 명을 놓고 간 대신 우리 친구 한 명을 데려갔으니까. 차 안에 남아 구경하고 있던 조프루아 말이다.

새로 생긴 서점

학교에서 아주 가까운 곳에 서점이 새로 문을 열었다. 전에 세탁소가 있던 자리였다. 학교가 끝나고 나서 친구들과 함께 가보았다.

서점 진열대에는 새로 나온 잡지, 신문, 책들에 만년필까지 가득 놓여 있었다. 아주 근사했다. 우리는 문을 열고 들어가보기로 했다. 우리가 들어오는 것을 본 주인 아저씨가 환하게 미소를 지으며 말했다.

"저런, 저런! 손님들이 오셨구먼. 이 옆에 있는 학교에 다니는 애들이냐? 앞으로 좋은 친구가 되겠구나. 나는 에스카르비유라고 한단다."

"전 니콜라예요."

내가 말했다.

"전 뤼퓌스구요."

뤼퓌스가 말했다.

"전 조프루아예요."

조프루아도 말했다.

그때 어떤 아저씨가 들어와서 "『서양의 사회 경제 문제』라는 잡지 있습니까?" 하고 물었다.

"전 맥상이에요."

맥상이 말했다.

"예. 어, 반갑구나, 얘야. 아, 금방 찾아드리죠, 손님."

에스카르비유 아저씨는 잡지 더미를 뒤적이기 시작했다. 그때 알세스트가 아저씨에게 물었다.

"저기 있는 공책 얼마예요?"

"응? 뭐라고? 아! 저거 말이냐? 50프랑이란다."

에스카르비유 아저씨가 대답했다.

"학교에서는 30프랑에 파는데요."

알세스트가 말했다.

그 말을 듣고 에스카르비유 아저씨는 아까 들어온 아저씨가 말한 잡지 찾는 걸 멈추고 돌아서며 말했다.

"뭐라고? 30프랑? 백 페이지짜리 공책이?"

"아! 그건 아니죠. 학교에서 파는 건 오십 페이지짜리예요. 저 공책 좀 봐도 돼요?"

알세스트가 물었다.

"그럼. 하지만 먼저 손을 닦도록 해라. 샌드위치 때문에 손에 버터가 잔뜩 묻었구나."

에스카르비유 아저씨가 대답했다.

"이봐요. 내가 찾는 잡지 있는 거요, 없는 거요?"

『서양의 사회 경제 문제』를 사려고 하는 아저씨가 재촉했다. 주인 아저씨가 대답했다.

"있습니다, 손님. 있고말고요. 곧 찾아드리죠. 새로 가게를 열어놔서 아직 정돈이 안 끝났거든요. 아니, 너 거기서 뭐 하는 거야?"

"공책 좀 보려구요. 아저씨가 바쁜 것 같아서 내가 직접 꺼내려는 거예요. 백 페이지짜리 공책 말예요."

계산대 뒤로 들어가고 있던 알세스트가 대답했다.

"안 돼! 긴드리지 마라! 질못하면 전부 무너져! 그거 정리하고 쌓아놓느라고 밤을 꼬박 새웠단 말이야. 자, 공책 여기 있다. 그리고 그 크루아상 부스러기 좀 떨어뜨리지 마라!"

에스카르비유 아저씨가 소리쳤다.

이어 에스카르비유 아저씨는 잡지 하나를 집어들고 말했다.

"아! 여기 있습니다. 월간 『서양의 사회 경제 문제』."

하지만 그 잡지를 찾던 아저씨는 이미 가버린 후였다. 에스카르비유 아저씨는 크게 한숨을 내쉬고는 잡지를 도로 제자리에 갖다놓았다.

"이거 봐! 이건 우리 엄마가 매주 읽는 잡지야."

뤼퓌스가 어떤 잡지를 손가락으로 가리키며 말했다.

"그거 잘됐구나. 이제부턴 네 엄마도 우리 가게에서 잡지를 살수 있을 테니 말이다."

에스카르비유 아저씨가 말했다.

"아뇨. 우리 엄만 절대로 잡지 안 사요. 우리 옆집에 사는 부아타플뢰르 아줌마가 먼저 다 읽고 나서 우리 엄마한테 줘요. 그리고 부아타플뢰르 아줌마도 잡지를 사지는 않아요. 매주 우편으로 받아 본다구요."

뤼퓌스가 말했다.

에스카르비유 아저씨는 아무 말 없이 뤼퓌스를 바라보았다. 그때 조프루아가 내 팔을 잡아당기며 "이리 와봐" 하고 말했다. 그래서 가보니 한쪽 벽에 만화책이 엄청 많이 쌓여 있었다. 굉장했다! 처음엔 표지만 구경했지만 책 속도 보고 싶었다. 하지만 비닐로 싸여 있어서 잘 열 수가 없었다. 비닐까지 벗겨내지는 못했다. 주인 아저씨가 싫어할 것 같았기 때문이다. 아저씨를 성가시게 하고 싶지는 않았다.

"이것 좀 봐. 이 만화책 우리 집에 있는 거야. 붕붕 날아다니는 비행사들 이야기인데, 그중 한 명이 아주 용감한 사람이야. 그런데 나쁜 놈들이 그 비행사가 탄 비행기를 추락시키려고 매번 계략을 꾸며. 그래서 결국 비행기가 추락을 하게 되는데, 그 안에 타고 있던 사람은 사실은 비행사가 아니라 비행사의 친구였어. 사람들은 그 비행사가 친구를 없애버리려고 비행기를 추락시켰다고 생각해. 하지만 그건 사실이 아니지. 결국 나중에 비행사가 진짜 악당들을 잡아내는 걸로 끝나. 너도 이 만화 봤어?"

조프루아가 나를 보며 말했다.

"아니. 내가 본 건 카우보이 만화책이야. 폐광 이야기가 나오는 거 말야. 카우보이가 그 광산에 도착하자 복면을 쓴 악당들이 총을 쏘아대는 거야. 빵! 빵! 빵!"

내가 대답했다.

"너희들 거기서 뭐 하는 거냐?"

에스카르비유 아저씨가 회전 진열대를 갖고 장난치던 클로테르를 말리다 말고 우리 쪽을 돌아보며 외쳤다. 회전 진열대란 책을 진열해놓는 선반인데, 이리저리 돌아가게 만든 거다.

"얘한테 내가 읽은 만화책 얘기 해주고 있어요."

내가 에스카르비유 아저씨에게 대답했다.

"여기 그 만화책도 있어요?"

조프루아가 물었다.

"무슨 이야기가 나오는 거라고?"

에스카르비유 아저씨가 손가락으로 머리카락을 쓸어올리며 물었다.

"카우보이가 어떤 버려진 광산 마을에 도착하는데요, 그때 광산에서 그를 기다리고 있던 사람들이……"

"나도 그 책 봤어! 악당들이 총을 쏘아대기 시작하지. 빵! 빵! 빵!"

외드가 외쳤다.

나는 외드의 말을 이어받아 말했다.

"그리고 나서 보안관이 이렇게 말하는 거야. '이보게 친구. 우린 호기심 많은 녀석을 별로 좋아하지 않는다네.'"

"맞아. 그다음엔 그 카우보이도 자기 권총을 빼서는, 빵! 빵! 빵!"

외드가 말했다.

"그만해!"

에스카르비유 아저씨가 소리쳤다.

"난 비행사 이야기가 더 좋아. 붕붕! 부우웅!"

조프루아가 말했다.

"웃기지 마. 비행사 이야기 같은 건 내 카우보이 이야기에 대면 아무것도 아니야!"

내가 말했다.

"아, 그러셔? 웃기지 마. 네 카우보이 이야기야말로 형편없다
구!"

조프루아가 으르렁댔다.

"얘들아!"

에스카르비유 아저씨가 소리쳤다.

바로 그때 와르르, 하는 소리가 들려왔다. 책더미가 무너진 거
다.

"살짝밖에 안 건드렸어요!"

얼굴이 새빨개진 클로테르가 말했다.

에스카르비유 아저씨는 기분이 굉장히 안 좋은 것 같았다.

아저씨기 말했다.

"좋아. 더는 못 참겠다! 너희들 지금부터 아무것도 손대지 마.
도대체 책은 살 거냐, 안 살 거냐?"

"구십구…… 백! 우와! 이 공책 정말 백 페이지짜리네. 농담이
아니었네요. 저 같으면 이 공책 사겠어요."

알세스트가 말했다.

에스카르비유 아저씨가 알세스트 손에서 공책을 빼앗았다. 알세스트의 손이 워낙 미끄러웠기 때문에 공책은 쑥 빠져나왔다.

"아, 이런! 전부 손가락 자국이 나 있잖아! 안된 일이지만 할 수 없지. 50프랑 내라."

공책을 검사하고 난 아저씨가 말했다.

"좋아요. 하지만 지금은 한 푼도 없어요. 집에 가서 저녁 먹을 때 아빠한테 달라고 해볼게요. 하지만 너무 기대하진 마세요. 어제 내가 말썽을 피워서 우리 아빠가 벌준다고 했거든요."

알세스트가 말했다.

시간이 많이 지난 것 같아서 우리는, "안녕히 계세요, 에스카르비유 아저씨!" 하고 외치며 서점을 나왔다. 에스카르비유 아저씨는 인사도 받지 않고, 알세스트가 살지 어쩔지 모르는 공책만 들여다보고 있었다.

새로 생긴 서점은 내 마음에 들었다. 이제 거기 가면 환영을 받을 거다. 우리 엄마가 평소에 "상인들과는 친하게 지내야 한다. 그러면 나중에 기억하고 친절하게 대해준단다" 하고 말했으니까 말이다.

병이 난 뤼퓌스

수업 중이었다. 우리는 아주 어려운 수학 문제를 풀고 있었다. 어떤 농부가 엄청 많은 달걀이랑 사과를 파는 문제였다. 갑자기 뤼퓌스가 손을 들어올렸다.

"무슨 일이지, 뤼퓌스?"

선생님이 물었다.

"밖에 나가도 돼요, 선생님? 몸이 아파서요."

뤼퓌스가 대답했다.

선생님은 뤼퓌스에게 교탁 앞으로 나오라고 했다. 선생님은 뤼퓌스를 찬찬히 보더니 이마에 손을 얹어보고는 "정말 아픈 것 같구나. 양호실에 가보도록 해라" 하고 말했다.

뤼퓌스는 아주 만족스러운 표정으로 교실을 나섰다. 남은 문제

를 풀지 않아도 되었기 때문인 것 같았다. 클로테르도 손을 들었
다. 하지만 선생님은 클로테르에게는 숙제만 내주었다. '수학 문제
를 풀지 않으려고 꾀병을 부리면 안 됩니다'라는 문장에 나오는 동
사를 모든 시제와 법에 따라 변화시켜오라는 거였다.

쉬는 시간에 운동장에 내려가니 뤼퓌스가 있었다. 우리는 뤼퓌
스 주위로 모였다.

"양호실에 갔었니?"

내가 물었다.

"아니. 쉬는 시간까지 숨어 있었어."

뤼퓌스가 대답했다.

"왜 안 갔는데?"

외드가 물었다.

"정신 나갔냐? 지난번에 양호실에 갔을 때 무릎에 소독약을 발
라줘서 얼마나 아팠는데."

뤼퓌스가 대답했다.

조프루아가 뤼퓌스에게 진짜로 아픈 거냐고 물었다. 그러자 뤼
퓌스는 따귀 한 대 맞고 싶으냐고 했다. 그걸 보고 클로테르가 낄
낄 웃었다. 그다음에 누가 무슨 말을 했고 어떤 일이 있었는지는
잘 생각이 안 난다. 하여튼 순식간에 싸움이 벌어졌고, 뤼퓌스는
바닥에 앉아 우리를 바라보며 "잘한다! 잘한다!" 하고
소리치고 있었다.

언제나처럼 알세스트와 아냥은 싸움에
끼지 않았다. 아냥은 수업 시간에 배운
걸 복습하고 있었다. 그렇지 않았
다 해도 안경을 꼈기 때문에
때려줄 수가 없다. 그리고 알
세스트는 쉬는 시간이 끝나
기 전까지 샌드위치 두
개를 다 먹어야 했다.

이윽고 무샤비에르
선생님이 달려왔다.
무샤비에르 선생님은

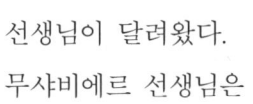

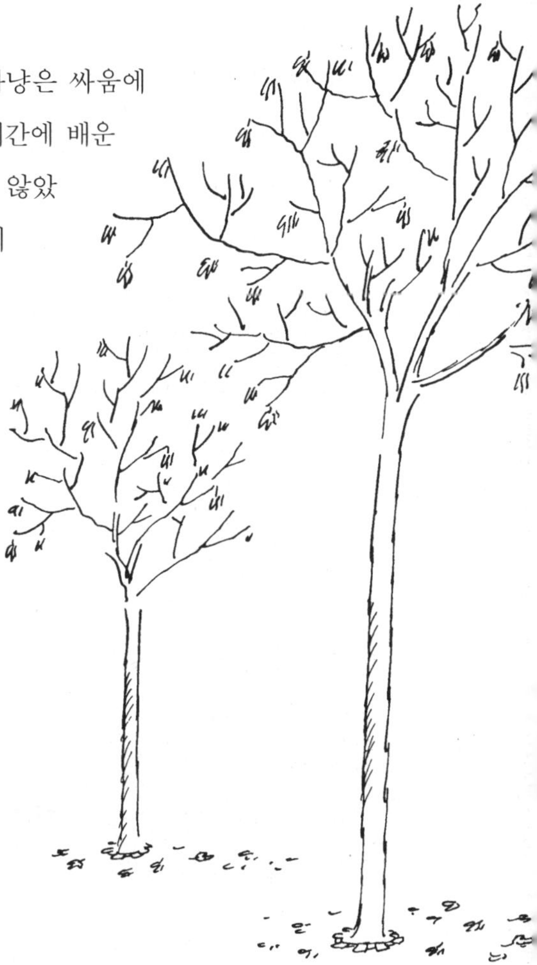

새로 오신 학생주임 선생님인데, 나이는 별로 많지 않고, 진짜 학생주임인 부이용 선생님을 도와 쉬는 시간에 우리를 감독하고 있다. 우리가 꽤 착한 편이긴 해도 쉬는 시간 동안 아이들을 감독하는 건 그리 쉬운 일은 아닐 거다.

"어디 보자, 이 녀석들. 또 무슨 일이지? 방과 후에 모두 남아야겠구나!"

무샤비에르 선생님이 말했다.

"전 아니에요. 전 아프단 말이에요."

뤼퓌스가 말했다.

"그러시겠지."

조프루아가 빈정거렸다.

"너 한 대 맞고 싶어?"

뤼퓌스가 조프루아한테 화를 냈다.

"조용히! 조용히 해! 안 그러면 모두 다 아프게 만들어줄 테니까!"

무샤비에르 선생님이 소리쳤다.

우리는 더 이상 아무 말도 할 수 없었다. 무샤비에르 선생님이 뤼퓌스에게 가까이 와 보라고 했다.

"무슨 일이냐?"

무샤비에르 선생님이 뤼퓌스에게 물었다.

뤼퓌스는 몸이 안 좋은 것 같다고 대답했다.

"부모님께 말씀은 드렸니?"

무샤비에르 선생님이 물었다.

"네. 아침에 엄마한테 말했어요."

뤼퓌스가 대답했다.

"그래? 그런데도 엄마가 그냥 학교에 가라고 했단 말이니?"

무샤비에르 선생님이 다시 물었다.

"그게 말이죠…… 저는 매일 아침 엄마한테 몸이 아프다고 하거든요. 그래서 엄마는 내 말을 안 믿어요. 하지만 이번엔 거짓말이 아니라구요."

뤼퓌스가 설명했다.

무샤비에르 선생님은 뤼퓌스를 잠시 바라보더니, 머리를 긁적이고 나서 그럼 양호실로 가야 되겠다고 했다.

"안 돼요!"

뤼퓌스가 소리쳤다.

"뭐라고? 안 돼? 몸이 아프면 양호실에 가야지. 선생님이 시키면 시키는 대로 해야 하는 거야!"

무샤비에르 선생님이 소리치며 뤼퓌스의 팔을 잡아끌었다. 뤼퓌스는 소리를 지르기 시작했다.

"싫어요! 싫어요! 안 갈래요! 안 갈 거라구요!"

뤼퓌스는 땅바닥에 벌렁 드러누워 발버둥을 치며 울었다.

"때리지 마세요. 아프다잖아요."

마침 샌드위치를 다 먹고 난 알세스트가 말했다.

무샤비에르 선생님은 눈을 커다랗게 뜨고 알세스트를 바라보았다.

"내가 저 애를 때렸……."

선생님은 말을 하다 말고 얼굴이 새빨개지더니 알세스트에게 네가 상관할 바 아니라면서, 벌로 방과 후에 남으라고 했다.

"이럴 수가! 정말 말도 안 돼! 저 멍청한 녀석이 아프다는 이유로 내가 벌을 받아야 한다구요?"

알세스트가 외쳤다.

그 말을 듣자 뤼퓌스가 울음을 멈추고 말했다.

"너 한 대 맞고 싶냐?"

"그런가 봐."

조프루아가 끼어들었다.

그렇게 해서 또 한바탕 싸움이 벌어졌다. 뤼퓌스는 또다시 바닥에 주저앉아 우리가 싸우는 걸 구경했다. 그러고 있는데, 부이옹 선생님이 달려왔다.

"아니, 무샤비에르 선생. 무슨 일이 있나요?"

부이옹 선생님이 물었다. 외드가 얼른 끼어들었다.

"뤼퓌스가 아파서 그래요."

"너한테 물은 게 아니다. 무샤비에르 선생님, 이 녀석에게 벌을 주도록 하세요."

부이옹 선생님이 말했다.

무샤비에르 선생님은 외드도 방과 후에 남으라고 했다. 그러자 알세스트는 굉장히 좋아했다. 방과 후에 남을 때 친구랑 같이 있으면 훨씬 낫기 때문이다.

이어서 무샤비에르 선생님은 부이옹 선생님에게, 뤼퓌스가 양호실에 안 가려고 하며, 알세스트는 감히 자기더러 뤼퓌스를 때리지 말라는 말을 했다고, 하지만 자기는 절대로 뤼퓌스를 매질한 적이 없다고, 이 녀석들은 못 말리는, 못 말리는, 정말 못 말리는 녀석들이라고 설명했다. 무샤비에르 선생님은 못 말린다는 말을 세 번이나 했다. 무샤비에르 선생님 목소리가 내가 말썽을 부려 화가 났을 때의 엄마 목소리하고 비슷했다.

부이옹 선생님이 한 손으로 턱을 만지더니, 이윽고 무샤비에르 선생님의 팔을 잡고 약간 떨어진 곳으로 데리고 갔다. 부이옹 선생님은 무샤비에르 선생님 어깨에 팔을 올려놓고 오랫동안 이야기를 했다. 그러고 나서 다시 우리에게로 왔다.

"여보게, 내가 하는 걸 잘 봐."

부이옹 선생님이 입기에 키다란 미소를 지으며 무샤비에르 선생님에게 말하고는 뤼퓌스 쪽으로 몸을 돌려 손짓을 하면서 코미디하지 말고 얌전하게 양호실로 가자고 했다.

"싫어요!"

뤼퓌스가 소리쳤다. 그러고는 바닥에 벌렁 드러누워 또 발버둥을 쳤다.

"절대로 안 가요! 절대로! 절대로!"

"억지로 강요하면 안 돼요."

조아생이 말했다.

그 뒤엔 큰일이 벌어졌다. 부이옹 선생님이 엄청 시뻘게진 얼굴로 조아생에게 수업 끝나고 남으라고 했으니 말이다. 그 말을 듣고 맥상이 웃자 부이옹 선생님은 맥상한테도 남으라고 했다. 하지만 진짜로 놀라운 일은 무샤비에르 선생님이 그걸 보고 빙그레 웃었

다는 거다.

부이옹 선생님이 뤼퓌스에게 다시 한 번 말했다.

"지금 당장, 양호실로 가! 군소리하면 알지?"

뤼퓌스는 더 이상 장난치면 안 되겠다고 생각했는지 그렇게 하겠다고 대답했다. 무릎에 소독약만 안 바르게 해달라면서 말이다.

"소독약? 소독약은 바르지 않을 거다. 하지만 다 낫거든 다시 나한테 오도록 해라. 남은 계산을 치러야 할 테니까. 자, 무샤비에르 선생님과 함께 가거라."

부이옹 선생님이 말했다.

우리들은 모두 양호실 쪽으로 걸어가기 시작했다. 그러자 부이옹 선생님이 외쳤다.

"다 가는 게 아니야! 뤼퓌스만 가란 말이다! 양호실은 놀이터가 아니야! 그리고 너희 친구 병은 아마도 전염성인 것 같다구!"

우리는 그 말을 듣고 모두 까르르 웃었다. 겁쟁이 아냥만 빼고 말이다.

이윽고 쉬는 시간이 끝나서 부이옹 선생님이 종을 쳤다. 우리는 다시 교실로 들어갔고, 무샤비에르 선생님은 양호실에 다녀온 뤼퓌스를 집에 데려다주었다. 뤼퓌스는 정말 운이 좋았다. 문법 시간에 집에 가다니 말이다.

다행히 그 병은 그렇게 심각한 문제를 남기지는 않았다. 뤼퓌스하고 무샤비에르 선생님만 홍역에 걸렸으니 말이다.

육상경기

　앞에서 여러분에게 우리 동네에 공터가 있다는 걸 이야기했었는지 모르겠다. 우리는 자주 거기 가서 노는데, 정말 굉장한 곳이다! 풀밭이 있고, 돌멩이들도 있고, 낡은 침대 하나, 그리고 자동차도 한 대 있다. 바퀴는 없지만 그래도 멋지다. 우린 그걸 붕붕 나는 비행기로 쓰기도 하고 부릉부릉 달리는 버스로 쓰기도 한다. 나무 상자들도 있고, 가끔씩 고양이들도 보인다. 하지만 고양이들하고는 같이 놀기가 힘들다. 우리가 오는 걸 보기만 하면 얼른 사라져버리기 때문이다.

우린 다 같이 그 공터에 모여 뭘 하며 놀지 생각하고 있었다. 알세스트의 축구공은 학기말까지 압수되어버렸기 때문이다.

"전쟁놀이 할까?"

뤼퓌스가 물었다.

"전쟁놀이 하면 꼭 싸움이 나잖아. 아무도 적군을 안 하려고 해서 말야."

외드가 대답했다.

"아, 좋은 생각이 났다. 육상경기를 하면 어떨까?"

클로테르가 말했다. 클로테르는 우리에게 육상경기에 대해 설명해주었다. 자기가 텔레비전에서 봤는데, 아주 멋지더라는 거였다. 갖가지 경기가 벌어지고, 많은 사람이 경쟁을 하고, 그중 가장 잘한 사람이 챔피언이 되어 시상대에 올라가 메달을 받는다고 했다.

"시상대하고 메달이라고? 그걸 어디서 구하는데?"

조아생이 물었다.

"있다고 하고 흉내만 내면 되지."

클로테르가 대답했다.

"그럼 첫 번째 시험은 높이뛰기로 하자."

클로테르가 말했다.

"난 높이뛰기 안 해."

알세스트가 대답했다.

"해야 돼. 모두 다 같이 해야 된다구!"

클로테르가 소리쳤다.

"안 돼. 난 지금 빵 먹고 있잖아. 높이뛰기를 하면 배가 아플 거야. 그러면 저녁 먹기 전까지 이 빵들을 다 못 먹을 거라구. 그러니까 난 높이뛰기 안 할 거야."

알세스트가 설명했다.

"좋아. 그럼 넌 끈을 잡고 있어. 참, 뛰어넘을 끈도 하나 있어야겠다."

클로테르가 말했다.

우리는 주머니를 뒤져보았다. 구슬, 단추, 우표 몇 장, 그리고 캐러멜이 하나 나왔다. 하지만 끈은 없었다.

"허리띠로 하면 되지 뭐."

조프루아가 말했다.

"그건 안 돼. 바지를 붙잡고 높이뛰기를 할 수는 없잖아."

뤼퓌스가 말했다.

"알세스트는 높이뛰기 안 할 거니까 알세스트가 허리띠 빌려주면 되겠다."

외드가 나서서 말했다.

"난 허리띠 안 해. 허리띠 안 해도 바지가 흘러내리지 않는다구."

알세스트가 대답했다.

"그럼 땅바닥에 떨어진 끈이 있나 내가 한번 찾아볼게."

조아생이 말했다.

그러자 맥상은 공터에서 끈을 찾는다는 건 정말 웃기는 일이라며, 끈 쪼가리 찾느라고 오후 시간을 다 보내느니 차라리 다른 걸하는 게 낫겠다고 했다.

"얘들아, 여기 좀 봐!"

갑자기 조프루아가 소리쳤다.

"나 좀 봐! 나 좀 보라구! 그러지 말고 우리, 누가 물구나무선 채 오랫동안 걸을 수 있나 시합할까?"

조프루아는 거꾸로 선 채 걷기 시작했다. 아주 잘했다. 하지만 클로테르는, 육상경기 중에 물구나무서서 걷기 시합 같은 건 본 적이 없다며, 조프루아는 왜 그렇게 멍청한지 모르겠다고 했다.

그러자 조프루아가 물구나무서서 걷는 걸 멈추고 물었다.

"멍청이? 누가 멍청이라구?"

이어 조프루아는 몸을 바로 세우고는 클로테르와 싸우려고 했다.

"얘들아, 내 말 좀 들어봐. 싸움이나 할 거면 공터까지 올 필요가 없잖아. 그런 건 학교에서도 할 수 있어."

뤼퓌스가 말했다. 옳은 말이었다. 클로테르와 조프루아는 싸움을 멈췄다. 하지만 조프루아는 클로테르에게 언제 어디서 어떻게 결투할 건지만 결정하라고 큰소리를 쳤다.

"그런다고 내가 무서워할 줄 알면 오산이야, 빌. 우리 카우보이들은 너 같은 코요테들을 어떻게 다뤄야 하는지 잘 알고 있지."

클로테르가 말했다.

그러자 알세스트가 물었다.

"우리 카우보이놀이 하는 거야, 아니면 높이뛰기 하는 거야?"

"넌 끈 없이 높이뛰기 하는 거 본 적 있냐?"

맥상이 말했다.

"그렇지, 카우보이. 어서 총을 뽑아라!"

조프루아가 말했다. 그러더니 손가락을 권총처럼 겨누며 빵! 빵! 소리를 냈다. 뤼퓌스가 두 손으로 배를 움켜쥐고 "네가 이겼다, 톰!" 하고 말하고는 풀밭에 쓰러졌다.

"끈이 없어서 높이뛰기는 할 수 없으니까 달리기 시합을 하자."

클로테르가 말했다.

"끈만 있다면 장애물 경주도 할 수 있을 텐데."

맥상이 끼어들었다.

클로테르는, 어쨌든 끈은 구할 수가 없으니까, 울타리부터 자동차 있는 데까지 백 미터 달리기를 하자고 했다.

"그게 백 미터가 되긴 되는 거야?"

외드가 물었다.

"되건 안 되건 무슨 상관이야? 자동차 있는 데 먼저 도착한 사람이 백 미터 우승자가 되는 거지 뭐."

클로테르가 대답했다.

그러나 맥상은 진짜 백 미터 경주는 그렇게 하는 게 아니라고 했다. 진짜 경주에서는 도착 지점에 끈이 있어서, 우승자가 가슴으로 그 끈을 끊는다는 거였다. 그러자 클로테르가 맥상에게 그 잘난 끈 갖고 트집만 잡고 있다고 했고, 맥상은 끈이 없으면 육상경기를 할 수 없는 거라고 우겼다. 화가 난 클로테르는 자기는 끈은 없지만 주먹이 있으니, 맥상 얼굴을 한 대 때려줄 수도 있다고 했다. 맥상은 어디 한번 그렇게 해보라고 했다. 클로테르가 그렇게 하려고 했지만, 맥상이 먼저 발길질을 하는 바람에 빗나가고 말았다.

싸움이 끝난 후에도 클로테르는 엄청 화가 나 있었다. 클로테르는 우리가 육상경기에 대해 아무것도 모르는 무식한 녀석들이라고 했다. 그때, 조아생이 아주 만족스러운 표정으로 다가왔다.

"이봐, 얘들아! 여기 좀 봐! 내가 철사를 찾아냈어!"

클로테르는 아주 잘됐다면서, 이제 육상경기를 계속 할 수 있겠다고 말했다. 높이뛰기랑 달리기는 대충 해봤으니까 이번엔 해머던지기를 하자고 했다. 클로테르가 우리에게 해머던지기가 무엇인지 설명했다. 진짜 대포알은 아니지만 무게가 많이 나가는, 대포알

같이 생긴 쇳덩이를 끈에 매달아 빠르게 빙빙 돌리다가 던지는 경기라고 했다. 가장 멀리 던진 사람이 우승자라고 했다. 클로테르가 철사에 돌멩이를 매달아 해머를 만들었다.

"내가 먼저 할 거야. 내가 생각해낸 거니까. 얼마나 잘 던지는지 잘 봐!"

클로테르가 말했다. 그러고는 돌멩이가 달린 철사를 잡고 제자리에서 한참 빙글빙글 돌더니 손을 놓았다.

하지만 우리는 육상경기를 중단해야 했다. 나중에 클로테르는 자기가 챔피언이라고 주장했지만, 다른 애들은 아니라고 했다. 클로테르 말고는 아무도 던져본 사람이 없기 때문에 누가 이겼는지 알 수 없다는 기었다.

하지만 내가 보기엔 클로테르 말이 옳은 것 같다. 어찌 되었든 클로테르가 이겼을 거다. 그 애가 던진 가짜 쇠공은 저 멀리 콩파니 아저씨네 식료품 가게까지 날아갔으니 말이다.

암호

수업 시간에 친구들과 이야기하는 게 쉽지 않다는 건 여러분도 잘 알고 있을 것이다. 물론 옆자리에 앉은 친구하고는 이야기할 수 있지만 아무리 조그만 소리로 이야기해도 선생님은 꼭 알아듣고 이렇게 말한다. "그렇게 말이 하고 싶으면 칠판 앞으로 나와요. 칠판 앞에 서서도 떠들 생각이 나는지 한번 볼 테니!" 그러고 나서 선생님은 도청 소재지들을 말해보라고 시킨다. 사건은 이런 식으로 해서 생기는 거다. 물론 말하고 싶은 내용을 쪽지에 써서 전달할 수도 있다. 하지만 선생님은 그 쪽지가 돌아다니는 걸 보게 될 거고, 쪽지를 가지고 앞으로 나오라고 할 거다. 그다음엔 쪽지를 들고 교장 선생님한테 가야 한다. 쪽지에는 이렇게 씌어 있을 거다. '뤼퓌스는 정말 바보야. 전달.' 아니면 '외드는 못생겼어. 전달.'

교장 선생님은 야단을 치실 거다. 이렇게 수업 시간에 딴짓만 하면 나중에 일자무식이 된다는 둥, 감옥에서 최후를 맞이하게 될 거라는 둥, 너희를 잘 키우려고 피땀을 흘리시는 부모님 마음을 아프게 하고 말 거라는 둥…… 그러고는 방과 후에 남으라고 할 거다!

오늘 1교시 끝나고 쉬는 시간에 조프루아가 아주 멋진 아이디어를 내놓은 건 바로 이런 이유 때문이었다.

"내가 아주 굉장한 걸 발명했어. 바로 암호야. 우리끼리만 이해할 수 있는 거지."

조프루아는 이렇게 말한 후, 자세히 설명하기 시작했다. 각 글자마다 몸짓이 하나씩 있다는 거였다. 손가락을 코에 대면 a, 왼쪽 눈에 대면 b, 오른쪽 눈에 대면 c, 이런 식이다. 이렇게 해서 z까지 간다. 귀를 긁는 것, 턱을 만지는 것, 손바닥으로 머리를 톡톡 치는 것 등 여러 가지 다른 몸짓으로 각각 그에 해당하는 알파벳을 나타내는 거다. 맨 끝에 있는 z는 사팔눈을 하는 거다. 정말 대단한 발명이었다!

하지만 클로테르는 별로 달가워하지 않았다. 알파벳 자체가 이미 암호라며, 수업 시간에 친구들하고 이야기하기 위해 철자법을 새로 배우느니, 차라리 쉬는 시간까지 기다리겠다고 했다. 아냥은 암호 이야기에 전혀 관심이 없었다. 반에서 일등이고 선생님의 귀염둥이이기 때문에 선생님 말씀을 듣고 질문에 대답하는 게 더 좋은 거다. 아냥은 정말 바보다!

나머지 애들은 모두 아주 멋진 아이디어라고 했다. 암호는 쓸모도 많을 거다. 적하고 싸울 때 적들 모르게 우리끼리 여러 가지 말을 주고받을 수도 있을 거고, 그러면 승리는 우리 것이 될 거다.

우리는 조프루아에게 암호를 가르쳐달라고 했다. 모두들 조프루아 주위에 둘러섰고, 조프루아는 자기를 따라하라고 했다. 조프루아가 손가락 하나를 코에 댔다. 우리도 손가락을 코에 댔다. 조프루아가 손가락 하나를 눈에 댔다. 우리도 손가락을 눈에 댔다. 우리가 모두 사팔눈을 하고 있을 때 무샤비에르 선생님이 왔다. 무샤비에르 선생님은 새로 오신 학생주임 선생님인데 나이는 별로 많지 않다. 고학년 형들보다야 많지만, 아주 많지는 않은 것 같다.

학생주임 선생님이 된 것도 이번이 처음인 것 같았다.

"너희들, 무슨 장난을 치는 건지는 안 물어보겠다. 하지만 계속 그러고 있으면, 자유학습일인 목요일 날 전부 학교에 나오게 하겠어. 알아들었지?"

무샤비에르 선생님이 말했다. 그러고 나서 선생님은 가버렸다.

"좋아. 암호는 모두 외웠겠지?"

조프루아가 물었다.

"그런데 b하고 c가 어려워. 오른쪽 눈인지 왼쪽 눈인지로 구별하는데, 나는 오른쪽 왼쪽을 항상 틀리거든. 우리 엄마도 그래. 아빠 차를 운전할 때 항상 틀린다구."

조아생이 말했다.

"아, 그런 건 괜찮아."

조프루아가 말했다.

"뭐라고! 그게 어떻게 괜찮아? 만약에 내가 너한테 '멍청이'라고 하고 싶은데 '청멍이'라고 되면 어떻게 해?"

조아생이 다시 말했다.

"누구한테 멍청이라고 하고 싶다고, 이 멍청아?"

조프루아가 큰 소리로 물었다. 하지만 그 애들은 싸울 시간이 없었다. 무샤비에르 선생님이 쉬는 시간 끝나는 종을 쳤기 때문이다. 무샤비에르 선생님이 감독을 맡게 된 다음부터는 쉬는 시간이 점점 짧아진다.

교실에 들어가려고 줄을 맞추어 서고 있는 데 조프루아가 말했다.

"수업 시간에 내가 암호로 신호를 보낼게. 누구누구가 이해했는지 다음 쉬는 시간에 볼 거야. 분명히 말해두는데, 암호를 이해해야만 우리 그룹에 낄 자격이 있는 거라구. 모두 알았지?"

"잘들 한다! 아무짝에도 쓸모없는 암호를 모른다고 날 끼워주지 않기로 결정한 거지? 잘들 하는 짓이야!"

클로테르가 말했다.

무샤비에르 선생님이 와서 클로테르에게 말했다.

"너한테 벌로 동사변화 숙제를 내주겠다. '쉬는 시간 내내 바보 같은 이야기들을 지껄일 시간이 충분히 있었는데도, 교실로 들어가려고 줄을 서 있을 때 떠들어대면 안 됩니다.' 이 문장에 나오는 농사늘을 직설법과 가정법으로 변화시켜와."

"거봐. 네가 암호로 이야기했다면 벌도 안 받았을 거라구."

알세스트가 클로테르에게 말했다. 무샤비에르 선생님은 알세스트에게도 똑같은 벌을 주었다. 하여튼 알세스트는 항상 우리를 웃게 해준다!

수업 시간에 선생님은 공책을 꺼내 선생님이 칠판에 쓰는 문제를 베끼라고 했다. 집에 가서 풀어오라는 거였다. 수학 숙제는 정말 귀찮다. 특히 우리 아빠한텐 말이다. 아빠는 회사에서 돌아오면 피곤해서 수학 숙제를 할 마음이 별로 없기 때문이다. 선생님이 칠판에 문제를 쓰는 동안 우리는 일제히 조프루아를 쳐다보며 그 애가 신호를 보내기만 기다렸다. 이윽고 조프루아가 신호를 보내기 시작했다. 하지만 이해하기가 쉽지 않았다. 너무 빨리 해서 말이다. 조프루아가 동작을 멈추고 공책에 수학 문제를 베꼈다. 그

래도 우리가 계속 쳐다보고 있자 다시 신호를 보냈다. 조프루아가 손가락을 귀에 넣고 다른 손으로는 머리를 두드리는 걸 보고 있자니 정말 우스웠다.

조프루아가 보낸 신호는 굉장히 길었다. 그걸 보느라 문제 베낄 시간도 없었다. 한 글자라도 놓치면 무슨 말인지 알아듣지 못할 것 같아서 계속 쳐다보고 있어야 했다. 게다가 조프루아 자리는 교실 저 뒤쪽이었다.

조프루아는 머리를 긁어서 i를, 혓바닥을 내밀어 t를 만들었다. 그러다가 갑자기 눈을 크게 뜨더니, 동작을 멈추었다. 고개를 돌려 보니 선생님이 칠판에 글씨 쓰는 걸 멈추고 조프루아를 바라보고 있었다.

"그래, 조프루아. 나도 네 친구들처럼 너의 그 바보짓을 보고 있었어. 이제 그만하면 됐지? 뒤에 가서 서 있어. 쉬는 시간도 몰수하겠다. 그리고 내일까지 '수업 중에 어릿광대 짓을 해서 친구들이 공부하는 것을 방해하지 않겠습니다'라고 백 번 써와."

선생님이 말했다.

조프루아가 뭐라고 신호를 보낸 건지 우린 하나도 이해하지 못했다. 그래서 방과 후에 조프루아가 교실에서 나오기만 기다렸다. 조프루아는 굉장히 화가 나 있었다.

"수업 시간에 보낸 신호가 뭐였니?"

내가 물었다.

"시끄러워! 암호는 이제 끝났어! 다시는 너희랑 얘기 안 할 거야!"

조프루아가 소리쳤다.

조프루아는 다음 날이 되어서야 자기가 보낸 신호가 무슨 뜻이었는지 이야기해주었다. 그건 이런 뜻이었다.

"그렇게 계속 나만 쳐다보지 마. 선생님이 눈치채잖아."

마리 에드비주의 생일

오늘 나는 마리 에드비주의 생일 파티에 초대를 받았다. 마리 에드비주는 여자이긴 하지만 아주 멋진 애다. 머리는 노란색, 눈은 파란색이고, 피부는 장밋빛이다. 그 애는 우리 이웃에 사는 쿠르트플라크 아저씨네 딸이다. 쿠르트플라크 아저씨는 프티테파르냥 백화점의 신발 코너 지배인이다. 그리고 쿠르트플라크 아줌마는 매일 저녁 피아노를 치며 노래를 부른다. 언제나 같은 곡이다. 타잔 소리하고 비슷해서 우리 집에서도 아주 잘 들린다.

엄마가 마리 에드비주에게 줄 선물로 소꿉놀이세트를 사왔다. 작은 냄비하고 주전자가 들어 있었다. 이런 장난감을 갖고 과연 재미있게 놀 수 있을지 궁금했다. 엄마는 내게 파란 양복을 입히고 넥타이를 매준 후, 기름을 잔뜩 발라 머리를 빗겨주었다. 그러면서 신사답게, 아주 얌전하게 행동해야 한다고 했다. 그러고 나서 엄마는 나를 마리 에드비주네 집에 데려다주었다. 바로 옆집인데도 말이다. 어쨌든 기분은 좋았다. 나는 생일 파티도 마리 에드비주도 아주 좋아하니까 말이다. 물론 알세스트, 조프루아, 외드, 뤼퓌스, 클로테르, 조아생이나 맥상 같은 학교 친구들도 오는 건 아니지만, 그래도 생일 파티에 가면 언제나 재미있게 놀 수 있다. 과자도 있고, 카우보이놀이나 경찰과 도둑놀이도 하고 말이다. 생일 파티는 정말 멋지다.

문을 열어준 건 마리 에드비주의 엄마였다. 아줌마는 내가 와서 놀란 듯 비명을 질렀다. 우리 엄마에게 전화를 걸어 날 초대한 건 아줌마였는데도 말이다. 아줌마는 날 보고는 아주 귀엽다고 말한 후, 내가 가져온 선물 좀 보라고 마리 에드비주를 불렀다. 마리 에드비주가 왔다. 마리 에드비주는 작은 주름이 잔뜩 잡힌 하얀 드레스를 입고 있었고, 얼굴은 온통 장밋빛이었다. 난 선물을 주면서 굉장히 꺼림칙했다. 틀림없이 내 선물이 형편없다고 생각할 것이기 때문이었다. 아줌마가 우리 엄마에게 이렇게 안 하셔도 되었다고 말했을 땐, 나도 정말 동감이었다. 하지만 마리 에드비주는 소꿉놀이세트가 무척 마음에 든 것 같았다. 여자애들은 정말 이상하다! 집으로 돌아가면서 엄마는 나한테, 얌전히 굴어야 한다고 다시 한 번 말했다.

집 안으로 들어가보니 여자애 두 명이 있었다. 그 애들도 모두 주름이 잔뜩 잡힌 드레스를 입고 있었다. 이름은 멜라니와 유독시였다. 마리 에드비주는 그 애들이 자기랑 가장 친한 친구들이라고 했다. 나는 그 애들과 악수를 한 후, 구석에 있는 의자에 가서 앉았다. 마리 에드비주는 자기 친구들에게 내가 선물한 소꿉놀이세트를 보여주었다. 멜라니가 자기도 그런 게 있는데, 자기 것이 더 좋다고 했다. 유독시는 멜라니의 소꿉놀이세트는 자기가 생일날 받은 식기세트보다는 좋지 않을 거라고 했다. 그 애들 셋은 말다툼을 하기 시작했다.

이어서 누군가가 초인종을 눌렀고, 여자애들 한 무리가 몰려들어왔다. 모두 작은 주름이 잔뜩 잡힌 드레스를 입고 있었고, 바보 같은 선물을 들고 있었다. 인형을 가져온 애도 한두 명 있었다. 이럴 줄 알았으면 축구공을 가져오는 건데.

"자, 이제 다 온 것 같네. 그럼 식탁으로 가서 간식을 먹도록 하자꾸나."

쿠르트플라크 아줌마가 말했다.

그러고 보니 남자애는 나 혼자였다. 그걸 안 순간 집으로 돌아가고 싶었지만, 그러지는 못했다. 난 얼굴이 뜨거워진 채 식당 안으로 들어갔다. 아줌마는 나를 레옹틴과 베르티유 사이에 앉게 했다. 마리 에드비주는 그 애들도 자기하고 가장 친한 친구들이라고 소개했다.

쿠르트플라크 아줌마가 우리 머리에 종이 모자를 씌워주었다. 내 건 고무줄이 달린, 끝이 뾰족한 광대 모자였다. 여자애들이 모두 나를 보며 웃었다. 난 얼굴이 달아올랐다. 넥타이도 답답하게 느껴졌다.

간식은 괜찮았다. 작은 비스킷하고 초콜릿이었다. 이어 조그만

초가 여러 개 꽂힌 생일 케이크가 들어왔다. 마리 에드비주기 촛불을 끄자 모두 손뼉을 쳤다. 난 어찌된 일인지 별로 배가 고프지 않았다. 하루 세 끼 식사 빼고 제일 좋아하는 게 간식 시간인데 말이다. 쉬는 시간에 먹는 샌드위치만큼이나 간식을 좋아하는데…….

여자애들은 모두들 잘 먹었다. 먹으면서도 쉬지 않고 이야기를 했다. 모두들 한꺼번에 말을 해서 정신이 하나도 없었다. 그 애들은 그런 게 재미있는 것 같았다. 인형에게 과자 먹이는 시늉을 하는 애들도 있었다.

조금 있으니, 쿠르트플라크 아줌마가 거실로 나가자고 했다. 난 거실 한 모퉁이에 있는 의자에 가 앉았다.

마리 에드비주가 거실 한복판으로 나와 뒷짐을 지더니, 작은 새들이 어쩌고저쩌고 하는 시를 낭독했다. 시 낭송이 끝나자 아이들은 일제히 손뼉을 쳤다. 쿠르트플라크 아줌마가 시 낭송도 좋고,

춤이나 노래도 좋으니까 아무나 나와 장기자랑을 해보라고 했다.

"니콜라가 할 수 있을 것 같은데? 착한 아이니까 분명히 시 낭송도 잘할 거야."

아줌마가 나를 가리키며 말했다. 목구멍에 큰 덩어리가 걸려 있는 것 같았다. 내가 안 하겠다고 고개를 흔들자, 여자애들이 전부 웃어댔다. 광대 모자를 쓰고 도리질하는 내 모습이 웃겼나 보다. 내가 나서지 않자, 베르티유가 들고 있던 인형을 레오카디에게 맡기고 피아노 앞에 가서 앉았다. 혀를 쏙 내밀고는 무슨 곡인지를 연주하더니, 끝에 가서 음을 잊어버렸는지 훌쩍거리며 울기 시작했다. 쿠르트플라크 아줌마가 일어나더니, 그만하면 아주 잘 친 거라면서 우리에게 손뼉을 치라고 했다. 모두들 손뼉을 쳤다.

그다음엔 마리 에드비주가 양탄자 위에 자기가 받은 선물들을 전부 늘어놓았다. 그걸 보더니 여자애들은 소리를 지르며 웃고 야단법석이었다. 내가 보기엔 그 많이 쌓인 선물 더미 중에 쓸 만한 거라고는 하나도 없었는데 말이다. 내가 준 소꿉놀이세트도 그랬고, 그것보다 조금 더 큰 소꿉놀이세트, 재봉틀, 인형 옷, 작은 옷장, 다리미 등등 다들 그랬다.

"니콜라, 친구들하고 좀 어울려보렴."

쿠르트플라크 아줌마가 말했다.

하지만 난 아무 말 없이 아줌마를 쳐다보기만 했다. 그러자 쿠르트플라크 아줌마는 손뼉을 한 번 치더니 이렇게 말했다.

"아! 뭘 하면 좋을지 이제 생각났다! 포크댄스를 하는 거야! 내가 피아노를 칠 테니까 거기 맞춰 춤을 춰봐라!"

난 별로 내키지 않았다. 하지만 쿠르트플라크 아줌마가 내 팔을 끌어당기며 블랑딘과 유독시의 손을 잡게 했다. 우리는 모두 일어나 손에 손을 잡고 둥글게 섰다. 쿠르트플라크 아줌마가 피아노를 치고, 우리는 원을 그리며 돌기 시작했다. 만약 학교 친구들이 이런 내 모습을 본다면 전학을 가는 수밖에 없다는 생각이 들었다.

그러고 있는데 초인종이 울렸다. 우리 엄마가 날 데리러 온 것이다. 엄마를 보니 엄청 반가웠다.

"니콜라는 정말 귀여워요. 저렇게 착한 아이는 처음 봤어요. 좀 수줍음을 타는 것 같긴 하지만, 오늘 온 애들 중에서 제일 예의 바른 아이였어요!"

쿠르트플라크 아줌마가 우리 엄마에게 말했다.

엄마는 약간 놀란 기색이었지만, 이내 만족스러운 표정을 지었다. 집에 돌아와서도 나는 아무 말도 하지 않고 소파에 앉아 있었다. 좀 있으니 아빠가 회사에서 왔다. 아빠는 날 힐끔 보더니 무슨 일이 있었느냐고 엄마에게 물었다.

"일은 무슨 일이요? 난 니콜라가 아주 자랑스러워요. 옆집 여자아이 생일 파티에 초대받아서 갔는데, 남자애는 쟤 혼자였대요. 그런데 쿠르트플라크 부인이 말하길, 거기 온 아이 중 니콜라가 제일 예의 바른 아이였다는 거예요!"

엄마가 말했다.

아빠는 신기한 듯 턱을 문지르더니, 내 광대 모자를 벗기고 머리를 만져보았다. 그러고 나서 손수건을 꺼내 손에 묻은 머릿기름을 닦았다. 아빠가 내게 재미있었냐고 물었다. 그 말을 듣는 순간

난 울음을 터뜨리고 말았다.

아빠는 씩 웃더니, 그날 저녁 나를 영화관에 데려갔다. 아빠와 나는 카우보이들이 잔뜩 나와 권총을 쏘아대며 신나게 싸우는 영화를 보았다.

꼬마 니콜라의 골칫거리

조아생의 골칫거리

어제 학교에 결석한 조아생이 오늘 아침에는 지각까지 했다. 뒤늦게 교실로 들어온 조아생은 아주 난처한 표정이었다.

우리는 깜짝 놀랐다. 조아생이 지각한 거나 난처한 표정을 짓고 있는 것 때문에 놀란 건 아니었다. 조아생은 자주 지각을 하고, 평소에도 학교에 오기만 하면 괴로운 얼굴을 하니까 말이다. 문법 시험이 있는 날은 특히 더 심하다.

우리가 놀란 건 선생님이 조아생을 보고 활짝 웃으며 이렇게 말했기 때문이다.

"아! 축하해요, 조아생! 조아생도 정말 기쁘죠?"

우리는 더욱더 놀랐다. 선생님이 조아생에게 다정하게 대해주는 건 처음이 아니지만(우리 선생님은 아주 멋진 분이어서 누구에게나 친절하다.) 조아생에게 축하한다는 말을 한 적은 한 번도, 단 한 번도 없었기 때문이다.

하지만 조아생은 하나도 기쁘지 않은 것 같았다. 골치 아픈 일이라도 생긴 듯한 표정으로 맥상 옆에 가서 앉았을 뿐이다. 반 아이들은 조아생을 처다보려고 모두 고개를 뒤로 돌렸다. 선생님이 들고 있던 자로 교탁을 탁탁 치며, 한눈팔지 말고 필기나 열심히 하라고 했다.

뒤에 앉아 있던 조프루아가 내 귀에 대고 살짝 말했다.

"조아생한테 남동생이 생겼대. 앞으로 전달!"

쉬는 시간이 되자 모두들 조아생 주위로 몰려들었다. 조아생은 두 손을 주머니에 찔러넣은 채, 벽에 삐딱하게 기대어 서 있었다. 우리는 조아생에게 정말 동생이 생겼냐고 물었다.

"그렇다니까. 어제 아침에 아빠가 깨워서 일어나니까, 면도도 안 한 얼굴로 날 보고 막 웃다가 껴안다가 하는 거 있지. 간밤에 동생이 생겼다는 거야, 글쎄. 아빠가 빨리 옷 입고 가보자고 해서 병원에 갔거든. 병원에 가니까 엄마가 침대에 누워 있었어. 엄마도 아빠처럼 되게 좋아하는 것 같았어. 자세히 보니까 엄마 옆에 쪼끄만 아기가 누워 있더라구."

조아생이 대답했다.

"넌 별로 안 좋아하는 것 같은데?"

내가 물었다.

"내가 좋을 게 뭐가 있겠냐? 그리고 그 녀석 되게 못생겼단 말이야. 쪼끄만데다가 새빨갛다구. 또 만날 시끄럽게 울기만 하

686

고…… 그런데도 다들 그 앨 보고 좋아하는 거야. 나 참. 나는 조
금만 소리내도 조용히 하라고 야단치면서 말이야. 그러다가 내가
울기라도 하면 우리 아빠는, 바보 같은 놈이라면서 귀청 떨어지니
까 뚝 그치라고 버럭 소리를 지른다니까."

조아생이 말했다.

"그래, 나도 알아. 나도 동생이 있거든. 골치 아픈 일만 만들어
내는 사고뭉치야. 그런데도 엄마 아빠는 그 녀석만 예뻐하고 뭐든
지 맘대로 하게 내버려둔다구. 너무 얄미워서 내가 한 대 때려주려
고 하면, 금방 울고불고 난리를 쳐서 텔레비전도 못 보게 만들고
말아!"

뷔쉬스가 말했나.

"우리 집은 그 반대야. 형이 귀염둥이거든. 우리 형이 만날 나를
때려도 엄마 아빠는 아무 말도 안 해. 늦게까지 텔레비전을 봐도
괜찮다고 하고, 담배 피워도 내버려둔다니까!"

외드도 끼어들었다.

비슷한 경험이 있다는 친구들 이야기를 듣고 나자 조아생은 마
음놓고 불평을 터뜨렸다.

"동생이 생긴 다음부터는 만날 나만 갖고 야단이다. 병원에 처
음 갔을 때 엄마가 아기한테 뽀뽀를 해주라고 그러더라구. 별로 하
고 싶진 않았지만, 그래도 시키는 대로 했어. 그런데 옆에 있던 아
빠가 조심하라고 소리를 지르는 거야. 그러다 아기를 떨어뜨리겠다
면서 말아. 나같이 조심성 없는 애는 처음 봤다나."

"그런데 그런 작은 아기는 도대체 뭘 먹지?"

알세스트가 물었다.

"나중에 아빠랑 다시 집으로 돌아왔을 때, 집에 엄마가 없으니까 되게 슬프더라. 아빠가 점심을 만들어줄 땐 더 그랬어. 깡통따개가 없다고 막 화를 내더니, 정어리하고 완두콩만 잔뜩 주잖아. 그리고 오늘 아침엔 우유를 엎질러서 울었더니, 아빠까지 덩달아 소리를 치고 난리가 났었어."

조아생이 계속 말했다.

그 말을 듣고 뤼퓌스가 말했다.

"앞으론 더할걸? 아기가 집에 오면 처음엔 엄마 아빠 방에 재우겠지만, 그다음엔 네 방을 같이 쓰게 할 테니까. 그러다 애가 울기라

도 해봐라. 틀림없이 네가 못 살게 굴어서 그런다고 생각할 거라구."

"우리 형도 내 방에서 같이 자는데 별로 나를 귀찮게 하진 않아. 옛날에 내가 아주 어렸을 땐 우리 형도 그랬어. 아주 못되게 굴었지. 막 겁을 주고, 내가 무서워하면 깔깔 웃으며 재미있어했다구."

외드가 말했다.

"그건 절대 안 돼!"

갑자기 조아생이 소리쳤다.

"엄마 아빠가 무슨 소릴 해도 소용없어. 다른 건 몰라도 내 방에 재우는 건 절대 못 참아! 내 방이니까 나 혼자 써야 한다구. 자고 싶으면 딴 방에서 자면 되잖아!"

"그래 봤자 소용없어! 너네 엄마 아빠가 동생을 네 방에 재우겠다고 하면 그렇게 되는 거야. 어쩔 수 없어. 틀림없이 그렇게 된다구."

맥상이 말했다.

"아냐! 그럴 리 없어! 재우고 싶은 데다 맘대로 재우라지. 하지만 내 방은 절대 안 돼! 문을 꼭꼭 잠가버릴 거라구. 진짜야!"

조아생이 소리쳤다.

"그런데 말야, 정어리하고 완두콩하고 같이 먹으니까 어땠어? 맛있었어?"

알세스트가 물었다.

조아생은 알세스트 말은 들은 척도 하지 않고 계속 말했다.

"오후에 아빠랑 또 병원에 갔었거든. 가보니까 옥타브 삼촌하고 에디트 고모가 와 있더라. 리디 이모도 있었어. 다들 내 동생이 누구랑 닮은 것 같으냐면서 야단법석을 떨더라. 아빠도 닮고, 엄마도 닮고, 옥타브 삼촌도 닮고, 에디트 고모도 닮고, 리디 이모도 닮고, 나도 닮았다는 거야. 그러더니 나한테 동생이 생겨서 좋겠다면서, 앞으로는 정말 착하게 굴어야 한다, 엄마도 도와줘야 한다, 학교에서 공부도 잘해야 한다, 그런 말만 하는 거 있지? 아빠까지 나서서, 내가 지금까지는 열등생이었지만 앞으로 동생한테 본을 보이려면 열심히 노력해야 한다고 했어. 하여튼 그런 말만 잔뜩 하고는, 나한테는 아무도 신경 안 쓰더라구. 엄마만 나를 꼭 안아주면서 동생이나 나나 똑같이 사랑한다고 했어."

"얘들아, 그런 얘기는 그만하고 쉬는 시간 끝나기 전에 축구나 한판 하는 게 어때?"

690

조프루아가 말했다.

"참! 그리고 앞으로는 네가 놀러 나가려고 하면 어른들이 집에 남아서 동생이나 보라고 할 거야."

조프루아의 말을 듣고 문득 생각난 듯 뤼퓌스가 말했다.

"뭐라구? 말도 안 돼! 그 녀석은 혼자 놔둬도 된다구! 그 녀석이 뭔데 내가 간섭을 받아야 해? 난 축구 하고 싶으면 아무 때나 내 맘대로 할 거라구!"

조아생이 흥분해서 소리쳤다.

"그러면 아마 난리가 날걸? 다들 네가 샘나서 그런다고 할 거야."

뤼퓌스가 말했나.

"뭐라구? 정말 기가 막혀서!"

조아생이 빽! 소리를 질렀다.

그러고는 자기는 샘내는 게 뭔지도 모르니까 그런 건 말도 안 되는 소리며, 자기가 동생을 돌봐주는 건 꿈도 꾸지 않는 게 좋을 거라고 했다. 그리고 이런 말도 했다.

"딱 한 가지만 더 말해두겠는데 말야, 난 누가 내 방에서 자겠다고 귀찮게 굴거나, 친구들하고 놀려고 나가는 데 방해받는 거 정말 싫어해. 귀염둥이들도 싫어. 그러니까 날 못 살게 굴면 난 집을 나가버리고 말 거야. 그러면 남은 사람들이 레옹스를 돌봐야겠지. 그렇게 되면 엄청 골치 아플 거라구. 내가 떠나버리면, 모두들 날 그리워하게 될 거야. 내가 군함 선장이 돼서 돈을 아주 많이 번다는 걸 알게 되면 더 아쉬워하겠지. 난 집이고 학교고 다 질려버렸어. 뭐, 하여튼 다 필요없어. 이 몸은 집을 나간다는 생각만 해도 엄청 신이 난다구."

"그런데 레옹스가 누구야?"

느닷없이 클로테르가 물었다.

"아이 참, 내 동생이라니까."

조아생이 대답했다.

"이름 정말 웃긴다, 그치?"

클로테르가 말했다.

그러자 조아생은 갑자기 클로테르에게 달려들더니, 철썩! 하고 따귀를 때렸다. 자기는 누가 자기 가족을 모욕하는 건 절대 못 참는다면서 말이다.

편지 쓰기

나는 요즘 아빠가 정말 걱정된다. 기억력이 엉망이 된 것 같기 때문이다. 얼마 전 저녁 무렵에 집배원 아저씨가 내 앞으로 된 커다란 소포를 가지고 왔다. 난 엄청 기분이 좋았다. 집배원 아저씨가 나한테 갖다주는 소포는 언제나 메메의 선물이니까 말이다. 메메는 우리 엄마의 엄마다. 메메의 선물을 받고 내가 기뻐 날뛰면, 아빠는, 메메는 왜 그렇게 아이 버릇 망쳐놓을 생각만 해내시는지 모르겠다고 한마디 한다. 그러면 아빠하고 엄마 사이에 대판 싸움이 난다. 하지만 이번엔 싸움이 안 났다. 오히려 아빠는 엄청 기분 좋아했다. 그 소포는 메메가 보내준 게 아니라, 아빠 회사 사장님인 무슈붐 아저씨가 보내준 거였기 때문이다. 안에는 주사위 놀이세트가 들어 있었다. 하지만 난 똑같은 주사위 놀이세트를 이미

하나 갖고 있었다. 상자 속에는 무슈붐 아저씨가 나한테 보낸 편지
도 들어 있었다. 편지에는 이렇게 적혀 있었다.

열심히 일하는 아빠를 둔 귀여운 니콜라에게
-로제 무슈붐

"하! 이것도 애 버릇 망쳐놓을 생각이겠군요!"
옆에서 보고 있던 엄마가 말했다.
"무슨 소리야. 내가 사장님을 개인적으로 도와준 적이 있어서
선물을 보내신 거야. 지난번 출장 가실 때, 내가 역에 가서 기다리
다가 자리를 잡아드렸거든. 그렇다고 이렇게 선물까지 보내다니,
정말 멋진 생각 아냐?"
아빠가 말했다.
"월급이나 올려줬으면 더 멋졌을 텐데요."
엄마가 응수했다.
"말 한번 잘하는군! 그게 애 앞에서 할 소린가? 도대체 뭘 바라
고 그런 말을 하는 거지? 선물을 도로 돌려보내고, 대신 아빠 월
급이나 올려달라고 니콜라한테 시키기라도 하란 말이야?"
아빠가 소리쳤다.
"아, 그건 안 돼요!"
선물을 도로 돌려준다는 말에 내가 크게 소리를 질렀다. 똑같은
주사위 놀이세트가 이미 하나 있긴 하지만, 하나 더 생겨도 상관없
다. 학교 친구들하고 다른 좋은 물건으로 바꾸면 되니까 말이다.

"나 참, 기가 막혀서! 당신 좋을 대로 해보세요. 당신 아들이 버릇없는 애가 되어도 좋다면 난 더 이상 할말 없다구요."

엄마가 대답했다.

아빠는 입을 꽉 다물고 천장을 바라보며 고개를 가로저었다. 그러고 나서 나한테, 무슈붐 아저씨에게 전화라도 걸어 고맙다는 인사를 해야 하지 않겠느냐고 했다.

"아니죠. 이런 경우엔 답장을 보내는 게 예의예요."

엄마가 말했다.

"맞아. 편지가 훨씬 낫지."

아빠도 맞장구를 쳤다.

"닌 전화기 더 좋은데요."

내가 말했다.

사실 편지 쓰는 건 골치 아프지만 전화 거는 건 재미있으니까 말이다. 하지만 엄마 아빠는 내가 전화를 쓰게 해주지 않는다. 메메가 전화해서 날 바꿔달라고 할 때만 예외다. 메메는 내가 뽀뽀해주는 걸 무지 좋아한다. 전화할 때도 만날 뽀뽀해달라고 한다.

"니콜라, 네 의견을 물어본 게 아냐. 넌 아빠가 시키는 대로 편지만 쓰면 돼!"

아빠가 말했다.

이럴 수가! 정말 불공평한 일이었다. 나는 아빠한테 편지 같은 건 쓰기 싫으며, 전화로 이야기하게 해주지 않으면 저까짓 주사위 놀이세트는 내다버릴 거라고, 똑같은 게 하나 더 있으니까 상관없다고, 그것도 아주 좋은 거라고 말했다. 그리고 아빠가 나한테 이

697

런 식으로 할 거라면 차라리 무슈붐 아저씨가 아빠 월급이나 올려주는 게 더 낫겠다고, 진짜라고, 농담이 아니라고 덧붙였다.

"너 매 맞고 싶어? 저녁도 안 먹고 그냥 자고 싶으냐구!"

아빠가 소리쳤다.

나는 울기 시작했다. 그러자 아빠는 도대체 아빠가 어떻게 했다고 이 야단이냐며 화를 냈고, 엄마는 아빠랑 나 둘 다 조용히 하지 않으면 저녁이고 뭐고 다 그만두고 먼저 자버리겠다고 했다.

"니콜라, 엄마 말 잘 들어봐. 말썽 피우지 않고 얌전하게 편지 쓰면 후식 두 접시 줄게."

엄마가 말했다.

나는 얼른 그렇게 하겠다고 대답했다.(후식은 살구파이였다!) 엄마는 이젠 저녁 준비를 해야겠다며 부엌으로 갔다.

"자, 그럼 아빠하고 같이 편지를 써보자."

아빠는 책상 서랍에서 종이 한 장과 연필을 꺼내들고는 한동안 나를 쳐다보며 연필 끝을 잘근잘근 씹었다. 이윽고 아빠가 물었다.

"어디 보자, 그 노인네, 아니 무슈봄 아저씨한테 무슨 말을 하고
싶니?"

"글쎄요, 잘 모르겠어요. 이렇게 쓰면 어떨까요? 주사위 놀이세
트를 보내주셔서 정말 기뻤어요. 똑같은 게 하나 있긴 하지만, 학
교 친구들한테 말해서 다른 물건과 교환할 수 있을 거예요. 예를
들면 클로테르는 파란색 자전거를 가지고 있는데 아주 근사하거든
요. 또……."

내가 대답했다.

"됐다. 아빠가 불러줄 테니 부르는 대로 써라…… 시작은 어떻
게 해야 할까? '아저씨께'…… 아냐, '무슈봄 아저씨께'…… 아니,
이것도 안 되겠다. 너무 허물없이 구는 것 같으니까. '친애하는 아
저씨'…… 음, 이것도 아니야."

아빠가 말했다.

"그냥 '무슈붐 씨께'라고 쓰면 되지 않아요?"

내가 물었다.

아빠는 나를 힐끔 바라보더니 자리에서 일어나며 부엌을 향해 소리쳤다.

"여보! '아저씨께', '무슈붐 아저씨께', 그리고 '친애하는 아저씨께' 중에서 어느 게 제일 낫겠어?"

"뭐라고 했어요?"

엄마가 부엌에서 나와 앞치마에 손을 닦으며 물었다.

아빠가 다시 설명했다. 엄마는 '무슈붐 아저씨께'가 좋다고 했다. 하지만 아빠는 그건 너무 허물없이 군다는 느낌을 주지 않느냐며, 그냥 '아저씨께'가 낫지 않을까, 하고 혼잣말을 했다. 엄마는 그렇지 않다고, 그냥 '아저씨께'는 어린애 편지로는 너무 딱딱하다고 했다. 하지만 아빠는 어린애에게 어울리지 않는 건 오히려 '무슈붐 아저씨께'라고, 그 말을 쓰면 존경하는 마음이 잘 나타나지 않는다고 했다.

"그렇게 잘 알면서 왜 물어봐요? 안 그래도 저녁 준비하느라 바빠 죽겠는데."

엄마가 아빠에게 말했다.

"아, 그래? 공연히 귀찮게 해서 미안하군. 하긴, 당신은 별로 관심이 없겠지. 이 문제는 내 승진에 관한 거니까 말이야!"

아빠가 말했다.

"뭐라구요? 아니, 그럼 니콜라 편지가 당신 승진을 좌우한다는 말이에요? 우리 엄마가 선물 보냈을 땐 이렇게 난리법석을 떨지

않았잖아요!"

엄마가 아빠에게 되물었다.

그다음은 끔찍했다! 아빠가 큰 목소리로 고함을 치기 시작했고, 엄마도 소리를 질렀다. 마침내 엄마는 부엌으로 들어가 문을 쾅! 닫아버렸다.

아빠가 나를 돌아보며 말했다.

"자, 연필 들고 내가 부르는 대로 써봐."

내가 책상에 앉자 아빠가 불러주기 시작했다.

"'아저씨께', 쉼표, 줄 바꾸고, '감사히'…… 아냐, 아냐. 지워라. 잠깐만, 음…… '고마운 마음으로'…… 그래, 바로 그거야…… '보내주신 선물은 고마운 마음으로 받았습니다'…… 아냐, '굉장한 선물'이라고 써라. 아니, 너무 과장해도 안 되겠지. 그냥 '선물'이라고 써라. '뜻밖에도 이렇게 훌륭한 선물을 받으니'…… 아냐, '너무나 훌륭한 선물을 받아'라고 쓰면 되겠다. '너무나 훌륭한 선물을 받아 한없이 고마웠습니다'…… 아! 아냐, 고맙다는 말은 벌써 썼지. 그건 지워버리고…… 그다음엔 '안녕히 계세요'라고 써. 아니, '존경하는 마음을 담아 인사드립니다'라고 할까?…… 잠깐만 기다려봐."

여기까지 말한 후, 아빠는 부엌으로 들어갔다. 커다란 고함 소리가 몇 번 들렸고, 아빠는 시뻘게진 얼굴로 다시 나왔다.

"좋아. 그냥 '존경하는 마음을 담아'라고 써라. 밑에 서명하고…… 됐다."

아빠는 내 편지를 들고 처음부터 죽 읽어보았다. 그러더니 두

눈을 동그랗게 떴다. 그리고 다시 한 번 편지를 보더니 어휴! 하고
크게 한숨을 내쉰 다음 새로 써야겠다며 다른 종이를 꺼냈다.

"니콜라! 너, 새 편지지 갖고 있지? 윗부분에 작은 새들이 그려
져 있는 편지지 있잖아. 생일날 도로테 아줌마가 사준 거 말야."

아빠가 물었다.

"그건 토끼 그림인데요."

내가 대답했다.

"그래, 그거. 가서 그것 좀 찾아와라."

아빠가 말했다.

"어디 있는지 잘 모르겠는데요."

내가 말했다.

아빠는 나를 데리고 내 방으로 올라가 편지지를 찾았다. 장롱

문을 열자 안에 있던 것들이 전부 쏟아져나왔다. 엄마가 뛰어올라와 대체 무슨 일이냐고 소리를 질렀다.

"니콜라 편지지를 찾고 있어. 도대체 집구석이 이게 뭐야! 완전히 뒤죽박죽이잖아!"

아빠도 큰 소리로 말했다.

엄마가 그 편지지는 거실 탁자 서랍에 들어 있으니까, 더 이상 신경쓰게 하지 말라며, 저녁 식사 준비가 다 되었다고 했다.

나는 결국 아빠가 써준 편지를 베껴 쓰게 되었다. 글자를 자꾸 틀리고, 잉크 방울을 흘리기도 해서 몇 번이나 다시 써야 했다. 엄마가 와서 우리를 보더니, 저녁이 다 식어버린다고 소리를 질렀다. 편지를 다 쓰고 나서도 봉투를 세 번이나 써야 했다. 그런 다음에야 아빠는 이제 저녁 먹어도 되겠다고 했다.

난 아빠에게 우표를 달라고 했다. 그러자 아빠는 "아, 그렇지!" 하며 우표를 한 장 주었다. 그날 저녁 나는 후식을 두 번 먹었다. 하지만 엄마는 저녁 먹는 동안 한마디도 하지 않았다.

내가 아빠의 기억력을 걱정하게 된 건 바로 다음 날 저녁이었다. 전화가 와서 아빠가 받았는데, 이렇게 말을 했기 때문이다.

"여보세요? 예? 아, 무슈붐 사장님! 안녕하세요? 그런데 어쩐 일로 이렇게…… 예, 예…… 뭐라구요?"

아빠는 전혀 뜻밖이라는 표정으로 말했다.

"편지라구요? 아! 그래서 어제 저녁에 니콜라가 저한테 우표를 달라고 한 거군요! 원 저런, 저흰 감쪽같이 몰랐네요!"

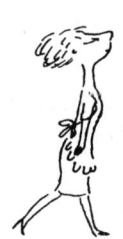

돈의 가치

역사 시험에서 4등을 했다. 샤를마뉴 대제에 관한 문제가 나왔었는데, 샤를마뉴 대제 이야기와 절대 부러지지 않는 칼을 가진 롤랑에 관한 이야기는 내가 아주 잘 알고 있는 거였기 때문이다.

엄마 아빠는 내가 4등 했다는 걸 알고 무지 기뻐했다. 아빠가 지갑을 꺼내더니 내게 뭔가를 주었다. 그게 무엇이었을까? 자그마치 10프랑짜리 지폐였다!

"자, 받아라. 사고 싶은 게 있으면 이걸로 사도록 해."

아빠가 말했다.

"하지만 여보…… 아직 어린 애한테 너무 큰돈을 주는 거 아니에요?"

엄마가 걱정스러운 듯이 물었다.

"아니야. 이젠 니콜라도 돈의 가치에 대해 배울 때가 됐지. 난 니콜라가 철없이 이 10프랑짜리 지폐를 함부로 낭비하는 일은 없을 거라고 확신해. 그렇지, 니콜라?"

아빠가 내게 물었다.

나는 얼른 그렇다고 대답하고 엄마 아빠한테 뽀뽀를 했다. 받은 돈을 호주머니에 넣으며, 우리 엄마 아빠가 정말 멋진 분이라는 걸 새삼 깨달았다.

저녁을 먹는 동안 나는 한 손만 써야 했다. 다른 손으로는 호주머니 속의 돈이 잘 있는지 계속 확인해야 했기 때문이다.

이렇게 큰돈을 가져본 일은 한 번도 없었다. 물론 엄마가 길모퉁이에 있는 콩파니 아저씨네 식료품 가게에 심부름을 보내면서 큰돈을 준 적은 많이 있었다. 하지만 그건 내 돈이 아니었고, 거스름돈을 정확하게 받아와야 했으니까 이것과는 다른 문제다.

잠자리에 들면서 나는 10프랑을 베개 밑에 감춰두었다. 잠이 잘 안 왔다. 한참 있다가 잠이 들었는데, 이상한 꿈을 잔뜩 꿨다. 10프랑짜리 지폐 위에 그려져 있는, 옆얼굴을 한 아저씨가 자꾸 험악하게 인상을 찌푸렸다. 그다음엔 그 아저씨 뒤에 있던 커다란 집이 콩파니 아저씨네 식료품 가게로 변했다.

다음 날 아침 학교에 도착한 나는, 교실에 들어가기 전에 운동장에 모여 있던 친구들에게 내 10프랑짜리 지폐를 보여주었다.

"우아, 굉장한데! 그걸로 뭐 할 건데?"

클로테르가 물었다.

"아직 모르겠어. 아빠가 이걸 주면서 돈의 가치를 배울 수 있도

콕 쓰라고 했어. 그러니까 함부로 쓰먼 안 돼. 하시만 난 이설로 비행기를 사고 싶어. 진짜 비행기 말야."

내가 대답했다.

"그 돈으로는 비행기 못 사. 진짜 비행기는 아무리 싼 거라도 천 프랑은 줘야 해."

조아생이 말했다.

"천 프랑이라고? 웃기지 마! 우리 아빠가 그러는데, 적어도 3만 프랑은 한대. 아주 작은 것도 말야."

조프루아가 말했다.

그 말을 듣고 아이들이 전부 웃음을 터뜨렸다. 조프루아는 만날 말도 안 되는 소리만 한다. 거짓말쟁이는 정말 어쩔 수가 없다.

"아틀라스 지리책을 사면 어때? 근사한 지도하고 유익한 사진들이 많이 있어서 공부하는 데 굉장히 도움이 된다구."

반에서 일등이고 선생님의 귀염둥이인 아냥이 말했다.

"이 돈을 책 사는 데 쓰라구? 말도 안 돼. 책은 생일 때나 아플 때 우리 고모가 사주는 거야. 지난번 볼거리 앓을 때 받은 책도 아직 다 못 읽었단 말이야."

내가 말했다.

아냥은 말없이 나를 바라보더니, 한쪽 구석으로 가서 어제 문법 시간에 배운 걸 복습하기 시작했다. 아냥은 정말 바보다!

"다 같이 놀게 축구공 샀으면 좋겠다."

뤼퓌스가 말했다.

"농담 마. 이 돈은 내 거야. 내 돈으로 딴 애들이 쓸 물건을 살 것 같아? 축구공 사고 싶으면 너도 나처럼 역사 시험에서 4등 하면 되잖아."

내가 말했다.

"쩨쩨한 놈. 네가 역사 시험에서 4등 한 건, 아냥처럼 선생님한 테 아양을 떨어서 그런 거야."

뤼퓌스가 말했다.

하지만 난 그 말을 듣고도 뤼퓌스의 따귀를 때려주지 못했다. 수업 시작종이 울렸기 때문이다. 우리는 교실로 들어가기 위해 나 란히 줄을 서야 했다. 항상 이렇다. 좀 재미있어지려고 하면 수업 시작종이 울린다. 줄 서서 기다리고 있는데, 알세스트가 헐레벌떡 뛰어왔다.

"넌 지각이야."

학생주임 부이옹 선생님이 알세스트에게 말했다.

"제 잘못이 아니에요. 아침 먹을 때 크루아상이 보통 때보다 하 나 더 있어서 그런 거라구요."

알세스트가 항의했다.

부이옹 선생님은 한숨을 푹 내쉬더니 알세스트에게 턱에 묻은 버터나 닦고 빨리 줄 서라고 했다.

교실에 들어가서 나는 옆자리에 앉은 알세스트에게 말했다.

"야, 내가 뭘 갖고 있는지 알아?"

그리고 나서 나는 알세스트에게 내 지폐를 보여주었다.

바로 그때, 담임 선생님이 소리쳤다.

"니콜라! 그 종잇조각은 뭐지? 당장 이리 갖고 나와! 압수야."

나는 울면서 지폐를 들고 선생님 앞으로 갔다. 선생님은 눈이 휘둥그레져서 물었다.

"아니, 이건…… 도대체 이걸로 뭘 할 생각이지?"

"아직 모르겠어요. 샤를마뉴 대제 때문에 아빠가 준 거예요."

내 설명을 듣고 난 선생님은 웃지 않으려고 애를 썼다. 선생님은 가끔씩 그럴 때가 있다. 그럴 때 선생님 얼굴은 참 예쁘다.

선생님은 결국 지폐를 돌려주었다. 돈 갖고 장난치는 게 아니니까 호주머니에 잘 넣어두라고 했다. 그 돈을 아무렇게나 쓰지 말라는 말도 했다.

내가 자리로 돌아와 앉은 후 선생님은 지난 시간에 이어 계속 질문을 하기 위해 클로테르를 앞으로 불러냈다. 클로테르가 받은 점수로는 아빠한테 돈을 받을 수 있을 것 같지 않았다.

쉬는 시간이 되었다. 모두들 놀러 나가려고 서두르고 있는데, 알세스트가 나한테 와서 팔을 끌어당기며 그 돈으로 무얼 할 거냐고 물었다. 난 잘 모르겠다고 대답했다. 알세스트는 10프랑이면 초콜릿을 엄청 많이 살 수 있다고 했다.

"오십 개도 살 수 있을 거야! 오십 개! 알아듣겠냐? 그러면 너하고 나하고 각각 스물다섯 개씩이라구!"

알세스트가 말했다.

"내가 왜 너한테 초콜릿 스물다섯 개를 줘야 하는 건데? 이 돈은 내 거라구, 내 거!"

내가 대답했다.

"거보라구. 쩨쩨한 녀석이라니까!"

뤼퓌스가 알세스트에게 말했다.

그러고는 나만 빼고 자기들끼리 놀러 가버렸다.

맘대로 하라지 뭐. 난 상관없으니까. 난 진짜 아무렇지도 않았다. 내 돈 갖고 다들 왜 그렇게 성가시게 구는지 모르겠다.

하지만 다시 생각해보니 알세스트 말이 꽤 그럴듯했다. 나는 초콜릿을 좋아하고, 오십 개나 되는 초콜릿을 한꺼번에 가져본 적은 한 번도 없으니까 말이다. 내가 원하는 거라면 뭐든지 사주는 메메 집에 놀러 갔을 때에도 그래 본 적은 없다. 나는 학교가 끝나자마자 가게로 달려갔다.

가게 아줌마가 뭘 사러 왔냐고 물었다. 나는 지폐를 내밀며 이렇게 말했다.

"이 돈만큼 초콜릿을 주세요. 알세스트가 오십 개는 살 수 있을 거랬어요."

아줌마는 지폐와 내 얼굴을 번갈아가며 쳐다보더니, "얘, 너 이 돈 어디서 주웠니?" 하고 물었다.

"주운 게 아니에요. 받은 거라구요."

내가 대답했다.

"뭐라구? 초콜릿 오십 개를 사먹으라고 이 돈을 주었단 말이냐?"

아줌마가 되물었다.

"네."

내가 대답했다.

"이 녀석, 거짓말하면 못써. 썩 제자리에 갖다놓지 못해?"

아줌마가 무섭게 눈을 부릅뜨며 말했다. 나는 가게에서 나와 울면서 집으로 갔다.

너무나 억울해서 엄마에게 다 이야기했다. 엄마는 날 꼭 껴안아주면서 아빠와 다시 의논해보겠다고 했다. 엄마는 내 돈을 들고 거실로 나가 아빠와 이야기를 했다. 잠시 후 엄마는 20상팀짜리 동전을 가지고 와서 내게 주었다.

"자, 이걸로 초콜릿 하나 사먹으렴."

나는 기분이 좋아졌다. 초콜릿을 사면 반을 잘라 알세스트한테도 줘야겠다. 알세스트는 내 친구고, 친구끼리는 뭐든지 나누어가져야 하는 거니까.

아빠와 장보기

저녁을 먹고 난 후, 엄마 아빠가 이번 달 생활비를 계산하기 시작했다.

"내가 준 돈은 도대체 다 어디로 간 거지?"

아빠가 엄마에게 물었다.

"뭐라구요? 그런 말 들으니 기분 참 좋군요."

엄마가 말했다. 하지만 별로 기분이 좋아 보이지는 않았다. 엄마는 아빠에게, 우리 식구 식비로 돈이 얼마나 많이 드는지 당신이 잘 몰라서 그런 소릴 하는 거다, 한 번만이라도 직접 장을 보면 알게 될 거다, 이런 일 가지고 어린애 앞에서 이러쿵저러쿵 하기는 싫다고 말했다.

아빠는 농담 말라며, 자기가 직접 장을 보면 돈을 덜 들이면서도 지금보다 훨씬 잘 먹을 수 있을 거라고 했다. 그러더니 갑자기 나를 보며 어린애는 빨리 가서 자야 되는 거 아니냐고 야단을 쳤다.

"좋아요. 그렇게 자신있으면 당신이 직접 장을 보세요."

엄마가 말했다.

"안 그래도 그럴 생각이야. 마침 내일이 일요일이니까, 내 당장 장을 봐오지. 장사꾼들한테 속지 않으려면 어떻게 해야 하는지 잘 보라구!"

아빠가 말했다.

"우아! 나도 같이 갈래요!"

내가 신이 나서 말했다. 하지만 엄마 아빠는 얼른 가서 잠이나 자라고 했다.

다음 날 아침, 나는 아빠를 따라가겠다고 졸랐다. 아빠는, 그럼 오늘은 남자들이 장 보는 날로 하자며 선선히 허락해줬다. 정말 기분이 좋았다. 난 아빠랑 밖에 나가는 걸 좋아하니까 말이다. 게다가 시장에 간다니까 더더욱 신이 났다. 시장에 가면 사람들이 북

적거리고 여기저기서 고함치는 소리가 들리는데다가 맛있는 냄새도 나서 학교 쉬는 시간하고 비슷하다는 생각이 든다. 아빠가 나한테 시장바구니를 가져오라고 했다. 우리가 문을 나설 때 엄마는 씩 웃으면서 잘 다녀오라고 배웅해주었다.

"당신, 비웃는구면. 하지만 우리는 싼값에 좋은 물건들을 많이 사올 테니까, 어디 그때도 웃는지 두고 봅시다. 우리 남자들은 장사꾼들 농간에 절대 속아넘어가지 않거든. 그렇지, 니콜라?"

아빠가 말했다.

"그럼요."

내가 대답했다.

엄마는 이쁘 말엔 아랑곳없이 계속 웃으며 물을 끓어놓을 테니 바닷가재도 사오라고 했다. 아빠와 나는 자동차를 타러 차고로 갔다. 차 안에서 나는 정말 바닷가재를 살 거냐고 아빠에게 물어보았다.

"그것도 괜찮겠지."

아빠가 대답했다.

시장에 도착한 우리는 주차할 자리를 찾지 못해 애를 먹었다. 장 보러 나온 사람들이 굉장히 많았던 거다. 다행히 아빠는 재빨리 빈자리를 찾아내 겨우 차를 세울 수 있었다. 우리 아빤 정말 눈이 좋다.

"이제 됐다. 자, 장 보는 일이 얼마나 쉬운지 엄마에게 똑똑히 보여주도록 하자. 돈을 절약하는 법도 가르쳐주고 말야. 알았지, 니콜라?"

아빠가 말했다.

아빠는 야채를 엄청 많이 쌓아놓고 파는 가게에 가서 이것저것 둘러보더니 토마토가 싼 것 같다고 했다.

"토마토 1킬로만 주세요."

아빠가 말했다.

가게 아줌마가 우리 장바구니에 토마토 다섯 개를 넣어주었다. 그러고는, "또 뭘 드릴까요?" 하고 물었다.

아빠가 바구니 속을 들여다본 후 말했다.

"이게 뭐죠? 1킬로에 겨우 다섯 개예요?"

"뭐라구요? 아니, 그럼 이 값에 토마토 한 자루는 살 수 있다고 생각한 거예요? 나 참, 남자들이 시장 보러 오면 항상 이렇다니까."

아줌마가 말했다.

"무슨 말씀을 그렇게 하쇼? 하긴, 남자들이 여자들에 비해 잘 안 속으니까 그렇겠지!"

아빠가 말했다.

"뭐예요? 사내대장부라면 어디 다시 한번 말해봐요."

아줌마가 소매를 걷어붙이며 말했다. 아줌마 얼굴이 꼭 우리 동네 정육점 주인 팡크라스 아저씨 같았다.

"아, 그만둡시다. 됐다구요."

아빠는 이렇게 말하며 내게 장바구니를 들리고는 급히 야채 가게를 떠났다. 나오면서 보니까, 야채 가게 아줌마는 옆 가게 상인들하고 아빠 흉을 보고 있었다.

조금 걷다 보니, 물고기와 바닷가재들이 잔뜩 쌓여 있는 가게가 보였다. 나는 아빠한테 소리쳤다.

"아빠, 저기 봐요! 바닷가재가 있어요!"

"좋았어. 저기로 가보자."

아빠가 말했다.

아빠는 생선 가게 주인 아저씨한테 가서 바닷가재가 싱싱하냐고 물었다. 아저씨는 특상품이라고 대답하고는, "신선하냐구요? 음, 그런 것 같구려. 아직 살아 있는 걸 보니까" 하면서 큰 소리로 웃었다.

"그렇겠군요. 그럼 저기 저 커다란 놈은 얼맙니까? 지금 막 다리를 움직인 놈 말예요."

이삐기 물었다.

생선 가게 아저씨가 값을 말하자, 아빠는 두 눈이 휘둥그레졌다.

"그럼, 여기 이 제일 작은 건 얼마죠?"

아빠가 또 물었다. 아저씨가 작은 바닷가재의 값을 말해주었다. 아빠는 어떻게 그렇게 값 차이가 심할 수 있느냐고, 이건 정말 말도 안 되는 일이라고 항의했다.

"여보쇼, 당신 도대체 바닷가재를 사겠다는 거요, 새우를 사겠다는 거요? 질이 완전히 다른 거란 말이요. 안사람한테 물어보지도 않았소? 뭐 제대로 알지도 못하면서……."

아저씨가 아빠에게 말했다.

"이리 와, 니콜라. 다른 집으로 가보자."

아빠가 말했다.

하지만 난 아빠를 따라가지 않고 이렇게 말했다.

"아빠, 다른 데 가봤자 소용없을 거예요. 저렇게 꿈틀거리는 거 보니까, 이 집 바닷가재가 좋은 것 같아요. 바닷가재는 정말 맛있잖아요."

하지만 아빠는 들은 척도 안 했다.

"무슨 잔말이 그렇게 많니, 니콜라? 이리 오라면 와. 바닷가재는 안 살 거니까."

"하지만 아빠, 엄마가 물 끓여놓고 기다린댔잖아요. 그러니까 사 가야 돼요."

"니콜라! 너 계속 그럴 거면 차에 가서 기다리고 있어!"

아빠가 화를 버럭 냈다.

난 울음을 터뜨렸다. 아빤 정말 너무했다!

"흥! 잘하는 짓이오. 식구들 먹을 것 갖고는 쩨쩨하게 굴면서 죄 없는 어린애나 잡고 있군."

생선 가게 아저씨가 말했다.

"남 일에 무슨 참견이오? 도둑놈 주제에 감히 누구더러 쩨쩨하다는 거야, 정말."

아빠가 소리쳤다.

"뭐라구? 나더러 도둑놈이라구? 이봐, 당신 뺨따귀가 근질근질한가 보지?"

생선 가게 아저씨가 소리치며 가자미를 집어들었다.

그때 어떤 아줌마가 끼어들었다.

"이분 말이 옳아요. 그저께 이 집에서 대구를 샀는데, 집에 가서 보니까 상한 거였다구요. 고양이도 안 먹더라니까요."

"상한 거였다구요? 내가 판 대구가?"

생선 가게 아저씨가 소리를 질렀다.

그렇게 해서 한바탕 시끌벅적해졌다. 사람들이 왕창 몰려들어 떠들어대기 시작했다. 그 덕분에 우리는 무사히 빠져나올 수 있었다. 멀리서 보니 생선 가게 아저씨는 아직도 가자미를 손에 든 채 온갖 몸짓을 해가며 소리소리 지르고 있었다.

"이제 그만 집으로 가자. 너무 늦었어."

아빠가 피곤한 목소리로 말했다. 신경이 몹시 날카로워진 것 같았다.

"하지만 아빠, 우린 토마토 다섯 개밖에 안 샀잖아요. 내 생각엔 바닷가재를 사가야……"

하지만 아빠는 말이 끝나기도 전에 내 팔을 홱 낚아챘다. 나는 깜짝 놀라서 장바구니를 땅에 떨어뜨렸다. 그다음엔 끔찍했다. 픽! 하고 토마토 으깨지는 소리가 났다. 내 뒤에 있던 뚱뚱한 아줌마가 땅에 떨어진 우리 장바구니를 밟고 지나간 거다. 아줌마는 우리한테 좀 조심하라고 신경질을 냈다. 장바구니를 주워서 안을 들여다보았다. 먹고 싶은 마음이 싹 없어졌다.

"토마토 다시 사러 가야겠어요. 다섯 개 전부 끝장났어요."

내가 아빠에게 말했다.

하지만 아빠는 들은 척도 안 하고 자동차 있는 데까지 곧장 갔다. 자동차엔 불법주차 딱지가 붙어 있었다.

"정말 재수 없는 날이군!"

아빠가 잔뜩 화가 나서 외쳤다.

아무튼 우리는 차에 올라탔다. 아빠가 시동을 걸었다. 갑자기 아빠가 큰 소리로 나를 꾸짖었다.

"바구니를 어디다 놓는 거야? 아빠 바지에 다 묻었잖아! 네가 무슨 짓을 했는지 좀 봐라!"

그 순간 우리 차가 앞에 가던 트럭을 들이받고 말았다. 한눈팔면 사고가 나게 돼 있다!

정비소를 나오면서 보니까 아빠는 머리끝까지 화가 난 것 같았다. 그래도 그렇게 큰 사고는 아니었다. 내일 모레면 다 고친다니까 말이다. 아빠가 화가 난 건 아마 아까 그 뚱뚱한 트럭 운전수 아저씨가 심한 소리를 해댔기 때문일 것이다.

집에 오니까 엄마가 장바구니를 들여다보고는 뭐라고 잔소리를 하려고 했다. 하지만 아빠는 아무 소리도 듣고 싶지 않다고 소리를 질렀다. 집에 먹을 게 하나도 없어서, 아빠는 우리를 택시에 태워 식당으로 데리고 갔다. 무척 신이 났다. 아빠는 별로 입맛이 없는 것 같았지만, 엄마와 나는 마요네즈를 곁들인 바닷가재 요리를 잔뜩 먹었다. 사촌형 윌로주의 첫 영성체 기념 파티에 나온 것과 똑같은 요리였다. 식당을 나오면서 엄마는 절약하는 건 참 좋은 일이라고, 아빠 말씀이 백번 옳았다고 했다.

다음 일요일에도 아빠랑 같이 장 보러 갔으면 좋겠다!

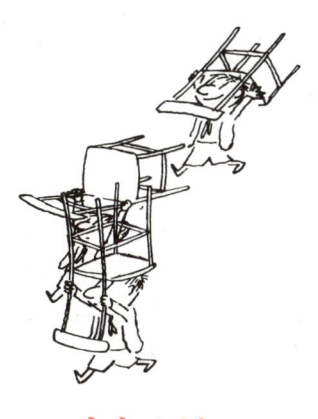

의자 소동

오늘 학교에서 굉장한 일이 있었다!

평소처럼 아침 일찍 학교에 도착했고, 부이옹 선생님이 수업 시작종을 치자 교실로 들어가기 위해 모두들 운동장에서 줄을 섰다. 하지만 다른 반 애들은 모두 교실로 들어갔는데, 우리 반만 운동장에 남아 있어야 했다. 무슨 일인지 참 궁금했다. 담임 선생님이 병이 나서 결근한 걸까? 아니면 우리 반 전체가 퇴학당하는 걸까? 하지만 부이옹 선생님은 아무 설명도 안 해주고 그냥 조용히 있으라고만 했다. 조금 있으니까 우리 담임 선생님이랑 교장 선생님이 왔다. 두 선생님은 우리가 서 있는 모습을 보고는 그 자리에 서서 무슨 얘긴지를 조용히 속삭였다. 잠시 후, 교장 선생님은 돌아가고 담임 선생님만 우리에게 다가왔다.

선생님이 말했다.

"여러분, 어젯밤 학교 수도관이 터지는 바람에 우리 반 교실에 물이 가득 차버렸어요. 지금 수리공 아저씨들이 고치고 있는 중이에요. 그래서…… 뤼퓌스! 선생님 말이 재미없더라도 좀 가만히 듣고 있어요! 그래서 오늘은 세탁장에서 수업을 하기로 했어요. 이런 사고를 틈타 장난을 치거나 말썽 부리지 않기를 바랍니다. 알겠지요? 착한 어린이들이니까 선생님 말을 잘 들어야 해요. 뤼퓌스! 두 번째 경고예요. 자 그럼, 출발!"

우리는 오히려 잘된 일이라고 좋아했다. 학교에 무슨 문제가 있을 땐 항상 뭔가 재미있는 일도 생기기 때문이다. 세탁장으로 가기 위해 선생님 뒤를 따라 작은 돌계단을 내려갔다. 정말 신기했다. 출입이 금지되어 있어서 보통 때는 갈 수 없는 장소였다. 세탁장은 아무것도 없이 텅 비어 있었다. 별로 넓지는 않았고, 세면대와 파이프가 여러 개 달린 보일러가 놓여 있을 뿐이었다.

"아, 참! 식당에 가서 의자를 가져와야겠어요."

선생님이 말했다.

우리는 모두 손을 들고 외쳤다.

"제가 갈게요, 선생님! 저요, 저요, 선생님!"

그러자 선생님은 들고 있던 자로 세면대를 두드렸다. 교실에서 교탁을 두드릴 때보다는 소리가 작았다.

"좀 조용히 해요! 이렇게 떠들면 아무도 안 보내겠어요. 그냥 서서 수업할 거예요. 자, 어디 보자…… 아냥하고 니콜라, 조프루아, 외드, 그리고…… 그리고…… 그리고 뤼퓌스. 뤼퓌스는 오늘 별로 얌전하게 행동하지 않아서 그럴 자격은 없지만…… 하여튼 지금 이름 부른 다섯 사람은 식당으로 가세요. 장난치지 말고 곧장! 알겠죠? 식당에 가면 의자를 줄 거예요. 아냥이 제일 착하니까 인솔자로 임명하겠어요."

선생님이 말했다.

우리는 신이 나서 앞으로 나갔다. 세탁장을 나올 때, 뤼퓌스는 신나게 놀 수 있게 됐다며 좋아했다.

"조용히 좀 해!"

아냥이 말했다.

"야! 네가 뭔데 참견이야, 이 치사한 귀염둥이 녀석아! 난 내가 조용히 히고 싶을 때만 조용히 할 거라구. 알아듣겠어?"

뤼퓌스가 소리쳤다.

"무슨 소리야? 그러면 안 돼! 내가 조용히 하라고 하면 조용히 해야 하는 거야. 선생님이 나보고 인솔하라고 했으니까 말이야. 그리고 난 치사한 귀염둥이가 아니야. 또 그러면 선생님한테 이를 거야!"

아냥도 소리쳤다.

"너 한 대 맞고 싶어?"

화가 난 뤼퓌스가 외쳤다.

그때, 세탁장 문이 열리더니 선생님이 얼굴을 내밀며 말했다.

"잘들 하는군요! 벌써 돌아왔어야 할 시간인데, 아직까지 문 앞에서 싸움이나 하고 있으니 말예요! 뤼퓌스, 넌 벌써 경고를 받았지. 뤼퓌스 대신 맥상이 갔다와요. 뤼퓌스는 세탁장 안으로 들어가고!"

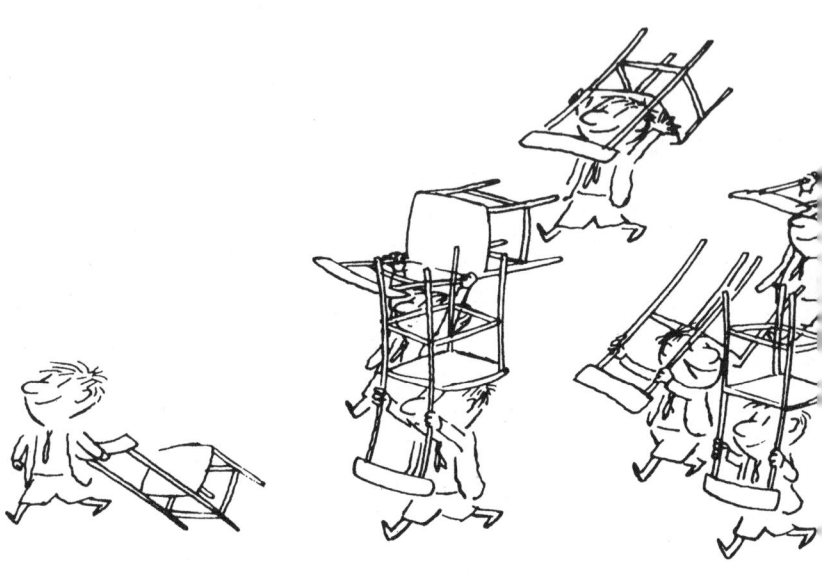

뤼퓌스가 불공평하다고 항의했지만, 선생님은 버릇없는 학생이
라고 야단치며 다시 한 번 경고를 주었다. 계속 그러면 더 심한 벌
을 주겠다고 했다. 그러는 동안 조프루아가 이상한 표정을 지으며
장난을 치는 바람에 조프루아 대신 조아생이 가게 되었다.

"아! 이제야 오는군!"

식당에서 우리를 기다리고 있던 학생주임 부이옹 선생님이 이렇
게 말하며 의자를 내주었다. 우리는 여러 번을 갔다와야 했다. 그
러다가 외드가 복도에서 장난을 쳐서, 대신 클로테르가 가게 되었

고, 나도 알세스트와 교대해야 했다. 그런데 나중에는 다시 내가
조아생을 대신하게 되었다. 외드는 담임 선생님이 한눈파는 틈을
타서 자기 멋대로 한 번 더 갔다왔다.

이윽고 선생님이 의자는 이제 충분하다며, 그만하고 제발 조용
히 좀 하라고 했다. 부이옹 선생님이 한꺼번에 의자 세 개를 들고
왔다. 부이옹 선생님은 정말 힘이 센 것 같다. 부이옹 선생님은 의
자를 내려놓고 나서 우리 선생님에게 이만큼이면 되겠냐고 물었
다. 담임 선생님은 의자가 너무 많아서 움직일 공간도 없다며, 몇

개는 다시 갖다놓아야겠다고 했다. 그 말을 듣고, 모두 손을 들고 "저요, 선생님! 저요!" 하고 소리쳤다. 시끄러워지자 담임 선생님은 들고 있던 자로 보일러를 탕탕 쳤다. 결국 의자는 부이옹 선생님이 가져가기로 했다. 부이옹 선생님은 두 번이나 왔다갔다했다.

"자, 이제 의자 줄을 맞추세요."

담임 선생님이 말했다.

우리들은 줄을 맞추기 시작했다. 하지만 다 하고 보니 하기 전보

다 더 엉망이 되어 있었다. 담임 선생님은 무척 화가 났는지, 우리보고 정말 못 말리는 녀석들이라면서 직접 의자를 정돈하기 시작했다. 선생님은 세면대를 정면으로 해서 의자들을 나란히 정돈한후, 우리한테 자리에 앉으라고 했다. 그런데 조아생과 클로테르가서로 뒤쪽 구석 자리에 앉겠다며 싸우기 시작했다.

"또 무슨 일이죠? 지금 선생님이 화가 많이 나는데도 참고 있다는 걸 모르겠어요?"

선생님이 말했다.

"여기가 제 자리예요. 교실에서도 제가 조프루아 뒤에 앉잖아요."

클로테르가 설명했다.

"그렇긴 하지만 조프루아 옆은 알세스트가 아니잖아요. 그러니까 조프루아가 자리를 바꿔야 해요. 그러면 클로테르는 알세스트 뒷자리가 되는 거구요! 그러니까 문 쪽 자리는 제 거예요."

조아생이 말했다.

"그래. 그럼 바꾸지 뭐. 하지만 그러려면 먼저 니콜라가 비켜야 해. 그래야 뤼퓌스가……."

조프루아가 자리에서 일어나며 말했다.

"그만들 해요! 클로테르, 너는 구석에 가서 서 있어!"

담임 선생님이 말했다.

"어느 구석이요, 선생님?"

클로테르가 물었다.

사실 클로테르가 그렇게 질문할 만도 했다. 클로테르는 언제나 칠판 왼쪽 구석에 가서 벌을 섰는데, 세탁장 안은 구조가 달랐기 때문에, 어디로 가야 할지 잘 몰랐던 거다.

하지만 담임 선생님은 짜증이 났는지 클로테르에게 바보같이 굴지 말라며 빵점을 주겠다고 했다. 클로테르는 장난칠 때가 아니라는 걸 깨닫고 세면대 반대쪽 구석으로 가서 섰다. 하지만 자리가 너무 비좁아, 클로테르가 벌을 서려면 우리가 더 꼭꼭 붙어 앉아야 했다.

클로테르가 벌서러 가버리자, 조아생은 신이 나서 구석 자리로 가서 앉았다. 하지만 선생님이 조아생에게 "안 돼, 이 꾀바른 녀석! 그렇게 간단할 줄 알아? 선생님이 잘 감시할 수 있게 여기 앞자리로 나와요" 하고 말했다. 조아생이 앞자리에 앉으려면 외드가 자리를 비켜줘야 했다. 그리고 우리는 그 애들이 움직일 수 있게 모두 자리에서 일어서야 했다. 그러느라고 다시 시끄러워지자 선생님이 보일러를 자로 탕탕 치면서 또 소리를 쳤다.

"조용히! 앉아요! 앉으라니까! 내 말 안 들려요? 앉아!"

그때 갑자기 세탁장 문이 활짝 열리더니 교장 선생님이 들어왔다.

"일어서!"

담임 선생님이 말했다.

"앉아!"

교장 선생님이 말했다.

"이렇게 난리를 피우다니 정말 훌륭합니다! 여러분 떠드는 소리 때문에 학교가 몽땅 떠내려가겠어요! 복도에서 뛰어다니는 소리 하며, 고함 소리하며, 보일러 두드리는 소리까지. 대단해요! 아마 여러분 부모님도 무척 자랑스러워하시겠지요. 계속 이렇게 야만인 처럼 행동한다면 틀림없이 감옥에서 일생을 마쳐야 할 테니까요. 누구나 다 알 수 있는 일이지요."

"교장 선생님, 아이들이 좀 들떠 있어서 그럴 뿐이에요. 원래 여기는 교실로 만들어진 곳이 아니잖아요. 약간 소란스럽긴 하지만 곧 얌전해질 겁니다."

담임 선생님이 말했다. 우리 담임 선생님은 정말 미음이 곱다. 늘 우리를 감싸주니 말이다.

교장 선생님이 미소를 지으며 말했다.

"그야 물론이죠, 선생님. 그렇고말고요! 다 이해합니다. 어쨌든 학생들이나 좀 진정시켜주세요. 수리공들이 내일 아이들 등교하기 전까지 수리를 다 끝내놓겠다고 약속했답니다. 그렇게 말해주면 아이들도 얌전해지겠지요."

교장 선생님이 나가자 우리는 모든 게 다 잘 해결됐다는 생각에 기분이 좋아졌다. 담임 선생님이 내일은 목요일이라고 말하기 전 까지만 말이다.

손전등

철자법 시험에서 7등을 했다. 아빠가 돈을 주면서 뭐든 사고 싶은 걸 사라고 했다.

방과 후, 나는 내 뒤를 졸졸 따라오는 친구들과 함께 학교 앞 가게에 가서 손전등을 샀다. 내가 사고 싶었던 게 바로 그거였으니까 말이다. 학교 오가는 길에 눈여겨봐둔 거였는데, 그걸 갖게 되니 정말 기분이 좋았다.

"손전등은 뭐 하려고 사니?"

알세스트가 물었다.

"탐정놀이 할 때 쓰려고. 탐정들은 언제나 손전등을 갖고 도둑을 잡거든."

내가 대답했다. 그러자 알세스트가 다시 말했다.

"그건 그렇지. 하지만 나라면 아빠가 뭐 사라고 돈을 주면, 빵집에 가서 크림파이를 사먹을 거야. 손전등은 나중에 못 쓰게 되지만 크림파이는 아주 맛있거든."

그러자 아이들이 모두 웃었다. 알세스트가 바보 같은 소리를 한다면서 말이다. 아이들은 크림파이보다야 손전등이 훨씬 낫다고 했다.

"너 그 손전등 우리한테도 빌려줄 거지?"

뤼퓌스가 내게 물었다.

"안 돼. 갖고 싶으면 너희들도 철자법 시험에서 7등 하면 되잖아!"

내가 말했다.

우리는 화가 난 채 헤어졌다. 앞으로 그 녀석들하고는 말도 안할 거다.

집에 와서 손전등을 보여주었더니 엄마가 말했다.

"어라? 그런 걸 뭐 하러 샀니? 하긴 손전등이라면 시끄럽진 않겠구나. 방에 들어가 숙제부터 하렴."

나는 내 방으로 올라가, 온 방 안을 깜깜하게 만들기 위해 창문을 꼭꼭 닫았다. 그런 다음 벽, 천장, 가구에 불빛을 비추며 놀았다. 침대 밑을 살펴보았더니 한쪽 구석에 옛날에 잃어버린 구슬이 있었다. 이런 멋진 손전등이 없었다면 잃어버린 구슬 같은 건 절대로 발견 못 했을 거다.

구슬을 꺼내려고 침대 밑에 들어가 있는데, 갑자기 방문이 열리고 불이 켜지더니 엄마 목소리가 들렸다.

"니콜라! 너 어디 있니?"

내가 구슬을 들고 침대 밑에서 기어나오자, 엄마는 정신 나갔냐면서 이렇게 깜깜하게 해놓고 침대 밑에 들어가 뭘 했냐고 물었다. 손전등 갖고 놀고 있는 거라고 대답했더니 엄마는, 어째서 항상 장난칠 생각만 하는지 알 수가 없다며 잔소리를 하기 시작했다.

"정말 너 때문에 속상해서 못 살겠다. 네 꼴이 지금 어떤지 알아? 당장 숙제부터 하지 못해! 놀려면 숙제 다 한 다음에 놀아! 도대체 네 아빠 어디서 그런 이상한 생각을 해냈는지 알다가도 모르겠다."

엄마가 나가자 난 불을 끄고 다시 손전등을 켰다. 그리고 그 불 밑에서 숙제를 했다. 손전등 불빛에 숙제를 하니까 참 재미있었다. 수학 숙제였는데도 말이다! 조금 있으니, 엄마가 또 방에 들어와 불을 켰다. 엄마는 기분이 아주 나쁜 것 같았다.

"숙제부터 하고 놀라고 했지?"

엄마가 말했다.

"지금 숙제 하잖아요."

내가 설명했다.

"이렇게 깜깜한 데서 그렇게 희미한 불빛으로 말이냐? 니콜라, 너 눈 나빠지려고 작정했어, 응?"

엄마가 소리를 질렀다.

나는 이 손전등이 그냥 보기엔 희미한 것 같아도 굉장히 강력한 빛을 낸다고 설명했다. 하지만 엄마는 내 말은 들은 체도 안 하고 손전등을 빼앗으며 숙제를 다 한 뒤에 돌려주겠다고 했다. 울어버릴까 생각했지만, 엄마한텐 그래 봤자 별 소용이 없기 때문에, 꾹 참고 숙제부터 해치우기로 했다. 다행히 선생님이 내준 숙제는 별로 어렵지 않아서 금방 풀 수 있었다. 계산해보니까 암탉이 하루에 낳는 달걀은 33.33개였다.

나는 숙제를 끝내자마자 곧장 부엌으로 달려가 엄마에게 손전등을 돌려달라고 했다.

"좋아. 하지만 말썽 부리면 안 돼!"

엄마가 말했다.

이윽고 아빠가 집에 왔다. 나는 아빠에게 뽀뽀를 하고 나서 내가 사온 멋진 손전등을 보여주었다. 아빠는 별 엉뚱한 생각을 다 해냈다고 하고는, 어쨌든 그런 물건이라면 시끄럽지 않겠다고 했다. 그러고는 신문을 들고 거실로 나가 앉았다.

나는 아빠를 따라가서 물어보았다.

"아빠, 불 꺼도 돼요?"

"불을 끄다니? 그게 무슨 말이냐, 니콜라?"

아빠가 되물었다.

"손전등 갖고 놀려구요."

내가 설명했다.

"말도 안 되는 소릴 하는군. 생각해봐라. 불을 끄면 아빠가 신문을 못 읽잖아."

"바로 그거예요. 대신 내가 손전등으로 비춰줄게요. 멋지잖아요!"

"안 된다니까, 니콜라! 알아들었어? 안 돼. 절대 안 된다구! 제발 시끄럽게 좀 하지 마. 아빤 지금 무척 피곤하단 말이야."

아빠가 소리쳤다.

난 울면서 어떻게 이럴 수가 있냐고 했다. 손전등을 못 갖고 놀 줄 알았다면 철자법 시험에서 7등을 하지도 않았을 거고, 닭하고 달걀이 나오는 숙제도 풀지 않았을 거라고 말이다.

"당신 아들 왜 이 야단이에요?"

엄마가 부엌에서 나오며 물었다.

"얘가 아무것도 아닌 것 갖고 떼를 쓰는군. 글쎄 나더러 깜깜하게 해놓고 신문을 읽으라는 거야. 당신 말마따나 '당신 아들'이 말야."

아빠가 대답했다.

"그게 누구 잘못인데요? 손전등 사라고 돈 준 사람이 누군데 그래요?"

엄마가 말했다.

"난 아무것도 사라고 한 적 없어! 저 녀석이 아무 생각 없이 돈을 낭비한 거지. 아무렴 내가 저따위 한심한 손전등이나 사라고 했겠어? 저렇게 낭비하는 버릇은 대체 누굴 닮은 건지 나야말로 정말 궁금하다구."

아빠가 소리를 질렀다.

"이건 한심한 손전등이 아니에요!"

내가 소리쳤다.

"뭐라구요? 아, 당신이 뭘 말하려고 하는지 이제야 알겠어요. 하지만 분명히 알아두세요. 우리 삼촌이 망한 건 낭비해서가 아니라 경제난 때문이었어요. 당신 동생 으젠처럼 그런 게 아니……."

엄마가 말했다. 그러자 갑자기 아빠가 나를 보며 말했다.

"니콜라, 네 방에 가서 놀아라! 어서! 아빠 엄마랑 얘기 좀 해야겠다!"

나는 내 방으로 올라가 거울 앞에서 놀았다. 손전등을 얼굴에 비추니까 꼭 귀신 같았다. 그런 다음 손전등을 입안에 넣어보았더니 볼이 빨갛게 변했다. 또 주머니에 넣어보았더니, 불빛이 바지를 뚫고 나왔다. 나는 도둑들이 지나간 흔적이 없나 한번 찾아보기로 했다. 그러고 있는데, 엄마가 저녁 먹으라고 부르러 왔다.

그날 저녁 식탁에서는 아무도 웃지 않았다. 그래서 불 끄고 밥 먹어보자는 말을 꺼낼 수가 없었다. 정전이 되길 바라는 수밖에 없었다. 가끔 정전이 될 때가 있으니까 말이다. 그렇게만 되면 엄마 아빠도 내 손전등이 있어서 다행이라고 할 거다. 아빠가 지하실로 내려가 퓨즈를 살펴볼 때 따라가서 불을 비춰줄 수도 있고 말이다. 하지만 아쉽게도 아무 일도 일어나지 않았다. 그나마 다행히 사과파이가 후식으로 나왔다.

나는 침대에 누워서도 손전등으로 책을 보았다. 하지만 엄마에게 들켜버렸다.

"니콜라, 정말 못 말리겠구나! 그 불 끄고 빨리 자! 아니지, 그 손전등 이리 내놔라. 내일 아침에 돌려줄 테니까."

"싫어! 싫어!"

나는 큰 소리로 외쳐댔다.

"그냥 나둬! 조용히 좀 살자구! 도대체 집구석이라고……."

밖에서 아빠가 소리쳤다.

그러자 엄마는 한숨을 크게 내쉬고는, 내 방에서 나갔다. 나는 이불을 뒤집어쓰고 그 속에서 손전등을 켰다. 얼마나 멋졌는지 여러분은 상상도 못 할 거다. 그러다가 그만 깜빡 잠이 들어버렸다.

아침에 엄마가 깨워서 일어나보니 손전등은 불이 꺼진 채 침대 한복판에 놓여 있었다. 다시 켜보려고 했지만 안 켜졌다.

"당연하지. 건전지가 다 된 거야. 망가져버린 거라구. 안됐지만 어쩔 수 없지. 가서 세수나 해라!"

엄마가 말했다.

아침을 먹을 땐 아빠도 이렇게 말했다.

"니콜라, 울음 뚝 그치지 못하겠니? 이번 일에서 뭔가 교훈을 얻었겠지. 이게 다 아빠가 준 돈 갖고 쓸데없이 낭비한 결과야. 넌 좀 더 똑똑해져야겠다."

그날 저녁 엄마 아빠는 내가 똑똑하게 행동했다는 걸 알고 무지 좋아했다. 망가진 손전등을 학교에 들고 가서 뤼퓌스의 멋진 호루라기와 바꿔왔기 때문이다. 굉장히 잘 불어지는 호루라기였다.

룰렛 놀이

조프루아 아빠는 엄청 부자여서, 조프루아가 갖고 싶다는 건 뭐든지 다 사준다. 그래서 조프루아는 늘 학교에 굉장한 물건들을 가져온다. 오늘은 가방 안에 룰렛을 감춰가지고 와서 쉬는 시간에 우리에게 보여주었다. 룰렛이란 예쁜 번호들이 색색으로 적혀 있는 작은 원반인데, 그 위를 하얀 구슬 하나가 굴러다닌다.

"먼저 이 원반을 돌리는 거야. 원반이 돌아가다가 멈추면, 구슬은 여기 있는 번호들 중 한 곳에 멈추게 되지. 구슬이 멈출 거라고 예상되는 곳에 내기를 걸면 되는 거야. 알겠어? 번호를 맞추는 사람이 이기는 거지."

조프루아가 우리에게 설명해주었다.

"그건 너무 쉽잖아. 분명히 속임수가 있겠지."

뤼퓌스가 말했다.

"나도 서부영화에서 룰렛 놀이 하는 거 봤어. 속임수를 써서 이기는 거였어. 남자 주인공이 권총을 꺼내 사기꾼들을 모조리 쏘아 버렸지. 그리고 나서는 창문으로 뛰어내려 말을 타고 어디론가 떠났어. 따가닥! 따가닥! 따가닥! 하면서 말이야."

맥상도 끼어들었다.

"그것 봐! 속임수가 있다고 했지?"

뤼퓌스가 말했다.

"이 바보야! 영화에 나온 룰렛 놀이가 속임수였다고 내 룰렛도 속임수라는 거야?"

조프루아가 화가 나서 말했다.

"지금 누구보고 바보라는 거야?"

뤼퓌스와 맥상이 동시에 말했다.

"나도 텔레비전에서 룰렛 놀이 하는 걸 봤어. 큰 탁자 위에 번호가 씌어진 모포가 있었어. 사람들이 번호에다 돈을 걸었는데, 돈을 잃게 되면 막 화를 내더라."

클로테르가 말했다.

"맞아. 내 룰렛 상자 안에도 번호가 새겨진 초록색 모포랑 동전처럼 생긴 것들이 잔뜩 들어 있었어. 하지만 엄마가 전부 다 가져가면 안 된다고 했어. 그래도 괜찮아. 이것만 갖고도 충분히 놀 수 있으니까."

조프루아가 말했다.

그러고는 번호를 선택해서 내기만 걸면 되며, 룰렛을 돌려서 나온 번호를 선택한 사람이 이기는 거라고 설명했다.

"그런데 뭘로 내기를 걸지? 놀이할 때 쓰는 가짜 동전이 없잖아."

내가 물었다.

"진짜 돈으로 하면 되지. 이긴 사람이 친구들이 건 돈을 몽땅 갖는 거야."

조프루아가 대답했다.

"내 돈은 방과 후에 초콜릿빵 사먹을 때 써야 돼."

알세스트가 말했다. 벌써 빵을 두 개나 먹었으면서 말이다.

"물론 그래야겠지. 하지만 네가 돈을 몽땅 따면 초콜릿빵을 굉장히 많이 살 수 있을걸?"

조아셍이 말했다.

"뭐라구? 이 뚱보가 번호를 잘 선택하면, 내 돈을 다 따서 초콜릿빵을 많이 살 수 있게 된다구? 절대로 안 돼! 그런 건 놀이라고 할 수도 없어!"

외드가 화를 내며 말했다.

자기를 뚱보라고 부르는 걸 싫어하는 알세스트는 엄청 화가 나서, 자기가 외드 돈을 전부 따서, 외드 앞에서 초콜릿빵을 먹으며 한 입도 주지 않고 마구 놀려주겠다고 했다. 농담이 아니라면서 말이다.

"아, 놀고 싶지 않은 놈들은 빠져! 이렇게 말싸움만 하면서 쉬는 시간을 다 보낼 수는 없으니까. 할 사람들만 번호를 선택하라구!"

조프루아가 말했다.

모두들 룰렛 주위에 쪼그리고 앉아 땅바닥에 동전을 놓고 각자 번호를 정했다. 나는 12번에 놓고, 알세스트는 6, 클로테르는 0, 조아생은 20, 맥상은 5, 외드는 25, 조프루아는 36번에 놓았다. 뤼퓌스는 룰렛 놀이를 하면 속임수로 돈을 잃을 게 뻔하니 아무 번호도 선택하지 않겠다고 했다.

"어휴! 쟤 정말 열받게 하네. 야, 내가 말했잖아. 속임수 같은 건 없다고!"

조프루아가 소리를 질렀다.

"그걸 어떻게 믿어?"

뤼퓌스가 물었다.

"얘들아, 말싸움은 그만하고 빨리 시작하기나 해!"

알세스트가 소리쳤다. 조프루아가 룰렛을 돌렸다. 구슬은 24번에 가서 멈추었다.

"어, 24번이네?"

알세스트가 얼굴이 빨갛게 되어 외쳤다.

"그거 봐! 속임수가 있다고 했잖아. 아무도 못 이긴다니까!"

뤼퓌스가 말했다.

"이렇게 되면 내가 이긴 거야! 난 25번이니까. 25번이 24번에서 가장 가까운 숫자잖아."

외드가 말했다.

"야! 그건 어느 나라 규칙이냐? 25번에 걸었는데 25번이 안 나왔으면 잃은 거라구! 알아들었냐?"

조프루아가 놀리듯 말했다.

"조프루아 말이 맞아. 아무도 못 이겼으니까 다시 해야 돼."

알세스트가 맞장구를 쳤다.

"잠깐! 이긴 사람이 아무도 없을 땐 룰렛 주인이 판돈을 모두 갖는 거야. 그게 규칙이라구."

조프루아가 얼른 말했다.

"하긴 텔레비전에서도 그렇게 하더라."

클로테르도 말했다.

"넌 참견하지 마! 이건 텔레비전에 나오는 게 아니잖아. 만일 그런 규칙이라면 난 그만둘 거야. 알겠어?"

알세스트가 소리쳤다.

"그럴 수는 없어. 넌 확실히 잃은 거라구."

조프루아가 말했다.

"왜냐하면 내가 이겼으니까!"

외드가 재빨리 끼어들어 말했다.

우리는 또 한바탕 말싸움을 벌이기 시작했다. 운동장 저쪽에서 학생주임 부이옹 선생님과 무샤비에르 선생님이 우리를 유심히 쳐다보고 있는 게 보였다. 우리는 말싸움을 그쳤다.

"자, 첫 번째는 연습이라고 하고, 지금부터 진짜로 시작하자."

조프루아가 말했다.

"좋아. 그럼 난 24번에 걸겠어."

뤼퓌스가 말했다.

"아깐 내 룰렛은 속임수니까 안 한다고 했잖아?"

조프루아가 뤼퓌스를 가로막으며 말했다.

"맞아. 그러니까 24번에 걸겠다는 거야. 24번에만 구슬이 멈추도록 조작된 게 틀림없어. 아까 돌릴 때 다 봤다구!"

뤼퓌스가 대답했다.

조프루아는 기가 막히다는 듯 뤼퓌스를 쳐다보더니, 손가락 하나를 머리 옆에 대고 빙빙 돌렸다. 제정신이 아니라는 뜻이었다. 그리고 다른 손으로는 룰렛을 돌렸다. 구슬이 또 24번에 멈췄다. 조프루아는 손가락을 돌리다 말고 눈을 동그랗게 떴다. 뤼퓌스가 웃으면서 판돈을 긁어모으려 했다. 그러자 외드가 뤼퓌스를 떠밀며 말했다.

"안 돼! 네가 이긴 게 아냐. 넌 속임수를 썼잖아."

"뭐? 내가 속임수를 썼다고? 너야말로 져놓고 웬 딴 소리야! 잘 들어. 난 24번에 걸었고, 구슬도 24번에 멈췄어. 그러니까 이긴 거야. 맞지?"

뤼퓌스가 대들었다.

"이건 조작된 룰렛이야. 네가 아까 그렇게 말했잖아. 같은 번호가 두 번 나올 수는 없는 거라구."

조프루아가 소리쳤다.

그다음엔 끔찍했다. 모두들 한데 엉겨붙어 한바탕 싸움이 벌어졌다. 우리를 지켜보고 있던 부이옹 선생님과 무샤비에르 선생님이 급히 달려왔다.

"그만들 하고 조용히 해! 내 이럴 줄 알고 아까부터 무샤비에르 선생님과 함께 너희들을 감시하고 있었다. 자, 내 눈을 잘 봐. 무슨 음모를 꾸미고 있었지? 응?"

부이옹 선생님이 큰 소리로 물었다.

뤼퓌스가 설명했다.

"쿨렛 놀이를 하고 있있는데요, 애네들이 진부 짜고 날 속었어요. 내가 분명히 이겼는데……."

"아니야! 네가 이긴 게 아니라구. 그리고 내 돈은 아무도 못 따!

알아들었어?"

뤼퓌스가 말을 끝내기도 전에 알세스트가 소리쳤다.

"룰렛이라고? 아니 그럼, 학교 운동장에서 룰렛 게임을 하고 있었다는 거냐? 그럼 저기 저 땅바닥에 있는 건…… 아니, 돈이잖아! 이것 좀 보시오, 무샤비에르 선생. 이 못된 녀석들이 노름을 하고 있었답니다! 너희 부모님들이 도박을 하면 패가망신해서 감옥에 가게 된다는 걸 말해주지 않았단 말이냐? 노름만큼 사람을 타락시키는 게 없다는 걸 모르는 거야? 이 얼빠진 녀석들아, 노름이란 건 한 번 빠지면 평생을 망치는 거야! 무샤비에르 선생, 쉬는 시간이 끝났으니 가서 종을 치세요. 난 이 룰렛과 돈을 압수하겠어요. 너희들 전부 다 경고 하나씩이야, 알겠어?"

부이옹 선생님이 소리쳤다.

수업이 끝난 후, 우리는 부이옹 선생님한테 갔다. 선생님한테 뭔가 압수를 당하면 항상 이렇게 방과 후에 선생님을 찾아간다.

부이옹 선생님은 뭔가 기분 나쁜 일이 있는 듯한 표정으로 우리를 바라보더니, 조프루아에게 룰렛을 돌려주며 이렇게 말했다.

"난 이런 장난감을 사주신 너희 부모님 생각엔 찬성할 수가 없구나. 다시는 이런 불길한 장난감을 학교에 가져오면 안 된다!"

옆에 있던 무샤비에르 선생님이 웃으면서 우리에게 동전을 돌려주었다.

메메의 방문

메메가 우리 집에 며칠 묵으러 올 거라는 소식이 왔다. 나는 엄청 기분이 좋았다. 메메는 우리 엄마의 엄마인데, 항상 나한테 멋진 선물들을 사준다.

아빠가 일찍 퇴근해서 역으로 메메를 마중 나가기로 했다. 그런데 메메 혼자 택시를 타고 집에 도착했다.

엄마가 메메를 보더니 외쳤다.

"어머나, 엄마! 이렇게 빨리 오실 줄 몰랐어요!"

"그렇게 됐구나. 원래 4시 13분 기차를 타기로 했는데, 그냥 3시 47분 걸로 앞당겨 타고 왔지. 너희들에게 전화하느라 돈 낭비할 필요도 없을 것 같고 해서…… 오, 니콜라! 그새 많이 컸구나. 이젠 제법 사내 티가 나네? 이리 와서 메메한테 뽀뽀해줘야지? 그래 그

759

래. 이 메메가 니콜라를 깜짝 놀라게 해주려고 선물을 많이 사왔
는데, 그걸 넣은 가방을 화물 보관소에 맡겨두었단다…… 그건
그렇고, 네 남편은 어디 있니?"

메메가 말했다.

"엄마 마중하러 역에 나갔는데…… 헛수고만 했네. 불쌍해라!"

메메는 그 말을 듣고는 막 웃었다.

조금 있으니 아빠가 돌아왔다. 메메는 아빠를 보자 또 웃었다.
아빠는 내 선물이 든 가방은 안 가져온 것 같았다.

"그럼 내 선물은요? 메메, 아빠한테 찾아오라고 말해주세요!"

내가 말했다.

"니콜라! 조용히 좀 못 하겠니? 창피하지도 않아?"

엄마가 나를 야단쳤다.

"아니다. 니콜라 말이 맞다. 아이구, 귀여운 녀석, 똑똑하기도 하지…… 이보게 사위, 역에 도착해보니 날 마중 나온 사람이 없어서, 선물이 든 가방을 그냥 화물 보관소에 맡겨버렸다네. 나 혼자 들고 오기엔 너무 무거워서 말이야. 자네가 찾아다줄 거라고 생각했는데……."

메메가 말했다.

아빠는 메메를 가만히 바라보더니 아무 말 없이 다시 밖으로 나갔다. 얼마 후 다시 돌아온 아빠를 보니 조금 피곤해 보였다. 메메의 가방이 굉장히 크고 무거워서 들고 오느라 무척 고생한 것 같았다.

"도대체 이 가방 속에 뭐가 들어 있는 거죠? 절구통이라도 들어 있나요?"

아빠가 메메에게 물었다.

하지만 아빠의 상상은 빗나갔다. 메메가 갖고 온 건 절구통이 아니라 나한테 줄 블록세트, 주사위 놀이세트(이미 두 개나 가지고 있는데 또 받게 되었다.), 빨간 공 한 개하고 미니카 한 대, 소방차 하나, 그리고 돌리면 음악 소리가 나는 팽이였으니 말이다.

"엄마도 참! 이러니까 저 녀석이 응석받이가 되죠."

엄마가 말했다.

"응석받이라구? 우리 니콜라가 말이냐? 이렇게 귀여운 녀석이? 이렇게 천사 같은 애가? 그럴 리가 없어요! 어이구, 우리 귀염둥이, 이리 와서 할머니한테 뽀뽀해야지?"

메메가 또 뽀뽀해달라고 했다.

내가 뽀뽀를 해주자, 메메는 슬슬 짐을 풀어야겠다며 어디서 자면 되냐고 물었다.

"니콜라 침대는 너무 작고, 거실에 소파가 있긴 하지만…… 저희 방에서 함께 주무시면 어때요?"

엄마가 말했다.

"아니다, 얘야. 소파도 괜찮아. 이젠 신경통도 거의 다 나았으니까……"

"그건 안 돼요. 어머니를 소파에서 주무시게 할 수는 없잖아요. 안 그래요, 여보?"

엄마가 아빠에게 물었다.

"그럼, 물론이지."

아빠가 엄마 눈치를 살피며 대답했다. 메메의 짐을 침실로 옮기고 나서, 메메가 소지품을 정리하는 동안 아빠는 다시 거실로 내려와 신문을 들고 안락의자에 앉았다.

그동안 나는 메메가 가져온 팽이를 돌리며 놀았다. 별로 재미는 없었다. 아기들이 갖고 노는 팽이였기 때문이다.

"좀 저쪽으로 가서 놀 수 없니?"

아빠가 내게 말했다.

그때, 메메가 내려와 의자에 앉았다. 메메는 나에게 팽이가 마음에 드냐면서, 잘 돌릴 수 있냐고 물었다. 나는 메메에게 팽이 돌리는 걸 보여줬다. 메메는 깜짝 놀라며 무척 대견해했다. 그러고는 또 뽀뽀를 해달라고 했다.

뽀뽀······

그런 다음 메메는 아빠에게 신문 좀 보여달라고 했다. 기차 타기 전에 신문 살 시간이 없어서 아직 신문을 못 봤다면서 말이다. 아빠는 메메에게 신문을 주려고 일어났고, 신문을 받아든 할머니는 아빠가 앉았던 안락의자에 가서 앉았다. 그쪽이 제일 밝은 자리였기 때문이다.

"식사하세요!"

부엌에서 엄마가 외쳤다.

식탁으로 가보니 정말 엄청났다! 엄마는 마요네즈를 듬뿍 친(난 마요네즈를 무지 좋아한다.) 커다란 생선요리를 만들었고, 완두콩을 곁들인 오리고기와 치즈, 그리고 크림케이크에 과일까지 잔뜩 준비되어 있었다.

메메 덕분에 두 번씩 먹을 수 있었다. 메메는 후식으로 나온 메메 몫의 케이크도 내게 주었다.

"그렇게 많이 먹으면 배탈난다."

아빠가 말했다.

"아, 한 번 그런다고 배탈까지 날까."

메메가 말했다.

저녁 식사를 마친 후, 메메는 기차를 오래 타서 무척 피곤하다며 일찍 쉬고 싶다고 말하고는 모두에게 뽀뽀를 했다.

아빠도 두 번씩이나 역에 갔다와서 무척 피곤한 데다 할머니 마중 때문에 일찍 퇴근했으니까, 내일은 평소보다 일찍 출근해야 한다고 해서 모두들 일찍 잠자리에 들었다.

그런데 그날 밤 나는 정말 배탈이 나고 말았다. 맨 처음 내 방으로 달려온 사람은 아빠였다. 거실 소파에서 자고 있었기 때문에 제일 먼저 내 비명 소리를 들었던 거다. 메메도 매우 걱정하면서 내가 심상치 않은 것 같다고, 의사 선생님에게 보여야 한다고 말했다. 그런 이야기를 들으며 나는 다시 잠이 들었다.

아침에 엄마가 나를 깨우러 왔을 때, 아빠가 급히 뒤따라 들어오며 말했다.

"여보, 당신 어머니에게 빨리 나와달라고 부탁 좀 하구려. 목욕탕에 들어가신 지 벌써 한 시간이 넘었다구! 도대체 그 안에서 뭘 하시는 거지?"

"뭘 하시다뇨. 목욕중이시죠. 어머니도 목욕탕을 사용할 권리가 있잖아요. 안 그래요?"

엄마가 말했다.

"난 시간이 없잖아! 장모님은 아무 데도 안 가시지만, 난 출근을 해야 한단 말이야! 이러다 지각하겠어!"

아빠가 소리를 질렀다.

"좀 조용히 하세요. 어머니가 다 듣겠어요."

엄마가 말했다.

"듣든지 말든지! 어젯밤 소파에서 웅크리고 자느라고 얼마나 고생한 줄 알아?"

아빠가 계속 소리쳤다.

"애 앞에서 그런 식으로 말하지 말아요! 그랬었군요. 우리 엄마가 도착했을 때부터 죽 지켜보고 있었어요. 당신이 못마땅한 표정하는 거 밀예요! 그렇죠, 당신은 우리 친정 식구들한텐 언제나 그래요. 만약 당신 동생 으젠이었다면……."

엄마가 새빨개진 얼굴로 말했다. 굉장히 화가 난 것 같았다.

"알았어! 알았으니까 으젠 이야기는 그만둡시다. 당신 어머니한테 내 면도기랑 비누나 좀 찾아달라고 하구려. 주방에서 세수하게."

아빠가 아침 식사를 하러 왔을 때 메메와 나는 벌써 식탁에 앉아 있었다.

"서둘러라, 니콜라. 안 그러면 너도 학교에 늦을 거야."

아빠가 말했다.

"그게 무슨 소린가? 밤새 그 고생을 했는데 애를 학교에 보낸다구? 이 녀석 얼굴 좀 보게나. 아주 핼쑥해졌잖아. 아이구, 불쌍한 내 새끼. 힘들지 않니, 아가야?"

"네, 힘들어요."

나는 기운 없는 표정을 지으며 대답했다.

"그것 보게나. 좀 있다가 의사한테 보여야겠네."

메메가 말했다.

"아니에요. 그럴 필요 없어요. 니콜라는 학교에 갈 거예요."

엄마가 식탁으로 커피를 가져오며 말했다.

나는 막 울면서 너무 힘들고 핼쑥해서 도저히 학교에 못 가겠다고 했다. 그러자 엄마가 야단을 쳤다. 메메가 옆에서, 엄마가 하는 일에 간섭하기는 싫지만 한 번쯤 결석한다고 해서 무슨 큰일이 생기는 것도 아니고, 손자 얼굴 보기도 힘든데, 하루 쉬게 하라고 했다. 엄마는 내키지 않는 얼굴이었지만, 그럼 오늘 하루만 그렇게

뽀 뽀……

하라고 허락했다. 메메가 또 내게 뽀뽀해달라고 했다.

"자, 그럼 난 가야겠소. 오늘 저녁엔 되도록 일찍 퇴근하도록 하리다."

아빠가 이렇게 말하고 일어났다.

"이보게, 나 때문에 너무 신경쓸 것 없네. 내가 있다고 해서 생활방식까지 바꿀 필요야 없지 않나."

메메가 아빠에게 말했다.

교통안전 수업

가끔 등굣길에 친구들을 만날 때가 있다. 그럴 때 우리는 장난을 치며 재미있게 논다. 가게 진열장을 쳐다보기도 하고, 다리를 걸어 넘어뜨리기도 하고, 친구 책가방을 쳐서 떨어뜨리기도 하면서 말이다. 한참 그러다 보면 시간이 많이 지나서 뛰어서 학교에 가야 한다. 오늘처럼 수업이 오후에 있을 때는 우리 집 가까이에 사는 알세스트, 외드, 뤼퓌스, 클로테르와 함께 학교에 간다. 오늘도 역시 서둘러야 했다. 지각하지 않으려면 말이다.

우리가 뛰어서 큰길을 건너고 있을 때(수업 시작종은 이미 울린 뒤였다.) 외드가 다리를 거는 바람에 뤼퓌스가 그만 넘어지고 말았다. 뤼퓌스가 외드에게 소리쳤다.

"야, 너! 남자라면 이리 와봐!"

하지만 외드와 뤼퓌스는 싸울 수가 없었다. 차에 치이지 않게 우리를 보호하려고 자동차를 세워두고 있던 경찰 아저씨가 화난 얼굴로 우리 모두를 길 한가운데로 불러모았던 거다.

"너희들 찻길 건너면서 뭐 하는 거냐! 도대체 학교에서 어떻게 배우길래 이 모양이지? 차도 위에서 그런 장난을 하면 위험하단 말이야!…… 아니, 너 뤼퓌스구나! 너까지 이런 짓을 하다니, 네 아빠에게 말해주어야겠다!"

뤼퓌스는 아빠가 경찰이어서 몇 번이나 이런 난처한 일을 당했었다. 경찰 아저씨들이 모두 뤼퓌스의 아빠를 잘 알고 있어서 말이다.

"안 돼요, 바둘 아저씨! 다신 안 그럴게요. 제 잘못이 아니에요. 외드가 제 다리를 걸어 넘어뜨렸단 말예요!"

뤼퓌스가 말했다.

"야, 이 치사한 고자질쟁이야!"

외드가 소리쳤다.

"웃기지 마, 너야말로 치사해!"

뤼퓌스도 소리쳤다.

"둘 다 그만하고 학교부터 가거라! 이러다가 지각하겠다. 이 일은 내가 나중에 처리할 테니까."

경찰 아저씨가 말했다.

그래서 우린 학교로 들어갔다. 경찰 아저씨가 멈춰서 있던 차들을 지나가게 했다.

맨 마지막 시간이 시작되었을 때 담임 선생님이 말했다.

"시간표대로라면 지금은 문법 시간이지만, 오늘은 문법 공부 대신 다른 걸 하겠어요……."

우리는 모두 크게 환호성을 질렀다. 우리 반 일등이고 담임 선생님의 귀염둥이인 아냥만 빼고 말이다. 우리가 시끄럽게 하자 담임 선생님이 자로 교탁을 탁탁 치면서 말했다.

"조용히들 해요! 문법 공부를 하지 않는 건 조금 전에 아주 중대한 사건이 일어났기 때문이에요. 우리의 안전을 돌보시는 경찰 아저씨가 교장 선생님께 드릴 말씀이 있다며 오셔서, 여러분들이 위험한 찻길 한복판에서 야만인들처럼 뛰어다니며 장난을 쳤다고 말씀하셨어요. 선생님도 여러분이 길 건널 때 경솔하게 행동하는 걸 여러 번 보았어요. 그래서 교장 선생님 말씀에 따라, 여러분에게 교통법규를 가르쳐주려고 하는 거예요. 조프루아! 선생님 말이 재미없더라도 좀 얌전히 듣고 있어. 주위 친구들까지 방해하지 말고…… 클로테르! 일어나봐요! 내가 방금 뭐라고 했지요?"

클로테르가 자리에서 일어나더니, 스스로 벌받는 자리로 가서 섰다. 담임 선생님이 한숨을 내쉬고 나서 우리에게 물었다.

"교통법규가 뭔지 말할 수 있는 사람 있나요?"

아냥, 맥상, 조아생, 그리고 나와 뤼퓌스가 손을 들었다.

"그럼 맥상이 한번 말해볼까?"

담임 선생님이 말했다.

"교통법규라는 건 운전학원에서 나눠주는 작은 책 이름이에요. 운전면허증을 따려면 그걸 달달 외워야 돼요. 우리 엄마도 그 책을 갖고 있는데, 아직 면허증은 못 땄어요. 시험관 아저씨가 그 책에 없는 것만 문제로 냈기 때문이래요. 그래서……."

맥상이 대답했다.

"그만, 됐어요, 맥상."

담임 선생님이 맥상의 말을 잘랐다.

"……그래서 우리 엄마는 운전학원을 다른 데로 바꿨어요. 거기선 틀림없이 운전면허를 따게 해주겠다고 그랬대요. 그리고……."

"됐다니까, 맥상! 어서 자리에 앉아요!"

선생님이 큰 소리로 말했다.

"모두 손 내려요. 아냥한테는 조금 후에 따로 질문을 하겠어요. 교통법규란 도로 사용자들의 안전을 위해 만든 규칙을 말하는 거예요. 자동차를 운전하는 사람은 물론 보행자들도 마찬가지예요. 훌륭한 운전자가 되기 위해선 우선 훌륭한 보행자가 되어야 해요. 선생님 생각엔 모두들 이다음에 컸을 때 운전을 잘하고 싶어할 것 같은데…… 그렇죠? 자, 그러면 길을 건널 땐 어떻게 해야 하는지 누가 한번 말해볼까요?…… 그래, 아냥이 말해봐요."

"쳇! 아냥은 혼자서 길을 건너본 적이 한 번도 없어요. 항상 엄마가 학교까지 바래다준단 말이에요. 그것도 손을 꼭 잡고서!"

맥상이 불평했다.

"아니야! 혼자서 온 적도 있어! 그리고 엄마 손은 안 잡아!"

아냥이 외쳤다.

아이들이 시끄럽게 떠들어대자 선생님이 빽! 소리를 질렀다.

"조용히들 해요! 이렇게 계속 떠들면 다시 문법 공부를 할 거예요! 나중에 여러분이 자동차 운전을 잘 못하게 돼도 어쩔 수 없어요. 맥상에게는 벌로 숙제를 내주겠어요. '앞으로 길을 건널 때는 지나가는 차가 없는지 잘 살피겠으며, 차도에서 함부로 덤벙거리며 뛰어다니지 않겠습니다.' 이 문장에 나온 동사들을 모두 변화시켜오세요!"

그러고 나서 선생님은 칠판에 십자 모양을 그렸다.

"자, 잘 봐요! 이건 사거리예요. 이 길을 건너가자면 여기, 여기, 여기, 여기 네 군데에 있는 횡단보도를 이용해야 해요. 교통경찰 아저씨가 있을 때에는 길을 건너가도 좋다고 손짓해줄 때까지 기다려야 해요. 또, 신호등이 있으면 그걸 잘 지켜보았다가 반드시 녹색 불이 켜졌을 때 건너가야 해요. 차도로 들어서기 전에는 반드시 좌우를 잘 살펴봐야 하고요. 특히 주의할 점은 절대로 뛰어서는 안 된다는 거예요. 그럼, 니콜라! 선생님이 방금 말한 내용을 다시 한번 말해봐요."

나는 선생님이 말한 내용을 반복했다. 신호등 얘기만 빼고는 거의 똑같이 말해서, 선생님이 잘했다고 칭찬해주었다. 20점 만점에 18점을 받았다.

아냥은 물론 20점을 받았고, 클로테르 말고는 모두 15점에서 18점을 받았다. 클로테르는 벌을 받고 있을 때에도 선생님 말씀을 잘 들어야 하는 선시는 몰랐냐고 했다.

그때, 교장 선생님이 들어오셨다.

"일어서!"

담임 선생님이 말했다.

"앉아! 어떻습니까, 선생님. 교통법규 공부는 잘 시키셨겠지요?"

교장 선생님이 물었다.

"예, 교장 선생님. 모두들 열심히 들었어요. 이젠 잘 이해했으리라고 확신합니다."

담임 선생님이 대답하자, 교장 선생님은 활짝 미소를 지으며 이렇게 말했다.

"좋아요. 그렇다면 안심입니다. 앞으로는 우리 학생들 때문에 교통경찰로부터 훈계받는 일이 두 번 다시 없었으면 좋겠군요. 이

번 특별 수업의 결과는 방과 후면 알게 되겠지요."

교장 선생님이 나가자 우리는 다시 자리에 앉았다. 마침 수업이 끝나는 마지막 종이 울렸다. 우리는 신이 나서 우르르 교실 밖으로 뛰어나갔다. 담임 선생님이 큰 소리로 말했다.

"그렇게 뛰지 말아요! 모두들 조용히 그리고 천천히 내려가도록 하세요. 선생님도 내려가서 여러분이 어떻게 길을 건너는지 지켜보겠어요. 오늘 배운 교통법규 공부를 얼마나 이해했는지 말이에요."

우리는 선생님과 함께 다 같이 교문 밖으로 나왔다. 교통경찰 아저씨는 우리를 보더니 빙그레 미소를 짓고는, 지나는 차들을 세우고 우리가 건너갈 수 있도록 신호를 해주었다.

"여러분! 뛰지 말고 천천히 건너가도록 해요! 선생님이 여기서 지켜보겠어요."

우리는 차례차례 줄을 지어 아주 얌전히 길을 건넜다.

길을 다 건넌 다음 뒤를 돌아보니, 건너편에서 담임 선생님과 경찰 아저씨가 웃으며 이야기하고 있는 모습이 보였다. 교장 선생님도 교장실 창문으로 우리를 바라보고 있었다.

"아주 잘했어요! 교통경찰 아저씨도 아주 잘했다고 칭찬해주셨어요! 그럼 내일 학교에서 만나요!"

담임 선생님이 건너편에서 외쳤다.

우리는 담임 선생님에게 작별 인사를 하려고 다시 우르르 큰길을 뛰어 건너갔다.

이야기하기 수업

종례 시간에 선생님이, 내일은 아주 특별한 수업을 하겠다고 했다. 집에서 적당한 물건, 이를테면 여행 기념품 같은 것을 하나씩 가져와서, 물건들을 하나하나 살펴보며 공부하는 거라고 했다. 각자 가져온 물건의 유래라든가 그 물건에 얽힌 추억을 친구들한테 들려주면서 말이다. 그러면 물건에 대한 공부를 하는 동시에 지리 공부나 작문 공부도 하게 되는 거라는 말도 했다.

"어떤 물건 말이에요, 선생님?"

클로테르가 질문했다.

"금방 설명했지요, 클로테르? 뭐든 이야깃거리가 될 만한 흥미로운 물건이면 돼요. 예를 들자면…… 벌써 몇 년 전 일이긴 하지만 한 학생은 자기 삼촌이 발굴한 거라며 공룡 뼈를 갖고 왔어요. 공룡이 뭔지 누구 말해볼 사람 있어요?"

선생님이 말했다.

아냥이 손을 들었다. 우리는 집에서 무얼 가져올 건지 이야기하느라 시끄럽게 떠들어대기 시작했다. 그러자 선생님이 자로 교탁을 탁탁 두드렸고, 그 소리 때문에 치사한 귀염둥이 아냥 녀석이 무슨 말을 했는지 전혀 알아들을 수가 없었다.

집에 돌아와서 나는, 뭔가 멋진 여행 기념품을 학교로 가져가야 한다고 아빠에게 말했다.

"거 참 좋은 생각이로구나. 그런 실제적인 수업을 한다니…… 하긴, 물건을 직접 보면서 배우면 오래 기억에 남는 법이지. 너희 담임 선생님은 정말 훌륭한 분이구나. 아주 현대적이야. 어디 보자…… 우리 니콜라는 뭘 갖고 가면 좋을까?"

아빠가 말했다.

"선생님 말씀이, 공룡 뼈가 제일 멋지대요."

내가 대답했다.

"공룡 뼈라고? 난데없이 웬 공룡 뼈? 그런 걸 대체 어디서 구해오라는 거야? 안 돼, 니콜라. 손쉽게 구할 수 있는 물건이 아니면 곤란하다구."

아빠가 눈이 휘둥그레져서 말했다.

"평범한 물건은 싫어요. 우리 반 애들이 전부 깜짝 놀랄 만한 물건을 가져가고 싶단 말이에요."

내가 말했다.

그러자 아빠는 친구들을 놀라게 할 만한 그런 물건은 없다고 했다. 나는 친구들을 놀라게 할 물건이 없다면 내일 학교에 안 가겠다고 했다.

"나 참, 떼쓰는 것도 정도껏 해야지. 니콜라, 너 오늘 저녁 후식은 몰수야. 너희 선생님은 정말 별 이상한 생각을 다 해내는구나."

아빠가 말했다.

나는 거실에 있는 안락의자를 걷어찼다. 그러자 아빠는 따귀 한 대 맞고 싶냐고 물었다. 나는 울기 시작했다. 내 울음소리를 듣고 엄마가 부엌에서 뛰어나왔다.

"또 무슨 일이에요? 하여튼 둘이 있으면 꼭 시끄러운 일이 생긴다니까. 니콜라, 뚝 그쳐! 도대체 무슨 일이야?"

엄마기 물었다.

"아 글쎄, 공룡 뼈는 안 된다고 했더니 당신 아들이 저렇게 떼를 쓰는군."

아빠가 나 대신 설명했다.

엄마는 아빠와 내 얼굴을 번갈아가며 쳐다보더니, 이 집에 사는 사람들은 모두 머리가 이상해지는 것 같다고 했다.

아빠가 다시 차근차근 설명을 했다. 엄마는 아빠 말을 다 듣고 나서 내게 말했다.

"뭐니, 니콜라. 그런 일이라면 떠들 필요가 전혀 없었는데 말야. 저기 장식장에 보면 우리가 여행 가서 가져온 재미있는 기념품이 많이 있잖아. 뱅레메르 해수욕장으로 휴가 갔을 때 사온 커다란 조개껍데기도 있고 말야."

"아, 그렇지! 그게 좋겠다. 그 조개껍데기라면 공룡 뼈 백 개보다 훨씬 나을 거야."

아빠도 맞장구를 쳤다.

조개껍데기 같은 걸로 친구들이 놀라겠냐며 내가 걱정하자, 엄마는 다들 멋지다고 할 거고 선생님도 칭찬해주실 거라고 했다. 아빠가 조개껍데기를 찾아왔다. 굉장히 큰 조개껍데기였고, 겉에는 '뱅레메르 해변의 추억'이라고 씌어 있었다.

"이걸 학교에 가지고 가서 뱅레메르에서 지낸 휴가 이야기를 해주면 다들 깜짝 놀랄 거야. 물보라섬에 갔던 일하며 이야깃거리가 많잖아. 호텔 숙박비가 얼마였는지도 말해주면 좋을 거야. 그래도 안 놀란다면 이상한 아이들일 거다."

아빠가 말했다.

"자, 이제 가서 식사나 해요."

엄마가 웃으면서 말했다.

다음 날 나는 밤색 종이에 조개껍데기를 싸가지고 어깨를 으쓱대며 학교로 갔다. 친구들이 우르르 몰려와 뭘 가지고 왔냐고 물었다.

"너희들은?"

내가 물었다.

"난 교실에 들어가서 보여줄 거야."

아무것도 아닌 것 가지고 괜히 숨기기 좋아하는 조프루아가 대답했다.

다른 애들도 뭘 가져왔는지 말해주지 않았다. 조아생만 자기가 가져온 걸 보여주었다. 상상도 못 할 만큼 정말 멋진 칼이었다.

"편지봉투 뜯을 때 쓰는 칼이야."

조아생이 설명했다.

"우리 압동 삼촌이 톨레도에 갔다가 아빠한테 선물로 사다준 거래. 스페인에서 만든 거라구."

그때, 부이옹 선생님이 와서 조아생이 칼을 들고 있는 것을 보고, 이런 위험한 물건을 학교에 가지고 오면 안 된다면서 압수해버렸다.

"우리 담임 선생님이 가져오라고 한 거란 말이에요, 선생님!"

조아생이 소리쳤다.

"허, 너희 선생님이 이런 위험한 물건을 학교에 갖고 오라고 했단 말이냐? 좋아, 그렇다면 네 칼을 압수할 뿐 아니라 또 다른 벌도 주겠다. '학교에 위험한 물건을 가져와 놓고 학생주임 선생님이 물어보실 때 거짓말하면 안 됩니다.' 여기에 나온 동사들을 몽땅 변화시켜오도록 해. 울어도 소용없어. 벌받고 싶지 않다면 모두들 조용히 하도록 해!"

부이옹 선생님이 말했다.

그리고 나서 부이옹 선생님은 수업 시작종을 치러 갔고, 우리들은 운동장에 줄을 섰다. 교실에 들어와서도 조아생은 계속 울고 있었다.

"또 시작이군…… 조아생, 일어나봐요. 도대체 왜 그러지요?"

담임 선생님이 물었다.

조아생이 일어나서 이유를 설명하자, 선생님은 한숨을 푹 내쉬며 말했다.

"학교에 칼을 가져오는 건 별로 좋은 생각이 아니야. 아무튼 선생님이 뒤봉 선생님과 상의해서 잘 해결하도록 하겠어요."

'뒤봉'은 부이옹 선생님의 진짜 이름이다.

"그럼, 여러분이 어떤 물건들을 갖고 왔나 좀 볼까요? 책상 위에 꺼내놓으세요."

담임 선생님이 말했다.

우리들은 가져온 것을 모두 꺼내놓았다. 알세스트는 부모님과 브르타뉴 지방에 놀러 갔을 때 맛있는 요리를 먹었던 음식점 메뉴판을 가져왔고, 외드는 코트다쥐르 지방의 그림엽서를 가져왔

다. 아냥은 자기 부모님이 노르망디 지방에서 사다주었다는 지도책을 가져왔다. 클로테르는 아무것도 찾아내지 못해서, 부모님이 써준 사과문을 갖고 왔다. 선생님 말씀을 잘못 알아들어, 반드시 뼈를 가져와야 된다고 생각했기 때문이다. 맥상과 뤼퓌스, 이 두 바보들은 조개껍데기를 하나씩 가지고 왔다.

"내 건 그냥 조개껍데기가 아냐. 예전에 내가 물에 빠진 사람을 구했을 때 발견한 거라구."

뤼퓌스가 말했다.

"웃기지 마. 너는 물에 뜨지도 못하잖아. 그리고 네가 주운 거라면 조개껍데기에 왜 '플라주 데 조리종의 추억'이라고 씌어 있냐?"

맥상이 물었다.

"정말!"

내가 말했다.

"야, 너 한 대 맞고 싶어?"

뤼퓌스가 내게 물었다.

"뤼퓌스! 앞으로 나와요! 뤼퓌스는 이번주 자유학습일 날 학교에 나오도록 해라. 니콜라, 맥상, 너희들도 벌받고 싶지 않거든 조용히 해!"

선생님이 큰 소리로 말했다.

"저는 스위스의 기념품을 가지고 왔어요. 우리 아빠가 스위스에서 산 금시계예요."

조프루아가 뽐내며 말했다.

"금시계라고? 네가 이걸 학교에 갖고 온 걸 너희 아버지도 알고 계시니?"

선생님이 큰 소리로 물었다.

"아뇨. 하지만 선생님이 갖고 오라고 했다고 말하면 아빠도 야단치진 않을 거예요."

조프루아가 말했다.

"뭐? 내가 그랬다고? 이런 분별 없는 녀석…… 그건 귀중품이니까 주머니에 잘 넣어두도록 해라!"

선생님이 말했다.

"선생님! 저도 종이칼 집에 안 가져가면 아빠한테 야단맞을 텐데요."

조아생이 끼어들어 말했다.

"아까 말했잖아, 조아생. 그건 뒤봉 선생님과 상의해보겠다고!"

선생님이 소리를 질렀다.

그러고 있는데 갑자기 조프루아가 외쳤다.

"선생님! 시계가 없어요. 선생님이 하라는 대로 주머니 속에 넣었는데 없어져버렸어요."

"아까까지 있던 시계가 어딜 갔겠니. 바닥은 잘 살펴봤어?"

선생님이 물었다.

"바닥에도 없어요."

조프루아가 대답했다.

그러자 선생님은 조프루아 책상 옆에 와서 이리저리 둘러본 후, 우리한테도 바닥에 시계가 떨어져 있지 않나 찾아보라고 했다. 모르고 밟아서 부수지 않도록 조심하라면서 말이다. 그러고 있는데 맥상이 내 조개껍데기를 바닥에 떨어뜨렸다. 나는 맥상의 따귀를 한 대 때려주었다.

선생님은 빽! 소리를 지르고는 수업 끝난 후에도 모두 꼼짝 말고 남아 있으라고 했다. 조프루아는, 만약 시계를 못 찾으면 선생님이 직접 자기 집에 와서 아빠에게 말해 달라고 했고, 조아생 역시 종이칼을 돌려받지 못하게 되면 선생님이 자기 집에 와줘야 한다고 했다.

하지만 다행히 일은 다 잘 끝났다. 시계는 조프루아의 윗옷 안 주머니에 들어 있었고, 부이옹 선생님도 조아생에게 종이칼을 돌려줬기 때문이다. 선생님은 우리에게 준 벌을 취소했다.

오늘 수업은 정말 재미있었다. 선생님도 우리가 가지고 온 물건들 덕분에 오늘 수업은 평생 잊을 수 없을 거라고 했다.

체면 안 차리고

오늘 저녁엔 무슈붐 아저씨가 우리 집에 식사하러 온다. 무슈붐 아저씨는 우리 아빠가 다니는 회사의 사장님이다. 무슈붐 아줌마도 올 거다. 무슈붐 아저씨의 부인 말이다. 며칠 전부터 우리 집에서는 오늘 저녁 식사가 화젯거리였다.

오늘 아침 엄마 아빠는 어쩔 줄을 몰랐다. 엄마는 며칠 동안 엄청 바빴고, 어제는 아빠가 엄마하고 차를 타고 시장에 다녀왔다. 아빠는 평소에 엄마하고 같이 시장에 가는 걸 별로 좋아하지 않는데 말이다. 난 엄마 아빠의 그런 모습이 보기 좋았다. 특히 엄마가 이러다가는 제 시간에 준비 못 할 것 같다고 말했을 때는 꼭 크리스마스 날 같았다.

오늘 학교에서 돌아와보니, 집 안이 아주 달라져 있었다. 구석구석 깨끗이 청소를 했고, 가구 덮개도 전부 치워져 있었다. 나는 곧장 식당으로 들어갔다. 식당에 있던 식탁은 양 옆에 널빤지를 이어 붙여 아주 넓어졌고, 그 위엔 빳빳하게 풀 먹여 다림질한 새하얀 식탁보가 덮여 있었다. 그리고 평소 식사할 때는 잘 쓰지 않던 금테 두른 접시들이 놓여 있었다. 접시 앞에는 유리잔들이 잔뜩 놓여 있고 말이다. 아주 가늘고 기다란 잔도 있었다. 난 깜짝 놀랐다. 평소에는 꺼내지 않는 물건들만 놓여 있어서 말이다.

나는 접시를 세어보다가 한 사람분 식기가 빠진 것을 알아차렸다. 웃음이 나왔다. 부엌으로 뛰어갔더니, 엄마는 까만 옷에 하얀 앞치마를 두른 어떤 아줌마와 이야기를 하고 있었다. 머리 손질을 잘해서 그런지 엄마는 굉장히 예뻐 보였다.

"엄마! 식탁에 식기가 한 세트 모자라요."

나는 큰 소리로 엄마한테 말했다.

"니콜라! 그렇게 소리지르지 말라고 몇 번이나 말했니? 그리고 야만인처럼 뛰어다니지 좀 말아라. 얼마나 놀랐는지 알아? 안 그래도 엄만 지금 정신없어 죽겠어."

엄마가 말했다.

나는 엄마한테 미안하다고 했다. 정말 신경이 날카로워 보였기 때문이다. 나는 식기가 하나 모자란다고 천천히 다시 한 번 말했다.

"아니야. 모자랄 리가 없어. 가서 숙제나 해라. 엄마 좀 귀찮게 하지 말고."

엄마가 대답했다.

하지만 그냥 물러설 수는 없었다.

"정말 하나가 모자란다니까요. 나, 아빠, 엄마, 무슈붐 아저씨, 무슈붐 부인, 전부 다섯 명이잖아요. 그런데 식기는 네 세트밖에 없어요. 식사가 시작되면 엄마, 아빠, 무슈붐 아저씨, 무슈붐 부인 중 한 사람 식기가 없어서 싸움이 날지도 모른단 말이에요!"

엄마는 한숨을 푹 내쉬더니, 의자에 앉아 내 팔을 꼭 잡고는 접시는 꼭 맞게 놓여 있다고 말했다. 그리고 나는 똑똑한 애니까 엄마 말을 잘 알아들을 거라면서, 오늘 저녁 식사 자리는 아주 지루할 테니까 나는 같이 먹지 않아도 된다고 했다. 나는 울기 시작했다. 저녁 식사가 지루할 리 없다고, 아니 굉장히 재미있을 거라고, 이런 식으로 다른 사람들과 놀지 못하게 하면 자살해버릴 거라고 소리쳤다. 진짜라고, 농담이 아니라고 했다.

그때, 퇴근해서 돌아온 아빠가 부엌으로 들어와 엄마에게 물었다.

"그래, 준비는 다 됐소?"

"아뇨. 아직 안 됐어요. 엄마가 내 접시를 식탁에 안 놓아줬으니까요. 나도 같이 놀고 싶은데 끼워주지 않는다구요! 이건 말도 안 돼요! 말도 안 돼요! 말도 안 된다구요!"

내가 소리쳤다.

"아! 정말 지겨워요. 이놈의 식사 초대 때문에 내가 진을 뺀 게 벌써 며칠짼지 알아요? 식사엔 내가 빠지겠어요! 그래, 그러면 되겠다! 내가 빠진다고! 니콜라, 네가 내 자리에 앉으려무나! 그럼 됐지? 무슈붐인지 뭔지 이젠 진저리가 나! 나 없이 알아서들 하시라구요!"

엄마도 소리를 질렀다.

그러고는 식당 문을 쾅! 닫고 나가버렸다. 나는 깜짝 놀라서 울음을 뚝 그쳤다. 아빠는 두 손으로 얼굴을 감싸며 의자에 앉더니, 조금 있다 내 팔을 꽉 잡으며 말했다.

"잘했다, 니콜라! 굉장해! 엄마를 완전히 질리게 해버렸구나. 이제 속이 시원하니?"

나는 사람들과 함께 식탁에서 즐겁게 식사하는 걸 바랐던 것뿐이지, 엄마를 속상하게 하려고 그런 게 아니었다고 말했다. 그랬더니 아빠는 오늘 저녁 식사는 아주 지루할 테니까, 말썽 피우지 않고 얌전히 부엌에서 저녁을 먹는다면, 내일 영화 구경도 시켜주고, 동물원에도 데려가고, 맛있는 음식도 사주며 함께 놀아주겠다고 했다. 그 밖에 깜짝 놀랄 선물도 있다고 했다.

"저 앞 가게 진열장에 있는 파란색 미니카 말이에요?"

내가 물었다.

아빠가 그렇다고 대답했다. 그래서 나도 좋다고 했다. 선물도 받고 싶고 엄마 아빠도 기쁘게 해주고 싶었기 때문이다. 아빠는 밖으로 나가더니 엄마를 데리고 다시 부엌으로 들어왔다. 그러고는 엄마에게 다 잘 해결되었다고, 내가 정말 남자답다고 말했다. 그러자 엄마는 니콜라가 철이 들었다는 건 벌써부터 알고 있었다며 뽀뽀를 해주었다. 기분이 아주 좋았다.

이어 아빠는 오늘 먹을 요리가 뭔지 좀 보고 싶다고 했다. 까만 옷에 하얀 앞치마를 두른 아줌마가 냉장고에서 마요네즈를 듬뿍 친 커다란 바닷가재를 꺼냈다. 사촌누나 펠리시테의 첫 영성체 파티 때 나온 것과 똑같은 멋진 바닷가재였다. 하지만 그땐 배가 아파서 하나도 못 먹었다. 나는 지금 내 몫을 먹을 수 있냐고 물어보았다. 하지만 하얀 앞치마에 까만 옷을 입은 아줌마는 바닷가재를 다시 냉장고에 넣으며 이런 건 애들이 먹는 음식이 아니라고 했다. 보고 있던 아빠가 내일 아침까지 남아 있다면 커피와 함께 주겠다고, 하지만 너무 기대는 하지 않는 게 좋을 거라고 웃으면서 말했다.

곧이어 부엌 식탁에 내가 먹을 저녁 식사가 차려졌다. 올리브를 곁들인 뜨거운 소시지, 아몬드, 생선파이 그리고 과일샐러드였다. 참 맛있었다.

"자, 니콜라. 이제 가서 잠자리에 들도록 해라. 노란색 잠옷 깨끗이 빨아놓았으니까 갈아입고, 아직 시간이 이르니까 책이나 읽고 있어. 조금 있다가 무슈붐 씨 부부가 오면 엄마가 부르러 갈 테니까 내려와서 인사하도록 하고."

엄마가 말했다.

"글쎄, 그럴 필요까지 있을까?"

아빠가 물었다.

"물론이죠. 그렇게 하기로 했잖아요."

엄마가 대답했다.

"니콜라가 엉뚱한 짓 할까 봐 겁이 나서 그래."

"니콜라도 이제 다 컸으니까 철부지 같은 짓은 하지 않겠죠."

아빠가 진지한 얼굴로 나를 불렀다.

"니콜라, 오늘 저녁 식사는 아빠에겐 무척 중요한 자리야. 그러니까 예의 바르게 인사 잘하고, 묻는 말에만 대답해야 해. 엉뚱한

짓 하면 절대 안 돼. 약속할 수 있지?"

난 그러겠다고 했다. 아빠가 그렇게 걱정을 하는 게 정말 이해가 안 됐다. 어쨌든 나는 잠자리로 갔다. 조금 있으니까 초인종 소리가 나더니 반갑게 인사하는 소리가 들렸다. 곧이어 엄마가 나를 데리러 올라왔다.

"메메가 생일날 사주신 옷 입고 내려와라."

엄마가 말했다.

그때 나는 아주 재미있는 카우보이 이야기를 읽고 있었다. 그래서 별로 내려가고 싶은 마음이 없다고 말했다. 하지만 엄마가 눈을 부릅뜨고 나를 노려봐서, 장난할 때가 아니라고 생각하고 시키는 대로 했다.

엄마랑 내가 거실로 내려가자 무슈붐 아저씨 부부가 앉아 있다가 나를 보고 탄성을 질렀다.

"글쎄, 니콜라가 사장님 내외분께 인사하고 싶다고 안달이지 뭐예요? 그래서 실례가 되는 줄은 알지만 만나뵙게 하려구요."

엄마가 말했다.

무슈붐 아저씨 부부는 또다시 탄성을 질렀다. 나는 아저씨 아줌마랑 악수하기 위해 손을 내밀었다. 그러자 무슈붐 부인은 엄마를 돌아보고는 내가 홍역을 치렀냐고 물었다. 무슈붐 아저씨는 이렇게 착한 아이라면 학교에서 공부도 잘할 것 같은데 정말 그러냐고 묻고 말이다. 나는 조심스럽게 행동하려고 무척 애썼다. 아빠가 계속 나를 노려보고 있었기 때문이다. 나는 어른들이 이야기하는 동안 끼어들지 않고 한쪽 구석에 앉아 있기로 했다.

"대접이 변변치 않아서 어쩌죠? 저희는 그냥 체면 안 차리고 평소대로 준비했습니다만……."

아빠가 말했다.

"아니, 난 오히려 그런 걸 더 좋아해요. 가족적인 분위기, 얼마나 좋아요? 나 같은 사람은 거의 매일 의무적으로 연회에 참석해야 하기 때문에, 마요네즈를 듬뿍 친 바닷가재요리처럼 보기에만 그럴 듯한 건 신물이 난단 말씀이야."

무슈붐 아저씨가 말했다.

그러자 모두들 큰 소리로 웃었다. 무슈붐 부인이 엄마에게, 자기도 좀 일찍 와서 도왔으면 좋았을걸 그랬다고, 단출한 모임이긴 하지만 그래도 집안일 하기 바쁠 텐데 이렇게 음식 장만하느라 얼마나 애를 썼겠냐고 말했다. 엄마는 그렇지 않다고, 일하는 게 오히려 즐거움이며, 가정부가 도와줘서 별로 어렵지도 않았다고 대답

799

했다.

"참 운이 좋으시네요. 저희 집 가정부들은 얼마나 다루기가 힘든지 몰라요! 도대체가 오래 붙어 있는 사람이 없어요."

무슈붐 부인이 말했다.

"저희 집 가정부는 보물단지예요. 저희하고 함께 지낸 지 아주 오래됐기 때문에 이젠 식구나 다름없죠. 아이에게도 그렇게 잘해 줄 수가 없어요."

엄마가 자랑스러운 표정으로 말했다.

잠시 후, 까만 옷에 하얀 앞치마를 두른 아줌마가 부엌에서 나와, "사모님, 식사 준비 다 됐습니다" 하고 말했다. 나는 깜짝 놀랐다. 엄마도 나처럼 따로 식사하는 줄은 몰랐기 때문이다.

"자, 니콜라. 이제 올라가서 자거라."

아빠가 말했다.

나는 무슈붐 부인에게 손을 내밀며 인사했다. "만나서 반가웠어요, 아주머니." 무슈붐 아저씨와도 악수하며 말했다. "만나서 반가웠어요, 아저씨." 까만 옷에 하얀 앞치마를 두른 아줌마에게도 다가가 예의 바르게 인사를 했다. "만나서 반가웠어요, 아줌마." 그러고 나서 나는 잠자러 내 방으로 올라갔다.

복권

오늘 종례 시간에 담임 선생님이 학교에서 복권을 발매하기로 했다고 말했다. 클로테르가 무슨 말인지 몰라 어리둥절해하자, 선생님은 복권이란 번호가 매겨져 있는 종이인데 뽑기랑 비슷한 거라고, 사람들이 그 종이를 사면 추첨을 해서 뽑힌 사람에게 상품을 주는 거라고 설명해주었다. 경품으로 걸린 건 소형 오토바이라는 말도 했다.

그러고 나서 선생님은 복권을 팔아서 모은 돈으로 동네 아이들이 뛰어놀 수 있는 놀이터를 만들 거라고 말해주었다. 잘 이해는 안 됐다. 우리 동네에는 이미 마음껏 운동도 하고 놀 수도 있는 넓은 공터가 있으니 말이다. 그 공터는 정말 멋진 곳이다. 거기 가면 고물 자동차도 한 대 있다. 바퀴는 없지만 아주 재미있게 놀 수 있다. 새로 만들 놀이터에도 자동차를 갖다놓을지 어쩔지 모르겠다.

어쨌든 선생님이 책상 서랍에서 조그만 종이 뭉치를 잔뜩 꺼내 드는 것을 보자, 뭔가 근사한 일이 일어날 것 같아 신이 났다.

"그래서 여러분이 이 복권을 팔아야 해요. 한 사람한테 한 묶음씩 나누어줄게요. 한 묶음에 오십 장씩이고, 한 장당 일 프랑이에요. 이걸 부모님이나 친구들에게 팔도록 하세요. 거리에서 마주치는 사람들이나 이웃 사람들에게 파는 것도 좋아요. 공동의 이익을 위해 일하는 보람을 느낄 수 있을 뿐 아니라 수줍어하는 성격도 이겨낼 수 있는 좋은 기회가 될 거예요."

선생님이 말했다. 선생님은 '공동의 이익'이 무슨 말인지 또다시 클로테르에게 설명해줘야 했다. 모두들 복권 한 묶음씩을 나누어 받았다. 기분이 무척 좋았다.

복권을 받아들고 학교를 나온 우리는 교문 앞 길가에 모였다. 조프루아는 자기 아빠가 엄청 부자니까 자기는 몽땅 아빠한테 팔 겠다고 했다.

"그래? 하지만 그렇게 하면 무슨 재미냐? 복권은 모르는 사람들에게 파는 게 규칙이야. 그래야 재미가 있는 거라구."

뤼퓌스가 말했다.

"난 정육점 아저씨한테 팔아야지. 우리 엄마가 그 집 단골이니까 거절 못 할 거야."

알세스트가 말했다.

하지만 다른 아이들은 아빠에게 몽땅 파는 게 나을 것 같다며, 모두들 조프루아 생각에 찬성했다.

뤼퓌스는 말도 안 된나고 펄펄 뛰나가, 어넌 아서씨가 지나가는 걸 보고는 달려가 복권을 내밀었다. 하지만 그 아저씨는 복권은 쳐다보지도 않고 그냥 지나가버렸다. 뤼퓌스가 그 아저씨를 따라가며 실랑이를 벌이는 동안, 우리는 각자 흩어져 집으로 향했다. 클로테르는 도로 학교로 가야 했다. 복권 뭉치를 책상 안에 넣어두고는 깜빡 잊고 그냥 나왔기 때문이다.

나는 복권 뭉치를 들고 집 안으로 뛰어들어가며 큰 소리로 외쳤다.

"엄마! 엄마! 아빠 왔어요?"

"니콜라! 웬 수선이니? 문화인답게 얌전히 집에 들어올 수는 없는 거니? 아빠는 아직 안 오셨어. 그런데 아빠는 왜 찾는 거지? 너, 또 말썽 부렸니?"

엄마가 물었다.

"아니에요. 아빠한테 이것 좀 사라고 하려구요. 동네 아이들 모두가 운동도 하고 신나게 뛰어놀 수 있는 놀이터를 만들려면 아빠가 이걸 사줘야 해요. 놀이터가 생기면 아마 자동차도 갖다놓을 거예요. 상품은 소형 오토바이래요. 지금 복권 이야기 하는 거예요."

나는 엄마에게 설명했다.

엄마는 깜짝 놀라 휘둥그레진 눈으로 나를 바라보더니 이렇게 말했다.

"엄만 무슨 소린지 전혀 알아들을 수가 없구나. 아빠 돌아오시거든 둘이서 알아서 해결하도록 해라. 우선은 방에 올라가 숙제부터 해."

나는 곧장 이층으로 올라갔다. 난 엄마 말이라면 잘 들으니까 말이다. 또 이럴 땐 시끄럽게 굴지 않아야 엄마가 좋아한다.

드디어 아빠가 오는 소리가 났다. 나는 단숨에 달려내려갔다. 물론 복권 뭉치를 손에 들고 말이다.

"아빠! 아빠! 무조건 이걸 사줘야 해요. 복권이에요. 놀이터에다 자동차를 갖다놓을 거구요, 운동도 할 수 있을 거예요."

나는 아빠에게 말했다.

"도대체 무슨 얘긴지 나도 모르겠어요. 학교에서 돌아오자마자 저 난리더라구요. 학교에서 무슨 복권을 만든 모양인데, 당신한테 팔려나 봐요. 자세한 건 모르겠지만……."

엄마가 아빠에게 설명했다.

"복권이라고? 그거 재미있구나. 아빠도 학교 다닐 때 몇 번 팔아본 적이 있단다. 누가 많이 파는지 시합도 했었는데, 아빤 항상 일등이었단다. 쑥스러워하거나 수줍음을 타지 않는 씩씩한 소년이었거든. 한 번 거절당하더라도 끝까지 매달려 팔고야 말았지…… 그래 좋아, 니콜라. 한 장에 얼마씩이지?"

아빠가 미소를 지으며 내 머리를 쓰다듬어준 후 말했다.

"일 프랑씩이에요. 그런데 오십 장이니까, 계산하면 전부 오십 프랑이죠."

나는 아빠에게 복권 뭉치를 몽땅 내밀었다. 하지만 아빠는 받을 생각은 하지 않고 이렇게 말했다.

"우리 때는 그렇게 비싸지 않았는데…… 하긴 뭐, 그럼 한 장만 다오."

"아, 안 돼요, 아빠! 한 장이라뇨? 전부 사줘야 해요. 조프루아가 그러는데 그 애 아빠는 자기 복권을 전부 사줄 거래요. 친구들도 모두들 그렇게 하기로 했단 말이에요."

"조프루아 아빠가 어떻게 하든 나랑 무슨 상관이냐! 난 딱 한 장만 사겠다. 싫으면 관둬라. 그러면 그나마 한 장도 못 팔 테니까. 자, 어떻게 하겠니?"

아빠가 말했다.

"그런 법이 어디 있어요? 다른 애들 아빠는 다 몽땅 사준다는데 왜 아빠만 안 사주겠다는 거예요?"

나는 떼를 쓰며 울기 시작했다. 아빠는 엄청 화가 난 것 같았다. 엄마가 부엌에서 뛰어나왔다.

"또 무슨 일이에요?"

"무슨 일이냐고? 무슨 일이냐면, 학교에서 애들에게 왜 이런 일

을 시키는 건지 도무지 이해할 수가 없다는 거야! 내 자식을 행상
꾼이나 거지로 만들려고 학교에 보낸 건 아닌데 말야. 참! 이게 정
말 합법적인 건지 어떤지 모르겠군. 복권 말이야! 교장 선생님에게
전화해볼까 봐!"

"그만하고 진정해요."

듣고 있던 엄마가 말했다.

"하지만, 아빠! 아빠도 예전에 복권을 팔면 항상 일등이었다고
했잖아요? 다른 애들도 다 하는데, 왜 나만 못 하게 하는 거예
요?"

나는 계속 울면서 말했다.

아빠는 머리를 긁적이다가 의자에 앉더니, 나를 무릎에 앉히고
말했다.

"그래, 니콜라. 그건 사실이야. 하지만 아빠하고 지금의 네 경우
하고는 같지가 않아요. 아빠가 어렸을 때 어른들이 아빠에게 복권
을 팔아오라고 시킨 건, 어떤 어려움이 닥치더라도 씩씩하게 헤쳐
나갈 수 있다는 것을 가르쳐주려고 그랬던 거야. 다시 말해서 힘
든 생존경쟁에 대비하게 하는 연습이었다는 거지. 그때 어른들은
복권을 자기 아빠한테 몽땅 팔라는 말은 하지 않았어. 그건 정말
바보 같은 짓이야."

"하지만 뤼퓌스가 모르는 아저씨한테 복권을 사라고 하니까, 거
들떠보지도 않고 그냥 가버렸단 말이에요!"

내가 말했다.

"누가 생판 알지도 못하는 사람한테 복권을 팔라고 했니? 옆집

에 사는 블레뒤르 아저씨한테 한번 가보지 그러니?"

"전 못 할 것 같아요……."

내가 머뭇거리자 아빠는 빙긋이 웃으며 말했다.

"그럼 아빠랑 같이 가자. 장사란 어떻게 하는 건지 아빠가 보여 줄게. 넌 복권 뭉치나 챙겨라."

"너무 오래 있지는 말아요. 곧 저녁 식사를 해야 하니까요."

엄마가 말했다.

아빠와 나는 옆집으로 가서 초인종을 눌렀다. 조금 있으니, 블 레뒤르 아저씨가 문을 열고 나왔다.

"어! 니콜라 아니냐? 아니 자네까지?"

아저씨가 말했다.

"아저씨한테 이걸 팔려고 왔어요. 우리한테 놀이터를 만들어주려고 만든 복권이에요. 거기서 운동을 할 거예요. 몽땅 다 해서 50프랑이에요."

나는 아저씨에게 복권 뭉치를 내밀며 단숨에 말했다.

"뭐라고? 이게 무슨 소리야!"

블레뒤르 아저씨가 외쳤다.

"왜, 안 사줄 텐가, 블레뒤르? 원래 인색해서 그러는 건가, 아니면 쫄딱 망해서 그러는 건가?"

아빠가 물었다.

"어이구, 이 화상. 요즘은 이렇게 구걸을 하는 게 유행인가 보지?"

블레뒤르 아저씨가 대꾸했다.

"블레뒤르, 바로 자네 같은 사람이 어린애들을 슬프게 하는 거라구!"

아빠가 소리쳤다.

"무슨 소리! 내가 그럴 리가 있나. 나는 다만 무책임한 부모들이 순진한 아이를 나쁜 길로 이끌어가는 데에 동조할 수 없는 것뿐이야. 그런데 그러는 자네는 왜 안 사주는 건가?"

아저씨가 물었다.

"내 아들 교육은 내가 알아서 해. 알지도 못하면서 이러쿵저러쿵 하지 말라구. 정말 참을 수가 없군. 물론 자네 같은 구두쇠 소견머리로야……"

"뭐? 내가 구두쇠라고! 자네한테 잔디 깎는 기계를 빌려주는 사람이 누군데 그런 말을 하는 건가?"

"그래? 그럼 안 빌려주면 되잖나! 나 참 더러워서! 그 알량한 잔디 깎는 기계 하나 갖고 치사하게……."

아빠와 아저씨는 서로 밀고 당기며 실랑이를 벌이기 시작했다. 블레뒤르 아줌마가 깜짝 놀라 달려나왔다.

"도대체 뭣들 하시는 거예요?"

아줌마를 보니 울음이 나왔다. 나는 울면서 아줌마에게 복권 이야기와 운동할 수 있는 놀이터 이야기를 했다. 그리고 아무도 내 복권을 안 사준다고, 이렇게 부당한 대접을 받느니 차라리 자살해 버릴 거라고 했다.

블레뒤르 아줌마가 날 꼭 인아주며 밀했다.

"아이구, 그랬구나, 니콜라. 착하지? 울지 말아라. 아줌마가 다 사주마."

아줌마는 지갑을 가져오더니, 그 속에서 50프랑을 꺼내 내 손에 쥐어주었다. 나는 아줌마에게 복권 뭉치를 건네주고 신이 나서 집으로 돌아왔다.

그리고 며칠이 지난 지금, 아빠와 블레뒤르 아저씨는 어쩔 줄을 모르고 있다. 블레뒤르 아줌마가 경품으로 탄 소형 오토바이를 차고에 넣어놓고 아무에게도 안 빌려주기 때문이다.

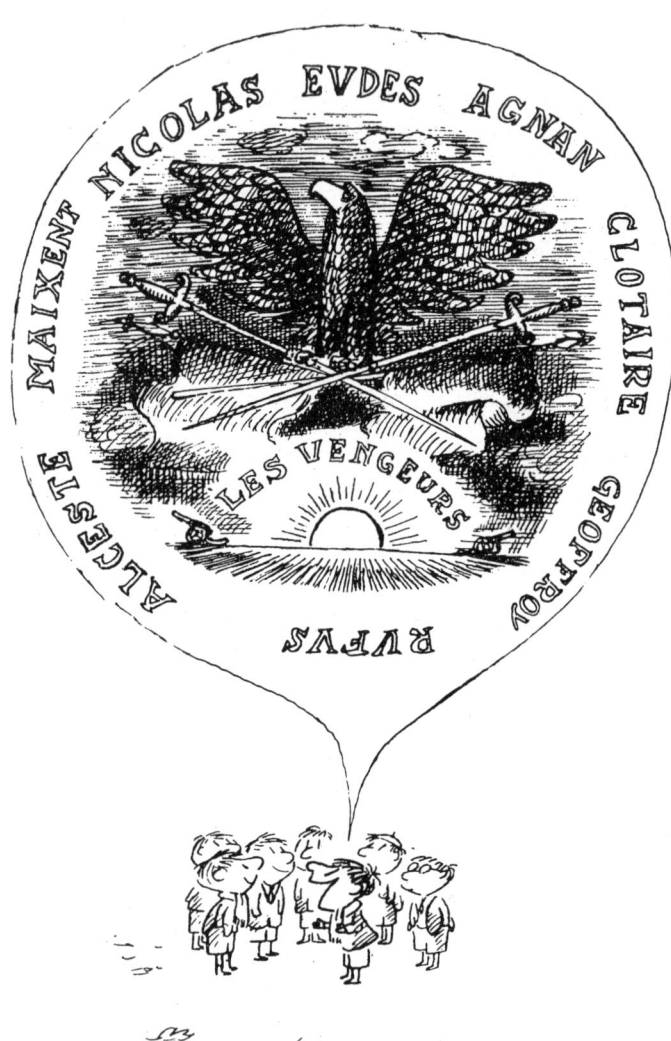

배지 사건

오늘 아침 쉬는 시간에 그 생각을 해낸 건 외드였다.

"얘들아, 우리 친한 친구들끼리 뺏찌 달고 다니는 거 어때?"

"'뺏찌'가 아니야. '배지'라고 해야 맞아."

옆에 있던 아냥이 말했다. 그 말에 외드는 기분이 상해서 아냥에게 소리쳤다.

"너한테 말한 거 아냐, 이 치사한 고자질쟁이야!"

그러자 아냥은 울면서 자기는 고자질쟁이가 아니며, 그걸 증명해 보이고 말겠다고 말하고는 다른 데로 가버렸다.

"그런데 배지는 왜?"

내가 물었다.

"서로 알아볼 수 있도록 하기 위해서지."

외드가 대답했다.

"배지가 있어야만 서로를 알아볼 수 있는 거야?"

클로테르가 깜짝 놀란 얼굴로 물었다.

외드는 배지를 달면 같은 편끼리 금방 알아볼 수 있기 때문에 적과 싸울 때 아주 좋다고 설명했다. 정말 멋진 생각이라며 모두들 외드 말에 찬성했다. 하지만 뤼퓌스는 배지보다는 유니폼을 입는 게 나을 거라고 했다.

"유니폼을 어디서 구해? 그리고 유니폼 같은 걸 입으면 광대같이 보일 거야."

외드가 말했다.

"그럼 우리 아빠가 광대 같단 말이야?"

뤼퓌스가 으르렁거렸다. 뤼퓌스 아빠는 경찰관이다. 그리고 뤼퓌스는 자기 식구들이 놀림받는 걸 싫어한다.

외드와 뤼퓌스 사이에 한바탕 싸움이 벌어질 것 같았다. 하지만 그럴 시간이 없었다. 자기보고 고자질쟁이라고 했다고 울면서 가버린 아냥이 학생주임 부이옹 선생님을 데리고 왔기 때문이다.

"바로 쟤예요, 선생님."

아냥이 외드를 가리키며 말했다.

부이옹 선생님은 외드에게 경고를 주었다.

"너 이 녀석, 친구더러 고자질쟁이라고 놀리면 못쓰는 거야! 다시는 이런 일로 두 번씩 말하게 하지 마. 알아들었니? 자, 내 눈을 잘 보고 대답해봐. 알았어?"

그러고 나서 부이옹 선생님은 아냥을 데리고 다른 데로 갔다.

아냥은 무지 기분 좋은 얼굴이었다.

다시 우리만 남게 되었다. 맥상이 물었다.

"배지는 어떤 모양으로 할 건데?"

"금으로 하자! 아주 멋질 거야. 우리 아빠도 금배지가 하나 있거든."

조프루아가 나서서 말했다.

"금이라고? 너 지금 제정신이냐? 금에다가 어떻게 그림을 그려?"

외드가 큰 소리로 외쳤다.

모두들 외드 말이 맞다고 생각했다. 그래서 그냥 종이로 배지를 만들기로 했다. 그런데 모양을 어떻게 할까 의논하다가 또 말싸움이 났다.

"우리 큰형도 어떤 클럽의 회원인데, 굉장히 멋진 배지를 갖고 있어. 가운데 축구공이 있고, 가장자리에는 월계수가 그려져 있다구."

맥상이 말했다.

"월계수? 그게 좋겠다! 맛있잖아."

알세스트가 말했다.

"무슨 소리야? 악수하는 손 그림을 그려넣는 게 더 좋아. 그렇게 하면 우리 편이 굉장히 많다는 걸 보여줄 수 있다구."

뤼퓌스가 말했다.

조프루아도 자기 의견을 내놓았다.

"우리 편 이름을 써넣어야 해. '복수자들'이라고 말야. 또 긴 칼

두 개가 교차해 있는 그림이랑 독수리, 그리고 깃발도 그려넣은 다음에 가장자리에는 우리 편 이름을 모두 써넣는 거야."

"그리고 월계수도."

알세스트가 덧붙였다.

외드는 그릴 것이 너무 많아 복잡하다고 불평했다. 하지만 어쨌든 여러 가지 의견이 나왔으니까, 자기가 수업 시간에 배지를 그려서 다음번 쉬는 시간에 보여주겠다고 했다.

"얘들아, 잠깐만. 도대체 배지가 뭔데?"

클로테르가 물었다.

하지만 그때 수업 시작종이 울려서 우리는 교실로 들어가야 했다. 외드는 지난주 지리 시간에 이미 질문을 받았기 때문에, 안심하고 배지를 그릴 수 있었다. 외드는 공책 위에 머리를 숙인 채 컴퍼스로 동그라미를 그린 후, 여러 가지 색연필로 색칠을 해댔다. 엄청 힘들다는 걸 보여주기 위해 우리를 향해 혀를 내밀고 헉헉거리기도 했다. 우리는 빨리 배지를 보고 싶어 참을 수가 없었다. 이윽고 외드가 공책에서 머리를 들었다. 드디어 배지가 완성된 것 같았다. 외드는 한쪽 눈을 찡긋하더니, 작품을 이리저리 살펴보며 굉장히 만족스러운 표정을 지었다.

쉬는 시간을 알리는 종이 울리자마자 우리는 외드한테로 몰려갔다. 외드가 아주 자랑스러운 표정으로 공책을 내보였다. 꽤 근사했다. 동그란 모양이었는데, 한가운데와 가장자리에 잉크 얼룩 같은 것이 하나씩 찍혀 있었다. 동그라미 안쪽은 파란색과 흰색, 노란색으로 칠해져 있었고, 가장자리를 따라 'EGMARJNC'라고 적혀 있

LES VENGEURS

ALCESTE MAIXENT NICOLAS EUDES AGNAN CLOTAIRE GEOFFROY RUFUS

었다.

"어때, 멋지지 않아?"

외드가 물었다.

"괜찮은데. 그런데 여기 있는 이 얼룩은 뭐야?"

뤼퓌스가 되물었다.

"얼룩이 아냐, 이 바보야. 악수하고 있는 손 그림이라구."

외드가 불만스러운 표정으로 대답했다.

"그럼 이쪽에 있는 건? 이것도 악수하고 있는 손이야?"

내가 물었다.

"사람 손이 네 개 있는 것 봤냐? 그건 진짜 얼룩이야."

외드가 대답했다.

"'EGMARJNC'라고 쓴 건 무슨 의미야?"

조프루아가 물었다.

"응, 그건 우리들 이름 머리글자를 모아놓은 거야."

"색깔들은? 왜 파란색, 흰색, 노란색을 칠했어?"

맥상이 물었다.

"응, 사실은 우리나라 국기처럼 파란색, 흰색, 빨간색으로 칠하려고 했는데, 빨간색 색연필이 없어서 노란색으로 한 거야. 나중에 빨간색으로 고칠 거야."

외드가 설명했다.

"금배지처럼 황금색으로 칠했더라면 좋았을 텐데."

조프루아가 말했다.

"둘레에 월계수도 그리고 말야."

알세스트가 덧붙였다.

그러자 외드는 화를 내며 우리들은 친구도 아니라고, 자기 그림이 맘에 안 든다면 자기도 배지 같은 것 만들지 않겠다고 했다. 수업 시간에 배지 그리느라 괜히 고생만 했다는 말도 했다.

우리는 아니라고, 배지는 아주 근사하다고, 정말 그 정도면 충분하다고, 우리는 우리 일당이 서로 알아볼 수 있게 해줄 배지를 갖게 되어서 진짜 신이 난다고 말해주었다. 이 배지를 평생 달고 다니기로 약속도 했다. 어른이 된 다음에도 우리가 '복수자들'이라는 걸 알 수 있도록 하기 위해서 말이다.

그랬더니 외드는 그러면 자기가 방과 후에 집에 가서 필요한 숫자만큼 배지를 만들어올 테니, 우리는 옷에 배지를 달 수 있도록 내일 아침 학교에 올 때 옷핀을 가져오라고 했다. 우리는 다 같이 함성을 질렀다.

"야호! 신난다! 만세! 만세!"

외드는 알세스트에게 월계수도 조금 그려넣어보도록 하겠다고 말했다. 알세스트가 먹고 있던 샌드위치에서 햄조각을 꺼내 외드에게 주었다.

다음 날 아침 외드가 학교 운동장에 나타나자 우리는 모두 외드에게 달려갔다.

"배지 가져왔니?"

우리가 물었다.

"물론이지. 정말 힘들더라. 특히 종이를 동그랗게 오려내는 게 가장 어려웠다구."

외드는 이렇게 대답한 후, 한 사람 한 사람에게 배지를 나누어 주었다. 외드 말대로 파란색, 흰색, 빨간색으로 칠해져 있었다. 정말 멋졌다. 그런데 악수하고 있는 손 밑에 밤색으로 무언가가 그려져 있었다.

"이건 뭐지? 이 밤색으로 칠한 거 말이야."

조아생이 물었다.

"월계수야. 초록색 색연필이 없어서 대신 밤색으로 칠했어."

외드가 설명했다.

알세스트는 굉장히 기뻐했다. 외드가 자기 말대로 해주어서 말이다. 우리는 각자 가지고 온 옷핀으로 배지를 달았다. 다들 무척 자랑스러운 얼굴이었다.

"그런데 왜 네 배지만 큰 거야?"

외드를 훑어보던 조프루아가 물었다.

"당연하지. 대장 배지는 다른 사람 배지보다 더 큰 거라구."

외드가 대답했다.

"왜 네가 대장인데?"

뤼퓌스가 물었다.

"배지를 생각해낸 게 바로 나니까 내가 대장이지. 불만 있는 녀석 있으면 나와봐. 코에 한 방 먹여줄 테니까."

외드가 말했다.

"흥! 말도 안 돼. 대장은 나야."

조프루아가 소리쳤다.

"맞아. 웃기지 마!"

나도 소리쳤다.

우리가 모두 반대하고 나서자 외드가 외쳤다.

"나쁜 자식들. 그럴 거면 배지 이리 내놔. 내가 만든 거니까!"

"흥, 네 배지라구? 그렇다면 잘 봐, 내가 어떻게 하나."

조아생이 이렇게 말하더니, 갑자기 가슴에 달고 있던 배지를 뜯어내 갈기갈기 찢어 땅바닥에 내던지고 발로 밟은 후 퉤퉤! 침을 뱉었다.

"잘했어!"

맥상이 소리쳤다.

다른 아이들도 모두 조아생이 한 것처럼 배지를 뜯어 땅에 던지고 발로 짓밟은 후, 침을 뱉었다.

어느 틈에 왔는지 부이옹 선생님이 눈을 부라리며 우리를 쳐다보고 있었다.

"그만하지 못하겠니? 뭘 하고 있는 건지는 모르겠다만 계속 그러면 혼내줄 거야. 알아들었어?"

부이옹 선생님은 이렇게 말하고는 다른 데로 가버렸다. 우리는 외드에게 너 같은 녀석은 친구도 아니라고, 앞으로 죽을 때까지 말도 안 하겠다고 했다. 우리 일당에서 빼버릴 거라는 말도 했다.

외드는 자기는 아무 상관 없으니 너희들 맘대로 하라며, 이렇게 치사한 자식들하고는 같은 편이 되고 싶지 않다고 말했다. 그러고는 찻잔 받침만 한 커다란 배지를 가슴에 단 채 가버렸다.

지금은 우리 일당들을 알아보기가 훨씬 쉬워졌다. 파란색, 흰색, 빨간색 바탕에 테두리를 따라 'EGMARJNC'라고 적혀 있고, 가운데에 악수하고 있는 손과 밤색 월계수 그림이 그려져 있는 배지를 달지 않은 애들이 바로 우리 친구들이다.

비밀 협박장

어제 학교에서 역사 시험을 볼 때 아주 끔찍한 사건이 일어났다. 우리 반 일등이고 담임 선생님의 귀염둥이인 아냥이 갑자기 손을 들고 "선생님! 얘가 내 걸 베껴요!"라고 소리를 지른 거다.

"무슨 말이야! 이 거짓말쟁이야!"

조프루아가 얼굴이 새빨개져서 소리를 질렀다.

선생님이 가서 조프루아와 아냥의 시험지를 빼앗고는 조프루아를 노려보았다. 그러자 조프루아는 겁에 질려 울기 시작했고 선생님은 조프루아에게 빵점을 주었다. 시험이 끝난 후 선생님은 조프루아를 교장실로 데리고 갔다.

잠시 후, 담임 선생님만 혼자 교실로 돌아왔다.

선생님이 우리에게 말했다.

"여러분, 조프루아가 오늘 아주 큰 잘못을 저질렀어요. 친구 시험지를 훔쳐보았을 뿐 아니라 들킨 다음에도 잘못을 반성하기는커녕 그런 짓 한 적 없다고 거짓말까지 했어요. 그래서 교장 선생님이 조프루아에게 이틀 동안 근신이라고 말씀하셨어요. 이번 일이 조프루아에게 교훈이 되었으면 좋겠어요. 떳떳지 못한 행동은 결코 좋은 결과를 가져오지 못한다는 교훈 말이에요. 자, 이제 공책을 펴세요. 받아쓰기를 하겠어요."

잠시 후, 쉬는 시간이 되었지만 우리는 기분이 좋지 않았다. 조프루아는 우리하고 친한 친구니까 말이다. 사실, 정학당하는 건 끔찍한 일일 거다. 엄마 아빠가 난리법석을 떨 거고, 하고 싶은 것도 맘대로 못하게 금지시킬 테니까 말이다.

"우리, 조프루아의 원수를 갚아주자! 조프루아는 우리 편이니까, 우리가 대신 저 치사한 귀염둥이 아냥 녀석에게 복수를 해줘야 해! 그래야 아냥한테도 교훈이 될 거 아냐? 아냥 녀석도, 치사한 행동은 결코 좋은 결과를 가져오지 못한다는 사실을 똑똑히 깨달아야 한다구."

뤼퓌스가 흥분해서 말했다. 모두들 뤼퓌스 말에 찬성했다.

"그런데 아냥한테 어떻게 복수할 건데?"

클로테르가 물었다.

"교문 앞에서 기다리고 있다가 나오면 실컷 때려주자."

외드가 말했다.

"그건 안 돼. 걔는 안경을 끼고 있어서 때리면 안 된다구."

조아생이 반대했다.

"그럼 아냥하고는 말 안 하기로 하는 건 어떨까?"

뱅상이 말했나.

"쳇! 우리가 언제는 그 녀석하고 말한 적 있냐? 아냥은 우리가 말을 안 하기로 했다는 것도 눈치 못 챌 거라구."

알세스트가 콧방귀를 뀌었다.

"그럼 이제부턴 너랑 말 안 할 거라고 미리 예고하면 되잖아."

클로테르가 말했다.

"공부를 무지 열심히 해서 다음 시험에서 아냥 대신 우리가 모두 일등을 해버리는 건 어때?"

내가 말했다.

"너 지금 머리가 좀 이상해진 거 아니냐?"

클로테르가 손가락을 머리에 대고 빙빙 돌리면서 말했다.

"아, 좋은 생각이 떠올랐다! 전에 내가 잡지책에서 복면 쓴 산적이 주인공으로 나오는 이야기를 읽은 적이 있거든. 주인공이 부자들한테 돈을 훔쳐서 가난한 사람들에게 나눠주는 이야기야. 그런데 어떤 부자가 그걸 알아채고 가난한 사람들한테서 그 돈을 도로 빼앗으려고 하는 거야. 그러니까, 주인공이 그 부자에게 협박장을 보내더라. '정의의 기사 푸른 가면을 깔보고도 무사할 줄 아느냐!'라고 써서 말야. 그랬더니 나쁜 놈들이 벌벌 떨면서 꼼짝도 못 하더라구."

뤼퓌스가 말했다.

"무사하다는 게 무슨 뜻이야?"

클로테르가 물었다.

하지만 아이들은 들은 척도 안 했다.

"아냥한테 협박장을 보낸다 해도 글씨를 보고 우리 짓이라는 걸 금방 알아차릴 거야. 우리 모두가 복면을 쓴다고 해도 말야. 잘못하면 벌이나 받게 될 거라구."

내가 말했다.

"다 방법이 있지. 이건 어떤 영화에서 본 건데, 글씨체를 알아보지 못하게 신문에서 오려낸 글자를 종이에 붙여서 협박장을 만들더라구. 영화가 끝날 때까지 아무도 누가 한 짓인지 눈치 못 채던데."

뤼퓌스가 말했다.

정말 기발한 생각이어서 모두들 좋아했다. 그렇게 하면 아냥은 우리의 복수가 두려워 학교를 그만둘지도 모른다. 하긴 그러는 게 아냥을 위해서도 좋을 거다.

"그런데 협박장엔 뭐라고 쓰지?"

알세스트가 물었다.

"'복수자 일당을 깔보고도 무사할 줄 아느냐!'라고 쓰지 뭐."

"멋지다! 만세!"

그 말이 마음에 쏙 들어서 우리는 환호성을 질렀다. 클로테르는 '무사하다'라는 말이 무슨 뜻이냐고 또 물었다.

뤼퓌스가 내일까지 협박장을 만들어오기로 했다.

오늘 아침, 우리 일당은 학교에 오자마자 뤼퓌스에게로 몰려가서 협박장을 만들어 왔냐고 물었다.

"그럼, 당연히 가져왔지. 협박장 때문에 우리 집에선 난리가 났었다구. 아직 보지도 않은 신문을 조각조각 오려냈다고 아빠한테 따귀도 맞고 후식도 몰수당했어. 아주 맛있어 보이는 크림과자였는데……"

뤼퓌스가 투덜거리며 협박장을 내놓았다. 여러 가지 모양의 글자를 잔뜩 모아 만든 거였다. 정말 근사했다. 모두들 참 잘 만들었다고 좋아했다. 조아생만 빼고 말이다. 조아생은 시큰둥한 표정으로, 자기가 보기에는 별로 멋지지도 않고 무슨 말인지 알아볼 수도 없다고 말했다.

"크림과자도 못 먹고 열나게 만들었더니, 뭐? 하나도 멋지지 않다고? 그럼 네가 한번 만들어봐! 이 얼간아!"

뤼퓌스가 소리쳤다.

"뭐라고? 나보고 얼간이라고? 얼간이는 바로 너야!"

조아생도 소리를 질렀다.

조아생과 뤼퓌스는 치고받으며 싸우기 시작했다. 부이옹 선생님 (우리 학교 학생주임 선생님인데, 부이옹이 진짜 이름은 아니다.)이 달려왔다. 선생님은 학생들의 야만인 같은 행동을 보는 것도 이제 신물이 난다면서 둘 다 자유학습일인 목요일 날 학교에 나오라고 소리쳤다.

하지만 다행히도 협박장은 압수당하지 않았다. 뤼퓌스가 조아생과 한판 붙기 직전에 클로테르한테 맡겨두었던 거다.

수업이 시작되었을 때 나는 클로테르가 협박장을 빨리 건네주기만을 기다렸다. 내 자리가 아냥과 가장 가까워서 내가 아냥에게 협박장을 주기로 했기 때문이다. 아냥이 못 알아차리게 하면서 아냥 의자 위에 협박장을 살짝 올려놓기로 했다. 그렇게 하면 아냥이 몸을 돌렸을 때 협박장을 발견할 테고, 우리는 그 애가 깜짝 놀라는 걸 재미있어하며 바라볼 수 있을 테니까 말이다.

하지만 클로테르는 협박장을 건네줄 생각은 하지 않고 자기 책상 밑에 놓고 훔쳐보면서 옆에 앉은 맥상에게 자꾸 뭐라고 물어보고 있었다.

"클로테르! 선생님이 방금 뭐라고 했지요?"

갑자기 선생님이 큰 소리로 물었다.

클로테르는 주춤주춤 일어났다. 대답도, 변명할 생각도 못 하고 우물쭈물하기만 했다.

선생님이 다시 말했다.

"그럴 줄 알았어. 그럼 옆사람은 좀 나은지 어디 보자. 자, 맥상, 선생님이 방금 말한 것을 반복할 수 있겠지요?"

맥상은 자리에서 일어나더니, 으앙! 하고 울어버렸다.

선생님이 클로테르와 맥상에게 말했다.

"두 사람 모두 벌을 주겠어요. 잘 들어요. '나는 공부 시간에 쓸데없는 일에 정신을 팔지 않겠으며, 선생님 말씀을 잘 듣겠습니다. 나는 학교에 장난치거나 놀러 오는 게 아니라 공부를 하기 위해 오는 겁니다.' 여기 사용된 동사를 직설법과 접속법의 모든 시제에 따라 변화시켜오세요."

선생님이 맥상과 클로테르를 야단치는 동안, 내 뒤에 앉은 외드가 클로테르 자리에서 가져온 협박장을 재빨리 알세스트에게 건넸다. 이어 알세스트가 나에게 그걸 전달하는 순간, 선생님이 나를 보고 소리쳤다.

"오늘 정말 왜들 이러지요? 외드, 알세스트, 니콜라! 그 쪽지 가지고 이리 나와! 자, 어서! 숨기려 해도 소용없어요, 선생님이 다 봤으니까! 어서! 가지고 나올 때까지 기다리겠어요!"

알세스트는 얼굴이 새빨개졌고 나는 울음을 터뜨렸다. 외드는 자기 잘못이 아니라고 변명했다. 우리가 나가지 않자, 선생님은 직접 우리 자리까지 와서 쪽지를 내놓으라고 했다.

협박장을 빼앗아 읽고 난 선생님은 눈이 동그래져서 우리를 쳐다보았다.

"'복수자 일당을 깔보고도 무사할 줄 아느냐?' 대체 이게 무슨 허무맹랑한 이야기죠? 하긴, 별로 알고 싶지도 않아요! 수업 시간엔 이런 바보 같은 장난이나 치면서 정신을 파는 게 아니라 공부를 해야 되는 거예요. 세 명 모두 이번 주 자유학습일에 학교에 나오도록 하세요!"

쉬는 시간에 보니 아냥은 히죽히죽 웃고 있었다. 그 치사한 귀염둥이 녀석은 지금 잘못 생각하고 있는 거다.

클로테르가 말한 것처럼, 무사하다는 말이 무슨 뜻이든 간에 겁도 없이 복수자 일당을 깔보는 녀석은 가만두지 않을 테니까 말이다.

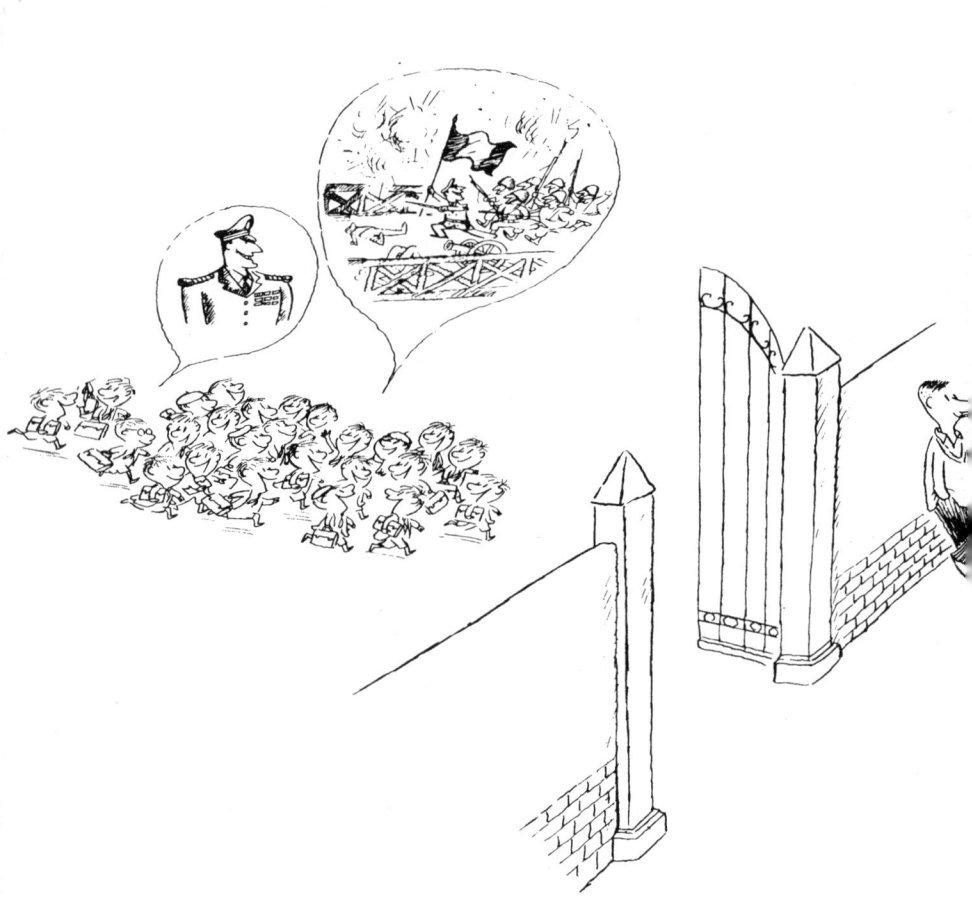

조나스 형

힘이 무지 세서 걸핏하면 친구들 코를 쥐어박는 외드에게는 군대에 간 조나스라는 형이 있다. 외드는 자기 형이 엄청 자랑스러운지 기회만 있으면 형 자랑을 한다.

하루는 외드가 우리를 불러모아놓고 말했다.

"우리 형이 군복 입고 찍은 사진을 보내왔어. 얼마나 멋진 줄 알아? 내일 가져와서 보여줄게."

다음 날 외드가 사진을 가져왔다. 사진 속엔 군복을 입고 베레모를 쓴 조나스 형이 기분 좋게 활짝 웃으며 서 있었다. 정말 근사했다.

"그런데 계급장이 없네?"

맥상이 물었다.

"응, 아직 신병이라서 그래."

외드가 대답했다.

"하지만 금방 장교가 될 거야. 졸병들도 많이 생길 거고. 우리 형은 소총도 갖고 있다."

"권총은?"

조아생이 물었다.

"있을 리가 없지. 권총은 장교들이나 가질 수 있는 거야. 사병은 소총밖에 가질 수 없다구."

뤼퓌스가 말했다.

그 말에 외드는 기분이 상한 것 같았다.

"네가 뭘 알아? 우리 형도 권총 있어. 곧 장교가 될 거니까."

하지만 뤼퓌스는 어림없다는 듯이 대꾸했다.

"웃기지 마. 뭐, 우리 아빠야 진짜 권총을 갖고 있지만 말이야."

"너희 아빠? 너희 아빠는 장교가 아니잖아. 그냥 경찰일 뿐이지. 경찰은 권총 차봤자 별로 폼도 안 나는데 뭐."

외드가 소리쳤다.

"모르는 소리 마! 경찰은 장교하고 똑같은 거야. 우리 아빠 장교들이 쓰는 모자도 갖고 있다구. 너희 형도 그런 모자 있어?"

뤼퓌스도 소리를 질렀다.

결국 싸움이 붙어 외드와 뤼퓌스는 치고받으며 싸우기 시작했다.

한번은 외드가 조나스 형이 연대 훈련에 참가했을 때 많은 적군을 죽이고 큰 공을 세워 사령관한테 표창을 받았다고 자랑한 적이 있었다.

"훈련할 때는 진군을 죽이지 않아."

조프루아가 말했다.

"그래. 죽이는 척만 하는 거야. 하지만 그것도 엄청 위험하다구."

외드가 대답했다.

"무슨 소리야. 가짜로 흉내만 내는 게 뭐가 대단해. 그거야 식은 죽 먹기지 뭐!"

조프루아가 말했다.

"너 한 대 맞고 싶어? 가짜로 때리는 척 흉내내는 게 아니라구!"

외드가 소리쳤다.

"그래. 어디 때려봐!"

조프루아가 외드를 약올리며 말했다.

외드가 조프루아의 콧등에 멋지게 한 방 먹였고, 둘은 치고받으며 싸우기 시작했다.

지난주에 외드는 또 형 자랑을 했다. 얼마 전에 조나스 형이 처음으로 보초를 서게 되었는데, 그건 연대에서 제일 훌륭한 병사로 뽑혔기 때문이라면서 말이다.

"연대에서 제일 훌륭한 병사만 보초를 서는 거야?"

내가 물었다.

"그렇지 뭐. 달리 무슨 이유가 있겠냐? 설마 연대 보초를 바보 천치나 적군과 내통하는 배반자한테 시킨다고 생각하는 건 아니겠지?"

"적군이 어디 있는데?"

맥상이 물었다.

"외드 얘긴 다 뻥이야. 군인은 누구나 다 보초를 서는 거라구. 교대로 말이야. 바보라고 해도 빼주진 않는다구."

뤼퓌스가 이렇게 말했다.

"나도 그럴 거라고 생각했어."

나도 맞장구를 쳤다.

"보초 서는 게 별로 위험한 일도 아니잖아. 누구나 다 할 수 있는 거라구."

조프루아도 끼어들었다.

"그럼 네가 한번 해봐! 아무도 없는 데서 혼자서 밤새도록 연대를 한번 지켜보라구."

외드가 소리쳤다.

"그것보다는 물에 빠진 사람을 구하는 일이 훨씬 더 위험해. 작년 여름방학 때 내가 해봐서 알아."

뤼퓌스가 말했다.

"네가 물에 빠진 사람을 구했다구? 웃기지 좀 마. 그걸 누가 믿냐! 모두 바보 같은 녀석들뿐이군. 너희들 그거 알아?"

외드가 말했다.

그 말에 우리는 한꺼번에 외드에게 달려들어 싸웠다. 투닥투닥 치고받다가 나는 코를 한 방 얻어맞았다. 그때 부이옹 선생님이 달려왔고, 우리는 단체기합을 받게 되었다.

이젠 외드가 자기 형 이야기를 꺼내면 짜증부터 난다.

그런데 오늘 아침, 외드가 아주 흥분한 얼굴로 학교에 왔다.

"얘들아! 얘들아! 굉장한 소식이 있어! 오늘 아침 조니스 형한 테서 편지가 왔는데, 형이 휴가를 나온대. 바로 오늘 말이야! 지금 쯤 벌써 집에 도착했을 거야. 나도 집에서 기다리고 싶었는데, 아빠가 학교는 꼭 가야 된다고 해서 할 수 없이 온 거야. 대신 점심때 형보고 날 보러 학교로 가라고 하겠대! 그리고 더 멋진 소식이 있어. 한번 알아맞혀봐!"

아무도 대답이 없자 외드가 큰 소리로 자랑스럽게 말했다.

"조니스 형이 드디어 계급장을 달았대! 이등병이 됐단 말이야!"

"이등병이면 뭐 계급도 아니잖아."

뤼퓌스가 말했다.

"계급이 아니라구? 아무것도 모르면서 무슨 소리야. 이등병도 분명히 계급이야. 군복에다 계급장을 붙였다구. 편지에도 그렇게 씌어 있어!"

외드가 웃으며 말했다.

"그런데 이등병은 무슨 일을 하는 건데?"

내가 물었다.

"어…… 장교하고 똑같은 일을 하지. 졸병들을 거느리고 지휘를 하는 거야. 전쟁이 나면 졸병들을 데리고 전쟁터로 가고. 졸병들은 이등병이 지나갈 때 경례를 해. 정말이야! 우리 조나스 형이 지나가면 병사들이 일제히 경례를 해야 한다구. 이렇게 말이야."

외드가 이렇게 말하고는, 손을 머리 옆으로 갖다대고 경례하는 시늉을 했다.

"우아, 멋지다!"

클로테르가 외쳤다.

우리들은 외드가 조금 부러워졌다. 번쩍번쩍하는 계급장이 달린 멋진 군복을 입고 사병들의 경례를 받는 형이 있으니 말이다. 그렇지만 우리도 조금 있으면 외드의 형을 볼 수 있다니, 그것만으로도 즐거웠다. 사실 난 외드의 형을 몇 번 만난 적이 있긴 하지만 그건 형이 군인이 되기 전, 그러니까 아무에게도 경례를 받지 못할 때였다. 하긴 그때도 형은 힘이 아주 셌고 굉장히 친절했다.

"조나스 형이 너희들한테 직접 군대 얘기를 해줄 거야. 물어볼 거 있으면 그때 물어봐도 좋아."

외드가 말했다.

우리는 무척 흥분이 되어 교실로 들어갔다. 제일 안절부절못한 건 역시 외드였다. 자리에 앉아서도 가만히 있질 못하고 친구들하고 이야기를 하느라 계속 두리번거렸다.

"외드! 오늘 아침은 대체 왜 그러는 거예요? 아까부터 계속 선생님 눈에 거슬려요. 계속 그러면 방과 후에도 집에 안 보내줄 거예요."

선생님이 소리쳤다.

"아! 안 돼요, 선생님! 안 돼요!"

우리는 일제히 소리를 질렀다.

선생님은 깜짝 놀라서 우리를 물끄러미 바라보았다.

"우리 형이 계급장을 붙이고 교문 앞으로 절 마중 나온다고 했거든요."

외드가 설명했다.

선생님은 갑자기 허리를 숙이고 서랍 속에서 뭘 찾는 척했다. 선생님은 가끔 웃음을 참지 못할 때 그런 행동을 한다.

잠시 후, 선생님이 다시 몸을 일으키고 말했다.

"좋아요. 하지만 이젠 좀 조용히 하세요. 그리고 외드, 군인인 형처럼 의젓해지고 싶으면 우선 착한 학생부터 되어야 해!"

오늘따라 수업 시간이 엄청 길게 느껴졌다. 마침내 수업이 모두 끝나는 종이 울리자, 미리 책가방을 다 싸놓은 우리는 부리나케 밖으로 뛰어나갔다.

조나스 형은 교문 밖 보도에서 우리를 기다리고 있었다. 그런데 군복이 아니라 노란 스웨터에 파란색 줄무늬 바지를 입고 있었다. 좀 실망이었다.

조나스 형이 외드를 보고는 반갑게 외쳤다.

"야. 우리 고집쟁이! 잘 있었니? 그새 많이 컸구나!"

그러고는 외드의 양볼에 뽀뽀를 하고 머리를 쓰다듬은 후, 주먹
으로 머리를 쥐어박는 시늉을 했다. 참 멋있었다. 나한테도 그런
형이 있으면 정말 좋겠다!

"형, 그런데 왜 군복 안 입고 왔어?"

외드가 물었다.

"누가 휴가 나와서까지 군복을 입니? 농담 마."

조나스 형이 대답했다.

이윽고 조나스 형이 우리 쪽을 돌아보았다.

"아, 외드 친구들이로구나! 너는 니콜라고…… 이 뚱뚱하고 작은 애는 알세스트…… 그리고 저 애는…… 저 애는……."

"맥상이에요!"

맥상이 신이 나서 대답했다. 맥상은 조나스 형이 자기를 알아봐줘서 무척 자랑스러운 것 같았다.

그때 뤼퓌스가 말했다.

"저…… 진짜로 군복에 계급장이 달려 있어요? 또, 전쟁터에서 병사들도 지휘하고요?"

"전쟁터? 아냐. 난 식당에 배치됐어. 야채 껍질 벗기기 담당이야. 말하자면 취사병이지. 항상 재미있는 건 아니지만, 그래도 맘껏 먹을 수 있어서 좋아. 나눠주고 나서 남는 것들이 있거든."

조나스 형이 웃으며 말했다.

외드는 얼굴이 새하얘져서 조나스 형을 쏘아보더니, 갑자기 도망을 가버렸다.

"외드! 외드! 도대체 쟤가 왜 저러지? 외드! 기다려! 기다리라니까!"

조나스 형도 소리를 치며 외드를 뒤쫓아갔다.

우리도 집으로 갈 수밖에 없었다. 집으로 가면서 알세스트가 말했다.

"외드가 왜 그렇게 뽐내고 싶어했는지 이제야 알겠어. 형이 군대에서 그렇게 멋진 일을 하고 있으니까 말이야."

분필

"아, 이런! 분필이 다 떨어졌네! 누가 가서 가져와야겠다."

담임 선생님이 말했다. 우리는 모두 손을 번쩍 들고 소리쳤다.

"저요! 저요! 선생님!"

클로테르만 가만히 있었다. 클로테르는 선생님 말을 못 알아들은 것 같았다. 평소라면 선생님 심부름은 당연히 우리 반 일등이고 선생님의 귀염둥이인 아냥이 했겠지만 오늘은 달랐다. 아냥이 감기에 걸려 결석했기 때문이다. 그래서 모두가 "저요! 저요! 선생님!" 하고 소리친 거다.

"좀 조용히 해요! 어디 보자…… 그래. 조프루아가 다녀오도록 해라. 하지만 빨리 갔다와야 해, 괜히 복도에서 얼쩡거리지 말고. 알았지?"

선생님이 말했다. 조프루아는 신이 나서 교실을 나가더니, 얼마 후 손에 분필을 들고 싱글벙글 웃으며 돌아왔다.

"고마워요, 조프루아. 이제 자리에 가서 앉도록 해요."

선생님이 말했다.

"자, 그럼…… 클로테르, 칠판 앞으로 나와요. 클로테르! 선생님 말이 안 들려요?"

수업이 모두 끝나자 우리는 밖으로 달려나갔다. 클로테르만 빼고 말이다. 클로테르는 선생님한테 질문받는 날이면 언제나 방과후에 남아야 한다.

계단을 내려가면서 조프루아가 말했다.

"너희들, 교문 밖에 나가면 날 따라와봐. 내가 굉장한 걸 보여줄 테니까."

우리는 우르르 떼를 지어 학교 밖으로 나갔다. 우리에게 보여준다는 게 도대체 뭐냐고 조프루아에게 물었다. 조프루아는 이쪽 저쪽을 두리번거리더니 말했다.

"여기선 안 돼. 이쪽으로 와봐!"

조프루아는 친구들을 조바심나게 만드는 걸 참 좋아한다. 하지만 그럴 때면 좀 짜증이 난다. 아무튼 우리는 조프루아 뒤를 졸졸 따라갔다. 조프루아는 길모퉁이를 돌아 큰길을 건너고, 한참을 더 가다가 다시 큰길을 건넌 다음에야 멈춰섰다. 우리는 조프루아 주위로 빙 둘러섰다. 조프루아는 주위를 한 번 더 둘러본 후, 호주머니에서 무언가를 꺼냈다.

"자, 이것 봐!"

조프루아가 펼쳐 보인 손바닥 위에는(뭐가 있었을까? 여러분은 절대 못 알아맞힐 거다.) 바로 분필이 한 개 놓여 있었다.

"부이옹 선생님이 분필 다섯 개를 줬거든. 그런데 선생님한텐 네 개만 갖다드렸어."

조프루아가 잘난 척하며 말했다.

"뭐라구? 너 정말 뻔뻔하구나!"

뤼퓌스가 말했다.

"그래, 뤼퓌스 말이 맞아!"

조아생도 뤼퓌스 편을 들었다.

"부이옹 선생님이나 담임 선생님이 알면 넌 당장 퇴학이야. 틀림없다구."

그건 그렇다. 학교 물건을 가지고 장난치면 반드시 큰일이 난다.

지난주에도 선배 형 하나가 교무실에서 지도를 가지고 오다가 그걸로 다른 형 머리를 내리치는 바람에 지도가 찢어진 일이 있었는데, 두 사람 다 정학을 맞았다.

"겁쟁이하고 비겁자는 다 가버려! 그렇지 않은 사람들만 분필 갖고 놀 거니까."

조프루아가 말했다.

결국 모두 남았다. 그러면 겁쟁이나 비겁자 소리를 안 들어도 되고, 또 분필로 여러 가지 장난을 치며 재미있게 놀 수도 있기 때문이다. 언젠가 메메가 칠판과 분필 한 통을 보내준 적이 있었다. 물론 학교 것보단 작은 칠판이었지만 말이다. 하지만 엄마는 내가 칠판에만 쓰지 않고 사방에 낙서를 해놓는다면서 분필 상자를 빼앗아갔다. 그 상자에는 빨간색, 노란색, 파란색 분필이 다 들어 있었기 때문에 무척 아쉬웠다. 나는 조프루아가 가져온 분필을 보자 그때 일이 생각나서, 색분필이라면 더 좋았을 거라고 말해줬다.

"뭐라구? 내가 이 분필을 어떻게 구했는데 그런 말을 하는 거야? 그래, 니콜라 선생께서는 내 분필 색깔이 맘에 안 드신다고? 그런 심통이나 부릴 거면 네가 부이옹 선생님한테 가서 달라고 해봐! 어서 가. 뭘 우물쭈물하는 거야? 가라니까! 너 같은 녀석은 입만 살았지 분필 하나 슬쩍해오라고 하면 절대 못 할걸? 겁쟁이니까."

"그래, 맞아!"

뤼퓌스가 말했다.

"너 지금 한 말 당장 취소해!"

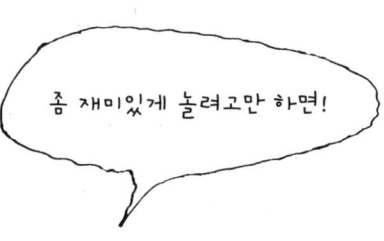

좀 재미있게 놀려고만 하면!

나는 책가방을 내던지고 뤼퓌스의 멱살을 잡으며 소리쳤다.

하지만 뤼퓌스는 절대로 취소하지 않겠다고 했다. 결국 우리는 치고받으며 싸우기 시작했다. 그때 건물 위에서 누군가가 커다랗게 고함치는 소리가 들렸다.

"당장 그만두지 못해, 이 못된 녀석들아! 딴 데 가서 놀아! 안 그러면 경찰을 부를 거야!"

우리는 모두 도망을 쳤다. 길모퉁이를 돌아 큰길을 건너고 또다시 큰길을 건너 한참을 뛰고 나서 걸음을 멈췄다.

"언제까지 싸움만 할 거야? 분필 가지고 놀 시간도 없겠어!"

조프루아가 말했다.

"저런 녀석과 같이 노느니 난 차라리 집으로 가겠어. 분필 같은 거 하나도 재미 없다구."

뤼퓌스가 나를 보며 투덜거리더니 가버렸다. 난 뤼퓌스하고는 평생 말도 안 할 거다.

"그런데 이 분필로 뭘 하면 좋을까?"

외드가 물었다.

"벽에 낙서하면 어때? 재미있을 거야."

조아생이 말했다.

"그래 맞아. '복수자 일당'이라고 쓰자. 그러면 우리가 이곳을 지나갔다는 걸 적들이 알게 될 테니까."

맥상이 맞장구쳤다.

"흥! 엄청 좋은 생각이다! 그랬다가 학교에서 퇴학이나 맞으라구?"

조프루아가 말했다.

"너 겁쟁이구나!"

맥상이 말했다.

"겁쟁이라구? 아슬아슬한 대모험을 한 내가 겁쟁이라구? 웃기지 마, 이 자식아!"

조프루아가 말했다.

"겁쟁이가 아니라면 벽에다 낙서를 해봐."

맥상이 비웃으며 말했다.

"그러다 몽땅 퇴학당하면 어떡해?"

외드가 말했다.

그러자 조아생이 갑자기 뒤로 물러서며 말했다.

"음…… 저기, 얘들아, 난 그만 가봐야겠어. 집에 너무 늦게 들어가면 혼난다구."

그러더니 조아생은 황급히 뛰어 집으로 가버렸다. 정말 이상했다. 지금까지 조아생이 그렇게 서둘러 집에 간 적은 한 번도 없었기 때문이다.

"광고 포스터에 낙서하는 것도 재미있어. 안경이랑 턱수염이랑 콧수염, 담배 파이프 같은 걸 잔뜩 그려넣는 거야."

모두들 정말 좋은 생각이라고 했다. 문제는 근처 길가에 광고 포스터가 한 장도 붙어 있지 않다는 거였다. 우리는 포스터를 찾아 헤매기 시작했다. 하지만 언제나 그렇듯이, 평소에는 흔한 광고 포스터가 막상 찾으려고 하니 하나도 안 보였다.

"가만, 우리 동네 어디선가 포스터를 본 기억이 나는데…… 그거 있잖아 왜, 어떤 애가 초콜릿크림케이크 먹고 있는 그림 말이야."

"응, 그거 나도 알아. 우리 엄마가 그걸 신문에서 오려낸 적이 있거든."

알세스트가 말했다. 그러더니 알세스트는 엄마가 간식을 준비해놓고 기다리고 있을 거라며 급히 가버렸다. 그러는 사이에 시간이 많이 지났기 때문에, 우리는 포스터는 그만두고 다른 놀이를 하기로 했다.

맥상이 말했다.

"얘들아, 너희 그거 알지. 사방치기 말야. 분필로 길에 줄을 긋고……"

"너 머리가 어떻게 된 거 아니야? 사방치기는 여자애들이나 하는 거잖아."

외드가 말했다.

"아니야. 사방치기는 여자애들 놀이가 아니라구."

하지만 외드는 짓궂은 표정을 하고는 가냘픈 목소리로 노래를 부르기 시작했다.

"맥상 아가씨는 사방치기를 하고 싶대요. 맥상 아가씨는 사방치기를 하고 싶대요."

"우리 공터에 가서 결판을 내자. 자, 가자니까. 사나이답게 따라오라구."

맥상이 말했다.

하지만 공터로 싸우러 가던 외드와 맥상은 큰길 모퉁이에서 헤어졌다. 분필을 가지고 재미있게 놀 궁리를 하느라 시간 가는 줄 모르다가 그제서야 비로소 너무 늦었다는 걸 알아차렸기 때문이다. 남은 사람은 나하고 조프루아뿐이었다. 조프루아는 분필을 담배를 쥐는 것처럼 손가락 사이에 끼우더니 윗입술과 코 사이에 갖다 댔다.

"나도 반만 줘."

내가 말했다. 하지만 조프루아는 고개를 살래살래 흔들었다. 그래서 나는 분필을 빼앗으려고 달려들었다. 그 바람에 분필이 땅에 떨어져 두 동강이 나버렸다. 조프루아는 무척 화를 냈다.

"그래, 잘했어. 그럼 내가 네 분필을 어떻게 하나 잘 보라구!"

조프루아는 이렇게 말하고는 발뒤꿈치로 분필 조각 하나를 짓밟았다.

854

"좋아! 그럼 네 것도 어떻게 되는지 잘 봐!"

나도 발뒤꿈치로 조프루아의 남은 분필 조각을 짓밟아버렸다. 분필 조각은 뿌드득 소리를 내면서 가루가 되었다.

그러느라고 분필이 모두 없어져버려서 조프루아와 나도 각자 집으로 돌아가는 수밖에 없었다.

옮긴이

윤경 | 서울대학교 불문과와 서강대학교 대학원을 졸업하고, 파리 7대학과 10대학에서 DEA와 박사과정을 마쳤다. 『오늘이 보이는 세계사』 『엄마와 함께 보는 인상파 미술』 등을 우리말로 옮겼다.

신선영 | 고려대학교 불문과를 졸업했다. 현재 번역가이며 프리랜서 편집자로 일하고 있다. 우리말로 옮긴 책으로 『안녕, 까미유』 『앙리에트의 못 말리는 일기장』 『나는 행복하다』 등이 있다.

최정수 | 연세대학교 불문과와 동대학원을 졸업 후 전문 번역가로 활동하고 있다. 『연금술사』 『단순한 열정』 『숨쉬어』 『내 나무 아래에서』 『키리쿠와 마녀』 등을 우리말로 옮겼다.

꼬마 니콜라

1판 1쇄 2012년 12월 31일 1판 14쇄 2025년 10월 27일
글 르네 고시니 그림 장 자크 상페 옮긴이 윤경 신선영 최정수
책임편집 안나영 편집 엄희정 이복희 디자인 이지선
마케팅 정민호 서지화 한민아 이민경 왕지경 정유진 정경주 김혜원 김예진 이서진
브랜딩 함유지 박민재 이송이 박다솔 조다현 김하연 이준희
저작권 박지영 형소진 주은수 오서영 조경은 제작 강신은 김동욱 이순호 제작처 영신사
펴낸곳 (주)문학동네 펴낸이 김소영 출판등록 1993년 10월 22일 제2003-000045호
주소 10881 경기도 파주시 회동길 210 전자우편 kids@munhak.com
홈페이지 www.munhak.com 카페 cafe.naver.com/mhdn
북클럽 bookclubmunhak.com 트위터 @kidsmunhak 인스타그램 @kidsmunhak
대표전화 (031)955-8888 팩스 (031)955-8855
ISBN 978-89-546-1969-1 03860

잘못된 책은 구입하신 서점에서 교환해 드립니다. 기타 교환 문의: (031)955-2661, 3580